성 앙투안느의 유혹

성 앙투안느의 유혹
La tentation de saint Antoine

귀스타브 플로베르 희곡소설   김용은 옮김

LA TENTATION DE SAINT ANTOINE
by GUSTAVE FLAUBERT (1849)

이 책은 실로 꿰매어 제본하는 정통적인 사철 방식으로 만들어졌습니다.
사철 방식으로 제본된 책은 오랫동안 보관해도 손상되지 않습니다.

성 앙투안느의 유혹

7

작품 해설
초판 『성 앙투안느의 유혹』,
논리와 반(反)논리의 수사학

481

옮긴이의 말
『성 앙투안느의 유혹』, 만남과 선택

511

귀스타브 플로베르 연보

517

마귀님들,
날 좀 내버려 둬요!
마귀님들,
날 좀 내버려 둬요!

1848년 5월~1849년 9월
귀스타브 플로베르

1

 산 위. 지평선은 사막. 오른쪽에는 문 앞에 긴 의자 하나가 놓여 있는 성 앙투안느의 움막. 왼쪽에는 타원형의 작은 성당. 성 마리아상 위로 등이 하나 걸려 있다. 움막 앞, 땅바닥에 종려나무 잎으로 짠 바구니들.
 바위 틈 그늘에는 은자가 기르는 돼지가 자고 있다.
 앙투안느는 혼자 의자에 앉아 바구니를 만들고 있다. 그는 머리를 들어 지는 해를 막연히 바라본다.

앙투안느
이 정도면 일은 할 만큼 했어. 기도를 하자!
그는 성당 쪽으로 간다.
조금 전 이 날카로운 칡 줄기에 손을 베었어……
십자가 그림자가 이 돌에 닿으면 등에 불을 켜고 저녁 기도를 시작해야지.
그는 팔을 내려뜨린 채 이리저리 차분하게 거닌다.
하늘은 붉고, 수염독수리는 둥근 원을 그리며 날고, 종려나무는 잎을 떠는구나. 돼지 똥 위에 풍뎅이들이 꼬물거리네. 따오기는 뾰족한 부리를 접고, 흰 황새는 오벨리스크 꼭대기에 앉아 날개 속에 머리를 집어넣고 졸기 시작하는구나. 달이 곧 나오겠군.

내일도 해는 다시 뜰 것이고, 또 지평선 뒤로 넘어가고, 늘 그렇게 뜨고 지겠지! 한결같이!

난, 잠에서 깨어나고, 기도를 하고, 이 바구니들을 완성시키겠지. 그리고 매달 양치기들에게 이 바구니를 주는 대가로 빵을 받아먹겠지. 이 항아리에 담긴 물을 마실 테고. 그리고 기도하고, 단식하고, 다시 기도를 하고, 늘 그렇게 하겠지! 한결같이!

오! 하느님! 강물은 물결이 되어 흐르는 게 지루하지 않을까? 바다는 해안에 부딪히는 게 피곤하지 않을까? 그리고 나무들은, 거센 바람에 몸이 휠 때, 꼭대기를 스치고 지나는 새들을 따라 떠나고 싶지 않을까?

그는 십자가의 그림자를 바라본다.

그림자가 샌들 두 개 폭만큼 길어지면, 기도할 시간이야. 그래야지……!

하루 일을 다 마쳤으니, 이쯤에서 수련을 시작해야겠지?

거북이 한 마리가 바위틈 사이로 나아간다.

어디 매인 몸도 아닌데, 조금은 하고 싶은 걸 해도 되지 않을까? 일하는 시간과 기도하는 시간을 구분하기만 한다면 그 사이에 무언가 다른 일을 하는 것도 나쁘진 않을 거야. 게다가 일하는 중에도 늘 하느님을 생각하니, 잠시 쉬면서 지친 몸에 그토록 필요한 휴식을 조금 주어도 되지 않을까?

거북이가 움직이지 않는다. 앙투안느는 거북이를 그윽하게 바라본다.

이놈 정말 예쁘구나. 그런데 네게 줄 것이 없구나, 귀여운 것!…… 그거 참 이상하네. 이놈이 무언가 말을 하려는 것 같은데……. 그게 아니군, 가버리네. 저 다리로 뒤뚱뒤뚱 걷는 것 좀 봐……. 아! 멈춰 서네……. 저런! 이제 잠이 들려나 보군……. 오늘 저녁엔 무척 고단하구나. 거친 말총옷[1]이 거북스럽군. 옷은 왜 이리 무거운지!

앙투안느는 한숨을 내쉬고 기지개를 켠다.

아무것도 하지 않으니 정말 좋군.

내 사는 게 왜 이 모양일까! 고행으로 늙어 가는 이에겐 매일 매일이 이토록 길기만 하구나! 명상을 하며 홀로 살던 늙은 스승님께서 순교를 택하라고 일러 주신 그때 그 말씀이 옳았어! 나도 순교를 해보려고는 했지. 그런데 망나니들이 나를 보고 웃었고, 전력을 다해 그들에게 바치려 했던 이 비참한 삶을 내 면전에다 던져 버리더군. 그래서 나는 도시를 떠나 산으로 올라가게 되었고, 콜짐[2]에 있는 오래된 성안으로 숨어 버렸지. 밤이면 독사들이 내는 쉬쉬 소리, 화살을 쏘던 구멍의 허물어진 틈으로 눈발처럼 밀려드는 유령들의 웅웅 소리에 잠을 깨곤 했지. 그들의 입김이 와 닿았을 때 어떻게 뼈가 녹아 내리지 않을 수 있었겠나? 현기증으로 몽롱해져 죽음이 엄습해 오는 것을 느꼈을 때, 무서움으로 피가 얼어붙지 않았던가? 알로에 가시 위로 뒹굴기도 했고, 쇠갈고리가 온통 붉어지도록 정신없이 채찍질했고, 허기가 맷돌질하듯 텅 빈 배 속을 훑어 내리곤 했지. 그런데 통제할 수 없는 그 무엇이, 내가 울면 웃었고, 내가 흐느끼면 노래를 불렀고, 내가 잠든 동안 춤을 추곤 했어.

이 싸움이 왠지 오만스럽다는 생각이 들어, 끔찍한 일들을 겪은 그곳을 떠나 이곳으로 왔지. 처음엔, 아닌 게 아니라, 마음이 편안해지기도 했어. 그런데 어느 날부턴가, 서서히 기운이 빠지고 대신 무력감이 고개를 들었지. 걷잡을 수 없이 달아나는 생각들을 사슬에 묶어 잡아 두려 애써 봤지만, 그 무력감은 절망적인 것이었지. 생각들은, 성난 코끼리처럼 거칠게, 말 울

---

1 고행자들이 입는 긴 옷이나 허리띠로, 말총이나 거친 천으로 되어 있고 안쪽에 못을 대어 박기도 한다.
2 홍해에 면한 수에즈 지협에 위치한 산.

음소리를 내며 내 아래로 내달렸는데, 어떨 땐 그 광경을 지켜보는 것만으로도 두려워져 뒤로 나자빠지기도 했고, 달아나는 생각들을 붙잡으려고 용기 내어 매달려 보기도 했지. 그러나 그것들은 어찌나 빠르게 휘도는지, 결국 나는 얼이 빠지고, 급기야는 완전히 기진맥진한 상태가 되어 내 자신이 어디에 있는지도 모른 채 정신이 돌아오곤 했어.

하루는 내게 이렇게 말하는 소리가 들리더군. 〈일을 해!〉 그날 이후로는, 단지 살아남기 위해 이 보잘것없는 일에 매달리고 있지. 그게 주께서 원한 것이니까!

앙투안느는 돌아보고 십자가의 그림자가 바위를 지나쳐 간 것을 알아차린다.

아! 한심해! 내가 뭘 한 거야? 자 빨리, 빨리, 기도하자! 어디 보자, 이틀간 단식하고, 밤이 깊어질 때까지 무릎을 꿇고 있자. 뭘 꾸물거리나! 밤 기도의 동무인 램프에 불을 붙이자. 내 기도는 불빛 아래 밤새 계속되고, 아침이 오면 끝나지. 심지가 기름 속에서 사그라들 때, 피곤으로 무거워진 내 머리는 가슴 위로 떨궈지겠지.

방에 들어가 부싯돌 두 개를 찾아와 그것들을 비벼, 마른 나뭇잎에 불씨를 옮기고 작은 램프에 불을 붙여 벽에 건다. 이제 거의 밤이다.

이곳에서 움직이지 않고 있으면서, 천상의 비를 맞으며 이루 말할 수 없는 환희를 느껴 본 적이 있었지……. 세상에는, 자신의 구원은 생각하지 않고, 단지 기도를 위한 기도를 올리는 자들이 있고, 단지 낮아지려고 자신을 낮추는 자들이 있어. 그렇다면 나의 기도는 절실함에서일까? 아니면 의무감 때문일까? 그게 어떠해야 된다는 건 나도 알아. 그렇지 않으면 죄를 짓는 일이지. 그렇기는 하지만……. 됐어! 됐어! 됐어! 생각은 그만! 무릎을 꿇자!

그는 성당 안에서 무릎을 꿇고 여러 번 성호를 긋는다.

구세주의 어머니께 오늘밤의 첫 기도를 드리자.

그는 미사 경본을 열고 동정녀의 그림을 본다.

자신의 몸속에 세상의 구원자를 품었던 그분이 바로 이분이야. 당신은 당신의 생명으로부터 영양분을 받아먹고 자라는 신을 느끼며 전율했었지요? 무릎 위에 그분을 흔들어 재우고 젖을 먹일 때, 그분의 울음소리가 당신을 위해, 당신이 미소 지을 수 있도록 천상의 멜로디와도 같은 그 무엇을 들려주던가요?

경배합니다, 은총이 가득하신 마리아여.

앙투안느는 그림을 그윽이 바라본다.

오! 당신을 얼마나 사랑하는지요!

그는 좀 더 마음을 기울여 그림을 바라본다.

창조되지 않은 정신만이 당신으로부터 탄생할 수 있지요. 정신이 당신의 몸을 지나며 당신의 이마 위에 이렇게 은은한 별빛을 남겼나요?

당신은 보통 어머니들이 지닌 자애심에 무언가를 더 지니고 있습니다.

뽀얀 먼지 속에, 먼 길 가는 당나귀의 무심한 걸음마다 당신의 등 뒤로 올라갔다 플라타너스 나무들 아래로 사라지며 제단 지붕처럼 나부끼던 당신의 푸른색 긴 베일을 따를 수 있었다면 좋았을 텐데![3] 경배합니다, 은총이 가득하신 마리아여, 경배합니다!

앙투안느는 멈춘다.

그의 뒤에 있던 거북이가 앞으로 나오고 돼지는 잠에서 깨어난다.

이 얼굴! 이 얼굴을 잘 알고말고! 얼굴을 칠한 붓놀림이 몇 번인지 세어 봤고, 윤곽을 몇 시간이고 훑겨보았는데도 처음 보듯 새롭구나. 얼굴이 조금만 더 컸으면 좋겠군!

3 갓 태어난 아기 예수의 이집트로의 피신을 암시하고 있다(『신약』「마태오의 복음서」제2장 제13절 참조).

목소리

거의 들릴 듯 말 듯 한 목소리가 속삭인다.

아주 컸으면 하지, 안 그래? 만지고 잡을 수 있게, 입체적으로. 옷을 걸친 살아 있는 조각상은? 아래까지 늘어져서 입고 걸으면 시원한 바람이 이는 옷은 어때?

앙투안느

다시 기도를 시작한다.

당신은 사랑이 없는 이들에게는 사랑이며, 슬픈 이들에게는 위안이지 않은가요?

목소리

정말 아름답지, 구세주의 어머니는! 창백한 얼굴을 따라 넘실거리는 긴 금발이 얼마나 부드러운가! 저길 봐! 저길 봐! 그녀가 얼마나 아름다운지!

앙투안느

한숨을 내쉰다.

오! 정말 아름다워!

목소리

아래로 내리깔아 뺨 위로 레이스 같은 그림자를 드리운 그녀의 섬세한 속눈썹을 봐!…… 그리고 성체 빵보다 더 하얀 그녀의 손을!

앙투안느

성부에게는 감히 말씀을 못 드리고, 성령은 우리가 모르고, 성자는 너무 괴로워하시는데, 그녀는!……

목소리

맞아, 주의 깊고 온화한 그녀는 귀를 기울이지. 그녀가 흔들어 재우고 있는 이 아이는 깊이 병든 인간의 마음이야. 그녀는 희망의 젖으로 아픈 이의 슬픔을 달래 주는 거야.

앙투안느

동정녀의 그림을 계속 바라보면서.

오! 당신을 미치도록 사랑하는 걸 느낍니다! 당신은 하늘을 향기롭게 하고, 영원을 아름답게 합니다. 나는 당신을 보기 위해 영원을 갈망합니다. 구름 위에 앉아, 초승달 위에 발을 얹어 놓은 당신은, 당신을 사랑하는 이들에게 미소를 짓습니다.

앙투안느는 하늘 쪽으로 눈길을 보낸다.

목소리

말을 잇는다.

그래 너는 그녀를 사랑해! 그러니 그녀를 쳐다보렴!

앙투안느는 머리를 든다.

아냐! 여기! 그 위! 더 오래! 네 기도의 힘에 이끌려 그녀가 막 눈을 뜨려 하잖아. 그녀에게 간절히 기도를 해. 그러면 그녀가 널 사랑할 거야……. 이리 와봐! 그녀가 네게 손짓을 해.

앙투안느

놀라서.

어떻게 그럴 수가 있지?

목소리

믿음이 산을 옮기고 하느님은 자신을 부르는 이에게로 걸어온다는 말이 있잖아?

앙투안느

그림을 계속 보면서 외친다.

내가 하는 말이 그녀에게도 정말 들린단 말인가!⋯⋯ 틀림없어! 그녀가 움직인 것 같아. 내가 잘못 보지 않았다면, 조금 전에는 이런 자세로 있지 않았어⋯⋯. 그리고 그녀의 머리카락 끝이 떨렸어.

목소리

맞아! 그녀가 움직였어⋯⋯. 그녀의 머리카락이 떨리고, 위로 들리고, 흩날려.

앙투안느

아! 바람이 불었나 봐.

목소리

뜨거운 바다에서 불어오는 저녁 바람이 푸른 숲과 여인네들 머리 위로 지나갔어.

앙투안느

바람이 상큼해! 냄새도 좋고!⋯⋯ 은둔자의 마음을 나약하게 하는 바람은 저주받을지니.

목소리

너의 마음을 약하게 해? 말도 안 되지! 그런 일이 있을 수 있겠나? 너는 겸손하잖아?

앙투안느

내가 정신이 나갔던 거야! 내 손이 떨린 거였어. 이 그림이 나를 위해 살아 움직인 거라고 믿을 뻔했잖아? 아! 불쌍히 여기소서, 주여, 또 다른 잘못을 저지른 저를 불쌍히 여기소서!

그림을 벽에 고정시킨다.

이 모든 게 신앙심을 고통스럽게 자극하는구나.

앙투안느는 다시 일어나 혼란스러운 모습으로 걷다가 멈춘다.

앙투안느

그런데 그녀가 내게 미소를 지었다고 믿은 순간은 감미로웠어!

목소리

그녀가 정말 미소를 지었다고. 그녀의 마음에 들기 위해 너는 겸손하고 순결하고 강한 것 아냐?

앙투안느

내가?

목소리

그럼! 너는 길게 늘어져 끌리는 옷을 입고 싶어 하지 않았으며, 너를 따르는 제자도 원치 않았고, 네가 지나갈 때 박수치는 것도 원하지 않았지. 여인네들의 냄새도 맡은 적이 없어. 잔치도, 기타를 치는 여인도, 도금한 은잔에 담긴 달착지근한 술도 거들떠보지 않았어. 무덤 주위를 배회하는 자칼들도 네가 먹는 것을 먹지 않을 거야. 이런 경지에 이르려면 얼마나 많은 힘이 필요했겠니!

앙투안느

그건 그래. 정신의 허영이 마음을 망가뜨린다고 생각했지. 그래서 일상의 근심들, 우리를 나락으로 떨어뜨리는 슬픔, 저녁 무렵, 사창가 문에 나와 선 여인네들의 생기 넘치는 웃음을 피하려고 사막에 들어온 거야. 내 몸에 채찍질을 가하여 좀 더 온순해지도록 말이야.

목소리

육체의 주인인 너의 영혼은 그 위를 날고 있고, 마지막 한 번의 흔들림에 영혼은 육체에서 완전히 떨어져 나가겠지. 예언자들이나 성인들의 영혼처럼 말이야, 거의 알아차릴 수도 없이.

어렴풋한 그림자들이 바위 위로 미끄러지고, 램프는 불타고 있고, 어둠이 완전히 내렸다.

앙투안느

아닌 게 아니라, 내게 더 이상 육체가 없는 것 같이 느껴질 때가 많아.

목소리

그렇게 되기까지 얼마나 많은 힘이 필요했겠니!

앙투안느

맞아, 다른 모두를 현혹시킬 만한 어떤 것도 나를 유혹하진 못했어. 황제가 친히 쓴 편지를 보내왔지만 나는 읽으려고도 하지 않았지. 아타나시우스[4]는 나를 보기 위해 일부러 먼 걸음을 하기도 했어.

---

4 Athanasius(293?~373). 초대 기독교의 교부(敎父)이자 성 안토니우스의 제자로,『성 안토니우스의 생애』를 썼다. 아리우스의 이단설을 매섭게 논파하였으며, 그리스 철학의 논리와 이성에 근거하여 그리스도의 신성과 인성을 함께 강조하고 삼위일체론의 기초를 세웠다.

돼지

혼잣말로.

나는 하루 종일 진흙 속에 뒹구는 걸 즐기지. 몸에 붙은 진흙이 마르면 딱지가 앉아 모기가 달려들지 못해. 늪에 고인 물에 내 강인한 얼굴을 비춰 보지. 나는 그렇게 내 모습 보는 걸 좋아해. 오물부터 뱀까지 모두 집어삼키지. 노루의 발도 내 발만큼 날렵하지 못해. 양산처럼 구부러진 귀는 눈 위에 늘어져 있어. 코를 킁킁거리며 뜨거운 모래 속에서 리비아의 송로 버섯을 파내 어금니로 맛난 육질을 으스러뜨리는 것도 나야. 나는 멋대로 자고, 배설하고, 뭐든 다 소화시켜. 갈라진 발굽으로 버티고 서서 커다란 배를 지탱하지. 살가죽에는 질 좋은 단단한 털이 나 있어.

목소리

조금 더 커져서.

노아는 술에 취했고, 야곱은 거짓말을 했으며, 모세는 의심을 했고, 솔로몬은 유혹에 넘어갔으며, 베드로 성인은 하느님을 부정했는데, 그런데 너는?

앙투안느

무엇에 취하지? 누구를 속이지? 내가 의혹을 가졌다면 여기 있지도 않았을 테고, 유혹에 넘어갔다면 대단한 것이 아닐 테고, 나는 단 한 번도 주님을 부정한 적이 없어.

목소리

알 만한 사람은 다 아는 일이지만, 발라시우스[5]도 네가 경고

---

5 콘스탄티우스 2세의 이집트 총독. 그가 아타나시우스를 추방했고, 이에 항의하는 앙투안느의 편지를 받고 닷새 만에 사망했다.

한 대로 죽었지.

앙투안느

미소를 지으며.

바오로[6] 은둔자께서는 당신이 입던 옷을 내게 물려주셨지.

목소리

그걸 받기에 가장 마땅한 사람이니, 당연하지! 이마엔 금판을 둘렀고 무릎이 낙타처럼 닳아 버린 예루살렘의 야고보 성인도 너를 따라하는 건 진작에 포기했지.

앙투안느

나라면, 무릎으로 돌바닥을 닳게 하지.

돼지

혼잣말로.

이집트인들은 소를 먹지 않고, 페르시아 사람들은 매를 먹지 않으며, 유대인들은 나와 같은 돼지를 먹지 않아. 그러니 나는 소보다도 신성하고 매보다도 신성해.

목소리

테바이드에 사는 승려들[7]이 네게 수도 생활의 계율을 청했을 때, 넌 너의 삶을 본받으라고 했지.

6 데시우스 황제의 기독교 박해를 피해 나일 강 상류 테바이 사막에서 60년을 은거한 성인. 성 히에로니무스Hieronymus가 저술한 『은거자들의 생애』에 의해 알려진 그리스도교 최초의 은거자 바오로 성인의 삶은 전설적이다.

7 나일 강 상류 테바이드 지방 언덕배기에 각자 암자를 짓고 수도하는 은둔자들을 그린 게라르도 스타르니나Gherardo Starnina의 그림 「테바이드Thébaïde」(1410)가 이 피렌체 우피치 미술관에 소장되어 있다.

앙투안느

그게 최선이었으니까.

돼지

혼잣말로.

진지하게 말해서, 아무리 뜯어 봐도, 나보다 더 잘난 피조물은 없어.

조금 전까지 희미하던 그림자들의 모습이 무대 깊숙한 곳에서 조금씩 드러나기 시작한다.

바위 위로 두 개의 커다란 뿔 실루엣이 빠르게 지나가는 것이 보인다.

소곤거리는 소리가 아득하게 들려오고, 바람이 불어오고, 램프가 흔들린다.

앙투안느

밤이 왜 이다지도 길까? 내가 기도를 오래 했나? 모르겠군……. 저런! 페이지를 넘기지도 않았어! ……아! 맞아, 동정녀를 보고 있었지. 기도문을 읽는 걸 잊고 있었네……. 이 램프가 그녀를 비추고는 있지만, 마치 그녀 스스로 빛나고 있는 것 같아……. 이 그림은 솜털 난 과일보다도 더 입술을 유혹하는구나. 머리카락들이…….

목소리

더욱 부드럽게 말을 잇는다.

긴 머리카락…… 긴 황금빛 머리.

앙투안느

다시 기도를 시작한다.

모든 여인들 가운데서 은총을 받으시고.

목소리

말을 잇는다.
모든 여인들…… 여인들.

앙투안느

멈춘다.
당신 이름이.

목소리

입맞춤보다 더 감미롭고, 한숨처럼 우울하지. 그 이름을 다시 불러보렴. 마리아!

앙투안느

반복한다.
마리아! 마리아! 당신은 다정해.

목소리

그리고 아름답지.

앙투안느

한숨을 쉰다.
오! 정말 아름다워!

목소리

뺨 위를 내리덮고 있는 가느다란 속눈썹, 성체 빵보다 더 하얀 그녀의 손을 보렴. 눈동자가 움직이고, 입술이 떨리고, 젖가슴이 들썩이지…….

돌연 바람이 불어 그림을 떼어 낸다.

앙투안느

입술이 떨리고, 부푼 젖가슴이 움직일 때마다 콧구멍이 열리는 것 같아.

갑자기 바람이 불어와 그림을 떼어 내 앙투안느의 눈앞에 펄럭이게 한다.

목소리

달콤하게 속삭이며.

그녀가 여기 있다. 그녀가 널 따라온다. 그녀가 뛰어오른다.

그림이 공중에 똑바로 선다.

앙투안느

황홀해서.

오! 그녀가 늘어난다! 부풀어 오른다! 커진다!

동정녀의 형태가 그림에서 떨어져 나와, 갑자기 실물 크기로 튀어 오른다. 그런 그녀를 바라보며 앙투안느는 뒷걸음질 친다.

아! 그녀에게선 교회의 꽃 냄새가 나. 그녀에게선 호수처럼 빛나는 안개가 피어나.

바람이 동정녀의 베일을 낚아챈다. 베일이 날아간다.

앙투안느

그녀의 머리 주위로 미풍이 불고, 어깨가 드러나네.

목소리

그리고 또?…… 그리고 또?…… 그녀를 원하지? 나는 꿈이잖아.

앙투안느

그런데 내가 뭐 하는 거지? 내가 왜 이러는 거야? 저를 불쌍히 여기소서, 주여!

목소리

그녀는 품에 너를 꼭 껴안고, 강철 검처럼 번뜩이는 그녀의 눈길 속에 너를 완전히 빠뜨릴 거야.

앙투안느

내 생각이 만들어 낸 마귀들아, 썩 꺼져라!

목소리

이건 여자야, 그냥 한 여자일 뿐이라고! 어떻게 이런 일이! 그녀의 옷이 벌어져. 네 키스를 받으며, 실오라기 하나 걸치지 않은 베누스[8]처럼 바람에 전율하는 그녀를 보고 싶지?

앙투안느

머리카락을 쥐어뜯으며.
말도 안 돼! 말도 안 돼!

목소리

이번이 처음은 아닐걸, 그러니 괜찮아! 그녀는 곱슬거리는 수염을 가진 로마의 병사 판테루스[9]와 동침했지……. 그래, 빗물받이 웅덩이 옆, 티베리아스[10]로 가는 길가였어. 저녁이었고,

---

8 식물과 정원을 다스리는 로마의 여신으로, 기원전 2세기부터 그리스의 아프로디테와 동일시되었다.
9 예수가 성령에 의해 동정녀 마리아의 몸에 잉태되었다는 신앙은 비그리스도교 신자뿐만 아니라 유대인들의 강력한 반대와 몰이해에 부딪혔다. 그리스도교의 알렉산드리아 학파 신학자 오리게네스는 『켈수스 논박』(1, 32)에서 마리아가 판테루스라는 젊은이와 결합하여 예수를 낳았다고 주장하는 켈수스의 생각을 강력하게 비판하였다(주 19번 참조).

추수 때여서, 속이 꽉 찬 이삭들이 농익은 다발마다 저절로 늘어져 내렸지…… 사랑의 말도 또한 그렇게.

앙투안느

판테루스? 그게 누구야?…… 아냐, 더군다나, 아냐!

목소리

오! 마음이 아프지? 질투가 나지? 그녀가 너만을 사랑한다고 믿었지? 그녀는 모든 이를 사랑해. 아니라면, 그리스도의 그 많은 형제들이 다 어디서 왔겠어? 다른 여자처럼, 그녀도 침대에 누워 한 남자에게 팔을 벌리고 이렇게 말했지. 이리 와요! 그리고…….

목소리

웃는다.
하! 하! 하!

앙투안느

거짓말!

목소리

잘 봐!

앙투안느

그런데 그녀가 머리를 숙이고, 눈꺼풀을 반쯤 감고, 허리를 꼬고 있네.

10 호숫가에 위치한 갈릴리의 도시.

목소리

그녀의 다리를 따라 치마가 올라가. 저잣거리의 창녀들처럼 두 손가락으로 치마를 들어 올려.

앙투안느

오! 엄청난 광증이 오장육부 깊숙이 내려가. 이건 현실보다 더 끔찍한 지옥의 불이야.

목소리

이건 현실이야. 그렇고말고, 다가가 봐, 한번 해봐!

앙투안느

안 돼. 유혹에 손대는 자 불행할지니, 손목을 삼히게 되지……. 주의 이름으로, 사라져라, 지옥의 환영이여!

이 말에 동정녀가 사라진다.

앙투안느

아! 그럴 줄 알았어! 주의 이름이 마귀를 쫓는구나……. 그렇지만 얼마나 부끄러운 일인가! 나는 얼마나 한심한 죄인인가! 이제까지 이런 생각들을 한 적이 결코 없었는데.

목소리

다시 슬며시 끼어들며.
그런 적이 없다고?…… 잘 생각해 봐!

앙투안느

이 목소리는 어디서 오는 거지? 누가 이렇게 끊임없이 내게 말을 하고 있지?

목소리

너의 의식!

앙투안느

두려움 때문에 저 말이 거의 믿겨질 정도야.

목소리

사막은 그 위를 지나간 여행자들의 흔적을 담고 있지 않고, 시간은 인간의 마음에서 기억을 쓸어 버리지. 네 말대로, 결코, 이런 생각을 한 적이 없다고?

앙투안느

정말이야! 그 생각들이 갑자기 내 마음을 흔들어 놓은걸, 마치 베일을 벗은 벌거벗은 모습이 아무것도 모르는 처녀들을 당황하게 하듯.

앙투안느가 손을 이마에 얹고 기억해 내려고 애쓴다.

목소리

어느 날 밤, 나일 강가, 헬리오폴리스[11]에서였어. 오늘처럼 넌 밤을 새고 있었지. 사자들의 코로 내뿜어진 물이 반암(斑岩) 분수대에 떨어지는 소리를 들으며, 너는 이리저리 걷고 있었어. 강에서는 더 이상 노 젓는 소리도 들려오지 않았지. 골풀들 속에서, 생각에 잠긴 듯한 악어가 알을 낳으려 아무도 살지 않는 모래밭으로 기어가고 있었어. 저 멀리, 피라미드들의 거대한 그림자는 미동도 않고 있었고. 네가 거닐던 방 안엔, 흑단 침대 머리맡으로, 두 개의 밀랍 횃불이 놓여 있었어. 침대 발치에, 세 발

---

11 나일 강 삼각주 남쪽 끝에 위치한 이집트의 옛 도시.

달린 청동 항아리에서는 미르라 나무 기름이 연기를 내고 있었지. 침상 위로는, 툭 떨어져 내린 듯한 커다란 흰색 베일이 가냘픈 무언가를 덮고 있었고, 그것은 사그라드는 파도의 완만한 곡선을 그리며 가운데쯤이 움푹 들어가 있었지. 베일에 가려진 윗부분은 조금 들려져 있고, 거기서 아래로는 불룩해지다가, 이어서 주름들이 펴지며 바닥까지 흘러내리고 있었지. 그리고 양초의 밀랍 같은 흰 손 하나가 반쯤 벌려진 채 늘어져 있었는데⋯⋯ 그것은, 자신의 결혼식 다음 날 아침에 죽은, 재무 검찰관 마르시아루스의 딸이었어.

미지의 죽은 여인에게 연민이 담긴 의례적인 슬픔을 표하고, 그리고 얼마 동안 기도를 했고, 어둠을 바라보았고, 이내 다른 생각을 떠올린 후, 침대 곁으로 돌아와 팔짱을 낀 채 서 있었지.

어찌나 골똘히 보았던지, 순간적으로 베일의 위에서 아래까지 떨리는 것처럼 보였어. 그래서 너는 얼굴을 보려고 세 발자국쯤 다가갔지. 아기 요람을 여는 엄마의 손길보다 더 세심하게, 베일을 들추고 그녀의 얼굴을 보게 되었어.

촘촘하게 매듭지어진 망자의 화관이 상아 빛 이마에 둘러져 있었지. 그녀의 푸른 눈동자는 희멀겋게 움푹 파인 눈두덩 속에서 빛이 바래고 있었지. 그녀가 입을 벌린 채 잠든 것처럼 보인 것은, 잇새로 혀가 나와 있었기 때문이야.

그리고 넌 생각했지. 〈어제만 해도 그녀는 살아 있었고, 말을 했어. 몇 시간 전만 해도 이 몸은 움직였으며, 이 손은 포옹을 했고, 지금은 멈춰 버린 이 심장도 팔딱였어. 기쁨에 들뜬 그녀는 문지방을 넘나들었고, 벽들은 구석구석마다 지난밤 격정으로 끊어진 말들과 격정이 가라앉은 후 반쯤 잠에 취해 속삭인 말들을 아직 간직하고 있어〉라고.

그때 넌 그녀의 남편이 된 네 모습을 상상해 보았어. 그녀의 남편이 될 수도 있었다고 생각했고, 그녀의 남편이었다고 생각했어. 그녀의 허리가 너의 손가락 아래에서 떠는 것을 느꼈고, 너의 입술에 포개지는 그녀의 입술을 느꼈던 거야.

너는 그녀를 바라보았지. 그녀의 목덜미 왼쪽에는 분홍색 점이 하나 있었어. 욕망이 벼락 치듯 너의 척추를 따라 내달렸고, 너는 다시 한 번 손을 뻗었지……. 하! 하! 하! 그때, 도금양 푸른 나무 사이에서 종달새가 지저귀고, 뱃사공들은 강에서 뱃노래를 부르고, 그리고 넌 기도를 시작했어.

앙투안느

그랬지……. 맞아……. 사실이야……. 기억 나.

목소리

그녀의 젖꼭지가 수의를 살짝 들어 올렸어.

앙투안느

색칠된 들보가 발밑에서 삐걱거리는 걸 지금도 느껴.

목소리

그녀의 손가락에 끼워진 금가락지에 횃불이 반사되어 퍼져 나온 빛살이 네 눈에 들이박혔지.

앙투안느

그날도 오늘과 같은 밤이었지. 공기는 무겁고, 가슴이 무너져 내리던……. 아! 풀 위에 눕고 콸콸 흐르는 물에 머리를 담그고 싶구나!

돼지

배를 땅에 부비면서.

근질근질해, 근질근질해, 뭐 없을까?

목소리

저 너머는 풀밭이야. 그곳에 나룻배들이 닿고, 잰걸음으로 걷는 내시들의 검은 소매 끝에서 흔들리는 가마가 모래사장 위를 미끄러져 가지. 그건, 제 집의 커다란 소나무 아래서 권태로 무력해진 집정관들의 부인이야. 새로운 신을 욕망하는 호기심 가득한 그리스 여인이고, 아도니스에 싫증 나고 기진맥진한 리디아의 여인이며, 자신의 메시아를 찾느라 안절부절못하는 유대의 여인이지. 그녀들은 성인이 필요해. 병든 자신을 치유할 약을 그에게서 구하려고 멀리서 온 게야.

앙투안느

오! 이젠, 더 이상 받아들이지 않을 거야.

목소리

그녀들이 무릎을 꿇어…… 여기…… 바닥에. 그녀들의 이마에서 땀이 방울방울 네 손 위로 떨어져.

앙투안느

그녀들이 말하는 동안 나는 늘 십자가를 보고 있어.

목소리

그녀들은 자신의 고통을 애절하게 말하고, 꿈 이야기를 하지. 꿈속에서 그녀들은 물가에서 자신들을 부르는 신들을 보는데, 이제는 남편에게 몸을 허락하지 말아야 하지 않을까?

앙투안느

나는 전혀 모르는 얘기야, 난!

목소리

 세상에는 남자 무용수 때문에 시들어 가는 여자도 있고, 플루트 소리에 정신을 잃는 여자들도 있지만, 자신들은 춤꾼을 사랑하지도 않고 음악이 좋은 것도 아니라고 말하지. 신탁을 믿지도 않으면서, 테살리아의 깊은 구렁에 귀를 기울이고, 점쟁이에게 금속판을 사서 배꼽에 달고 다니지. 그녀들이 제물을 거들떠보지 않는데도, 트라키아의 지방 총독은 그녀들을 위해 번민을 쫓아낸다는 검은 돌을 건지려고, 스트리몬 강에 백이십일 밤이나 그물을 쳤어. 그녀들은 모든 종교에 싫증이 났으며 사랑도 신물이 날 만큼 맛보았지. 그런데도 그녀들은 궁금해하지. 〈막달레나가 옷과 치장을 벗어 던지고, 그리스도의 뒤를 좇아 거리에 나서도록 할 만큼, 그를 따르게 하는 것이 무엇일까.〉 가장 순진한 여인네들은 이렇게 묻지 않던가. 〈그 분의 종을 사랑하면, 십자가에 못 박힌 분의 마음에 들지 않을까?〉

앙투안느

 불경한 소리!

목소리

 이 불경한 말이 네 맘엔 들잖아! 네 귀에 그 말이 울렸을 때, 넌 구리로 된 칠현금이 진동하듯 되풀이되는 그 소리에 귀를 기울이지. 손은 향유에 절어 있고, 머리를 길게 늘어뜨린 그녀들은 쥐색 머리털을 밀어낸 네 머리통의 둥근 고리를 좋아하지. 또 강파른 네 가슴에 자신의 부드러운 하얀 젖가슴을 비비고 싶어 해. 도시에서 열병이 난 이가 산을 갈망하듯, 살이 썩어 들어가는 고름 덩어리 문둥병 환자가 눈을 원하듯, 그녀들은 네 마음에서 시원한 광활함을 얻기를 기대하는 거야.

앙투안느

그녀들은 날 보러 오는 게 아니라 주님의 말씀을 들으러 오는 거야.

목소리

그러고는 긴 침묵이 이어지고, 팔꿈치를 네 무릎에 얹고 흥분해서 그녀들은 기다리지. 그녀들의 큰 눈이 파르르 떨리고, 뜨거운 것이 그녀들의 입김과 함께 네게 치밀어 올라오는 건 왜지?

앙투안느

그건 그녀들이 겪는 극도의 두려움 때문에 내 몸이 떨리는 것이고, 또 그녀들이 지은 죄를 내가 뉘우치기 때문이지. 솔직히 그녀들의 영혼이 내겐 힘겨워.

목소리

그녀들의 영혼이라고! 그건 그녀들의 눈꺼풀에서 나오는 달빛인가, 아니면 푸른 잎사귀들의 찰랑거리는 소리처럼 그녀들 입술에서 새어 나오는 자장가 같고 부드러운 희미한 멜로디인가? 아니면 그녀들의 손이 섬세하게 닿을 때 나오는 불가해한 마력인가, 혹은 그녀들이 흐느낄 때 빛을 받아 반짝이는 눈물의 투명함인가? 이 모두가 그녀들의 영혼이겠지. 너는 그녀들의 영혼을 많이 사랑하지. 그건 그녀들의 겨드랑이에서 나는 묘한 냄새 때문일지도 모르잖아?

앙투안느

주여! 만일 제가 죄를 범했다면, 제게 말씀해 주소서. 제가 길을 잃은 것이라면, 저를 비추어 주소서. 실은 그녀들을 보지 않으려고 했어. 그러나 막상 그녀들이 내게로 오면, 죄지은 여인들은 이끌어 주고, 그리스도교 여인들의 신앙은 더욱 확고히 해주고, 우상을 숭배하는 여인들은 개종을 시켜야만 했어.

목소리

그녀들이 떠나갈 때 지평선까지 배웅하던 너의 눈길은 얼마나 애절했는지! 그녀들이 긴 드레스를 입고 수풀을 지나다 나무 덤불에 걸려서 남긴 실오라기를 발견했을 때가 기억나니? 얼마나 서글펐던지, 그날 저녁엔! 그녀들이 너와의 약속을 지키고는 있을까? 속죄의 대가인 고행을 따르고는 있을까?

앙투안느

그녀들에게 어렵고 힘든 걸 요구한 건 사실이야.

목소리

오! 너는 바실리카 성당의 서늘한 돌바닥 위에 그리스도교 여인과 함께 무릎을 꿇어야 했는데! 우상 숭배자인 여인의 머리 위엔 오랫동안 성수를 뿌리며 영세를 주고, 빛에서 빛으로 한 계단 한 계단씩 끊임없이 오르며 그녀를 인도해야 했는데! 죄를 지은 여인 곁을 더더욱 떠나지 말았어야 했지. 너는 그녀로 하여금 차츰차츰 남자를 뿌리치게 하여, 이마에 감긴 자줏빛 머리띠를 풀게 하고, 교만이 넘치는 목걸이를 목에서 잡아채고, 무거운 카메오 반지를 손가락에서 빼버리도록 해야 했는데! 밤, 그녀의 집 테라스, 예전 같으면 그녀는 온통 사랑에 취해 밤새 거리 끝에서 달려오는 말발굽 소리를 듣거나, 안개 사이로 휘날리는 갈색 망토 자락을 보려고 몸을 기울여 발을 구르곤 했는데……. 오! 그런 그녀와 이야기를 나눌 수 있으면 좋았을 텐데! 그녀는 매력적인 우상숭배 행위의 숨겨진 비밀을 네게 열어 보이고, 그것을 하나하나 심연으로 던지면서, 그래도 아직은 백조의 날갯짓 소리를 듣는 게 즐겁고, 타는 듯한 물결이 여전히 살 속을 흐르고 있다고 네게 말했을 텐데!

앙투안느

그녀가 기도하기를! 단식하기를! 눈물 흘리기를! 고행자의 거친 옷을 입기를, 가시 고행을 하기를!

목소리

그녀가 시도하려 한다. 문을 닫고 홀로 남는다. 엄지발가락을 지나 종아리에 묶여 있는 진홍빛 리본의 구두끈을 푼다. 이제 구두를 벗으면 다시는 신지 않을 것이다. 화산석 조각으로 발뒤꿈치를 윤내고, 조가비 즙으로 발톱을 물들이고, 들뜬 남자들이 입을 맞추던…… 이 발이 조약돌 위에서 비틀거리고, 노새들의 오줌에 발목까지 잠기고, 대리석 파편에 찢기고, 뼈가 살을 누더기처럼 헤집고 나오게 될 거야……. 그러고는 삼나무 상자 냄새가 나는, 세로 주름의 이집트산 린네르 천이 스르르 떨어진다. 이제 그녀가 옷을 벗은 채, 홀로 서 있다. 공중에 걸린 항아리 모양 등불이 벗은 그녀의 하얀 옆구리를 비추고 부드러운 그림자를 이리저리 드리운다. 사랑이 깃들어 있는 젖가슴, 매끄러운 배, 휘어진 허리, 이토록 아름다운 육체가 너의 얼굴보다 더 요지부동인, 뻣뻣하고 거친 옷 속에서 몸을 온통 비틀어 꼬게 되다니, 오 은자여! 피복에 가려진 고행자의 번뇌를 들추지 마라……. 그녀는 아직도 엄두를 못 내고, 몸을 떨고, 작은 갈퀴들이 달린 사슬을 엄지손가락 위로 잡아 돌리려다 피를 흩뿌리고, 가랑비처럼 튀어 오른 굵은 핏방울들이 붉은 진주처럼 가슴 위로 흘러내린다. 그녀의 두 무릎이 맞부딪히고, 눈앞이 흐려진다. 정신은 아득해지고, 그녀는 방석 위로 넘어지며, 혼미해져 너를 부른다…….

앙투안느

어디야? 어디야?

돼지

배를 땅에 비비면서.

온 숲을 뛰어다니고 있는 발정 난 암컷은 대체 어디 있는 거야? 암컷의 냄새가 나. 나는 끙끙대고, 외치고, 고함을 질러. 코는 냄새를 맡는데, 눈에는 전혀 보이지 않아. 떡갈나무 그늘 아래, 진흙 속에서, 암컷의 따듯한 허리를 끼고 새벽이 올 때까지 뒹굴고 싶어.

몹시 화난 모습의 돼지가 코를 훌쩍거리고, 꿀꿀거리고, 고함을 지르고, 마주치는 것마다 비벼 대면서, 둥근 원을 그리며 뛰어다닌다.

무대 안쪽, 지금까지는 희미하게 보였던 막연한 형체들이 안개 속에서 모습을 드러내기 시작한다. 그러나 얇은 천 위로 보이는 그림자놀이에서처럼, 입체감도 색깔도 없는 밋밋한 형체들이다. 이것은 일곱 가지 중대죄로 질투, 인색, 음욕, 분노, 식탐, 나태, 교만, 그리고 조금 더 작은 여덟 번째 그림자, 논리이다.

그들 가운데 하나가 말하기 위해 앞으로 조금 나왔다가, 무대 오른쪽 깊숙이, 성인의 움막 곁에 함께 서 있는 다른 죄들 사이로 되돌아간다.

한편 돼지는 바닥에 뒹굴며 외마디 소리를 지른다.

앙투안느

놀라서 돼지를 쳐다본다.

무슨 풀을 씹었기에 이놈이 이렇게 거품을 품고 성질을 내는 거지? 꼬리는 똑바로 서고, 등은 부풀었구나. 너도 역시 괴로운 게야, 너도 말이야! 평상시에는 늘 잠잠했는데. 아침마다 먹을 걸 달라고 문을 긁어 대는 너의 평온한 꿀꿀 소리에 잠을 깨곤 했는데.

질투

이 시각, 다른 사람들은 그들 곁에서 작은아이가 즐겁게 조잘대는 소리를 듣고 있지.

앙투안느

한숨을 내쉰다.
하지만 내겐, 자식이 없어.

논리

주께서 자식을 갖지 말라 하시지는 않았지.

질투

새도 가족이 있고, 바다에서는 돌고래들이 함께 물살을 가르지. 입에 새끼들을 물고 숲속을 달려가는 떠돌이 암늑대들을 너도 본 적이 있지?

앙투안느

그러나 나는, 숲속의 암늑대들보다도 큰 바다에 사는 괴물들보다도 혼자야.
내게는 종달새의 노래도, 풀밭을 찾는 양들의 울음소리도 들려오지 않아.

질투

자던 아이가 눈을 뜨지. 엄마가 다가가고, 아이가 웃으면 엄마는 미소 짓지. 아이에게 젖을 물리고, 아이가 두 손으로 누른 자국이 가슴에 하얗게 남아 있어. 아버지는 이들을 바라보지.

앙투안느

난, 나는 아버지가 아니야.

질투

네가 아버지였다면?

논리

하느님께서 금지하셨나? 피조물들에게 풀처럼 번성하고, 이삭들처럼 늘어나라고 하느님께서 말씀하시지 않았던가?[12]

질투

아버지가 되는 것을 누가 막았지?

앙투안느

그분이 원치 않았어!

논리

그런 말이 어디에 써 있어?

너를, 이 세상에서 누가 널 사랑하지? 그리고 넌 누굴 사랑하지? 시간이나 때우려고 이 더러운 돼지와 대화를 나눌 생각이야?

---

12 『구약』 「창세기」 제11장 제28절 참조.

앙투안느

그건 그래! 아무도 없어! 지친 내 자신의 짐을 덜어 줄 사람이 아무도 없어.

논리

네겐 누군가가 필요해……. 친구 같은 존재……. 서로가 서로를 완전하게 해줄 존재 말이야.

앙투안느

친구? 그건 아니야!

논리

네게 수첩이라도 하나 있다면 심심하지 않을 거야. 거기다 떠오르는 생각들을 적을 수도 있을 텐데.

질투

하지만 너는 쓸 줄을 모르잖아. 너는 글 배우기를 원치 않았어.

논리

글을 배우기엔 이제 너무 늦었어.

앙투안느

그래, 내게 필요한 건 그게 아니야.

음욕

맞아, 위대한 성인들 중에도 결혼한 사람이 있지.

앙투안느

그렇다고 하더군.

논리

육체의 순결만으로 자신을 구원할 수 있을까?

음욕

게다가 금욕하는 생활을 유지할 수도 있어. 그러기를 맹세하고 함께 지내면 되는 거니까. 그러면 너는 친구보다 훌륭하고 책보다 다정하게 너의 슬픔을 달래 줄 동반자를 얻게 될 거야.

아담의 유배가 시작되던 날, 저녁 무렵, 그는 하와의 입술이 이마에 닿는 것을 느끼며 슬픔을 가까스로 진정시켰지. 그녀가 양손으로 그의 얼굴을 어루만졌고, 그들은 자신들이 잃어버린 천상의 수평선만큼이나 달콤한 깊이를 스스로의 시선 속에서 발견했지. 그녀들이 얼마나 상처들을 잘 감싸 주는지 네가 안다면, 그리고 가장 냉혹한 씁쓸함조차도 그녀들의 미소에 녹아 버린다는 것을 네가 안다면! 삶의 멜랑콜리가 생겨나는 것도 그녀들 때문이지. 그녀들이 우울을 불러올 수도 물리칠 수도 있게 하거든. 그리고 물이 바다로 흘러가듯, 인간의 마음이란 천성적으로 그녀들의 애정 속에 흘러 들어가며 나아가는 거야.

침묵.

논리

예수는 자신을 따르는 여인들과 함께 있었지, 그가 신이었는데도! 너라고 왜 하나쯤 받아들이지 말란 법 있어?

음욕

왜, 다른 사람들처럼 같이 살 사람 하나쯤 만들지 않는 거지?

인색

 나이가 지긋한, 기품 있고 배려할 줄 아는 부인이라면, 네 재산을 관리하고 집도 깨끗이 정리할 거야. 은그릇들은 투명해지고 찬장이 반짝반짝 빛날걸.

식탐

 그녀는 양쪽에 고리가 달린 우묵한 접시에다 고기를 담아 내오겠지, 걸쭉한 소스 한가운데서 모락모락 김이 나는 고기를.

음욕

 그녀는 너의 것이야, 너만의 것이지. 다른 이들 앞에선 늘 입고 있던 옷을, 널 위해서만 벗게 될 거야. 이제 너희들은 누구도 두렵지 않아……. 매일 그렇게…… 너희들만의 소박한 침대에서.

논리

 아! 그렇게 젊어서부터 욕망을 바짝 잘라 버리는 게 아니었어. 어릴 적, 너는 뿌리들을 소홀히 했지만, 이제 네 마음속 욕망이 수천 개의 가지로 다시 돋고 가지마다 싹이 트고 있잖아.

질투

 이런 게 널 위한 삶이라고? 너는 다른 이들보다 비참하고, 또 그 누구보다 더 벌을 받고 있잖아?

 오! 너는 비참해! 수레바퀴에 부서지는 큰길의 포석보다 더 비참해. 수레들도 밤에는 더 이상 지나가지 않아! 그런데 너는……. 오! 불평을 해. 울기도 하고, 화도 내. 눈물 흘리는 널 바라보는 이 머저리 같은 짐승이 되는 게 차라리 낫겠군.

앙투안느

너는 울지 않는구나, 너는. 네게는 아쉬운 것도 없지! 그런데 조금 전엔 너도 끙끙대던데……. 이리 오렴, 가여운 놈, 내가 좀 쓰다듬어 주마.

그가 돼지를 쓰다듬으러 가자 돼지가 그에게 달려들어 피가 나도록 깨문다. 앙투안느는 소리를 지르며 손가락을 흔든다.

돼지

개처럼 엉덩이를 땅에 대고 쭈그려 앉아서.

나는 몸통이 단단한 나무를 찾을 거야. 그걸 계속 씹다 보면 이빨이 자라겠지. 멧돼지처럼 길고 좀 더 뾰족한 송곳니를 갖고 싶어. 숲속 마른 잎 위로, 나는 뛰고, 달리고, 잠들어 있는 독 없는 누런 뱀을 지나쳐 둥지에서 떨어진 새끼 새들, 숨어 있는 산토끼들을 삼켜 버릴 거야. 나는 밭고랑을 뒤엎고, 진창 속에다 덜 여문 곡식들을 뭉개고, 과일과 올리브, 수박, 석류도 다 짓이겨 놓을 거야. 물살을 타고, 강가에 가서 모래밭에 있는 굵은 알들을 깨부술 거야. 노른자가 흘러내리겠지. 나는 도시들을 위협할 거야. 출입문에 서 있는 아이들을 먹어 치우고, 집으로 들어가 식탁 위를 휘젓고 잔을 넘어뜨릴 거야. 벽을 계속 긁어대서 신전들을 무너뜨리고, 무덤을 파헤쳐 관 속에서 썩고 있는 군주들을 먹어 버릴 거야. 문드러진 살덩이가 축 처진 내 입술 위로 흘러내리겠지. 나는 점점 커지고, 불어나고, 내 배 속에서 사물들이 우글거리는 것을 느낄 거야.

앙투안느

망할 놈의 돼지, 대체 왜 나를 무는 거야?

돼지

네가 남겨 주는 순무 꼬랑지나 네가 겨우 내놓는 쓰레기를 먹고 살 수 있을 같아, 내가, 돼지인 내가? 그때, 시장에서 왜 나를 사 온 거야? 지금도 기억 나. 우리는 짚 더미 위에 있었고, 내 형제들 가운데 나를 골라 급히 사서는, 내 두 귀를 허리띠에 걸고 여기로 데려왔지. 엄마가 울부짖고, 내가 소리를 질러도, 넌, 아랑곳 않고 묵주 기도를 암송하며 와버렸어.

나는 암컷을 원해. 금으로 된 여물통에다 분홍색 피 거품이 섞인 하얀 밀가루를 먹고 싶어. 잠자리에는 주홍빛 천을 깔고 싶어. 바짝 마른 포도 덩굴 위를 걷듯, 내 발 밑에서 인간의 뼈가 바드득거리는 소리를 듣고 싶어. 너부터 먹는 게 좋겠다. 허리에 구멍을 내서 담즙을 먹을 참이야.

돼지가 성인에게 달려든다.

앙투안느

돌 쪽으로 몸을 날려 두 손으로 돌을 들어 올린다.
비열한 짐승 놈! 내 너를 그렇게 아꼈건만!

분노

그놈을 죽여! 그놈을 죽여!
이때 갑자기 커져 하마처럼 뚱뚱해진 돼지가 세 줄의 이가 나 있는 어마어마하게 큰 입을 배에 닿도록 벌린다. 입에서 불이 나온다.

분노

놈을 짓이겨 버려! 짓밟아 버려!

논리

놈이 널 죽이려고 했으니, 그놈을 죽여 버려!

식탐

골이 깨지지 않게 조심해!

앙투안느

오! 네게 겁먹지 않아. 환각의 마귀, 네 잔꾀를 나는 알지. 내가 주먹을 들어 올리면, 곧 원래 모습으로 줄어들고는 벌벌 떨 거야.
돼지가 원래의 크기로 되돌아간다.

식탐

놈이 아직은 너무 말랐어. 우선 살을 더 찌워야겠어. 그러다 어느 날, 네 칼로 놈의 혈관을 열어. 나중에 순대를 만들 거니까 피를 쏟지 않도록 조심하고. 그러고는 놈을 네 토막 내서 숯불에 구워. 오! 냄새 좋다! 소금이 뿌려진 따끈따끈한 살점이 입천장에서 살살 녹고 잇몸에 착 달라붙는구나!

질투

멋진 식사지, 그건 그래! 암돼지면 젖꼭지를 먹을 수 있을 텐데! 그런데 이건! 어디 더 나은 게 없을까? 벌어진 채 물기 있는 채소 위에 놓여 껍질에 손이 닿으면 파르르 떠는 나폴리산 굴이 있다면! 화덕에서 바로 꺼내 껍질이 황금색인, 사프란 들어간 옥수수 빵을 먹을 수 있다면! 걸쭉한 옥수수 죽처럼 멧비둘기의 간이 흐물흐물 부서지고 향내가 코로 올라와. 농익은 포도 한가운데 고인 초록색 즙에 뾰족한 씨들이 누워 있어. 복숭아 껍질은 보기만 해도 침이 흘러. 붉은 고기 만세! 백포도주, 부드러운 빵 만세!

너는 괴로워 울고 있고, 밤은 무덥고, 가죽 주머니 안에서는 물이 썩고 있어. 앙투안느! 식탁에 함께 모여 앉아 웃고 있는 이들은 지금, 먹고 마셔.

팔을 괸 채로 몸을 돌려 몸집이 가냘픈 사내아이에게 잔을 내밀어. 그 아이는 침상들 사이를 돌아다니며, 병을 높이 들어 팔레르노산 포도주를 길게 따르지. 그들은 배 속을 향기롭게 하는 향신료들로 간이 된 요리를 먹지만, 온갖 맛이 범벅이 되어 어떤 고기로 만들었는지조차 알 수 없어. 인도산 포도주 향을 제대로 음미하려고, 용연향이 배어 있고 은빛 안개처럼 반질거리는 눈[雪]을 깨물어 먹지.

논리

왜 너는 거기에 없지? 그들이 너보다 잘난 거야? 교대로 해야지! 이제 그들이 단식해야 해. 그들 대신 마셔. 이젠 그들이 주님을 섬기고, 네가 주님의 선물을 맛볼 차례야.

목이 마른 앙투안느가 마신다.

질투

너는 괴롭고, 목은 마르고, 어둠은 가득해. 이 시각에 다른 이들은, 식탁에 앉아 즐겁게 음식을 먹고 커다란 은잔에 담긴 살얼음을 깨물지.

앙투안느

그래, 그래! 그건 사실이야.

인색

가난한 이들에게 네 재산을 다 주지 않았다면, 노년에 쓸 것이 조금이라도 남았을 텐데. 결국 넌 굶어 죽을 거야.

질투

네 돈으로, 지금쯤 네 잘난 형제들은 술집에서 진탕 마시고 있거나, 아니면 여자 점쟁이들에게 운세나 물어보고 있겠지.

논리

너 때문에 그들이 망가진 거야. 은혜가 사람을 타락시키지.

인색

네 땅을 가지고 열심히 경작을 하는 것이 더 나은 결정이었을지 몰라. 운영만 잘하면 농장의 수익이 높았을 거고, 농장이 점점 커지면 다른 밭들을 구매할 수도 있었잖아. 땅을 파고 씨 뿌리고 수확하고 쌓아 둘 수도 있었을 텐데.

식탐

지하 저장고들이 꽉 찰 거야.

인색

소들이 되새김질하고 있는 기름진 풀밭에서 너는 산책을 했겠지. 암양들이 물 먹으러 오는 빨래터도 있었을 거고.

나태

양털 위에 누워 낮잠도 즐겼겠지.
앙투안느가 두 손으로 머리를 감싼다.

인색

노예들이 집 안에서 온갖 종류의 일을 열심히 해주는 덕에…… 너는 부자가 되었을 거야!

앙투안느

에이! 내가 그런 걸 원했다고 해도, 그렇게 할 수 있었겠어?

그런 일들을 할 줄이나 알았을까?

논리
너는 어려운 일을 잘해 냈어.

질투
상속받은 유산으로 수도원을 세웠으면 어땠을까? 슬슬 사제들이나 양성하면서 존경을 받고 살았을 거야. 물려받은 땅을 판 돈으로 다리 통과세를 받는 자리를 샀다면 어땠을까? 물론 하루 종일 기도나 드리면서 혼자 살아야 했겠지만, 적어도 이따금씩 네게 세상 소식을 가져오는 여행자들이나 이상야릇하게 옷을 입은 이방인들, 웃기를 좋아하는 군인들과 함께 지낼 수도 있었을 텐데.

인색
조각한 성물을 순례자들에게 팔아 모은 돈을 항아리에 보관했다가 네 움막 안에 구덩이를 파서 그것들을 묻어 두고, 밤이면 금화를 한 닢 한 닢 세면서 동전 소리를 들을 수도 있었을 텐데.

앙투안느
몽상에 잠겨.
아냐, 아냐, 나는 내 허리에 걸린 묵주알 소리를 듣는 게 더 좋아.

분노
말에 올라 머리에 투구를 쓰고, 벗은 장딴지를 치는 긴 검을 차는 것도 좋았을 거야. 겨울날 파수병이 되어, 성채 위에서 달빛을 받으며 휘파람을 불든지, 아니면 쇠편자를 박은 막대기를 들고 용감한 동료들의 대열 속에서 노래하며 음산한 숲을 가로지르든지. 너는 방방곡곡 대로를 행진하고, 산속에서 야영하고, 이국의 강물을 마시고, 성채를 포위해서 공격하고, 대도시들로 들어가는 문들을 부숴 버렸을 거야. 넌 나무창으로 궁전의 모자이크를 깨뜨렸을 거야.

음욕

그리고 아름다운 이국 여인들의 머리채를 잡아끌었겠지.

교만

사람들이 그의 얼굴을 보려고 지붕 위에 올라갔을 때, 금관악기들의 연주와 함께 도시에 입성하는 정복자는 얼마나 멋진가!

앙투안느

갑옷을 입기엔 난 너무 허약했어.

논리

너는 지금 무거운 고행자의 옷도 잘 입고 있잖아.

앙투안느

야영지에서 시시덕거리기엔 너무 진지하고, 사람을 죽이기엔 나는 너무 온순해. 전쟁은 저주받은 행위야.

논리

하느님을 위해서 하는 전쟁은 다 뭐지? 다윗은 정복자였고,[13] 베드로는 검을 지녔으며,[14] 예수 자신이 사람을 치기도 했는데……

---

13 〈이렇게 야훼께서는 다윗이 어디를 가든지 그에게 승리를 안겨 주셨다.〉 (『구약』 「사무엘 하」 제8장 제6절)

교만

　아주 어려서부터 너의 교만한 신앙심이 지하 감옥에 갇힌 것처럼 너를 무지 속에 잡아 두지 않았다면, 너는 둥근 기둥 발치에 쪼그리고 앉아 무릎 위에 현인들이 쓴 책장을 넘기며 손가락으로 지나간 제국의 발자취를 좇거나, 하늘에 있는 별들이나 따라다니며 세월을 보냈을 거야. 너의 인생은 읽기만 하다가 조용히 흘러갔겠지. 책 속의 글귀보다 빨리, 쪽 수에 아랑곳없이 넘겨질 한 권의 책처럼, 네 삶의 하루하루가 지나갔겠지. 너는 현인이 될 수도 있어. 어쩌면 율법학자도. 네가 대가(大家)라면 남들이 모르는 것을 알 수도 있지. 과학에도 정신을 잃을 만큼 짜릿함이 있고 매력 또한 무궁무진해. 인간들이 과학의 젖을 먹기 시작한 이후로 아직도 젖샘이 마르지 않았어. 과학의 입맞춤은 너의 머릿속에 멋진 영감을 불붙게 할 거야. 관념이 너의 머릿속에서, 물결 위를 비추는 횃불과도 같이, 투명한 깊은 곳까지 자신의 넉넉한 빛과 풍성해진 깃털을 흔들어 보일 거야.

　그때, 그늘 속에 파묻힌 세상이, 저 아래로, 소리 없이 지나갈 거야.

질투

　아무도 모르는 것을 너는 알 수 있을 텐데.

논리

　폐허의 이름, 동물의 형상, 풀의 효험.

인색

　은맥이 묻힌 비밀의 장소.

14 〈이때 시몬 베드로가 차고 있던 칼을 뽑아 대사제의 종을 내리쳐 오른쪽 귀를 잘라 버렸다. 그 종의 이름은 말코스였다.〉(『신약』「요한의 복음서」제18장 제10절)

식탐

먼 나라에서 나는 과일들이 자라고 있는 강가의 그곳.

분노

치명적인 급소.

논리

일식과 월식, 질병의 원인, 식물의 효험, 별들 간의 거리, 지구, 하늘.

음욕

만월이 여성의 배에 그녀들의 피를 쏠리게 하는 이유. 노인들을 회춘시키는 민간요법으로 수태도 낙태도 시킬 수 있어.

교만

네 말을 듣고 싶은 왕들이, 그들 옆 자리에 너를 앉게 하고 광대들의 놀이를 멈추게 하겠지.

인색

그러고는 작은 상자에 포장된 셀 수 없이 많은 선물을 주어서 널 돌려보내겠지.

앙투안느

안 돼, 안 돼! 이런 것들은 하느님으로부터 멀어지게 해.

논리

네가 사제가 되는 것을 누가 막아?

앙투안느

안됐지만 사실인걸! 주께서는 우리 모두에게 똑같은 총명함을 주시지 않아. 내 재주로는 그런 일들을 절대 해낼 수 없어.

교만

말도 안 돼! 너는 그들의 머리 위에서 내려다보고 있잖아. 다시 말하지만, 너는 모든 걸 알기 위해 태어난 거야. 넌 하느님을 사랑하니까 하느님이 만든 창조물을 이해하는 건 더욱 쉬울 거야.

논리

네가 사제가 되었다면 그 누구보다 더 봉사를 많이 했을 거야.

교만

한마디 말[15]로 주를 세상에 내려오게 하는 즐거움을 의심하는 거야? 주를 네 손에 잡는 즐거움을 말이야? 사람들이 자기에게 머리를 숙이는 걸 보는 즐거움을?

음욕

수줍은 여인네들의 마음을 바람처럼 흔드는 기쁨을?

식탐

정오까지 금식을 하고, 사제관에서 친구들과 함께 마음껏 맛난 음식을 먹지.

교만

그가 지날 때, 아이들은 목소리를 낮추고, 그의 앞으로 향로

---

15 미사의 만찬 전례에서 사제가 하는 말. 〈이는 내 몸이니라.〉

를 기울이지.

인색

그가 성배를 마실 때면, 소매 끝 고운 레이스는 섬세한 금장식을 스치지.

음욕

신앙심 깊은 귀부인들이 그의 목에 걸치는 영대(領帶) 깃에 수를 놓았지.

질투

이 은신처를 떠나라. 알렉산드리아로 돌아가, 예비 신자들에게 강론을 하고, 공의회에 나가 너의 주장을 펼쳐 보렴. 너라고 주교가 되지 말란 법 있어?

논리

네가 숯쟁이였던 코마니아의 알렉산드로스[16]보다 천한가? 드니[17]처럼 죽을 거니? 넌 에우세비오스[18]보다 유명하고 오리게네스[19]보다 순결해.

---

16 Alexandros of Alexandria(250?~328). 카파도키아(터키 동북부)에 있는 요새 도시 코마니아의 주교로, 자신을 낮추기 위해 숯 굽는 직업을 가졌다.

17 Saint Denis. 3세기 파리의 초대 주교로, 몽마르트르 언덕 혹은 생드니에서 참수형을 당했다고 한다.

18 Eusebios(260?~339?). 팔레스티나 케사레아의 주교로, 성자는 성부의 본질과 동일한 본체라는 〈동질론〉에 반대하여 아리우스Arius(256?~336)의 주장을 단죄하는 문안에 동의하기를 거부하여 안티오키아 교회 회의로부터 325년에 파문을 당하였다. 그는 303년 디오클레티아누스 황제의 박해 이전 몇 년 동안, 교회 창립으로부터 324년 리치니우스와의 전쟁에서 콘스탄틴 대제의 승리와 제국의 일치까지를 다룬 최초의 『교회사』(10권)를 썼다.

앙투안느

난 공의회에선 말을 못해. 대단한 율법학자들이 모두 앉아 있는 데선 겁이 나. 게다가 올바른 판단을 하기에는 너무나 많은 장애가 내 의식 속에서 느껴져.

논리

네가 자주 죄를 범하는 것은 조언을 받지 못해서 그런 거야.

나태

수도승을 보러 갔을 때 왜 거기에 눌러앉지 않았지? 너의 영혼을 정신적 지도자에게 맡겨 신에게로 너를 이끌게 할 수 있지 않았을까? 종소리가 알아서 휴식할 시간, 기도할 시간, 그리고 잠자야 할 시간을 네게 알려 주었을 텐데.

논리

규율을 따랐다면, 틀림없이 너는 구원을 받았을 거야.

인색

네게 부족한 것도 없었을 테고, 걱정할 일도 없었을 거야.

나태

수도원 안뜰에 있는 그늘진 회랑 벤치에 앉아, 수련기 수도사들과 대화를 나누거나 묵주 알이나 굴렸겠지. 네가 성소의

---

19 Origenes(185?~254?)는 성서를 학문적으로 연구한 최초의 주석가이다. 이교 철학자인 켈수스가 그리스도교를 체계적으로 비난하기 위해 쓴 『진언(眞言)』이라는 책을 조목조목 반박하기 위해 『켈수스 논박』(8권)을 저술했다. 그는 「마태오의 복음서」 제19장 제12절 말씀에 따라 거세를 행했다. 데키우스 로마 황제의 박해를 받았다.

바닥을 닦았을지도 모르지. 또 기름을 넣으려고 허공에 걸려 흔들거리는 램프의 은사슬을 잡아당기는 일을 할 수도 있었겠지. 기나긴 오후, 독방에 앉아 멀리 추수하는 이들의 소리를 듣거나, 열려 있는 유리창을 통해 정원을 둘러싼 벽 발치에서 자라고 있는 쐐기풀이나 양배추의 반들거리는 잎 위로 기어가는 달팽이를 편안한 마음으로 바라보았겠지.

식탐

수도원 식당의 식탁 앞, 형제들 사이에 앉아, 주석 물컵 옆에 길고 가지런히 놓인 작은 빵들을 보거나.

음욕

또 면회실의 창살 사이로, 제단을 꾸밀 꽃을 들고 온 시골 처녀를 보았겠지.

논리

나름대로 행복하고, 풍요롭고, 건전하고 평화롭게 사는 방식이었겠지. 사타구니에까지 살이 쪄서 너는 더할 나위 없는 행복을 누렸을 거야.

앙투안느

한숨을 쉬며.
맞아!

중대죄들

하나 다음에 또 하나가 간격을 두고 같은 말을 한다.
맞아!⋯⋯ 맞아!⋯⋯ 맞아!⋯⋯

논리

지금 네가 사는 꼴을 좀 보렴.

앙투안느

아! 이건 사는 게 아니야. 나도 그건 알아. 이건 차라리 죽지 못해 사는 거야. 솔직히, 최고의 환희를 맛본 순간들도 있었어. 날개 같은 것에 실려, 세상을 훌쩍 떠나가곤 했는데, 그런 순간들은 정말 드물었지!

논리

그 순간들이 좋았던 게 확실해? 틀림없이 기억이 너를 속이는 걸 거야. 지나간 행복을 보려고 고개를 돌리면, 행복의 정점은 언제나 황금빛 연기 속에 잠겨 있고, 황혼 무렵, 더욱 길어 보이는 산처럼, 하늘에 닿아 있는 것 같지.

앙투안느

울기 시작한다.

그럴지도 몰라! 점점 더 슬픈 날들이 이어졌지. 주께서는 내게 그리 관대하지 않으셨어. 내 귀는 그분의 목소리만을 들으려 하고, 내 눈은 그분의 빛만을 보려 하는데, 그분은 말씀이 없으셨고, 당신의 빛도 주지 않으셨어. 그것을 얼마나 기다렸던가! 지금도 얼마나 간절히 기다리는지! 무엇이 부족한 걸까? 주님, 사랑인가요? 사랑합니다, 저는 불타는 욕망으로, 강렬한 열정으로 사랑하고 있습니다. 기도를 원하시나요? 더 오래 기도할 수 있도록 하루의 시간을 늘려 주소서. 당신이 원하는 것, 자비의 아버지시여, 그것이 고행입니까? 제 머리 위로 불의 비를 뿌려 주소서. 그리하여 당신의 사랑으로 저를 가득히 채우시고, 기도 외엔 바랄 것이 없게 해주시고, 고행으로 더 편안하게 해주소서. 지친 사내처럼 자고 싶은데 파리들이 달려듭니다. 몸을 뒤척이고, 손으로 얼굴을 감싸고, 옷자락에 얼굴을 묻고, 눈물을 흘리며 오열하고, 어둠 속에서 잠들지 못하고 깨어 있어, 저는, 잡을 수도 셀 수도 없는 무엇이 제 위로 지나가고 다시 오는 것을 느낍니다. 이것이 저를 뜨겁게 달구고 근질거리게 하고, 간지럽히고 그리고 삼켜 버립니다.

오! 눈물 속에서 여려지고 싶습니다. 주여, 제가 원하는 만큼, 당신을 사랑하지 못하기 때문입니다. 당신의 위엄을 사랑하게 하시고, 당신의 은총에 취하게 하소서. 몸에 필요한 양식을 주시듯, 허기진 정신에도 필요한 양식을 주소서. 당신에게 청하나이다. 진흙탕에 빠져 왕의 외투 끝 금술 장식에 매달리며, 들으려고도 하지 않는 그의 무릎에 몸을 던진 거지처럼 청하나이다. 가엾은 은자를 불쌍히 여기소서!

당신은 이토록 크십니다! 저는 이렇게 작기만 합니다! 오! 당신에게로 갈 수만 있다면, 욕망에 실려, 바람처럼 그곳으로 올라갈 수 있다면! 도약할 힘은 어디에 있으며, 저를 들어 올릴 관념은 어디에 있나이까?

세상에 대한 집착을 완전히 버리지 못한 것일까요? 제 영혼은 끊임없이 하느님을 경배하려 하는데, 저는 세속에 대한 생각의 그림자일 뿐입니다. 숨도 감히 쉬지 못합니다. 사는 게 부끄럽고, 몸이 부끄럽습니다.

지하 무덤 속으로 불을 들고 내려가듯이, 그토록 고통스럽게 제 안에 남아 있는 삶에 대한 열정의 부스러기를 찾아보아도, 먼지 하나 남아 있지 않았습니다. 이미 예전에 사라진 삶이지요! 그런데 왜 아직도 먹을 게 있는 것처럼 마음의 벽 위에서 벌레가 꾸물거리고 있을까요? 죄를 짓고 있는 것 같지는 않습니다. 하지만 그보다는 순수하지 않다고 느낍니다. 그리고 그것이 마음을 몹시 아프게 합니다.

기도를 해도 마음이 거기에 없습니다. 고행을 해도 고통을 느끼지 못합니다. 하느님 한 분에게로 모으려는 내 안의 생각들이, 하나씩 하나씩, 이렇게 이어지다가 제게서 빠져나갑니다. 그건 마치 어린아이가 손으로 잡지 못해 바닥에 떨어진, 그래서 무릎을 다치게 하는 화살 묶음 같거나, 양치기가 목초지 주위를 숨 가쁘게 뛰어다니며 부르고, 지팡이를 휘둘러도 아랑곳하지 않고 사방으로 흩어져 나가는 염소 떼 같습니다. 양들은 발 닿는 대로 도랑에 물 마시러 가고, 산꼭대기에 올라가 새처럼 앉아 보고, 늑대에게 먹힐지도, 또 숫염소들이 홀레붙으려고 덤빌지도 모르는 숲속으로 갑니다.

세상에 저보다 비참한 인간이 있을까요? 욥은, 두엄 위에 앉아서라도, 불행에 빠진 자신을 미지근한 재로 덥히고, 예전의 기쁨을 떠올릴 수 있었지만, 저는 가족도, 가축 떼도, 부귀영화도 가져 보지 못했습니다. 지난 세월을 돌이켜 보면, 쇠사슬에 엮인 죄수들처럼, 같은 얼굴에, 같은 옷을 입고, 같은 슬픔에 빠진 날들이 줄지어 지나갑니다. 당신이 절 시험하시고 계신 지도 삼십 년입니다! 여기에 남아야 하나요? 도시로 가야 할까요? 명령을 하소서! 어디로 도망가야 하나? 어디서 머물러야 하나? 무얼 하지? 나는 비틀거리고, 표류하고, 길을 잃고, 매 맞은 바보처럼 울고, 마차에서 떨어져 나간 바퀴처럼 되는 대로 돌고 있어.

논리

너는 혼자 살기 때문에 괴로워하는 거야. 또 괴로워하기 때문에 갈피를 못 잡는 거고. 별들 속에서 타오르는 신의 정신이 네 영혼 안에서 움직이고 있는 거야. 네가 슬플 땐, 네가 전능하신 신의 한 부분을 슬프게 하는 거야. 인간이 무한한 슬픔을 느끼는 것도, 포박된 신의 멜랑콜리 같은 것을 느끼는 것도 다 그 때문이야.

앙투안느

어떻게 하지? 그렇다고 내가 더 뭘 할 수 있겠어?

논리

넌 그런 게 아냐, 걱정 마! 하느님을 섬기는 자들은 모두 너와 같은 불안에 빠져 있단다. 기도를 하지만, 그들 마음에는 회의가 깃들어 있지. 성체 빵을 자를 때, 그들 손엔 회의가 들려 있어. 죄지은 자들의 고해를 듣고 있을 때, 그들 귀엔 회의가 있어. 임종을 지키면서, 죽음 앞에 선 이들에게 영원을 말하고 하느님을 만날 것을 약속하지만, 하느님의 종들도 영원이 무엇인지 모르고, 하느님이 누구인지 스스로 물으며 그들도 절망에 빠지는 거야.

앙투안느

오! 모두가 그런 건 아냐! 산처럼 흔들리지 않는 신앙과 하늘처럼 큰 희망을 가진 이들을 본 적이 있어.

논리

거짓말! 그들은 남들에게 거짓말하면서 자신을 속이고 있는 거야. 집으로 돌아가, 홀로 남아서, 남몰래 엎드려 울며, 제 머리를 치고, 그만 죽어 버렸으면 하지.

앙투안느

그게 그러니까, 그건······.

논리

깊이 생각하면 할수록, 희망을 덜 가지게 되지. 앞으로 나아갈수록, 더욱더 갈피를 잡을 수가 없게 돼. 그들의 정신은 마치 사방으로 펄럭이고, 온갖 구름에 잠겨 폭풍우 속에서 미친 듯이 돌며 날리는 마른 지푸라기 같아.

앙투안느

그럼 어떡하지?

논리

완전한 정결함은 기쁨 속에 있고, 행복은 평화 속에 있는 거야. 기쁨을 갖도록 해봐. 평화를 얻도록 해봐. 짐을 진 사람은 눈을 들어 해를 볼 수 없잖아. 그러니 짐을 좀 내려놓으럼. 그럼 네 얼굴 위로 은총의 빛이 쏟아져 내릴 거야.

앙투안느

은총? 은총은 고행을 통해서 얻어지는 게 아닌가?

논리

너는 고행을 실천하고 있지만 은총은 아직 내리지 않았고, 언젠가 오겠지…….

앙투안느

어떻게 말이야?

논리

사람들은 제단에 활짝 핀 꽃과 촛대를 놓고, 향로에 향을 피우고, 보석으로 장식된 둥근 통에 순교자의 뼈를 담아 두지. 그런데 너는, 기껏 한 송이 장미 향기를 음미하고 꽉 찬 달을 쳐다본다고 자신을 탓할 셈이구나.

앙투안느

세상이 우리의 시선을 받을 만한가?

논리

피조물인 네가 창조를 저주하다니. 네가 창조를 알기나 해? 창조가 뭔지를 아냐고? 세상의 한가운데서 궤도를 따라 돌고 있고, 별들 속에서 빛나며, 너의 심장 속에서 뛰고 있는 신의 정신을.

앙투안느

그렇다면 고행은 아무 소용이 없다는 거야?

논리

행위의 결과에 대해선 신경 쓰지 마, 행위가 뭐 중요해? 조각품은 자기를 만든 구상 개념을 자기 안에 지니고 있지 않나? 관념은 물질이 되면서 자신의 본질을 상실했을까? 정신은 각각의 원자들 속에 조금도 내재되어 있지 않은 걸까?

앙투안느

그렇지만 나는 신이 아닌걸!

논리

신이 되고 싶었지?

앙투안느

언젠가는 신을 알고 싶었어.

논리

우주의 왕이 네 고행에 그토록 마음을 쓰고 네 눈물이 얼마나 되는지 보려고 하늘 가장자리 바깥쪽으로 몸이라도 기울일 거라고 생각해? 네가 켜 놓은 램프에 밤나방이 부딪히고 날개를 태우면서 고통을 느낄 거라고 생각해? 그런데 너 역시, 눈부시게 하는 찬연한 빛 가장자리에 죽으러 오지…….

앙투안느

뭐라고? 내가 하는 모든 게 아무 소용도 없다고?

논리

네 경우라면, 그렇지! 아닌 게 아니라 네게 속죄할 일이라도 있고, 누가 널 보기라도 하니? 사람들이 고행을 하는 이유는, 흔히 죄지은 자들을 감화시키기 위해 모범을 보이는 것일 뿐이야. 종려나무 잎으로 만든 옷을 입고 발뒤꿈치에 가죽끈으로 가시를 묶고 다니는 사라브주의자들[20]이 그렇지. 그들은 은신처인 동굴에서 나와 피를 뒤집어쓴 모습으로 사람들 앞에 나타나서는, 돈을 긁어모으고 다시 그들 소굴로 돌아가서, 함께 사는 여자들의 허리를 안고 통로에서 노래를 부른다고. 이런 식으로 그들은 수많은 이들을 개종시키는 거야.

앙투안느

비열하고 파렴치한 짓이야! 나는 꿈에 수노새와 당나귀들이 주님의 제단 위로 뛰어올라 가 성배를 뒤집는 걸 보았어.

---

20 *Sarabaïtes*의 어근 *sarab*는 히브리어로 〈반항하다〉를 뜻함. 사라브주의자들은 고행과 수행에 혐오감을 가진 이집트 수도승들로, 작은 무리를 지어 도시를 옮겨 다니며 규율 없이 살았다.

논리

아! 바알 신[21]을 섬기는 사제가 하듯 꿈을 해석해 보겠다고! 좀 더 단순해져 봐, 앙투안느. 너는 정신을 괴롭히고, 교만은 너를 뒤흔들고 있어.

앙투안느

그건 아니야. 오만한 마음을 억누르려고 하는걸. 내게 아직도 오만이 남아 있다면, 이렇게 바닥까지 내려가 있지는 않겠지?

논리

오만함을 끊임없이 생각하고 있는 사람은 오만으로 가득 차 있는 거야.

앙투안느

무슨 끔찍한 생각을 한 거야! 대체 어떻게 된 거야! 결코 내가 나를 알 수 없다고? 내가 후퇴하고 있는 것인지, 나아가고 있는 것인지, 내가 잘하고 있는지, 잘못하고 있는지 말이야. 최선이라고 믿었던 것 모두가 나를 파멸시키고 괴롭히는구나.

논리

네 잘못이야……. 네가 한 일에 대해 너무 괘념하지 마. 행위가 뭐 중요해? 늘 목적에 따르고, 필요에 따라 생겨나고, 살아 움직이는 것에 대해 수동적이며, 오늘은 좋은데 내일은 나쁘고, 칭찬을 받건 질책을 받건 늘 동일한 행위 따위가 고유한 가치를 지닐 수 있을까? 신앙에서 비롯된 행위라면 지류를 따를 필

---

21 자연의 힘을 나타내는 페니키아, 카르타고, 칼데아 사람들의 최고신. 제물로 황소나 어린 사내아이를 바쳤다.

요가 있을까? 샘으로 오르렴. 그곳에서 너는, 주께서 자신이 선택한 이들을 위하여 들고 계신, 잔에 가득 담긴 맑은 물을 마실 수 있을 거야.

앙투안느

맞아, 행위는 나쁜 거야, 자주 그렇게 느꼈어. 그렇지만 행위가 옳은 구석도 있다는 확신이 들 때도 이따금씩 있어.

논리

그렇지 않아. 행위는 악에서 오는 거야. 악마가 만들었어. 행위는 몸, 힘 그리고 우연의 영역에 있지. 넌 단식을 하고, 무릎을 꿇고, 고행을 하지만, 단식에 순수함이 있을까? 꿇어 엎드리는 게 왜 성스럽지? 네가 잠자는 잿더미가 다른 이들이 춤추는 모자이크 바닥보다 더 축복받았을까? 주께 기도하기 위해, 동쪽이나 신전 쪽을 향해 몸을 돌려야 하고, 팔을 쳐들거나 교차시켜야 하고, 살을 찌우거나 빼야 한다는 거야? 전능하신 분 발치에서는 잡초도 삼나무도 키가 같은 거야. 네 덕에 대한 공은 어디 있고 네 비참의 숭고함은 어디에 있지?

앙투안느

그렇지만 계율이…….

논리

계율? 유대인들이 말하고, 사두가이들이 전도하고, 바리사이들[22]이 팔지. 예수는 그 계율을 파기시키러[23] 세상에 오지 않

---

22 사두가이파는 기원후 70년 제2차 예루살렘 성전이 파괴당하기 전의 약 2세기 동안 번성했던 유대교 제사장 분파로, 문서화된 모세 5경(토라)만 인정했으며 죽음 이후의 영혼 불멸성, 몸의 부활, 천사 같은 영적 존재를 부인했다.

았나? 스스로를 검이라고[24] 부르지 않았던가? 율법학자들은, 그가 말을 하면, 반대의 목소리를 내고 입고 있던 외투로 먼지를 날리곤 했지. 계율이 수많은 사람들을 먹이고,[25] 타보르 산 위로 거세게 불타는 물결을 잠재웠을까?[26] 계율이라고! 계율의 이름으로 예언자들의 목을 조르고, 예수를 십자가에 못 박았으며, 스테파노 성인을 내쫓았고,[27] 베드로를 죽였어. 바오로도, 모든 순교자들도! 계율! 그것은 뱀의 저주야. 그리스도는 이 저주로부터 인간들을 구원하러 온 거야. 계율이 신전을 세웠고 유대인이 아닌 자들을 추방했고, 은총이 신전을 뒤엎었으며 유대 밖 나라들을 다시 불러왔어. 지난날 이스라엘에 갇혀 있던 영혼이, 이제 자유로이 제 몸집을 키울 수 있게 되었어. 영혼이 자신의 창을 열기를! 마음껏 숨 쉬기를! 남과 북에, 석양과 새벽에 날아오르기를! 이제 사마리아의 저주는 끝났으며 바빌론도 슬픔을 딛고 다시 일어났으니까.

앙투안느

오! 주여! 주여! 내 안에서 홍수 같은 것이 솟구치는 것을 느낍니다.

바리사이파는 제2 성전 시대(B.C. 515~A.D. 70) 후반기에 팔레스타인에서 융성했던 유대교의 한 종교 분파로, 구전된 전승도 모세 율법의 중요한 일부로 보았다.

23 〈내가 율법이나 예언서의 말씀을 없애러 온 줄로 생각하지 마라. 없애러 온 것이 아니라 오히려 완성하러 왔다.〉(『신약』「마태오의 복음서」 제5장 제17절)

24 『신약』「요한의 묵시록」 제1장 제16절 참조.

25 『신약』「마태오의 복음서」 제14장 제19~20절 참조.

26 호수의 풍랑을 잠재운 기적을 말하고 있다(『신약』「마태오의 복음서」 제8장 제23~27절 참조). 타보르 산은 예수가 베드로, 야고보, 요한 앞에서 영광스러운 변모를 한 곳이다(「마태오의 복음서」 제17장 제1~9절 참조).

27 『신약』「사도행전」 제7장 참조.

논리

그것이 솟구치기를! 그것이 너를 씻으리라.

침묵.

앙투안느

생각을 가다듬으려는 듯 이마에 두 손을 대고서.

계율? 그러니까, 그 얘기였지! 그러면…… 어디 보자. 성자는 성부에 의해 보내졌지, 세상으로…….

논리

성자가 성부를 보내면 안 되나?

앙투안느

성자는 뒤에 오기로 되어 있어.

논리

좀 더 새롭기 때문인가?

앙투안느

그게 아니라…….

논리

순서가 있겠지……. 그는 성부에 의해서 만들어졌지. 성부가 먼저, 그리고 성자.

앙투안느

아니야!

논리

누가 세상을 만들었지?

앙투안느

성부!

논리

그러면 성자는 그때 어디 있었지?

앙투안느는 대답하기를 망설인다.

그를 마주하고 중대죄가 성당 옆으로 모습을 드러내고, 이들보다 더 작고 더 많은 다른 그림자들이 드문드문, 살며시 끼어든다.

논리

말을 잇는다.

성자는 어디 있었지? 그의 곁에? 그의 안에? 그의 아래에? 그 당시, 그는 그리스도였나? 그리스도는 사람인데 그때는 인간들이 있지도 않았으니……. 그리고 성령은, 뭘 하고 있었지?

앙투안느

그들은 함께 있었어.

논리

함께! 세 명의 신이 있었다고!

앙투안느

아니야, 그들은 하나야.

논리

예수가 되려고 성자가 성부에게서 떨어져 나왔을 때, 신의 3분의 2가 남아 있었겠네. 예수가 정말 신이라면, 그가 인간으로 사는 동안 신은 어디 있었지? 그가 죽는 순간 신은 뭘 하고 있었지? 그가 죽은 후 신은 어디 있었나? 그는 이미 죽었는데.

앙투안느

성호를 그으며.
부활하셨지.

논리

그가 인간으로 살기 이전에 이미 존재했으니, 죽은 뒤 다시 존재하기 위해 부활할 필요가 없었을 거야. 인간의 육신은 어떻게 했지? 그와 함께 있었나? 인간의 영혼에는 무슨 일이 일어난 거지? 인간의 영혼을 신의 영혼에 묶었나? 그렇다면 이것은 신이기도 한 인간이고, 신에 덧붙여진, 신의 살점이로군. 또 그가 성부와 성령과 함께 하나이므로, 성부와 성령도 살덩어리고 그들 모두가 살덩어리야. 그러니 살덩어리만 있는 거야!

앙투안느

아니야, 아니야, 모두가 정신이야.

논리

그 말도 맞아. 예수는 신이고 신은 정신이지. 그런데 예수는 태어나고, 먹고, 걷고, 잠자고, 괴로워하고, 죽었고, 그런데도 그는 정신이었다는 거지! 정신이 어디에서든 태어날 수 있는 것인가? 고통을 느낄 수 있나? 먹기도 하고? 잠도 자고? 죽을 수도 있단 말인가? 그런데 정신이 죽었다는 거지! 그렇다면 예수는 출생도 죽음도 경험하지 못했어, 그게 아니면 그는 정신이 아니었어.

앙투안느

그의 안에 있는 인간이 괴로워한 것이지.

논리

그의 안에 있던 신이 그렇게 한 것은 아니지. 그건 확실해! 사람은 고통을 느끼지, 그건 그래, 그런데 신은! …… 그걸 생각할 때, 그가 사람일 뿐이었다면, 인간으로서의 고통을 몸소 겪다니 퍽 대단한 거지! 만약 그가 신이었다면, 고통을 정말로 겪지는 않은 거야.

앙투안느

그렇고말고, 그는 신이었지.

논리

그렇다면 그는 고통을 못 느꼈어! 고통스러운 척한 거지. 에테르를 통과하는 태양처럼 인간의 삶을 통과하고는 잠시 인간의 모습 속에 자신을 숨긴 거야! 그는 마리아에게서 나오지 않았으면서도, 태어난 것처럼 보인 거야. 사람들이 그를 십자가에 못 박았을 때, 그들이 괴롭히고 있는 자신의 몸을 위에서 내려다보고 있었던 거지. 사흘 후, 자기 무덤의 돌을 걷어치우고 나오려 할 때, 그는 빠져나오는 연기 같았어, 어렴풋한 유령 같은 것 말이지. 도마는 의심이 났고, 그의 못 자국을 만져 보고 싶어 했어. 하지만 상처를 만들어 보이는 것이 그에게는 어렵지 않았어. 그는 이미 몸을 만들어 보였거든. 그의 몸이 너의 몸처럼 진짜였다면, 사람들이 들을 수 없을 만큼, 소리보다 섬세하게 벽을 통과해서, 빛보다 빠르게 공간 이동을 할 수 있었을까? 따라서 그게 육체가 아니었다면, 그리고 인간이 아니었다면…… 예수는 분명 그리스도였겠지, 안 그래? 그리스도, 그가 곧 멜기세덱[28]이고 셈[29]이고 테오도투스[30]이고 베스파시아누스[31]라는 걸 넌 결코 믿지 않지?

앙투안느

그렇고말고, 예수는 그리스도야.

논리

그리스도가 예수라……. 하지만 존재하지 않는 것은 없는 것이고, 존재하려면 몸이 있어야 하는데, 그는 몸이 없었으니 존재한 적도 없었던 것이고, 그가 없었으니 그리스도도 없었던 것이고, 그리스도는 만들어 낸 거야.

앙투안느

흐느끼며.

오! 오! 내가 원한 건 아닌데, 이 모든 것이 내 머릿속에서 꼬리를 물고 일어나, 발이 없어 꼼짝 못 하는 사람이 한 계단 한 계단 신전 꼭대기에서 바닥까지 굴러 떨어지는 것 같아. 오! 하느님, 잘못했습니다! 저를 불쌍히 여기소서, 주여! 불쌍히 여기소서! 불쌍히 여기소서! 당신의 신비를 파헤치는 것은 나쁜 일입니다!

---

28 살렘의 임금이며 사제였던 그는 전쟁에서 돌아온 아브람을 빵과 포도주로 맞이했다(『구약』「창세기」제14장 제17~20절 참조).
29 방주에 탔던 노아의 맏아들로 〈예수의 족보〉에 들어 있다(『신약』「루가의 복음서」제3장 제36절 참조).
30 2세기 그리스도교 이단의 한 종파의 시조로, 멜기세덱을 신의 아들 즉 성자로 인정하고 그리스도는 입양에 의해 신이 되었다고 주장했다.
31 제9대 로마 황제(재위 69~79).

논리

그게 왜 나쁜 거지? 악이 뭔데?

앙투안느

놀라서.

뭐라고? 악이 뭐냐고?…… 좋지 않은 것.

논리

그리스 사람처럼 철학을 하는군! 넌 선과 악, 좋은 것과 나쁜 것, 비어 있는 것과 꽉 찬 것, 아름다운 것과 추한 것을 말하고 있어. 어디 보자, 꽤 영악한 자로군. 선이 무엇이지? 악하지 않은 것이겠지. 그리고 악은 선하지 않은 것이고? 훌륭해! 학교에서도 이보다 더 잘 추론하지는 못할 거야.

당나귀에게 선은, 푸른 엉겅퀴가 아니겠어? 낫에게는 자신을 갈아주는 돌이지? 여자에게는 자신을 즐겁게 해주는 사랑이고? 그런데 엉겅퀴 입장에서 보면 자기를 베어 먹는 당나귀가 악이고, 돌에게는 자기를 닳게 하는 낫이 악이고, 사랑에게는 자기를 소멸시키는 여자가 악이지. 또 말에게 악은 자기 콧구멍을 찌르는 엉겅퀴이고, 풀에게는 자기를 깎는 낫이야. 남자에게는 자기를 지치게 하는 여자야.

전쟁이 패자에게는 최악이지만, 승자에게는 매혹적이지. 삶이 너를 권태롭게 하지만, 남들은 인생을 즐겨. 비가 수확을 망치기도 하지만, 황폐한 땅을 기름지게 하지. 죽음이 도시를 비우지만, 땅에 거름을 주잖아. 쾌락이 사람들을 눈물 흘리게 하고, 고통이 웃게도 해. 너무 웃어서 허리가 아프기도 하고 또 일부러 고통을 찾아다니기도 하잖아? 같은 나무줄기에서 식탁 판자와 관 뚜껑이 함께 자라고 있지. 둘을 가르는 톱날만큼의 얇은 차이가 있어. 식탁 위에서는 기쁨이 울려 퍼지고, 망각 속에서 관은 썩게 될 거야.

존재가 선인지, 무(無)가 악인지, 그걸 네가 알아? 넌 무도 존재도, 선과 악도 몰라. 넌 그들을 갈라놓는 거리나 그들을 결합하는 유사성도 모르면서, 이들이 이루는 단계와 이들을 구성하는 원칙을 각각에서 판별하려는 거지!

앙투안느

악이 뭐냐고? 그건 신이 금지한 것이야.

논리

그렇지! 살인, 간음, 우상숭배, 절도, 반역, 계율을 지키지 않는 것이지. 그래서 신께서 아브라함에게 아들 이사악을 제물로 바치라 했고,[32] 유딧으로 하여금 연인인 홀로페르네스의 목을 베게 했으며,[33] 야엘에게 손님 시스라를 죽이게 하고,[34] 모든 국가에게 다른 국가를 몰살시키게 하고, 짐승들을 죽이고, 임신한 여자들의 배를 가르게 한 거지. 그리고 아브람이 하갈[35]과, 호세아가 매춘부[36]와, 뱀이 하와와, 성령이 마리아와 관계를 맺게 했지…….

앙투안느가 고함을 지른다.

야곱이 라반의 것을 훔쳤고,[37] 모세가 이집트의 왕의 것을 훔친 것도, 다윗이 도적들의 우두머리인 것도,[38] 민중들이 동맹 도시들을 도적질하고 패배한 도시들을 약탈하는 것도, 아론부터

---

32 『구약』「창세기」제22장 참조.
33 『구약』「유딧」제13장 참조.
34 『구약』「판관기」제4장 참조.
35 『구약』「창세기」제16장 제1~3절 참조.
36 『구약』「호세아」제1장 참조.
37 『구약』「창세기」제31장 제30~35절 참조.
38 이스라엘의 임금 사울의 시기가 두려워 아둘람 굴속으로 피한 다윗 주위로 곤경에 빠진 이들이 4백이나 모였다(『구약』「사무엘 상」제22장 제1~2절 참조).

시드키야[39]까지 청동뱀[40]을 숭배한 것도, 라합에게 상을 내린 것도,[41] 베델 제단에서 배신자를 응징한 것도,[42] 자신이 세운 계율을 파괴하려고 신께서 아들을 보내신 것도 다 그 때문이야! 계율이 좋은 것이었다면, 왜 없애려고 했겠어? 계율이 나쁜 것이라면, 그것을 왜 주었나? 나쁘지도 않으면서 좋고, 좋지 않으면서 나쁜 것이 어디에 있지? 선은 존재해? 악은 존재해? 진실은 있는 건가? 어디에 거짓이 있지? 이런 생각이 다 무슨 소용이 있지? 다 무슨 소용이 있어? 현자들이 열심히 찾았지만 아무것도 발견하지 못했고, 예언자들이 말을 했지만 동시에 그들은 아무것도 말하지 않았어. 너도 그들처럼 할 것이고 앞으로 올 세기들도 너처럼 할 거야. 그러니 하는 일의 결과에 신경 쓰지 말고, 인생의 맷돌이나 돌리면서 휘파람이나 불어.

앙투안느

그게 뭐 중요한가! 신의 뜻을 내가 알 수가 있나? 그분이 하신 것을 내가 판단할 수 있겠어?

논리

네가 인간에게서 혐오하는 것을 신에게선 경배하는 까닭이 뭐지?

---

39 〈바빌론 왕은 여호야긴의 삼촌인 마타니야를 왕으로 세우고 그의 이름을 시드키야로 바꾸도록 하였다.〉(『구약』「열왕기 하」제24장 제17절)

40 모세와 함께 이집트에서 이스라엘 사람들을 이끌고 나온 아론이 죽고 광야에서 굶주리던 백성들이 불평을 하자 신이 불뱀을 보내어 그들을 죽였다. 야훼의 명에 따라 청동 뱀을 기둥에 달았고, 뱀에 물린 자들이 청동 뱀을 보고 되살아났다(『구약』「민수기」제21장 제4~9절 참조).

41 창녀 라합은 여호수아가 보낸 정탐꾼들을 내놓으라는 예리고의 명을 어기고 헤브라이 신을 추앙하여 자신과 가족을 살렸다(『구약』「여호수아」제6장 참조).

42 『구약』「열왕기 상」제12~13장 참조.

####### 앙투안느

그게 무슨 말이야?

####### 논리

신의 악 앞에서 너를 낮추고 있잖아?

####### 앙투안느

악은 악마 안에 있는 거야.

####### 논리

누가 악마를 만들었지?

####### 앙투안느

신께서.

####### 논리

악마가 신에 의해 만들어졌고 모든 창조가 신의 말씀에서 나온 것이라면, 말씀이 있기 전에 말씀은 신 안에 있었고, 또 악마가 태어나기 전에, 그도 역시 거기 있었어. 악마는 말이야, 자기 지옥과 함께 있었던 거지!

####### 앙투안느

그도 신의 말씀에서 나왔어.

####### 논리

세계 창조도 신의 말씀에서 나왔지. 자연 신앙을 가진 이들처럼 생각하는 거야? 창조가 고유의 법칙과 자기 존재의 힘만으로 가능하다고 넌 생각해?

앙투안느

오! 아니야. 신의 의지에 따라 인간들이 생각하고 식물이 자라는 거야.

논리

악이 생겨난 것은 신의 의지에 의한 게 아닐까? 악은 사탄이 만들고, 사탄은 신의 종이며 그의 아들이고, 그는 마치 대천사 가브리엘 같지. 사탄은 지옥에서 죄인들을 벌하고, 이 아래 세상에서는 신도들에게 유혹의 미끼를 던지지. 따라서 악마는 필요하고, 그는 꼭 있어야만 해……. 몸을 가지고 있을까, 악마는?

앙투안느

깊이 생각하며.
악마에게 몸이 있다면?

논리

만일 그에게 육체가 있다면, 정신인 신이 동시에 여기저기 있을 수 있는 것처럼, 동시에 여기저기 있을 수는 없어. 그런데 그가 정신이라면 그는 신이고, 좀 더 정확히 말해 신의 한 부분이라고 본다면 전체에서 한 부분을 떼어 낸다는 것은 전체를 파괴하는 거잖아? 따라서, 신에게서 그 자신의 일부를 없애는 것은 신을 부정하는 게 되지. 너는 신을 부정하지 않고, 악마는 신에 포함되어 있으며…… 너는 신을 경배하니…….

그때 논리가 검은 난쟁이 모습을 하고, 양가죽 옷을 입고, 발과 손에 끔찍한 갈퀴 발톱을 하고, 구르고 있는 공 위에 서서, 한쪽 발로 섰다가 천천히 다른 발로 바꾸면서 앙투안느 성인의 귀에 몸을 기울여.

너는 신을 경배하니…… 악마도 경배해!

교만

외치며.

이리 온, 얘들아!

은자 뒤에서 교만이 나타난다. 키가 크고, 창백하며, 눈이 충혈되고 왼쪽 눈꼬리가 넓은 이마 가장자리까지 올라가 있다. 꽉 다문 입술 아래 하얀 이들이 딱딱 마주친다. 그는 자신을 감싼 커다란 주홍색 망토로 다리에 난 아물지 않은 상처를 감추고 있는데, 금술 끝 장식 위로 진물이 흐르고 있다. 교만은 오금을 펴지 못하고 비틀거린다. 커다란 주름이 선 모직 천으로 몸을 휘감은 교만은 가슴 위로 턱을 내려 그의 가슴을 파먹고 있는 숨어 있는 뱀에게 입을 맞춘다. 교만의 머리카락은 짧고 곱슬곱슬하고, 까맣고, 곤두서 있다.

교만이 부르는 소리에 이어 쉬익쉬익 소리, 발 구르는 소리, 짐승이 울부짖는 소리, 날카로운 소리, 방울 소리, 종소리가 들린다. 이 소리들은 단조롭고, 점점 빨라지고, 요란스럽게 점점 더 세차게 맴도는 리듬에 따르고 있다.

이단자[43]들이 무대 안쪽 사방에서, 각기 다른 긴 행렬을 이루며 나와, 가운데로 모여 교만 뒤에 선다. 그들은 머리에 뱀이나 꽃을 이고 있고, 손에는 채찍, 책, 고문 기구, 우상을 들고 있다. 어떤 이들은 알몸이고, 어떤 이들은 금과 루비로 덮여 있고, 누더기를 입은 이들도 있다. 이들은 색이 칠해진 부적에, 온갖 모양의 문신들을 하고, 야생 동물의 가면을 쓰고 있으며, 얼굴엔 불 모양의 문신이 있다. 체머리를 흔들고 있는 허리 굽은 노인들, 춤을 추며 즐거워하는 여자들, 긴 수염을 한 마술사들, 산발을 하고 허리에 늑대 가죽을 두른 여예언자들, 모두가 손에 손을 잡거나 어깨 위에 올라가 앉아, 파도처럼 밀려온다. 논리는 쇠막대로 박자를 맞추고 그들의 행진을 지휘한다. 교만이 전율하고 새된 웃음을 터뜨린다.

43 이단*hérésie*은 〈선택〉 혹은 〈기울어짐〉을 의미하는 그리스어 *airesis*에서 유래했다.

앙투안느는 자기 방에서 사지를 떨고 있다.

이단자들이 차츰차츰 들어오고, 오른쪽에 있던 그림자들 가운데 하나가 자기 모습을 드러내었다가는 이단자들 쪽으로 달려가 그들과 섞인다.

음욕. 붉은 머리카락, 하얀 피부, 풍만하고 노골적인 젖가슴, 진주와 다이아몬드로 수놓은 노란 드레스를 입고 있으며, 살이 많이 쪘다. 에메랄드 보석들을 끼고 있는 손가락으로 드레스를 발목 위까지 들어 올린다. 눈이 멀어 있다.

식탐. 가늘고 지나치게 긴 목덜미, 보라색 입술, 붉은 코. 썩은 이들이 턱 아래로 늘어져 있다. 기름과 포도주가 배인 저고리 아래로 물컹한 배가 엉덩이를 덮고 있다.

분노. 피범벅인 철 갑옷을 입고 있다. 투구의 면갑(面甲) 아래에서 두 개의 숯, 눈이 이글거리고, 팔에는 두 개의 둥근 납이 손을 대신하고 있다.

질투. 입술을 앙다물고, 손톱을 질근질근 씹고, 피가 날 정도로 몸을 긁는다. 귀가 어마어마하게 크다. 직각으로 몸을 구부리고, 중대죄들 뒤에 차례차례 숨으러 가서, 땅에 엎드리고 그들의 발뒤꿈치를 깨문다. 휘파람을 분다.

인색. 몸을 떨고 있는 노파, 기운 헌옷을 입고 있다. 손가락이 열 개인 오른손을 허공에 대고 마치 무언가를 갈고리에 걸려는 듯 계속해서 흔든다. 왼손으로는 주머니에 가득 든 돈을 움켜쥐고 있다. 줄곧 몸을 돌려 미심쩍은 듯 뒤를 본다.

나태. 사지 없는 몸통. 힘들게 배로 기어가며 지쳐 한숨을 내쉰다.

중대죄들이 이단자들 사이에 섞여 있다.

흐르던 구름 사이로 달이 나오고 무대 위로 푸르스름한 그림자를 던진다. 구름의 가장자리는 창백한 빛깔의 강철처럼 보인다.

이단자들의 수는 계속 늘어나고, 움막을 둘러싸고, 성당 입구에 다다르고, 사방으로 넘쳐 난다.

이단자들

목소리를 부드럽게 해서.

왜 떨고 있지, 마음 좋은 은자여? 겁내지 마, 무서워하지도 말고. 우리는 나쁜 사람들이 아니야. 진정하고, 앞으로 조금 움직여 봐. 움막에서 나와. 혹 겁이 나면, 안전한 곳에서 문틈에 눈을 대고 일일이 우리가 앞으로 지나가는 걸 봐.

네가 사는 곳이 어딘지 여기저기 물어보고 다닌 지 정말 오래되었어. 〈그가 어디에 살지? 그 선량한 앙투안느 성인, 그 유명한 은자는?〉 그러다 마침내 너를 찾아냈지! 너를 찾아냈어.

네가 우울한 것 같아서 너와 밤을 보내려고 우리가 모두 함께 왔어. 네게 꼭 해줄 말이 얼마나 많은지! 세상으로부터 굉장한 소식들을 가져왔거든.

겁먹지 마, 마음 좋은 은자여. 겁먹지 마. 무서워하지 마……

앙투안느

대체 누구요, 당신들은. 이토록 온화한 목소리에, 흉측한 얼굴을 한 당신들은 누구요?

이단자들

넌 우릴 알아. 우릴 자주 보았지. 햇볕이 따가운 날, 네가 고행복을 입고 땀을 흘릴 때, 채찍에 맞아서 난 상처를 거친 옷의 털들이 건드릴까 봐, 그리고 고통스러워 정신을 잃을까 봐 움직이지 않고 있을 때, 저녁 기도가 끝나고, 별들이 빛을 잃어 가고, 꿈속에서 기도를 계속하고 있는데, 아직 살아 있다고 느끼면서도, 삶이 네게서 빙빙 돌며, 상승하는 가벼운 연기처럼 생기가 빠져나가는 것을 느낄 때, 넌 우릴 봤어. 또 여행을 마치고 혼자 사는 거처로 돌아오며 여러 도시에서 본 것과 공의회에서 들은 것들을 곰곰이 생각할 때, 또 기진맥진하여 힘이 빠지고 슬픔에 지쳐 거의 잠이 든 채 발부리에 돌이 걸릴 때마다 비틀거리고 의구심에 부딪히며 산기슭을 올라올 때, 너를 둘러싼 것도, 주위를 떠돈 것도, 빙빙 돈 것도, 다 우리들이야. 우린 네 고통 뒤에 서 있었고, 고통 속에 함께 머물러 있었지. 저 위 아주 높은 곳, 저 먼 곳, 절정, 기다리던 해답, 찾아 헤맨 말의 끝, 기대했던 은총 속에 나타난 것도 우리였어.

우린 교리의 아이들이고, 교회가 낳은 자식들이며, 예수의 교리를 이루는 복합적인 성질이지. 우리가 바실리카 성당 안에서 새로운 입김을 퍼뜨리면, 성당 기둥들이 숲속에 있는 아름드리처럼 와지끈 소리를 내며 부러지지.

손으로 만질 수 없는 관념의 모서리를 내리치면, 그 끝에서 말씀이 빛나듯, 우리는 빛을 무한하게 만드는 갈라진 빛살이 되어, 지상의 토대 위에 그 영역을 드넓히지.

우리는 명확하고, 완전하고, 개별적인 모습으로 나타날 거야.

마음을 가라앉히렴. 떨고 있는 무릎을 진정시키렴. 앞으로 나와서 우리를 확인해 봐.

네가 친구들에게서 원하는 게 뭐지? 네가 애써 그들을 부르는 소리를 들었고, 여기, 우리가 달려왔잖아. 그러니 가까이 와 봐. 넌 우리 가운데서 율법학자, 순교자, 예언자를 보게 될 거야!

앙투안느

오! 많기도 해라! 무서워…….

파트리키우스교도들[44]

육체가 두렵지, 안 그래? 우리도 너처럼, 육체를 거부하고, 고행을 하고, 살을 혐오해. 살은 나빠, 안 그래?

44 9세기 이단자들. 악마가 몸을 만들었다는 것을 가르치기 위해 자살을 하기도 했다.

앙투안느

맞아, 육체는 나빠.

파트리키우스교도들

육체는 그 근원만큼이나 끔찍한 거야. 우리가 고통을 겪는 것도 저주를 받는 것도 다 육체 탓이야.

앙투안느

아닌 게 아니라 그래.

파트리키우스교도들

우린 말씀의 성부이고, 좋은 신이며, 모든 정신의 원천이지. 악마가 신의 적이듯 육체를 적으로 여기는 그로부터 우린 저주를 받았어. 신이 육체를 창조한 것이라면, 그런데도 불구하고, 자신이 만든 것을 저주했을까? 그렇다면 육체의 본질을 창조한 것은 사탄이지 신이 아니야. 그가, 정신적 존재인 그가 몸을 만들 수 있었겠어? 영혼은 영혼을 만들고, 육신은 육신을 만들고, 물질은 물질을 만들고, 정신은 정신을 만들어. 따라서 악마가 육체를 만들었고, 사람을 만들었고, 사탄이 사람을 만든 장본인이야.

파테르니우스교도들[45]

전부는 아니고……. 가슴부터 발까지만이야. 하느님께서는 생각이 만들어지는 머리와 생기가 뛰는 심장을 만드셨고, 소화, 생식, 발에 깃든 여행의 욕심을 만든 건 악마지.

---

45 4세기 이단자들. 육체는 악마가 만든 것이라고 주장하며 몸을 탐닉했다.

어떤 이단자

맞아. 육체는 두 부분으로 나뉘고, 정신은 하나여서, 사람은 도합 세 부분으로 되어 있지. 하느님은 세 부분으로 되어 있어. 성부가 그 첫째고, 성자가 두 번째, 성령이 세 번째. 따라서 삼위가 전체를 구성해.

앙투안느

곰곰이 생각하며.
전체?……

사벨리우스교도들[46]

그게 아냐! 성부, 성자와 성령은 같은 한 사람이야, 누구도 누구를 낳지 않았고, 그들은 하나 속에 셋으로 있는 거야.

앙투안느

기뻐서.
그래, 그래, 바로 그거야! 이제야 내 생각의 흐름을 되찾아 마음이 편하구나.

사벨리우스교도들

그들은 하느님의 일체성이야. 신이신 아들이 고통을 느꼈으니 역시 신이신 아버지와 성령도 고통을 느꼈던 거야.

그들이 앙투안느를 잡으려고 그가 있는 쪽으로 걸어간다.

앙투안느

안 돼, 날 내버려 둬! 날 내버려 둬!

---

46 3세기 이단자들. 사벨리우스는 성자와 성령은 하느님으로부터 유출되었으며, 성부와 성자는 한 존재의 다른 두 이름이라고 주장했다.

사벨리우스교도들

하느님이 어떤 분인지 알고 있나, 그것만 묻고 싶군. 그분의 모습을 어떻게 그려 보일 수 있겠어?

앙투안느

그분의 형상을 상상할 수가 없어.

아우디우스교도들[47]

신에겐 육체가 있어. 사람, 몸을 만든 게 바로 그분이니까. 비록 물질이었지만, 무한한 자신의 본질에서, 세계와 영혼을 이끌어 냈어. 그는 육체를 가진 거대한 신이야.

그들이 앙투안느 쪽으로 나아간다.

앙투안느

날 좀 내버려 둬!

아우디우스[48]교도들

영혼이 무엇인지 알고 있는지만이라도 묻고 싶군.

앙투안느

곰곰이 생각하며.

영혼? 그게 어떤 것인지 상상하지 못하겠는걸.

---

47 3세기 이단자들. 신인동형론자들로 불렸다.
48 3세기 이단자들. 테르툴리아누스는 3세기 초반, 카르타고 태생의 신학자로, 그노시스주의자 마르키온을 맹렬히 공격하였으나 그 자신도 몬타누스파의 이단으로 기울어졌다. 플로베르는 『독서 노트』(16-2)에서 그를 〈편협하고, 격렬하고, 이상을 모르는 정신〉의 소유자로 묘사해 놓았다.

테르툴리아누스교도들

영혼은 불꽃과 공기로 되어 있고, 하나의 육체 속에 머무르고, 어떤 공간을 차지하지. 지옥에서, 영혼은 견딜 수 없는 고통을 혀에 느끼고 물 한 방울을 간청하지. 그런데 정신은 중심도, 머무는 장소도 없어. 모든 것으로부터 자유롭고 고통이나 쾌락도 모르지. 따라서 하느님만이 비물질적이며 영혼은 확실히 하나의 육체인 거야.

앙투안느

영혼, 육체! 누가 그런 말을 했지?

테르툴리아누스

철학자인 그는 관습에 따라 소매 없는 로마식 상의를 등에 걸치고, 무리의 한가운데에 나타난다.

날세!

앙투안느

무릎을 꿇으며.

당신이시군요! 고명하신 셉티미우스! 수많은 우상 숭배자들의 뒤를 좇고 여인들의 사치를 비난하시던 분, 그런 당신께서 불멸의 영혼을 비웃고, 스토아 철학자처럼 옷을 입으셨군요!

테르툴리아누스

그 점에 관해서라면, 자네도 당연히 읽었어야 할 개론서를 내가 썼다네.

이단자들

오만하기도 하지! 그는 다신교도야! 그에게 화 있으라!

앙투안느는 일어난다.

테르툴리아누스

무리들 속으로 사라지며.

하! 하! 네가 스승을 부정하는구나! 모든 명석함이 너를 떠나리라!

이단자들

앙투안느 성인을 계속 압박하며.

우린 널 버리지 않아. 우리는 달라. 여기에 남을 거야. 우릴 들어가게 해줘.

앙투안느

안 돼! 날 내버려 둬!

이단자들

단지 우리는 묻기만 하고 그러고 나서 떠날 거야. 이게 마지막이야. 우리가 묻고 싶은 건, 마음 좋은 은자여, 그리스도가 누구였나? 그의 육체는 어디에서 왔나? 인간으로부터인가 신으로부터인가?

앙투안느

신.
급히 고쳐 말하며.
인간.

이단자들

모두 한꺼번에 말하며.

그게 맞아! 그게 맞아!

아펠레스교도들[49]

좋은 것과 나쁜 것, 두 가지 요소로부터 신은 육체를 취하셨지. 그는 나쁜 것은 되돌려 주고 좋은 것은 하나도 돌려주지 않았어.

아폴리나리우스교도들[50]

그건 말씀의 육체지 마리아의 육체가 아니야. 여자로부터 신이 무언가를 받았다는 주장은 신성모독이야. 그는 순수고, 정신이야! 그런 분이 사람의 배 속에 머물렀다니!

반(反)디코마니주의자들[51]

왜 안 되지? 태어나는 것은 모두 암컷의 배에서 나오고, 나오면서 배를 찢잖아, 그렇게 태어난 것이 그 생명으로 배를 벌하듯. 요셉의 아내, 마리아의 배는 다른 이의 그것보다 더 늘어나고 망가졌을 거야. 예수의 머리는 틀림없이 어마어마하게 컸을 테니까.

메난드로스교도들,[52] 케린토스교도들[53]

그분보다 고귀한 현자는 본 적이 없어.

---

49 3세기 이단자들. 부활을 믿지 않고, 결혼을 금하고, 구약을 인정하지 않았다.
50 4세기 이단자들. 신의 아들과 동정녀의 아들 모두 신의 아들이라고 믿었다. 예수가 인간의 영혼을 가지고 있었으나 십자가의 수난 때 그의 몸은 고통을 느끼지 않았다고 주장했다.
51 4세기 이단자들. 마리아의 처녀성이 항구적이라는 것을 믿지 않았으며 성 동정녀 숭배를 반대했다.
52 1세기 사마리아에서 활동하던 그노시스주의자들. 마술사 시몬의 제자였던 메난드로스는 마술을 그리스도교에 융합시켰다.

마르켈로스교도들[54]

바오로 성인, 호메로스, 피타고라스와 함께 그분께도 경배를 올리자.

아리우스[55]

끔찍하다! 통탄스럽다! 삼중의 지옥이 너희에게 있으라! 그분은 신이셨다! 신이신 성자요, 성부에 의해 창조된, 성령의 창조주 장본인이시다, 알겠느냐?

메탄지스주의자들[56]

큰 항아리에 담긴 작은 항아리 같이 그는 성부 안에 담겨 있었지.

테오도토스교도들[57]

미친 것 아냐, 이 겁 없는 양반들? 바보 같은 말을 언제까지 할 텐가? 그리스도는 테오도토스야. 틀림없어. 우린 그를 만났단 말이야.

---

53 1세기에 매우 유력했던 이단자들. 베드로, 바오로와 대적했다. 그리스도는 예수에게 내려왔다 플레로마로 다시 올라갔으며, 예수는 부활하지 않았다고 주장했다.

54 4세기 이단자들. 아리우스의 반대파로 삼위일체설을 부인하고 유출설을 주장했다.

55 4세기 이단자. 예수의 신성을 부정하고 삼위일체설을 부정했다. 알렉산드리아에서 활동하던 그는 삼위일체 논쟁으로 당시 교회를 분열시켰다.

56 메탄지스주의자들*Métangismonistes*은 *méta*(〈변화〉를 뜻하는 그리스어)와 *aggos*(〈항아리, 자궁, 비어 있는 것〉을 뜻하는 그리스어)를 합성한 단어로, 이 이단자들의 주장에 따라 이들을 지칭하고 있다.

57 2세기 이단자들. 예수의 신성을 거부했다.

셋교도들[58]

그가 노아의 아들, 셈이 아니라고 부정할 수는 없지?

그노시스주의자들[59]

그는 에온[60]의 자식이고, 회개한 아카모트[61]의 남편이며, 코스모크라토르[62]와 안트로포스[63]를 만든 데미우르고스[64]의 아버지지.

질겁한 앙투안느가 귀를 막고 외마디를 내지른다. 그때 이단자들 무리가 뱀 숭배주의자 합주대에게 길을 열어 주기 위해 반쯤 벌려 선다. 합주대는 청옥색과 검은색 점이 박힌, 어마어마하게 큰 황금색 왕뱀 한 마리를 들고 있다. 뱀을 수평으로 들기 위해, 아이들은 팔을 쭉 펴서 받치고, 여자들은 가슴 위로 들어 올리고, 남자들은 배에 붙여 버티고 있다.

그들은 앙투안느 성인 앞에 멈추고, 뱀을 풀어, 커다랗게 열린 원을 만든다. 열려진 입구에 칠현금을 연주하는 흰색 옷을 입은 노인과 플루트를 부는 어린아이가 서 있다. 한가운데에는, 공작 털 팬츠를 입고

---

58 이 이단자들은 아담의 셋째 아들 셋Seth을 말씀의 하느님으로 보았다. 플로베르는 노아의 아들 셈Sem과 셋을 혼동하고 있다.

59 그리스도교를 플로티누스의 신플라톤주의 형이상학에 접목시키려 했던 신비주의자들로, 3~4세기 이단자들에게 지대한 영향을 끼쳤다.

60 에온은 그리스어 *aiôn*(시간, 있는 것)에서 유래됐다. 그노시스주의자들에게 에온은 〈신의 지성, 신의 유출, 신의 성격과 같은 실체들〉을 의미한다. 「필리포스 복음서」에서는 지상과 대립되는 의미의 〈공간-신전*l'Espace-Temple*〉을 의미한다 : 〈부활, 교회, 이런 말들은 실체를 말하지 않는다. 우리가 실재를 경험하는 날에야 이 말들을 이해하게 될 것이다. 우리가 세상에서 듣는 모든 말들은 우리를 실망시키기 위해 있다. 그 말들이 공간-신전에 있으면 이 말들은 침묵하고 더 이상 속세를 지칭하지 않는다.〉

61 하급의 소피아.

62 천상 공간에 머무르며 세계를 지배하는 자.

63 인간.

64 물질 세계의 창조주.

독사로 머리를 묶은 여자 무용수가 팔을 위로 쳐들고 허리를 움직이며 좌우로 흔들고 있다. 그 독사는 이마로부터 어깨를 타고 내려와 목을 감고 그녀의 젖가슴 사이로 떨어지는데, 그녀가 춤을 출 때면, 앞으로 머리를 바짝 세운다.

느리지만, 부드럽고 경쾌한 곡조에 맞추어, 뱀숭배자들이 말하기 시작한다.

뱀 숭배자들[65]

그분은 그[66]였고, 그이고, 영원히 그이리라! 그의 나선은 계단처럼 올라가는 원들의 세계야. 그의 이빨 사이로 나오는 침으로부터 식물의 수액이 흐르고, 살가죽의 반점에서 광물들이 색을 취했으며, 그가 잠잘 땐, 자연의 되새김질이 그러하듯, 삼킨 것을 하나도 내뱉지 않은 채 모든 것을 빨아들였지, 영원처럼.

등뼈로 감은 나무의 몸통을 따라, 그가 올라가네. 끈적끈적한 살가죽이 끌려가며 매끈한 나무껍질 위로 달라붙네. 그는 계속해서 오르고, 그의 콧김에 나뭇잎이 마르네. 나뭇가지를 모두 지나온 그가 다시 모습을 보이네. 팽팽해진 살가죽 아래로 머리뼈가 벌고 턱이 열리자, 가지 끝에서 열매가 떨어지네.

그는 이빨 사이에 열매를 물고 있네. 입술은 뒤로 젖히고, 목도 제친 채, 그가 딴 황금 열매를 태양에 내보이고 있네.

그러고는 무지개가 휘어지듯 몸을 아래로 향하고, 거대한 나무 몸통에 꼬리로 매달려서, 취한 눈꺼풀에 쉭쉭 소리가 나는 머리를 하와의 얼굴 앞에서 흔들고 있네.

65 2세기 이단자들. 뱀 숭배자들 *Ophites*의 명칭은 그들이 숭배하는 뱀의 그리스어 *ophis*에서 유래했다. 그들은 다른 그노시스주의자들처럼, 천상의 플레로마의 에온 가운데 하나인 그리스도와 인간 예수를 구분하고 있다. 에온 그리스도는 요르단 강에서 세례를 받을 때 예수에게 강림했고, 이때부터 예수는 신의 권능을 행사했다고 그들은 주장했다.

66 왕뱀 피톤을 지칭한다.

그녀는 조심스레 그의 움직임을 따라가네.

그가 갑자기 멈춰 서서, 그녀에게 눈동자를 고정시키고, 그녀도 그의 눈동자에 자신의 눈동자를 고정시키네. 하와의 가슴이 뛰고, 뱀의 꼬리가 비틀어지며 꼬이고, 흐르던 제온 강의 물줄기가 멈추고, 흰색 수련 한 송이가 활짝 피어나고, 종려나무 열매가 무르익고, 땀줄기가 흐르네. 그리고 그녀는 손을 내미네.

최상의 열매는, 정말 맛이 좋았지. 그녀는 즙을 빨아 먹고, 과육을 아귀아귀 베어 먹고, 씨를 씹어 먹고, 껍질은 가슴에 비비려고 버리지 않았네.

그들이 한 번만 더 열매를 맛보면, 유혹자의 약속에 따라 신이 될 것이네. 하늘의 선물을 너무 남발한 이 아들을 벌하기 위해, 하느님은 그에게 뱀의 모습을 간직하게 하셨네. 의기양양한 여자는 그의 머리 위에 발을 올려놓았지만, 그녀는 발뒤꿈치를 물렸고, 영원히 사라지지 않는 독이 그녀의 가슴까지 올라왔다네.

하늘의 별처럼 황금빛을 지닌 거대한 검은 뱀을 숭배하라! 하와의 딸들이 사랑한 아름다운 뱀이라네! 팽팽한 줄 뜯는 소리에, 깨어라! 갈대의 공명 소리에, 깨어라! 절벽을 기어오르고, 몸을 밀고, 달리고 달려서 우리가 주님께 바치는 성체 빵을 핥으러 우리의 제단으로 오라!

앙투안느는 도망가려 애쓰고, 뱀 숭배자들은 뱀의 원 안에 그를 가둔다. 앙투안느는 성호를 그으며, 두 발을 모아 뱀을 뛰어넘는다. 뱀 숭배자들이 사라진다.

포도주가 담긴 가죽 주머니가 무대 위로 던져진다. 그 주위로, 취한 남자와 여자들이 춤을 추며 돌기 시작한다.

포도주 숭배자들[67]

포도주 만세! 그리스도는 포도주야! 포도주는 마음을 풀어 주지. 포도주가 잔에 가득 넘치기를! 포도주가 세상을 뒤덮기를! 민중들은 이제 해방되었어. 붉은 것은 태양이고, 붉은 것은 가을 포도송이에서 나오는 즙이야. 모세는 제물로 썼던 고기를 금지시켰지. 불순한 것은 없어. 모든 고기는 다 축복받은 거야, 생명은 고기 속에 있으니까. 살기 위해 고기를 먹자! 불꽃을 갖기 위해 포도주를 마시자! 카나의 결혼 피로연[68]에 포도주는 넘쳐흐르고 마당에 흐르는 시냇물에서 개들이 술을 핥고 있었어. 그분의 허리에 구멍이 뚫렸을 때 포도주가 흘러내렸고, 그것은 우리가 염소 가죽 부대 안에 넣어 숭배하는 복음의 포도주지.

앙투안느

격분해서.

다신교들도 이렇게까지 비열한 짓을 하진 않았어!

세베리우스교도들[69]

어두운 얼굴로, 무대 안쪽에서 나오며.

맞아, 그런 자들은 없었지! 포도주는 사탄의 힘으로 만들어진 거야. 광기와 광란이고, 음란함이고 신성모독이야. 이런 제물들을 바치는 사제는 저주받으라.

물만 마시는 이들[70]

우리는, 그들과 달리, 물만을 마시지. 하늘에서 내려진 물, 말씀의 순수함의 상징인 물만을. 육체에 저주 있으라.

67 1세기 이단자들. 영성체 예절을 거부하고 박카날리아 축제를 상기시키는 춤으로 비난받았다. 포도주 숭배자들 *Ascites*의 명칭은 그리스어 *askos*(액체를 넣는 가죽주머니)에서 유래했다.

68 예수는 갈릴리 카나의 혼인 잔치에서 물을 술로 바꾸는 기적을 행사했다 (『신약』「요한의 복음서」 제2장 제1~11절 참조).

69 6세기 이단자들. 그리스도는 신성과 인성의 단일체를 이룬다고 보았다.

치즈를 먹는 이들[71]

육신을 낭비한 이들에게 저주를! 육신을 찬양하는 이들에게 저주를! 땅에서 난 열매들, 응고된 우유, 재에 익힌 밀, 이런 것들이 태초의 사람들 양식이었어. 순수함으로 다시 드높여지기 위해 그들처럼 살아야 해.

아담주의자들[72]

남자와 여자들 모두 완전히 벗은 채, 근엄하게 바닥에 앉아 있다.

죄를 짓기 전에, 아담과 하와는 베일로 가리지 않고 서로를 바라보았지.

어린양처럼 온순한 우리들은 벌거벗은 채 세상을 돌아다니지.

맑은 눈을 가진 여인들이여, 우리의 가슴에 머리를 기대고, 우리의 평화로운 심장 박동에 몸을 맡기고 잠들라.

우리는 숲속 빈터, 새들이 지저귀는 소리, 시냇물이 흐르는 소리, 나뭇잎이 흔들리는 소리를 들으며, 푸른 풀밭에 핀 데이지 꽃 속에 머무르지.

서로를 너무 잘 알아. 성은 사라졌고, 갈망으로부터뿐만 아니라 포만으로부터도 자유롭지. 이미 오래전 우리 안에서 육체는 죽었고, 우리는 한결같이 격정에 흔들림 없고, 서로 나누며, 우리의 사지처럼 순결한 애정을 느낄 뿐이야, 지금 우리의 자태보다도 더 평온한 애정을.

---

70 1세기 이단자들. 〈절제하는 자들〉로도 불린다. 물만 먹는 이들 *Aquariens*이란 명칭은 라틴어 *aqua*(물)에서 유래했다. 성체 빵 대신에 물을 썼다. 무소유를 지키고 감각의 쾌락을 일절 누리지 않았다.

71 몬타누스교도들과 유사한 종파로 성체 빵과 치즈로 성체 배령을 했다. 치즈를 먹는 이들 *Astotyrites*의 명칭은 그리스어 *aisto*(없애다)와 그리스어 *tyros*(치즈)의 합성어에서 유래했다.

72 2세기 이단자들. 아담의 순수함으로 돌아가기 위해 옷을 입지 않고 종교 의식에 참여했다.

앙투안느

한숨을 내쉬며.

그들은 아름답구나, 정말! 그들이 거짓말을 하는 게 아니라면……. 솔직히 이해를 못 하겠어……. 그런데 앞으로 나오는 저들은 누구지?

마니교도들[73]

은으로 된 작은 달 장식이 점점이 박힌 검은색 긴 옷을 입고, 머리카락을 머리끝까지 빗어 올리고 귀고리를 했다.

합창대가 삼각형 대열로 전진한다. 선두에 있는 이는 손에 빵을 들고, 자기 무릎으로 자른 후 공중에다 던지면서 말한다.

나는 너를 씨 뿌리지 않았다, 너를 뿌린 자 뿌려져라!

나는 너를 추수하지 않았다, 너를 추수한 자 거두어져라!

나는 너를 굽지 않았다, 너를 구운 자 역시 구워져라!

그대들은 붉은 것이 무엇인지 아는가? 태양 속에서 빛나는 것은 무엇인가? 달 속에서 번민하는 것은 무엇인가?

그것은 죽은 자들의 영혼이야. 커다란 도르래가 열두 개의 항아리에 그들을 넣고 들어 올려 데려가는데, 달은 태양에 이르려고 쉬지 않고 돌고 있어. 달의 4분의 1이 차면, 도르래는 달에다 짐을 부리지. 달이 둥글게 되어 빛날 때는 달이 꽉 찬 것이고, 그때 두 척의 거대한 배가 광활한 허공 속을 함께 항해해. 이렇게 물로 씻기고 불로 정화된 영혼들은, 빛나는 모습으로, 빛의 기둥이자 완벽한 공기인 은하수를 만들러 가지. 은하수의 섬광은 끝이 없어. 그곳에 사는 이들이 헤아릴 수 없이 많기 때문이야.

사람들이 스키피오에게 말하기를,[74] 신의 축복을 받은 자, 육

---

73 3세기 이단자들. 창시자 마니는 자신이 예수의 계승자로서 선으로 악을 이기고 빛으로 어두움을 이기는 과업을 달성하러 세상에 왔다고 주장했다.

체의 끈에서 벗어난 자만이 별에서 소생한다고 했지. 오리게네스는 생각했어. 〈이 별들은 영혼이 아닐까. 그리고 옛날 이집트 왕들이 작은 배들로 항해하고 있는 게 아닐까.〉 그러나 축복받은 이들에게 처음으로 진실을 보여 준 것은, 사막 한가운데서 악마에게 목이 졸린 아랍인 스키투스고, 또 월식 때, 자기 집 테라스 꼭대기에서 떨어져 죽은 그의 제자 테레벤투스야.

물질 속에 깃든 신성이, 수태를 시키고, 물질로부터 끊임없이 발산되며, 자신의 근원으로 돌아가려고 하지. 생식 행위가 신성을 육체에 묶는 거야. 우리는 선택받은 자, 우리에게 내려진 은총과 우리의 덕으로써, 우리가 먹는 식물들로부터 신성을 해방시키지.

종교에 무지한 자, 종교를 모독한 자, 그들이 임종할 땐, 빵, 과일, 심지어 물도 주지 말지어다. 이 물질들에 섞인 신성한 부분은 그것에 손댄 자가 저지른 죄들로 더럽혀져 근원으로 되돌아가기가 어렵기 때문이지.

좋은 냄새는 정신의 기분을 좋게 하고, 정신이 밖으로 나오도록 부추기지. 쌉쌀한 나무껍질을 몸에 비비자! 장미향과 카로에눔[75] 향에 흠뻑 취하자! 향신료, 소금, 후추, 아사 포에티다,[76] 혀를 태우는 뜨거운 기름, 한껏 짜낸 그 즙이 최상의 포도주를 대신하는 귀한 과일들을 마음껏 먹자!

신성은 휴식, 행위, 몸짓, 시선을 통해 증발해 나가지. 이렇게 다양한 기회를 통해 빠져나가고, 우리 안에는, 육체를 만드는

---

74 키케로의 『국가론』 제6권 「스키피오의 꿈」을 암시하고 있다. 로마의 장군 스키피오(B.C. 185~B.C. 129)는 꿈에서 작고한 아버지를 만나게 되고, 육체는 비록 죽음과 함께 그 형태를 잃어버리지만 영원한 불로 되어 있는 인간의 영혼은 소멸하지 않는다는 것을 알게 된다.

75 라틴어 *caroenum*은 끓여서 3분의 1로 졸인 연한 포도주를 뜻한다.

76 라틴어 *assa-foetida*는 *assa*(*assum* 구운 고기)와 *foetida*(역한 냄새가 나다)를 합성한 말이다.

악의 원칙, 그 조잡한 잔재만이 있을 뿐이야.

어둠의 왕자 사클라스, 그는 자기가 삼킨 신성의 알갱이들을 가두기 위해 생식을 생각해 내곤, 아내에게 다가가, 두 자녀인 아담과 하와를 잉태시켰지.

육체가 신을 가두고 있으며, 육체의 창조주는 모두 저주받으라!

자연에서 신을 걸러 내고 정화시키고, 그리고 그로부터 그를 나오게 하는 우리가, 신이 괴로워하며 갇힌 곳을 예견해 내고, 신을 노예로 만드는 원인을 싹부터 없애 버리고, 그걸 삼켜 버리자! 사내들의 정액을 삼키자! 빨리! 서둘러! 밀가루를 땅에 뿌려서 거기다 성체 빵을 굴려라. 그것이 쏟아지려 할 때, 낮은 침대들을 펼치고, 왼쪽으로 돌아눕고, 여자들의 옷을 벗겨라. 그녀들은 기다림에 지쳐 괴성을 지르고, 지금이 바로 그때다!

그러는 동안, 충족된 욕구로 무감각해진 너희 몸을 욕망의 자극으로 매질하라. 갈망과 쾌락에 의해서도 신성은 빠져나가니까. 흥분한 신경에서 느끼는 기분 좋은 간지러움은 영혼의 날갯짓이고, 또 쾌락에 정신을 잃는 것은 신 안에 머무르고 있기 때문이지.

악이 끼어드는 위험한 순간을 경계하라. 사정의 때를 교묘히 이용하여 수태를 위해 고여 있는 것에 섞이려 드니까. 너를 안고 있는 팔에서 벗어나라.

허리가 튼튼하지 못한 자는 여자들을 멀리하라. 분출되려는 빛나는 신성을 스스로 끌어내고, 고독을 즐기며, 느리고 무한한 즐거움을 만끽하리라. 그는 바닥에서 김을 내는 흰색의 작은 방울들 속에서, 죽어 버린 미래의 자손들의 원천인, 이 신비로운 생명을 바라보리라. 그리고 그것을 발로 밟고, 신을 해방시켰음에 마음이 즐거워지리라.

앙투안느

내가 지금 어디에 있는 거야? 마귀들이 말을 하고 있나? 지금 나는 지옥의 계단을 끝없이 내려가는 느낌이야. 통한이 머리 위에서부터 넘쳐흐르고, 광증이 엄습해 와. 제발, 주여!

앙투안느는 무릎을 꿇고 눈을 감고 성호를 연거푸 긋는다.

음악이 점점 커지고, 이단자들이 동요하고, 현악기들이 울리고, 플루트가 애절한 소리를 낸다.

그노시스주의자들

두 개의 무리로 이루어진 거대한 합창대. 사투르니노스교도들, 마르코스교도들, 발렌티누스교도들, 니콜라우스교도들 등등. 그들 중 하나가 책을 들고 있다.

슬픈 사내들의 말은 듣지 마라. 그들은 미치광이야. 그들은 아시아의 이교도들이지. 그들의 대예언자 마니는 협잡꾼처럼 갈대 창에 살가죽이 벗겨졌고, 그 껍데기는 짚이 채워져, 크테시폰[77] 입구에 내걸렸었지.

우리는 현자이며, 학자고, 순수한 사람들이다!

우리에겐 산에서 외치는 바후바의 예언과, 불도 물도 파괴시키지 못하는 「필리포스 복음서」[78]가 있지. 세상에 오기 전에 그리스도가 어떻게 사셨는지, 그의 키가 정확히 얼마인지, 그분의 왕좌가 있는 별의 이름이 무엇인지 알고 싶지 않아? 여기 노아

---

77 메소포타미아의 티그리스 강 동쪽, 바빌론 위에 위치한 파르티아 왕국의 옛 도시.

78 예수의 열두 제자 가운데 하나였던 필리포스의 이름을 가진 이 복음서는, 1945년 이집트 남부 나그 함마디라는 마을 근처에서 한 농부가 발견한 문서 안에 보존되어 있다. 나그 함마디 문헌은 모두 열세 개의 고문서 코덱스codex로 구성되어 있으며, 코덱스-II에 분류되어 있는 「필립비인들에게 보낸 편지」는 초기 기독교 형성기에 금서로 탄압을 받았으나 그노시스주의 연구에 매우 중요한 자료이다.

의 아내, 노리아가 쓴 책[79]이 있어. 그녀는 방주 안에서, 밤마다, 코끼리 등에 올라앉아 번갯불 아래에서 이 책을 썼지. 그녀는 원형 창조의 노란 진흙을 굴리는 거대한 파도 한가운데를 항해하면서, 천둥 벼락이 찢어 놓은 하늘의 틈새를 통해 하느님과 천구를 돌고 있는 빛나는 정신, 불꽃 날개들을 달고 공간을 가르며 여행하는 최고의 천사들을 보고 있었어. 바로 그거야, 그거! 그걸 집어라! 자, 자! 얼른 그걸 열어봐!…… 자! 너를 위해 우리가 열어 보지. 말들은 사라진 언어로 되어 있고 인간의 입이 그것을 말할 수는 없지만, 너의 이름을 읽듯이 쉽게 읽을 수 있어. 한번 해봐!…… 한 줄만.

교만
뭐 위험할 게 있겠어? 그만 읽고 싶을 때 멈출 수 있잖아?

논리
너를 끊임없이 괴롭히는 생각이 사라질지도 모르잖아?

앙투안느
앙투안느가 망설이자 그노시스주의자들이 다가오고, 교만이 앙투안느의 어깨 너머로 활짝 펼쳐진 책을 내밀고, 앙투안느는 그것을 읽는다.

〈태초에, 비토스가 있었다. 그의 생각과 유대 신의 말씀으로부터 지성이 탄생했고, 지성은 진리와 결혼했다. 진리와 지성으로부터 저절로 말씀과 생명이 나왔고, 이들은 자신들을 닮은 다섯 쌍을 낳았다. 말씀과 생명으로부터 인간과 교회가 나왔으며, 이들은 다른 여섯 쌍을 이뤘고, 이들 가운데 파라클레토스와 피스티스에서 소피아와 텔레토스가 생겨났다.

---

[79] 나그 함마디 문서 코덱스-IX에 들어 있다. 만질 수 없는 로고스, 말할 수 없는 목소리, 설명할 수 없는 성부를 찬양하는 내용.

이 열다섯 쌍이 열다섯 시지기아를 만들고, 또 서른 개의 최고 에온으로 구성되어 있는 이들은 플레로마 혹은 완전한 총체를 이루며 신을 형성한다.〉[80]

앙투안느가 멈춘다.

이단자들

혼잣말로.

읽는다, 읽어, 그는 우리 것이야…… 그는 우리 것이다!

앙투안느

계속 읽는다.

〈바르블로[81]는 여덟 번째 하늘의 왕자이고, 살다바오트[82]는

---

80 플로베르는 2세기 발렌티누스의 범신론적 유출설을 원용하고 있다. 보이지도 않고 명명할 수도 없는, 높은 곳에 있으며 불가해하고 무엇보다 앞서 있는 에온(영원히 있는 영, 공간 신전)인 비토스(심연)는 휴식과 침묵 속에 끝없는 시간을 지낸 후, 어느 날 자신으로부터 만물의 법칙을 밖으로 방출할 생각을 하고, 자신의 동반자 시게(침묵, 사고, 엔노이아, 카리스 〈천복〉)의 한복판에 씨를 넣고 잉태시켜, 만물의 아버지이며 원칙인 누스(지성 혹은 모노제네스)를 낳았고, 그와 더불어 알레테이아(진리)가 방출되었다. 이 네 가지 요소가 모든 것의 뿌리이다. 자생적 단자 모노제네스는 자기가 어떤 목적으로 방출되었는지를 깨닫고, 로고스(말씀)와 조에(생명)를 방출하였으며, 말씀과 생명이 결합하여, 안트로포스(인간)와 에크레지아(교회)가 방출되었다. 말씀과 생명은 다시 열 개의 에온을 방출하였고, 인간과 교회는 열두 개의 에온을 방출하였는데, 텔레토스(실행)와 소피아(지혜)는 이들로부터 나온 마지막 에온이다. 비토스 안에서는 모든 것이 〈하나〉이지만, 비토스가 스스로를 펼치면서 존재의 모든 단계를 구성하는 대조 개념이 생기는데, 이들은 동질의 반대 개념 결합체인 시지기아이다. 한쪽은 남성으로 형성의 원칙이고, 다른 쪽은 여성으로 번식의 원칙이다. 이는 유출 체계와 생성 체계의 결합에서 기인한다. 둘의 결합에서 다른 에온들이 나오는데, 이 에온들이 그들의 형상이고 현현이다. 이것의 총체가 비토스의 플레로마(완성된 총체, 충만함)이다. 이 신의 에온들은 신의 지성, 영(靈)들로, 지성세계에 참여하는 모든 종교적 영혼에게 자신을 주고 이 영혼을 플레로마로 인도한다.

천사, 지구, 자기 아래로 여섯 개의 하늘을 만들었다. 그는 당나귀 모습을 하고 있다.〉

   크게 노해서 책을 던지고 발로 짓이긴다.

아니야, 아니야! 더는 읽지 않겠어. 이건 악마의 지식이야. 오! 내 기억이 그걸 잊어버리고 이를 읽은 죗값으로 내 눈이 찢어지기를!

그노시스주의자들

소피아도 너처럼 그랬지. 텔레토스가 지겨워졌고, 너무나 큰 욕망이 그녀를 플레로마 밖으로 밀어내, 그녀는 무한 속을 방랑하게 되었지. 소피아는 신앙을 잊고 정신을 넘어서, 말씀의 정수를 자기 안에 흡수하기를 원했고, 진리를 배신한 채 비토스의 깊은 곳에서 지성과 결합하고 싶어 했어.[83] 비토스의 깊은 곳

---

81 그노시스주의 교리에 따르면, 바르블로는 여성 에온으로 〈그리스도의 딸〉을 의미한다. 바르블로주의자들, 뱀 숭배주의자들, 니콜라우스교도들, 시몬교도들의 숭배를 받았다.

82 뱀 숭배주의자들 이론에 나오는 데미우르고스 혹은 물질 세계 창조자. 히브리어에서 온 이 이름은 〈어둠의 아들〉을 뜻한다. 그는 사탄이며 동시에 야훼이다.

83 발렌티누스의 체계에서 악은 알고자 하는 욕망에서 비롯된다. 최고의 존재, 비토스(심연)는 그의 아들 누스(모노제네스 혹은 지성)만이 알 수 있다. 신의 권능의 첫 번째 발현인 누스에 의해 신성은 드러난다. 누스는 자기의 지식을 다른 에온들에게 전하려 했으나 시게(엔노이아 혹은 침묵)가 이를 반대했다. 유출에 의해 멀리 있을수록 최고의 존재를 보고 싶은 욕망에 시달리고 있었고, 이 열정은 그들 중 마지막에 있는 소피아(지혜)에게 응집되어 있었다. 결국 소피아는 격렬한 격정을 느끼고, 자신의 동반자 텔레토스(실행)와의 결합을 무시하고, 비토스와 결합하기를 원했다. 소피아의 능력으로는 불가능한 시도였으므로, 신은 호루스(범위의 영)를 보내어 플레로마의 조화를 되찾게 했다. 다른 에온들도 소피아와 같은 열정에 사로잡혀 있었으므로, 누스는 크리스토스(그리스도)와 프누마(입김 혹은 성령)를 낳아 이들로 하여금 최고의 존재가 펼치는 신비를 설명하게 했고 이로서 플레로마의 완벽한 조화가 돌아왔다.

소피아는, 열정과 고통의 격정에 사로잡혀 있는 동안, 텔레토스와 결합하지

에서 그의 아내 카리스는 다음 시지기아들의 싹을 품었지…….
자! 기어오르거라. 계속 올라, 생각의 모태에까지, 불멸의 누스까지. 눈부시게 빛나는 엔노이아[84]까지 오르거라!

그들이 앙투안느 성인 주위로 좁혀 들어오고 한꺼번에 말한다.

발렌티누스교도들[85]

손가락으로 땅에 숫자를 쓰며.

보고 있지? 365개 하늘은 365개의 팔다리에 해당하는데…….

앙투안느

눈을 감으며.

그게 나와 무슨 상관이지? 내가 그런 걸 알 필요가 있나?

바실리데스교도들[86]

아브락사스가 의미하는 건…….

않고, 비토스와 결합하려는 욕망으로부터 딸을 탄생시켰는데, 이 여성 에온은 아카모트라고 불리는 하급 소피아이다. 신성의 씨를 거의 가지고 있지 않아 정념이 그녀를 지배하고 있으며, 어머니 소피아와 함께 푸르니코스(세계 영혼의 어머니)라고도 불린다. 아카모트는 어머니 소피아와 함께 상승하지 못하고 혼돈으로 추락하여 혼돈과 섞이고, 천상의 크리스토스 에온이 넌지시 알려 주는 관념을, 자신보다 더 불완전하고 물질에 더 가까운 세계 창조자 데미우르고스의 손을 빌려 플레로마 아래 세계에서 형상화하고 이를 다스린다.

84 *ennoïa*는 그리스어로 〈지성 혹은 생각하는 능력(Nous) 안에 있는 것〉을 뜻한다.

85 플로베르는 2세기 이집트 태생 그노시스주의자 발렌티누스의 플레로마 체계를 충실하게 원용하고 있다.

86 2세기 이단자들. 예수의 강생(신의 아들이 인간의 본성을 취하여 사람이 된 것)을 믿지 않았다. 바실리데스에 따르면, 신의 유출은 365개의 지성이고, 여기서 플레로마를 지칭하는 아브락사스의 수 개념 명칭이 유래했다고 한다. 아브락사스*abraxas*라는 말은, 그리스어 어원에 따르면, 〈신성한 말씀〉을 뜻하고, 고대 이집트 콥트어에 의하면 〈새로운 말씀〉을 의미한다.

앙투안느

귀를 막으며.

아무렴 어때! 난 듣고 싶지 않아.

사투르니노스교도들[87]

일곱 하늘을 만든 일곱 천사의 이름만이라도 들어 봐.

앙투안느

됐어! 그만둬!

콜라르바수스교도들[88]

인간의 생명이 나온 일곱 별의 이름말이야.

앙투안느

그만둬! 그만두라니까!

사벨리우스교도들[89]

한마디만 더. 네가 원하기만 한다면, 토성 모양으로 지어진 우리의 신전 구조를 알 수도 있어.

테라프테스교도들[90]

기다려! 기다려! 우리가 홍해를 건널 때 추던 춤을 추며 떠오

---

87 2세기 이단자들. 구약을 거부하고 결혼을 부정했다. 마술사 시몬의 제자였던 사투르니노스에 따르면, 절대신이 일곱 데미우르고스를 통해 세상을 만들어 냈고, 유대인들의 신은 그중 하나일 뿐이다.
88 육체의 부활을 부정한 그노시스주의자들.
89 예수 그리스도가 요셉과 마리아의 아들임은 인정했으나, 그노시스주의자들의 누스(지성)가 인간 예수에게 결합되었다고 주장했다.

르는 태양의 찬가를 불러 줄게.

카발라주의자들[91]

뾰족한 모자에 어두운 감색 옷을 입고 모피를 두른 그들은, 흰색 젓가락으로 허공의 몇 군데를 가리킨다.

거대한 몸 속을 흐르는 피처럼, 만물의 아인소프[92]가 모든 세계의 감추어진 혈관 속을 흐르는 게 보이니?

앙투안느는 자신의 작은방에 갇혀 꼼짝하지 못하고, 이단자들에게 채찍질을 하며 그들과 싸운다. 그들은 사라지고, 그는 혼자 남아 바닥에 주저앉는다.

큰 한숨, 통곡과도 같은 소리가 들려온다.

앙투안느

다시 일어서며.

누가 울고 있지? 산에서 살해된 사람이 있기라도 한 건가?

손을 눈썹에 대고 멀리 본다.

아무것도 안 보여, 밤이 이렇게 어두워서야!

앙투안느가 독방에서 나와, 귀를 기울여 목소리가 나고 있는 어둠 속에서 무언가를 구별하려고 애쓴다. 바닥에서 덩굴 하나를 집어 가물

---

90 이집트에서 활동한 그노시스주의자들의 유대인 종파로, 은둔하며 관상 생활에 전념했다.

91 히브리어 *kabbalah*는 〈전통〉을 뜻한다. 초기 유대교에서는 랍비 유대교의 모든 전승 체계를 의미했다. 그리스도교가 오기 2세기 전부터 퍼지기 시작한 유대교의 비교(秘敎)적 교의.

92 히브리어 *Haensoph*는 *haen* 혹은 *ain*[무(無)]과 *soph*[한계(限界)]의 합성어로 〈무한〉을 뜻한다. 카발라주의의 신에 대한 명칭으로, 인간적 이해를 초월한 전체적 통일체를 상징한다. 아인소프는 동시에 전체 우주의 세로피트(그의 잠재된 풍요의 방출)가 내재해 있는 유동체이다. 아인소프는 무한 공간으로부터 나와 순수한 에너지의 무한소 모나드 속으로 자신을 수축시켜 에너지를 집중시키고, 창조된 공간 속에 하나의 광선 형태로 방출된다.

가물 타고 있는 성당의 작은 램프에 불을 붙인다.

횃불을 내렸다 올렸다 하면서 주위를 살펴본다. 울음소리가 다가오는 것 같다.

앙투안느

놀라서 멈춘다.

여자잖아…….

그녀가 흐느낀다.

노인이 그녀를 부축하고 있구나.

창백한 얼굴의 여인이 앞으로 나오고, 그녀의 검은 머리가 볼을 타고 양쪽으로 흘러내린다. 누더기가 된 붉은색 긴 윗옷 아래로 야윈 팔이 드러나 있고, 손목의 산호 팔찌가 소리를 낸다. 눈 밑은 붉게 부풀어 있고, 뺨에는 물린 자국이, 팔에는 매 맞은 자국이 있다.

그녀는, 머리가 벗겨지고 여자처럼 붉은색 헐렁한 옷을 입고 있는 남자의 어깨에 기대 울고 있다.

긴 회색 수염의 그는 들고 있던 청동 항아리를 땅에 내려놓는다.

앙투안느

어려 보이는군. 그녀를 걷게 도와주는 남자는 아마도 아버지일 거야.

마술사 시몬[93]

헬레네에게.

멈춰라.

---

[93] 1세기 이단자. 마술로 사마리아 사람들을 현혹하고, 예수의 제자들이 행하는 기적을 보고 성령을 안수하는 능력을 돈으로 사고자 했다(『신약』「사도행전」 제8장 제9~24절 참조). 그는 헬레네라는 몸 파는 여자를 페니키아의 투로스에서 사서 데리고 다녔다. 그의 주장에 따르면, 그녀는 첫 번째 사고, 만물의

헬레네

시몬의 가슴 위에서 신음하며.
아버지! 아버지! 목이 말라요!

시몬

목마름이 가실지어다!

헬레네

아버지, 자고 싶어요!

시몬

깨어 있거라!

헬레네

오! 아버지, 언제쯤이면 앉을 수 있나요?

시몬

서 있거라! 서 있거라!

앙투안느

그렇게 모질게 대하다니! 그녀가 대체 무슨 짓을 했습니까?

어머니, 침묵(시게), 천복(카리스), 엔노이아로, 최고 존재에게서 튀어 나가 자기 의도대로 천사를 만들고 세상을 창조했다. 그녀는 자기가 만든 천사들에게 잡혀 여성의 다른 몸속으로 무한히 옮겨지며 아버지에게로 올라갈 수 없었다. 시몬은 그녀를 구하기 위해 몸소 이 세상에 왔으며, 인간이 구원받는 것은 각자의 행실에 따르지 않고 시몬 자신이 내린 은총에 의해서라고 주장했다(이레나이우스, 『이단 반론』 I, 23, 1~5). 그는 로마에서 큰 성공을 얻었지만 하늘로 올라가는 데 실패하자 자살했다.

시몬

세 번 부르면서.

엔노이아! 엔노이아! 엔노이아! 이분이 네가 뭘 했는지 물으시는구나. 네가 직접 모든 걸 말씀드려라.

헬레네

꿈에서 깨어나듯 되살아나며.
내 말은, 오, 아버지…….

시몬

말하거라! 넌 어디에서 오는 거지? 넌 어디에 있었지?

헬레네

넋이 나간 눈길로 주위를 바라보다 하늘을 향해 머리를 들어 잠시 생각에 집중하더니, 메인 목소리로 이야기를 시작한다.

내겐 먼 나라, 잊힌 고장에 대한 추억이 있어요. 거대하게 활짝 펼쳐진 공작의 꼬리가 지평선을 덮고 있는데, 깃털 사이로, 사파이어 같이 푸른 하늘이 보여요. 삼나무 위에선 다이아몬드로 된 머리털과 황금색 날개를 가진 새들이 하프가 부서지는 듯한 소리를 내지르고, 푸른 초원에는 별들이 둥글게 춤을 추고 있어요. 나는 달빛이었어요. 나뭇잎들을 통과하고, 꽃 위에서 뒹굴고, 내 얼굴로 여름밤의 푸르스름한 공기를 비추었지요.

앙투안느

시몬에게 그녀가 미친 게 아니냐는 시늉을 해보이며.

아하! 아하! 뭔지 알겠군! 당신이 불쌍한 아이를 거두어 준 게로군.

시몬

손가락을 입에 대고, 낮은 목소리로.
쉿!

헬레네

말을 잇는다.

3단짜리 노가 달리고, 물살에 부딪힐 때마다 물속에 잠기는 숫양 조각이 있는 뱃머리에서, 나는 꼼짝 않고 있었고, 바람이 불고, 이물이 물거품을 가르고 있었어요. 내 발치에 앉아서, 그가 이렇게 말했어요. 〈그들이 모두 무기를 들어도, 내가 조국을 혼란에 빠뜨리고 내 제국을 잃어도, 난 괜찮소! 그대가 나의 집으로 오고, 우린 함께 살 거요.〉 울고 있는 메넬라오스는 섬들을 불안케 했고, 우리는 방패와 투구, 창을 갖추고 배의 갑판에서, 겁먹은 채 뒷발로 일어서는 말들과 함께 홀연히 떠났어요. 아! 그가 사는 궁전의 침실은 얼마나 쾌적한지요! 그는 향기가 진동하는 회랑을 지나, 정오엔 붉은 천이 깔린 상아 침대들 위 잠자리에 들고, 내 엄지손가락 위로 물레 가락이 빠르게 돌고 있는 동안, 내 머리 타래 끝을 만지며 사랑의 노래를 불러 줬어요.

저녁이 되면, 나는 성 위에 올라가, 양쪽 진영의 사람들이 신호탄에 불을 붙이는 것과 군인들이 뒤엉켜 싸우는 것을 보았어요. 천막 가장자리에서 친구들과 담소하고 있는 오디세우스를, 소의 피로 칼집의 끈을 씻어 내는 아이아스를, 무장을 하고 자기 전차에 올라 바닷가를 달리고 있는 아킬레우스를 보았어요.

앙투안느

완전히 돌았군요! 왜 그녀를 데리고 다니십니까?

시몬

손가락을 입에 대고.
쉿! 쉿!⋯⋯

헬레네

나는 숲속에 있었고 남자들이 그곳을 지나갔어요. 그들은 내게 입을 맞추고, 나를 붙잡아 동아줄로 묶고, 낙타에 실어 데려갔어요. 우리들은 산간 협곡을 지났어요⋯⋯. 매일, 천막을 세우기 위해 못을 박는 시간에, 팔로 안아서 나를 내려놓았고, 그리곤 커다란 우물가에서 밤새 노래하게 했어요. 길을 가던 중, 남자들이 들이닥쳐 카라반은 군대가 되어 싸웠고, 그들은 내가 자고 있는 이불 속으로 슬며시 들어와 나를 시들게 했어요. 먼저 왕자가 들어왔고, 이어 장교들이, 병사들이, 그리고 당나귀를 돌보는 하인들이 들어왔어요.

도시의 입구에 닿자, 그들은 샘에서 나를 씻겼는데, 흐르던 피가 물을 붉게 물들였고 먼지투성이 발이 샘을 흐렸어요. 그들은 내게 기름을 발랐고, 살갗을 수축시키는 흰색 연고를 바르고 마사지를 했어요. 그러고는 나를 백성들에게 팔았어요. 나는 그들을 즐겁게 해야 했어요.

투로스[94]에서는 시리아 여인으로 살았어요. 항구 가까이에 서였죠. 길은 다른 길들에서 떨어져 있고 꼬불꼬불했어요. 여인숙 꼭대기의 열린 창가에서 지나가는 손님들을 불렀어요. 외국어로 비웃는 이방인들과 잠자리를 했고, 노예들은 나를 때렸고, 취한 난봉꾼들은 내 가슴에 토악질을 했어요.

어느 날 저녁, 옷을 벗은 채, 나는 만돌린을 손에 들고 서 있고, 그리스 선원들은 춤을 추고 있었어요. 밖에는 비바람이 불

---

94 페니키아의 항구 도시로, 오늘날 레바논의 수르.

고 천둥이 쳤어요. 기왓장 위로 비가 콸콸 흐르고, 매음굴은 가득 차 있고, 포도주 냄새와 사람들의 입김이 램프의 연기처럼 무겁고 뜨겁게 피어오르고 있었어요. 한 남자가 갑자기 들어왔는데, 문도 열리지 않았어요. 햇빛처럼 그의 시선이 내리비쳤고, 두 손가락을 벌린 채 팔을 공중에 들어 올린 그를 보았어요. 바람이 불어와 천장의 장식 띠를 흔들어 놓았고, 세 발 받침 항아리엔 저절로 불이 붙었고, 나는 그에게로 달려갔어요.

시몬

네가 내게로 뛰어왔지. 오! 오래전부터 너를 찾아 헤맸는데, 널 찾았어. 널 구했고, 널 해방시켰지. 난, 구세주고 개혁자니까. 그녀를 잘 봐, 앙투안느! 그녀를 보고 있어? 사람들이 카리스,[95] 시게,[96] 엔노이아, 바르블로라 부르는 게 바로 그녀야. 그녀는 아버지인 신의 생각이었고, 우주와 세계들을 창조한 누스였지. 어느 날, 그녀의 자식인 천사들이 그녀에게 반항을 했고, 그녀를 자신의 제국에서 추방해 버렸어. 그래서 그녀는 달, 여성의 전형, 완벽한 조화, 각진 삼각형이 되었어. 그러고는, 그녀가 추방된 무한 속에서 마음껏 팽창하라고, 그들은 결국 그녀를 여인의 몸 안에 가두어 놓았지. 산으로부터 내려와 개울에서 사라지는 폭포처럼, 거듭된 추락과 끝없는 타락을 거치면서, 그녀는 하늘의 가장 먼 곳으로부터 땅의 가장 낮은 곳까지 떨어진 거야. 그녀는 심연을 이루는 각 단계마다 머물렀어. 그녀는 원자들을 파고들어 가, 물질 속에서 미래의 창조가 이루어질 혼돈 부분을 뜨겁게 했어. 그녀를 알지도 못하면서, 탐욕에 찬 사내들이 그녀의 살 속을 파고들었던 거야.

그렇지만 그녀가 아직도 얼마나 아름다운지를 봐. 그리고 얼

---

95 Charis는 그리스어로 〈천복〉, 〈기품〉, 〈아름다움〉을 뜻함.
96 Sigê(침묵). 원문에는 그리스어로 표기되어 있음.

마나 한결같이 젊은지! 그녀의 얼굴은 추억처럼 창백하고, 그녀의 눈은 꿈보다 더 막연하고, 그녀의 사지는 호기심에 떨고 있어.

그리스 시인 스테지코로스가 그녀의 기억을 저주했고, 또 그가 범한 신성모독에 대한 벌로 그의 눈을 멀게 한 그녀가, 바로 헬레네야. 왕들이 강간했던 그녀는, 오만으로 자살한 루크레티아였고, 삼손의 머리카락을 자른 델릴라[97]였으며, 숫염소와 몸을 섞기 위해 야영지를 벗어나 열두 부족으로부터 쫓겨났던 유대인들의 딸이었지. 그녀는 부패, 간음, 거짓말, 우상숭배, 그리고 어리석은 짓을 좋아했어. 그녀는 온갖 타락으로 망가지고, 빈곤으로 천해졌으며, 온 나라에서 매음을 했어. 아무 저잣거리에서나 노래를 불렀고, 누구의 얼굴에나 입을 맞추었어.

투로스에서 내가 그녀를 발견했을 때, 그녀는 도적들의 애인이었어. 겨울밤에 그들과 술을 마시고, 자신의 미적지근한 이불 속에 살인자들을 감춰 주었지. 바로 나야, 나. 사마리아인들에게는 성스러운 아버지이고, 유대인들에게는 성스러운 아들이며, 모든 이에게는 성령인 내가, 슬픔 속에 있는 그녀를 위로하고, 예전의 찬란함 속으로 그녀를 되돌리고, 하느님 아버지의 품속으로 그녀를 복귀시키기 위해 왔던 거야.

지금은 서로 떨어질 수 없이, 본질과 지속, 박자와 리듬, 기관과 생명처럼 우리의 두 성질을 움직이는 영원한 리듬 속에서 일체가 되어, 정신을 해방시키고 신들을 두려움에 떨게 하면서 앞으로 나아가고 있지.

에프라임과 이사카르에서, 사마리아와 큰 마을들에서, 마게도 계곡에서, 비조르 급류를 따라, 또 조아라에서 아르눔까지, 산을 넘어 보스트라와 다마스에서, 난 복음을 전파했지.

---

97 『구약』 「판관기」 제16장 제4~21절 참조.

나는 모세의 계율을 파괴하고, 규범을 전복시키고, 더럽혀진 것들을 정화하러 왔노라. 나는 행위의 무용성을 설파하는 자이노라. 예수가 긍휼의 식탁에 모든 민족을 동등하게 앉혔듯, 나는 크나큰 사랑으로, 음욕에 물들고 고행으로 혼란에 빠진 아담의 아들들, 이 모든 영혼들을 부르노라. 은총의 태양 빛을 받아 행동은 모래알처럼 부서지고, 나는 깊은 경멸을 품은 채 행위의 허물과 가치를 내려다보노라.

먼지로 뒤덮인 자들, 피로 물든 자들, 포도주에 절은 자들은 내게로 올지어다! 새로운 세례로, 나병에 걸린 이들을 파먹는 다갈색 얼룩들을 벽에서 태워 버리려 사람들이 그들의 집으로 들여 가는 송진 횃불처럼, 그들을 내장 속까지, 아니 그들 존재의 깊은 곳까지 씻어 낼 것이니라.

불로 세례를 주면서, 강력한 한마디의 말로, 허공에도 불을 붙이는 것이 나이니라. 불이 너의 머리 위로 넘치게 해줄까? 불이 너의 마음을 영원한 격정으로 타오르게 하기를 원하지 않아?

시몬은 자신이 들고 온 항아리 쪽으로 몸을 돌린다.

불이여, 붙거라!

흰색의 불꽃이 항아리 위로 나타난다. 앙투안느는 겁에 질려 뒤로 물러선다.

시몬

앞으로 나간다.

그것은 분노처럼 삼켜. 그것은 죽음보다도 더 영혼을 정화하지. 〈땅으로 뛰어내려, 휩쓸어 버리고, 정화시켜라. 뛰어라, 뛰어, 엔노이아의 피이며 신의 영혼인 그대여!〉

불꽃이 도깨비불처럼 여기저기로 날아다니고, 앙투안느는 눈으로 불꽃을 좇아간다. 불꽃이 커지고, 간간이 팽창하다가 속도가 빨라진다.

네로의 궁전 원형 경기장에서 난 하늘로 날았지. 그런데 어찌나 높이 날았는지 사람들이 날 다시 보지 못했어. 테베레 섬에 내 동상이 서 있지. 난 힘이고, 아름다움이며, 스승이야! 엔노이아는 미네르바이고, 나는 낮의 신, 아폴론이야. 나는 파란 메르쿠리우스이며, 나는 벼락 치는 제우스이며, 나는 그리스도이고, 나는 성령 파라클레토스이며, 나는 주이고, 나는 하느님 안에 있으며, 나는 하느님이야.

불꽃이 앙투안느를 쫓아다닌다. 그는 불꽃을 피하려고 사방으로 도망을 가지만, 불꽃이 바짝 뒤쫓고, 다가와, 그의 옷자락에 닿는다.

앙투안느

어떻게 하지? 어떻게 하지? 아! 성수만 내게 있어도!

불꽃이 사라지고, 엔노이아는 애처로운 목소리를 내지른다. 시몬은, 몸을 엄청나게 비틀며, 손가락을 입 안에 넣은 채 날카로운 휘파람을 불고, 엔노이아와 함께 사라진다.

바로 왼쪽 구석으로부터 나오는 엘케사이교도들이 보인다.

엘케사이교도들[98]

커다란 보라색 망토를 뒤집어쓰고, 새의 날개깃을 머리에 꼽고, 야수의 가면을 쓴 이들이 일렬로 줄을 서서, 다 같이 손을 잡고 팔을 흔들며 말한다.

소금, 물, 땅, 하늘, 공기, 바람의 힘으로, 우리 조상들의 슬픔, 천대, 굴욕, 학대와 단죄가, 도래한 사명 속에서 사라졌어.

죽은 자들에게 향기 나는 나무 기름으로 세례를 주자. 이미 부패한 것도 죄로부터 구원받을 수 있도록.

---

[98] 구약의 계율을 지키는 유대의 그노시스파 이단. 예수는 하급의 그리스도이며 예언자일 뿐이라고 주장했다. 페르시아와 이집트의 교리에서 일곱 개의 정령 체계를 원용했다. 정신, 천사, 기름, 소금은 영적인 것에 관여하고, 하늘, 물, 땅은 우주의 힘이다(마테르, 『그노시즘의 역사』, 제2권, 328면 참조).

휘이! 유대의 예루살렘이여, 네가 있는 언덕에서 물러가고 훤히 밝아 오는 새벽처럼 어둠의 한가운데로 내려올 천상의 예루살렘에게 자리를 내주어라.

입술이 믿음을 부인하고 있을 때에도, 믿음이 우리 마음속에 있기를! 너희들 신앙이 똑바로 서 있을 수만 있다면, 우상 앞에 무릎을 꿇어도 좋아. 다른 것은 중요하지 않아! 정신이 말씀에 허기져 있기만 하다면, 더럽혀진 고기를 먹어도 좋아. 무릎을 꿇고 있는 한, 신성을 모독해도 좋아. 피노스는 디아나를 경배했고, 베드로 성인은 예수를 부인했지. 순교는 부도덕한 것이고, 강한 물욕과 고통의 욕망은 지옥을 유혹하는 것이므로, 그런 것을 뒤쫓으며 〈나는 고통을 원해〉라고 말하는 자는 사탄에게 유혹을 당하지. 눈은 빛을 보라고, 이는 고기를 씹으라고, 손가죽은 살갗을 만지라고, 성기는 암컷 위에서 즐기라고 만들어진 것이야. 너는 왜 어둠 속에서 밤을 지새우고 있지? 너의 이는 왜 씹을 거리도 없이 부딪치고 있는 거지? 너는 왜 경련이 일도록 주먹을 쥐고 있지? 오장육부는 왜 분노로 떨고 있는 거지?

고독은 열매를 맺지 못해. 하나라는 숫자는 아무것도 창조하지 못했어. 하느님은 자신의 말씀과 결합했고, 그리스도는 교회와 맺어졌으며, 남자는 여자와 결혼하지. 여자는 수태이고, 기쁨이며, 포만이고, 무한의 문들이 그녀의 깊은 눈 속에 있으며, 커다란 행복이 그녀의 젖가슴 사이에 앉아 졸고 있어.

엘케사이교도들이 다가오고, 앙투안느 성자는 이들을 피하기 위해 오른쪽으로 도망가려 하는데, 카인교도들이 오른쪽에서 나온다.

카인교도들[99]

짧은 검은색 옷에 팔과 다리는 드러나 있고, 긴 머리는 귀 뒤로 넘겨져 한 마리의 독사로 묶여 있고, 독사는 다시 그들의 목을 두 번 감은 채 그들 어깨 위로 머리를 떨어뜨리고 있다. 그들은 큰 목소리로 외치면서 검을 휘두른다.

카인[100] 만세! 소돔[101] 만세! 코라 만세! 다단 만세! 아비람 만세![102] 유다 만세!

카인이 피를 흘리고, 소돔이 천사들을 욕보이고, 코라와 그 일행이 모세에 맞선 것도, 그리고 유다가 주 예수를 팔아넘긴 것도 다 하느님 뜻에 따른 것이야. 하느님은 이런 일들을 미리 알고 계셨고 그들이 그리하도록 내버려 두셨으니, 그분은 그것을 원하고 계셨던 거지.

카인은 강한 종족을 만들었고, 소돔은 그들이 받은 벌로 온 세상을 공포에 떨게 했고, 코라는 아론의 가문이 사제직을 수행하도록 했으며, 유다는 예수가 세상을 구원하는 원인이 되었지.

저주받은 자들의 명예를 회복시키고, 혐오당한 자들을 경배하자. 유다는 아브라함보다, 솔로몬보다, 바울로 성인보다, 그리고 모든 성인들보다 더 너의 영혼을 위해 살았고 너의 영혼을 위해 지옥에 떨어졌던 것이야.

카인 만세! 소돔 만세! 코라 만세! 다단 만세! 아비람 만세! 유다 만세! 유다 만세! 맞아, 앙투안느, 유다 만세!

---

99 2세기 그노시스파 이단. 유다인의 신으로부터 버림받은 카인, 에사우, 그리고 소돔과 고모라의 주민들에게 경의를 표했다. 기원후 180년 이전에 그리스어로 쓰인 「유다의 편지」가 그들의 경전이다.

100 아담과 하와 사이에 태어난 카인은 야훼가 자신이 농사를 지어 바친 제물을 받아들이지 않고 양치기 동생 아벨의 것만을 기꺼워하므로 화를 이기지 못하여 아벨을 죽였다. 그는 세상을 떠도는 형벌을 받았으며 에덴의 동쪽 놋 땅에 살았다(『구약』「창세기」제4장 제1~16절 참조).

101 『구약』「창세기」제18~19장에 나오며, 사해 남쪽으로 추정되는 도시. 소돔과 고모라에 살던 이들은 야훼를 믿지 않았으며, 롯의 집을 찾은 두 천사까지 범하려는 문란한 풍습 때문에 하늘의 분노를 샀고, 유황과 불의 비를 맞아 멸망했다.

102 레위의 증손 코라, 르우벤의 자손 다단과 아비람이 모세에게 불복종하여 생매장당하는 벌을 받았다(『구약』「민수기」제16장 참조).

니콜라우스교도들[103]

 남자들과 여자들, 앞이 트여 있고 펄럭이는 긴 소매가 달린, 모슬린 천으로 만든 큼직한 긴 옷을 입고 있다. 관자놀이 위로 땋은 머리에, 눈에 칠을 하고, 뺨에는 분을 발랐다. 발목과 손목에 금팔찌를 찼고, 다이아몬드 귀고리에 방울 목걸이, 노란색 샌들을 신었다.

 각각의 행동은 자신을 이끄는 알려지지 않은 천사에게 달려 있고, 인간의 삶은 보다 더 높은 이 의지에 달려 있을 뿐이며, 그것들은 서로 일치하기도 하고 어긋나기도 하지.

 몸은 선과 악의 우여곡절을 겪고 나서 어느 날 멈출 것이며, 갈릴리 사람들이 뭐라고 말하건, 결코 다시 살아나지 않을 거야.

 하지만 좋은 것과 나쁜 것이 무엇인지 아는 우리의 영혼은 보다 큰 영혼으로 돌아가, 같은 전율을 느끼며, 우리가 이 세상에서 우리 영혼의 태생인 이 무한과 큰 영혼을 뒤흔들었던 것에 대해 우리의 무죄를 증명할 거야. 우리를 거북케 하는 것은 몸이야, 몸은 정신을 교란시키지.

 사실, 의지는 피를 멈추게 할 수 없고, 목구멍을 채울 수도 없으며, 그리고 청동으로 만들어진 숫양으로 계속 성벽을 치는 일이 그렇듯 결심은 육체 아래에서 무너져 내리지. 넌 행동을 삼가고, 죄를 경계하고, 몸에는 채찍질을 가하지. 그러나 넌 생각에 빠져들면서, 욕망을 키우고 탐욕을 품게 되지.

 그런데 악의 뿌리는 생각 속에 있는 게 아닌가? 잘못을 저지르는 것은 욕망이 아닌가? 강한 물욕은 그 자체가 죄악이 아닐까? 생각은 네 것이 아니야. 고행의 무게가 욕망의 날개를 꺾지는 못하리라. 그리고 거센 욕구는 늑대와 같아서, 굶주리면 더욱 자신을 억제하지 못하게 돼.

---

103 팔레스타인에서 시작한 2세기 그노시스파 이단.『신약』「요한의 묵시록」제2장 제6, 15, 20절에 언급된 이들은 계율과 육체의 억압으로부터 영혼을 해방시킨다는 명목으로 온갖 쾌락을 추구했다.

우리도 역시 예전에는 육체가 우리를 괴롭혔지만, 육체를 잠재우는 비밀을 우린 알아냈어. 목구멍까지 그것을 가득 채워 버리는 것이지.

식탐을 전멸시키기 위해 배고프지 않아도 먹고, 갈증 없이도 마시지. 인색함을 없애려고 다이아몬드의 반짝이는 빛으로 눈동자를 지치게 하지. 육체의 탐욕에서 벗어나기 위해, 더없는 환희 속에 육체를 고갈시키지.

육체를 괴롭혀, 육체를 짓이겨, 욕망을 맛보게 해. 북소리가 고막을 찢어 피를 흘리게 해. 익힌 살코기에서 나는 김의 거부감으로 구역질을 나게 해. 여자를 실컷 취해 죽고 싶은 욕망이 일어나게 해.

식욕을 만족시켜. 변덕을 충족시켜. 욕망을 헤아려. 환희에 짓눌린 육체가 그 아래서 사라지고, 물질에 의해서 죽어 버릴 수 있도록. 자기 꼬리에 목이 졸린 원숭이처럼, 자신의 배설물 더미에 질식해 버린 돼지처럼.

세 이단자들에 의해 옥죄인 앙투안느는 성호로 공중을 가르면서 이들을 물러서게 하려 하지만, 니콜라우스교도들 무리에서 카르포크라스교도들이 나온다.

카르포크라스교도들[104]

덥수룩한 머리, 얼굴 전체를 덮는 수염, 긴 손톱, 흑백 줄무늬의 꽉 끼는 속바지에 허리 위로는 벗고 있다. 가슴에 붉은 태양 문신을 하고 있다.

104 2세기 알렉산드리아에서 카르포크라스가 시작한 이단. 예수 그리스도는 조셉과 마리아의 아들일 뿐이고, 절제력과 열정에서 다른 이들보다 우월한 인간이며, 누구든 선행으로서가 아니라 믿음과 사랑을 통해 예수 그리스도가 될 수 있다고 보았다. 자연의 법칙이 인간의 계율에 앞서므로, 땅과 재산 그리고 여자도 공유해야 한다고 주장했다(마테르,『그노시즘의 역사』, 제2권, 261~278면 참조).

몸의 과업을 실천하라! 실천해, 그것도 잘. 그러면 해방된 영혼은 다시 삶을 시작하지 않을 거야.

영혼이 푸르니코스[105]의 움직이지 않는 중심에 머무르기 위해서는 육체가 가지고 있는 것 전부를 살 속에서 실행해야 해.

정숙한 영혼은 두더지의 몸속으로 되돌아갈 것이고, 자기 아버지와 어머니, 자기 자식이나 누이들과도 몸을 섞겠지.

절도 있는 영혼은 개의 몸 안으로 들어가서, 옆구리가 기름져 터질 때까지 길거리의 시체들을 집어삼켜 썩은 것으로 가득 차겠지.

부드러운 영혼은 춘분과 추분에 내리는 비를 맞으며, 사자들의 몸속에서 울부짖겠지.

겸손한 영혼은 눈먼 독수리 안에서 자기 몸을 혹사시키며, 쉬지 않고 비상하다가 우주 공간으로 사라져 버리겠지.

금욕하는 자의 영혼은 고행으로 자기 몸을 묶어 가두고, 이런 영혼은 질풍을 맞은 먼지처럼 흩어지면서, 수천의 장소를 맴돌며 수천의 형태로 살아가겠지.

크라우라우바흐가 불을 있게 하여 생성시키고 태워 버리고, 물을 있게 하여 갈증을 풀고 분해시키고, 바람을 있게 하여 되살리고 뒤엎듯이, 또 그가 하마를 강바닥에, 반딧불을 덤불 아래, 암말을 초원에 있게 한 것처럼, 또 그가 지구를 알맞게 배열하고 해변과 초목으로 칠하고, 너를 매혹시키거나 두렵게 하는, 한껏 피어난 매력으로 자기 안에 품고 있는 천상의 삶을 땅에서 재현시키려고 했듯이, 그는 존재를 창조하는 사랑을 있게

---

[105] 정념이 지배하는 관능적 존재. 발렌티누스교도들은 소피아와 그녀에게서 나온 하급 소피아, 아카모트를 지칭한다. 천상의 남편을 두고 여성의 몸속으로 전락을 거듭하며 지상의 쾌락을 추구하는 마술사 시몬의 동반자 엔노이아, 헬레네는 푸르니코스의 전형이다(마테르, 『그노시즘의 역사』, 제1권, 206~207면 참조).

하였고, 정신을 확장시키기 위해 교만을, 힘을 쓰게 하기 위해 분노를 있게 했지. 그는 심장과 배를 만들었고, 때리고 쓰다듬고 건설하고 파괴하는 손을 만들었어. 또 먹고 말하며 노래하고 휘파람 불고 키스하고 깨무는 입을 만들었고, 등뼈 끝에 움직이는 머리를 만들어 샌들 끈을 묶을 때는 앞으로 숙이고 별을 쳐다볼 땐 뒤로 젖힐 수 있도록 했지. 그는 인간을 조립하여 배열했고, 찬란한 개화, 파멸을 부르는 과잉, 숨겨진 독(毒), 차가운 절정을 주었고, 인간을 거대하게 만들어 관념이 그의 영혼 속을 돌 수 있게 했지. 인간이 관념을 더 잘 흡수할 수 있도록 폭식하는 기관을 붙여 주었고, 인간이 관념을 최대한 발산할 수 있도록 인간을 길쭉하게 만들었지.

격정에 휩쓸린 정신은 물질 속을 떠돌아다니다, 굽이굽이 다 돌고 난 뒤에 그곳을 나오리라. 하지만 그곳에서 나오기 전에 모든 길을 가로지르고 모서리에 부딪히고 모든 심연 속을 굴러야 하리라.

살인과 음욕의 광란은 질풍과 같아서 나이와 성별, 노예와 주인을 뒤집어 놓지. 질투도 소유도 집착도 부끄러움도 없어. 노예가 주인에게 명령하고, 수컷들끼리 교미하고, 피가 나도록 찢어지는 고통에 처녀들이 소리 지르지. 우리는 식탁에서 죽은 자들을 위해 기도를 하고, 칼로 자해하고 팔에서 흐르는 피를 마시지. 우리는 임신한 여자들을 낙태시키고, 성체 빵에 침을 뱉고, 제단에 올라가고, 교회의 향로를 흔들어 우리에게 향을 뿌리지.

카파도키아의 여예언자가 나타난다.

카파도키아의 거짓 여예언자[106]

거인 여자. 어마어마한 적갈색 머리 타래가 발뒤꿈치까지 내려와 있

---

106 3세기 초, 카파도키아를 누비며 사제들을 유혹하고 세상의 종말을 외쳤다.

고 소나무 횃불을 흔들고 있다. 새끼를 가진 암호랑이가 그녀의 허리를 긁고 있고, 그녀는 호랑이 주둥이에 왼손을 대고 있다.

뛰어! 뛰어!

나는 화산 밑으로 내려가 사자들 입에 머리를 넣고 정신을 정복했어. 그것이 여기 있다! 그것이 여기!

정신은 포효하는 육체 속에, 번쩍이는 불 속에, 미친 듯이 부는 바람 속에 있지.

도시의 벽들이 폭발했고, 내 발 밑에는 풀이 자랐고, 미사 중에 성가를 노래하던 사제가 갑자기 노래를 멈추고 내 뒤를 따라 사막을 달리기 시작했어. 너를 내 짐승 위에 태워 데려갈 거야. 내 사랑 안에 너를 뒹굴게 할 거야. 우리는 심연의 꼭대기에 올라갈 거야. 그리고 불꽃처럼 작열하는 네 뺨 위로 나의 입맞춤이 흘러넘칠 거야. 비둘기가 날갯짓을 하고 뱀들이 쉭쉭 지나다니는 숲보다 네 속이 더 우글거리는 걸 느끼게 될 거야.

여예언자는 앙투안느 성인 쪽으로 나아가고, 그들은 서로 마주 바라본다. 그녀가 머리를 기울이고, 횃불을 흔들면서 미소를 짓고, 불씨들이 앙투안느 성인의 발에 떨어진다. 암호랑이는 등이 부풀어 오르고 꼬리를 하늘로 치켜세운다.

앙투안느

겁에 질려 뒷걸음질 친다.

오! 오! 오! 무서워! 무서워! 워! 워! 워!

여예언자 뒤로 이전에 등장했던 모든 이단자들이 그녀와 함께 다가온다. 앙투안느는 그들 무리에 깔릴 지경이다. 와들와들 떨면서, 앙투안느는 가슴에 손을 쑥 집어넣어 끈에 달린 작은 십자가를 꺼낸다. 그가 팔을 쭉 펴서 십자가를 보이고 이단자들에게 맞서 곧바로 걸어오자, 이단자들이 어깻죽지까지 머리를 숙이고 겁에 질린 몸짓을 하며 뒷걸음질로 멀어진다.

앙투안느 성인이 걸을수록, 원이 넓어진다.

그는 무대를 가로지르며 뛰어다닌다. 이렇게 몇 번을 돈다.

완전한 침묵. 무대는 비어 있다.

그때 무대 안쪽에서 몬타누스교도들이 앞으로 나온다.

몬타누스교도들[107]

검은색 긴 옷에 머리엔 재를 뒤집어쓰고, 팔짱을 끼고 걸으며.

밀고 나가, 앙투안느! 고행으로 마귀를 이길 거야. 고통을 받아. 금욕을 해. 육체를 괴롭혀!

네 상처의 마른 딱지 위에 굳은살이 박이고 너의 정신이 지친 네 육체를 괴롭히기 위해 더 이상 어떤 상상도 하지 않게 될 때, 가거라, 순교하러! 예수께서 수난을 겪으셨고, 그의 맘에 들기 위해 예수의 아들들 역시 순교를 마음먹어야 하지. 예수께서 겪으신 고통에 비하면, 그들의 고통은 아무것도 아니야! 골고다 언덕의 신음 소리가 세상이 끝날 때까지 울리겠지, 탄식하게 하는 고통처럼 영원한 신음 소리가. 지나간 세대들의 눈물을 모두 모으면 대양을 이룰 수도 있지만, 지금 그것이 단 한 방울이라도 남아 있다고 말할 수 있어? 한계를 가진 것이 너의 본성이고, 보잘것없는 게 너의 고통이야. 네 영혼을 짓누르고 또 너무 좁은 지하 감옥마냥 영혼을 구부리게 하는 몸에 진절머리가 나지도 않아? 그러니 너의 육체를 파괴하고, 거기에 넓게 통로를 만들어 그곳으로 하늘의 공기가 내려오게 해.

---

107 몬타누스는 160년경부터 프리기아에서 세상의 종말과 천상의 예루살렘을 예언하기 시작했다. 자신이 그리스도가 예고한 파라클레토스(성령)이며, 무아지경 속에서 성령으로부터 말씀을 받는다고 주장했다. 엄격한 금욕과 순교를 중시했고, 여성들에게도 중요한 역할을 부여했다. 그는 막시밀라와 프리스킬라와 함께 중동 지역 교회를 뒤흔들었다.

우리와 가자! 우리를 따라해! 우리는 한 달에 여섯 번 완벽한 단식을 하고, 세 번의 사순절을 지키며, 목욕을 금하고, 현란한 색의 천과 향료를 쓰지 않고, 우리가 먹는 음식에 즙이나 피가 있는 모든 것을 또한 금하지. 우리는 죽은 자들에게 세례를 주고, 처녀들에게 베일을 씌우고, 임종하는 범죄자에게는 성체배령을 거부하며, 재혼을 금하지.

타티우스교도들[108]

매끈한 턱, 밀어낸 머리털, 모자를 쓰지 않은 머리, 검은 자루 속에 들어가 있다.

우리는 모든 것을 금한다!

육체를 통해 살의 저주를 계속 이어 가는 게 성령의 마음에 들 거라 생각해?

매년 열두 개의 핏빛 열매를 달고 있던 에덴의 나무, 그건 여자야. 그 나무 그림자 밑에서 잠자는 자는 지옥에서나 깨어나리라.

그들은 방해받지 않고 바보짓을 하며 관계를 맺으러 돌아와선, 둘이라면 주님을 더 사랑할 수 있고, 그분을 섬기기 위해 신자들을 교육시킬 수 있다고 말하지. 다른 무엇보다 자신들을 아끼지 않는 척! 육체를 탐닉하면서도 정신을 저버리지 않는 척! 그 분을 경배하기 위해 태양들이 주님의 주위를 따라 춤추고 있는데도, 마치 주께서, 그들의 몸을 빌려 자식을 생산할, 영원한 조력자를 필요로 한다고 여기지! 예수의 아들들에게 결혼에서 구원을 찾으라고 허락한 미치광이가 어디에 있지?

그자는 자신의 머리를 하와의 딸의 젖가슴에 결코 놓은 적이

---

108 2세기 그노시스파 이단. 순결과 금욕을 강조했다. 영혼은 정신적이고 영적인 존재이나, 성령과 결합하여 높은 곳으로 돌아가지 못하면, 육체의 죽음과 함께 소멸된다고 보았다 (마테르, 『그노시즘의 역사』, 제2권, 342면 참조).

없다는 거지? 그녀의 사랑 속에서, 폭풍우의 후덥지근한 빗줄기 아래 썩어 가는 작은 식물처럼, 자신이 서서히 와해되는 걸 느껴 보지 못했다는 거지? 자기 손에서 무기력을 자아내는 이 손길을 경험하지도, 열정을 녹이고 사유를 질식시키는 이 시선 앞에서 극도의 공포로 몸을 떨어 본 적도 없다는 거지?

큰 초의 불꽃처럼 뜨겁게 곧장 하느님께로 올라가야 할 기도가 여자의 입김 아래서 늘 흔들리고 꺼져 버리지. 자신도 모르게, 여자는 정신을 비방하고 또 자기의 한계를 넘어서는 열망들을 자기 쓰임새에 맞춰 늘 끌어내리지. 그녀가 무릎을 꿇고 영원한 하늘의 행복을 청할 때, 그건 자신이 사랑하는 남자와 그 행복을 나누기 위해서거나, 서로의 도취 속에 마르지 않는 심정의 토로로 그 행복을 채우기 위해서일 뿐이야. 아니지! 아니지! 남편이 가난한 자를 입히기 위해 아내의 옷을 결코 벗기지는 않으며, 이방인을 식탁에 앉게 하려고 아들들에게 팔꿈치를 좁히라고 명하는 법도 절대 없어. 원형 경기장에 가려고 집을 비우는 남편들을 보았나? 우상 앞에서는 아무리 훌륭한 남편일지라도 말없이 고개를 돌리지. 그건 로마의 병사가 밤에 칼을 들고 잠든 아이들 요람에 들어와 집을 뒤질까 두려워서지.

만일, 한순간 강인해져, 그들이 애정에서 벗어날 수 있었다고 해도, 오! 앙투안느, 누구도, 죽음을 앞둔 순간에 그들의 영혼이 어떤 비통함에 빠져들지는 결코 알 수 없었어! 표범의 포효 소리와 함께 그들에게 들리던 사랑하는 이들의 목소리도, 가족의 갈채 속에 숨어 있는 끔찍한 질투도, 저녁 하늘, 회랑의 굽은 선 아래로 지상의 환희들이 지나가고 있는 막연한 지평선도, 그들의 순교를 지워 버린 절망적인 후회도, 그리스도를 부인해서 그들의 덕에 복수한 것도 말이야!

그리스도교인은 기쁨을 키우기 위해서나 서로 기쁨을 주기 위해서 그리고 기쁨을 받기 위해서 존재하는 게 아니야. 그들 자신의 것인 삶은 넉넉하고 초연하며, 신앙이 그의 아내이고, 세계가 가족이며, 고행이 물려받은 재산이지. 그들은 영혼이 항상 어딘가로 열려 있어 무언가 충족되지 않은 그 어떤 것을, 존재를 넘어서는 그리고 존재에 속해 있지 않은 그 어떤 것을 계속해서 느껴야만 하지.

하늘에 굶주린 그들은, 세상이 단 한 번 그들의 희망을 온전하게 충족시켜 주기라도 한다면 신에 대한 욕망을 상실할 게 틀림없어.

막시밀라와 프리스킬라

매우 창백한 얼굴에 갈색 망토를 입고 있다. 그녀들은 두건 달린 망토를 벗어 던진다. 막시밀라의 머리는 갈색이고 프리스킬라는 금발이다.

그들 말이 맞아. 우리는 알지. 우리들은, 남편들 집에 살던 시절에는, 가슴이 억눌려 있었지.

가족 연회 때, 모인 친척들이 옛 노래를 부르며 잔을 부딪치고, 거나해지고, 흥이 올라 더욱 즐거워지노라면, 진지하게 식탁에 팔꿈치를 얹고 있던 우리의 마음에 영문 모를 쓸쓸함이 엄습하곤 했어.

아침부터 집을 빠져나와, 가마도 타지 않고 시녀도 없이, 검투사들과 감옥지기를 찾으러 술집으로 뛰어가곤 했는데, 그래서는 안 된다고 친척들이 말했지. 그리스도교인임을 고백한 자들을 방문하려고 우리가 가지고 있던 반지, 팔찌, 목걸이를 다 주었지. 그리고 그들과 함께 밤을 지새우며 시편을 소리 내 읽고, 천사에 대해 말했지. 우리가 그러고 있는 동안, 남편들은 집에서 몹시 마음을 졸이고 있었지. 우리들 옷가지 가운데서 우리가 가슴에 품고 있던 피가 말라붙은 작은 리넨 천을 발견하던 날, 그들이 어찌나 화를 내던지!

저녁에 우리가 기도문을 암송하면, 남편들은 침실에서 발을 구르며 우리 뒤에서 기다렸지. 오! 입맞춤을 하면서, 우리 자신도 모르게, 신에게로 날아오르곤 하던 우리의 영혼을 입술이 상기할 때, 그들의 품속에서 우리는 얼마나 자주 울었던가!

아! 그리스도의 어머니시여! 그들은 우리의 가여운 성적 수치심의 섬세함을 산산조각 내었습니다. 그리고 그들은 정념으로, 우물에 돌을 하나하나 던지듯, 신앙의 깊고 고요한 곳을 흔들어 놓았습니다.

그리고 한숨이 우리의 가슴을 부풀게 했고, 삶에 대한 혐오는 증오가 되었으며, 또 공동묘지의 풀밭을 지나 무덤에 기도하러 갈 때면, 드레스의 끝자락을 적시는 이슬보다 더 차가운 슬픔에 우리는 떨곤 했어.

프리스킬라

그를 처음 보았을 때, 나는 혼자였고, 날씨는 무거웠으며, 이마에 땀방울이 맺히듯 벽에 물방울이 서려 있었어. 수영장을 채우고 있는 맑은 물 위로 천장의 모자이크가 흔들림 없이 비치고 있었어. 난 수영장의 대리석 계단에 앉아, 거리에서 들려오는 웅성거리는 소리를 들으며 반쯤 잠들어 있었지. 갑자기 사람들이 외치는 소리가 들려왔는데, 사람들은 뛰어가며 외쳐 대더군. 〈마술사다! 악마다! 부활한 그리스도다! 새로운 예언자다!〉 그러더니 사람들의 무리가 아스클레피오스 신전 맞은편, 우리 집 앞에 멈추어 섰어. 난 샌들도 신지 않은 채 바로 일어나, 손을 짚어 창문 높이까지 몸을 들어 올렸어.

신전의 회랑에는 해방된 노예들이나 입는 긴 옷차림의 남자가 있고, 그의 목에는 쇠고리가 달려 있었어. 그는 말하고 있었고, 큰바람 아래 이삭들처럼 엄청난 수의 사람들이 흔들리고 있었어.

그는 멀리 떨어진 곳에 있었지만, 그가 하는 말이 어찌나 잘

들리던지 내 귀에 대고 말하는 것 같았어. 아니 어쩌면 내 안에서 그의 말이 나오는 것 같기도 했는데, 그래서인지 난 내 생각의 떨림에 귀를 기울이고 있는 것만 같았어.

그가 잠시 사라졌다가 숯불 풍로를 들고 다시 나타나는 게 보였어.

그는 다시 말하기 시작했고, 타고 있는 숯을 손에 집어 들고는 예수의 이름을 외치면서, 가슴 위로 넓게 붉은 자국을 만들었지. 그러자 군중들이 이렇게 말했어. 〈이런 짓을 해서는 안 됩니다. 그를 쫓아냅시다!〉 그러자 그에게 박수를 보내는 이들도 있었고, 그가 하는 짓을 비웃는 이들도 있었지.

그는, 그래도 그는 계속했어. 천둥이 치는 것 같았지. 오른손으로 하다 지치면 왼손을 분주하게 움직였어. 한편 태양이 저물기 시작했고, 차츰차츰 길은 비어 가고, 신전의 계단에 있던 이들도 사라지고, 결국 열 사람 정도만 남아 그의 말을 듣다가 일곱, 셋으로 줄고, 한 사람만 남더니, 마침내 그도 다른 이들처럼 떠나고 말았어.

그는, 그래도 그는 계속했어. 그건 너무 경이롭고, 매혹적이었어. 그것은 불꽃 폭포처럼 뚝뚝 떨어졌는데, 활짝 핀 천국의 꽃들이 눈부시게 아름다운 꽃잎을 날려 내 앞에서 빠르게 맴돌았고, 공중에서 금빛 활이 연주하는 멜로디가 휘익휘익 내게 들려왔어. 팔이 창살을 놔버렸고, 오금이 기운 없이 주저앉아 내 몸이 쓰러지더군. 그가 하던 것을 멈춘 것인지, 그가 하는 말을 내가 더 이상 듣지 않은 것인지 모르겠어. 어쨌든 수영장은 비어 있었고, 달은 모래 위에 밝은 빛줄기를 길게 드리우고 있었어.

앙투안느

누구 얘기를 하는 거지?

막시밀라

 그건 여름이 끝날 무렵이었어. 타르수스[109]를 출발해서 산을 넘어 돌아오는 중이었는데, 길모퉁이에서 무화과나무 아래 있는 한 남자를 보았어. 그는 나뭇잎을 따서는 바람이 부는 곳으로 던지고, 열매를 잡아당긴 후 땅에다 으깨고 있었어.

 먼발치에서 그는 우리에게 서라고 외쳤고, 우리가 계속 앞으로 가자 욕을 퍼부으며 우리 쪽으로 달려왔어. 말을 탄 수행원 한 명이 채찍으로 그를 후려치고, 노예들이 창을 들고 뛰어나갔어. 그가 웃기 시작했고, 어찌나 크게 웃었는지 말들이 뒷발로 서고, 커다란 몰로스 개들이 일시에 짖어 대기 시작했어.

 올리브색이 도는 거무죽죽한 얼굴 위로 땀을 흘리며, 그는 맨발로 벼랑 가에 서 있었지. 산바람이 그가 입은 검은색 망토를 펄럭이고 있었어.

 그는 우리의 이름을 대며 우리 모두를 불렀고, 우리의 지나온 삶을 얘기해 주었고, 우리들이 한 일에서 허영심을 비난하고, 몸이 저지른 부끄러운 짓과 막대한 재산의 가증스러움을 지적하고는, 낙타들이 있는 쪽으로 주먹을 들어 보였어. 그건, 낙타의 턱에 매달린 은으로 된 방울 때문이었지.

 그는 바위 모퉁이 위, 무화과나무 위로 올라갔어. 그러고는 내 눈을 마주 보면서 내게 말하기 시작했어. 그의 이런 행동이 괴로웠지만, 한편 나를 무척 즐겁게 하기도 했지. 그가 나를 겁먹게 했어도, 나는 그가 너무 좋았던 거야. 도망치고 싶었지만 계속 머무를 수밖에 없었어. 그의 분노가 두려움으로 나를 뼛속까지 얼렸지만, 갑자기, 이따금씩, 오히려 그는 미풍과 향기가 섞인 육감적인 말투를 쓰기도 했는데, 그 말투는 도취와 흥분 상태로 나를 이끌면서 부드럽게 흔들어 놓았어. 노예들이 이

---

 109 터키의 고대 도시.

렇게 말하며 다가왔지. 〈짐승들이 아무것도 먹지 못했습니다. 이제 밤이 되었으니 떠나야만 합니다.〉 이어 여자들이, 〈여기서 머물 수는 없어요. 도둑들이 무서워요.〉 이어 아이들이 소리쳤지. 〈배고파요! 추워요!〉 여자들에게 대답하지 않았더니, 그들은 가버렸지.

이제 남편이 다가와 말했어. 〈대체 뭘 원하는 거지? 여기 계속 있겠다는 거요?〉 그리고 아이들은 계속 울다가 여자들에게로 되돌아갔고, 짐바리 짐승들은 벼랑에 떨어져 죽었고, 개들은 목줄을 끊고 산 이곳저곳으로 도망쳤어.

그는, 그래도, 그는 계속했지. 그의 목소리는 바람을 가르듯 어찌나 빠르고 날카롭게 떨어지는지, 마치 심장이 검에 찔려 피를 흘리고 뿜혀 나오는 것 같았어.

누가 곁에 있는 것을 느꼈어. 바로 남편이었지. 그가 말했어. 〈오! 그를 두고 갑시다! 그를 두고 갑시다!〉 난 다른 이의 말을 듣고 있었는데 남편이 더 가까이 다가와 내게 무릎을 꿇고 말했어. 〈당신은 날 버리는 거요?〉 그래서 대답했어. 〈그래요, 가버려요.〉

프리스킬라와 막시밀라

함께.

아버지는 지배하고, 아들은 괴로워하고, 영은 타오르고, 파라클레토스는 우리의 것이야. 영은 우리 안에 있어. 그건 우리가 위대한 몬타누스의 애인이기 때문이지. 우리는 다리에서, 길에서, 잡목이 우거진 숲에서, 사막에서, 광장에서, 교회에서 예언을 해.

거기 멀리, 부부의 잠자리는 비어 있어. 남편은 신음했고, 저녁이면 아이들은 우리를 찾으며 울었고, 하인들은 지하실에 쌓인 포도주를 마음껏 도적질했지.

아마도 첩은 처소에서 잤을 것이고, 이제 남편은 죽었고, 아이들은 잊었으며, 하인들은 교활하게 재물을 털어 갔지. 아무렴 어떤가! 우리가 뭐 여잔가? 어떤 사랑으로, 오 주인이시여, 당신의 하녀들이 그대를 사랑하는가! 당신은, 아름다운 몬타누스, 최초의 창조된 자, 신성한 삼위일체의 아들이며, 은총이 머무는 바로 그곳입니다!

몬타누스

그대들이 지나갈 때면 사람들이 이렇게 말하지. 〈몬타누스를 따르기 위해 모든 것을 버린 두 여인이 저기 있다!〉

그대들이 따르는 것은 몬타누스가 아니라 그의 인격 속에 내재된 그 어떤 높은 것이야. 나는 한 사람의 남자가 아니기 때문이지, 나는 말이야. 그대들은 알아, 밋밋한 내 가슴에 기대어 격정으로 애타는 그대들은. 그렇지 않나?

그대들, 오 사랑하는 이들이여, 물질 안에 있는 고행이며, 채워지지 않는 욕망이며, 순수한 영혼이로다.

성령인 바로 내가, 그대들에게서 더러운 육체를 지워 버렸어. 육체는 더 이상 존재하지 않아, 그대들이 고통 속에서 오르가슴에 다다르고, 또 상처로 아프듯 삶으로 고통스러워했기에. 세상은 혼란스럽고, 그대들을 따라 여자들이, 그대들처럼 열광적으로 되는 부유한 여자들이, 내게로 달려와, 지상에 없는 이 사랑 때문에.

남편 집에서 입던 붉고 화려한 옷을 상복 아래 입고, 저녁이면 강물처럼 펼쳐지는 그대들의 긴 머리카락을 감추고, 기도하고, 울고, 흐느끼고, 황홀경에 빠지고, 나를 사랑하라. 난 그대들의 눈이 커다란 태양에 빛바랜 하늘빛 망토처럼 희미하기를 원해. 그대들을 고문대에 눕힐 수 있게 나를 부르라. 쐐기풀로 내리쳐 생긴 장밋빛 물집을 내게 보여 다오. 그리고 피가 흐르기 시작할 때, 피를 빨아 마시러 그곳에 내가 이르리라.

막시밀라와 프리스킬라가 몬타누스의 허리를 양쪽에서 감고 그의 어깨에 머리를 얹고서 천천히 멀어진다.

몬타누스교도들

그들을 따라가. 그들은 지금 그들만의 예루살렘, 거기가 어디인지 알려지지 않은 페푸자[110]의 그들 집으로 돌아가는 거야. 그들이 널 받아줄 거야. 그들과 밤을 나누고, 연회를, 기도를 함께 할 수 있지. 그들이 탐닉하는 강렬한 경련을, 흡사 죽은 시체와도 같이 몽롱함에 빠진 그들을 볼 거야. 그리고 너 역시, 짜릿하고 씁쓸한 지옥의 사랑을 맛보게 될 거야, 그러나 그것은 하늘이지. 너는 육체의 맹렬함을 탐닉할 거야, 그것은 영혼이지.

너는 여예언자들을 위해 불타오르고, 몬타누스를 경배하리라.

막시밀라와 프리스킬라는 머리를 돌려 앙투안느에게 따라오라는 시늉을 한다. 그녀들은 여기저기에 잠시 멈추기를 반복하며 계속 나아간다.

앙투안느

그리스도의 이름으로, 여기서 나가!

몬타누스교도들이 부동자세로 있다.

동정녀 마리아의 이름으로, 떠나 버려!

몬타누스교도들이 움직이지 않는다.

십자가의 이름으로, 사라져 버려!

몬타누스교도들 무리 속에서 터져 나오는 웃음. 침묵. 막시밀라와 프리스킬라가 한숨을 내쉰다.

---

110 몬타누스주의자들은 새 예루살렘이 프리기아 지방의 페푸자 혹은 티미온에 내려올 것이라 믿고, 이후 페푸자에 그들의 본부를 두었다.

앙투안느

그들이 가질 않는군! 오 주여, 오 하느님!…… 천국의 이름으로, 모든 성인의 선행으로, 모든 천사의 영으로, 모든 순교자의 피로…….

몬타누스교도들이 앞으로 나온다.

그들이 아직도 있어! 지옥이 나를 엄습해! 저를 불쌍히 여기소서, 주여!

몬타누스교도들

절대로, 너는 우리를 쫓아내지 못할 거야. 우리를 밀어내지 못할 거야. 코만의 조팀은 막시밀라에게, 그리고 안키알의 주교 소타스는 프리스킬라에게 넘어갔지. 그리스도는 우리 편이야. 우리는 그리스도와 똑같이 고통을 겪고 있으니까. 동정녀께선 우리 편이야. 여기 순수한 두 여인이 있으니까. 천사들은 우리 편이야. 천사들을 만든 것이 정신이고 우리는 정신에 따라 살고, 그것만으로 살고 있으니까. 우리에게는 너희의 성인들보다 더 진정한 성인들이 있고 너희의 순교자들보다 더 진정한 순교자들이 있어.

네가 알렉산드로스, 테오도로스, 테미손을 알아?

사람들이 프리기아 출신 알렉산드로스의 눈과 이와 손톱을 뽑고, 그의 몸에 꿀을 바르고, 그 위에 말벌 집을 쏟아 붓고, 그러고는 그를 황소 꼬리에 묶어 풀을 깎은 목초지로 끌고 다녔지. 나무 자르는 칼로 테미손을 난도질했지. 그의 배를 가르고, 창자를 끄집어내고, 그것을 다시 집게로 집어서는 그의 얼굴 위로 창자 즙을 흘렸어. 악마가 테오도로스를 산으로 끌고 가, 여섯 낮과 밤 동안 가지가 잔뜩 달린 삼나무 둥치로 그를 때리고는 산꼭대기에서 계곡으로 그를 던져 버렸어.

대야를 가져오고, 아이를 데려오고, 송곳의 날을 갈아라. 족장들을 위해 1백 방울, 선택된 이들을 위해 1백 방울, 여기서 듣고 있는 이들을 위해 1백 방울이 필요해. 178방울은 하늘에 있는 178영을 위해서 필요해. 죄짓지 않은 자가 자기 종족의 죄를 모두 속죄하리라. 이로써 아이가 죽으면 순교자가 되고, 살아나면 주교가 되리라. 성체 빵은 준비가 되었는가? 배내옷은 벗겼는가?

몬타누스교도들이 땅바닥에 커다란 쇠 대야를 내려놓고 그들의 옷 속에서 송곳을 꺼낸다. 작은아이가 우는 소리가 들린다.

앙투안느

제정신이 아닌 상태로 외치며.
그만! 그만! 제발! 부탁이야!

몬타누스교도들

안 돼! 안 돼!

논리

그만하면 됐어! 저걸 좀 들어 봐.

발레리우스교도들[111]

짧은 팔이 달린 갈색의 긴 웃옷을 입은 그들은 허리에 칼집 없는 단도를 찼고, 머리에는 가시관을 썼으며 이마의 피가 어깨 위로 뚝뚝 떨어지고 있다. 이 모습을 본 앙투안느는 무서움에 소리를 지른다. 발레리우스교도들이 그들의 칼을 꺼내, 그것을 보여 준다.

이건 성기를 잘라 내기 위한 거야.

가시관을 든다.

이것은 머리가 고통받게 하려는 거야.

---

111 발레리우스는 2세기경 아라비아에서 왔으며, 스스로 거세한 이들만을 신도로 받아들였다.

한 손에는 칼, 한 손에는 가시관을 들고, 이들을 번갈아 내보이며.

욕망을 그 뿌리로부터 잘라 낼 것이 여기에 있어.

교만을 그 자리에서 고통스럽게 할 것이 여기에 있어.

칼 덕분에, 우리에게는 유혹이 위험하지 않아. 가시관 아래에서, 욕망은 고통으로 괴로워하겠지.

샌들에 돌이 끼었다고 느낄 땐, 샌들 끈을 풀고 상처를 낸 돌을 발가락 사이에서 꺼내지. 너를 거추장스럽게 하고 또 너의 영혼을 절뚝거리게 하는 어떤 것이 삶에 있다는 게 느껴지지 않아?

네가 두려워하는 것이 고통인가, 겁쟁이? 육체의 파멸인가, 위선자?

금욕의 교만을 즐기면서, 다음과 같이 자신에게 말하기 위해 여자들 곁으로 자러 가는 이들이 있지. 〈나는 순결해, 순결을 지키고 안 지키고는 완전히 내게 달렸어. 간통의 유혹이 나를 스쳐가. 그러나 내가 원하기만 하면 그것을 붙잡고 그것에 탐닉할 수도 있어.〉 너도 여자 곁에 누워 그녀가 자는 모습을 바라보지. 그녀는 잠결에 몸을 뒤척이고, 기다림으로 괴로워하며 한숨을 내쉬지. 아! 네가 그녀를 부르기만 하면, 그녀는 벌떡 튀어 오를 거야! 인내심을 가져! 기다려! 그녀는 사자보다 탐욕스럽게, 그리고 심연을 넘어서, 전(全) 존재로서 깨어날 테니.

그러니 그녀의 숨통을 조여! 그녀를 베어 버려! 그녀를 토막 내!

키르쿰켈리오 도나투스교도들[112]

염소 가죽 옷을 입고 쇠몽둥이를 어깨에 메고서.

---

[112] 라틴어 *circumcellio*에서 유래한 *circoncellions*는 〈헛간 주위를 맴도는 자들〉을 의미한다. 그들은 농사와 짐승을 돌보는 노동자로 4세기 북아프리카에서 활동한 이단이었으며, 346년부터 348년까지의 탄압 후 도나투스가 이끄는 이단자들 그룹에 합류했다. 그들은 교회가 정치권력에서 독립할 것을 요구하며 사회의 불공평에 폭력으로 저항했다.

육체에 저주를! 정신에 저주를! 세상에 저주를! 우리에게 저주를!

남자에게 저주를! 여자에게 저주를! 아이에게 저주를!

웃는 자에게 저주를! 우는 자에게 저주를!

부자에게 증오를! 가난뱅이에게 증오를! 왕에게 증오를! 민중에게 증오를!

생명을 낳는 육체를 파괴하자. 하느님과 동등하다고 자만하는 정신을 쓰러뜨리자. 사탄의 세상을 휩쓸어 버리자. 육체의 노예이고 정신의 교만이며 세상에 속박된 우리 자신을 몰살시키자.

저주를 이어 가는 남자를 죽이자. 저주를 번식시키는 여자를 목 조르자. 저주의 젖을 빠는 아이를 으깨 버리자.

그늘로 시원함을 주는 나무는 베어 버려라. 달콤한 맛으로 즐거움을 주는 과일은 으깨 버려라.

기쁨으로 맞부딪는 이는 부서지기를! 슬퍼서 우는 눈은 썩어 버리길! 왜 기뻐해야 하지? 왜 울어야 하지?

행복하다고 느끼며, 포식을 하고, 죽고 싶어 하지 않는 부자들을 약탈해. 당나귀 안장과 개가 먹는 음식을 탐내고, 다른 이들이 자기처럼 가난하지 않다고 속상해하는 가난뱅이를 두들겨 줘. 왕관에 망토를 갖추어 입고 신하들을 거느리고 가는 왕을 보게 되면, 이렇게 말해 줘. 미치광이 카라바스처럼, 그는 색종이 관을 쓰고 짚으로 엮은 망토를 입고 있으며, 그가 데리고 다니는 병사들은 야유를 퍼부으며 그를 따르는 거리의 아이들이라고.

세상의 모든 나라들에게 말해. 신이 그들의 개미집을 발로 뭉개고, 오두막의 짚으로 왕궁을 불태우고, 상자의 바닥을 쳐서 먼지를 털어내듯 무덤을 뒤집어엎을 때가 곧 오리라고.

곰을 살찌우고, 독수리를 부르고, 악어를 물가로 모이게 하라.

우리는, 성인들의 수호자인 우리는 세상의 종말을 앞당기기 위해 물질을 파괴하노라. 신께서 이를 명령하셨고, 우리가 어깨에 메고 있는 이스라엘리트[113]는 분노의 망치이니라. 우리는 도시를 약탈하고, 시골에 불을 지르고, 길에서 만나는 사람들을 때려눕히고, 밀을 태우고, 집을 무너뜨리고, 짐승의 목을 따고, 가구를 부수고, 포도주를 쏟아 버리고, 동전을 바다에 던지노라.

구원은 순교를 통해서만 이루어지지. 그래서 우리는 순교자가 되는 거야.

우리는 발 가죽을 벗겨 내고, 자갈 위를 뛰어다니고, 쇠꼬챙이로 내장을 찌르고, 벌거벗은 채 눈 위를 구르고, 지나가는 여행자들을 멈춰 세우고, 그리고 억지로 우리를 고문케 하지. 극심한 공포로 기진맥진해서, 괴롭히는 걸 제발 멈추게 해달라고 그들이 빌 때까지.

몸이 우리를 거추장스럽게 할 때, 흑사병을 앓고 있는 이가 저고리를 홀연히 벗어던지듯 몸을 벗어 버리자. 〈하느님을 찬미하라!〉고 외치면서 우리는 서로의 목을 조르지. 우리는 건물이나 산에 올라가, 머리를 아래로 하고 뛰어내려. 우리는 야생 동물들이 사는 굴에 가서 젖을 빨고 있는 새끼들을 어미 품에서 잡아떼지. 우리는 큰 마차 바퀴 밑에 눕고, 용광로의 화구에 몸을 던지지. 세례에 화 있으라! 성찬에 화 있으라! 결혼에 화 있으라! 종부성사에 화 있으라! 성수를 받는 이의 머리에, 성수를 붓는 이의 손에 저주를! 성사는 영적이지 않으며, 고행만이 영혼을 씻지. 성체 빵에, 그 빵을 자르는 손가락에, 그것을 받아먹는 입술에 지옥의 천벌 있으라! 예수는 절대 만질 수 없고, 예수는 절대 먹을 수 없어. 허락된 간음, 사랑의 서약에 지옥의 천벌 있으라! 사랑해야 할 것은 하느님이고, 고통으로 그분과 결

---

113 이스라엘 사람*Israélite*, 즉 유대교도를 빗대어 쓴 말. 원고에는 밑줄이 그어져 있다.

합해야 해. 육체의 영원을 믿는 임종 앞의 병자에게 지옥의 천벌 있으라! 육체의 영원을 바라는 이의 나약함에 지옥의 천벌 있으라! 그것을 가르치는 경멸스러운 자에게 지옥의 천벌 있으라! 너에게 지옥의 천벌을! 우리에게 지옥의 천벌을! 모두에게 지옥의 천벌을! 죽음 만세!

천둥이 치고 이단자들은 사라진다. 침묵.

앙투안느는 이쪽저쪽을 살펴보고, 짙은 연기가 무대 위로 퍼진다.

앙투안느

어떻게 된 거지? 아무것도 없잖아!…… 그들이 떠났어……. 아! 어떻게 내 눈에 아무것도 보이지 않는 거지? 떨리는군. 빨리 기도를 시작하자.

앙투안느가 성당 쪽으로 나아가고, 연기는 점점 짙어진다.

구름이 날 둘러싸는 것 같군……. 비바람이 칠 기미는 전혀 없는데, 게다가 천둥소리도 더 이상 들리지 않고.

은자 뒤로 온 몸에 긴 흰 옷을 걸친 두 남자가 나타난다.

그들을 본 앙투안느는 외마디 비명을 지른다.

아아!

그들이 멈추어 서고, 앙투안느는 그들을 살펴본다.

첫 번째 남자는 키가 크고, 온화한 얼굴에, 근엄한 태도를 하고 있다. 예수처럼 앞가르마를 타서 양쪽으로 넘긴 금발은 어깨 위로 가지런히 떨어져 있다. 멈춰 서자마자, 첫 번째 남자가 손에 들고 있던 흰색 단장을 던지고 두 번째 남자는 동방 사람들 식으로 몸을 숙이면서 단장을 받는다. 이 두 번째 남자 역시 흰색의 긴 웃옷을 입고 있는데, 끝 술 장식도 없고 자수도 없다. 그는 작고, 땅땅하고, 납작한 코에 자라목이다. 검은색 머리에, 순진한 표정을 하고 있다. 그들은 둘 다 맨발에 모자도 쓰지 않은 채, 여행에서 돌아오는 사람들처럼 옷이 먼지로 덮여 있다.

앙투안느

질겁해서.

어떻게 오셨죠? 말해 보시오!…… 아니면 가시오!

다미스

키가 작은 남자이다. 그의 동행은 동요하지 않은 채, 말없이 땅바닥만 바라보고 있다.

자, 자, 침착하게! 말씀을 좀 성급히 하시는군요, 맘 좋은 은자님. 당신에게 원하는 건…… 사실 저는 아무것도 모릅니다. 스승은 제가 아니고, 바로 이분이십니다.

아폴로니오스를 가리키며.

우선 당신이 알고 싶은 게 뭔지 우리가 알아야 하고…… 가라고 할 게 아니라, 자비를 베풀어야 하지 않을지…….

앙투안느

죄송합니다만, 머리가 영 혼란스러워서요!…… 얼마 전부터 정말 이상야릇한 방문이 이어지고 있거든요!…… 그런데 필요하신 게 있나요? 자, 거기 앉아서 쉬시지요.

움막 앞에 있는 벤치에 다미스가 앉는다.

당신의 스승님께선 서 계시려는 건가요?

다미스

미소 지으며.

그분에게는, 오! 필요한 게 없습니다. 높이 있는 것에 대해 생각하시는 현자라서, 여기 아래 세상의 일에는 신경을 쓰지 않으십니다. 반면에 저는, 맘 좋은 은자님, 물을 좀 청할까 합니다. 실은 목이 말라 죽겠습니다.

앙투안느는 방에서 물 항아리를 찾아와 다미스에게 마시라고 권한다.

연기가 차츰차츰 사라진다.

다미스

마시고 나서.
푸아! 물맛이 뭐 이래! 낮에는 항아리를 나무 그늘 밑에 두어야 저녁에 물이 좀 더 신선하지요.

앙투안느

그게 주위에 풀 한 포기조차 없어서요.

다미스

아하!…… 그런데 혹시 뭐 씹을 것 좀 없을까요? 몹시 시장하군요.

앙투안느

있어요! 아직 삼일 치 빵이 남아 있습니다.
앙투안느가 방으로 가 말라붙은 검은 빵 한 조각을 가지고 나온다. 다미스는 빵을 자세히 살피다 상을 찌푸린다.

다미스

빵을 통째로 베어 물며.
아이고 딱딱해라!

앙투안느

다른 것은 없습니다.

다미스

참!

다미스는 빵을 땅에 놓고 으깨어, 무른 부분은 손톱으로 떼어 내고, 껍질은 던져 버린다.

앙투안느는 아무 말 없이 그가 하는 것을 쳐다본다. 그러자 돼지가 빵 껍질에 달려들어 그것을 먹어 치운다. 앙투안느는 돼지를 때릴 것처럼 화가 난 몸짓을 취한다.

다미스

웃으면서.
그냥 놔두세요! 모두가 살아야 하지 않겠습니까?
앙투안느가 얼굴을 붉힌다. 침묵.

앙투안느

말을 잇는다.
그런데 어디서 오시는 길입니까?

다미스

오! 멀리서, 아주 멀리서요.

앙투안느

세상엔 요즈음 무슨 일이 있나요? 거기선 사람들이 뭘 하지요?

다미스

메레티오스[114]는 리코폴리스에 머무는 것을 허락받았고, 아타나시우스는, 제가 알기로는, 알렉산드리아로 돌아왔습니다.[115]

114 4세기 이단자. 이집트 리코폴리스(〈늑대의 도시〉라는 뜻)의 주교였다.
115 그는 318년경 알렉산드리아의 주교 비서가 된 후 아리우스주의자들에 맞섰으며, 328년 주교가 사망한 후 후임자로 내정되었고, 이후 세 번에 걸쳐 유배를 당하고 346년 마침내 알렉산드리아로 돌아와 주교직을 수락했다.

앙투안느

그거 다행이군요!

다미스

황제께서는 보스포로스[116]에 도시를 세우고 있고, 이제부터 부제들은 사제들 가운데 앉을 수 없다고 합니다.

앙투안느

이제 어디로 가십니까?

다미스

저는 모릅니다.
아폴로니오스를 가리키며.
모든 걸 저분이 결정해요, 저는 저분을 따라갑니다.

앙투안느

당신들은 대체 누구십니까?

다미스

우리로 말하자면 방방곡곡을 돌아보고 있는 호기심 많은 철학자들로, 성스러운 비문을 읽기도 하고, 해변에 핀 꽃들을 연구하기도 하고, 나무 아래서 잠자고, 그리고 해가 있는 쪽으로 계속 걸어가지요.

앙투안느

다미스에게 다가가며.

---

116 트라키아와 중동 지방 사이에 있는 콘스탄티노플 해협.

이분을 어떻게 부르면 좋을지, 이렇게 근엄하신 분의 성함이?

다미스

아폴로니오스[117] 님이십니다.
앙투안느가 누군지 모르겠다는 시늉을 한다.
아폴로니오스 님이요!

조금 더 크게.
투아나에서 오신 아폴로니오스 님이라고요!

앙투안느

천진난만하게.
들어 본 적이 없는데요.

다미스

화가 나서.
뭐라고요! 결코 들어 본 적이 없다고! 저분 같은 현자를!
갑자기 미소를 지어 보이며.
아하! 알겠군. 순진한 양반, 바깥세상 돌아가는 걸 하나도 모르고 계시는군요.

앙투안느

그래요, 신앙에만 전념하다 보니.

117 카파도키아의 투아나에서 태어나 97년 에페소에서 사망한 신피타고라스파 철학자. 셉티무스 세베루스 황제의 부인 줄리아 돔나의 요청에 따라 211년에서 217년에 걸쳐 필로스트라토스가 쓴 『투아나의 아폴로니오스의 생애, 여행, 이적(異蹟)』에서 그는 세상을 다니며 행한 마술과 기적으로 예수에 대적하는 인물로 평가받았다.

다미스

저분도 마찬가지지요. 저분 역시 솔로몬처럼 슬기롭고, 바오로 성인처럼 신앙이 깊지요.

앙투안느

혼잣말로.

그러고 보니, 그에게는 정결함 같은 게 보여. 그에게 말을 건네 보고 싶군. 그에게 끌리는 걸……. 그런데 내가 잘못 생각한 건지도 몰라. 왜냐하면…….

다미스

갑자기 말씀을 멈추셨는데 무슨 생각을 하십니까?

앙투안느

이런저런 생각 끝에 정신을 차리며.

내 생각엔…… 오! 아무것도 아닙니다!…… 지혜를 얻기 위해 저분이 어떻게 했는지 알 수 있을까요? 신앙심인가요? 업적을 쌓았나요?

다미스

전 대답을 못 하겠는데요. 저분의 허락이 있어야만 질문할 수 있거든요.

앙투안느 성인의 귀에 대고 나직한 목소리로.

게다가 솔직히 말해서 저분이 두려워요.

아폴로니오스는 여전히 움직이지 않는다.

앙투안느

외양은 온화해 보이시는데.

다미스

직접 말을 하세요……. 한번 해보세요!…… 어쩌면 대답을 하실지도 몰라요.

정말! 저분의 말씀을 들을 수만 있다면! 바오로 성인보다 더 말씀을 잘하십니다. 저분의 말씀을 듣고 싶지요?

다미스가 아폴로니오스에게 다가가서, 허리를 숙이고 고개를 들지 않고 그의 주위를 몇 번 맴돈다.

미동도 하지 않은 채 아폴로니오스는 다미스에게 눈길을 준다.

아폴로니오스

돌아서지 않고.
거기 무슨 일이냐?

다미스

스승님, 이분은 갈릴리 출신의 선량한 은자인데, 지혜가 어디서 오는지 알고 싶답니다.

아폴로니오스

머리를 돌리지 않고.
그를 가까이 오게 하라!
앙투안느는 감히 다가가지 못한다.

다미스

앙투안느에게.
자! 이제 가보세요!
앙투안느가 망설인다.

아폴로니오스

우렁찬 목소리로.

가까이 오거라!

앙투안느가 한 걸음 나선다.

어디 보자! 자네는 알고 싶은 게지? 내가 누구인지, 어디서 오는지, 어디로 가는지, 내가 어떤 사람이었는지, 내가 무엇을 하였는지, 무엇보다도 내가 무슨 생각을 하는지를. 그렇지 않은가, 젊은이?

앙투안느

당황해서.

만일 그런 것들이, 어쩌면, 나의 구원에 도움이 될 수도 있지. 그렇다 해도…….

아폴로니오스

기뻐하라, 자네에게 그것들에 관해 말해 주겠다.

다미스

앙투안느에게 낮은 목소리로.

이런 일이 있을 수가! 은자께서 대단한 철학적 소양을 가진 것을 첫눈에 알아보신 게 틀림없네요.

다미스는 만족한 듯이 손을 비빈다.

저 역시 이 기회에 들어 두어야겠어요. 적어도 얻을 게 있을 겁니다.

아폴로니오스

자네에게 나의 학설을 펼쳐 보이기 전에, 그 학설을 확립하기까지 나의 행적을 말해 주겠노라. 그리고 만일 내 생애에서, 자네가 단 하나라도 나쁜 행실을 발견하면 즉시 말하기를 멈추겠네. 이렇게 한 자는 그러한 나쁜 생각으로 잘못을 저지르기 마련이니까.

다미스

앙투안느에게.
그가 얼마나 올곧은지 알겠지요?

앙투안느

혼잣말로.
정말 이 사람은 진지한 것 같군!

아폴로니오스

잘 듣게! 그리고, 다미스, 자네 역시 잘 듣게나! 나는 자네가 몰랐던 것을 말할 참이네. 이런 사실들을 오늘 밝히라는 하늘의 뜻이 있었나니.

앙투안느

혼잣말로.
그는, 적어도, 요즘 철학자들하고는 다르구나, 하느님의 섭리를 믿으니 말이야.

아폴로니오스

내가 태어나던 날 밤, 나의 어머니는 초원에서 꽃을 꺾는 꿈을 꾸셨고, 당신 꿈에서 들렸던 백조의 목소리를 다시 들으며 나를 낳으셨다네. 그때 번개가 번뜩였고 내가 눈을 떴네.
열다섯이 되던 해까지, 하루에 세 번 아스바데이온 샘에 내 몸을 담그셨는데, 그 샘의 물은 맹세를 어긴 자들을 물종기에 걸리게 하지. 또 코닉사[118] 잎에 몸을 비비게 하여 젊었을 때부터 나를 정결히 하셨다네.

바로 그때부터 머리는 자라는 대로 내버려 두고, 리넨 천으로 만든 옷만 입고, 사제들과 어울리며 그 신전에서 밤을 보내기 시작했는데, 그런 연유로 급히 걷는 자와 마주치면 이렇게 말하곤 했지. 〈어딜 그리 급하게 뛰어가십니까? 그 청년을 보러 가시는군요?〉

어느 날 저녁, 팔미라의 공주가 나를 보러 와서는, 내가 자기 고향으로 함께 가준다면, 무덤 안에 있는 보물을 내게 주겠다고 했네. 이시스 여신[119]의 여사제는 절망한 나머지 제물을 자르는 칼로 제단 위에서 자살을 하고 말았지. 그리고 키리키아의 총독은 아침나절 시장에서 비둘기를 사고 있던 나를 알아보았는데, 그가 한 약속이 모두 바닥나 있던 터라, 나를 죽이겠다고 위협했다네. 그런데 3일 후, 로마인들에 의해 죽음을 당한 건 바로 그자였다네.[120]

다미스

팔꿈치로 앙투안느를 치면서.

맞죠? 그렇게 말씀드렸잖아요!…… 대단한 분이야!

아폴로니오스

지혜를 얻는 수련 과정으로, 우선 4년간 피타고라스학파 사람의 절대침묵을 지켰네. 급작스러운 고통에도 한숨 한 번 내쉬

118 개쑥갓 *cnyza*.
119 이집트의 신 오시리스의 누이이자 아내.
120 아폴로니오스는 4년간 지속되는 침묵 수행의 일부 기간 동안을 시리아의 옛 도시 키리키아에서 보냈는데, 이 일화는 키리키아의 총독이 밀을 외국으로 빼돌려 백성이 굶주림에 시달렸음을 그가 알아차려 사건을 바로잡았음을 암시한다.

지 않았네. 뒤에서 소리가 나도 고개를 돌리지 않았으며, 내가 극장에 들어가면, 유령을 보듯 사람들이 내게서 멀어져 갔네.

다미스

그렇게 할 수 있었겠어요, 은자님이라면? 대단한 내공이 필요했을 겁니다. 안 그런가요?

아폴로니오스

침묵의 기간이 끝나고, 전통을 잃어버린 사제들의 제식(祭式) 교육을 위해 의식을 정립하는 작업에 착수했지. 그래서 다음과 같은 기도문을 만들었노라. 〈오, 신들이여! 제게 합당한 것을 주소서!〉

앙투안느

뭐라고? 신들이라고? 그가 뭐라는 거지? 그렇다면 그는 그리스도교인이 아니잖아?

다미스

그 시절에는 그리스도교도가 아니었지요……. 말씀을 계속하게 두세요. 이러다 당신의 말이 스승님의 생각을 끊어 놓겠어요.

아폴로니오스

그 무렵 나는 떠났네. 모든 종교를 알기 위해, 모든 신탁을 청하기 위해. 인도의 나체 고행자들, 칼데아 지방의 점쟁이들, 바빌론의 점성가들과 이야기를 나누었네. 해가 왼쪽에서 뜨는 고장을 나는 보았고, 동굴 속에서 금을 지키는 그리폰들의 노래도 들었고, 올림포스의 열네 개 산에 올라갔으며, 스키티아[121]

호수의 깊이를 재었으며, 사막의 넓이를 측량했지.

다미스

믿기지 않겠지만, 모두 사실입니다. 저도 거기 있었죠.

아폴로니오스

나는 우선 폰토스[122]에서부터 유르카니아[123]의 바다까지 돌아보았네. 알렉산드로스 대왕의 말, 부케팔로스[124]가 묻혀 있는 바라오마트 지방을 거쳐 니누바[125]로 다시 내려왔지. 시내로 들어가는 관문에는 이방인처럼 옷을 입은[126] 여인의 조각상이 하나 있었네. 그 조각상은, 이마에 작은 뿔 두 개가 막 나기 시작한 이나코스의 딸이었다네.[127] 내가 그 조각상을 보고 있을 때 한 남자가 다가왔지.

다미스

바로 접니다! 저였어요, 스승님! 오! 저는 이내 선생님을 존경하게 됐지요! 선생님은 그때, 어떤 처녀 아이보다도 부드럽고 어떤 신보다도 아름다우셨습니다.

아폴로니오스

다미스가 하는 말을 듣지 않고.

121 흑해 북쪽에 위치한 초원 지대로 스쿠타이 유목민들의 거주 지역이었다.
122 중동 지방의 북쪽, 흑해 남동쪽에 위치한 지역.
123 페르시아의 옛 왕국 메디아와 카스피 해 사이의 지방.
124 인도 원정 때 알렉산드로스 대왕을 구하고 죽은 명마(名馬).
125 아시리아의 옛 수도.
126 그리스 로마풍으로 옷을 입지 않았다는 뜻.
127 제우스는 그리스의 도시 아르고스의 영웅이었던 이나코스의 딸 이오와 동침하고, 헤라의 눈을 피하려고 이오를 어린 암소로 변신시켰다.

그는 나를 따르겠다고 하였네. 그가 말하기를, 먼 이국땅에서 통역으로 내게 봉사하겠다는 거였지.

다미스

하지만 스승님께서는 모든 말을 이해하실 수 있고 모든 생각을 알아차릴 수 있다고 제게 말씀하셨습니다. 그 말씀에 저는 스승님의 망토 자락에 입 맞추었고 그러고는 스승님을 따라 나서게 되었지요.[128]

아폴로니오스

크테시폰[129]을 지나 우리는 바빌론으로 들어갔네. 이름을 말하라는 근위대의 보초들에게 대답하지 않았더니 우리를 그 고장의 태수에게 데리고 가더군.

다미스

깡마른 한 남자를 보고는 태수 양반이 소리를 질렀어요.

앙투안느

참 야릇한 이야기군!

아폴로니오스

태수는 내가 왜 왕국에 왔는지 물었네. 나는 이렇게 대답했지. 〈나는 새처럼 자유롭고, 공기처럼 무한하다오!〉

---

128 예수가, 어부였던 시몬 베드로와 야고보와 요한의 배에 물고기를 가득 채우는 이적을 행했을 때, 〈두려워하지 마시오. 이제부터 당신은 사람들을 낚을 것입니다〉라고 하는 그의 말을 듣고, 배들을 뭍에 대놓고는 모든 것을 버리고 그를 따라나선 사도들의 에피소드를 연상시키는 장면이다(『신약』「루가의 복음서」제5장 제10~11절 참조).

129 티그리스 강 동쪽 바그다드 남쪽에 위치한 메소포타미아의 옛 도시.

다미스

그러자 그는 우리를 더 이상 붙잡지 않고 식량을 챙겨 주었죠. 그 다음 날이 아니었나요, 스승님? 배 속에 여덟 마리 새끼를 가지고 있는 어마어마하게 큰 암사자를 숲에서 만난 것이? 스승님께서는 바로 말씀하셨습니다. 〈왕 곁에서 일 년하고 여덟 달을 머무르겠구나.〉 스승님께서 어떻게 그것을 바로 알아맞히셨는지 정말 알 수가 없었어요.

앙투안느

곰곰이 생각하며.
참으로 놀라운 통찰력이군!

아폴로니오스

우리가 키소스[130]에서 자던 첫날, 나는 꿈에 해변에서 파닥거리는 물고기들을 보았네. 물고기들이 인간처럼 괴로워하는 듯 보였고 또 망명자들처럼 탄식을 하더군. 그들 앞에서 거센 파도를 헤치고, 커다란 돌고래 한 마리가 헤엄치고 있었네. 물고기들은 돌고래 쪽으로 가려고 애를 쓰며 무거워진 지느러미를 모래 위에서 끌고 있었네. 한편 돌고래는 꼬리로 바다를 치고, 콧구멍으로 숨을 내쉬면서, 그들을 만나러 앞으로 나아가고 있었네.

다미스

오! 스승님께서 그 꿈 이야기를 제게 해주셨을 때 얼마나 무서웠는지요!

---

130 마케도니아의 산.

아폴로니오스

물고기들은 다리우스가 키소스로 데려온 에리트라이 사람들[131]이었고, 돌고래는, 그들을 구해야 했던 바로 나였다네.

나는 그들 집으로 가서, 그들의 무덤을 다시 만들어 주었네.

다미스

그때 스승님께서 어찌나 우시던지! 어찌나 우시던지!…… 그렇게 슬피 우시던 까닭은 지금도 모르겠습니다. 이미 죽은 그들을 생전에 스승님께서 알고 계신 것도 아니었는데 말입니다.

아폴로니오스

왕은 우리를 그의 왕좌에서 맞이하였네. 왕좌는 둥근 방, 사파이어로 된 둥근 천장 아래 있었고, 날개를 활짝 펴고 있는 네 마리의 거대한 황금새[132]가 보이지 않는 줄로 묶여 천장에 매달려 있었네.

앙투안느

곰곰이 생각하며.

그런 건 본 적이 없어, 나는.

다미스

그곳이 바로 그 유명한 바빌론이었어요. 거기선 모두가 부자고, 길에는 모래가 깔려 있고, 집집마다 강 쪽으로 열리는 문이

---

131 기원전 500년, 에게 해에 있는 그리스 최대의 섬 에비아에서 끌려온 사람들.

132 할미새들로 인간 운명의 불안정성을 상징한다(필로스트라토스, 『투아나의 아폴로니오스』, 제1편, 제25장). 인간의 재산과 재난을 관장하며 인간의 오만을 벌하는 응보의 여신 네메시스를 왕에게 상기시키기 위한 조각물.

있었죠.

다미스가 들고 있던 자신의 지팡이로 땅에 그리면서.

아시겠어요?…… 바로 이렇게 말입니다.

그리고 탑, 신전, 목욕탕, 나무가 우거진 광장, 수로, 산책로가 있어요. 왕궁들은 붉은 구리로 덮여 있고……. 그 안은 또 어떻고요! 그걸 직접 보셨더라면! 온통 은과 상아 그리고 천으로 짠 벽걸이들로 가득 차 있었죠. 그것은 그리스 신화를 보여 주고 있는데, 그 주제를 알아보는 건 정말 재미있었습니다. 우리가 머물던 집에도 한 점이 있었는데, 온통 진주로 짠 것으로, 스라소니들 한가운데 있는 오르페우스를 표현한 거였어요. 오르페우스는 칠현금을 들고, 페르시아식 삼중 관을 쓰고 꽉 끼는 바지를 입고 있었죠.[133]

아폴로니오스

벨루스[134] 신전 외벽은, 그 높이가 10킬로미터에, 넓이가 2킬로미터 500센티미터인데, 그 위엔 흰 대리석 탑이 우뚝 서 있고, 그 탑이 또 다른 탑을 받치고 있고, 두 번째가 세 번째 탑을, 세 번째가 네 번째 탑을, 네 번째가 다섯 번째 탑을 받치고 있었네. 그 위로 탑은 세 개나 더 있다네. 바깥 쪽 계단이 탑의 허리를 타고 마치 뱀처럼 감아 올라간다네. 이 탑들은 무덤일세. 여덟 번째 탑은 성당이지. 그 안에는 크고 멋진 침대가 하나 있고, 침대 가까이 금으로 된 탁자 하나가 있네. 벨루스 신이 그 방에서 밤을 보낼 때, 신을 위해 사제들이 선택한 여자 외에는 누구도 그 방에 들어갈 수 없다네. 바로 그곳에 바빌론의 왕이 나를 묵게 했던 것일세.

---

133 오르페우스의 음악보다 그의 외모에 관심을 기울이는 바빌론 사람들을 비꼬고 있다.
134 바빌로니아 지방 칼데아의 최고의 신. 그리스 신화의 제우스에 해당한다.

다미스

저도 그 성당 안을 무척 보고 싶긴 했지만, 제겐 허락되지 않아서, 볼 수가 없었죠.

앙투안느

왜 그렇죠?

다미스

제가 유명하지 않아서겠지요. 내겐 눈길조차 거의 주지 않았어요. 그래서 혼자 도시 곳곳을 돌아다니며, 사람들이 어떻게 사는지, 물가는 어떤지, 알고 싶은 것은 모두 물어보았죠. 천을 짜는 곳이나 판화공의 작업실에도 직접 가보았고, 물을 정원으로 보내는 수력 기계도 둘러보았지만, 스승님과 떨어져 있는 건 싫었습니다.

아폴로니오스

1년 8개월 만에

앙투안느가 몸을 떤다.

우리는 바빌론을 떠나 인도로 가는 길에 올랐네. 어느 날 저녁, 청초한 달빛 아래, 코카서스 산맥을 둘러보고 있을 때, 쇠발을 가진 엠푸사[135]가 우리 앞으로 다가오는 걸 보았네.

다미스

맞아요! 엠푸사는 발굽으로 펄쩍펄쩍 뛰어오르고, 당나귀 울음소리를 내고, 천둥소리를 내며 바위 위를 뛰어다녔습니다. 스

---

135 Empusa는 온갖 형태를 취할 수 있는 여성 귀신으로, 헤카테 여신의 측근이다. 머리는 여자이고 몸은 뱀인 정령 라미아와 동일시되기도 한다. 이 괴물은 청동외발을 가졌고 인육을 먹거나 젊은이의 피를 빨아 먹기도 한다.

승님께서 엠푸사에게 욕을 하니 가버렸지요.

앙투안느

혼잣말로.
묘한 일이군! 그런데 이 사람들이 대체 무슨 얘기를 하려는 거지?

아폴로니오스

코카서스 산맥을 넘고 있는데, 사람들이 환호하며 우리에게 달려와 야자 즙으로 만든 술과 꿀을 권했네. 나는 꿀을 먹었고, 다미스는 술을 마셨지. 분수대 가까이, 풀밭에 앉아 있던 다미스가 구세주 주피터의 술잔에다 마시기를 내게 청했네. 나는 거절했네만, 그에게는 마셔도 좋다고 허락했네.

다미스

술을 마시게 되어 좋았어요, 어찌나 피곤했던지요! 그런데 스승님, 술도 마시지 않고, 고기도 드시지 않으면서 어떻게 사실 수 있는지 정말 모르겠습니다.

앙투안느

나만 그런 게 아니로군……. 이 이방인도 역시…….

아폴로니오스

말을 잇는다.
5천 개 요새의 수도인 탁실라[136]에서 인도의 왕 프라오르테스는 키가 일곱 자나 되는 검은 피부의 남자들로 구성된 자신

---

136 지금의 파키스탄 북쪽에 위치한 인도의 도시로, 알렉산드로스 대왕이 정복할 당시의 왕은 포루스였다.

의 경호대를 보여 주었고, 자기 궁전의 정원에 있는, 금실 은실을 섞어 짠 초록색 천을 씌운 막사에서 거대한 코끼리 한 마리를 보여 주었네. 그때 마침 여자들이 코끼리 몸에 향료를 바르는 장난을 하고 있었지. 코끼리 상아에는 금줄이 걸려 있었는데, 그중 하나에는 이렇게 쓰여 있더군. 〈주피터의 아들이 태양에게 아이아스를 바쳤다.〉 그것은 알렉산드로스 대왕이 죽었을 당시 바빌론에서 달아난 것을 사람들이 숲에서 찾아낸, 포루스 왕의 코끼리였네.

다미스

아무도 우리에게 코끼리의 나이를 말해 줄 순 없었죠.

앙투안느

이 사람들, 술 취한 사람처럼 말이 많군.

아폴로니오스

프라오르테스 왕은 자신의 식탁에 우리를 앉게 하였네. 식탁은 큼직하게 요리된 새들과 생선들로 덮여 있었지. 알이 굵은 과일들이 넓은 이파리 위에 하나하나 놓여 있었고, 영양엔 뿔이 달려 있었네.

다미스

그 아래쪽의 귀족 대신들은 술을 마시면서, 춤추고 있는 아이의 발밑으로 화살을 날리거나, 연회장의 한 끝에서 다른 끝으로 단도를 던져 횃불의 심지를 자르는 놀이를 하고 있었죠. 솔직히 이런 놀이는 좋게 보이지 않았어요. 잘못하면 끔찍한 일이 생길 수 있잖아요.

아폴로니오스

떠날 준비가 다 되었을 때, 왕은 내게 태양을 피하라고 양산을 주면서 이렇게 말했다네. 〈나는 인더스 강변에 흰 낙타 사육장을 하나 가지고 있소만, 거기서 필요한 만큼 낙타를 가져가시오. 그것들이 더 이상 필요 없게 되면, 그들의 머리를 북쪽으로 향하게 하고, 귀에다 바람을 불어 주시오, 그러면 그들은 되돌아올 것이오.〉

우리는 밤길을 나섰는데, 대나무 통 속 반딧불이 발하는 희미한 불빛을 따라 강줄기를 내려왔다네. 노예가 앞서 걸으며 뱀이 다가오지 못하게 휘파람을 불었고, 비아냥거리는 앵무새들과 우리를 태운 낙타들은 나무 아래를 지날 때, 너무 낮은 문을 지나기라도 하듯, 허리를 구부렸네.

그러던 어느 날, 피부가 검은 아이 하나가 빛나는 달을 이마 위에 달고 손에 금으로 된 헤르메스의 지팡이를 들고서 우리에게 달려왔고, 우리를 곧 현인들이 모여 있는 곳으로 안내했네. 좌장인 이아르카스는 나의 조상들에 대해, 청년기 시절 내가 가졌던 은밀한 생각들에 대해, 전생에 내가 했던 행동에 대해 길게 얘기해 주었네. 그는 자신이 예전에 인더스 강이었으며, 나는 세소스트리스 왕[137] 시절에 이집트에 살던 큰 배의 선장이었다는 걸 떠올리게 해주었다네.

다미스

그런데 저에 관해서는 아무것도 말해 주지 않아서, 제가 전생에 무엇이었는지 모릅니다.

---

137 기원전 20~19세기 이집트의 세 파라오를 지칭한다.

앙투안느

몹시 놀란 듯 그들을 유심히 바라보며.

이 사람들은 대체 뭐지? 그들은 유령같이 막연한 모습을 하고 있어. 그러면서, 조금 전 키 큰 사람이 숨을 쉬었고, 또 다른 사람은 음식을 먹기도 했어.

아폴로니오스

그리고 우리는 큰 바다로 여행을 계속했네. 바닷가에서 우유를 잔뜩 마신 키노케팔로스들[138]을 만났는데, 그들은 타프로바네 섬으로[139] 원정을 다녀오는 길이었지. 우리는 그들과 함께 있는 인도의 베누스를 보았는데, 노랗고 하얀 여자가 알몸으로 원숭이들 속에서 춤을 추고 있었네. 그녀는 허리에 상아로 만든 작은 탬버린 띠를 두르고 있었고, 마구 웃어대고 있었지. 미지근한 파도가 모래 위로 진주를 실어 왔고, 호박(琥珀)이 발바닥에서 사각거렸고, 주위에는 뿌리 뽑힌 삼나무처럼 해초들이 널브러져 있었네. 고래의 뼈들이 절벽의 틈 사이에서 햇빛에 빛이 바래고 있었고, 새들은 고래의 구멍 뚫린 갈비뼈에 매달린 채 푸른 잎의 커다란 둥지 안에서 좌우로 흔들리고 있었네. 한낮의 햇빛은 붉었고, 대지는 차츰차츰 줄어들고 있었네. 대지의 넓이가 신발 크기만 해졌을 때, 우리는 멈춰 섰네. 하늘을 향해 손으로 바닷물을 몇 방울 튕기고 나서, 되돌아가기 위해, 우리는 오른쪽으로 돌았다네.

우리는 아르겐툼을 거치고, 비단옷을 입는 간다리오 사람들[140]의 마을을 지나, 코마리아 곶, 라리아 반도를 거쳐 돌아왔네. 가

---

138 머리가 개와 흡사한 원숭이로 개의 머리를 가진 인간으로 묘사되는 전설의 동물.
139 실론 섬으로 오늘의 스리랑카
140 펀자브 혹은 카시미르 지역에 사는 인도 민족.

슴에 눈이 하나 달린 사칼 사람들, 아드람 사람들과 호메로스 사람들이 사는 곳을 지나왔네. 그러고는 카시노 산맥,[141] 홍해와 토파조스 섬을 지나, 피그미들의 왕국을 거쳐 에티오피아로 들어갔네.

앙투안느

혼잣말로.
세상은 참 넓기도 하군!

다미스

우리가 돌아왔을 땐, 예전에 알던 이들이 모두 죽고 없더군요.

아폴로니오스

다미스는 내 선친의 묘소에 그를 데려가기를 바랐지만, 그동안 너무나 많은 것을 보고 온 나는 무덤이 있던 자리를 찾을 수 없었다네.

다미스

앙투안느에게.
스승님이 무심해서가 아니라, 아시다시피 집을 떠나신 지 워낙 오래된 터라! 그리고 할 일이 늘 많으시다 보니…….

아폴로니오스

이때부터 세상 사람들이 나에 대해 말하기 시작했네. 에페소스에서는 흑사병이 도시를 휩쓸고 있었는데, 나는 저녁마다 성위를 배회하던 늙은 거지를 쫓아냈다네.

---

141 이탈리아 남쪽 지방.

다미스

그러자 흑사병이 사라졌답니다!

앙투안느

이럴 수가! 그가 병을 쫓는다고?

아폴로니오스

크니도스[142]에서는 베누스에 눈이 먼 남자를 내가 바로잡아 주었네.

다미스

맞아요, 베누스 조각을 병적으로 좋아하던 미치광이였어요. 그 사내는 조각상에 선물을 하고 조각상과 결혼을 약속했었다지요. 여자를 좋아한다, 그건 봐줄 수 있죠! 그런데 조각상을 좋아한다니! 무슨 어이없는 짓이람! 스승님께서 그 사내의 가슴에 손을 얹자 사랑이 사라졌어요.

앙투안느

뭐라고! 그가 마귀를 쫓는다고?

아폴로니오스

이집트에선 사티로스[143]도 길들인 적이 있다네.

다미스

그 사티로스는 세 번째 폭포에서부터 우리를 따라왔는데, 스승

---

142 소아시아의 카리아에 고대 그리스의 도로아 사람들이 세운 도시.
143 상반신은 인간, 하반신은 말이거나 염소이고 거대한 남근을 가진 자연의 마신.

님께서 더 이상 그를 처다보지 않자 그날로 도망가 버렸답니다.

앙투안느

그게 무슨 뜻이지?

아폴로니오스

오스티아[144]에서는 사람들이 죽은 소녀를 장작더미 위에 얹으려 옮기고 있었다네.

다미스

가랑비가 오고 있었고, 스승님께서 들것에 다가가 죽은 계집아이의 이마를 손으로 짚으니, 그 아이가 자기 어머니를 부르며 벌떡 일어났어요.

앙투안느

이럴 수가! 그가 죽은 이들을 부활시킨다고?

아폴로니오스

베스파시아누스[145]에겐 그가 제국을 얻을 것이라고 예언했네.

앙투안느

뭐라고! 그가 미래를 본다고? 그는 마술사인가?

다미스

옛날 코린토스에서는……

---

144 테베레 강 하구에 있는 항구.
145 콜로세움 건축을 시작했던 로마 황제(재위 69~79).

앙투안느

혼잣말로.

안 돼! 그들이 하는 말을 더 이상 들어선 안 돼. 위험해.

아폴로니오스

황제의 식탁에 함께 있었고, 또 바이아[146]의 온천에선……

앙투안느

죄송합니다만, 외지에서 오신 분들, 이미 시간도 늦었고, 또……

다미스

그 문하생의 이름은 메니포스[147]였어요. 어느 날 저녁, 그는 한 여자를 만났는데, 그 여자가 그의 손을 잡았죠.

앙투안느

어두워지기 시작했으니, 그만 가시오!

아폴로니오스

개 한 마리가 잘린 남자 손을 물고 들어왔네.

앙투안느

내 말이 안 들립니까? 여기서 나가 주시오!

---

146 남부 이탈리아의 온천 도시.
147 소아시아(오늘의 터키) 남부 루키아 출신의 청년으로, 코린토스에 사는 냉소주의 철학자 데메트리우스의 제자였던 그는 스승과 함께 아폴로니오스를 추종했다. 라미아 혹은 엠푸사에게 홀린 메니포스를 아폴로니오스가 구한다는 에피소드를 언급하고 있다(필로스트라토스, 『투아나의 아폴로니오스』 제4편 제25장 참조).

다미스

그 여자는 자신이 페니키아인이고, 변두리 염색업자들이 사는 동네에 머물고 있다고 말했어요.

앙투안느

제발! 날 내버려 둬요! 가라고요!

아폴로니오스

그런데 개가 침대 주위를 서성거렸고, 모두 그 개를 쫓아내길 바랐네.

앙투안느

그만해요! 제발 좀 그만해요! 됐다고요!

다미스

이어 그 여자가 말했어요. 〈내 집에 오면, 그대가 한 번도 마셔 보지 못한 포도주를 마실 수 있어요〉라고.

아폴로니오스

그런데 내가 말했다네. 〈그를 내버려 두시오. 그가 알아서 할 것이오.〉

앙투안느

혼잣말로.
이 사람들이 멈추질 않는군! 오! 오!

다미스

메니포스는 결국 그 여자의 집으로 갔고, 그들은 사랑을 나누였죠.

앙투안느

소리치면서.
계속 이럴 거요? 떠나시오!

아폴로니오스

그리고 그 개는 얼마간을 빙빙 돌고 나서, 주둥이에 물고 있던 손을 플라비우스의 무릎에 얹어 놓았네.

앙투안느

이들의 얘기가 내 머리를 어지럽혀. 마치 귓속에서 심벌즈가 울리는 것 같기도 하고, 또 죽어 가는 사람이 헐떡이는 소리 같기도 해.

다미스

그런데 아침 수업 시간에 메니포스의 얼굴은 창백했고 온몸은 떨렸어요.

앙투안느

펄쩍 뛰면서.
아직도야!
앙투안느는 그들에게 다가간다. 이어서 느닷없이 슬픈 표정으로.
아하! 어쩔 도리가 없으니 그들이 말하게 내버려 둘 수밖에……

다미스

마침내 스승님께서 그에게 말했어요. 〈오 아름다운 젊은이여, 귀부인들의 총애를 받는 이여! 자네는 뱀을 쓰다듬고 있고, 뱀

은 자넬 쓰다듬고 있도다. 그래 결혼은 언제쯤 할 생각인가?〉

우리는 모두 혼인 잔치에 갔었지요.

앙투안느

화가 나서.

내가 잘못한 거야. 내 잘못이야. 그렇지, 이 따위 얘기를 모두 귀담아 듣다니.

다미스

현관에서부터 수많은 하인들이 움직이고 있고, 문이 열렸다 닫혔다 하는데, 발걸음 소리도 문 여닫는 소리도 들려오지 않았어요. 그때 스승님께서 메니포스 옆에 자리를 잡고 그의 귀에 대고 몇 마디 말을 하셨죠. 그러자 그의 약혼녀가 철학자들을 욕하면서 크게 화를 내고 자기 연인 쪽으로 달려가려 했지요. 그런데 테이블들 위에 놓여 있던 금 식기가 사라지고, 술 따르던 사람도, 요리사도, 빵을 담당하던 이도 사라져 버리고, 집의 지붕도 날아 가고, 벽은 허물어지고, 아폴로니오스와 메니포스는 긴 의자에 외롭게 앉아 있었어요. 그들의 발치에서는 여자가 울고 있었고요. 그 여자는 자신의 이름을 실토하라고 강요하진 말아 달라고 스승님께 간청하고 있었지만, 그분은 계속해서 그녀를 재촉했지요. 결국 그녀는 자신이 잘생긴 젊은이들의 사랑으로 포식하는 흡혈귀라는 것을 고백했습니다. 아닌 게 아니라 이런 종류의 유령에겐 사랑에 빠진 이들의 피보다 더 좋은 것도 없지요.

아폴로니오스

그 기술을 자네가 알고 싶다면······.

앙투안느

급하게.

아니요, 난 아무것도 알고 싶지 않아요. 날 내버려 둬요! 가라고요, 제발!

다미스

그런데 대관절 우리가 뭘 잘못한 거요?

앙투안느

혼잣말로.

지금까지는 아니지. 그건 그래. 그래도…… 안 돼! 그들은 가야 해!…… 어쨌거나, 이 사람들이 곧 그만둘지도 모르지.

아폴로니오스

우리는 이탈리아에 갔었네.

앙투안느

활기를 띠며.

오! 그렇지, 바로 그거야, 교황들의 도시에 관해 말해 봐요. 순교자들의 뼈로 무엇을 하던가요?

아폴로니오스

로마로 들어가는 문에 도착하던 날 저녁, 부드러운 목소리로 노래하던 한 남자가 우리에게 다가오는 걸 봤네. 그 노래는 네로의 시였네. 그가 부르는 노래를 건성으로 듣는 이라면 누구든 대역죄로 몰아 감옥에 가둘 수 있는 권한이 그에게 있었지. 그에게 충분히 돈을 주지 않으면, 그림이 그려진 보잘것없는 칠현금을 거칠게 켜대고는 바로 네로 황제의 칠현금에 걸렸던 낡은 줄을 상자에 넣어 등에 지는 거였네. 그 줄을 5탤런트[148]에 샀다고 자랑하면서, 피티아 경연[149]에서 우승한 자와 맞먹는 연주자에게만 그 줄을 넘길 수 있다고 말하더군. 나는 어깨를 으쓱해 보였고, 그는 진흙을 집어 우리 얼굴에 던지려고 했지. 그래서 나는 내 허리띠를 풀어 그의 손에 쥐어 주었다네.[150]

다미스
스승님께서 너무하셨습니다, 그렇다고는 해도요!

아폴로니오스
바로 그날 밤, 테베레 강에서 파도를 따라 구르는 물결에 섞인 음산한 목소리를 사람들이 들었다고 하였네. 수부라에서는 갑자기 사창가의 횃불이 꺼졌네. 살뤼스티우스 공원 가까이에서, 한 여인이 늑대를 낳았는데, 그 늑대가 그녀의 배를 물어뜯었고, 에투리아[151] 깊은 곳에서, 키벨레의 사제들이 그들의 당나귀를 마구 후려치면서 달려갔다네.

그 다음 날, 개관식을 막 끝낸 김나지움에 데메트리우스가

---

148 고대 그리스의 화폐 단위. 1탤런트에 20에서 25킬로그램 나가는 금전 혹은 은전.

149 아폴로 신을 기리기 위해 그리스 델포스에서 4년마다 매해 9월에 열리는 시와 연극, 나체로 벌이는 육상, 투원반, 레슬링 등의 경연 대회로 그리스 전체를 대상으로 하였으며 기원후 4세기에 폐지되었다.

150 상대로 하여금 자신을 치라는 뜻이다. 〈네 뺨을 때리는 자에게 다른 뺨을 내밀어라〉라고 한 예수의 말을 빗댄 표현으로 아폴로니오스의 지혜로움을 암시한다. 이 에피소드의 결말은 플로베르의 창안이다. 아폴로니오스 일행이 네로의 시에 귀를 기울이지 않는다고 사내가 시비를 걸어오자 제자 메니포스가 상황 설명을 요청했고, 아폴로니오스는 돈을 주고 가는 것으로 일을 조용히 매듭짓자고 대답했다(필로스트라토스, 『투아나의 아폴로니오스』 제4편 제39장 참조).

151 기원전 7세기부터 번성하다가 로마인들에게 정복당한 고대 이탈리아 민족의 요람. 오늘날의 테베레 강 상류 토스카나 지방을 가리킨다.

들어와 목욕을 하지 말 것을 권고했다네.[152] 법무관은 그를 죽여야 한다고 주장했지만, 추방하는 정도로 일단락되었지. 관용을 베풀 생각이던 황제는 전날 밤 김나지움 가까운 곳에 있는 한 술집에서 옷을 벗어 젖힌 채 노래를 불렀고, 그리스인 시종들이 이 일로 대단히 즐거워했다고 하네. 황제는 다음 날 에스퀼리우스 산에 있는 자신의 집으로 나를 불렀네.[153] 그는 스포뤼스와 뼈 던지기 놀이를 하면서, 마노 테이블에 팔을 괴고 술을 마시고 있었네. 내가 들어갔을 때, 그가 고개를 돌려 금빛 눈썹 아래로 나를 바라보면서, 〈어떻게 나를 두려워하지 않는가?〉라고 내게 물었고, 〈자네를 무서운 사람으로 만든 신이 나를 두려움을 모르는 자로 만들었기 때문이네〉라고 나는 대답했다네. 그러자 더 이상 아무 말도 않고 우리를 돌려보내 주었네.

다미스

앙투안느에게.

스승님의 덕이 얼마나 큰 존경심을 갖게 했는지를 증명하는 사건입니다.

앙투안느

골똘히 생각하며.

---

152 코린토스의 냉소주의 철학자 데메트리우스는 그리스를 여행 중이던 아폴로니오스를 만난 후 그의 열렬한 제자가 되었고, 로마에 가 있는 스승을 뒤따라간다. 철학을 인정하지 않았던 네로 황제는 아폴로니오스의 학문을 마술 정도로 폄하했다. 이에 분노한 데메트리우스는 네로의 명에 따라 세워진 로마에서 가장 아름다운 체력 단련장인 김나지움 개관식에 참석해서, 공중 목욕장은 청결의 목적에 부합하지 못할 뿐만 아니라 매우 퇴폐적이며 부의 과시일 뿐이라고 성토했고, 이 사건으로 그는 로마로부터 추방되었다.

153 아폴로니오스를 접견한 것은 네로 황제가 아니라 잔인성과 황제에 대한 맹목적인 충성으로 유명했던 법무관 소포니우스 티게리우스였다. 아폴로니오스라는 인물을 보다 돋보이게 하려는 의도로 보인다.

이들 이야기에는 설명할 수 없는 뭔가가 있어. 한편 두렵기도 하군.

다미스

게다가 아시아[154] 전체가 은자님에게 말할 수 있을 것입니다…….

앙투안느

소스라치게 놀라서.
됐습니다. 당신들 말을 들을 시간이 없어요……. 다음에 봅시다……. 내가 아프거든요. 그러니 날 좀 내버려 둬요!

다미스

그러니 들어 보세요, 이보다 더 기묘한 일은 없답니다. 스승께서는 에페소스에 있으면서, 로마에 있던 도미티아누스 황제가 암살당하는 걸 보셨답니다.

앙투안느

애써 웃으며.
농담이겠지요! 그게 가능한가요?

다미스

그러나 그건 사실입니다. 그래요, 10월 14일, 한낮이었죠. 극장에서였어요. 갑자기 스승께서 소리를 지르셨습니다. 〈카이사르의 목을 조른다!〉 그리고 불규칙하게 여러 번 이렇게 말하셨

---

154 아폴로니오스는 자신의 고향이었던 카파도키아의 투아나로부터 출발하여 인도에 이르는 수련 여행을 했다. 아폴로니오스의 학문의 깊이가 소아시아에서뿐만 아니라 그리스 문명권에 속하지 않는 지역에서까지도 인정받았음을 강조하고 있다.

습니다. 〈카이사르가 바닥에서 구른다⋯⋯ 자신의 검을 달라고 한다⋯⋯ 키 작은 노예가 검을 찾고 있다⋯⋯ 오! 오! 검을 찾지 못한다⋯⋯ 칼자루만을 가져온다⋯⋯ 오, 그가 몸부림을 친다! 일어선다⋯⋯ 도망치려 해본다⋯⋯ 문들은 잠겨 있다⋯⋯ 그는 죽임을 당한다⋯⋯ 소문이 벌써 온 도시에 돌고 있다⋯⋯ 아! 이젠 끝났다. 그는 정말 죽었다!〉 바로 그날, 티투스 플라비우스 도미티아누스는 이런 식으로 암살당했답니다.

앙투안느

곰곰이 생각하며.

악마의 도움 없이는, 인간 세상에는 이런 권능이 있을 수 없어, 그렇고말고.

아폴로니오스

제자가 진실을 말하는 걸세, 앙투안느. 믿어야만 하네.

앙투안느

오! 머리카락을 곤두서게 하는 목소리로군!

아폴로니오스

그는 나를 죽이고 싶어 했네, 도미티아누스는 말일세. 그는 내 죄목 리스트를 만들었고, 다미스와 데메트리우스는 내 명령에 따라 도망을 갔네만, 나는 그때, 그 순간을 기다리며, 감옥에 혼자 남아 있었다네.

다미스

앙투안느에게.

그건 엄청난 대담함이었어요. 인정해야지요.

아폴로니오스

아침나절에 사람들이 법정으로 나를 데려갔네. 물시계는 가득 차 있었고, 검사는 자기 자리에 있었고, 나는 준비한 연설문을 망토 속에 품고 있었네.

다미스

우리는 포추올리[155] 포구에 있었는데, 스승님께서 돌아가신 줄만 알았습니다. 우리는 정말 슬펐고 이제 서로 헤어질 생각을 하고 있었습니다. 각기 자기 집으로 돌아갈 작정이었지요. 바로 그 때, 정오 바로 전, 스승님께서 우리 가운데에 나타나셨습니다.

앙투안느

혼잣말로.
예수처럼!

다미스

우리는 모두 몸을 떨었습니다. 그러자 스승님께서는 저희에게 말씀하셨지요. 〈나를 만져 보거라. 나는 내 몸을 떠나지 않았느니라. 가까이 다가오너라.〉[156]

앙투안느

오! 아니야, 아니야, 그럴 리 없어! 지금 거짓말하는 거지요, 그렇죠, 거짓말이지요?

---

155 이탈리아의 나폴리 아래쪽에 위치한 포구.
156 예수가 죽은 후 사흘 만에 제자들 앞에 나타나 한 말을 암시한다. 〈나를 만지고 살펴보시오. 유령은 살과 뼈가 없지만 보다시피 나에게는 있습니다.〉(『신약』「루가의 복음서」 제24장 제39절 참조)

다미스

그리고 우리는 기뻐서 스승님을 껴안았고, 함께 다시 길을 떠났습니다.

앙투안느

이들은 예언자일까? 마귀들일까? 그들의 눈은 반짝이고, 입술은 떨고 있어. 그들은 점점 커지고, 발이 더 이상 땅에 닿지 않는 듯 보여.

다미스

우리는 헤라클레스의 기둥[157] 너머까지 갔고, 스승님께서 알고 계신 나일 강의 근원지까지 거슬러 올라갔습니다. 그러고는 칼데아로 돌아왔죠.

침묵. 다미스와 아폴로니오스는 앙투안느를 뚫어지게 바라본다.

아폴로니오스

앙투안느에게 침착하게 다가가며.
나의 권능이 어디서 오는가를 왜 그리 알고자 번민하는가?

앙투안느

당신이 뭘 안다고 그렇게 말하는 거요?

아폴로니오스

맞아, 그게 바로 자네의 관심사로군.

---

157 지브롤터 해협 양쪽의 거대한 암석.

앙투안느

솔직히, 그래! 그걸 말해 봐. 말해!

다미스

그것이 어디서 오는가 하면……

앙투안느

다미스의 말을 막고, 아폴로니오스에게.

오! 아니야. 이 사람 말고, 당신, 당신이 말해! 말해, 당신이. 당신이 하는 말을 듣고 싶진 않지만, 말하고 가버려!

아폴로니오스

소리를 지르며.

그것은 내가 항아리의 손잡이를 잡고 술을 바치기 때문이고, 인도인들의 기도문을 알고 있기 때문이고, 아폴론의 아들, 트로포니우스의 동굴에 내려갔기 때문이니라. 6일 동안, 동굴의 어둠 속에서 노를 저었고, 7일째 되던 날 피타고라스의 사상서를 가지고 그곳을 나왔느니라. 시라쿠사의 여인들이 산 위에서 소리치며 들고 다니는, 장밋빛 꿀로 반죽한 남근들을 내가 만들었느니라. 나는, 미트라의 스물네 가지 시험[158]을 거쳤으며, 카베이로이[159] 축제의 자주색 목도리를 받았고, 엘레우시스의 신

---

158 미트라는 이란과 인도 계통의 신으로 2~5세기 로마 제국에서 신봉되었던 신이다. 미트라 신을 위한 제의 입문식은 일곱 단계로 이루어졌는데, 그 각각은 행성의 보호를 받는 것으로 생각되었다. 즉 수성의 보호를 받는 갈까마귀자리, 금성의 보호를 받는 독수리자리, 화성의 보호를 받는 병사자리, 목성의 보호를 받는 사자자리, 달의 보호를 받는 페르시아인자리, 태양의 보호를 받는 태양의 시종자리, 토성의 보호를 받는 아버지자리가 그것이다. 여기에 참여한 자는 각 단계마다 시련을 겪는 입문식이 진행되어 감에 따라 그의 영혼이 행성의 영역을 통하여 상승한다고 믿었다.

비 의식[160]에 관한 물음에 답변을 했으며, 사바지우스[161]의 황금 뱀이 내 가슴 위로 미끄러지는 것을 느꼈고, 캄파니아 만의 파도에 키벨레를 씻었으며, 사모트라케의 동굴에서 달이 세 번 기울도록 머물렀느니라.

다미스

바보처럼 웃으며.

하! 하! 하! 마음 좋은 여신[162]의 종교의식이라.

아폴로니오스

자네는 우리와 함께 가고 싶지 않은가? 새로운 별들과 아직 알려지지 않은 신들을 보러 말일세.

앙투안느

아니오! 돌아들 가시오. 가던 길이나 계속 가시오, 날 내버려 두고!

---

159 페니키아에서 시작되어 이집트 및 그리스(주요 성역은 사모트라케)에서 숭배된 신비한 신들로, 여러 신들의 신비성과 역할을 나타내는 이름일 뿐이다.

160 아테네의 북동쪽에 위치한 엘레우시스 평원에서 9월 21일부터 일주일(혹은 5일)간 계속되는 비의(秘儀) 입문식. 데메테르 여신이 하데스에게 납치된 그녀의 딸 페르세포네를 찾아가는 과정의 재현을 통해 비의는 진행된다.

161 프리기아와 트라키아에서 숭배된 신으로, 후일 디오니소스(박코스)를 가리킨다.

162 프리기아의 〈위대한 여신〉 키벨레를 가리키며. 자연의 생장력을 의인화한 키벨레에 대한 숭배 예식은 통음 난무로 매우 기이한 모습을 보여 준다. 거세한 사제들이 여장을 하고 프리기아 플루트, 심벌즈와 팀파논(사다리꼴 현악기)의 박자에 맞춰 격렬하게 춤을 추고 결국 광란 상태에서 자신의 몸을 스스로 잘랐다고 한다.

다미스

우리와 함께 하시지요 은자님……. 갑시다! 떠납시다!

앙투안느

멀리 가버려요! 멀리! 난 상관 말고요!

아폴로니오스

우리는 백조들과 눈이 쌓여 있는 북쪽으로 간다네. 하얀 사막에는, 추위로 눈물을 흘리는 뿔 달린 노루가 뛰어다닌다네. 보라색 태양들이 하늘을 돌며 거울처럼 빛나는 얼음덩이를 붉게 물들이고 있다네. 기다란 귀를 가진 파네시스들과 말 울음소리를 내며 이국의 식물을 밟아 꺾어 버리는 말발굽을 가진 이들[163]이 바로 그곳에 있다네.

다미스

올 거요? 그래요? 수탉이 홰를 쳤고, 말이 울었고, 돛은 준비되었소.

앙투안느

그만둬! 지금은 밤이고, 수탉은 홰를 치지도 않았소. 모래밭에선 귀뚜라미가 울고 있고, 달은 아직도 같은 자리에 있단 말이오.

아폴로니오스

저 산 너머, 장밋빛 지평선 너머, 그곳으로, 우리는 헤스페리데스들[164]의 황금 사과를 따고 그 향기에서 사랑의 근거를 찾으

---

163 스키티아 사람들 속에서 살았다는 전설적인 민족.

러 가네. 우리는 요노니아 섬[165]의 부드러운 기름 호수에 몸을 담글 거라네. 우리는 약한 자들을 죽게 하는 미로디온[166] 냄새를 맡을 거라네. 앵초 위에서 자며 자네는 보게 될 걸세. 자기 머리에 이고 있는 루비가 영글어 떨어질 때, 1백 년에 한 번 깨어나는 거대한 도마뱀을 말이네. 별들은 시선처럼 고동치고, 폭포는 칠현금처럼 노래하며, 막 피어난 꽃에서는 짙은 향기가 물씬 풍겨 나온다네. 샘물에 비친 자네 얼굴은 아름답고, 산들바람의 부드러운 미풍에 자네의 정신은 공기 속으로 확장되고, 자네의 위로 그리고 자네의 가슴속으로 뜨거운 입김이 지나가면, 자넨 하늘의 기쁨으로 전율하게 될 것이네.

다미스

이제 떠나야 할 시간입니다. 바람이 곧 일어나려 하고, 제비들이 깨어나고, 도금양 잎사귀들이 날렸거든요.

아폴로니오스

그러세. 떠나세, 떠나!

앙투안느

아니오, 아니오. 난, 나는 여기 남을 거요!

---

164 헤시오도스의 『신통기』에 따르면, 밤의 신 닉스는 헤스페리데스를 낳았고, 그녀는 오케아노스 강 저편에서 아름다운 황금 사과와 풍요의 나무들을 지켰다. 고대 그리스인들은 지구가 평평하고 그 주위를 오케아노스 강이 감싸며 흐른다고 생각했다.

165 대서양에 있는 섬.

166 미르리스의 뿌리와 줄기에서 뽑은 고무 기름(미르라)으로 만든 향료인 듯하다. *myrrhodion*의 어미 *hodios*는 그리스어로 장미를 뜻하므로 장미 기름일 수도 있다.

아폴로니오스

죽은 자들을 부활시키는 발리스[167]가 어디서 자라는지 네게 가르쳐 주기를 원하는가?

다미스

은이나 철, 청동을 끌어당기는 안드로다마스[168]를 달라고 스승님께 부탁해 봐.

아폴로니오스

입고 있는 웃옷 품에서 작고 둥근 구리 조각을 꺼내 앙투안느 성인에게 내밀며.

절대적으로 효험이 있는 크세네스톤을 원하는가? 자! 이걸 가지게. 여기 있네!…… 그걸 가지라니까! 자네를 위해 전갈자리[169] 아래에서 그걸 합성했네. 그것만 있으면, 화산 속으로 뛰어들 수도 있고, 불 속을 뚫고 지나갈 수도 있고, 하늘을 날 수도 있을 걸세.

앙투안느

오! 이 사람들이 나를 고통스럽게 하는군! 날 고통스럽게 해!

다미스

스승님께서는 창조물의 언어, 사자의 포효 소리, 말이 우는 소리, 비둘기의 구구 소리를 들을 수 있는 법을 네게 가르쳐 줄

---

167 그리스어 부바리오스 *boubalios* 혹은 부바리온 *boubalion*에서 온 말로 〈야생 오이〉를 뜻한다.
168 안드로다마스에 대한 구체적인 자료는 찾을 수 없으며, 다만 사람을 길들이거나 죽일 수 있는 성질이 있다고 한다.
169 10월 23일에 보이는 별자리.

수 있어.

아폴로니오스

 새들이 구름 속에서 지저귀며 간청하는 게 무엇인지 알고 싶은가? 먼지 속에서 윙윙거리는 작은 파리들이 말하고 있는 것이 무엇인지? 어깻죽지를 맞대고 양 떼가 매애매애하는 것이 무엇인지? 풀밭 위에 누워, 편안하게 되새김질하는 소들이 무얼 생각하고 있는지? 둥그런 눈을 뜨고, 형광색 물고기들이 빠르게 소리 없이 미끄러지듯 빠져나가는 까닭도? 강가에서 하품하는 호랑이들의 우수(憂愁)를 알고 싶은가?

다미스

 스승님께서는 자기가 원하는 사람을 자신에게 오도록 만드는 노래들도 알고 계셔.

아폴로니오스

 그건, 내가 테이레시아스[170]의 잃어버린 비밀을 다시 찾아냈기 때문이지. 자신하네. 용의 심장을 먹으면 쌍발굽 짐승들의 말을 이해할 수 있다네. 나는 아랍 사람들에게서 독수리와 따오기의 말을 배웠네. 그리고 코뿔소를 접주고 악어를 잠재우는 방식을 스트롬파라바르낙스 동굴에서 읽었다네.

다미스

 스승님과 함께 가고 있을 때였는데, 칡덩굴 사이로 하얀 일각수들이 뛰어가는 소리를 들었어. 일각수들은 스승님이 올라

---

170 테바이의 유명한 장님 예언가로, 트로이아 계열의 서사시에서는 칼카스가 그러하다. 테바이 전설의 가장 중요한 사건에 대해 많은 예언을 했고 신화를 비롯해 고대 희비극에도 등장하는 주요 인물이다.

탈 수 있게 배를 깔고 누웠지.

아폴로니오스

일각수들 위에 올라탈 수 있다네, 자네 역시. 자넨 그들의 귀를 잡고 앉을 걸세. 우리는 갈 걸세, 우린 갈 걸세…….

앙투안느

울며.
오! 오!

아폴로니오스

자네 왜 그러나? 우리가 자넬 기다리고 있잖나!

앙투안느

흐느끼며.
오! 오! 오!

다미스

허리띠를 조여! 샌들 끈을 묶어!

앙투안느

더 크게 흐느끼며.
오! 오! 오! 오!

아폴로니오스

길을 가면서, 조각상들의 의미를 자네에게 설명해 주겠네. 자세의 차이, 형상의 근거, 주피터는 왜 앉아 있고, 아폴론은 왜 서 있는지, 베누스가 왜 코린토스에서는 검은색이고, 아테네에서는 정방형이며, 파포스에서는 원추형인지를 말이네.

앙투안느

오! 제발 그들이 가야 할 텐데. 하느님, 간청합니다. 그들을 가게 해주세요!

아폴로니오스

별의 아치 아래서 빛나는 우라니아 베누스[171]를 자네는 아는가? 예지 능력이 있는 아프로디테의 신비 의식에 관해 들어본 적이 있는가? 털이 난 베누스의 마른 가슴을 만져보고, 격노한 아스타르테 여신[172]의 분노에 대해 깊이 생각해 본 적이 있는가? 걱정 말게. 그녀들의 베일을 뜯어내고 그녀들을 보호하는 방패와 창을 부수어 줄 테니. 나와 함께 튼튼한 발로 그녀들의 신전 꼭대기를 걸어가 신비로운 베누스로부터 영원히 변질되지 않는 베누스 여신에게까지 이르러 보세, 사상의 대가들, 영웅들, 순결한 자들의 여신, 정념을 단념케 하고 육체를 죽이는, 차디찬 베누스[173]에게로 말이네.

다미스

그리고 무덤에서 나온 넓적한 돌을 들판에서 발견하면, 거기

---

171 베누스(아프로디테) 탄생에는 두 가지 전설이 있다. 제우스와 디오네의 딸이라고도 하고, 우라노스의 딸이라고도 한다. 플라톤은 두 명의 아프로디테를 생각해 냈다. 우라노스(하늘)에서 태어난 〈아프로디테 우라니아〉는 순수한 사랑의 여신, 디오네의 딸인 〈아프로디테 판데미아〉는 세속적 사랑의 여신이라고 한다.

172 아스타르테Astarte는 수메르어로 이나나Inanna, 아카드어로 이스타르Ištar로 불리는 메소포타미아의 여신으로, 양치기의 별 금성(Vénus)과 동일시되었다. 그녀는 자신을 모욕한 양치기에게 복수하는 모습으로 그려진다.

173 *La Vénus apostrophienne*. 플로베르가 만든 단어. 그리스어 *apostrepo*는 〈반대 의미로 돌다〉를 의미.

서 잠시 쉬고 그리고 그 돌 위에서, 가을 밤, 검붉은 만월 때, 미네르바의 주사위 놀이[174]를 할거야.

아폴로니오스

발을 동동 구르며.
그가 왜 안 가는 거지?

다미스

다미스도 발을 동동 구르며.
출발! 출발!

아폴로니오스

앙투안느 성인 쪽을 돌아보며.
날 의심하는가?

다미스

앙투안느를 위협하며.
스승님을 의심하는 거요?

아폴로니오스

뒷발로 일어서면서 콧구멍을 훌쩍여 자네를 빨아들이는 엠푸사를 내가 부르지 못할 것 같은가?

---

174 *skirapies*. 고대 그리스에서는 흰 양산을 쓴 행렬을 통해 밤의 시원함과 아침 이슬에 감사하며 미네르바 여신을 기리는 풍속이 있었다. 이 행렬과 더불어 미네르바 신전*Skirade* 근처에서는 〈주사위 놀이〉가 행해졌는데, 이는 다섯 행성의 출현과 사라짐을 기념하기 위한 것이었다(크로이처, 『고대 종교』「그리스의 주요 신들」 제6편 762면 참조).

앙투안느

아! 온화하신 예수여, 저는 너무나 두렵습니다! 이들이 어찌나 화를 내는지요!

다미스

휘파람으로 부르세요, 스승님, 누미디아의 사자를요. 아마시스[175]의 영혼을 담고 있고 또 먼지 구덩이 속에서 스승님의 발 냄새를 맡았던 그 사자를요.

앙투안느

하느님 맙소사! 하느님 맙소사! 이 사람들이 날 데려갈 생각인가?

아폴로니오스

자네의 욕망, 자네의 감춰진 꿈, 자네가 가진 가장 막연한 환상이 무엇인가? 그걸 생각할 시간만 있으면…….

앙투안느

두 손을 모아서.

아! 미끄러진다! 미끄러지고 있어! 심연 앞에서 나를 멈추게 해줘요!

아폴로니오스

과학인가? 영예인가? 진홍빛 식탁에서 혼자 식사하고 싶은가? 촉촉한 녹음을 보며 눈을 식히고 싶은 것인가? 물속으로 들어가듯, 황홀경에 빠진 여인의 말랑말랑한 살 속에 자네의

---

175 고대 이집트 사이스 왕조의 파라오(B.C. 568~B.C. 526).

몸을 밀어 넣고 싶은가?

앙투안느

자신의 머리를 잡고 고통스럽게 외치며.
아! 아직도! 아직도!

다미스

정말로 그래! 스승님은 네 생각 속에 갑자기 정신이 빛나게 할 수도 있고 감동한 무리들의 시선을 네 발뒤꿈치의 움직임에 묶어 둘 수도 있어. 갈라진 산에서 다이아몬드가 흘러내릴 거야. 여기 이 십자가 위에 장미들이 피어날 거야. 진줏빛 세이렌 요정들이 너와 함께 뛰고 네 주위를 돌면서, 그녀들의 머리카락으로 널 애무하고 노래로 널 흔들어 재울 거야.

앙투안느

성령이시여, 나락으로부터 저를 벗어나게 해주소서!

아폴로니오스

내가 나무나 표범이나 강으로 변신하는 것을 원하는가?

앙투안느

성스러운 동정녀, 하느님의 어머니시여, 저를 위해 기도해 주소서!

아폴로니오스

내가 달을 멀어지게 하기를 원하는가?

앙투안느

성스러운 삼위일체시여, 저를 구해 주소서!

아폴로니오스

안식일을 위해 온통 불을 밝힌 예루살렘을 자네에게 보여 주길 원하는가?

앙투안느

예수님! 예수님! 도와주십시오!

아폴로니오스

예수가 네 앞에 나타나게 해주기를 원하느냐?

앙투안느

얼이 빠져서.
뭐라고? 뭐라고?

아폴로니오스

그렇다네……. 여기…… 바로 이곳에…… 그를 말이야, 다른 그 누구도 아닌 그의 손에 난 구멍과 왼쪽 옆구리 상처에 엉겨 붙은 피를 자네는 볼 걸세. 그는 십자가를 부수고, 가시관을 던져 버리고, 아버지를 저주하고, 등을 굽혀 나를 경배할 걸세.

다미스

앙투안느에게 나지막이.
그러길 원한다고 말해! 그러고 싶다고 말하라니까!

앙투안느

얼굴을 손으로 감싼 채 넋 나간 듯 주위를 빙 둘러본 후, 아폴로니오스에게 시선을 고정시킨다.

가라, 가라, 가라, 저주받은 자여! 지옥으로 돌아가라!

아폴로니오스

크게 노해서.

그곳에서 오는 길이고, 자네를 그곳으로 데려가려고 거기서 나온 것이니라. 그곳에서 모두들 자네를 기다리고 있노라. 커다란 솥들에 담긴 질산염이 석탄 위에서 부글부글 끓고 있고, 강철 이빨들이 허기로 딱딱 부딪치고, 호기심에 찬 그림자들이 자네가 지나가는 걸 보려고 환기창에 몸을 붙이고 있노라.

앙투안느

머리를 쥐어뜯으며.

나를! 어떻게 이런 일이! 지옥이라니! 지옥이 나를 기다린다고!

그는 기진맥진해서 다시 넘어진다.

교만

앙투안느 성인의 뒤에서 튀어나와 그의 어깨 위에 손을 얹고.

자! 자! 네가 성인인데, 이럴 수가 있나?

앙투안느 성인이 고개를 돌려 교만을 알아보고는, 소리를 지르며 펄쩍 뛰어 다른 쪽으로 물러선다.

다미스

달콤한 목소리로 마음을 끌려는 몸짓을 하며.

자아, 선량한 은자님. 자아, 앙투안느 성인이시여! 순수한 사람, 고명한 사람, 어떤 칭송도 충분치 않을 사람, 그토록 지혜로우신 당신이 무서워하면 안 되죠. 불안해하실 것 없습니다. 뭔가 잘못 이해하신 겁니다. 스승님께서 말하시는 방식 때문인 것 같은데요. 그건 스승님이 동방 사람들에게서 취한 좀 과장된 말투입니다. 그렇지만 스승님은 선하시고, 모든 걸 아시고, 하실 수 있는데…….

앙투안느

그들이 아직도 거기 있는 거야! 나는 끝내 빠져나가지 못하겠군! 오! 난 언제 죽을 것인가!

논리

갑자기 불쑥 나타나며.

지금 바로 어때, 네가 원한다면 말이야. 누가 널 방해하겠어?

발레리우스교도들

다시 나타나며.

자! 여기 우리의 칼이야.

키루쿰켈리오 도나투스교도들

다시 나타나며.

자! 여기 우리들 쇠뭉치야.

엘케사이교도들

다시 나타나며.

아니야, 아니야, 살아. 인생은 아직 살 만해. 하느님은 스스로를 죽이려는 자를 저주하시지.

앙투안느

그건 범죄야.

논리

정의로운 사람이었던 라지스도 자기 검으로 스스로를 찌르고는 손으로 창자를 끄집어냈어.[176]

막시밀라와 프리스킬라

눈물을 흘리고 비탄에 잠긴 채 다시 나타난다.

앙투안느, 오! 다정한 앙투안느! 우리가 원하는 건 너야. 우리는 널 부르고, 널 기다리고, 네가 오기를 바라. 우리가 하는 말을 듣고 있어? 우리가 하는 얘기를 듣고 있는 거야?

이단자들과 중대죄들이 줄지어 하나씩 하나씩 앙투안느 성인 앞으로 나온다. 앙투안느는 오두막 벽에 머리를 기대고 손을 늘어뜨린 채 꼼짝 않고 시선을 한곳에 고정시킨 채, 긴 의자 위에 앉아 있다.

마니교도들

곧 베마 축제[177]가 시작되니, 그곳으로 가렴. 너는 원리의 두 근원을 양 끝으로 잡고, 사물의 본질 속에 들어갈 거야. 우리는 태양들의 거리를 계산할 수 있고, 지구의 무게와 영혼의 숫자를 알고 있거든.

---

176 예루살렘의 원로였던 라지스는 유대교를 고수한다는 죄목으로 코끼리 부대의 장수 니카노르에게 고발되어 장렬하게 자살했다(『구약』「마카베오 하」 제14장 제37~46절).
177 *Bhêma*는 〈사물의 본질〉을 뜻한다. 교주 마니의 죽음을 기념하기 위해 3월에 마니교도들이 여는 축제.

그노시스주의자들

그보다 더 깊은 것은 신비로운 그노시스야. 그노시스는 자신의 나선을 끝없이 끌어올리고, 우리에게 밀어 올려진 너는 빛나는 시지기아들을 향해 쉼 없이 오르겠지. 저 높은 곳, 영원한 비토스의 한가운데, 완벽한 플레로마의 움직이지 않는 원 속으로 너를 데려갈 거야.

다른 이단자들도 무대 깊숙한 곳에서 무리를 지어 새로이 나타난다.

앙투안느

아! 그들이 다시 오는군!

마술사 시몬

온통 금으로 치장한 엔노이아와 함께.

그래, 이단자들이 다시 오고 있어! 그리고 엔노이아도 다시 오지. 정화되고, 씻기고, 시련을 겪은 그녀가! 그녀도 너와 같아. 그녀도 고통스러웠지. 그러나 이제는 이렇게 기쁨에 충만하고, 끝없이 노래할 준비가 되어 있어. 그녀가 아름다워 보이지? 그렇지? 그녀를 원해? 그녀는 관념이야. 그녀가 동정녀보다 낫지, 그녀는 사랑이 무엇인지 아니까. 그녀를 데려가. 이제 너의 것이니, 그녀를 사랑하렴. 속죄의 고행이 그녀를 활기 있게 하고 순결이 그녀를 완벽하게 할 거야.

앙투안느

어떤 기도를 해야 하지? 어느 성인에게 간청을 하나? 누구에게 나를 맡기나?

카파도키아의 거짓 여예언자

암사자의 목덜미 위로 몸을 기울이고, 무대의 안쪽 깊숙한 곳을 빠르게 지나면서 송진 횃불을 흔들어 대며 외친다.

내게로! 내게로 와!

중대죄들

함께 외치며.

우리야! 우리라니까!

음욕

무릎 위까지 치마를 들어 올리며.

통통한 장딴지, 동그란 무릎 종지뼈, 흰 피부, 붉은 털. 아! 육체! 그것은 복부에 착 감기고, 부드럽게 만져지고, 코에는 향기롭게 드러나지!

인색

금이야! 금이라고! 그것은 빛나고, 소리가 울리고, 돌아가고, 윤이 나.

분노

때려! 손이 때리고 부술 때 가슴에 막힌 것을 토해 낼 수 있지.

나태

자! 늦은 시간이야.

식탐

먹어! 위장이 비었잖아.

질투

다미스가 이미 다 먹어 버렸는데 뭘 먹겠다는 거야?

니콜라우스교도들

모든 욕망을 만족시키고, 잔뜩 먹고, 만끽해!

카르포크라스교도들

그래야 해.

논리

일어나는 일은 모두가 필연적인 거야. 네가 유혹을 받도록 예정되었던 거고, 유혹에 넘어가기로 되어 있을 수 있어.

중대죄들

박수를 치고 기뻐서 팔짝팔짝 뛰며.
맞아, 맞아. 우리가 널 공유할 거야. 결국 넌 우리 것이 될 거야!

아폴로니오스

자네가 나와 함께 간다면, 이들로부터 해방시켜 주겠노라.

다미스

그렇고말고! 그분을 믿어 봐. 그렇게 할 수 있는 분이야.

음욕

다들 그를 내버려 둬. 뭐가 그리 대단하다고! 너의 육체를 즐겨.

나태

그러고 나면 잠을 푹 잘 수 있을 텐데!

인색

차라리 일을 해, 돈을 벌어!

질투

네 고통이 다 무슨 소용이 있지? 하느님은 널 사랑하지 않아. 하느님은 널 증오해. 하느님을 증오하렴.

키르쿰켈리오 도나투스교도들

이단자들과 중대죄들이 앙투안느 성인을 에워싼다. 음욕은 입고 있는 드레스로 성인의 다리를 가볍게 스치고, 질투는 머리칼에 입김을 불어넣고, 분노는 귀에 대고 속살거리고, 식탐은 배를 꼬집고, 막시밀라와 프리스킬라는 울고 있고, 엔노이아는 노래를 부르고, 아폴로니오스는 다미스가 들고 있던 자신의 흰 지팡이를 되찾아 허공에 불의 원을 그린다. 아담주의자들은 무대 깊숙한 곳에서 둥글게 원을 그리며 춤을 추고 있고, 그노시스주의자들은 양쪽에서 그들의 책을 열어 보이고, 거짓 여예언자는 지평선 쪽에서 짐승 위에 올라앉아 몸을 좌우로 흔들고 있다.

죽어! 자살해!

앙투안느

미친 듯이.

이제 끝장이야. 나는 죽어 가고 있는 거야. 이제 돌이킬 수가 없어!

넘어지며 무릎을 꿇는다.

오! 위대하신 하느님! 도와주십시오! 저의 신앙을 견고하게 해주십시오! 제게 희망을 주시고, 당신의 분노는 더욱 키우십시오, 제발! 불쌍히 여기소서! 불쌍히 여기소서!

그때, 세 개의 흰 얼굴이 성당 문턱에 나타난다. 믿음, 희망, 사랑.

믿음

믿으라!

희망

희망을 가지라!

사랑

고뇌하라!

앙투안느

당신들에게 갈께. 나를 도와주고, 보호해 주고, 구원해 줘!

믿음

언제나 믿으라!

희망

다시 희망을 가지라!

사랑

앙투안느는 자기를 에워싸고 있는 무리 속에서 허우적거린다.
인내심을 가지고 고뇌하라!

이단자들

우리를 더 이상 원하지 않는 거야? 우리는 정신이야.

중대죄들

이제 우리를 밀어내는구나? 우리가 행복인데.

앙투안느는 자신에게 팔을 벌리고 있는 3대 신덕(神德)에게 다가가려 애를 쓴다. 교만이 앙투안느 뒤로 와서 손가락으로 그의 등을 슬쩍 밀고 있다. 이단자들이 앙투안느에게서 떨어져 나가고 중대죄들이 뒤로 물러선다.

그때 신덕들이 한 걸음 앞으로 나아가, 앙투안느의 손을 잡고 그를 성당으로 들어가게 한다.

그가 들어가고, 교만은 문턱에서 거만하게 머리를 들고 주위에 있는 중대죄들을 쳐다본다.

음욕이 한숨을 내쉬고 돼지 위에 앉으며, 반짝이는 금속 조각으로 된 멋진 드레스를 과시하듯 펼친다.

나태는 거북이 위에 눕는다.

분노는 자기 주먹을 물어뜯고 있다.

인색은 머리를 숙이고 땅을 파고 있다.

질투는 손을 눈썹에 붙이고 앞을 유심히 바라본다.

식탐은 알을 품듯 움츠리고 앉는다.

교만은 서 있다.

2

앙투안느는 성당 안에서 믿음, 희망, 사랑 사이에 앉아 있다.

중대죄들은 조금 전의 자태를 지키고 있다.

커다란 웃음소리가 들리고, 중세 사람들이 상상했던 대로 분노로 일그러진, 무섭고 추한 모습의 악마가 나타난다. 적갈색의 수북한 털이 메마르고 벌거벗은 몸을 덮고 있고, 커다란 팔 끝에는 갈퀴 손톱이 달려 있다. 그의 등에는 박쥐 날개가 크게 흔들리고 있다. 어마어마하게 넓은 이마에 뿔이 달린 머리가 돼지나 호랑이의 것처럼 아래쪽으로 길게 내려와 있다. 납작한 코를 부풀리면서 벌름거리고 있고, 그의 두 눈에서는 불꽃이 나오는 것 같다.

악마가 도착하자, 교만은 몸을 위로 곧추세우고, 질투는 더욱 세게 휘파람을 불고, 음욕은 허리를 흔들고, 인색은 머리를 추켜들고, 분노는 소리를 지르고, 식탐은 이를 딱딱 부딪치고, 나태는 신음한다.

악마

내가 왔노라!

너희는 뭘 했지? 너희가 신덕보다 약하고, 관념만큼이나 어리석다는 말이냐?

하! 게헤나[1]에 너희를 가두고, 다른 세상의 욕심으로 너희를 후려쳐 소멸해 버린 너희의 힘을 되살리겠노라. 내 존재의 가장 깊은 데서 나오는 것으로 너희 모두를 먹이고, 너희 공상의 변덕에 따라 여기 아래 세상의 우연을 조정하면서, 세상을 창조하는 신처럼 일을 한들, 이게 다 내게 무슨 소용이 있단 말인가.

인간의 영혼에게 바다 속에 사는 히드라의 촉수보다도 많은 손을 주었건만, 팽창하던 이 영혼이, 어느 순간 자기 쪽으로 몸을 웅크리고, 애무에 대한 집착과 애무를 찾게 만드는 끝없는 불안감을 상실했단 말인가? 나무에는 붉은 열매가 더 이상 달리지 않고, 풀밭 가장자리에 나른하게 피어 있는 꽃도 없으며, 여인들의 얼굴에 미소도 없고, 칼날에는 살인의 유혹도 없단 말이냐?

그리스도가 지옥을 비웃겠군. 생각을 좀 해봐! 말도 안 돼! 모두 함께…… 단 한 사람을…… 어떻게 못했다니!…… 아! 너희들한테 지쳤어. 게다가, 머지않아 너희를 떼어 버릴 생각이야. 하와의 아들들은, 맹세컨대, 나를 소유하는 기쁨을 얻기 위해, 오로지 나에게만 자신들을 내어줄 테니까. 그렇고말고. 훗날, 다른 세기에, 이미 지난 세대들의 피로가, 권태에 젖은 인종들의 등을 요람에서부터 휘게 할 때, 포도주와 여자와 피를 오랫동안 즐기고 술 찌꺼기까지 비우고 사랑을 고갈시키고 분노로 지치게 한 후 자신의 비참함을 온전히 느끼게 될 때, 그때는, 술에서 깨어난 주정뱅이처럼, 얼굴이 창백해진 인류는 고개를 돌리고 더 이상 아무것도 보려 하지 않으리라. 그땐, 나를 원하게 되겠지, 여전히. 교만과 그리고 나만을!

---

[1] Gehenna는 히브리어 Gê-hunnom(흰놈 계곡)에서 나온 말로 이스라엘 예루살렘 남서쪽에 있는 계곡이다. 가나안인과 예루살렘인이 몰록Moloch 신에게 바치기 위하여 여기에서 아이들을 불태워 죽였기 때문에, 지옥과 같은 뜻으로 쓰인다.

중대죄들

교만이 그를 구해 냈어, 드디어 우리가 그를 차지할 참이었는데. 교만이 우릴 방해하는군.

악마

위엄을 갖추고, 손으로 그들에게 침묵을 명령하면서.

닥쳐! 그만해!

교만이 영혼을 끌어당기는 것은 너희들에게서지, 내게서가 아니야. 너희들을 피하려고 교만에게 몸을 던지는 그 문제의 영혼들은, 단언컨대, 모두 지옥으로 떨어질 거야. 그리고 나는 가장 귀중한 전리품인 그 영혼들을 나의 왼쪽에 놓아둘 거야.

중대죄들

그렇지만 교만은 번번이 우리를 모욕하는데…….

악마

너희에겐 안된 일이로군! 너희는 너희 일을 해, 교만은 자기 일을 하고 있으니까.

중대죄들

교만이 없으면 우리는 더 강해질 텐데.

악마

그가 없으면 내가 쇠약해질 거야.

음욕

내가 영혼들 속을 돌고 있을 때, 정결을 결심하게 하면서 갑자기 교만이 나타나는 까닭은 뭐지?

인색

내가 모아 온 돈을 쓰는 것도 교만이야, 그가 교회들을 짓잖아.

식탐

그는 식탁에서 나를 불안하게 하고, 불필요한 것을 식탁에 잔뜩 올려놓지. 큰 접시, 식기들, 온갖 세공품. 그는 단식을 고안해 내기도 했어.

분노

그는 갑옷도 입지 않고 머리에 투구도 쓰지 않은 채, 전투 속을 돌아다니고, 패자를 용서하고, 관용을 창안해 내기도 했지.

나태

그는 늘 나를 괴롭혀. 자고 있는 내게 발길질을 한다고.

질투

나는 어떻고! 나를 질질 끌고 다니면서, 자기가 바로 서 있도록 발뒤꿈치를 물으라고 명령하면서도, 나를 팽개쳐 두고 밖으로 쫓아내고 구타하고, 결국 나는 힘겹게 그의 그림자를 따라 계속해서 뛰느라 애쓰곤 하지.

악마

내 오장육부에서 태어난 네게 불평하는 소리를 듣고 있느냐? 그녀들이[2] 너를 비난해, 대답 좀 하렴!

교만이 어깨를 으쓱해 보인다.

---

2 플로베르는 교만l'Orgueil이 남성명사임에도 불구하고 〈내 오장육부에서 태어난 딸*fille de mes entrailles*〉이라 지칭하였다. 남성 복수인 중대죄들les Péchés 역시 여성으로 지칭하고 있다.

중대죄들

그녀에게서 우릴 해방시켜줘! 우리의 유혹이 부질없어지리라는 걸 이미 아는데, 우리가 어떻게 행동할 수 있겠어?

악마

말하렴!

교만

싫어!

교만이 성당 계단을 하나 내려와 어깨에 걸친 망토를 조인다.

악마

교만에게로 몸을 돌리며.

네 변덕의 방종이 지옥을 슬프게 하는구나. 오 교만아, 네 마음의 억압 아래서 너는 결국 자신을 완전히 소멸시키고 말 거야. 가늠하기 어려운 고뇌로 고통스러워하고 있으니 말이다. 네가 무슨 신이라도 된 듯 착각하지 마.

교만

미소를 띠고 악마에게로 나아가며.

나를 의심하고 있는 거요, 악의 아버지? 아직 궤도를 도는 둥근 별들, 이미 죽어 버린 세계, 그리고 미래의 창조에서 우리 두 본성을 묶어 주는 애정보다 더 긴밀한 것이 있다고 생각하시오? 인간의 형체가 아직 생명을 갖기 전, 천사들과 함께 그 모습을 깊이 들여다보며, 당신이 손등으로 속이 텅 빈 점토를 두드리고, 거푸집에서 울려 나오는 소리에 경멸을 보내면서 웃던 바로 그날부터, 매분마다 영원히 지속되는 절망의 순간에 당신을 위로했던 것이 바로 내가 아니었나? 나를 가슴에 안으며, 당신이 외친 사랑의 소리가 기억나시오? 나를 소유하면서 당신이 도달한 극도의 흥분이 얼마나 당신의 영혼을 불태웠던가. 그때 당신은 하늘에서 추락하고 있었지. 내가 당신의 머리를 다시 들어 올렸어, 오 저주받은 자여. 그때 당신의 숨결이 여호와[3]에게까지 올라갔지. 극도의 공포에 놀란 그가 문을 닫아 버렸어. 그의 거룩[4] 천사들이 모두 떨고 있었기 때문이지.

피라미드, 개선문, 무덤을 바닥부터 들어 올리시오. 유명한 전쟁터에서 늑대들이 떡갈나무 위에 뿌려 놓은 색 바랜 흰 해골들을 찾으시오. 도시로 가서, 앞마당에 앉아, 관념의 마귀들에게 당신을 위해 파피루스 종이와 대리석에 쓰여진 글들을 읽게 하고, 제국들을 다시 일으켜 세우고, 죽은 이들을 불러내고, 살아 있는 이들을 끌어내시오. 횃불에 슬픔을 태우고 있는 말수 적은 어린아이부터 피 묻은 자신의 칼을 팔 위로 흔들어 대는 병사까지, 군중을 굽어보고 있는 군주부터 들판을 헤매고 있는 거지까지, 애인들을 자랑하는 창녀부터 문을 닫고 들어앉아 애인 갖기를 거부하는 점잖은 주부까지, 도처에 그리고 언제나, 거기에 내가 아니면 누가 있다는 거지? 무엇이 그들을 전쟁터로 밀어내지? 무엇이 산을 깎아내리지? 무엇이 대양을 뒷걸음질 치게 하지? 무엇이 삶을 놓아 버리게 하지? 무엇이 영혼을 파멸시키지? 나야, 나! 내가 시인과 정복자와 예언자를 낳았어.

---

3 『구약』에 나오는 유대 민족의 최고 유일신. 야훼*Yahvé* 혹은 *Jahvé* 예호바*Yehovah*로 발음하면서 예호바*Yehovah*(라틴어식 표기) 혹은 제호바*Jehovah*(영어식 표기)로 표기하게 되었다. 그는 천지를 창조하고 아담과 하와를 흙으로 빚어 우주를 통치하고, 시나이 산에서 모세 앞에 나타나 자신의 이름이 〈있는 나〉라고 밝혔다.

4 히브리어 케루빔*keroubim*에서 온 말로 하늘에 사는 영을 가리킨다. 동물의 몸에 인간의 얼굴을 하고 있으며 날개를 가지고 있다. 인간이 에덴에서 쫓겨났을 때, 야훼는 이 천사들로 하여금 생명의 나무를 지키게 했다(『구약』「창세기」 제3장 제24절 참조).

내가 신들을 만든 거야.

악마

너무 웃어 허리를 주먹으로 받치고서.
아하! 그렇지, 내가 악마이듯 그것도 맞는 말이야.

중대죄들

소리치며.
그건 우리에겐 아무 소용이 없어!

교만

그걸 말이라고 해! 육체의 격정들아. 너희는 내가 너희의 육체를 고갈시킨다고 나를 비난하지만 나 없이는 그걸 가질 수 없지!

나를 따르라고 애원한 적이 있던가? 너, 질투 말이야. 왜 내 젖에서 독을 빨러 오는 거지? 그 독이 내 젖을 부풀게 하는데 말이야. 그렇게 하면 네가 되살아나지. 솔직히 말해 봐. 네가 하는 일이 잘 풀리지 않을 때, 몸을 비틀어 대고, 소리를 질러 대고 그리고 너를 일으켜 세워 달라고 여전히 나를 부르면서 말이야.

아하! 분노! 나는 내 숨결로 네 심장을 부풀게 하고, 내 목소리를 듣고 너는 포효하지. 나는 쐐기풀 한 묶음으로 네 얼굴을 후려치기도 하지. 또 너의 북을 울리게 하는 것도 나란 말이야.

뾰로통한 인색아! 넌 금박이 입혀진 내 궁궐의 천장에다 눈을 맞추고, 금으로 된 천 위에서 반짝이며 거울처럼 반사하는 다이아몬드에 눈을 맞추기를 좋아하지.

나는 가지고 있어, 오 나태여, 눈을 속이는 안일을 말이야. 나는 늘 인간에게 자신에 대한 만족감을 듬뿍 주고, 멍한 상태 속으로 편안하게 그를 빠지게 해서 멍청하게 만들고 그러고는 너의 무기력함 속으로 밀어내지. 그 자신이 정결하고 순수한 존재인 것처럼, 한순간 그를 설득하면서, 무릎 꿇은 사제의 기도를 멈추게 할 수도 있지. 그러면 그는 제단에 팔을 괴고 잠들지. 마음의 고행이면 충분하다는 생각으로, 나는 고행자의 손에서 채찍을 빼앗고, 그는 즐거운 마음으로 신앙의 실천을 그만두는 거야. 여인으로 하여금 유혹의 걱정을 털어 버리게 하고는 커다란 혐오감을 가지게 해서 그녀를 무기력감에 길들이지. 그때 용기는 무력해지고, 몽상에 잠긴 한가함의 지옥 같은 무위가 진저리 나게 계속되는 거지.

그리고 너, 한심한 식탐아, 너에게 환상을 주는 것도 나이고, 너를 높은 곳에 올려놓은 것도 나라는 것을 모르는 거야? 내가 너를 위해 바다로 배를 내보내, 이름으로만 알던 포도주를 가져오게 했지. 비싼 값으로, 먹을거리의 가치를 내가 올려놨기에, 이것들을 보고도 먹을 수 없는 이들이 삶을 저주하게 되었지. 나는 격식에 맞추어 향연을 열게 하고, 식객들을 먹여 살리고, 너의 화덕을 덥히고, 지방들을 집어삼킬 만큼 값비싼 황제의 대향연 경비를 지불하기도 했어. 집처럼 켜켜이 쌓아 올린 환상적인 너의 케이크를 만들고, 단번에 비울 수 없는 엄청나게 큰 잔을 만든 것도 내가 아니던가? 음식 먹기 내기도, 목숨을 건 마시기 시합도, 그리고 어떤 것도 소화시키는 폭식가의 잔인함도 다 내게서 오는 거야!

중대죄들

그가 말을 좀 멈추게 해, 사탄! 그렇게라도 말을 끊지 않으면 자기 말만 끝없이 할 거야.

교만

적어도 너, 음욕, 넌 내게 고마워해야지.

나는 귀부인의 가슴을 가득 채우고, 그녀들이 숨 쉴 때, 가슴이 그토록 평온하고 아름답고 위엄 있게 움직이게 하지. 사각거리는 비단, 바스락 소리를 내는 신발바닥, 소리가 울리는 보석, 수치심을 모르는 옷차림, 크게 뜬 눈, 그리고 도도한 자태를 이끄는 자극, 이 모든 게 내게 있지. 한 발 한 발 안으로 들어가는, 그 집에 익숙한 고양이처럼, 너는 조용히 그리고 깊숙이 양탄자에 발톱을 박으며, 들키지 않고 내게로 기어오지. 거울 속의 자신을 바라보고, 아름다운 모습에 혼자 미소 지을 때 말이야. 나의 대범함은 너를 연애 사건에 뛰어들게 하지. 너의 희생물이 몸부림치면서, 미소를 지으며 눈물을 흘리고, 오열하고 감정을 폭발시키다가, 머리타래와 사랑의 매듭이 풀어지는 너의 침대 위로 몸을 던지려고 할 때, 너의 기쁨을 배가시키는, 말로 형언하기 어려운 기쁨이 너의 뱃속 깊은 데서 올라오는 것을 전혀 느끼지 않는다는 거야? 마치 너의 쾌락에 양념을 더하는 은밀한 웃음 같은 것을 말이야? 나는 너의 힘을 의식하게 하면서 너의 열정을 지탱해 주지. 나의 섬세함 없이는 넌 이내 싫증 나 버릴걸? 네가 혼자서 즐긴 쾌락과 상상을 초월하는 흥분도 내 덕이야. 절대적 소유의 강렬함, 질투의 격렬한 분노, 남성의 잔인함을 네게 준 것도 나야. 나는 방탕의 창백한 얼굴에 분을 칠했으며, 난봉꾼을 고상하게 만들고, 악덕을 일으켜 세우고, 진흙탕에 빠진 모든 마음들이 내 화덕에서 물기를 말리지. 오만으로 고양된 채 매춘들이 지상에서 승리의 함성을 지르는 게 들리지 않니?

중대죄들

자기 자랑하는 것 좀 봐! 말만 많고, 헛소리뿐이야! 반면 우리는 괴롭기만 해, 우리는! 오 아버지, 우리의 고통을 덜어 줘!

악마

그를 증오하고 싶다면 그렇게 해. 하지만 너희들 누구도 결코 그의 업적에 이르진 못해. 매일 저녁, 식탁에 마주 앉아 하루 동안의 일을 얘기할 때, 그가 내게 가져오는 것을 보고 경탄할 뿐이야.

중대죄들

우리는 슬퍼, 우리 자신에게 싫증 나 있어. 자기 밖으로 도망쳐서, 좀 더 많은 흐름 속으로 흘러 들어가고, 더 멀리 내려가고, 더욱 더 욕구를 만족시키고 싶어.

질투

아냐! 그들은 행복해. 불평을 해야 할 건 나야. 네가 그들에게 여물을 주듯 인간의 영혼을 던져 주면, 그들은 수노새들이 건초 다발을 먹어 치우듯 거기서 유혹할 상대를 물지. 그런데 나는, 배 속에 아무것도 넣지 못한 채, 문에서 그들이 씹는 소리에 귀를 기울여야 하지. 음욕처럼 즐기고, 분노처럼 때리고, 나태처럼 잠자고 그리고 인색처럼 꿈꾸지 못할 이유가 뭐지? 교만만큼이나 나도 아름다운데!

원하는 걸 차지하려고 그들이 무얼 한 거지? 아아! 그들이 모두 사라졌으면! 그리고 나만 남았으면! 난, 네가 원한다면, 그들 일을 다 해낼 수 있어! 그들이 미워. 그들이 미워. 그들을 더 증오할 거야. 내가 부드러워지고 또 너무 약해지는 것 같고, 예전의 증오심도 더 이상 내게 없는 것 같아. 난 실망하고, 불안해하고, 이런 상황이 날 기쁘게 하면서도 한편으론 마음 아프게 해. 심장이 근질근질하고, 손톱은 줄기차게 긁어서 다 닳아 버렸어. 손톱이 다시 나오게 해주고, 갈아 주고, 더 길어지게 해줘.

식탐

배고파! 목말라! 내 창자가 소리를 지르고, 내 입에 침이 고여. 먹으면서 마시고, 마시면서 먹고 싶어, 입천장 아래에서 씹히는 고기와 목을 따라 흘러드는 포도주를 동시에 느낄 수 있게. 내겐 소화력과 식욕이 함께 필요해. 포만감이 나를 슬프게 하는데도 실컷 먹고 싶은 욕구에 계속 시달리거든. 지금도 나는 목구멍까지 꽉 차 있고, 뱃가죽이 터지는데도 배가 고파! 맛있는 게 뭐지? 새로운 것을 만들어 봐. 칼로 자를 수 있을 만큼 걸쭉한 마실 것을 내게 줘봐. 접시 안에서 증발할 만큼 부드러운 살코기를 줘봐. 곰팡이 핀 빵, 혀를 태우는 화끈한 양념, 끈적끈적한 꿀, 기름, 버터, 호두, 빵 부스러기와 먼지, 썩은 고기, 누더기 옷, 금속, 닥치는 대로 다 먹고 나면, 그 다음엔 무얼 먹지?

인색

난 어떻지? 내가 지금 부자라면, 행복하겠지. 일을 하면 뭘 해, 늘 가난한걸. 난 땅을 파고, 바다를 다 긁어내고, 산을 체로 치고, 짐승들 목을 조르고, 숲을 넘어뜨리고, 팔 수 있는 건 다 팔아 치웠지. 사랑과 명예, 육체와 영혼, 눈물과 웃음, 입맞춤, 관념을 팔았어. 내게 손이 남아 있기만 하다면, 내 머리카락, 내이, 내 눈도 팔 거야. 농부가 온 힘을 다해 쟁기로 땅을 눌러 가르는 것처럼, 나도 인간의 마음에 똑바로 고랑을 파며 가다가, 마음을 옆으로 돌리게 하고 또 뒤집어 놓지. 생각에 잠긴 두개골 밑에서, 내 탐욕이 조용히 싹을 틔우지.

오! 지독한 불면증이야! 게다가 꿈은 어떻고! 나는 먹지도, 마시지도 않고, 더 이상 잠도 안 자고, 암거래하고, 훔치고, 살인하지. 내 피를 원하는 자가 있다면 내 피를 사 가기를!

구멍에서 돈을 꺼내 요 아래 감췄어. 무서워서 주머니에 그걸 넣었지. 주머니가 안전할지 자신이 없어서 속옷에 그걸 넣었어.

바로 여기 내 살에서 그걸 느껴. 그걸 거기다 꿰매고, 살 속으로 들어가게 해서 심장에다 넣어두고 싶어. 아니 내가 돈이 되고 싶어!

행위만큼 수가 늘어나서, 모든 것에 들어가 살고 싶어. 각각의 것에서 그 무언가를 가져오고 싶으니까. 본질을 빨아올리고 절대에서 숫자의 가치를 추출할 수 있게, 흡수하는 능력을 가질 수 있다면!

별이 다 무슨 소용이야? 달이 완전히 동그랗게 되어 빛나는 걸 보면 그걸 뜯어내고 싶어. 그리고 언젠가는, 꼭 그렇게 되겠지만, 햇살을 잡아 녹여서 금 동전을 만들 거야.

분노

벼락이 치고, 땅이 갈라지고, 불타 버려라! 깨부수고 싶어! 뭉개 버리고 싶어! 죽이고 싶어! 도시로 굴러 갈 불붙은 산들, 화강암을 자르는 도끼, 땅을 짓이길 거인의 몽둥이를 난 원해. 내가 건드리는 것은 모두 산산조각이 나고, 나의 맹렬함 속에 포효하면서, 나 혼자 덩그러니 남아 있지. 내겐 갈겨 버릴 다른 것들이 필요해, 사탄. 내 가슴을 더 넓히고, 내 목소리를 더 크게 해주고, 증오가 방울방울 떨어뜨리는 식초를 내 근육에 비벼 줘. 뜻하지 않게 힘이 약해지기도 하고, 음욕의 미소나 인색의 유혹에 마음이 약해지거든. 그러니 납으로 내 귀를 막고, 심장을 쇠로 달궈 줘.

그게 아니지. 내게 욕을 퍼붓고, 나를 성나게 하고, 나를 때리고, 지켜봐……. 그리고 가버려. 주먹을 들어 올리고, 네 뒤를 따라 뛰도록, 그리고 옆구리 아래에서 튀어 오르는 내 심장을 느낄 수 있게. 나는 바로 이 순간을 좋아해. 치려고 팔을 들어 올리고, 나의 온 존재가 당겨진 화살처럼 쭉 뻗어 나가는 힘으로 날아가고, 시위를 떠난 화살처럼 그 힘과 더불어 지쳐 버리는 순간을 말이야.

내게 충고를 던져 내 신경이 곤두서게 하기를! 내게 욕설을 퍼부어 나를 자극해 주기를! 먹잇감은, 적은, 장애물은 어디에 있지?

내 가슴 안에 큰 바다를 품고 있는 것처럼, 거친 파도들이 서로 부딪히고, 갑작스러운 폭풍우가 내 위로 물거품을 쓸어 올리고, 조수가 해안 절벽을 때릴 때, 나는 전율해.

나태

하품하면서.

하아! 하아! 몽실몽실한 새털 이불 위에 누워, 살랑살랑 미풍을 맞으며, 아무것도 하지 않고, 수면을 만끽하려고 반쯤 잠든 채, 쉬는 데도 지쳤어……. 하아! 하아! 하아!

나태가 잠든다.

중대죄들은 자고 있는 나태를 바라본다. 음욕이 낮게 신음한다.

음욕

신음하며.

나는 오랫동안, 더욱 강하게 영원히, 성적 쾌락을 탐닉하고 싶어. 그리고 끝이 없는 깊은 구렁 속으로, 바닥이 없는 쾌락 속으로 계속 내려가는 것을 느끼고 싶어. 쾌락이 내 밑으로 움푹 들어가, 자라나고 나를 감싸는 걸 느끼고 싶어. 그리고 거기에 푹 빠지고 잠겨, 결국엔 그 속으로 사라지고 싶어. 더! 더! 좀 더 멀리! 더 멀리! 더 앞으로! 내가 기다리는 그것을 언제쯤이나 가지게 될까? 내가 겨우 스치고 마는 것을 언제쯤 움켜잡을 수 있을까? 소유 속에서도 쫓고 있는 듯 느껴지는 이 막연한 것이 어디에 있는지 나는 몰라. 지금 누리는 행복은 내가 기대했던 것이 아니야. 도취 안에 또 다른 특별한 도취가 있는 게 분명해.

쾌락의 너머로, 마치 문틈 새로 보듯, 길게 똑바로 뻗어 있는 큰 길을 엿보지. 그 길에서 나오는 빛에 눈이 부셔. 그건 희미한 태양의 빛이고 그 열기가 나를 타오르게 해.

불안이 날 괴롭히고, 호기심이 나를 갉아먹고 있어. 어디에다 내 불꽃을 쏟아 붓지? 그걸 어떻게 펼쳐야 하지? 아니 불꽃이 스스로 퍼지게 하려면 어떻게 해야 하지? 난 몸의 각 부분에 침투해서, 내가 쓰고 싶은 대로 썼지. 머리털의 머리카락 하나, 뱃살의 주름 하나, 살덩어리의 원자 하나조차 내가 탐닉하지 않고, 냄새를 맡지 않고, 입 맞추지 않은 건 없어. 내 마음에 드는 건 모두 다, 장차 내 마음에 들 것은 모두 다, 회한, 희망, 꿈, 추억, 모두 나의 색욕 안에 모으지. 초롱불 아래 쪼그리고 앉아 사창가의 창녀처럼 지나가는 이를 부르지. 추한 사람, 잘생긴 사람, 늙어 추레한 사람, 젊은이, 검은 머리, 금발, 이들을 내게로 불러. 나는 처녀, 순진한 마음, 싱싱한 육체를 특히 좋아해. 그러나 타락한 장년, 초록빛 얼굴색, 병든 파리함, 역한 냄새에도 껌벅 죽지. 나는 피가 좋아. 나는 눈물이 좋아. 나는 명랑함이 좋아. 슬픔이 좋아. 발을 감출 긴 드레스, 장딴지를 드러내는 짧은 속치마, 모든 걸 동시에 볼 수 있는 벗은 상반신이 내게 필요해.

사람들 머리 위로 내 눈길을 던지지. 그러면 욕망으로 녹아내린 내 영혼이 온통 그 안으로 스며들어 가, 걸쭉한 포마드처럼 흘러내리지. 나는 내가 누릴 기쁨을 계획하고, 나를 그려 보고, 길게 포즈를 취해 보지. 내 손이 혼자서, 부드러운 접촉에 간지럼을 타는 듯, 저절로 오므라들어. 무게에 눌려 으스러지고, 나를 문지르고, 뒹굴고, 땀에 젖은 털 냄새를 맡고, 육체가 차오르고, 광기가 올라오는 걸 느껴. 그리고 눈동자의 깊은 곳에서, 엄청나게 확장된 홍채가 내 위로 시선을 고정하고, 기쁨으로 충만한 순간 피부 조직 사이로 난 반점을 셀 때면, 환희가 어찌나 넘쳐 나는지, 그 환희가 내 목구멍을 채우고 잇몸에 달라붙고, 그런데도 욕구를 만족시키기 위해 나는 여전히 뭔가를 뒤지고 있어. 오! 내가 강물처럼 넘쳐흐르고, 꽃처럼 향기롭고, 공기처럼 돌아다닐 수 있다면, 나는 가득 넘쳐흐르게 하고, 도취시키고, 깊숙이 스며들 텐데!……

만질 수 있게, 내 온몸에 손이 달렸으면! 입 맞출 수 있게, 손가락 끝에 입술이 달렸으면!

바로 그때, 요지부동 거만한 자세로 성당 앞에 있던 교만이 무섭게 상을 찌푸리며 가슴 위로 망토를 조여 여민다. 교만의 가슴에 숨어 있던 뱀이 머리를 내밀고 교만의 턱을 문다. 교만이 외마디를 지르자 악마가 웃음으로 답한다. 교만이 비틀거린다.

중대죄들

교만에게로 돌아서며.

무슨 일이야? 지금 너 비틀거리는 거야? 창백해진 거야?

교만

아니야!

질투

맞아! 아무것도 아니니까 신경들 쓰지 마.

중대죄들

넘어지겠어……. 너 어디가 아픈 것 같은데.

교만

다시 몸과 마음을 추스르며.

아무렇지도 않다니까! 날 내버려둬! 아니야…… 내가 부족할

게 뭐 있겠어? 나는 건강하고, 확고하고, 행복하고, 강하고, 거대해.

이를 악물고.

내가, 내가 불평을 하다니! 내가 웬 불평을!

악마

미소를 지으며.

자, 침착해! 자! 그렇게 고함치지들 마! 너희를 억압하고 있는 이 욕구는 너희 본성에 갇혀 있는 악의 본질일 뿐이고, 그 욕구는 더 커지려고 계속해서 위로 올라가지. 아! 너희에게서 내 모습을 잘 알아보겠구나! 내 고통의 딸들, 너희에게 내 피가 흐르고 있어!

나는 이 세상 탐욕들의 왕자니라. 너희들, 너희는 세상의 탐욕들이고, 세상을 내게로 끌고 와 내 손안에 넣어 주지. 그런데 지금 너희가 분열하고 있어. 나를 힘들게 해. 서로 상반된 힘 한가운데서 양쪽으로 끌어당겨진 영혼은 그 어느 쪽으로도 떨어지지 않고 꿈쩍 않고 있거든. 그러니 모두 함께 움직여. 서로 돕도록 해. 교묘한 형태 속에, 순진무구한 외양 속에, 부드러운 말 속에 몸을 숨겨. 아니면 좀 더 서로를 미워하고 또 서로를 삼켜 버려. 그렇게 해서 너희의 식욕이 돋우어질 수 있다면, 나는 아무래도 좋아!

너희의 생명력인 지옥의 입김을 받는 대가로, — 그렇지, 그 힘은 내게서 오지, 그것을 잊지 마. 너희 뒤에 내가 늘상 놓아두는 영원한 환상이 없다면, 너희는 신덕처럼 약하고, 원리처럼 비어 있고, 관념처럼 어리석을 텐데 — 그걸 주는 대가로, 세상을 획득한 자들이며 삶을 지배하는 여왕들이여, 난 원해. 영혼을, 그것도 통째로! 알겠어?

그 영혼이 구렁으로 둘러져 있고, 방어군들이 지키고, 참호가 있고, 벽이 세 겹인 성채보다 더한 것이라 해도, 화살 구멍으로 너희가 쏜 화살이 지나갈 것이고, 성벽을 따라 너희는 기어 올라갈 것이고, 지하 통로로 슬며시 숨어들면 너희가 지나간 길 위로 돌이 떨어질 것이고, 너희 손가락이 닿으면 문이 열릴 것이며, 너희 어깨에 부딪혀 벽이 허물어질 것이고, 그리고, 접근할 수도 없고 그토록 완강해 보이던 이 거처에서, 너희들은 마음껏 소란을 피우고 대대적인 향연을 열게 되리라.

다음과 같은 말이 내게 떨어졌었지. 〈너는 흙을 먹으리라!〉 그러니 먹어도 먹어도 끝이 없는 먹이를 모조리 먹어 치우자. 인간을 찢고, 깨물고, 씹어 버리자.

특히 이자는, 내겐 그가 꼭 필요해. 난 그를 원해. 그가 필요하다고! 그를 지옥에 넣어야 해. 사람들이 하늘에 앉힌 성인들, 뼈에 사람들의 입맞춤을 받는 순교자, 사람들이 받들어 모시는 교황들 곁에 있는 그의 모습도 괜찮을 거야. 어떻게 된 거지? 그들은 성인들이었는데! 그것 참 안타깝군. 그들은 기도하고, 단식하고, 고행하고, 기도와 선행을 쌓았는데! 그런데 그들은 벽지가 발려진, 아주 따끈하고, 배타적이면서 순진한 자신들의 작은 덕성에다 마음을 가두어 두고는, 바람이 무서워 마음의 입구를 모두 메워 버렸어. 그러던 어느 날 내가 그들 문 밑으로 지나갔고, 모든 게 날려 사라져 버렸어, 단 한 번의 바람에. 신자는 그에게 금지된 온갖 악덕을 마음속에서 한없이 즐기고 있었고, 순교자는 목숨이 끊어지는 마지막 고통의 순간에 그를 기다리고 있는 천사보다도 그를 바라보고 있는 여자들을 생각했던 거야. 그리고 교황은, 그건 나였어, 삼중관을 쓰고 교황청에서 점잔을 빼고 있지. 하! 하! 하! 이 모든 게 너무나 우스워!

그리고 그들은 지금 지옥의 가마솥에서 존속 살해자, 동물과 간통한 자, 무신론자들과 함께 뒤섞여 구워지고 있어. 〈아! 당신 맞아요?〉 〈그래요, 바로 나요.〉 〈그 사람도! 오! 많기도 해라!〉〈아! 그렇네요, 많군요……〉하! 하! 하! 그러니 모두들 은자를 공격해. 그가 약해지면 맹렬히 공격하고, 그가 강할 때는 바닥에서 기어. 그가 너희를 정면으로 거부하면, 측면을 공격해. 그가 경계하면, 뒤에서 공격하고. 그리고 계속 다시 시작하되, 절대 지치지 않도록 해. 젊은이와 싸우는 것이 아니니, 그 점을 명심해. 그가 사막에서 산 지도 벌써 오래됐고 고독을 적절히 달랠 줄도 알고 있으니 말이야. 그렇긴 해도, 너희들 입김으로 그의 신경을 곤두서게 하고, 조금씩 조금씩 그의 생각 속에 새로운 상상력이 피어나게 해. 그러면 그는 견디기 힘든 절망에 사로잡히고, 강렬한 욕망으로 찢어지는 고통을 느끼고, 권태에 대한 분노에 사로잡힐 거야. 그가 나태의 무기력에서 분노의 경련으로 넘어가게 해! 굶주린 그가 갑자기 나타난 흐드러진 잔칫상 앞에서 전율하게 해! 오두막 바닥에서 발정 난 채 몸을 질질 끌게 해! 행복한 자들과 자신을 비교하고 온 세상을 질투하게 해! 고행 중에 열광하고 교만으로 넘쳐 나게 해! 그를 너희 것으로 만들어! 그를 내 것으로 만들어! 자! 자! 너희의 자식들과 손자 마귀들을 소집하고, 꿈, 악몽, 욕망, 영혼의 열병, 광란의 공상, 그리고 갖은 쓴맛을 불러와!

지금 신덕들 곁에서 마음을 달래고 있으니, 그 스스로 그들을 지겨워할 때까지 그를 내버려 두자. 우리가 되돌아올 때쯤에는 그리 될 테니까. 내가 여기 있을 거야. 그것을 명심하고, 한 치의 오차도 없이 너희를 감시하겠어.

내 날개 밑으로 와 잠시 쉬도록 해. 나에게 바짝 붙도록 해.

사탄이 무대 안쪽으로 깊숙이 뒷걸음질 치고, 두 개의 초록색 부채처럼 커다란 납빛 날개를 둥글게 펼친다. 사탄이 시키는 대로 중대죄들이 자세를 취하고 그의 주위로 모여든다.

자, 나태야, 내가 네 위에 앉겠다. 너는 악마의 방석이니라. 음욕아, 내 무릎에 앉거라. 질투야, 네 가슴에 발을 얹을 수 있게 거기 누워라. 식탐과 인색아, 여기, 똑바로 나의 양 옆구리에 붙거라. 분노야, 내 얼굴이 시원하게 네 팔로 바람을 만들어라. 너, 교만아, 서 있거라, 내 뒤에…… 더 가까이……. 내가 고개를 조금 돌릴 때까지 기다려라……. 내게 입 맞추거라. 내가 널 얼마나 사랑하는지!

나태 위에 올라앉아 중대죄들에 둘러싸인 채, 악마가 교만에게 입 맞추려고 몸을 돌린다. 악마 뒤에 있는 교만은 악마의 어깨 위로 얼굴을 내민다.

성당 안에서 믿음, 희망, 사랑이 앙투안느 성인을 달래고, 어린아이에게 하듯 손으로 그를 쓰다듬는 게 보인다.

앙투안느

오! 저들이 나를 괴롭혔어!

사랑

그들이 널 괴롭혔구나, 가여운 영혼!

앙투안느

아직도 떨려……. 그들이 돌아올까?

믿음

우리가 여기 있으니, 아무 걱정 마.

앙투안느

그들이 다시 올까?

희망

아냐! 그들은 다시 오지 않을 거야.

앙투안느

그들이 어찌나 맹렬했던지! 당신들이 왔을 때 거의 넘어갈 뻔했어.

믿음

우리가 여기 있어. 네게 이렇게 말하잖니. 더 이상 두려워하지 마.

앙투안느

오! 고마워, 고마워. 당신들이 아니었으면 난 유혹에 넘어갔을 거야.

사랑

그래, 그래, 진정해, 우리가 여기 있잖아. 우리가 말이야.

앙투안느

당신들 가지 않을 거지, 그렇지? 나를 더 이상 혼자 놔두지 않을 거지?

희망

그렇고말고, 우리는 여기 있을 거야.

앙투안느

손을 내게 줘. 내 손 안에서 당신들 손을 느낄 수 있게. 당신들이 여기 있고 또 나를 절대 버리지 않으리라는 걸 늘 느낄 수 있게 말이야.

사랑과 희망이 그의 손을 잡고, 믿음은 앙투안느의 이마에 손을 얹는다.

아! 이제야 살겠군. 빛이 다시 보여. 어떻게 이런 일이 일어났지? 내가 지금 무얼 하고 있는 거야? 기도를 시작했었고, 그러고는 생각이 내게 왔고, 목소리들이 들렸고, 그리고 보기에도 끔찍한 것들이 내 마음을 흔들어 댔어. 난 나하고 얘기를 했던 거야.

믿음

하느님하고만 얘기를 해. 지상의 목소리에는 더 이상 귀 기울이지 마.

앙투안느

목소리들이 어디서부터 오는지를 모르겠어.

사랑

네 마음을 내 사랑으로 채우렴. 내 사랑이 깃들지 않은 마음은 중심을 잡아 줄 짐이 없는 배와 같아서, 작은 바람에도 뒤집어지고 침몰하게 되지.

앙투안느

몸부림치며, 온 힘을 다해 싸웠어.

믿음

네 힘이란 게 뭐지? 하느님이 아니라면 누가 그렇게 힘이 세지?

희망

자신을 신뢰하는 자는 이렇게 생각하는 사람이야. 〈나는 이걸 내일 할 거야〉라고. 그에게 내일이 있을지 알 수 있나? 덕이 오늘 저녁 죽지 않을 거라고 누가 네게 말할 수 있겠어?

앙투안느

비탄에 잠길 때마다 하느님께 간청하고, 그분께 가까이 가려고 애를 쓰곤 했어.

믿음

하느님께 구원을 청해야 하는 건 비탄에 빠졌을 때가 아니야.

사랑

그분을 사랑하고, 또 그분이 우리에게 보내 주는 모든 것에서 그분을 찬양할 주제를 찾아야 하지.

믿음

모든 시련이 그분의 명령이고, 네가 그걸 겪어야 한다는 걸 생각하면 그 어떤 불행도 가벼울 거야.

희망

고뇌 다음에는 기쁨이 오지. 고통에는 상이 따르는 법.

앙투안느

내게는 몹시도 버거운 고통이었고 난 그 무게에 짓눌렸어.

사랑

너는 너만을 위해 아파했지. 그리스도, 그분은 모두를 위해 고통받으셨어. 그분의 고통을 생각하면서 너의 고통을 제물로 바친다면 어떨까? 골고다[5] 언덕을 마음속으로 기억한다면 너의 고통쯤은 별 것 아닌 것으로 보였을 거야.

---

5 예수가 십자가에 못 박혀 죽은 곳.

앙투안느

아! 그 생각은 한 번도 안 했어!

믿음

전능하신 하느님은 당신 손에 구름과 생각을 쥐고 계시면서, 당신 마음에 따라 놓아주기도, 간직하기도 하시지.

앙투안느

내 영혼의 메마름이 나를 절망케 해.

희망

인내심을 가져! 비가 올 거야. 은총도 내릴 거고.

앙투안느

사랑하고 있지 않다고 느낄 땐 어떻게 해야 하지?

믿음

계속 믿어야지.

희망

더욱더 기도해야지.

사랑

많이 괴로워해야지.

앙투안느

내 머리는 나랑 상관없이 돌아가고 있고, 나는 숭고한 장대함을 꿈꿔. 광활한 바닷가에 서서 지평선이 어디에서 끝나는지를 불안하게 찾고 있는 것처럼 말이야.

믿음

파도를 세려다가 눈이 멀 거야. 모래 위에 무릎을 꿇고 탁 트인 곳에서 불어오는 맑은 공기를 가슴에 채우렴.

사랑

생각을 쌓아 올리려고 애쓰지 마. 그건, 신에게까지 닿아 보려고 돌을 쌓아 올리는 사람들[6]과 같아. 언덕 높이에 이르기도 전에 그들은 서로를 이해하지 못하고 작업을 그만두게 되지.

희망

언젠가는 너도 알게 될 거야. 빛나는 진리를 향유하고, 사랑이 자라면서 너의 기쁨은 점점 커질 거야. 천사들이 뜯는 하프의 울림 소리가, 이 별에서 저 별로 울려 퍼지면서, 주님을 무한히 찬양하는 것처럼 말이야.

앙투안느

오! 격정이 나를 하늘로 들어 올려! 부드러움이 나를 슬프게 해!

사랑

너를 가득 채우는 이 사랑의 마음을 쏟아 부어라. 네가 그 마음을 흘려 보내면 보낼수록, 마르지 않을 따스한 사랑이 더욱

---

[6] 바벨탑을 암시. 동쪽에서 이주해 오던 사람들이 신아르 지방(바빌로니아)에 이르러 성읍을 세우고 꼭대기가 하늘까지 닿는 탑(히브리어 *bab*은 〈문〉을, *el*은 〈신〉을 의미)을 세우려 하자, 야훼는 같은 언어를 쓰던 이들이 서로의 말을 알아듣지 못하게 하여 이들을 각지로 흩어 버렸다 (『구약』 「창세기」 제11장 제1~9절 참조).

더 솟구치리라. 예수의 고통을 묵상하고, 창조의 경이로움을 명상하며, 형제들을 사랑하는 데 네 마음을 쏟아라. 죽은 이들을 위해 기도하고, 죄인들을 위해 단식하고, 그리스도교인이 아닌 이들을 위해 고행하라. 근심 속에서 사랑하라. 그러면 너의 슬픔이 진정되리라. 기뻐하며 사랑하라, 그러면 그 기쁨이 정화되리라. 더욱더 사랑하고, 끊임없이 사랑하라. 하느님을 생각하라. 오직 그분만을. 긍휼의 무게 아래 너의 존재를 사라지게 하라. 그러면 죽음에 이르기 전 광활한 사랑 안에서 너의 전부가 흩어져 사라지리라.

앙투안느
커다란 입김이 느껴져. 그리고 내 안에서 모든 것이 전율해.

믿음
믿어. 그리고 의지의 끈으로 너를 묶고 있는 확신에 너를 맡겨봐. 네가 보지 못하는 것을 믿으렴. 네가 알지 못하는 것을 믿어. 그리고 네가 기대하고 있는 것을 보려 하지 말고, 네가 숭배하는 걸 알고 싶다고 청하지도 마. 신앙이 없는 자들은 감각의 목소리와 오성의 판단에만 귀를 기울이지만, 그리스도의 아들들은 그들의 감각을 경멸하고 말씀의 말을 믿지. 말씀은 영원하기 때문이야. 감각은 어느 날 죽어 버릴 것이고, 오성도 엎지른 포도주의 냄새처럼 증발해 버릴 거야. 별을 보고 점을 치려 애쓰던 눈은 흙으로 가득 차고, 또 관념이 돌던 이 빈 상자에 거미가 줄을 칠 거야. 죽음은 피할 수 없고, 이 세상에 잠시 머물다 갈 뿐인 것에 의해 어떻게 확신이 얻어지겠어? 안개 속에서 태양을 볼 수가 있어?

네가 세상에 대한 회의를 가지지 않듯 하느님을 의심하지 마. 그분의 권능을 의심하지 않듯 그분의 사랑을 의심하지 마.

삶에 회의를 가지지 않듯 영원을 의심하지 마. 죽음을 믿듯 부활을 믿어. 하느님은 계시고, 죽음은 오는 것이고, 영원은 널 위해 이렇게 시작되려 하고 있어.

이성의 반항이나 과학의 부정이 뭐 그리 대수인가? 과학은 신에 대한 무지이고, 이성은 빈 것의 소용돌이일 뿐이지. 영원한 것의 영원성 이외에는 아무것도 진실이 아니며, 또 은총만으로만 영원한 것을 이해할 수 있지. 그 은총을 얻기 위해 은총을 갈구하렴. 은총이 클 수 있게 그것을 간직하고, 그 은총이 다시 올 수 있도록 그것으로 인해 절망하지 마. 네가 은총을 받게 되면 불가해한 이해력을 소유하게 될 거야. 그리고 더 높이 올라가기 위해, 더욱 강하고 한결같이 타오르는 영감을 전해 받은 영혼이 자신으로부터 나오게 될 거야, 마치 불꽃이 자기 몸 위로 올라가듯이.

앙투안느

신덕들 곁으로 더욱 다가가며.

말해 줘, 말을 해줘. 당신들 얼굴은 온화해.

믿음

배가 파도에 흔들리고 예수께선 잠이 드셨어. 심연이 열리고, 사람들은 어둠 속에서 진노한 바람이 외치는 소리를 듣고 있었어.

물이 배 가장자리를 지나, 틈새를 타고 무릎까지 올라와.

예수께선 여전히 주무시고 계시지.

배가 가라앉고, 빙글빙글 돌고, 침몰하려 해. 〈일어나세요, 스승님. 바람을 쫓아 주세요!〉라고 그들이 말하지.

배는 믿음을 담고 있는 너의 마음이야. 믿음이 잠들도록 내버려두지 마. 폭풍우가 거세진 것은 주께서 잠드셨기 때문이야. 주께서 눈을 감고 계셨을 땐 폭풍우가 더욱 거세졌지. 주께

서 눈을 뜨니, 폭풍우는 사라져 버렸어.[7]

이쪽에서 저쪽으로 건너가면서 너의 눈을 부시게 하는 번갯불도, 너의 귀를 멍하게 하는 파도 소리도, 노도, 돛도, 밤도, 천둥 치는 비바람도 걱정하지 마.

주께서 거기 계시지 않니.

희망

자그마한 새인 나는 창공을 날고 위로 비상하지. 내 안에 있는 그 어떤 것이 지칠 줄 모르고 나를 저 위로 밀어 올려. 여행이 길다고 해도, 하늘은 파랗고 흐름은 빨라. 나는 곧 도착할 거야. 곧 닿을 거야. 벌써 도착했군.

난 둥지 입구에서 안으로 들어가려 선회하고 있고, 선하신 하느님께서는 그곳에 넣어 주시려고 손을 내밀어 나를 잡으실 거야. 그러면 난 기다림이 충족된 것을 마음껏 즐기면서 쉬게 될 거야.

사랑

나는 숲 어귀에 버려져 울고 있는 어린아이들을 찾으러 눈 속을 가고, 마음을 측은하게 만들고, 손에서 황금을 떨어뜨리게 하고, 눈에서 눈물을 흘리게 해. 내 가슴에서 삶의 고통을 따뜻하게 덥히지. 사람들이 사랑하고, 오열을 터뜨리고 또 긴 기도를 하면서 사랑의 마음으로 감정이 북받치는 것도 내 안에서야. 가벼운 내 손가락으로 상처에 난 피를 멈추게 하고, 성수를 망자에게 뿌리지. 괴로운 자에게는 위로이며, 신앙이 없는 이들에게는 입문이고, 신자들에게는 사랑이지. 겸손한 정신에 넓은 마음을 가지고 있고, 보답을 바라지 않으며, 고행이 쓸모 있기

---

7 풍랑을 가라앉힌 예수의 기적에 대해 말하고 있다(『신약』「루가의 복음서」 제8장 제22~25절 참조).

를 바라지도, 하느님으로부터 상을 바라지도 않는 나는, 주기 위해 주고, 고통스러워하기 위해 고뇌하고, 기도하기 위해 기도해. 나는 사랑하기 위해 사랑하기 때문이지.

앙투안느

신덕에게로 다가가며.

가까이, 좀 더 가까이! 오, 주의 믿음이여, 당신의 눈길은 하늘처럼 넓고 맑으며 빛나는 광활함으로 충만해 있어! 사랑, 당신은 얼마나 부드러운지! 당신은 참으로 아름다워, 희망이여! 오! 전능하신 분에게로 뛰어오를 때, 내 마음에 당신의 발을 얹고, 먼지처럼 내 마음을 당신의 발뒤꿈치에 붙여서 데려가 줘!

사랑

나는 더욱더 부드럽고, 더욱더 흘러넘치고, 더욱더 정다워질 거야. 그러면 너는 편안하게 기도하게 되겠지.

믿음

영혼이 인간의 삶을 살지 않고 말씀으로 살면, 말씀이 영혼을 침투하고 들어가 말씀으로 영혼을 가득 채우지.

희망

하늘이 반쯤 열리고, 사랑이 자라고, 기쁨이 점점 커져.

앙투안느

오! 예수님! 온화한 예수님!

믿음

호산나![8] 하느님께 영광을!

밖의 목소리

브르트! 치! 쿠아흐!…… 하! 하하하!…… 오! 오오오!…… 우하!…… 호!

비명, 휘파람, 고함 소리.

앙투안느

이게 무슨 소리지?

믿음

무슨 일이야?

앙투안느

소름이 끼쳐.

사랑

가여운 것, 왜 그러니?

앙투안느

바깥에 아무래도 뭐가 있는 것 같지 않아?

믿음

무엇이 있다고?

---

8 히브리어 *hôschî a-nnâ* 은총으로 우리를 구하소서)는 고대엔 〈영광〉, 오늘날엔 〈만세〉를 뜻한다. 예수가 예루살렘에 입성할 때 군중이 종려나무 가지를 흔들며 외친 말. 〈호산나! 다윗의 자손! 주의 이름으로 오시는 이여, 찬미받으소서, 지극히 높은 하늘에서도 호산나!〉(『신약』 「마태오의 복음서」 제21장 제9절 참조)

희망

아무것도 두려워하지 마.

    중대죄들이 무대 안쪽을 벗어나 발뒤꿈치를 들고서 성당 주위를 어슬렁거리며 온다.

앙투안느

안 보여?

사랑

대체 뭐가?

앙투안느

주위를 배회하는 그림자들 말이야.

희망

그쪽으로 눈을 돌리지 마.

믿음

너는 왜 벌벌 떨고 있어? 끔찍한 무서움이 차가운 바람처럼 네 머리카락 속으로 지나가는 건 또 왜지?

중대죄들

고함을 지르며.
오헤! 오헤! 우와!…… 크시!…… 치이!…… 욱치스!

앙투안느

나를 지켜줘!

중대죄들

르르르흐! 르르르흐! 스스스스시스!

앙투안느

오! 그들이 휘파람을 부나 봐!

믿음

그들이 내는 소리를 듣지 마.

사랑

하느님을 생각해.

희망

그들은 곧 갈 거야.

앙투안느

귀를 기울이며.
그들이 다가오고 있잖아.

믿음

우리에게로 다가와.

앙투안느

그들이 엄청나게 많잖아!

희망

우리는, 우리는 강해.

앙투안느

그들은 무시무시해!

믿음

아무도 우리를 이길 순 없어.

앙투안느

저것 봐! 그들이 계단을 올라오고 있어.

희망

그들은 문 앞에서 멈출 거야, 네 마음이 닫혀 있기만 하다면.
침묵.

앙투안느

듣고 있다.
그들이 멀어지고 있지, 그렇지?

희망

그래! 그들이 가고 있어.
중대죄들이 다시 고함을 지른다.

앙투안느

나를 구해 줘.

믿음

누가 이토록 너를 불안하게 하지?

앙투안느

만일 그들이 들어온다면!

믿음

손으로 자기 얼굴을 가리며.
오! 지금 의심하고 있구나!

희망

유혹이 늘 주님에 대한 믿음을 공격하러 오겠지. 성당의 양쪽 회랑 벽이 갑작스러운 돌풍에 흔들리고 커다란 둥근 지붕 위로 비가 철철 흐르는 동안, 성당의 홀은 찬송과 빛과 향의 하모니로 가득할 거야.

중대죄들

수군댄다.
부우! 부우!

믿음

바실리카 성당의 기둥이 천상의 숲에 있는 나무들처럼 지상에서 늘어날 것이고, 백성들이 그 그늘에서 쉬려고 숨을 헐떡이며 달려올 거야.

중대죄들

이를 갈면서.
부우! 부우!

희망

마음은 자유로워지고, 노예는 해방되리라.

중대죄들

손을 비비면서.

부우! 부우! 자유로워진 마음은 희희낙락하고, 해방된 노예는 마음껏 즐기겠지.

믿음

나는 더욱 커져서, 온 세상을 내 가슴에 품으리라.

중대죄들

기뻐서 뛰어오르며.

그거 잘됐군! 좋은 시절이 오겠어, 우리도 기대하던 바야.

사랑

사랑에 목마른 마음들이 모두 내 마음의 샘에 목을 적시러 오리라.

분노

나는 파문하여 내쫓고, 맹렬히 비난하고, 불 지르고, 살인할 거야.

희망

겨울철의 제비처럼, 추운 극지대를 떠나, 인류는 나의 태양을 향해 날리라.

인색

난, 나는 거둬들이고, 민중을 빨아먹고, 여러 고장을 쥐어짤 거야.

믿음

산으로 둘러싸인 호수처럼, 나만의 계율에 갇힌 영혼이 순수함을 간직한 채 편안히 천상의 하늘을 비추게 될 거야.

악마

성당 앞에서 이리저리 왔다 갔다 하면서 혼잣말로.

영혼의 얼굴에 내 입김을 불어 대면 영혼은 호수를 건너뛸 거야.

믿음

나는 어디에나 있고 유아독존하리라. 왕들이 나의 대주교들에게 복종할 것이고, 나는 지구를 통치하리라.

교만

베드로 성인의 후계자는 더할 나위 없는 위엄으로 빛날 거야. 그는 강력하고 절대적이며, 삼중관을 쓰게 될 것이고, 시중과 첩자 그리고 군대를 가지게 될 거야.

음욕

난 그의 이불 속에다, 암말처럼 힝힝 소리를 내고 뱀처럼 몸을 꼬는 금발의 창녀를 넣을 거야.

믿음

십자가 외에는 그 어느 것도 빛나지 않으리라.

나태

난 너희를 보필하는 자들을 뚱뚱하고, 고집스럽고, 우둔하게 만들 거야.

식탐

배때기들, 배불뚝이들! 미사가 끝나고 충만을 느낀 그들은 성체 빵을 토해 낼 거야. 그리곤 밤새, 실컷 먹고 마시고, 다음 날 고해소에서 포도주 트림을 할 거야.

믿음

하느님의 따뜻함에 힘입어, 인간의 마음의 놀라운 수확이 쌓이리라. 그리스도는 도처에…….
이쯤에서 중대죄들이 어찌나 엄청나게 소리를 질러 대는지, 앙투안느는 신덕들 뒤로 가서 몸을 감추고 그들에게 바짝 붙어 몸을 웅크린다.
믿음은 선 채로 있고, 사랑은 무릎을 꿇고, 희망은 눈을 치켜뜬다.
침묵.
중대죄들이 문 대들보에 몸을 기대러 와서 차례차례 고함을 지른다.

인색

성지 순례는 언제야? 아무 뼈나 빨리 축성해 줘, 그걸로 돈을 벌게.

분노

어이, 너, 죄 없는 순결한 자! 지옥이 내게 약속하길 네가 내게 일감을 줄 거라 했어. 난 온갖 증오심을 준비하러 갈 거야.

질투

난, 교리를 치욕스럽게 만들고, 예술을 깎아내리고, 관념을 목 조르고, 행복을 공격하고, 너희들에게 봉사할 준비가 되어 있어.

음욕

정결의 서약을 창안한 너희 셋 모두에게 감사의 마음이 돌아가길! 금욕이 꿈의 망상을 싹 틔우지. 어슴푸레한 어둠 속에 잠겨 버린 고해소에서 들리는 부드러운 속삭임이 난 좋아. 신에 대한 사랑으로 팔딱이는 심장을 자극하고 축성받은 메달이 수줍어하는 숨겨진 유방의 단추를 열게 하는 건 말할 수 없는 기쁨이지.

나태

굳건한 믿음 만세! 쉽게 생각하게 해주잖아. 내게 먹을 것을 주는 자비 만세! 아무것도 할 필요가 없으니. 그리고 더 나은 삶을 꿈꾸게 하는 희망 만세! 권태에 빠졌을 때, 공상하는 건 정말 재밌어.

침묵. 앙투안느가 한숨을 내쉰다.

중대죄들

신덕들이 말을 할까? 굉장한 고집이야! 자, 한번 해보자!
어이, 헤이! 하늘의 것들, 은자는 어디 있지? 너희들 치마 아래 피난처를 만든 게지?

신덕들 대답하지 않는다.

거기서 그가 죽지 않게 조심들 하지그래. 그 아래서 숨이 막히겠어. 공기가 없잖아.

신덕들 대답이 없다.

그를 좀 나오게 해! 그가 질식하겠어. 그가 너희에게 싫증 난 게 보이지 않아? 그동안 향냄새를 풍기고, 성수를 떨어뜨리고, 썩어 버린 십자가처럼 너희들 모두 제정신이 아니었으니 말이야!

신덕들 대답하지 않는다.

자, 이봐! 우리를 놀리고 있으렷다, 이 계집애들! 저 위에서 마구 소리를 지르더니 귀가 멀었나? 그럴 수도 있겠지. 고막이 찢어진 게 틀림없어. 너희와 함께 있는 이 선량한 은자가 지금 죽는다면, 곧바로 지옥으로 갈 거라는 걸 너희도 잘 알잖아? 아무리 너희 곁에 있어도 소용없어. 그는 우리 것이야. 그가 생각하고 있는 건 우리고, 그가 꿈꾸고 있는 것도 우리니까.

믿음

아니야!

희망

오! 아니고말고!

중대죄들

네가 착각하는 거고 자만하는 거야, 아가씨! 그걸 앙투안느에게 물어봐. 그가 말하도록 해봐. 그의 마음에 물어보라고.

악마가 두 손가락을 입 안에 넣고, 날카로운 휘파람 소리를 낸다. 그러자 논리가 공에 한 발을 얹었다가 또 발을 바꾸며 나타난다.

논리

다가온다.

자신에게 물어봐, 위선자들 같으니라고! 그가 신심을 지니고 있다면, 두려워하겠어? 그가 희망을 가지고 있다면, 행복하지 않았겠어? 그에게 자비심이 있다면, 그가 자기 생각만 할 수 있겠어?

신덕들 대답하지 않는다.

논리

말을 다시 시작한다.

너희는 대체 무슨 쓸모가 있어? 한 가여운 영혼을 구해 준다며 셋이 함께 있으면서도 땅에 넘어진 그 영혼을 일으켜 세우지 않고 내버려 두고 있지 않은가 말이야! 나는 그렇지 않아. 세상에서 가장 훌륭한 논법으로, 내가 위로하지 못하는 실패란 없어.

교만

그러면 자! 그를 일으켜 세우고, 그를 보여 줘. 너희들에 관해 이렇게 말하는 걸 듣고도 부끄럽지 않아?

믿음

그게 날 어쩔 수가 있겠어?

사랑

나는 모욕당하려고 세상에 왔어.

희망

기다려 보자.

논리

이기적이고 거만한 저 둘을 좀 보게! 이게 어디 너희들 얘긴가? 가여운 은자가 문제지. 너희들이 온 건 그를 구하기 위해서 아냐? 그러니 그를 구해 봐!

신덕들은 입을 열지 않는다.

교만

악마가 너희들을 지켜보고 있고, 또 그가 너희를 무섭게 하고 있는 게 사실 아냐?

믿음

악마에 대한 두려움보다 내겐 하느님에 대한 신뢰가 더 커.

사랑

악마한테 우리를 공격하라고 해. 그것이 전지전능하신 분의 마음에 흡족하다면 말이야. 나는 내 고통을 기꺼이 받아들일 거야.

희망

기다림 중의 위안은 절대 나를 버리지 않아.

논리

기미를 살피러 성당 입구로 오면서, 신덕들을 마주 보고.

소위 거짓을 말한다고 하는 게 바로 이런 것이로군. 그리고 더더욱 모욕적인 것은 너희 덕들이란 말이야! 덕이라고 말하는 너희들이야!

믿음, 흔들리지 않는 믿음아, 네가 주장하는 것을 넌 확신하는 거야? 반쪽으로 갈라져서, 너는 한쪽으로는 축복을 하고, 다른 쪽으로는 저주를 하지. 한편으론 희망을 품고, 다른 한편으론 무서워 떨지. 도대체, 하느님에게 신뢰를 가지고 있다면서, 왜 너는 악을 그리 두려워하는 거지? 너를 떠받치고 있는 힘보다 더 강력한, 그로부터 악이 유래하는 그 권능을 네가 알지 못한다면, 그 힘이 미쳐 생기는 타격을 왜 걱정하지? 구원이라는 끊임없는 이 근심이 대체 어디로부터 네게 오는 거지?

아! 회의가 너를 갉아먹고 있어. 솔직히 말해 봐. 신이 너를 받아들이는지, 네가 하는 일이 충분한 것인지, 흔들림이 없는지 너는 결코 알 길이 없지.

보기에도 정말 우스꽝스러운 건, 그렇게도 잘 울고, 괴로워하고 또 한숨과 희생으로 그토록 소란을 피우는 착한 사랑이야. 생각 좀 해봐, 불평 많은 사랑아. 선행을 하고 사심 없이 기도하고 겸손하게 행동하는 것이 바로 하느님의 마음에 들 것이라 생각하면서, 체념하고 집착하지 않는 너의 본성을 따르는 것 말고 네가 더 하는 게 뭐지? 하느님 마음에 들지 않고 또 너를 길 잃게 하는 줄 알면서도 무엇을 한다면, 희생은 더 크지 않을까? 그게 완전한 자기희생이고, 이해관계 없는 행동이며, 절대적인 봉헌이 아닐까? 고통스러워하는 데 무슨 공덕이 쌓일까? 고통스러워하는 게 즐겁다면 말이야! 기도하는 게 좋다면 기도하는 게 뭐 그리 대단한 것도 아니지! 네가 헤픈 사람이라면 적선하는 데 무슨 공이 있담!

넌 무얼 희망하지, 너 말이야, 희망아? 어디서? 언제? 무얼? 네가 바라는 그게 무엇이지? 너는 바라고, 그러고는 그게 전부야. 짐작도 할 수 없고 그것이 어떤 것인지도 모르는 것을 넌 바라지. 매우 막연하게라도 얼핏 보았거나, 아주 조금이라도 추측할 수 있고, 그것에 대한 어떤 확신 같은 걸 가지고 있다면, 너는 지금처럼 아름다운 희망이 더 이상 아니지. 증거 없이 믿고, 우리가 모르는 걸 경배하고, 무언지도 전혀 모른 채 그것을 열렬히 기다리는 그런 희망 말이야.

그렇지만, 그건 아니지, 그건 아니야! 너의 희망을 더욱 순수하게 하고, 하느님 안에 더 확고하게 두려면, 그리고 희망이라는 이름에 정말로 걸맞으려면, 너의 생각에서 모든 형상을 떼어내고, 너의 기다림에서 기다림에 대한 모든 가정을 멀리하고, 그러니까 네가 보고 있는 것 저 너머에 있는 것을 자신에게 그려 보이려는 모든 노력을 배제시켜야만 해. 그런데 너는 저 건너에 있는 것을 그리고, 색칠하고, 세부 사항을 넣고, 그것을 네게 최대한 가까이 접근시켜서 즐기려고 안간힘을 쓰지.

확고한 동시에 세상을 깊이 보는 한 쪽 눈 같은 믿음에 기대어, 너는 확신에 차고, 설득되고, 만지고, 갖게 되지. 너는 희망하지 않으며, 소유하지.

그런데 희망하는 것, 그것은 애정을 전제로 의심하는 것이고,

어떤 일이 일어나기 바라지만 그런 일이 일어날지 아닐지를 모르는 거야. 넌, 너는 그런 날이 올 것이라는 걸 알고 있고, 그런 일이 일어나리라는 걸 의심하지 않아. 너도 의혹을 가지고 있기는 해? 너는 믿는 거야? 신의 존재를 제대로 누리는 거야? 아니면 그를 기다리며 초조하기만 한 거야? 그런데, 만일 네가 신을 갈망한다면, 결국 신을 소유하고 있는 게 아닌가? 만일 네가 신을 소유한다면, 더 이상 신을 갈망하지 않게 되지. 그리고 넌 믿음을 과중하게 짊어지고, 교리를 배제하면서 허리가 휘고, 형식과 합의된 몸짓, 편협한 어리석은 짓, 종교의 소소한 어리석음에 너를 가두면서 앞으로 나아가지.

너희가 대체 뭐야? 너희는 아무에게나 봉사하고, 모두의 것이지……. 너희는 아무것도 아니야. 어디 보자. 이방인들에게도 그들의 신앙이 있고, 마귀들이 천사처럼 믿고, 이단자들은 자비로 가득 차 있으며, 죄지은 자들은 희망을 품고 있지. 하느님이 그들을 지켜보고 있지 않다고 믿거나, 그들의 죄를 용서하리라 생각하거나, 자신들이 뉘우치리라고 믿기 때문이지. 이렇게 언제나 잘못한 뒤에 사죄를 하거나, 또 희망 때문에 죄 속에 더 깊이 들어가 알량한 희망이라는 덕과 함께 파멸의 길로 뛰어들지.

신덕들

그건 타락한 믿음이고, 거짓 사랑이며, 나쁜 희망이야.

논리

그렇다면 여러 가지 본성의 희망이 있고, 여러 종류의 자비가 있고, 믿음에도 다양한 본질이 있다는 말인가? 정결한 음욕은 어디에 있지? 겸손한 교만은? 부드러운 분노는? 자비로운 질투는?

중대죄들

자! 신덕들을 쫓아내자.

신덕들

물러가!

앙투안느

나를 구해 줘.

중대죄들

아하! 믿음이 큰 눈을 깜박이지도 않고 우리를 보고 있어.

악마

돌격! 돌격! 세상처럼 늙고 새벽처럼 젊은, 불멸의 죄들아!

중대죄들

누가 우리를 막겠어? 우리는 해변의 물결처럼 앞으로 나갔다가 뒤로 물러서지만, 해안을 이리저리 가르고, 대륙을 집어삼킬 거야. 그리고 백합 같은 하얀 천복(天福)이 피어나는 이 조용한 곳에서, 바닥 모를 구렁들이 언젠가는 소용돌이치게 될 거야.

악마

부숴! 휩쓸어! 부패시켜! 오염시켜 버려! 교만, 전진! 분노, 대범하게!

중대죄들

그들을 창문으로 내던지자! 그들의 뼈를 으깨 버리자! 얄팍

한 초롱에 비춰 보듯 그들 안에서 영혼이 흔들리고 있는 게 보여. 우리 입김으로 그걸 꺼버리자!

앙투안느

계속 버텨 봐. 나를 버리지 마. 나를 불쌍히 여겨 줘!

중대죄들

들어가자! 들어가자!

신덕들

뒤로 물러서! 뒤로 물러서!

중대죄들

그런데, 사랑이 문간에서 무릎을 꿇고는, 우리가 못 들어가게 입구를 막고 있어.

악마

그 위를 뛰어넘어, 제단을 뒤엎고, 십자가를 부수고, 교회를 파괴시켜! 너희 모두를 함께 집어서 한 줌 조약돌마냥 그에게 집어 던져야만 하겠니?

중대죄들

다시 시작하자! 해보자!

앙투안느

아! 무서워! 그들의 눈이 짙은 어둠 속에서 야생 고양이의 눈처럼 빛나고 있어.

믿음

내가 여기 있어! 여기 내가 여전히 있어!

희망

조금만 더! 유혹은 휴식에 앞서 오고, 전투는 승리 앞에 있는 거야.

중대죄들

그런데 희망이 방패처럼 자기 옷자락을 우리 앞에 펼쳐 놓는군! 오 아버지, 희망도 아버지와 같다는 걸 알아? 귀를 막고 눈을 멀게 하지.

악마

포효하며.

너희들의 가면, 너희들의 칼, 너희들의 횃불은 대체 어디에 있는 거지? 자, 해보자! 자, 해보자!

중대죄들

좋아. 이번엔 제대로 해보자. 들어가자! 들어가자!

아이 목소리

어머니, 어머니! 기다려 줘!

흰 머리칼, 엄청나게 큰 머리에 가느다란 발을 가진 아이, 과학이 뛰어오는 게 보인다.

교만

아하! 너로구나, 아가야! 안녕!

중대죄들

안녕, 꼬마야. 너 왔구나? 아직도 우니?

과학

기다려 줘, 어머니. 손을 잡아 줘. 나는 오래 뛰었어. 숨이 가쁘고, 다리도 절잖아.

교만이 과학의 손을 잡고 걸으면서 내내 그를 끌고 다닌다.

중대죄들

과학을 둘러싸며.

아! 너구나, 꼬마. 네가 왔어.

과학

응, 나야. 내가 또 왔어. 이젠 날 내버려둬. 난 너희들이 필요 없어.

교만

아! 정말 너로구나! 너는 뭘 원하지?

과학

내가 원하는 거?

교만을 보고 울기 시작하며.

오! 날 때릴 거야! 벌써 팔을 들어 올리고 있잖아.

교만

아냐, 말해 보렴. 내게 모두 얘기해 봐.

과학

토라지며.

실은, 배가 고파. 그래! 목이 말라. 내 말 듣고 있어? 자고 싶어. 놀고 싶어.

교만

미소를 짓고 어깨를 들어올리며.

어림없지! 어림없어! 어림도 없고말고!

과학

내가 얼마나 아픈지, 눈꺼풀이 얼마나 따갑고, 머릿속이 얼마나 윙윙거리는지 안다면! 오 교만이여, 나의 어머니여, 왜 내게 이런 노예 짓을 강요하는 거야? 어머니는 내게 돌을 부수고 나뭇잎을 쫓아다니게 해. 손톱은 내가 휘젓는 먼지로 온통 까맣고, 구멍 난 팔꿈치 사이로 삭풍이 불어 들면 몸이 덜덜 떨려. 이따금씩 잠이 들라 치면, 갑자기 어머니의 채찍이 철썩하고 얼굴을 내려치는 소리가 들려. 오! 모두 다 말하게 해줘. 나는 깜짝 놀라 깨어나, 머리를 손으로 감싸 쥐고, 하던 일을 계속해. 그런데 어머니는 계속 외쳐. 〈더 해! 더 해! 계속해!〉

그런데 내가 죽지 않을까 무섭지도 않아? 피곤이 나를 쇠약하게 하고, 가슴은 숨이 막히고, 좀 더 많은 공기를 원해. 오! 들판을 달리고 풀 위에서 뒹굴 수 있게 날 좀 내버려 둬. 구렁도 뛰어넘게 내버려 둬. 언덕에 서서 분홍빛 하늘을 바라다보게 해줘. 해변 모래 위에서 단 하루만이라도 마음대로 꿈꿀 수 있게 날 내버려 둬 달라고! 내가 행복할 거라고, 무언가를 찾아낼 거라고 내게 약속했지만, 난 아무것도 발견하지 못했어. 난 늘 찾고, 쌓아 올리고, 읽어. 오 어머니, 내가 꺾는 이 모든 식물, 이름을 익혀야 하는 이 별들, 내가 한 글자 한 글자 읽어야 하는 이 줄들, 내가 주워 담는 이 조가비들이 다 뭘 위한 거야?

어머니의 입가를 주름 잡히게 하는 은밀한 미소에서 나를 자랑스러워하는 걸 읽어. 그렇지만 난, 무슨 기쁨이 있어? 매일 아침 나는 다시 시작하고, 삶의 단계마다 내 기억이 사라지고, 바람이 불어와 내 횃불을 꺼버리면 난 울면서 어둠 속에 있어.

교만의 귀 가까이로 몸을 기울이며.

그리고 난 무서워! 막연한 그림자들이 벽 위로 지나가는 걸 보면 너무너무 무서워.

내겐 욕구가 있어. 무언가를 하고 싶고, 나의 깊은 곳으로부터 새로운 창조를 끌어내고 싶다고. 내가 물질에 침투해서 관념을 파악하고, 탈바꿈하는 생명을 따라가고, 각각의 양태에서 존재를 이해하고, 또 마치 계단처럼 원인들을 하나하나 따라 올라가서, 흩어져 있는 이 현상들을 내 안에 모으고, 해부용 칼이 분리해 놓았던 것들을 종합하여 다시 움직이게 할 수 있다면…… 어쩌면 그렇게 해서 나는 세계들을 만들 수 있을 거야……. 아아 슬퍼! 난 머리를 부딪히고, 머리카락을 쥐어뜯고, 생각의 이 끝에서 저 끝으로 달려 보고, 생각을 바닥까지 뒤지고, 파헤치고, 방향을 잃고, 갈피를 잡지 못해. 그러기보단 그곳에서 나와야 할 텐데, 나는 압착기를 끌고 있는 말처럼 생각 주위를 계속 맴돌고 있어.

나는 채석장에 있으면서, 보이지 않는 물결이, 매 세기마다, 손톱 하나 크기만큼 산을 높이고 있다는 것을 들었고, 또 짐승의 털이 등에서 매분마다 얼마만큼씩 길어지는지도 알아. 식탁의 가느다란 홈 속을 돌아다니는 파리들이 무엇을 갈망하는가를 알아내려고 그것들을 열심히 쳐다보지. 스펀지처럼 납작해진 인간의 뇌를 손가락으로 뒤집으면서, 끝없이 놀라움에 사로잡혔어. 이것이 어떻게 생각을 하게 됐는지 그리고 이것이 부패하기 위해 어떻게 할 것인지를 스스로에게 물으면서 말이야.

생명은 어디서 오는 것이지? 죽음은? 사람들은 왜 걷지? 왜 자는 거야? 무엇이 꿈을 꾸게 하지? 어떻게 손톱이 자라고 머리가 하얗게 되는 거야? 어떻게 진줏빛 조가비 안에서 진주가, 뜨거운 자궁 안에서 인간이 소리 없이 만들어지지? 무엇이 독수리를 구름 위에서 떨어지지 않게 하고, 두더지가 땅 밑에서 숨 막히지 않고 다니게 하는 거지? 바람 소리, 새들의 외침, 나뭇잎 스치는 소리, 바다가 포효하는 소리가 만들어지는 데 어떤 음조가 선택된 거지? 난 모든 걸 알고 싶어. 지구의 핵까지 들어가 보고 싶어. 큰 바다의 밑바닥을 걷고 싶어. 혜성의 꼬리에 매달려 하늘을 온통 달리고 싶어. 오! 달에 가고 싶어, 달의 물가에 있는 은빛 눈[雪]이 발밑에서 부서지는 소리를 들으며 지하의 균열을 타고 내려가 보게.

교만

네가 무슨 말을 하는지 모르겠어. 한결같은 네 한숨이 이젠 지긋지긋하구나.

중대죄들

그가 뭐라고 하는 거지? 뭐가 필요하다는 거야?

인색

나랑 갈래?

과학

싫어! 내 고통을 위해서 네가 할 수 있는 게 뭐야? 나는 널 알아. 너의 다이아몬드를 갈아 줬고, 금을 두드렸고, 베틀에서 비단도 짜주었지. 너의 재산이 내게 뭘 해줄 수 있지? 네가 누리는 명성의 찬란함이 내 머리를 들어 올리게 할 수는 없어.

식탐

나랑 갈래?

과학

싫어! 너하곤 싫어! 너의 작은 술병 그리고 너의 살코기가 내겐 아무 의미가 없어! 난 포도나무를 자라게 하거나 짐승을 사냥할 줄도 알아. 너의 잔치판이 짜증 나. 먹는 것, 그건 늘 같은 거야.

질투

나랑 갈래?

과학

너랑? 싫어! 내가 널 필요로 할 것 같아? 내겐 증오심이 없어. 반쯤 열린 문틈으로 너의 얼굴을 얼핏 보았지. 너의 이 가는 소리에 작업을 할 수가 없었어. 가버려! 너를 도와줄 수는 있어. 네가 원하는 게 뭐야? 너를 불편하게 하는 이들을 죽이는 데 필요한 독극물? 아니면 네가 찬양하는 자들을 헐뜯기 위한 수사학이 필요한가? 날 내버려 둬.

분노

나랑 갈래?

과학

싫어! 네 핏자국을 따라가고, 네가 내는 먼지를 체에 치는 일도, 너의 긴 이야기를 읽으며 내 삶을 보내는 데도 지쳤어. 나는 네가 만든 잿더미를 치웠어. 그러면 너는 네가 쓸 칼을 벼리고 전쟁 무기를 조립하는 일을 내게 맡기지. 이따금씩 내 인내심이 한계에 이를 땐, 네가 나를 지탱해 주겠지. 그런데 내 탁자를 주먹으로 내리치지는 말아. 그러면 더욱더 우울해져. 떨어진 내 책을 주워 올려야 하니까.

나태

멈춰! 좀 쉬어!

과학

차라리 끓고 있는 피에게, 돌고 있는 별에게 그들의 운동을 멈추라고 말하렴. 더욱이 동맥의 박동과 해들의 숫자를 세라고 만들어진 내가 그럴 수 있겠니? 관찰 중인 행성들처럼, 내 생각은 자기도 모르게 억제할 수 없는 여행을 하고 있고, 또 어디로 가고 있는지도 모른 채 우리는 나란히 원을 그리면서 돌고 있지.

음욕

나랑 갈래?

과학

거기에 있다가 나왔지. 너의 치마를 들춰 올렸고, 네 마음을 반쯤 열어 보았지. 네 키를 키우는 거짓 구두 굽과 너를 윤색하는 유혹을 나는 알아. 너의 하얀 피부에 난 솜털 사이로 물결처럼 흐르는 램프 빛의 효과를 난 연구했고, 또 너의 젖가슴에서 올라와 내 뺨을 덥히는, 한바탕 뿜어져 나오는 냄새에 코를 열기도 했지. 해야 할 말, 너를 부르는 매력, 네게 이르는 모든 길, 그 길에서 발견하게 되는 것, 우리를 밀어내는 것들을 나는 알아. 내 청년기를 너의 강에서 낚시하며 보내지 않았던가? 난 탐색하는 열정으로 너를 기진맥진하게 하고, 모든 체위로, 통음난무의 소란과 첫 욕망의 접촉에서 너를 소유했었어.

오 음욕이여, 너는 아름다운 자태로 머리를 꼿꼿하게 들고, 자유롭게 돌아다니지. 영혼의 온갖 교차로에서, 사람들은 너의 노래를 다시 만나고, 또 길 끝에서 창녀를 만나듯 관념의 끝으로 네가 지나가고 있어.

너의 발걸음 아래 있는 포석 사이에서 욕망이 일어나고, 너의 살랑이는 치맛자락의 주름에서 매혹적인 몽상이 꽃처럼 살포시 피어나. 그리고 네가 드레스를 벗으면, 네 살이 태양이기라도 한 듯 눈이 부시지. 그렇지만 너는 네 심장을 갉아먹고 있는 짓무른 상처도, 사랑을 곪아 터지게 하는 거대한 권태도 말하지 않아. 난, 나는 웃으면서 너의 첫 정념의 마른 장미 잎을 떼어 냈지. 그리고 네가 쾌감을 느끼려고 애쓰며 화장 아래 땀 흘리는 걸 보았어. 나는 이제 너의 얼굴에도, 너의 애무의 어리석음에도 지쳤어. 그러니 가! 가버려! 너의 풀어 헤친 머리카락보다 절벽의 옆구리에 매달린 바닷말이 더 좋아, 애정 속에 폭 빠진 너의 사랑의 시선보다 파도 위에 길게 누운 달빛이 더 좋아. 너의 입맞춤보다 산들바람이, 사랑의 전율보다 넓은 벌판의 바스락거리는 소리가 더 좋아. 대리석, 빛깔, 벌레, 조약돌이 더 좋아. 난 너의 집보다 나의 고독이, 너의 슬픔보다 나의 절망이 더 좋아.

중대죄들

그럼 네겐 뭐가 필요한 거야?

과학

너희 누구도 가지고 있지 않은 것……. 아! 슬퍼, 정말 슬퍼!

교만

기운을 내, 아가야! 너는 더 자라서 기운도 세고 튼튼해질 거야. 쌉싸름한 맛난 포도주를 주고 풀 위에도 눕게 해줄게.

악마

네가 열심히만 일하면, 공작 날개로 만든 멋진 털 장식과 양철 나팔을 네게 주마. 또 인형극도 보게 해줄게. 좋은 자리도 잡고. 내 말 듣고 있니? 첫째 줄, 알겠니? 칸델라 등 바로 옆, 인물들과 휘장 뒤에서 인형을 움직이는 이들의 손가락을 잘 볼 수 있게 말이야.

교만

과학의 눈을 자기 치맛자락으로 닦아 주며 과학에게 말한다.

그만! 이제 울지 마. 즐거워해야지. 그러니 웃어 보렴. 네 슬픔은 사라질 거야. 이것보다 훨씬 어려운 순간들도 있었잖아. 어릴 적 너는 어찌나 약했던지! 너를 어떻게 보살피고, 흔들어 재우고, 쓰다듬어 주었는지 네가 안다면! 너는 태어나서 간신히 숨을 쉬었지. 그렇지만 나는 커다란 기쁨으로 곧 네게 젖을 물렸지. 너는 내 젖을 먹고 컸단다. 그래, 넌 틀림없는 내 아들이고, 내 자식이야. 네가 말 할 때면 내 오장육부가 다 움직여. 난 너를 보는 게 좋아. 그러니 날 좀 쳐다보렴. 네 눈 속에 나를 비춰 보면서 내 심장을 할퀴는 씁쓸한 하늘의 행복을 느낄 수 있도록.

악마

부르며.
애야!

과학

뭐죠?

악마

한쪽 눈으로 성당 안에 있는 믿음을 가리킨다.

그녀가 보이지, 그렇지?

과학

응.

악마

그녀가 가는 곳이면 어디든 너도 가야 하고, 그 뒤를 쫓아야 해. 그리고 그녀를 잡게 되면, 진흙에다 굴려. 다시 일어나더라도, 치욕의 얼굴을 씻을 수 없게 말이야.

과학

혼잣말을 계속하며.

아하! 그녀로구나, 믿음! 마침내 여기서 만나는구나! 정말 오래전부터 그녀를 찾아 가지 않은 곳이 없는데! 그녀의 이름으로 꽉 찬 공의회[9]에서도, 그녀의 이름으로 술을 마시는 사랑의 연회[10]에서도, 교회에서도, 공동묘지에서도, 사제들의 마음에서도, 아이들의 입술 위에서도…… 그녀를 발견하지 못했는데! 아하! 그런 네가 여기 있었다니!

---

9 공의회는 신앙, 윤리, 규범 등 종교적인 문제를 다루는 주교들의 회합으로, 제1차 니케아 공의회(325년)에서 그리스도의 신성과 인성의 완전성에 대한 그리스도론과 삼위일체의 문제가 제기되었고, 제1차 콘스탄티노플 전 세계 공의회(381년)에서 성삼위일체론이 확정되었다.

10 그리스어 아가페*agapê*는 기독교 신자들이 성찬의 전례에 앞서 형제애를 나누기 위해 함께 모여 하는 식사를 가리킨다(『신약』「고린토인들에게 보낸 첫째 편지」제11장 제17~34절 참고). 예수는 자신의 수난 전날 밤, 빵과 포도주를 봉헌하고 이를 나누는 최후 만찬의 예식을 통해, 제자들에게 서로 사랑하라는 계명을 남겼다.

악마

네가 그녀를 죽이지 못하는 한, 네겐 행복도 휴식도 없을 거야.

과학

화내고 원통해하며.
아! 나도 잘 알고 있어! 잘 알고 있어!

앙투안느

몸을 일으키며.
뭐지? 새로운 목소리가 들려온 것 같은데, 매우 맑고 공명하는, 숲속에서 나는 종소리 같은 그런 목소린데.

믿음

아냐, 아무것도 아냐, 아들아.

과학

나직하게.
거짓말하는 것 좀 봐!

악마

낮은 목소리로.
열성이 지나쳐서 그렇지.

앙투안느

창백하지만 부드럽고 눈이 새벽처럼 빛나는 얼굴을 얼핏 본 것도 같아.

믿음

그것은 무덤의 창백함이고, 어렴풋한 빛은 지옥의 빛이야……. 그가 다시 오면 눈을 감아. 그가 말을 하면 귀를 막고.

논리

왜지?

믿음

그건 그가 심연의 아들이고, 저주 바로 그 자체니까.

사랑

네 마음의 겸손 안에서 문을 닫고 있거라.

논리

만일 마음의 겸손을 가지고 진리를 찾는다면?

앙투안느

말들 좀 해봐! 그러니까 그렇게 하는 것이 죄를 짓는 것인지…….

믿음

말하고 싶어 하는 앙투안느의 입에 손을 대며.

말하지 마! 네 생각의 그림자를 보려고 고개를 절대 돌리지 마. 회의의 석양에 생각은 끊임없이 길어지고, 너는 그것이 자라나는 것을 보면서 너의 삶을 보내겠지, 불행한 자여!

앙투안느

그게 어디서 오는 거지?

믿음

과학으로부터.

과학

아! 이제 시작하는 거니, 하늘의 딸아? 네가 나를 그렇게 심하게 증오하다니!…… 만일 네가 진리를 알고 있다면, 내게 손을 내밀어. 나도 역시 근원을 갈망하고 있으니까. 그리고 난 근원을 전혀 이해할 수 없기에 적어도 그걸 부정하지 않는데, 넌 근원을 증거하며 나타나는 현현(顯現)들을 부정하고 있어. 기적으로 자연을, 부활로 죽음을, 신의 섭리로 자유를, 그리고 주의 직접적인 중재로 신의 섭리를 부정하는 거야. 너는 부정이고, 억압이고, 증오야. 난, 나는 호기심에 찬 큰 사랑, 네가 뒤엎기를 즐기는 정신의 길로 한 걸음 한 걸음 나아가고 있는 그런 사랑이지…….

조금만 더 참아! 네가 덮고 있는 사물들이 저주로부터 벗어나는 때가 오리라. 어두운 곳에 있던 것이 빛나고, 형태가 분명하지 않은 것은 완성될 것이고, 기형의 것이 눈부시도록 아름답게 보이는 그런 날이 오리라. 나는 육체를 영혼처럼, 물질을 정신처럼, 죄를 고행처럼, 범죄를 덕처럼, 악을 선처럼 똑같이 설명할 거야. 그리고 너는 쇠약해지면서 등이 굽겠지만 나는 끊임없이 다시 젊어질 거야. 마음을 끌려고 너는 헛되이 아름다운 이상의 유혹으로 너를 꾸미지만, 결국 낡아서 매듭이 풀리는 목걸이처럼 예술은 너에게서 떨어져 나가고, 그동안 사랑받던 이 해골의 벗은 모습을 보며 상스러운 필부들이 웃게 되겠지. 그때 너는 지팡이를 짚고 몸을 질질 끌며 걷고, 눈물을 흘리며 체머리를 흔들고, 분노의 말을 우물거릴 거고, 가난한 거지 여인처럼 교회의 문 귀퉁이에 쪼그리고 앉아서 어둠 속에 묻혀 슬픈 노래를 끊임없이 부르겠지.

문을 두드리며.

나를 들여보내 줘! 문을 열어 줘!

믿음

안 돼!
앙투안느는 세 신덕과 함께 꼼짝 않고 있다.

논리

말을 잇는다.
그러면 은자를 나오게 놔두기나 해. 그가 과학에게로 오게 하든가!

믿음

과학과 함께 있으면 그는 파멸할 거야.

논리

과학은 죄가 아냐. 죄들이 그의 적인데 뭐.

믿음

그 모두보다 더 나빠!

논리

하지만 과학이 그들과 싸우잖아!

믿음

그들을 돕기도 하지.

논리

어떻게 돕지?

믿음

자기의 옷자락을 들어 올리면서 앙투안느에게 낮은 소리로.

자, 보이지? 과학이 만든 구멍들이야. 난 걸으면서 이걸 감추지.

중대죄들

쥐가 물어뜯은 듯, 믿음의 치맛자락이 들쭉날쭉해 보인다.

지옥이 따로 없군! 들어가지 않을 셈인가? 이렇게 계속 할 건가?

악마

빨리! 끝내 버려, 서둘러!

앙투안느

오! 밤이 길기도 하구나! 새벽이 언제나 올까?

사랑

조금만 더 참거라, 내 아들!

논리

신덕들이 널 위해서 왜 아무것도 하지 않지? 그건 할 수 없어서야. 그들이 네게 미래를 약속하지만, 누가 네게 미래를 보장하지?

믿음

내가!

논리

증거는?

하느님의 심기를 거스르지만 않는다면, 앙투안느, 죄를 지어도 될 거야.

침묵.

하느님이 기도를 듣고 있을까?

신덕들

그럼.

논리

그렇다면 그가 죄를 받아들이고 축복해 주기를 기도하렴. 그는 전지전능하니까…….

앙투안느

낮은 목소리로.
뭐라고 대답하지?

믿음

낮은 목소리로.
무릎을 꿇어! 무릎을 꿇어!
악마가 성당의 지붕 위로 뛰어올라 가 기와를 뜯어내기 시작한다.

앙투안느

하늘이 흔들려. 모든 게 무너지려 해!

중대죄들

아! 너희는 버티지 못할걸! 그가 우리에게로 올 거야! 우리가 그를 데려갈 거야! 악마, 넌 춤추고, 노래하고, 웃을 거야!

악마

기와를 뜯어내며.

이것도! 저것도! 그것도! 그리고 대들보도 뜯어내야지.

신덕들

우리 머리 위에서 휘젓고 있는 게 대체 누구야?

앙투안느

내 주위로 다시 온 게 누구지?

악마

나야.

중대죄들

우리가 왔지.

악마

나, 악마가 너희들을 풍뎅이 밟듯 짓이겨 버리겠어.

중대죄들

우리 죄들이 너를 우리 것으로 할 거야.

악마가 지붕 위에 구멍을 낸다. 중대죄들이 손톱으로 벽을 허물려고 애쓴다.

앙투안느

아! 하느님! 대들보가 쓰러지고 있어!…… 나를 해방시켜 줘! 벽 틈새로 그들의 입김이 스며들고 정신이 아득해지기 시작해.

바람이 점점 거세지고, 둔탁하게 구르는 소리가 들려온다.

믿음

기도해!

앙투안느

기도하면서.
하늘에 계신 아버지…….
중대죄들이 고함친다.

신덕들

계속해, 상관 말고 계속해!

앙투안느

하늘에 계신 아버지, 그의 오른편에 계신 성자여. 성령이…… 성령이…… 성령이…… 기도문을 기억하지 못하겠어.

신덕들

생각, 생각만 해! 서둘러!

앙투안느

마리아, 구세주의 어머니, 은총의 샘. 그리고 하느님의 축복을 받은 성인들…….

논리

성인들이라고? 그들이 왜 성인이지?

앙투안느

그리고 당신, 마리아 막달레나…….
악마가 신덕들 위로 기와를 던진다.

음욕

마리아 막달레나, 그리스도의 발을 씻기고,[11] 그렇지만…….

인색

식탁에는 촛대가 몇 개나 있었지?

앙투안느

오! 제가 죄를 범했다면, 용서해 주소서!
느리게.
만일…… 제가…… 죄를…… 범했다면…….

논리

무슨 일로?

신덕들

기도를 하라니까!

---

11 예수가 어떤 바리사이파 사람 집의 식사에 초대받은 것을 알고, 같은 고을에 사는 한 여인이 향유가 든 옥합을 들고 가 〈예수 뒤에 와서 발치에 서서 울며 눈물로 그 발을 적시었다. 그리고 자기 머리카락으로 닦고 나서 발에 입을 맞추며 향유를 부어 드렸다〉(『신약』「루가의 복음서」제7장 제38절). 2007년 2월 25일 오전 뉴욕 맨해튼의 뉴욕 공공 도서관 홀에서 영화 「타이타닉」의 감독 제임스 캐머런과 고고학자, 통계학자, 신학자 등 여덟 명이 발표한 연구 결과에 따르면, 27년 전 예루살렘 남부 탈피요트 지역에서 발견된 무덤이 예수와 그의 가족들의 묘가 거의 확실하며, 예수와 막달레나가 부부였을 가능성이 크다고 한다. 종교학자 제임스 터보 노스캐롤라이나 대학 교수는 〈예수에게는 영적인 신체와 육체적인 신체가 공존해 있었을 것〉이므로 〈육체적인 부분은 남았으되 영적인 신체는 승천했을 것이므로 성경과 어긋나지 않는다〉고 해석했다(「중앙일보」2007년 2월 28일).

앙투안느

저를 용서해 주소서, 하늘의 구세주,[12] 예수 그리스도, 하느님의 아들이시여!

인색

그는 자기 아버지와 함께 농기구 만드는 일을 했지.

앙투안느

저를 위해 중재해 주소서. 당신께서는 아시니까…….

음욕

그렇지만 그 여자는 너무 아름다웠고…….

앙투안느

아! 못 하겠어, 못 하겠어! 이들이 모두 한꺼번에 말을 해.

중대죄들이 벽의 틈새 구멍에 팔꿈치를 걸치고, 목을 길게 늘인 채 중얼거린다.

음욕

짧고 곱슬곱슬한 머리에 금장식을 달고 있는 갈색 머리의 키 큰 여자애가, 어찌나 웃는지! 포도나무 그늘, 잔디에 누워, 농익은 포도알을 집으려고 입술을 앞으로 내밀어. 포도 한 송이가 떨어져 그녀의 뺨 위로 미끄러지고, 젖가슴 사이로 구르다가 온통 그녀를 간질여, 턱에서부터 배꼽까지.

---

12 〈하늘의 구세주 divin Messie〉는 성탄일을 기다리며 부르던 성가에서 나온 표현. 〈오소서, 하늘의 구세주. 불행한 우리의 나날을 구해 주시러. 오소서, 생명의 샘. 오소서, 오소서, 오소서. 아 내려오소서, 걸음을 재촉하소서. 죽음으로부터 인간을 구해 주소서.〉

분노

말들이 앞발로 일어서고, 고삐를 흔들고, 꼬리로 파리를 쫓아. 나팔수가 나팔을 불고, 병사들의 창이 기울어.

식탐

피가 흐르는 고기 가운데 검은 줄들이 나 있어.

논리

그가 무화과나무를 왜 저주했지? 그땐 무화과 철도 아니었잖아?[13]

나태

하늘빛 천막 아래 융단이 깔려 있고, 가장자리 술 장식이 물속으로 내려뜨려져 있어. 깃털 부채가 저녁의 상큼한 공기를 쓸어 가. 살짝 감긴 닫힌 눈꺼풀 사이로, 온통 분홍빛인 낮을 살포시 엿보고는 노의 부드러운 흔들림에 잠이 리듬을 타지.

인색

딸그락! 딸그락! 방아가 돌고, 가루가 튀고, 밀이 광을 채워.

13 성전의 정화(淨化)를 위해 제자들과 예루살렘으로 가던 길에 시장기를 느낀 예수가 잎사귀가 무성한 무화과나무를 발견하고 다가갔다가 열매가 하나도 없는 것을 보고 이르기를 〈이제부터 너는 영원히 열매를 맺지 못하여 아무도 너에게서 열매를 따먹지 못할 것이다〉라고 하였다(『신약』「마르코의 복음서」 제11장 제12~14절 참조). 무화과나무의 저주에 대해 두 가지 해석이 가능하다. 첫째 전능한 하느님에게 자신을 위탁하는 믿음의 위력을 암시하고, 둘째 잎만 무성하고 열매가 없는 나무는 믿음의 열매를 갖지 못한 이스라엘 민족을 가리켜 이들에 대한 심판을 상징한다. 『구약』에서 무화과나무는 이스라엘을 가리켰다(『구약』「호세아」 제9장 제10절 참조). 이때는 유월절로 4월이었으므로 〈논리〉의 말대로, 6월이 되어서야 첫 열매가 열릴 것이다.

과학

다비드에서 요셉까지, 루가는 마흔한 세대라고 했고, 마태오는 스물여섯 세대라고 했어.[14]

앙투안느

몰랐어! 그렇군……. 모두들 어디 있지?
어둠 속에서 더듬으며.
참 어두운 밤이야!

믿음

왕들[15]이 걷던 밤은 이보다 더 어두웠지. 그들이 구세주에게로 가던 날 말이야. 그땐 별이 그들을 앞서 가며 이 언덕에서 저 언덕으로 뛰어올랐지.

과학

그들의 이름은 말가라, 갈가라, 사라임이야.

교만

앙투안느에게.

---

14 혈통을 존중하여 족보를 중시했던 유대인들에게 예수가 구세주임을 밝히기 위해 그의 계보를 확증하는 것은 절대 조건이었다. 루가는 예수로부터 시작하여 아담에 이르기까지 일흔일곱 명의 인물을 언급하고 있고(「루가의 복음서」 제3장 제23~38절 참조), 마태오는 아브라함으로부터 시작하여 마흔두 명의 인물을 언급하고 있다(「마태오의 복음서」 제1장 제1~17절 참조). 루가가 제시한 족보의 의도는, 하느님 자신이 창조한 인간 안에 그리스도가 내재해 있다는 사실을 밝히고 제2의 아담인 예수가 모든 인간의 구세주라는 보편적 의미를 강조하기 위한 것으로 보인다. 마태오가 제시한 족보는 예수가 아브라함과 다윗의 후손이며 메시아임을 강조하고 있다.

15 막 태어난 예수를 경배하러 동방에서 예루살렘으로 온 박사들을 가리킨다(『신약』 「마태오의 복음서」 제2장 제2절 참조).

이런 걸 누구나 다 아는 건 아니지.

인색

사슬이 달린 금향로들, 무거운 망토들이 걸려 있는 은 옷걸이 못들, 빛이 들도록 조각된 아름다운 상아 세공품들, 하얀 깃털 위에 놓인 굵은 다이아몬드. 문에서는 흑인들이 손가락마다 반지 낀 주먹으로 낙타의 코를 때리고 있어.

음욕

청회색 눈동자를 가진 이들도 있고, 달처럼 창백하면서 어두운 시선을 가진 이들도 있지.

식탐

배고플 때 혼자 먹는, 마늘을 문질러 바른 마른 빵 한 조각, 신선하고 맑은 물.

논리

그는 다비드의 후손이 아니야, 요셉이 그의 아버지가 아니었으니까.

인색

비는 떨어지고, 문은 닫혀 있고, 불은 타오르고, 이렇게 편안히 집 안에 있지.

분노

박격포가 돌을 날리고, 반들반들한 방패 위로 기름이 콸콸 흘러내리고, 사람들이 계단을 오르고, 맞붙어 싸우고, 죽이고, 칼들이 허공에 붉은 원들을 그려.

나태

밀짚 한 단, 자갈 한 무더기, 망토 입은 채 맞는 눈, 무엇이든 다 좋아.

과학

그는 마술을 공부하러 이집트로 갔어. 그리고 그는 파라오의 주술사들처럼 비밀을 알게 되었지.

음욕

치켜든 여자들의 손이 칠현금 줄 위로 튕겨지듯 내달리고, 장식 융단의 긴 실을 한 올 한 올 잡아당기고, 헝클어진 곱슬머리를 이마 위로 가지런히 하려고 조가비 모양으로 둥글게 구부리지. 그 손은 옷 아래를 지나 가슴으로 슬며시 들어와, 날렵하게, 온 몸을 돌아다니지.

과학

예루살렘의 진짜 이름은 케두샤야.
예수의 진짜 이름은 요수와야.
하느님의 진짜 이름은 야훼야.

논리

그는 악마를 무서워했어, 그가 이렇게 말했거든. 〈가라!〉[16]

---

16 광야에서 예수를 유혹하던 악마가 그를 높은 산으로 데리고 가 세상의 영광을 보여 주며, 자신을 경배하면 이 모든 것을 주겠다고 했을 때, 예수가 〈사탄아, 물러가라! 성서에 《주님이신 너희 하느님을 경배하고 그 분만을 섬겨라.》 하시지 않았느냐?〉 하고 했다. 그러자 악마는 떠났다(『신약』 「마태오의 복음서」 제4장 제10절 참조).

과학

올리브 나무 동산에는 4천 명이 무장하고 있었어.[17]

논리

그는 왜 가나안 여인의 딸을 고쳐 주려고 하지 않았지?[18] 라자로가 죽어 가고 있을 때 왜 그의 집에 가지 않았지?[19] 왜 자기가 이룬 기적에 관해 말하지 말라고 제자들에게 일렀지?[20]

앙투안느

신덕들의 옷을 잡아당기며.

대답 좀 해봐! 무엇이든 말해! 빨리 어떻게든 해봐!

음욕

술집에서 노래하고 있거나, 무덤 가운데서 기도하고 있거나, 요람 곁, 숲, 도시, 강가, 노상에서 밤을 새우고 있거나, 가마에 들려지고, 코끼리에 흔들리고, 수레에 실려, 자줏빛 옷을 입고,

---

17 예수는 제자들과 함께 최후의 만찬을 끝내고 겟세마니 동산에서 기도하며 자신을 팔아넘길 유다를 기다리고 있었고, 유다는 수석 사제들과 성전 경비 대장들, 원로들이 섞인 한 무리의 사람들을 데리고 나타났다(『신약』「루가의 복음서」제22장 제47절 참조). 4천은 매우 과장된 숫자이다.

18 예수가 투로스에 갔을 때, 그 지방에 사는 가나안 여인이 마귀에 들린 딸을 고쳐 달라고 청하자, 예수는 〈나는 길 잃은 양과 같은 이스라엘 백성만을 찾아 돌보라고 해서 왔다. …… 자녀들이 먹을 빵을 강아지에게 던져 주는 것은 옳지 않다〉라고 대답했다(『신약』「마태오의 복음서」제15장 제24~26절 참조).

19 마리아 막달레나의 오빠 라자로가 죽은 지 나흘 후, 예수는 그를 부활시켰다. 성부가 그를 이 세상에 보냈다는 것을 사람들로 하여금 믿도록 하기 위해서 라자로의 병을 고치지 않았다(『신약』「요한의 복음서」제11장 제32~44절 참조).

20 예수가 나병 환자를 고치고 그에게 말하기를 〈아무에게도 말하지 마라. 다만 사제에게 가서 네 몸을 보이고 모세가 정해 준 대로 예물을 드려 네 몸이 깨끗해진 것을 사람들에게 증명하여라〉라고 했다(『신약』「마태오의 복음서」제8장 제4절 참조).

양털로 덮이고, 조가비를 목에 걸고, 금으로 된 작은 종들을 귀에 걸고 길을 나서거나, 여자들이 모이는 극장에 있거나, 문을 꽉 닫고 안마당에 있거나, 시냇가에서 얼굴을 비춰 보거나, 여자들이 혼미해져 누워 있는 침대 곁에서나, 그녀들이 몸을 기울이고 있건, 누워 있건, 옷을 입고 있건, 베일을 가리고 있건, 가슴이 보이는 옷을 입었건, 벗고 있건, 그녀들, 지상의 여자들은 다 네 거야!

분노

피가 눈에서 솟구쳐 온통 얼굴에 튀고, 천장 이음새 장식 위로 흘러 방울방울 떨어지지.

식탐

꿀로 된 젤리가 접시에서 흔들리고, 크림이 거품처럼 터져 오르고, 사냥감이 야생의 냄새로 방을 가득 채우고, 푸른곰팡이가 핀 치즈 껍질이 색색의 접시 위에서 칼날에 벗겨져.

과학

현인들의 우정을 너는 알아? 정신의 애정이라는 것, 마음의 애정보다 더 강한 그것이 어떤 건지 알아? 떠오르는 태양처럼, 위대한 스승들의 눈동자 안에서 관념이 빛나는 걸 본 적 없어? 생각에 잠긴 지성들이 말없이 흘러나오면서 서로서로 얽히고 접촉하는 순간 놀라서 전율할 때, 너의 깊은 곳으로부터 양분이 풍부한 샘물이 위로 용솟음치는 걸 느낀 적 없어?

인색

홀은 넓었지. 천장에는 은색 별들이 있고 열 수도 없는 동으로 된 문이 있었지. 한가운데 금이 한 무더기 쌓여 있었어. 옆쪽으로, 크기에 따라 드라크마 은화는 드라크마 은화끼리, 스타테르 은화는 스타테르 은화끼리, 또 마케도니아와 페르시아 금화가 쌓여 있었지. 그 더미가 너무 높아 무너지고, 둥근 동전들이 평평하고 넓은 바닥 위로 굴러가기 시작했어. 그것들을 자루에 넣어 와 사다리 위에서 부어 버렸어. 지하로 통하는 문을 열고, 한 삽씩 퍼서 던졌지. 동전들이 둥근 기둥 밑동을 돌았고, 허리까지 가득 찬 동전을 토해 내려고 기둥이 반쯤 열렸어. 거기로부터 동전들이 폭포처럼 흘러내리고, 다시 불꽃처럼 튀어 올랐어. 튀어 오르고 찰랑거리며, 금과 은의 대양처럼, 벽을 따라 차오르고 있었지.

논리
유다가 물욕이 강하다는 것을 알면서, 왜 그에게 돈주머니를 맡기고 그를 시험한 거야?

과학
하느님께서는 정녕 아브라함을 시험하셨지![21]

논리
인간이 유혹에 넘어가면, 누구에게 잘못이 있는 거지?

음욕
입맞춤하면서 입술로는 피를 **빠**는 여자들을 원하는 거야? 젖가슴이 불룩 튀어나오고, 목이 젖혀지고, 허리가 휘어져.

---

21 아브라함의 외아들 이사악을 번제물로 바칠 것을 명령하여 그의 믿음을 시험했다(『구약』「창세기」 제22장 제2절 참조).

질투

베드로 성인이 하느님을 부정했고,[22] 아론이 금송아지를 만들었지![23]

분노

승리가 끈끈한 먼지를 일으키고, 자칼들이 울부짖고, 코가 뾰족한 쥐들이 시체의 해골바가지를 쏠고 있어.

인색

망나니들이 집어삼킨 돈을 꺼내려 그들의 배를 가르는데, 팔꿈치까지 배에 들어간 손이 창자 속에서 금을 느끼며 전율해.

과학

그래도 예수가 유혹에 넘어가지 않을 수 있었던 것은, 천사 하나가 깊은 번민의 순간에 그를 지탱해 줬기 때문이야.

논리

그는 원죄로부터 깨끗하지 않았지. 여자에게서 태어났으니 말이야.

과학

그는 음탕한 라합,[24] 간음한 밧세바,[25] 근친상간의 죄를 지은

---

[22] 베드로는 최고 의회에서 신문을 받던 예수를 모르는 자라고 말하며 자신의 스승을 부정했다(『신약』「마태오의 복음서」제26장 제69~75절 참조).
[23] 모세가 율법과 계명을 받으러 시나이 산에 오른 지 40일이 지나도록 내려오지 않자, 아론은 참을성 없는 백성들의 요구에 따라 금을 녹여 수송아지 상을 만들었다(『구약』「출애굽기」제32장 제1~6절 참조).
[24] 창녀인 라합은 여호수아가 예리고를 공략하기 전에 보낸 정탐꾼을 숨겨 주어 자신과 가족을 지켰다(『구약』「여호수아」제2장 제1~7절 참조).

다말[26]의 자손이야.

음욕

여름날 저녁, 숲속에서, 처녀들이 손에 손을 잡고 둥글게 춤추고 있어.

논리

그는 강물에 어떤 죄를 씻은 거지?[27]
왜 그에게 세례가 필요했지?
왜 자기 어머니를 내쳤지?[28] 왜 죽는 걸 두려워했지?[29]

앙투안느

신덕들에게.
얼굴이 창백해져.

악마

신덕들이 무너지고 있어.

---

25 다윗은 우리야의 아내 밧세바의 아름다움에 매혹되어 그녀를 취했다(『구약』「사무엘 하」제11장 제4절 참조).

26 과부 다말은 시아버지가 죽은 남편의 막내 동생 셀라를 남편으로 주지 않자, 그녀를 신전 창녀로 생각한 시아버지 유다와 에나임 어귀에서 동침하였다(『구약』「창세기」제38장 참조).

27 예수는 요르단 강에서 요한으로부터 세례를 받았다(『신약』「마태오의 복음서」제3장 제13절 참조).

28 군중에게 말하고 있는 예수에게 그의 어머니와 형제가 그와 이야기하기 위해 밖에 있다고 하자, 예수는 누가 나의 어머니인가를 반문하며, 〈하늘에 계신 내 아버지의 뜻을 실천하는 사람이면 누구나 다 내 형제요, 자매요, 어머니이다〉라고 대답했다(『신약』「마태오의 복음서」제12장 제50절 참조).

29 예수는 체포되기 전, 제자들과 함께 겟세마니에서 밤을 보내며 죽음의 운명이 자신을 빗겨 가기를 기도했다(『신약』「마태오의 복음서」제26장 제39절 참조).

죄들이 문지방을 넘는다.

신덕들

떨면서.
뭐야! 마귀들이 우리에게까지 오다니!

악마

너희는 어디 있었지? 골고다 언덕에서 삭풍에 십자가가 흔들리고 극도의 고통 속에 죽어 가며 그리스도가 마지막 숨을 헐떡일 때 말이야. 대답해 보시지. 사람들이 위에서 아래로 찢어 내린 낡은 옷처럼 그의 영혼이 갈라져, 납빛의 이마를 내리덮는 피범벅된 머리카락과 함께 바람에 나부끼고 있었지. 그는, 까마귀들이 자기 주위를 돌며 날개로 검은 원들을 그리면서 깍깍 울어 대는 소리를 듣고 있었고, 그리고 자기 발 아래에서 눈물에 젖은 여자들이 오열하는 소리를 듣고 있었어. 이제 더 이상 기쁨에 찬 감미롭고 온화한 만찬은 없고, 그의 목소리를 들으려고 언덕에 늘어서서 감동에 몸을 떠는 군중도 없으며, 그를 따르는 제자들과 함께 밭고랑 가를 걸을 때 손을 들어 올리며 나아가곤 했던 넓은 들판도 없어. 자신을 묶고 있는 못에서 사지를 풀고, 귀를 찌르는 가시관을 벗고 싶었지만, 아픈 머리를 어깨 위로 떨어뜨린 채, 자신의 과업이 완성되고 죽음이 다가오는 것을 느끼고 있었어.

과학

엘리! 엘리! 레마 사박타니!!![30]

---

30 십자가에 못 박힌 예수가 숨을 거두기 전에 히브리어로 크게 부르짖은 말. 〈나의 하느님, 나의 하느님, 어찌하여 나를 버리셨나이까?〉라는 뜻이다(『신약』「마태오의 복음서」 제27장 제46절 참조).

논리

 기도는 왜 하지? 네가 간청하는 것이 올바른 것이라면, 하느님께서 그것을 네게 주셔야 하지. 그것이 정당한 것이 아니라면, 그것을 청하는 건 하느님을 모독하는 거야.

앙투안느

그렇지만…… 은총이…….

교만

뛰어서 성당 계단을 넘으며.
넌 그걸 받았어, 은총을. 그걸 받았다고!
신덕들이 뒷걸음질 친다.

앙투안느

이럴 수가! 어찌된 거지! 이렇게 유혹을 받고 있는데!……
교만과 악마가 빠르게 신호를 교환한다.

교만

유혹은 더 이상 없어.
중대죄들이 이내 사라진다.
봐!

앙투안느

사방을 꼼꼼히 둘러보며.
이게 가능한 일이야?
 교만이 앞으로 나가자, 믿음이 두 팔을 뻗어 길을 가로막는다. 교만이 웃음을 터뜨리며 망토를 열어 가슴에 숨겨 두고 있던 뱀으로 믿음의 얼굴을 때린다. 교만이 들어가고 신덕들이 도망을 치는데도 앙투안느는 알아채지 못한다.

앙투안느는 놀란 채 한참 동안 이쪽저쪽을 보다 아무것도 보이지 않자 한시름 놓는다. 그러고는 이마를 훔치며 안도의 한숨을 토해낸다.

앙투안느는 혼자 바닥에 앉아 머리를 감싸 쥐고 있다. 교만이 그의 뒤에 서 있고, 중대죄들과 악마는 숨어 있고, 논리와 과학이 문밖 양쪽에 버티고 있다.

앙투안느

몽상에 잠겨.

이제 또 무슨 일이 생기려나?

논리

그들이 한 번 왔으니, 또 다시 오겠지! 절망하지 마. 매우 강한 사람들도 이따금 약해지는 법이지. 그리고 네가 좀 잘못한들, 너도 한 인간일 뿐이야! 완벽함을 얻으려고 해선 안 되지.

교만

앙투안느의 귀에 대고 속삭이며.

에! 에! 완벽함이라! 거기 이르는 데 네가 어디가 부족하지?

논리

완벽함은 천사들만의 것이니까. 그리고 너는 변치 않는 마음의 순수성을 갖지 못해 마음 아파하지만, 그것은 인간의 약함에는 허용되지 않았지. 인간은 깨달음을 얻기까지 불확실성 속에 살아야 하고, 빛을 더 갈망해야 하고, 훗날 그것을 얻게 되었을 때 더욱 감미롭게 맛보기 위해 어둠 속에서 표류할 수밖에 없어. 나쁜 날 다음에 좋은 날이 이어지듯, 절망이 기쁨과 번갈아 있는 거야. 흔히들 이제 막 죽을 것이라고 믿는 순간에, 갑자기 구원되기도 하지. 게다가 마음의 메마름이 자만으로부터 정신을 지키고, 아직 이 세상에서 행복한 신앙심을 통한 절정의 기쁨을 맛보지 못한 영혼은 적은 사랑에서 영원이라는 더 값진 공덕을 얻게 되지. 그러니 네가 비어 있다고 느낄 때 안심을 해. 하느님을 더 이상 사랑하고 있지 않은 것 같은 순간에 더욱더 사랑하고 있는 건지도 모르니까. 이 엄청난 고통이 그 징표일 거야. 그렇게 생각하고 쉬어. 미래에 대해 그토록 걱정하지 마. 하느님이 미래를 조정하고 모든 게 그의 명령에 따라 차례차례 일어나는 거야. 그가 네 안에 일어나게 하는 생각도, 네게서 그것이 생겨나기를 그가 바랐기 때문이고, 그는 선하기 때문에 너를 악에 끌어넣을 수 없어. 그가 선하지 않다고 가정할 수야 없지. 그가 악의에 차 있다면 증오해야지 경배해서는 안 되니까. 그러나 그는 선 그 자체이고 모든 것이 그에게서 흘러나오는 것이니, 이 모든 정황을 볼 때 두려워할 게 전혀 없어.

과학

바람이 잠잠해지고, 도시들은 저 멀리 있으며, 네 주위는 온통 사막이고, 모래는 달빛에 강철 알갱이처럼 반짝여. 눈은 공간을 가르면서 지평선 위를 마음대로 비행해. 저 아래에는 지금 건초 냄새가 미풍에 실려 풍겨 와. 밤의 달빛이 나무둥치를 하얗게 칠하고, 짐승들이 조심조심 샘으로 물을 마시러 가면서 이끼 위에 흔들리는 꽃 그림자를 쳐다봐. 풀밭 한가운데 꼼짝 않고 있는 짐승 떼들이 처진 목살을 이슬로 적시고, 새들은 잠들어 있고, 거대한 강물은 흘러가지.

논리

앙투안느 뒤에서.

꿰뚫어 봐, 지상이 뿜어내는 신의 장엄함을! 호수가 성수반의 물보다 맑지. 하늘의 둥근 천장 아래, 램프처럼 별들이 걸려 있어. 태양들이 웅장하게 노래하는 소리를, 그리고 기도하는 입술처럼 숲속의 나뭇잎들이 떨고 있는 것을 들어 봐. 평화롭게 숨 쉬고, 파란 창공에 네 영혼을 쏟아 내. 너의 무한한 욕망이 공간 속을 거닐게 해.

교만

네가 내쉬는 한숨이 네 마음으로 되돌아오고, 생각이 벽에 부딪혀 상처를 입어. 신전 안에 머물 필요가 있을까? 인간의 손이 신을 가두어 둔 적이 있던가? 그리고 신전 벽의 이 돌들보다는 네 자신이 바로 신의 은총이 머무는 신전이 아닐까?

논리

신에게 더 가까이 갈 수 있게, 그가 만든 것으로부터 너를 갈라놓는 것을 뛰어넘으렴! 성당에서 나와, 여기 빛나고 있는 이 불에 사랑을 다시 지피렴! 자, 나와서 공기를 마셔 봐!

앙투안느

성당에서 나온다.

밤이 부드럽기도 해라! 날이 정말 맑구나! 별들이 저리도 반짝이는구나! 오늘 밤엔 참 많기도 해라. 창조는 아름다워! 천년을 산다 해도 이 모든 것을 찬미하는 데 진력이 나지 않겠구나! 정말, 우주의 조화를 바라보면서, 주님에 대한 감사의 마음으로 감동하지 않는다면 그건 메마른 가슴을 가진 걸 거야. 우리가 볼 수 있도록 빛나는 아름다운 이 별들, 유용한 것들로 꽉 찬 이 커다란 숲들, 배들을 품고 있는 이 강들, 이 사막, 특별히 나를 위해 있는 작은 장소를 제공한 이 산들 그리고 인간 그 자체도 얼마나 대단한 경이로움인가! 걸을 수 있게 잘 만들어진

이 발, 쥐고 펴지는 이 손, 볼 수 있는 이 눈, 그리고 이 머리.

앙투안느가 머리를 잡는다.

수많은 생각으로 가득 찬 이 둥근 머리. 숨쉬기에 정말 쾌적한 날씨구나! 어떨 땐 비탄에 잠겨. 그건 왜지? 내가 그렇게 불행한 것도 아니고, 또 주께서 늘 많은 것을 주시는데. 주님의 계명을 지키고, 기도하고, 밤샘을 하고, 단식을 하고 있기는 하지. 그런데 참 이상한 일은, 이런 생활을 시작한 이후로 아직까지 건강이 나빠지지 않았다는 거야. 그 누구보다 나는 아직 건강하고, 무거운 짐도 질 수 있을 것 같고, 꽤 오래 뛸 수도 있어.

앙투안느는 느긋하게 서성이고, 그의 그림자를 따라 교만이 걷고 있다.

다른 사내들은 어떻게 부인과 자식들과 온갖 세상 걱정을 하면서도 자신을 구원할 수 있지? 바로 그것이 날 놀라게 해. 난 하늘이 도운 덕분에 날 방해하는 건 아무것도 없어. 나만 생각하면 되니까. 내 영혼에 대해서만 신경 쓸 수 있지. 아침엔, 우선 기도로 시작하지. 그러고는 채찍으로 고행을 해. 이제는 습관이 들어 아픈 것도 참을 만해. 그리곤 식사를 하는데, 식사 전 기도를 하고, 돼지에게 먹을 걸 주는 일도 재미있어. 그러고는 밭을 좀 일구지. 채소에 물을 주고, 집을 정리하고, 방 안을 비로 쓸어. 그리고 나서 일하기 시작해. 내 곁에 바구니가 잔뜩 쌓이는 걸 보는 게 좋아. 그러고 나면 기도를 올릴 시간이지. 기도는 차분하게 이어져. 이렇게 열심히 반복해서 기도한 덕에, 어떨 땐 하느님께서 내 기도를 듣고 계시고 내 영혼을 키워 주시는 것 같거든.

악마의 웃음소리가 들려온다.

어쩌면 곧 죽을지도 몰라. 언제든 주님께서 나를 부르시겠지. 그분에게 가져갈 거야, 꼭 그래야 하는데, 모든 죄로부터 깨끗한 영혼을 말이야. 그러면 난 천국에 가겠지. 예수 그리스도, 동정녀, 천사들, 축복받은 사도 베드로 성인과 바오로 성인, 모든 순교자들, 거룹 천사들과 사랍[31] 천사들을 보게 될 거야. 그들은 크게 기뻐하며 나를 맞아 줄 것이고 우린 모두 함께 이야기를 나눌 거야.

조금 전엔 유혹 때문에 정말 혼란스러웠어……. 그랬어, 정말 고통스러웠어……. 주께서 나를 지탱해 주셨지만, 나도 내 힘으로 버티려고 애썼어. 오! 나쁜 생각이 내게 다가오는 걸 놔두지 않을 거야. 그 생각이 어떻게 움직이는지 나도 이젠 알아. 좀 전엔 내가 얼마나 멍청했던지! 그래, 정말 바보, 바보였어!

앙투안느가 웃는다.

무언가 소리 나는 것이 그의 발에 부딪힌다.

이게 뭐지?…… 술잔이로군!

그가 잔을 줍는다.

이게 어디서 났지?

그는 손가락에 침을 묻혀 잔을 비벼 본다.

은으로 만들어졌네.

앙투안느는 잔을 거꾸로 들고 안을 들여다본다.

동전이야!…… 이럴 수가! 하나가 더 있나? 또 하나가? 또?…… 오! 오! 기막힌 색이야!

잔이 초록색이 된다.

이건 에메랄드잖아! 에메랄드네! 지금은 금으로 바뀌었네!

잔이 금으로 가득 찬다.

동전이 모두 새것이잖아……. 이렇게 반짝반짝 빛날 수가!

잔이 투명하게 된다.

이럴 수가! 다이아몬드야!

---

31 히브리어 사라프*saraph*(복수형 *seraphim*)에서 온 말로 〈타오르는 이들〉을 뜻한다. 천상의 존재로서 여섯 개의 날개를 가지고 있으며, 날개 두 개로 얼굴을, 다른 두 개로는 발을 가리고 있으며, 쉬지 않고 신의 거룩함을 외친다(『구약』「이사야」 제6장 제2~3절 참조).

홍옥, 황옥, 청록 터키옥, 자수정, 작은 진주알이 잔에서 넘쳐 난다. 앙투안느는 사지를 떨면서, 잔을 떨어뜨리고 만다. 잔이 깨지고, 앙투안느는 바닥에 흩어져 있는 값비싼 돌들을 바라보고 있다. 그러다 갑자기.

안 돼⋯⋯. 안 돼⋯⋯. 건드리지 말아야지⋯⋯.

잔을 발로 차니 환영이 사라진다. 방울 소리와 둔한 발소리가 들려오고, 앙투안느는 귀를 기울이고, 방울 소리는 가까워진다.

앙투안느는 먼 데가 보이는 곳까지 나아가, 잘 보려고 바위 위로 몸을 기울인다.

여행 중인 사람들로, 낙타 세 마리에 다섯 사람이 타고 있다. 잠들어 있는 남자들은 밤길 가는 짐승의 걸음걸이에 몸을 맡긴 채 머리를 떨어뜨리고 있다.

세 개의 방울이 내는 소리가 들려오고, 낙타는 저 아래 산 아래로 지날 참이다. 낙타의 그림자가 바위 귀퉁이에 길게 드리워지고, 한 낙타의 발굽 아래서 무언가가 울렸다.

뭐지? 빛이 나는데?

악마

앙투안느 성인 뒤로 나타나서 속삭인다.

단검이야⋯⋯. 옷을 앞으로 끌어 모으고, 발을 디딜 곳을 찾아⋯⋯. 자, 여기! 튀어나온 이 돌 위에 발을 걸쳐. 절벽을 따라 이곳저곳 발을 놓을 구멍들이 있어.

앙투안느

낭떠러지에서.

머리가 빙빙 돌아.

악마

무릎으로 몸을 받치고, 협곡의 벽면 사이로 천천히 미끄러져 내리게 놔둬. 넌 모래 위로 떨어질 거고, 바로 몸을 일으켜 세울 테니……. 그러니 앞으로 가봐. 한번 보렴!

혼잣말로.

그가 내려가면, 그의 목을 비틀어야지!

앙투안느가 지나가는 카라반을 보려고 몸을 더 기울인다.

너는 그들의 뒤를 따라 뛰어갈 거야. 단검을 줍고는 속도를 내서 뛸 거야. 왼손으로 낙타 꼬리를 잡고, 엉덩이 위로 날렵하게 올라타고, 오른손으로 어깨뼈 아래를 한 번 찌르고……. 다음! 다음! 다음!

앙투안느

몸을 떨면서, 뒤로 물러선다.

호기심이 왜 나를 거기까지 밀어냈을까? 언제쯤이나 좀 가만히 있을 수 있을까? 단 1분도 영혼을 잃지 않고는 살 수가 없군. 내 머릿속에서 포도주 썩은 냄새, 여인의 향기, 금속 소리가 나. 더러운 모든 것, 모든 광증, 세상의 모든 탐욕이 나를 가득 채우고, 괴롭혀……. 그러면 기도를 하자, 쓸모없는 작자 같으니!

앙투안느가 성당으로 뛰어간다. 성당이 사라지고 없다.

어떻게 된 거지? 조금 전엔 있었는데……. 아! 아무려면 어때! 이번엔 나를 피해 가지 못해!

앙투안느는 채찍을 재빨리 휘어잡고 가슴에 호되게 채찍질을 한다.

돼지

놀라서 깨어나 몇 걸음 걸어 보지만 비틀거리며 귀를 흔들어 댄다.

희한한 꿈이야! 가슴이 다 아려!

나는 늪 가장자리에 있었어. 물을 마시려고 가까이 갔어. 목이 말랐거든. 잔잔한 물이 이내 구정물로 바뀌었어. 배가 잠길 만큼 들어갔지. 그러자 부엌 환기창에서 나오는 듯한 미적지근한 공기가 기름기 낀 물 위로 떠다니는 음식 찌꺼기를 내게로 밀어 줬어. 먹으면 먹을수록 더 먹고 싶었고, 그래서 묽고 끈끈한 액체 속에 내 몸이 물고랑을 만들며 계속 나아갔고 그렇게 정신없이 헤엄쳐 갔지. 그리곤 속으로 이렇게 말했지. 〈서두르자!〉 세상의 온갖 썩은 것들이 내 식욕을 채워 주기 위해 내 주위에 펼쳐져 있고, 연기 사이로 선지, 퍼런 내장, 온갖 짐승의 배설물, 먹고 마시고 게운 것, 그리고 기름 덩이마냥 상처에서 흘러내리는 푸르스름한 고름이 보였어. 이런 것들이 나를 점점 조여 왔고, 그래서 쩍쩍 눌어붙는 단지 속에 팔다리를 푹푹 빠트리며 걷는 것 같았는데, 내 등짝 위로 뜨겁고, 달착지근하고, 냄새가 역한 비가 쉬지 않고 흘러내렸어. 그런데 나는 계속 삼켰어. 너무 맛있었거든. 내가 삼킨 것들이 점점 더 뜨거워지고 옆구리를 누르면서 나를 태우고, 숨을 못 쉬게 했어. 도망가려 했지만, 움직일 수가 없었어. 입을 다물자마자 다시 열어야만 했고, 그러자 다른 것들이 저절로 밀려들어 갔어. 모든 게 몸속에서 우글거리고, 귀에서 찰랑거리고, 나는 헐떡이고, 소리 지르고, 먹고, 그러고는 뭐든지 다시 삼켰어. 푸아! 푸아!…… 이 생각을 떨쳐 버리게 머리를 부수고 싶어.

돼지가 머리통을 돌에다 찧는다.

앙투안느

채찍질을 하며.

아얏! 할 수 없어! 비겁한 것은 용납 못 해! 오! 끝이 매섭기도 해라! 차라리 잘됐어!…… 힘내자!…… 오! 그래!…… 자, 자, 죄인아, 그러니 아파해. 울어. 소리를 질러. 이 나약한 몸뚱어리야! 이를 악물어도 경련이 일어나……. 아직도…… 아! 맙소사! 어쩔 수 없어! 1백, 아니 1천까지 세야겠어.

그가 멈춘다.

안 돼, 너는 날 이기지 못할 거야, 육체의 허약함아!…… 피를 흘려! 피를 흘려!

그가 다시 시작한다.

그런데…… 더 이상 감각이 없어!…… 채찍 끝이 옷에 걸리나 봐. 옷을 벗어 버리자.

어깨를 움직여 옷을 벗자 허리춤까지 옷이 흘러내리고, 앙투안느는 채찍질을 다시 시작하고, 채찍 소리가 울린다.

좋아! 가슴, 등, 팔, 얼굴 여기저기 다 때리고 싶어! 그것이 자신을 고통스럽게 하고 싶은 욕구를 맘껏 채워 줘……. 그러니 더욱 쳐!…… 겁이 나나? 오! 헉!…… 그런데, 그런데, 그런데…… 왜 이러지. 웃고 싶은걸…… 하! 하! 하!

악마가 다시 나타난다.

손이 살가죽 아래에서 온몸을 간질이는 것같이 느껴져……. 몸을 찢어 버리자! 오! 이런! 오! 신경이 끊어져……. 대관절 이게 뭐지?

앙투안느는 멈춘다.

영혼의 만족감이 몸의 고통을 완화시키는 걸까? 몸을 짓이기고 싶어. 봐줄 것 없어, 자! 자!

앙투안느는 맹렬하게 몸을 후려친다.

악마가 앙투안느의 등 뒤에 서서 그의 팔을 잡고 미친 듯이 움직이게 한다.

나도 모르게 내 팔이 계속하네……. 누가 나를 부추기고 있나? 내가 어디로 가고 있는 거지? 너무 아파! 너무 좋아! 더는 못 버티겠어. 내 전 존재가 쾌락으로 녹아내려! 나는 죽어 가!

앙투안느는 정신을 잃는다.

바로 그때 앙투안느 성인 앞에 세 여자가 나타난다.

첫 번째 여자는 금발에, 키가 크고, 날씬하며 검은색의 좁은 망사 숄을 두르고 있다. 숄은 온몸을 감아 주름의 사선 사이로 하얀 피부를 두드러지게 하고 머리 위를 지나 팔꿈치 뒤로 내려온다. 오른손에는 단검을, 왼손에는 가면을 들고 있다.

두 번째 여자는 대리석처럼 창백하고, 검은 머리에, 완전히 벗었고, 말랐으며, 대담한 눈초리에 부적 목걸이를 걸고 있다. 한쪽 머리 타래가 풀어져 가슴 위로 흘러내린다.

세 번째 여자는 몸집이 어마어마하고(줄어들어 보인다), 손바닥을 짚고 엉덩이로 걷는다. 엉덩이는 벌어져 있고, 히죽히죽 웃는다. 짧고 곱슬곱슬한 머리는 붉은 회색빛의 숱 많은 파마 컬들이 층층이 져서 갈기처럼 얼굴을 감싸고 있다. 눈은 동그랗고, 입술은 두꺼우며, 코는 납작하다. 젖가슴이 허리춤까지 처져 있고, 걷어 올린 치마 주름이 허리에 끼워져 있고, 진홍색 속치마가 땅에 전 뚱뚱한 배를 붉게 물들이고 있다.

그녀들이 은자를 둥그렇게 둘러싼다.

단검을 가진 여자

앙투안느 성인의 코밑에 와서 웃음을 날리고, 고개를 옆으로 돌리고 눈동자를 굴리면서 이를 드러내 보인다.

나는 간음이야. 인간의 마음은 내 입김 속에 잠겨 있고, 침대에 둘러쳐진 모기장에 갇힌 나비처럼 나는 늘 잠 속에서 날아다니지. 이쪽 세상에서 저쪽 세상으로, 서로 만나야 하는 몸뚱이를 잡아당기지. 나의 기막힌 생각이 굳은 의지 사이로 스며들고, 행복한 사랑에도 심연을 파 또 다른 사랑이 맴돌게 하지.

그들이 꿈꾸는 게 무엇인지 네게 얘기해 주던가, 사색에 잠긴 사춘기 아이들이?

아내가 일어나 맨발로 어두운 골마루를 더듬으며 앞으로 나아가지. 땅에 젖은 잠옷이 스치며 밤을 밝히는 작은 불꽃을 흔들지. 몸을 떨면서 미소를 짓고, 손가락을 입에 대며 몸을 뒤척

이는 요람 속 아이가 거슬린다는 시늉을 하지.

나는 아무도 모르는 배신의 달콤함을 한껏 즐기지. 온몸을 송두리째 흔드는 휘감기, 달빛 아래의 열렬한 입맞춤, 들판을 지나 미친 듯이 달리며 망토에 바람을 싣고 멋지게 달아나기, 끝이 없는 포옹, 이 모두가 내 거야! 나는 범죄, 미약(媚藥), 자살, 그리고 부드러운 손으로 비겁한 독약을 따르는 그런 광란의 열정을 가지고 있지.

머리를 풀어헤친 여자

손뼉을 치고 외친다.

나는 종교적 간음이야. 개미집이 사랑으로 들끓고, 암컷 표범이 대나무 숲에서 울고, 목이 쉰 창녀가 자기 집 문턱에서 낮은 목소리로 음란한 가사를 노래해. 램프에 불을 밝힐 시간이고, 여름밤의 더운 바람이 천장으로 불어올 시간이지. 옷들이 벗겨지고 벌거벗은 여자들이 커다란 침대 위에 길게 눕고 있어. 내 머리털을 펼쳐 보렴. 얼마나 긴지 보게 될 거야! 내 허리는 가늘고, 엉덩이는 커. 탄력 있는 내 무릎은 강철 스프링보다 잘 튀어 오르고, 엉덩이 위로 몸을 젖히면 뼈들이 우드득 소리를 내. 내 머리맡에는 마법의 술잔이 연기를 내며 타고 있어. 그 맛을 잃지 않기 위해선 단 한 번만 마시면 되지. 사랑에 빠지게 하는 향수를 사용하면, 붉은 남근이 내 손에서 벌떡 일어서지. 낙엽송 향내가 그득한 신성한 숲[32]으로 오렴! 햇빛 아래 우리는 누울 거야. 각각의 색으로 칠해진 우상들의 발치에서 우리는 정신을 잃고 뒹굴 거야.

---

32 신성한 숲은 고대 그리스인과 로마인들이 신에게 제물을 바치고 신탁을 듣던 곳이다. 그리스 북동쪽 알바니아 접경에 위치한 니포로스의 옛 도시 도도네Dôdônê 숲에서는, 제우스의 목소리와 참나무 잎새에 바람이 울리는 소리를 통해 신탁을 받았다고 한다.

곱슬머리의 여자

엉덩이를 질질 끈다.

나는 동물적 간음이야. 음탕한 변덕의 여신이고 동물과 교미하는 여신이지.

나는 도시에서 보았어. 다른 여자들 때문에 번민하는 창백한 얼굴의 여자들, 노인들의 어루만짐 속에서 울고 있는 아이들, 그리고 길모퉁이에서 미소 짓고 있는, 처녀들처럼 걷는 청년들을 말이야. 내게 필요한 건 잘 닫힌 문이야. 방해받지 않고 소리 없이 음욕을 해결하기 위해서는 말이야. 나는 피부가 부풀어 오르는 것을, 몸의 기관들이 비대해지는 것을, 기괴한 양성 구유를, 시큼한 땀을, 혐오를 일으키는 불쾌감을 좋아해.

쾌락들 저 너머에 쾌락이 있어! 미지의 기쁨의 원은 넓기도 하지! 정신과 마찬가지로 육체도 무한해. 그리고, 하와의 아들들이 육체를 소진해 보았지만 아직도 그 바닥을 보진 못했어. 이리 와봐! 이리 와봐! 한번 좀 봐! 내 가슴에 유방이 달려 있지. 기름진 내 배가 파도처럼 오르락내리락하지. 이 두 손으로 난 내 살덩이를 만지고 흔들지.

앙투안느는 도망가려 하고, 간음이 그의 얼굴에 입김을 불고, 종교적 간음은 팔로 그의 몸을 꼭 잡고 있고, 동물적 간음이 앙투안느를 마주 보고 쩌렁쩌렁 울리는 웃음을 터뜨리며 그를 비웃는다.

앙투안느

미칠 지경이 되어.

도와줘! 나를 구해 줘! 모두 사라지네! 땅이 돈다!…… 호! 하아!

앙투안느가 실신해 쓰러지고, 돼지가 외마디를 내지르고, 중대죄들의 그림자가 옆쪽에서 움직인다.

기절한 앙투안느가 무대의 전면에 있다.

플라타너스가 늘어서 있는 길. 왼쪽 모퉁이에 집 한 채. 벙긋이 열려 있는 문은 울타리로 막혀진 통로로 연결되어 있다.

내부에는 2층의 살림집을 지탱하고 있는 두 줄의 도리아식 원주가 작은 마당을 둘러싸고 있는 것이 보인다. 기둥들 사이로, 푸르스름한 옻칠로 윤을 내고 구리 장식을 박은 문들이 안쪽으로 보인다.

마당 한가운데 바닥에 바구니와 궤짝, 여러 가지 크기의 상자들이 놓여 있다. 등을 보인 채, 무릎을 꿇고 있는 민소매의 노란 긴 옷을 입은 여자가 여행을 위해 각기 다른 물건들을 챙겨 넣고 그것을 끈으로 묶고 있는 듯하다. 그녀 곁에 서서, 기둥에 기대어 그녀가 하는 것을 바라보고 있는, 온통 흰 옷을 입은 다른 여자가 있다. 허리띠를 매지 않고, 금 고리로 어깨에 묶은 그녀의 옷은 수직의 큼직한 주름으로 내려뜨려져 있고, 발가락이 보이는 샌들을 신은 그녀의 발끝이 그 아래로 나와 있다. 땋아 내린 금발 머리는 일정한 마름모꼴이고, 진주를 꿰어 만든 끈이 정수리에서 시작해 양쪽 귀 가운데를 지나 머리 뒤로 묶여 있고, 거기에서부터 작은 컬의 나머지 머리카락이 아래로 드리워져 있다.

기녀[33]

서둘러, 람피토! 그러다가 못 끝내겠어. 선원들이 깨기 전에 새벽같이 떠나야 하는데.

---

[33] 쿠르티잔 courtisane은 고대 그리스의 상류 사회 남성으로부터 경제적 보장을 받고 그 대가로 자신의 아름다움을 제공하는 직업여성이다. 시와 춤과 악기에 능했으며, 매우 정교한 옷차림새를 추구했으며, 철학자나 예술가들과 교류했다. 기녀(妓女) 계층에 속하는 여성으로, 한국 문화에는 이러한 여성의 직업을 지칭하는 적절한 단어가 없다. 아나톨 프랑스는 그의 소설 『타이스』에서 4세기 알렉산드리아의 훌륭한 배우이며 무희였던 타이스가 그리스도교로 개종하여 성녀가 되는 이야기를 그리고 있다. 쿠르티잔 타이스는 쇠퇴하는 그리스 로마 문명과 새롭게 떠오르는 기독교 문명의 틈바구니에 놓여 있었다.

무릎을 꿇고 있는 여자

오열하며.

그럼 그게 사실인가요, 마님?

기녀

말을 잇는다.

델로스[34] 산 향유를 납 상자에 넣었니? 또 붓꽃 가루를 넣은 작은 주머니에 파타라에서 온 샌들은 넣었고?

람피토

예, 마님. 머리에 바르는 리지마카이아,[35] 눈썹을 그리는 개미 알, 얼굴에 바르는 아칸서스[36] 뿌리를 챙겼어요.

기녀

시바리스[37]에서 만든 내 드레스들 아래에다 허리를 조이는 작은 전나무 판자들[38]을 깊숙이 감춰. 점성가에게서 산 야생 당나귀의 담석도, 피임을 위한 이집트산 에크보라다[39]도 잊지 마.

람피토

아! 마님, 이젠 더 이상 뵐 수 없는 건가요?

---

34 Délos는 그리스 에게 해에 위치한, 미노코스에 가까이 있는 작은 섬. 기원전 14세기부터 그리스 종교의 중심지가 되었다.

35 그리스어 *lysimachia*는 *lysimachion*의 복수형으로 큰까치수염 풀을 가리킨다.

36 지중해 연안 지방에 자생하는, 가시가 있는 다년초 식물 또는 그 꽃.

37 기원전 720년경 그리스인들이 이탈리아 남쪽 타란토 만에 세운 도시(지금의 시바리)로, 주민들의 사치와 방만한 풍습으로 유명했다.

38 끈을 사용하지 않은 일종의 코르셋. 고대 그리스 여인들은 코르셋을 사용하지 않고 일종의 가슴띠 혹은 가슴 보조대를 사용해 가슴선을 강조하려 했다.

39 그리스어 *ecbolada*는 태아를 낙태시키는 약품.

람피토가 운다.

기녀

감송향(甘松香), 로디눔,[40] 사프란[41] 남은 걸 다 넣어. 그리고 특히, 아몬드 기름을 넣어. 사람들이 말하길, 그곳의 기름은 좋지 않다고 해. 밤새 내 가슴에 머리를 얹은 채 자고 아침에 깨었을 때 수염에서 좋은 냄새가 나는 걸 알게 된 이후로 그가 날 데려가 준다고 약속을 했으니, 내 몸에서 늘 은근한 냄새가 풍기게 해야만 해.

람피토

그는 정말 부자인가요, 오 마님, 그 페르가몬[42]의 왕이요?

기녀

그렇단다, 람피토. 그는 부자야. 앞날을 생각해야지. 늙어서 예전의 애인들을 찾아가 소금물[43]과 빵을 구걸하거나, 선원들에게 아양을 떨며 살고 싶진 않아. 5년 후, 10년 후, 나는 돈을 많이 가질 거야, 람피토. 난 다시 돌아올 거야. 테바이[44]의 벽을 세우게 한 프리네,[45] 시키온[46]에 주랑을 세우게 한 라미아, 플루

---

40 rhodinum은 장미를 뜻하는 그리스어 rhodinos에서 온 말로, 알코올성 장미 기름이다.
41 크로쿠스라고 부르는 외떡잎식물로 꽃의 오렌지색 암술머리는 향료와 염색 재료로 쓰인다. 암술 추출이 어려워 매우 귀하고 비싸다.
42 옛 소아시아 북동쪽에 위치한 무지아 지방의 도시로 오늘날 터키의 베르가마Bergama이다. 기원전 3세기부터 기원후 2세기까지 예술과 지적 산업의 중심지로 20만 권의 장서를 소장한 도서관, 가파른 언덕 위에 세운 건축물, 조각, 양피지, 도자기, 향료 산업 등으로 유명했다.
43 식품을 저장하기 위한 용도로 쓰인다.
44 그리스 중부 보이오티아 지방의 북동쪽에 위치한 도시.

트를 연주하던 클레이네처럼 그리스 곳곳에 나의 청동 조각상을 세우지는 못한다고 해도, 나의 시라쿠사산 개에게 시라쿠사에서 만든 과자만을 먹일 수 있기를 바래. 집 안은 페르시아풍으로 꾸밀 거야. 마당에는 공작새를 풀어놓고, 금으로 덩굴광대수염의 잎 무늬를 직조한 헤르미오네[47]산 붉은 드레스를 입을 거야. 그러면 사람들이 이렇게 말할 거야. 〈그녀는 우리 곁에 살러 돌아온 코린토스 여인 데모나사야. 그녀가 사랑하는 이는 행복하리라!〉 왜냐하면 돈이 많은 여자는, 오! 람피토, 늘 선망의 대상이거든.

람피토

오! 마님, 아테네의 젊은이들이 권태로 시들겠어요.

앙투안느 성인은 자기 자신을 보고, 기녀의 집 앞을 왔다 갔다 하고 있는 또 다른 앙투안느 성인을 본다.

기녀

누가 길에서 걷고 있지, 람피토? 발소리가 들려.

람피토

마님, 플라타너스에서 불고 있는 바람인가 봐요.

기녀

집정관들의 첩자일까 무서워. 내가 떠나려 하는 것을 그들이

---

45 기원전 4세기 그리스 아테네에서 살았던 플루트 연주자로 연인이었던 조각가 프락시텔레스가 그녀를 모델로 아프로디테를 조각했다.
46 그리스 반도 펠로폰네소스의 북안 코린토스의 서쪽에 인접한 옛 도시.
47 펠로폰네소스에 위치한 그리스의 옛 도시로 오늘의 에르미오니Ermioni. 고대부터 군대 제복 등 붉은색 염색업이 융성했던 지역이다.

알면, 나를 못 가게 할 거야.

람피토

도레 사거리에서 세 마리 암노새와 산길을 잘 아는 믿을 만한 안내인이 마님을 기다려요.

가짜 앙투안느

길에서.
들어갈까? 들어가지 말까?

람피토

아! 마님 없는 향연[48]은 얼마나 쓸쓸할까! 둥근 홀의 울리는 천장 아래서 마님의 은구슬 같은 웃음이 튀어 오르는 소리를 이제는 들을 수 없다니! 그 누구도, 마님처럼, 도리아식 비바지스[49]를 추며 일정한 간격으로 줄무늬 치마를 들어 올리고, 마르티피아를 멋지게 출 수 있는 이는 없을 거예요. 마님께서 머리를 젖히고, 오른팔을 뻗고, 검은색 캐스터네츠를 손에 쥐고 울리며 돌 때면, 마님의 춤을 보려고 횃불 사이로 몸을 기울인 회식자들의 이마 위로 늘어진 머리카락이 숄의 날쌘 바람으로 살랑거렸지요.

가짜 앙투안느가 문턱에 멈추어 서서 살포시 열린 문 사이로 들여다본다.

---

48 고대 그리스의 철학자와 예술가들이 모여 술을 나누고, 아폴론에 대한 찬가를 부르고, 연극을 보기도 하고, 플루트 연주와 기녀의 춤사위를 보기도 하면서 다양한 주제들에 관해 논하는 만남으로, 기원전 4세기 크세노폰과 플라톤의 저술을 통해 이 문화적 전통을 엿볼 수 있다.

49 *bibasis*는 춤의 도약을 의미하는 것으로 보인다. 사전에는 없는 이 단어는 그리스어 *bibo*(발을 들어 건너뛰다) 혹은 *bibazo*(올라가게 하다 혹은 도약하다) 동사에 명사형 접미사 *-sis*를 합성한 단어로 추측된다.

기녀

밖에서 이렇게 한숨을 쉬고 있는 게 누구야, 람피토?

람피토

아무도 아니에요, 마님. 멧비둘기들이 테라스에서 구구 울고 있나 봐요.

가짜 앙투안느

들어갈까?

람피토

마님은 카르케지온 잔[50]에다 멘데스[51]산 포도주를 마시며, 대가들의 무릎에 앉으셨지요. 그들은 모두 마님의 허리를 감싸고는 마님께서 그들에게 무언가를 얘기해 줄 것을 부탁했어요. 철학자들은 흥분해서 아름다움에 대해 논하고, 화가들은 과장된 몸짓을 하며 마님의 옆모습에 경탄했고, 시인들은 긴 웃옷 밑으로 소름이 돋는 것을 느끼며 얼굴이 창백해졌지요.

마님께서 40개의 금줄로 된 에피고네이언[52] 위로 헤엄치는 이처럼 몸을 길게 늘일 때, 그리고 상아 활 아래에서 속이 텅 빈 키타리스[53]가 붕붕 울릴 때, 또 부드럽게 노래하는 마님의 입이 무사 여신들[54]의 멜로디를 위해 열릴 때, 야만인들이 마님에게 박수를 칠 수는 없지요!

---

50 고대 그리스의 술통처럼 길쭉하며 가운데가 잘록한 술잔.
51 이집트의 나일 강 하류에 위치한 도시로 오늘날의 아크뭄 타나Achmum-Tanah.
52 에피고노스가 만든 이집트의 하프.
53 사다리꼴의 평평하고 커다란 나무 상자로 된 고대 그리스의 칠현금.
54 그리스어로 Moûsa. 시인에게 영감을 불어넣는 그리스 신화 속의 여신들(뮤즈 여신들Muses).

오 데모나사! 아폴론의 활처럼 굽은 눈썹에, 고요한 바다처럼 아름다운 얼굴을 한 마님, 엘레우시스로 가는 길에서 합창대와 함께 오랫동안 펼쳐지는 테스모포리아[55]도, 무언극의 배우가 날카롭게 소리치는 박코스의 연극도, 저녁에 산책 나가는 항구도 더 이상 없어요.

기녀

그런데, 람피토, 누가 문을 두드려.

람피토

아무도 아니에요, 마님. 덧창이 벽에 부딪히는 소리예요.

가짜 앙투안느

문을 두드리는 쇠고리를 잡고.
심장이 뛰어……. 못 하겠어……. 그렇긴 해도…….

기녀

기둥 사이로, 머리를 숙인 채 두 팔을 흔들면서 이리저리 걸으며.

어쩌나! 어쩌나! 떠나야만 해! 파로스 대리석 위로 울리는 쇠끌 소리를 들으며 훌륭한 조각가와 아틀리에에서 나누던 긴긴 담소도 이젠 안녕! 명인은 드러난 팔로 갈색 점토를 이기고 있었지. 사다리 끝에 서서 포즈를 취하고 있던 나는 그의 넓은 이마 위에 불안이 깃든 주름이 지는 것을 보고 있었어. 그는 미리

---

[55] 올림포스 신에 속하는 밀의 여신 데메테르와 납치된 그녀의 딸 페르세포네의 이야기를 비의(秘儀) 형식으로 재현하는 고대 그리스 축제를 가리킨다. 10월 말에서 11월 초, 겨울 밀을 파종하는 시기에 맞추어 3일간 지속되는데, 하루는 행진을 하고, 하루는 단식을 하고, 마지막 날에 제물을 바치며, 결혼한 여성들만 참가할 수 있었다.

구상한 형태를 내 몸에서 찾고 있었고, 거기서 이상보다 더 눈부신 형태를 갑자기 발견할 때면 몸서리를 치곤 했지. 그런데 난, 내 무릎 종지뼈와 등에 있는 보조개의 소묘 때문에 절망하는 예술을 보며 웃곤 했어.

가짜 앙투안느가 문을 민다.

람피토

데모나사에게 몸을 던지며.

마님! 마님! 제게 아무것도 발설하지 말라고 했던 이방인이에요!

환영이 사라진다.

앙투안느

깨어나며, 헐떡이고 있다.

하아!

장면이 바뀐다.

악마

다른 곳으로!

해가 지고 있는 인적 없는 들판.

연한 초록빛 알로에 묶음이 점점이 박혀 있는 갈색의 평평한 땅이 언덕배기까지 완만하게 올라가다 불룩 일어나고, 저 안쪽, 멀리, 산들이 보이는데, 발치는 이미 그림자에 잠겨 있고, 뾰족한 정상은 보랏빛 광활한 하늘을 향해 파랗게 우뚝 솟아 있다.

언덕 위에는 천막들이 세워져 있고, 검은색 양 떼가 있다. 멀리서 목자가 외치는 소리가 들려온다.

금빛으로 반짝이는 넓은 빛살의 그림자가 평평한 땅 위로 주름지며 노란 풀 위로 흘러 들어간다. 수평으로 떨어지는 햇살 속으로 무지갯

빛 동그라미들이 맴돌고, 내려오고, 땅을 스치고, 이내 사라진다.

사람들이 다녀 만들어진 오솔길이 들판 위로 굽이친다.

한 여인이 길가에 와 앉는다. 멀리 보려고 손을 펼쳐 눈 위에 얹고, 누군가를 기다리는 듯 말없이 응시한다. 그녀의 검은 눈이 흰 베일 틈에서 반짝인다. 그녀의 얼굴을 여러 번 감싼 베일 탓에, 굵은 금귀고리가 밖으로 드러나고 귀 끝은 추켜올려져 있다.

산바람이 저 아래에 있는 암양들의 긴 털을 흔들고, 길에서 회색 먼지 회오리를 일으키고, 그녀의 여름옷을 몸에 달라붙게 한다. 노란색 얇은 옷감 사이로 그녀의 몸매가 드러난다. 오솔길에 한 남자가 걸어가고 있는데, 그는 양치기로, 흰 망토를 입고 있고 머리에는 청동 테를 두르고 있다. 그는 손잡이 부분이 굽은 지팡이를 들고, 발소리가 거의 나지 않는 숫염소 가죽 샌들을 신고 있다.

그가 그녀를 쳐다보자, 그들은 서로 바라보고, 남자가 미소를 짓고, 여자가 한숨을 내쉰다. 그가 그녀에게 다가가고, 그들은 마주 서서 낮은 목소리로 속삭인다.

그들이 하는 말이 앙투안느에게는 들리지 않는다.

남자는 손가락에서 뺀 은가락지, 머리에 얹혀 있던 청동 테, 그리고 굽은 지팡이를 베일로 가린 여자에게 넘겨준다. 그녀는 반지를 자기 손가락에 끼고, 테는 팔에 걸고, 지팡이를 집어 든다.[56]

〈바로 하지, 당신이 원한다면〉, 그녀가 말한다.

---

56 이 장면은 『구약』 「창세기」 제38장의 유다와 다말의 이야기이다. 남편이 죽은 후 풍습에 따라 시동생들에게서 후손을 얻으려 했던 다말은 기회가 주어지지 않자 신전 창녀로 분장을 하고 시아버지인 유다와 관계하여 두 아들, 베레스와 세라를 얻는다. 후일 유다 집안의 혈통임을 증명하기 위해 그녀는 인장과 줄과 지팡이를 담보물로 요구하였다. 「마태오의 복음서」에 따르면 다윗은 베레스에 의해 유다의 혈통을 받았다. 플로베르는 이 에피소드를 통해 근친상간의 한 예를 역사 속에서 읽고 있다.

목자

대답한다.
어디서 말이야?

베일을 쓴 여인

저기, 바닥에서!

목자

좀 더 멀리 가자! 숫염소 똥이 너의 아름다운 옷을 망가뜨릴까 걱정되는군.
그들이 멀어진다.

여인

여길 봐! 여기가 좋겠어.

목자

사람들이 우릴 볼 텐데.

여인

그러니 서둘러! 빨리, 빨리!

목자

이쪽에 버려진 옛 빗물받이 웅덩이가 있을 텐데, 거기로 가자, 그곳이 편안할 거야.

여인

긴 수염을 한 목자여, 꼭 어린애처럼 생각이 없네!

목자

웃으며.

넌 몹시 즐거운 처녀 애 같구나! 네 얼굴이 보고 싶어! 베일로 가리고 있으면 어디에 입을 맞추겠니?

여인

내 목덜미에 입술을 얹고, 또 벗은 젖가슴에 키스하면 되지. 그건 석류처럼 단단하고 달처럼 희지.

목자

망토를 벗어서 바닥에 깔아 줄게.

여인

아냐. 풀이 보드라워. 옷을 둘둘 말아 베개를 만들어 내 머리 밑에 놔줘.

그녀가 알을 품듯 움츠리고 앉자, 둥글게 부푼 그녀의 치마 끝에 가시가 걸린다. 목자가 망토를 벗어 던지고, 거기에 그녀가 눕자 목자가 그녀 위로 몸을 기울인다.

그들이 더 이상 보이지 않는다.

하늘 한편이 뿌옇게 변하고, 어둠이 내리고, 산은 협곡에서 피어오르는 안개 속으로 사라지고, 우윳빛 안개가 들판의 이 끝에서 저 끝까지를 덮고 있다. 공기는 습해 비가 내리는 듯하고, 잔디는 파랗다. 자갯빛 어둠 위에 천천히 퍼지고 있는 어스름한 달빛에 작은 언덕이 드러난다.

메아리에 어떤 소리가 실려 오고, 깊은 숲에서 나는 짐승의 울부짖는 소리처럼 들린다. 그 소리는 이어지고 길게 늘어지는데, 처음엔 약하더니 이어 급격히 불규칙하면서 활발해지고, 마치 파도의 출렁임 속에서 들려오는 파도소리처럼, 소란의 한가운데서, 이따금씩, 맑은 목소리가 찰랑거린다. 소리는 커지고, 흩어지고, 반복해서 들려온다. 아마도 저 멀리, 떨기나무 꽃이 핀 들판에서, 안개 속에 길을 잃고 헐떡이며 풀숲에 숨어, 무언가가 자기에게로 다가오는 소리를 꼼짝 않고 듣고 있는 사슴을 찾고 있는가 보다. 이어 소란은 지나가고, 잠잠해지고, 사라진다.

갑자기, 짖으며 달리는 어마어마한 한 무리의 사냥개들이 비탈로 급히 내려간다. 일사불란한 동작으로 물결치는 개들의 등짝 위로 달빛이 쏟아진다.

나무들이 나타나고, 언덕이 멀어지고, 계곡의 바닥이 올라오고, 넓은 나뭇잎들이 자잘한 풀밭에 생긴 잔잔한 물웅덩이를 둘러싸고 있다. 물결은, 좁고 기다란 자갈밭과 초록빛 새털 이불 같은 물냉이 덤불에 갇혀 있어, 나무둥치 사이로 흘러가고, 그 밑동에 난 가지들은 물에 잠겨 있다. 밖으로 드러난 굵은 뿌리에는 이끼가 덮여 있고, 높은 가지들은 돔처럼 휘고 여기저기 나 있는 틈새로 음산한 빛이 지나면서 나뭇잎을 아롱지게 하고, 윤곽을 드러나게 하고, 그늘에 은빛 불꽃을 뿌리고, 풀잎의 모서리를 빛나게 하고, 자갈에 부딪히고, 젖은 땅 위로 물결 무늬를 길게 드리운다. 호수 위로 갑자기 가벼운 연기가 일어나 석양의 투명함 속에 깔린 얇은 천처럼 길게 퍼진다. 나무껍질을 타고 이슬이 흘러내리고, 물방울이 떨어지는 소리가 들리고, 칡덩굴이 위에서 아래로 드리워진 커다란 버드나무 한 그루가 이 모든 풍경에 걸쳐 있다.

멀리서 들려오던, 짐승이 짖는 소리가 갑자기 휘몰아치고, 사냥개 두 마리가 나뭇가지 사이로 주둥이를 내밀자 짧은 옷을 입은 사냥의 여신 디아나[57]가 손가락으로 잡고 있는 줄을 잡아당긴다. 그녀는 뒤를

---

57 로마에서는 이탈리아 및 라티움의 신인 디아나와 그리스의 아르테미스 Artemis가 동일시되었다. 그녀는 아폴론의 쌍둥이 누이로 알려져 있으며 아폴론과 마찬가지로 활을 무기로 들고 다녔다. 아르테미스는 영원히 젊은 처녀 신으로, 야생에서 살며 사냥만을 즐겼다. 아르테미스는 그녀처럼 전사이자 사냥꾼이고, 남자들의 굴레에서 자유로운 아마조네스의 수호자로 여겨졌다.

주시하며 걷고 있는데, 작은 화살통이 그녀의 등에서 들썩이고, 왼손에는 활이 들려 있고, 옷자락이 그녀의 둥근 엉덩이 위로 펄럭인다. 젖은 갈색 머리칼로 가려진 갸름한 그녀의 얼굴이 새벽의 상쾌함에 분홍빛으로 물들어 있다. 그녀는 활과 화살통을 풀숲에 던지고, 쥐똥나무에 개들을 묶어 그들을 진정시킨 뒤, 한쪽 다리로 지탱하고 서서 크레테 섬 스타일의 신발[58] 끈을 풀기 시작한다.

님프[59]들이 서로서로 이름을 부르며 달려온다. 옷을 벗어 나뭇가지에 걸고, 벗은 모습을 보고 웃는다. 몸을 떨면서 서로에게 기대고, 머리 타래를 풀고, 물을 만지려고 몸을 기울이고, 허리가 잠기는 곳까지 들어가 서로서로 얼굴에 물을 뿌린다.

(그녀들을 웃게 할 것, 웃고 싶은 욕구에 사로잡힌 앙투안느, 거나한 기분, 푸르름, 환희 만세!)

햇불이 하나, 둘, 셋, 다섯, 나뭇잎 뒤로 지나간다. 빛이 커지다가 큰 불꽃에 작은 불꽃이 빨려 들어가듯 사라져 버린다.

나뭇가지 모양의 금 촛대가 밝히고 있는 거대한 홀이 검은 하늘 아래 갑자기 모습을 드러낸다.

높이 있어 어둠 속에 반쯤 잠긴 기둥들을 지탱하고 있는 반암 받침들이 테이블 옆으로 줄지어 있고, 테이블들은 저 끝까지 이어지는데, 멀리 불이 밝혀진 지평선 위로 거대한 건축물인 피라미드, 둥근 천장, 계단, 층계참과 둥근 기둥이 늘어선 아케이드, 둥근 지붕 위에 서 있는 오벨리스크가 나타난다. 제단 위에 놓인 제물처럼 김이 나는 음식으로 뒤덮인 테이블들 사이로 여기저기 머리에 제비꽃 관을 쓴 합창대가 서서, 울리는 목소리로 노래하며 칠현금을 연주한다.

---

58 정강이뼈 바로 위까지 올라오는 부츠 혹은 끈으로 종아리를 묶는 샌들.

59 들판과 자연의 정령. 전원과 숲과 물에 사는 〈젊은 여자들〉로 다산(多産)과 아름다움을 의인화한 존재들이다. 그녀들은 동굴에 살면서 실을 잣고 노래를 부르며 세월을 보냈는데, 종종 아르테미스와 같이 더 높은 서열의 신들을 수행하기도 했다.

안쪽, 좀 더 높은 곳에, 혼자, 미트라[60]를 쓰고 진홍색 옷을 입은 네부카드네자르 왕이 먹고 마시고 있다.

머리카락과 수염을 땋았다.

그의 뒤로, 팔로는 백성의 숨통을 조이고, 빈 돌에 램프들이 박혀 있어 온갖 빛깔을 내뿜는 왕관을 쓰고 있는 왕의 조각상이 서 있다.

흰 망토를 입고 보네[61]를 쓴 네 명의 사제가 커다란 향로를 들고 왕의 테이블 네 귀퉁이에 향을 뿌린다. 바닥에서, 손도 발도 없이 몸을 질질 끌고 있는 포로로 잡혀온 왕들에게 그가 먹을 것을 던지면, 그들은 이빨로 음식 조각들을 집으려고 서로 싸운다. 왕의 맞은편 좀 더 낮은 테이블에는, 그의 형제와 부모, 제국을 요구하던 이들 모두가 멀어 버린 눈에 푸른 띠를 두르고 앉아 있다. 조금 더 아래쪽, 마지막으로 놓여 있는 세 번째 테이블에는 이스라엘의 젊은이들인 메삭, 사드락, 아벳느고와 벨트사차르[62]가 앉아 있다. 노예들이 접시를 들고 뛰어가고, 여자들은 돌면서 마실 것을 따르고, 바구니들이 빵의 무게에 눌려 소리를 지르고, 포도주가 항아리에서 넘친다. 사람들이 술통을 부순다. 우유가 가득 담긴 흑단 대접과 물이 차 있는 청동 단지를 사이사이에 놓았다. 그리고 낙타 한 마리가 구멍 난 가죽 부대를 등에 지고, 돌바닥을 식히려고 이리저리 다니면서 마편초[63] 물을 흘린다. 강철 칼이 번쩍거리고, 열기로 장미가 꽃잎을 떨어뜨리고, 과일 더미가 무너져 내리

---

60 삼각형의 높은, 고대 페르시아 모자.

61 테 없는 모자.

62 바빌론의 왕 네부카드네자르(B.C. 605~B.C. 562 통치)가 예루살렘을 침략하고 자신의 땅 신아르로 데리고 왔던 이스라엘의 왕족과 귀족 출신의 유배당한 젊은이들로, 네부카드네자르는 그들로 하여금 칼데아 문학과 언어를 배우게 하여 바빌론 왕을 섬기게 했다. 이들 가운데 벨트사차르(유대 이름은 다니엘)는 문학과 지혜에 능하여 모든 환시와 꿈을 꿰뚫어 볼 수 있었다. 하늘의 뜻을 거스르고 금상을 세워 경배하게 하고 바빌론의 영광을 떨치며 마음을 겸손하게 낮추지 않았던 왕에게, 오만에 대한 벌을 받아 마음이 짐승처럼 되고 들나귀와 함께 살고 소처럼 풀을 먹으며 살라는 해몽을 주기도 했다(『구약』「다니엘」제1~5장).

마티아스 그뤼네발트 | 「성 앙투안느의 유혹」 | 1515년경 | 알사스: 콜마르 운터린덴 박물관.(왼쪽)
조반니 벨리니 | 「십자가상」 | 1455년경 | 베네치아: 코레르 박물관.(오른쪽)

폴 세잔 | 「성 앙투안느의 유혹」 | 1875년경 | 파리: 오르세 박물관.

살바도르 달리 | 「성 앙투안느의 유혹」 | 1946년 | 브뤼셀: 왕립 미술관.

히에로니뮈스 보스 | 「성 앙투안느의 유혹」 | 1501년경 | 리스본: 국립 고대미술 박물관.

피터르 브뤼헐 2세 | 「성 앙투안느의 유혹」 | 1600년대 | 1845년 이탈리아 여행 도중 제네바 발비 궁에서 플로베르는 이 그림을 보고 이 작품을 구상한다. 컬러 원본은 현재 소장처를 알 수 없다.(위)
히에로니뮈스 보스 | 「성 앙투안느의 유혹」 | 1500년대 | 마드리드: 프라도 미술관.(왼쪽)
윌리엄 블레이크 | 「네부카드네자르」 | 1805년경.(오른쪽)

히에로니뮈스 보스 또는 추종자 | 「일곱 가지 중대죄들」 | 1500~1525년 | 마드리드: 프라도 국립 박물관 | 「이젠하임 제단화」 12개의 패널 가운데 하나로, 안토니우스 파 수도원의 제작, 주문으로 그려졌다.

메츠에 있는 당부르와 강젤의 민화 | 자크 칼로(1592~1635)의 흑백의 에칭 판화 원본에 후대 민화가들이 색채를 입혔다.(위)
피터르 브뤼헐 | 「일곱 가지 죄악」 가운데 〈폭식〉의 죄악 | 1557년 | 브뤼셀: 왕립 도서관.(아래)

고, 크리스털 잔들이 울리고, 나뭇가지 모양의 큰 촛대들이 검은 밤의 배경에 진홍색 깃털 장식 같은 불꽃을 비틀며 피워 내고, 노예들이 내리치는 채찍이 공중에서 철썩인다. 소리꾼들이 노래하고, 무희들이 춤추고, 조련사들이 미소를 지으면서 짐승들을 이끌고, 곡예사가 소리치고 팔을 걷어 올린다. 표범들이 굴렁쇠 안으로 뛰어들고, 뱀들이 기둥 위에서 똬리를 풀고, 여성 곡예사들이 단검 끝에서 회전한다. 흑인 광대는 허리 둘레로 커다란 은 공들을 굴리고, 다른 광대는 몸을 뒤로 젖혀 머리를 땅에 붙이고 주먹 위로 쇳덩이를 지탱하고 있다. 금 종 아래에서 새들이 날아오른다. 아이들이, 벌거벗은 채 눈덩이를 서로서로 던지고, 흰 은그릇 위로 떨어지면서 눈덩이가 부서져 버린다. 여자들은 노란색 타이즈를 입고, 머리카락을 그물망으로 묶고, 코로 불을 뿜어내고, 손바닥을 짚으며 걷고, 심벌즈가 울려 퍼지고, 향로가 좌우로 움직인다. 왕은 술을 마시고 벌겋게 취해서, 소매로 그의 얼굴에 흘러내리는 기름진 향수를 훔친다. 그는 제기(祭器)에다 먹고, 호령하고, 고함지르고, 눈동자를 굴린다. 그의 주위에 있는 이들이 창백하다.

얼마나 많은 사람들이 모여 있는지, 얼마나 많은 향료가 세 발 향로에서 타고 있는지, 얼마나 포도주가 넘치고, 고기가 넘치고, 향료가 넘치고, 숨들이 가쁜지, 잔칫상 위로 구름이 떠돈다.

염소 가죽으로 뒤덮인 예언자들이 홀 가운데에 나타나 금으로 된 거인상을 향해 팔을 들어 올린다. 왕이 웃고 손뼉을 치고 병사들을 부른다.

사자들이 포효하고, 관솔 횃불에서 그들 귀로 뚝뚝 떨어지는 송진 때문에 머리를 흔들어 대고, 테이블들 사이로 뱀들이 기어다니기 시작한다. 끝 모르는 연주로, 칠현금에 손가락이 베이고, 궁수들이 활을 당겨 화살이 날고, 검들이 번쩍인다. 사람들이 예언자들의 목을 조르고, 왕을 경배하고, 왕은 바닥을 구르며 워워 소처럼 운다.

63 여름과 가을에 걸쳐 자줏빛 작은 꽃이 줄기 끝에서 이삭 모양으로 가늘게 피며 향기가 나는 다년초로, 이파리를 끓인 물은 관장에 사용하고 차로도 마신다.

회식자들이 도망가고, 불빛이 꺼진다.

앙투안느는 다시 일어서고, 어둠 속에서 귀 기울여 듣는다.

시인들과 광대들

훠이! 훠이!

우리는 허공 한가운데서 균형을 잡고 서 있고, 길 따라 방랑하며, 우리를 쳐다보고 있는 이들을 즐겁게 해주려고 머리를 아래로 한 채 공중에서 빠른 속도로 돌지. 무언가가 우리를 이 직업에 종사하게 해.

우리는 양날 선 칼 조각을 삼키고, 우리를 짓누르는 짐을 등에 진 채, 위험한 것들과 더불어 살지.

먼 지방으로 사나운 짐승들을 찾으러 가고, 힘으로 그들을 제압하는 데는 또 얼마나 많은 시간이 소요되는지! 박자에 맞춰 부드럽게 뛰게 하고 또 마음대로 포효하게 하고 배로 기도록 하기 위해, 이건 정말 쉽지 않았어, 많은 속임수가 필요했지.

모두가, 어쩌면, 이마에 인간 피라미드를 이고 또 베갯머리에서 끊임없이 칸막이를 긁어 대는 성난 발톱 소리를 들으려고 태어나지는 않았겠지.

배를 만들 때, 나무망치로 못 끝을 박고, 목재를 불에 그을리고, 나사못으로 조이는 것처럼, 우리는 우리의 영혼 안에 딱딱한 것들 한 더미를 구겨 넣고, 영혼에 쇠를 둘러 묶고는 영혼이 똑바로 서서 여행할 수 있게 했고, 영혼의 유연한 돛이 좀 더 높이 휘날리도록 했고, 당당하게, 니스 칠 된 영혼의 배 밑바닥이, 햇살 속에서 물결을 잘 가를 수 있도록 했지. 오! 청년이었을 때 우리는 고통스러웠고, 우리의 위장술로 인해 누구나 울게 되도록 거울 속의 자신을 들여다보며 흉측한 얼굴 표정을 연구했지.

우리는 노래로 자유와 전투를 기념하고, 전제 군주는 돈을 한껏 지불해서 명성을 영원히 전하지만, 패배자가 칭송을 받았다면 그건 그가 고함을 질렀기 때문이지.

우리는 물을 마시고도 포도주와 잔치에 대해 운을 맞추고, 사랑 없이도 사랑을 꿈꾸게 만들지! 얼굴이 붉은 병사가 돌격하며 우리가 만든 영광의 노래를 큰 소리로 부르고, 순진한 난봉꾼들은 우리의 쾌활함을 부러워하고, 또 사랑에 농락당한 여자들은 우리 가슴에 기대어 오열하며, 그녀들을 이렇게 혼란스럽게 하고 또 우리가 이해조차 못 하는 듯 보이는 애정을 이토록 잘 표현하기 위해 어떻게 하는지를 물어 오지!

휘이! 휘이!

우리는 색칠한 종이 관을, 나무 검을, 가짜 보석을 단 옷을 입고 있지. 완전히 비워 버린 우리의 마음이 바람 찬 공처럼 튀는 건, 조그마한 미풍에도 마음이 흔들리기 때문이지. 이 세상의 그 무엇도 마음을 이 세상에 묶어 두지 않기에. 아침부터 저녁까지 우리는 왕, 영웅, 악당을 연기하지. 곱사등을 만들고, 얼굴에 가짜 코를 걸고, 겁을 주려 커다란 콧수염을 달지.

가짜 다이아몬드가 진짜보다 빛나지. 분홍 타이즈가 흰 엉덩이에 비길 만하지. 가발이 숱 많은 머리털보다 길고, 기름을 먹이면 똑같이 향이 나고, 파마를 하면 똑같이 우아하고, 햇살이 비치면 금속성 광택이 똑같이 영롱하지. 화장분이 강렬한 격정으로 뺨을 부각시키고, 잔털의 유혹이 간통을 부추기고, 저잣거리에서 춤을 출 때 우리의 낡은 옷에 달린 금장식 줄이 바람에 펄럭이는 걸 보며 인간사의 허망함에 대한 철학적 생각을 떠올리게 되지.

우리는 노래하고, 소리 지르고, 웃고, 울고, 커다란 장대를 들고 외줄을 타고, 북을 치고, 과장된 목소리로 문장을 말하고, 긴 망토를 질질 끌지.[64] 오케스트라는 윙윙거리고, 그 소리에 곡마단 천막이 흔들리고, 역한 냄새가 지나가고, 색깔들이 돌고,

이데아가 미사여구로 과장되고, 관객들이 조바심을 내고, 그때, 숨을 헐떡이며 목표물에 눈을 고정하고, 작업에 몰입된 우리는 기이한 판타지를 완성시켜 연민으로 웃게 하거나 공포로 소리를 지르게 하지.

스스로의 야단법석에 귀가 멍멍하고, 기쁨으로 우울하고, 슬픔으로 권태로운 우리는 그 때문에 땀 흘리고, 헐떡이고, 힘들어하고, 발작하고, 류머티즘에 시달리고 불치의 암에 걸리지.

오래전부터, 힘없이 세상을 떠돌며, 똑같은 익살을 보여 주었네! 늘 원숭이, 앵무새, 형용사와 리본, 어마어마하게 큰 여자들과 숭고한 생각들이지! 같은 후렴구를 반복하며 얼마나 자주 별들을 보았나! 얼마나 자주 사월의 이슬을 흔들어 대고 꾀꼬리의 연가를 지저귀었던가! 우리는 나뭇잎을 환상에, 인간을 모래알에, 소녀를 장미에 충분히 비유하지 않았나? 우리는 달, 해, 바다를 지나치게 썼지! 그래서 달은 창백하고, 해는 덜 뜨겁고, 큰 바다마저도 작게 보이지.

우리는 가족을 떠났고, 조국을 잊었으며, 수레에 우리의 신들을 싣고 다니지. 이 고장 저 고장을 지날 때면, 사람들이 창가로 모여들며 쟁기를 내팽개치고, 엄마들은 우리가 데려갈까 두려워 아이들 손을 꼭 잡지. 사람들이 우리의 기타에 침을 뱉고, 가슴에서 번쩍이는 다이아몬드 당초무늬에 진흙을 던지고, 처마로 떨어진 물이 등을 따라 흘러내리고, 인생의 온갖 절망이 영혼 위로 철철 넘치고, 우리는 홀로 울기 위해 들판으로 가지.

휘이! 휘이!

우리의 금 반장화를 더럽히는 먼지를 풀에다 닦자. 머리를 치켜들자. 아름다워지자. 자부심을 갖자. 돌자. 굴레 없이 구보로 달리며 박수 치는 군중들 얼굴에 뒷발로 모래를 차도록 훈

---

64 귀족의 복식과 어법을 흉내 내고 있다.

련받은 말을 타고 돌자. 관념도 말처럼 갈기에 술 장식을 달고, 자기 엉덩이에 우리를 세워 태우고 있어. 관념의 콧구멍으로 김을 들이마시자. 손가락을 꺾자. 관념이 더 빨리 달리도록 발뒤꿈치로 치자.

노래하자. 온갖 사물의 목소리를 흉내 내자. 코뿔소의 훌쩍이는 소리부터 파리가 윙윙거리는 소리까지. 새털로 우리의 몸을 얼룩덜룩하게 치장하자. 식물의 즙으로 물을 들이자. 조가비, 푸른 종려나무 가지, 메달과 금색 동판으로 우리의 몸을 뒤덮자. 큰 냄비를 두들기자. 마음껏 놀자. 목이 쉬도록 소리치자. 우리의 몸을 자연을 넘어선 포즈로 비틀자. 우리들이 던지는 구리 공들처럼 공중으로 몸을 날리자. 우리의 영혼이 우리의 외침과 함께 떠나, 티타네스[65]의 날카롭고 긴 외침에 실려, 머나먼 곳으로 날아오르게.

휘이! 휘이!

갑자기 해가 나고 앙투안느의 거처가 원래 모습대로 보인다. 단지 솟아오른 땅의 평평한 면이 확대되어 공간이 더 넓어지고, 지평선이 뒤로 밀려나 있다.

하얀빛이 희미하게 반짝이고, 건조해서 바위들이 쩍쩍 갈라지고, 돼지는 죽을 것처럼 숨을 헐떡이고, 앙투안느는 땀에 흥건히 젖어 있다.

앙투안느가 고개를 들어 자기 앞에 서 있는, 서로 얼굴이 닮은 기수 셋이 긴 초록 옷을 입고 손에는 백합꽃들을 쥐고 야생 당나귀에 올라

---

[65] 플로베르가 쓴 *une hurlée titanique*라는 표현은 그가 만든 말이다. *hurlée*는 기존에 있는 단어 *hurlement*을 쓰지 않고 〈외치다〉의 뜻을 가진 동사 〈*hurler*〉를 기초로 *gorgée*, *poignée*와 같은 모델을 따라 만든 단어로, 모음 〈*i*〉가 가지는 날카로운 소리의 효과를 기대한 것으로 보인다. 마찬가지로, 〈거인적인, 거대한〉의 뜻을 가진 형용사 *titanesque*를 쓰지 않고 *titanique*라는 형용사를 만들어 〈*i*〉 모음의 효과를 기대했을 것이다. 불어의 *titanesque*는 그리스 신화의 우라노스와 가이아 사이에서 태어난 여섯 명의 거인 아들들을 지칭하는 티타네스*Titanes*에서 온 말로, 날카로운 청각 효과를 얻기 위해 번역에서 고유명사를 사용했다.

앉아 있다. 앙투안느가 몸을 돌리자 똑같이 당나귀를 타고 같은 자세로 줄지어 서 있는 세 명의 또 다른 기수들이 보인다.

당나귀를 탄 이들은 부동자세로 있고, 짐승들의 옆구리가 마치 막 뛰어온 듯 세차게 들먹이고 있다.

앙투안느가 다시 일어난다. 그러자 당나귀들이, 일시에, 한 발자국 앞으로 나와 주둥이를 그에게 비비고, 그의 옷을 조금씩 씹는다. 세차게 내리치는 북소리, 작은 종소리, 길게 이어지는 웅성거림, 〈이쪽으로! 이쪽으로! 거기!〉라고 외치는 목소리. 그러고는 갈라진 바위 사이로 깃발들, 붉은 비단 굴레를 쓴 낙타의 머리들, 짐을 잔뜩 실은 수노새들과 보랏빛 베일로 몸을 감싸고 흰 바탕에 검은 점이 박힌 말 위에 걸터앉은 여인네들이 나타난다. 짐승들이 배를 깔고 눕고, 노예들이 작은 봇짐이 있는 곳으로 뛰어가 이빨로 줄을 푼다. 꽃을 던지고, 양탄자를 펼치고, 번쩍이는 것들을 바닥에 벌여 놓는다.

금으로 된 망으로 몸을 치장하고, 이마 끈에 매달린 타조 깃털 묶음을 흔들면서, 빠른 걸음으로 달리는 흰 코끼리가 안쪽에서 달려 나온다. 코끼리의 등에는, 양털 쿠션에 파묻혀 양다리를 꼬고 새털 이불에 팔꿈치를 파묻고 반쯤 눈을 감은 채 머리를 좌우로 흔들며 움직이고 있는 여인이 앉아 있는데, 어찌나 휘황찬란하게 옷을 입었는지 주위에 온통 빛을 발하고 있다. 엉덩이 뒤쪽에는 은실로 짠 웃옷에 산호 팔찌를 하고 붉은 편상화를 신고 한 발로 서 있는 흑인 하나가 둥글고 큰 잎새를 손에 들고 미소를 지으며 그녀에게 부채질을 한다.

사람들이 머리를 조아리고 코끼리가 무릎을 구부리자, 시바의 여왕이 짐승의 어깨를 따라 미끄러지며 노예들이 펼쳐 놓은 양탄자 위로 내려와 앙투안느 성인 쪽으로 나아간다.

그녀의 금빛 비단 드레스는, 무릎에서부터 진주, 흑옥, 청옥으로 수놓아진 삼중 주름 장식으로 둘러져 있고, 아플리케 자수로 십이궁[66]을 장식한 웃옷이 허리를 옥죄고 있다.

그녀는 뒤축이 높은 구두를 신고 있는데, 한쪽 신은 검은 빛깔에 은색 별들이 뿌려져 있고 발목엔 초승달이 있으며, 온통 흰 다른 쪽 신에는 작은 금방울이 흩어지듯 박혀 있는데 태양이 그 한가운데 있다.

다이아몬드 꽃과 벌새의 깃털이 수놓인 큰소매의 벌어진 틈으로, 흑단 팔찌를 한 손목과 통통한 작은 팔이 드러난다. 손가락마다 반지들이 끼워져 있고, 손톱이 어찌나 섬세하고 긴지 손톱 끝이 거의 바늘과 같다.

금줄 하나가 그녀의 턱을 지나 두 뺨을 따라 올라가고, 이마에서 서로 교차하여 머리끝에서 원추형으로 모이고, 파란 분을 뿌린 머리타래를 나선으로 감고, 이어 어깨를 지나 가슴 위로 내려와, 두 개의 유방 사이로 혀를 길게 내밀고 있는 작은 강철 전갈 한 마리에 매어져 있다.

야외의 빛이 없었다면, 자갯빛 그녀의 피부는 더우더 희었을 것이다. 두 개의 굵은 갈색 진주가 그녀의 귀를 당기고 있다. 눈은 길쭉하고, 눈썹 끝이 검게 칠해져 있다. 왼쪽 광대뼈 위로 적갈색 주근깨가 있고, 옷이 조이는 듯 입을 크게 벌리며 숨을 쉰다.

그녀는 상아 손잡이가 달린 초록색 양산을 손에 들고, 끝에 달린 진홍색 종들을 흔드는 장난을 하며 걷고, 양옆으로 여섯씩, 모두 짧은 곱슬머리에 주름진 속치마를 입은 열두 명의 흑인 아이들이 늘어진 긴 옷자락을 들고 있고, 그들과 똑같이 옷을 입은 원숭이 하나가 옷자락의 끝을 쥐고 자기 쪽으로 잡아당기고, 그 아래를 들여다보려는 듯 이따금씩 옷자락을 들춘다.

시바의 여왕

미남 은자님! 미남 은자님! 내 마음이 무너지네요!

초조해서 어찌나 발을 굴렀던지, 발뒤꿈치에 못이 박이고, 손톱 하나가 부러진 걸 알기나 하나요? 산꼭대기에 사람을 보내

66 춘분을 기점으로 하여 짐승 띠를 열두 개의 별자리로 나누었다. 천구를 한 바퀴 둘러싸고 있는 이들은, 물고기자리, 양자리, 황소자리, 쌍둥이자리, 게자리, 사자자리, 처녀자리, 저울자리, 전갈자리, 궁수자리, 염소자리, 물병자리이다.

그대가 오는지 하루 종일 지켜보게 하고, 사냥꾼을 숲에 보내 그대 이름을 부르게 하고, 길이 있는 곳마다 정탐꾼을 보내서 지나가는 사람들에게 〈그를 보았나요?〉라고 묻게 했지요.

밤이 내리기 시작하면, 나는 난간에서 팔을 떼고 탑에서 내려왔어요. 아니 내 하녀들이 나를 팔에 안고 내려왔다고 하는 게 옳겠네요. 시리우스[67] 저녁 별이 뜨면 늘 기절했거든요. 마른 풀을 태워 그 향을 맡게 해 정신이 돌아오게 했고, 압설자(壓舌子)[68]에 왕들을 행복하게 해준다는 인도산 잼을 담아 내 입에 퍼 넣곤 했는데, 그 잼을 바른 빵을 어찌나 많이 먹었던지 이가 시큰거려요.

밤에 내가 잠을 잤다고 믿지는 않겠죠. 벽 쪽을 보고 누워, 눈을 감고 울곤 했어요. 결국, 눈물이 떨어지면서 대리석 침대 머리에 구멍 두 개를 만들었어요. 마치 바위가 파인 곳에 생겨난 작은 바닷물 웅덩이 같았죠.

그런데 왜 안 오신 거죠? 내게 온다고 약속했었는데! 당신을 사랑하는 내게 그러는 건 나빠요! 그대를 사랑하니까, 오! 많이!

그녀가 그의 턱을 잡자, 앙투안느가 뒤로 물러선다.

그러니 웃어요, 미남 은자님. 웃으라니까요. 웃어요! 난 무엇보다 매우 명랑하지요. 그리고 당신을 재밌게 해줄 거예요. 난 노래를 잘 부르고, 어떤 악기든 연주할 줄 알고, 하나같이 재미있는 이야기를 한 보따리나 할 수 있지요.

난 서둘러 떠났고, 금세 오긴 했지요! 낙타의 발바닥 껍질을 봐요. 모두 닳았잖아요. 그리고 피로에 지쳐 죽은, 초록 옷을 **입은 파발꾼들의 당나귀들을 좀 봐요.**

앙투안느는 쳐다본다. 아닌 게 아니라 당나귀들이 꼼짝 않고 널브러져 있다.

67 가장 밝게 보이는 큰개자리.
68 혀를 아래로 누르는 의료 기구로 칼 모양의 얇은 주걱.

달이 꼬박 세 번 차고 기울 동안 당나귀들은 같은 속도로, 바람을 가르기 위해 잇새에 재갈을 물고, 목을 한결같이 세우고, 구보로 달렸어요. 이런 당나귀들은 다시 찾아볼 수 없을 거예요! 그들은 나의 외할아버지인 사하릴 황제로부터 왔는데, 사하릴은 이야크삽의 아들이고, 이야크삽은 이야아합의 아들이고, 이야아합은 카스탄의 아들이지요. 당나귀들이 아직 살아 있다면, 그것들을 가마에 묶어 우리 집으로 금세 돌아갈 수 있을 텐데……. 뭐라고요? 아직 준비가 안 됐다고요? 지금 뭘 생각하는 거죠? 보기 흉한 이 수도복을 왜 아직도 입고 있지요? 아! 그대가 남편이 되면, 옷을 입혀 주고, 향수를 뿌려 주고, 털을 뽑아 줄 거예요.

그런데 슬픈 모습을 하고 있으니, 나를 더 이상 사랑하지 않는 건가요? 오두막집을 떠나는 게 슬픈가요? 난 그대를 위해 모든 걸 단념했고, 나의 왕국도 버렸고, 솔로몬 왕[69]도 더 이상 원하지 않았어요. 많은 지혜를 가지고 있고, 그가 2천 대의 전차와 아름다운 수염을 가지고 있음에도 불구하고……. 자, 봐요! 약소하게 결혼 선물을 가져왔어요. 골라 봐요. 그대가 원하는 걸 가져요.

그녀는 노예와 물건들이 줄지어 있는 사이로 다닌다. 그녀의 손짓에 따라 그녀가 지시하는 것을 노예들이 보여 준다.

여기 게네사렛[70]산 향유, 과르다푸이 곶[71]에서 온 향, 라다눔

---

[69] 『구약』 「열왕기 상」 제10장 제1~13절은 시바 여왕이 세간에 알려진 대로 이스라엘의 제3대 왕인 솔로몬의 지혜가 얼마나 높은지를 시험하기 위해 방문한 내용을 기록하고 있다. 오늘날의 예멘에 위치했을 것으로 추정되는 시바 왕국은 금, 갖은 보석, 향료와 향신료 등을 동방으로부터 가져와 아프리카 등지에 파는 무역 강국이었다. 플로베르는 시바 여왕의 솔로몬 왕 방문 이야기를 앙투안느와의 에피소드로 묘하게 연결시키고 있다.

[70] 갈릴리 호수 주변의 가파르나움과 막달라 사이에 있는 도시.

[71] 홍해와 인도양이 만나는 아덴 만에 위치한 곳.

기름,[72] 계피, 소스에 넣으면 좋은 실피움[73]이 있어요. 뭉치로 있는 리미리카[74]산 말로바투룸[75] 뿌리는 피부가 누런 민족들이 입 안을 상큼하게 하려고 씹지요. 이 안에는 아수르[76]에서 온 자수 제품, 이집트산 아마, 엘리사 섬[77]에서 온 주홍빛 옷감이 있어요. 눈을 가득 채운 이 청동 상자에는 칼리본[78]산 가죽 주머니가 들어 있지요. 그 주머니에는, 다른 것을 섞지 않고 일각수의 뿔에 담은 아시리아의 왕들만이 마실 수 있는 포도주가 담겨 있고요. 이 타원형 금판은 코끼리의 귀에 얹을 거고요, 이 고리는 말들을 들판에 풀어 놓아 먹일 때 발을 걸어 두기 위해 필요하지요……. 여기 카르타고[79]산 고리가 달린 니지비스[80]산 개 목걸이, 다나[81]산 말안장과 그물, 바아자[82]에서 온 금가루, 타르테수스[83]산 주석, 판디오[84]산 푸른 목재, 이세도니[85]산 흰

72 지중해 지역에서 자라는 키스토스라는 관목의 새순에서 나오는 기름. 플리니우스 세쿤두스가 전하는 일화에 따르면, 향내 나는 나무를 찾아 골라먹는 염소가 이 나무를 뜯어 먹을 때 수염이 섞인 수액이 바닥에 떨어지면서 먼지와 섞여 햇빛에 익은 혼합물이라고 한다. 해가 나면서 향기를 내는 칡꽃을 뜯어 먹은 숫염소의 수염에 이슬과 함께 먼지가 엉키면 이것을 빗질하여 라다눔 기름을 얻어내는 데, 이것이 바로 키프로스 산 라다눔이다.
73 북아메리카에서 자생하는 생명력이 강한 회양풀. 진정제의 원료로 사용되기도 한다.
74 소아시아 남쪽 리미라 강변에 있는 루키아의 옛 도시.
75 불어에 없는 말로 필발Piper longum을 가리키는 것 같다. 필발은 후추과에 속하는 식물로 이란이 원산지이다. 흑갈색의 열매는 후추 냄새가 나고 맛이 쓰며 따뜻한 성질과 독이 있다. 속을 덥히고 흥분을 가라앉히는 약재로 사용된다.
76 메소포타미아의 티그리스 강에 위치한 도시로 오늘날의 알 샤캇Al-Charquat. 기원전 14세기에 아시리아 왕국을 탄생시킨 유서 깊은 도시이다.
77 그리스 식민지였던 소아시아의 섬들.
78 시리아의 도시.
79 페니키아인들이 기원전 820년경 세운 도시로 지금의 튀니지.
80 이란의 옛 도시로 오늘날 터키의 누사이빈Nusaybin.
81 카파도키아의 도시로 오늘날의 킬사 히사르Kilssa Hissar.
82 에티오피아의 도시.

모피, 팔라이오스몬드 섬[86]의 석류석, 그리고 땅속 어딘가에 살고 있는 타카스[87]의 털로 만든 이쑤시개가 있어요. 깔고 앉는 쿠션은 에마트[88]산이고요, 망토에 잘 어울리는 술 장식은 사막의 수도 팔미라[89]에서 온 거랍니다. 바빌론에서 온 이 양탄자는, 신들이 소 가죽 위에 무릎을 꿇고 손으로, 그들의 아들인 오리온[90]을 잉태시키고 있는 모습을 보여 줍니다. 만지면 불꽃 튀는 소리를 내며 바삭거리는 이 얇은 옷감은 박트리아네[91]의 상인들이 가져왔다는 그 유명한 노란 옷감이지요. 그들은 자신들이 지나온 길을 말하려 하지 않았지만, 마흔세 명의 통역이 필요했다는 것만은 알려져 있지요. 그들은 젊어서 떠나 늙어서 돌아왔어요. 이 옷감으로 집에서 입는 옷을 만들어 줄게요.

단풍나무로 된 상자의 작은 걸쇠를 벗기고, 내 코끼리의 어깨 위에 있는 작은 상아 상자를 가져오너라.

상자에서 가죽에 싸인 둥근 것을 꺼내고, 세공한 작은 상아 상자를 여왕에게 가져온다.

83 고대 베티카의 도시로 베티스 강(오늘날의 과달키비르Guadalquivir 하구)에 위치한 스페인 안달루시아 지방의 항구 도시.
84 히말라야 산맥이 시작되는 인도 북서부 펀자브 지방.
85 티베트 고원 북부 혹은 카스피 해에 위치한 스키티아. 오늘날의 러시아 남부 지방.
86 실론 섬 가운데 하나로 오늘날의 스리랑카.
87 〈빠르게〉라는 의미의 그리스어 tachos에서 온 말로, 지하에 살며 매우 빠르게 움직였다는 전설의 동물이다.
88 레바논에서 시작하여 터키를 거쳐 지중해로 빠져나가는 오론테 강(오늘날의 나르 알 아시Nahr Al-'Asi)에 위치한 시리아의 도시.
89 유프라테스 강에 위치한 시리아의 도시.
90 에우리알레와 포세이돈 혹은 히리에우스 사이에 태어난 아들로, 뛰어난 용모에 놀라운 힘을 가진 거인 사냥꾼이다. 다른 모든 거인들처럼 대지에서 태어났다는 설도 있다.
91 이란의 옛 지방으로 오늘날의 파키스탄 북쪽 힌두 쿠슈Hindu Kuch와 아무 다리아Amou-Daria 사이 지역.

피라미드를 세운 지안 벤 지안[92]의 방패를 원하나요? 이게 그거예요! 일곱 겹의 용 가죽을 다이아몬드 못으로 박아 만들었는데, 그 가죽은 부모를 살해한 자의 담즙에 담가 무두질한 거지요. 방패 한쪽엔 무기가 발명된 후 지금까지 일어난 전쟁을 보여 주고, 다른 쪽엔 세상의 종말이 올 때까지 일어날 미래의 전쟁을 모두 보여 주지요. 벼락이 그 위로 내리치면 조약돌처럼 튕겨 나간답니다. 당신이 그걸 들 수만 있다면, 팔에 걸고 사냥할 때 가지고 갈 수 있겠지요.

나의 이 작은 상자에 든 것을 당신이 알 수 있다면! 여기 보이죠? 그걸 뒤집어 봐요! 한번 열어 봐요! 아무도 못 열지요. 그걸 만든 장인은 쥐도 새도 모르게 죽었고, 나만 그 안에 있는 걸 알지요. 또 나만 그 안에 있는 걸 꺼낼 수 있어요……. 키스해 줘요. 그걸 말해 줄게요.

그녀는 앙투안느 성인의 두 뺨을 잡아 자기에게로 당기고 그는 밀어낸다.

솔로몬 왕의 정신이 나간 건 한밤중이었는데, 그가 내게 요구한 것을 난 거절했지요. 결국 우린 타협을 보았고, 그래서 그는 일어나 왕궁을 몰래 나가 그걸 가지러 신전엘 갔어요…….

여왕이 신발 뒤축을 누르며 돈다.[93]

아아! 아아! 아아! 미남 은자님! 당신은 그걸 모를 거예요! 안 가르쳐 줄래요!

그녀는 양산으로 소리를 낸다.

내겐 또 다른 것도 있답니다! 숲에서처럼 길을 잃는 긴 갤러리들 안에는 보물들이 들어 있고, 갈대 격자로 된 여름 궁전과 검은 대리석으로 된 겨울 궁전도 있어요. 벽은 풍경화들로 가

---

92 동방의 전설에 따르면 그는 그리스 신화에 등장하는 헤라클레스의 업적에 버금가는 과업을 이루었다고 한다.
93 돌면서 여왕은 솔로몬 왕에 관한 답을 교묘히 피하고 있다.

득 차 있고, 정원은 그림 같지요. 내겐 털이 긴 한 떼의 동물들도 있는데, 뿔이 어찌나 넓적한지 오솔길을 지날 수가 없을 지경이랍니다. 바다처럼 큰 호수 한가운데 동전처럼 동그랗고 은으로 된 섬이 있는데, 자개로 덮여 있고, 물고기처럼 하얗고, 붉은 과일은 햇빛에 빛나고, 조가비로 가득 찬 해변은 파도가 모래 위를 구르며 내는 소리로 음악을 연주하지요. 밤이면 어둠이 드리운 푸른 나무들이 맑은 물에 비친답니다. 파란 안개에 둘러싸인 섬들은 공중에 떠 있는 것처럼 보여요. 내 전속 요리사들이 새 사육장에서 새를 잡고 양어장에서 물고기를 낚아요. 예술가들이 단단한 돌을 파서 내 얼굴을 조각하고, 보석 세공사들은 내게 보석을 깎아 주고, 주조공들이 헐떡이며 거푸집에 쇳물을 붓고, 향수 제조공들이 식물의 즙을 식초에 넣어 휘젓지요. 바늘을 가지고 일하는 융단 직조공들은 어찌나 빨리 손을 놀렸는지 시력을 잃었고, 여재단사들은 하루 종일 옷감을 마르고, 미용사는 새로운 머리 모양을 끊임없이 찾고, 단청장이들이 펄펄 끓는 송진을 조심스럽게 판벽널[94] 위에 붓고 부채를 부쳐 말리지요. 하렘 하나를 만들 만큼의 시녀도 있고, 군대를 만들 만큼의 내시도 있어요. 내겐 군대도 있고, 백성도 있고, 문간에는 상아 코뼈를 등에 지고 있는 난쟁이 경비대도 있답니다.

내겐 영양들이 끄는 수레들, 네 마리씩의 코끼리들이 끄는 이륜 전차들, 열두 쌍의 낙타들, 머리 타래보다 긴 갈기를 한 순종 암말들이 있어요. 산책로를 유유히 걸어 다니는 기린들도 있는데, 내가 빗살 덧문을 들어 올릴 때면 창가로 머리를 들이민답니다.

푸른 돌고래들이 이끄는 조가비에 앉아, 종유석에서 떨어지는 물방울 소리를 들으며 바다 동굴로 산책을 한답니다. 물살

---

94 천장과 벽이 만나는 부분이나 벽의 아랫부분을 둘러 댄 대리석 혹은 나무 장식판.

에 실려 알려지지 않은 고장으로 흘러 들어가 다이아몬드의 나라에 이르면, 마술사 친구들이 가장 아름다운 것들을 내게 고르게 하고 나는 물으로 다시 올라와 집으로 돌아가지요.

 시바의 여왕이 입술을 내밀어 모으고 날카로운 휘파람 소리를 낸다. 그러자 하늘에서 커다란 새가 내려와 그녀 위로 급강하하여 그녀의 머리 꼭대기에 살포시 앉고 어깨에다 파란 가루를 흩뿌린다. 오렌지색 바탕에 검은 사선이 있는 깃털은 끌로 다듬은 금속 비늘 같다. 머리는 주먹 하나만한 크기에 은으로 된 도가머리가 나 있고 얼굴은 인간의 모습을 하고 있다. 네 개의 날개, 독수리의 발, 둥글게 펼쳐진 어마어마한 공작 꼬리를 달고 있다.

 새는 저절로 접히는 시바 여왕의 양산을 입에 물고 균형을 잡기까지 한동안 비틀거리다 이내 깃털을 모두 펼치고 꼼짝하지 않는다.

여왕

 고마워, 예쁜 시모르그 안카![95] 내가 사랑하는 이가 사는 곳을 알려 준 게 너지!…… 어떤 길로 가야 하는지 내 귀에 대고 알려 주러 온 게 그였으니까……. 고마워, 아름다운 시모르그 안카. 고마워, 고마워, 내 마음의 메신저!

 그는 무한한 공간을 가로지르고, 욕망처럼 날지요.

---

95 유대인들의 성문화되지 않은 율법을 집대성한 『탈무드』에 나오는 페르시아 전설 속의 영조(靈鳥, *Iukneh*)와 같은 새로 보기도 한다. 북유럽 게르만족의 신화와 영웅 전설을 집대성한 산문 형식의 『신(新)에다』에 따르면 시무르그라고 불리는 이 새는 지식의 나무에 둥지를 틀며 죽지 않는다고 한다. 플로베르가 시바 여왕의 시종으로 만든 이 새는, 『코란』에 따르면, 이스라엘의 왕 솔로몬의 시종으로 도가머리를 한 오디새*huppe*이다. 별을 숭배하는 시바인들의 왕국을 통치하고 많은 재물에 거대한 왕좌를 가지고 있으며, 태양을 향해 절을 하는 한 여인을 발견했다는 보고를 하자, 솔로몬은 자기에게 반항하지 말고 자기를 알현하러 오라는 내용의 편지를 이 새로 하여금 시바 여왕에게 가져가게 한다(『코란』「개미편」제28장 제22~31절 참조).

오래전 솔로몬에게 보내는 나의 편지를 물고 가서 답장을 받아 온 것도 그였어요.

그는 날갯짓 네 번으로 리에마에서 예루살렘까지 갈 수 있고, 아침부터 저녁까지 세상을 한 바퀴 돈답니다. 저녁엔 돌아와, 내 침상 발치에 앉아서 그가 본 것들, 자기 아래로 흘러간 바다와 물고기와 선박들, 하늘 높이에서 그가 조용히 바라다본 텅 비고 광활한 사막들, 그리고 들판에서 허리를 숙이고 수확을 기다리는 작물들, 그리고 버려진 도시의 벽을 따라 자라고 있는 식물들을 내게 이야기해 주지요.

여왕이 앙투안느 성인의 목을 팔로 감는다.

오! 그대만 원한다면! 그대만 원한다면! 둘이 함께 행복을 누릴 텐데!

내겐, 두 대양 사이 지협 한가운데 있는 높다란 곶 위에 정자가 하나 있어요. 천장과 벽은 유리로 되어 있고, 바닥엔 거북이 등딱지를 붙였고, 사방으로 열려 있답니다. 종려나무와 떡갈나무 가지가 언덕의 비탈을 뒤덮고 있어, 마치 둥근 지붕이 해안까지 내려 덮은 것 같아요. 그 높은 곳에서 나는 북쪽과 남쪽에서 돌아오고 있는 내 배들과 등마루에 잔뜩 짐을 지고 조공을 바치러 올라오는 백성들을 바라보지요. 우리는 거기서 살 거예요. 구름보다 포근한 새털 이불에서 함께 잠들고, 과일 껍질에 차가운 음료를 떠 마시고, 에메랄드를 통해 태양을 바라보아요!

같이 가요! 같이 가요!

시모르그 안카의 꼬리에 있는 눈알 무늬들이 일시에 돌기 시작한다.

그런데 난 죽을 것만 같아요! 죽을 것만 같아요!

앙투안느는 팔을 휘저으며 그녀를 떼어 놓는다.

아! 나를 마다하는군요! 나를 경멸하는군요! 그렇다면, 안녕! 안녕! 안녕!

여왕이 울면서 느린 걸음으로 멀어지고, 행렬이 움직이기 시작한다.

갑자기 그녀가 몸을 돌린다.

이래도 되나요? …… 젖가슴 사이에 털이 한줌이나 있는 이렇게 아름다운 여인을!

그녀가 웃고, 행렬이 멈추어 서고, 그녀가 앙투안느 성인을 바라보다가 다시 울기 시작한다.

오! 제발! 내가 속옷을 벗으면, 생각이 바뀔 거예요!

그녀가 크게 웃고, 그녀의 치맛자락 끝을 잡고 있던 원숭이가 팔을 쭉 펴서 치마를 들치며 톡톡 튀어 간다.

당신 후회할 거야, 미남 은자. 괴로울 거고, 우울할 거라고. 그러니 미리 생각해 봐! 난, 아무래도 좋아! 라, 라, 라, 라…… 오! 오! 오! 오! 오! 오!

그녀가 다시 울기 시작하고, 손으로 얼굴을 감싸고, 두 발을 모은 채 뛰면서 사라진다. 앙투안느 성인 앞으로 노예들, 말, 낙타, 코끼리, 시녀들, 다시 짐을 진 노새들, 흑인 아이들, 원숭이 그리고 꺾어진 백합을 쥐고 걸어가는 파발꾼들이 줄지어 지나간다. 오열하는지 비아냥거리는지 구분할 수 없는 딸꾹질을 발작적으로 하며 시바의 여왕이 천천히 멀어져 가는 것을 앙투안느가 보고 있다.

앙투안느

내가 지금 깨어 있나? 내 머리가 몸에서 분리되어, 이리저리 튀고 있는 듯하구나……. 가만있자! 정신을 차리자! 나는 혼자 있어……. 맞아, 아무도 나와 함께 있지 않아. 그런데…….

오! 내가 본 것이 내가 생각한 것인지 아니면 정말로 본 것인지 어떻게 하면 알 수 있지? 꿈과 현실의 한계가 무엇이지? 내가 어떤 상황에 있는 거지? 나는 지금 여기에 있고, 이건 나고, 움막이 저기에 있고……. 그런데 성당은? 없네! 어떻게 이런 일이? 아! 나중에 찾아보자, 이건 너무 어려워……. 어떻게 된 거지? 해가 비추는데 조금 전엔 별이 떴지! 아침인가? 저녁인가?

조금 전엔 밤중이었는데, 기억을 못 하겠어……. 아냐, 그건 조금 전이고, 이후엔 아무 일도 없었어……. 내가 너무 빠르게 생각해서일 거야. 그리고 내 생각이 시간을 꽉 채웠던 게야.

다시 어두워진다.

아닌 게 아니라 밤이군……. 모든 게 정상이야……. 그래, 조금 전 어떤 생각을 하며 산보했지……. 아냐, 채찍으로 고행을 하고 있었어……. 맞다! 그런데 저 아래서 움직이며 다가오는 두 물체는 아직 본적이 없는데……. 저게 뭐지? 짐승 같은데, 하나는 배로 기고 다른 하나는 날고 있는 것 같은데……. 식별이 안 되는군. 둘 다 엄청 커……. 뭐야! 이리 가까이 오잖아! 아! 하느님!

석양 사이로 스핑크스가 나타난다. 커다란 발을 뻗고 꼬리를 접고서 배를 깔고 눕는다. 거친 숨을 몰아쉬며 헐떡거리는 가슴팍을 머리에 달린 작은 띠들이 둘러싸고 있다.

튀고, 날고, 코로 불을 내뿜고, 용의 꼬리로 날개를 치며, 초록빛 눈을 가진 키마이라가 빙빙 돌고, 짖어댄다. 한쪽으로 넘겨진 곱슬머리가 등에 난 털에 엉켜 있다. 다른 쪽 머리털은 모래 위로 내려뜨려져 있고, 몸이 흔들리는 대로 움직인다.

스핑크스

꼼짝하지 않고 키마이라를 응시한다.
여기야, 키마이라! 멈춰 서!

키마이라

절대 안 돼!

스핑크스

그렇게 빨리 뛰지 마. 그렇게 높이 날지 마. 그렇게 크게 짖지 마.

키마이라

더 이상 날 부르지 마! 날 부르지 말라고! 너는 한결같이 말이 없고 부동자세로 있잖아.

스핑크스

내 얼굴에 불꽃 좀 그만 던지고, 내 귀에 대고 소리 좀 지르지 마. 넌 내 화강암을 녹이지 못하고, 내 입을 열게 하지도 못해.

키마이라

너도 마찬가지야. 넌 날 못 잡아. 커다랗게 뜬 눈을 깜박이지도 않고 지평선을 뚫어지게 바라보고 있는 이 무시무시한 스핑크스야.

스핑크스

나와 함께 지내기엔 넌 너무 엉뚱해.

키마이라

넌 나를 따라다니기엔 너무 무겁지.

스핑크스

너를 삼켜 버릴 거야.

키마이라

내 날개 주름으로 너를 질식시킬 거야.

스핑크스

너는 정말 아름다워, 오 키마이라!

키마이라

너는 정말 위대해, 오 스핑크스!

스핑크스

너의 펼쳐진 날개가 사막의 끝을 지나는 걸 난 오래전부터 보고 있었어.

키마이라

내가 모래 위를 달린 지도, 태양이 너의 진지한 얼굴을 갈색으로 물들이는 걸 본 지도 오래되었지.

스핑크스

밤에 미궁의 주랑 사이로 걸을 때, 무덤의 문들이 내 뒤에서 저절로 열리고 닫힐 때, 달빛이 소리 없이 벽 위로 길게 이어지는 갤러리 안에서 울부짖는 바람 소리를 듣고 있을 때면, 포석 위를 뛰어가며 울리는 너의 가느다란 발소리가 내게 들려와. 어디를 가는 거지? 무엇으로부터 그렇게 빨리 도망가는 거야? 너는 돌 틈으로 빠져나가 공중으로 사라지지. 그런데 나는 계단 아래에 엎드려 반암 분수대에 비친 별들을 바라보며 머물러 있지.

키마이라

나는 바다 너머, 고독의 끝을 지나, 햇살이 더 따사로운 이름도 없는 고장에 갈 거야. 대기가 필요해! 대기가! 불을! 불을! 나는 창공 위에서 구르고, 산 위를 날고, 파도 위를 스치며 달리고, 구렁에서 짖어 대지. 꼬리를 끌며 해변에 줄을 긋고, 달에서 떨어진 돌을 입에 넣어 씹고, 날개 주름에 삼나무 열매를 담아 와 산 위에 뿌리지.

땅 위에 누우면서, 내 배는 계곡을 파내고, 내 어깨 모양에 따라 언덕이 이어졌지.

나는 강가 갈대밭에서 한숨을 쉬어. 여름날 저녁엔 늪에서 춤추는 보랏빛 동그라미들을 돌리고, 여행자의 발걸음 뒤로 그림자를 늘이지.

그런데 너는 늘 웅크리고 앉아서, 고개를 돌리지도 않고 비바람 속의 천둥처럼 으르렁거리지. 나는 네가 미동도 않고 있거나, 아니면 발톱 끝으로 모래 위에 알파벳을 그리고 있는 모습을 보지.

스핑크스

그건 내가 비밀을 간직하고 있기 때문이야. 나는 사물을 새김질하고, 막연한 이론들이 내 안에서 웅얼대지, 마치 관자놀이에서 고동치는 존재들의 피처럼 그렇게. 나는 깊은 생각에 빠지고, 계산하고, 무한을 꿰뚫어 보며 내 동공을 확장시키지. 그러나 사막의 먼지가 내 위로 올라오는 걸 느껴. 그리고 피라미드의 모래 바위가 티끌만큼씩 부식되는 걸 보지. 잊지 않으려고 침묵 속에서 반복해, 창조의 신비, 시간이 내게 한 이야기, 하늘에서 내리는 비가 내게 한 말, 내 발 밑으로 줄지어 지나간 제국의 대상(隊商)들이 부른 노래를. 제국들은 황새처럼 지나갔지. 난 그들을 따라나서지 않고 지평선 위로 모두가 사라지는 걸 보았어. 이따금 저녁 바람이 모래 위를 스치면서, 새 깃털과 지하 묘지의 재를 내 얼굴에 날려 보냈지. 그리고 난 되살아난 기억에 갑자기 전율해. 모든 것이 남아 있어. 산 정상엔 눈이 내리고, 태양은 커다란 침상에 누워 여전히 좌우로 몸을 움직이고, 자칼은 무덤가에서 이 가는 소리를 내고, 밀들은 미풍에 일제히 몸을 굽히고, 썩지 않는 미라들은 지하에 가지런히 있고, 오벨리스크들은 아직도 서 있고, 먼지가 소용돌이치고, 태양이 빛나고, 바람 소리가 들려.

키마이라

난, 나는 가볍고 즐거워. 난 인간들에게 구름 속의 낙원과 아득히 있는 커다란 행복과 눈부신 전망을 보여 주지. 그리고 끊임없이 그들의 영혼에 집착을 불어넣어 주지. 행복의 계획, 미래의 설계, 영광의 꿈, 그리고 사랑의 맹세, 그리고 건전한 결심을. 시인들의 촛불 주위에서 열광하여 파닥거리며 날고 내 숨결이 그들의 머리털에 스며들면, 생각이 갑자기 스치면서 그들은 펄쩍 뛰지. 그들이 들을 수 있는 목소리로 그들의 귀에 세상의 조화를 일러 주고, 머리에 관을 쓰고 팔을 들어 올린 왕의 유령들이 줄지어 지나가는 것처럼, 그들의 작품 형태를 떠올리게 하지. 나는 그들에게 리듬을 속삭여 주고, 색깔을 펼쳐 보이지. 그들을 애정으로 사로잡고, 다른 세상의 열정으로 그들을 괴롭히고, 그리고 황금의 석양 너머로 무시무시한 거상들이 나타나면 그들은 열광하여 소리치지.

나는 기묘한 건축물을 세웠어. 이로 지붕을 만들고 내 발톱으로 잎 모양의 무늬를 잘랐어. 탑을 따라 올라가며 계단에 셀 수 없이 구멍을 뚫었고, 모래톱에서 모자이크에 붙일 색깔 있는 조약돌을 골랐지. 포르세나 왕[96]의 무덤에 작은 종을 건 것도 나야. 나는 팔이 넷인 우상, 음탕한 종교, 까다로운 머리 모양을 창안했지. 나는 선원들이 모험에 나서도록 만들지. 그들은 안개 사이로 언뜻 신기한 섬들, 금으로 된 둥근 지붕, 목초지, 붉은 과실, 춤추는 여인들을 보고, 풍랑 속을 항해해. 그리고 침몰하는 배 안으로 밀려와 갇힌 큰 파도 소리를 들으며, 마지막 다가오는 죽음의 고통 속에서 노래하고 있는 온갖 도취를

---

96 기원전 6세기 에투리아(오늘날의 이탈리아 토스카나 지방)의 도시, 카마르스(오늘날의 움브리아 지방의 키우지)의 왕.

무한히 즐기지.

스핑크스

오, 판타지아여! 판타지아여! 무료함에서 벗어나고 슬픔을 진정시킬 수 있게 나를 네 날개에 싣고 데려가 줘.

키마이라

오, 미지여! 미지여! 나는 네 눈에 반해 버렸어. 발정난 하이에나처럼 네 주위를 돌며, 주체할 수 없는 수태의 욕구에 온몸으로 간청하며 네 엉덩이 냄새를 맡고 있어.

주둥이를 열어. 발을 올려. 내 등에 올라타.

스핑크스

내 발은 똑바로 펴져 바닥에 붙은 이래로 더 이상 들어 올릴 수가 없어. 옴이 퍼진 것처럼 입에 이끼가 번졌지. 생각을 하다 보니 더 이상 할 말이 없어.

키마이라

거짓말하는 거야, 위선자 스핑크스! 난 네게서 숨겨진 남성의 힘을 보았어. 날 부르고도 한결같이 모른 척하는 건 왜지?

스핑크스

그건 바로 너야, 길들일 수 없는 변덕. 네가 슬며시 와서 맴도는 거지.

키마이라

그게 내 잘못이야? 어디로 들어가지? 어떻게 하지? 내가 하게 둬봐.

키마이라가 짖는다.

후아오오! 후아오오!

스핑크스

움직이니까, 잡을 수가 없어…….

스핑크스가 그르렁거린다.

호에움움! 호에움움!

키마이라

해보자!…… 네가 나를 짓눌러!

키마이라가 짖어 댄다.

후아오오! 후아오오!

키마이라가 짖어 대고, 스핑크스는 으르렁대고, 거대한 나비들이 공중에서 붕붕거리며 날기 시작하고, 도마뱀들이 앞으로 나아가고, 박쥐들이 새끼들과 함께 원을 그리며 날고, 두꺼비들이 팔짝팔짝 뛰면서 커다란 눈을 굴리고, 반딧불이들이 반짝이며 날고, 살무사들이 쉭쉭 소리를 내고, 털 난 애벌레들이 기어가고, 거대한 거미들이 걸어간다.

앙투안느

공포에 사로잡혀.

극심한 공포가 엄습해. 오! 추위! 살이 떨려!…… 많기도 해라! 굵직한 비가 방울방울 떨어지는 것 같아. 반짝거리는 거품 아래로 끈적이는 긴 자국이 바닥에 나 있어.

돼지

하느님 맙소사! 이 보기 흉한 짐승들이 산 채로 나를 삼키려 하네!

앙투안느

 짐승들이 커지고 있어. 내 머리 위로, 옆구리로, 여기저기, 사방에. 걷지도 못하겠어. 기고 있는 몸뚱이들 위로 엎어질 것만 같고, 또 넘어지면서 꿈틀거리는 이 물렁물렁한 것들을 손으로 으깰 것 같아. 숨도 못 쉬겠어. 떨고 있는 이 뾰족한 날개들을 모두 삼킬 것 같거든. 내 귀에서 짐승들 소리가 울려……. 숨이 막혀. 아무것도 보이지 않아. 아무 소리도 들리지 않아……. 아침 안개처럼 악취를 뿜는 게 누구지? 이 가는 소리! 한숨! 돌아가고 있는 커다란 눈들, 비틀려 꼬이는 사지들, 파도처럼 출렁이는 젖가슴, 공기 방울보다 투명하고 가벼운 남자들이 보여.

 과연 온갖 종류의 형태들이 나타나는데, 하나에서 쪼개져 나오는 것 같다. 형태들이 커지면서 조금 더 분명해진다.

스키아포데스들[97]

 우리는 게으름뱅이 스키아포데스야. 바닥에 등을 꼭 붙이고, 큰 양산 같이 넓죽한 우리의 발 아래서 살지. 엉덩이를 꼿꼿이 공중에 세우고, 양팔을 몸에 꼭 붙이고는 꼼짝도 않지. 송악 덩굴처럼 자란 머리털이 바닥에 펼쳐지며 나무뿌리에 엉켰어. 우리의 하늘과 우리의 지평선은 바로 우리의 발 위지. 우리의 발, 서로 얽혀 있는 우리의 혈관과 돌고 있는 우리의 분홍색 피를 통해 우리의 태양을 보지.

앙투안느

 이 별난 자들은 행복할지도 몰라!

---

 97 그리스어로 *skiapodes*는 〈자기 발로 그늘을 만드는 사람들〉을 의미한다.

니스나스들[98]

 우리는 반쪽 사람으로, 한쪽 눈, 한쪽 뺨, 한쪽 콧구멍, 한쪽 손, 한쪽 다리, 반쪽 몸, 반쪽 마음만을 가지고 있지. 반쪽 집, 반쪽 아내와 반쪽 아이와 아주 편하게 살아. 우리를 모델로 모든 것을 배열해서, 세상 모든 것이 우리의 반쪽 머리에 들어갈 수 있게 했어. 잔디도 반은 깎아야 하고 개털도 밀어야 해.

아스토미들[99]

 조심들 해! 너무 세게 숨 쉬지 마, 우리를 죽게 할 수도 있어. 아무것도 아닌 것이 우리를 사라지게 할 수 있고, 빗방울이 떨어져 우리 머리통에 구멍을 내고, 먼지 한 알갱이가 우리를 으깨지. 섬세하며 연기 같은 우리는 빛, 향기, 음악을 먹고 살아. 독한 냄새는 우리에게 질병을 주고, 어둠은 우리를 미치게 하며, 틀린 음은 우리를 찢어지는 고통에 시달리게 해.

블렘네스들[100]

 저런! 우리는 다르지. 우리는 쾌활하고 건강해. 머리라는 걸 가지고 있지 않아. 우리의 어깨는 넓지. 그래서 청동으로 된 노새, 낙타, 소, 코뿔소도 우리가 지는 것을 질 수 없어. 우리는 치통이란 걸 모르지, 턱뼈가 없으니까. 우리의 눈을 혼란스럽게 하는 건 없지, 우리에게는 눈이 없으니까.

 일종의 윤곽과 막연한 얼굴 자국이 우리 가슴에 있어. 그게 전부야! 위장 대신에, 아닌 게 아니라, 무언가가 꾸르륵거리는

---

98 실론 섬(지금의 스리랑카)에 살았다는 긴꼬리원숭이와 닮은 상상의 동물.
99 *astomi*는 그리스어의 *stoma*(입)와 *a*(없는)를 합성한 말로 〈입이 없는 자들〉을 뜻한다.
100 *blemnes*는 그리스어 *blemma*(시선), *blepo*(보다), *blepeis*(눈이 먼), *bleptikos* (보는 능력) 등의 단어를 만드는 *ble*와 *mnes*를 합성한 말로 〈보지 못하는 자〉라는 뜻이며, 머리가 없고 입과 눈이 가슴에 달린 자들을 말한다.

걸 확실히 느껴. 소화는 생각으로 되고, 배설은 어디서 하는지 모르게 되고 있지. 신은 우리 내부의 림프 속에서 편안하게 쉬고 있어. 베틀 위로 미끄러지는 북처럼, 베틀을 위해서 그리고 오로지 베틀 때문에 존재하는 북의 움직임처럼, 뻣뻣하게 그리고 한결같이 우리는 길 위를 똑바로 걸어. 아무것도 우리를 알아보지 못하고, 우리를 헤매게 할 수 없고, 우리를 멈추게 하지 못해. 우리는 온갖 진흙탕을 건너가지. 심연에 빠지지 않고 심연을 따라 걷지. 우리는 현기증을 모르니까. 그래서 우리는 세상에서 가장 근면하고, 가장 행복하며 가장 도덕적인 사람들이지.

앙투안느

그런데 입맞춤 소리를 내고 음울하게 탄식하며 이토록 한숨을 내쉬는 게 누구지?

돼지

코를 킁킁거리며 냄새를 맡는다.

이런! 냄새 좋구나. 마로니에 냄새 같은데.

헤르마프로디테[101]

자기 침대 위에 엎드려 있다.

나는 애타게 기다려. 심장을 뛰게 하고, 희망을 가지고, 몸을 뒤척이고, 이리저리 몸을 움직이고, 팔에 입 맞추고, 온 사지의 냄새를 맡아도 내 욕망이 찾고 있는 걸 얻을 수가 없어. 샘에서 아름다운 내 얼굴을 보았어. 그런데 내 머리카락은 등까지 내

---

101 Hermaphrodite는 헤르메스Hermes와 아프로디테Aphrodite 사이에서 태어난 아들로 부모의 이름을 합성한 것이다. 그는 남성과 여성의 속성을 동시에 가지고 태어났는데, 일반적으로 여성의 완벽한 몸매에 남성의 성기를 가진 모습으로 묘사되고 있다.

려오질 않아. 내 허벅지가 가늘고 엉덩이가 이렇게 넓적한 건 왜지? 사티로스들처럼 가슴에 털을 가지고 싶어. 오! 내가 여자라면, 풍만한 내 젖가슴을 더듬을 수 있을 텐데! 나는 내 몸을 바라다보며 밤을 지새워.

내 몸이 포개진 곳에서 기대하지 않던 성(性)이 나타날 것만 같아……. 이리 와, 이리 와봐. 난 널 몰라! 내게서 찾아봐, 살펴봐. 난 널 사랑할 거야. 부드러운 내 입술 아래에서 나를 초조하게 하는 미지의 큰 행복이 피어날 거야.

피그마이오스들[102]

선량한 우리는 비렁뱅이 등에 기어다니는 이같이 땅 위에서 우글거리지. 우리는 더워. 우리는 빽빽이 들어차 있고, 급속도로 번식하지. 우리 종족은 영원해. 우리를 파괴시키고, 손톱으로 짓이기고, 불태우고, 물에 빠뜨리고, 등나무 지팡이로 내리쳐도 소용없어. 우리는 계속해서 다시 나타나지, 더욱 강인해지고 더욱 많아지고, 그렇게 숫자로 압도하면서.

우리의 제국은 정말 멋져. 운이 있으면 부자도 되고, 성격이 좋으면 행복하지. 우리에겐 사상가, 똥 푸는 사람, 창녀, 동식물 연구가, 그리고 모자 만드는 이가 있어. 우리는 나왔다가 들어가고, 식탁에 앉아 웃고, 잠자리에 들고, 싸우고 사랑하지. 우리는 생각도 있고, 이치를 따지기도 하고, 열광하기도 하지. 호두 껍질이 개울을 가로지르고, 뱃사람들은 창백해, 비바람이 거세니까. 사냥꾼들은 풀 속에서 벼룩을 잡아. 우리에게 그늘을 드리우는 나무 아래서 혁명이 일어나고 있지, 나뭇가지에서 지저귀는 참새도 나무껍질 위를 기어가는 개미도 방해하지 않고.

우리의 집, 우리의 다리, 우리의 수로, 우리의 군부대, 우리의

---

102 그리스어 *pygmaios*는 고대 그리스 신화에 나오는 난쟁이족으로, 〈팔꿈치에서 손가락 끝까지의 길이〉라는 뜻, 즉 〈키가 작은 사람들〉을 가리킨다.

광장이 보여? 교실에서 공부하는 어린 피그마이오스, 고함치는 선생 피그마이오스, 작은 책, 작은 깃털 펜이 보여? 왕 피그마이오스를 칭송하는 시인 피그마이오스, 도적 피그마이오스, 건방진 피그마이오스와 우울한 피그마이오스, 아픈 피그마이오스를 보러 가는 의사 피그마이오스가 보여? 의사 피그마이오스가 맥을 짚고, 그들이 앉고, 환자가 혀를 내밀고, 의사는 눈을 굴리고, 리넨 천 조각을 펼치고, 환약을 주고, 그러고는 부모와 이야기를 나누고 일어서서 작은 은전을 받아 작은 주머니에 쑤셔 넣지. 그걸로 고깃국을 끓일 거야. 한편 작은 환자는 슬픈 표정으로, 작은 의사가 떠나는 걸 바라보지. 작은 신부가 오고, 작은 환자는 숨을 거두고, 작은 의사는 저녁을 먹지. 사람들이 작은 상자를 만들고, 작은 눈물을 뿌리고, 작은 장례 행렬을 지어 땅의 작은 귀퉁이에 작은 시체를 묻으러 가지.

키노케팔로스들[103]

개의 머리를 하고, 숲에 살며 무섭게 고함을 지른다.

우리는 암염소들을 쫓고, 손톱으로 그놈들을 찢고, 살을 삼키고, 그 가죽으로 몸을 가리지. 새 둥지를 따러 나무를 타기도 해. 알을 깨서 빨아먹고, 새털을 뜯어내고 새 둥지를 뒤집어 보닛처럼 머리 위에 얹지. 호랑이나 표범이 지나가면, 말을 타듯 그 위로 뛰어내리고, 귀를 꼭 잡고 함께 달리지. 혹은 정오에 목동들이 나무그늘에서 자고 있을 때, 나뭇가지 꼭대기에서 그들 위로 똥을 누거나, 과일을 비 오듯 던져 그들을 납작하게 만들지. 우물가에 혼자 가는 처녀에게 화 있으라! 울부짖는 자들이

---

103 *kinokephalos*는 〈개의 작은 머리〉를 뜻하는 *kinokephalion*에서 온 말로 〈개의 머리를 가진 자〉를 뜻한다. 아리스토텔레스에 따르면, 〈이들은 원숭이 모양을 하고 있으나, 원숭이보다 크고 강하며, 얼굴은 개에 가깝다〉고 한다(『동물사』 제2권 제8장 참조).

그녀를 휘어잡고 마음껏 강간하지. 그녀는 우리들의 우악스러운 팔이 아니라 애무를, 물어뜯기가 아니라 입맞춤을 꿈꾸었지! 할 수 없지! 즐거움 만세! 호방하게! 동무들, 우리의 흰 이빨을 딱딱거리자! 나뭇가지를 흔들어!

사튀자그

소의 머리를 가진 거대한 흑색 수사슴.

나도 역시 숲의 거주자야. 숲에 사는 족속들을 멜로디로 홀리는 자이지. 내 머리에 얹혀 있는 일흔두 개의 가지 뿔은 플루트처럼 비어 있어. 나는 그걸 내 마음대로 기울일 수도 들어 올릴 수도 있어……. 봐!

그는 자기 가지뿔을 앞뒤로 움직인다.

동쪽 바람으로 몸을 돌리고 어깨 너머로 이것들을 기울이면, 홀린 짐승들을 내게로 오게 하는 소리가 거기서 나와. 그러면 파란 눈을 가진 영양, 코끼리, 새매, 진흙에서 나온 물소, 서두르는 코뿔소, 여우, 원숭이들, 야생 고양이들, 곰들이 모두 함께 뛰어오지. 노루들은 새끼들을 데리고 내 주위에 둥그렇게 앉고, 뱀들이 내 다리 위로 올라오고, 말벌들이 내 콧구멍에 달라붙고, 앵무새, 비둘기와 따오기들이 내 뿔가지에 앉지……. 들어 봐!

그가 커다란 가지뿔을 젖히자, 거기서 곧바로 이루 말할 수 없는 멜로디가 흘러나온다.

앙투안느

어떻게 이런 소리가! 내 심장이 왜 이러지? 떨어져 나와 울려. 이 멜로디가 그걸 가지고 가려나?

사튀자그

그렇지만 내가 몸을 서풍 방향으로 돌리고 창(槍) 더미같이 무성한 가지뿔을 내 앞으로 기울이면, 거기서 끔찍한 소음이 나오고 모두들 도망가지. 새들은 날개를 쫙 펴고 날고, 맹수들은 전속력으로 뛰고, 파충류들은 그들의 똬리를 꽉 조이지. 내게서 나오는 바람에 나무들이 공포로 몸을 구부리고, 급류들이 멈추어 서고, 흰 연꽃의 꽃받침이 산산이 흩어지고, 땅이 갈라지고, 대초원의 풀들이 겁에 질린 남자의 머리카락처럼 곤추서지……. 들어 봐!

그가 뿔가지를 앞으로 기울이자, 끔찍한 음악이 거기서 흘러나온다.

앙투안느

모든 게 삐걱거리고, 모든 게 소리를 질러. 허물어진 오두막에 질풍이 몰아치듯 내 머릿속에서 이것들이 날카롭게 울려. 죽을 것만 같구나. 이게 세상의 종말인가?

유니코르니스[104]

말 울음소리를 내며 앙투안느 성인의 주위를 빙빙 돈다.

내가 얼마나 예쁜지 봐! 상아 발굽, 강철 이빨, 붉은색 머리, 눈처럼 흰 몸에다 이마에 난 뿔은 흰색으로 시작해서 가운데는 검고 끝은 빨갛지.

칼데아[105] 평원에서 타타르[106] 사막으로, 갠지스 강가와 메소포타미아에, 나는 이르고, 뛰고, 되돌아오지. 내 발목에 난 털에 북쪽과 남쪽 지방의 식물이 달라붙고, 내가 지나는 곳에 불고랑이 생기고, 나는 타조를 앞질러. 어찌나 빠른지 나는 바람을

---

104 라틴어 *unus*(하나)와 *cornu*(짐승의 뿔)의 합성어로 〈뿔이 하나인 자〉를 뜻한다. 몸통은 말이고 숫염소의 머리를 하였으며 이마 한가운데 긴 뿔이 나 있는 상상의 동물인 유니콘을 가리킨다.
105 수메르의 동쪽 지역으로 고대 메소포타미아의 남부.
106 유목민들이 사는 중앙아시아.

끌고 다니지.

나는 폭포에서 목을 축이고, 종려나무에 등을 비비고, 대나무 숲에서 구르지. 한 번의 도약으로 강 건너는 것을 좋아해. 그리고 페르세폴리스[107]를 지나갈 땐 뿔로 산에 조각된 왕들의 얼굴을 부수는 장난을 하지.

유니코르니스가 땅을 차며 앞발로 일어서고, 뛰어오르고, 뒷발질을 하고, 말 울음소리를 낸다.

그리폰[108]

흰 날개에 독수리의 부리를 가진 사자. 등이 검고, 목은 파랗고, 가슴은 오렌지색이다.

난, 나는 그들이 잠들어 있는 동굴을 알아. 잊힌 왕들, 그들은 삼중관을 쓰고 망토를 입고 왕좌에 앉아 있지. 벽에서 자란 떡갈나무가 그들의 머리를 곤두세우고, 왕 홀은 무릎 위에 놓여 있어. 그들 곁, 반암으로 된 물받이 통에서는, 그들이 사랑했던 여인들이 옷을 입은 채 알 수 없는 액체 속에서 헤엄치고 있지. 별들이 총총한 방들에는 그들의 보물이 마름모꼴로, 피라미드마냥 무더기로 쌓여 있어. 지렛대로나 올릴 수 있는 금괴들, 금이 가득 찬 큰 통들, 다이아몬드를 담고 있는 둥근 합이 있지. 나는 이 무시무시한 경이를 지키는 자야. 희끗한 언덕 위에 서서, 엉덩이를 지하 통로로 들어가는 문에 기대고, 갈퀴 발톱을 드러내고 낮과 밤을 쉬지 않고 깨어서, 나는 이곳에 오는 자들을 삼켜 버리려고 주위를 살피지. 이곳은, 초목도 강도 없이, 절

---

107 다리우스 1세에 의해 세워진 페르시아 왕국의 옛 도시로 기원전 6세기말 알렉산드로스 대왕에 의해 불탔다. 오늘날의 치힐 미나스Tchihil Minas.
108 이 전설적인 새의 역할은 보물을 지키는 것으로, 특히 히페르보레이오이족이 사는 스키티아 사막에서 아리마스포이족의 습격으로부터 아폴론의 보물을 지킨 것으로 유명하다.

벽만이 있는 나라, 움직임도 없고 아무것도 살지 않는 희부연 나라야. 검은 하늘이 늘어져 있는 계곡에는 여행자들의 해골이 먼지처럼 알알이 떨어져 있지. 그렇지만 네가 원한다면……

포이닉스[109]

날개를 펼치고 있으면서 날기를 멈춘다. 날개는 금색이고, 눈에는 각각 두 개의 별이 박혀 있다.

저 위에…….

그는 고개를 젖히고 하늘을 가리킨다.

나는 저 위에 살지. 한줄기 햇빛을 타고 올라가, 천상의 불길 한가운데서 창공을 통과해. 유성들이 지나가고, 행성들이 자기들의 위성들을 데리고 춤추는 걸 봐. 푸른 빛 위에 넓게 퍼져 있는 은하수의 은빛 고랑을 따라가고, 또 부리로 별들을 쪼면서 빛의 해변을 날개로 스치고 지나가지.

피곤해지면 갸름한 달의 모양에 맞춰 몸을 구부리고 그 위에 눕지. 미풍에 밀려, 달은 살포시 잠든 나를 싣고 가지. 그러면 단조로운 흔들림에 이내 잠들어 버리지. 때론 달을 갈퀴 발톱으로 부여잡거나 부리로 물고, 허공으로 훨훨 데리고 가지. 달이 어찌나 빨리 뛰는지, 꼭대기에 멈추고, 계곡으로 내려가고, 개울을 건너뛰고, 마치 넓은 푸른 초원 위에서 맘껏 풀을 뜯는 한 마리의 떠돌이 염소 같았지. 고요한 밤, 바닷물에 잠긴 내 꼬리의 금가루가 물결 위로 구르는 걸 보았니?

그렇지만 시간이 다하고, 별들이 낡은 축 위로 천천히 돌며, 태양들의 불꽃이 색 바랜 내 피를 더 이상 덥히지 못하면, 나는 신선한 미르라를 가지러 예멘으로 가지. 그 나무 기름으로, 조상들에게 계시 받은 인적 없는 장소에 죽을 둥지를 만들지. 그

---

109 그리스어 *phoinix*는 〈핏빛〉을 뜻한다. 고향은 에티오피아이며, 그곳에서 500년, 1460년, 혹은 2954년을 산다는 전설의 새.

러고는 깃털을 접고 죽기 시작하지. 태양이 적도를 지날 때 나의 재 위로 비를 뿌려 아직도 따뜻한 재에 향기를 섞지. 그가 몸을 떨고, 부풀고, 아직 형태가 없는 애벌레가 잿빛 가루 안에서 나타나고, 날개가 나고, 머리를 들고, 날아올라. 그것은 포이닉스, 아버지로부터 부활한 아들이야. 그는 무한한 공간 속에서 영원한 생명의 찬가를 노래하기 시작하지. 새로운 천체가 하늘 한가운데 열리지. 더욱 젊은 태양이 더욱 강력한 세계를 비추고, 게으른 천구(天球)들이 다시 돌기 시작하지.

포이닉스는 앙투안느 성인의 머리 주위에 불붙은 원을 만들고, 불꽃이 점점이 떨어지고, 불티가 쏟아진다. 다른 동물들이 도착한다, 살무사들, 부엉이들, 올빼미들, 혀가 세 개인 뱀들, 뿔이 달린 짐승들, 배가 나온 괴물들.

돼지

아아 아파! 아아 괴로워! 이들은 나를 정말 혼란스럽게 해! 모두 나를 향해 미친 듯이 대들어. 오호! 라! 라! 아하! 아하! 아하!

돼지는 자기를 쫓아오는 동물들을 피해 이리저리 뛰어다닌다.

몸에 불이 나고, 숨이 막히고, 목이 죄어. 이래저래 죽어. 내 꼬리를 잡아당기고, 귀를 찢어 내고, 배를 찌르고, 눈에 독을 뿜어 대고, 내게 조약돌을 던지고, 상처를 입히고, 등가죽을 벗겨 내고, 독사 한 놈이 내 불알을 물어!

앙투안느

흐느끼며.

가여운 내 돼지! 가여운 내 돼지!

바실리코스[110]

세 갈래의 볏을 달고 공중으로 몸을 곧추세우고 앞으로 나아가는 보라색의 거대한 뱀.

조심해! 내 아가리로 들어갈지도 모르니까. 모두 그곳으로 들어가지. 왜냐하면 나는 홀리는 자, 저항할 수 없는 위험, 모두 먹어 치우는 자니까. 내가 강물 속에 나아가면 물이 펄펄 끓고, 내 몸이 닿으면 바위도 갈라지고, 내가 감은 나무는 불이 붙고, 내 시선에 얼음이 녹고, 또 내가 공동묘지를 지나가면 프라이팬에 담긴 밤처럼 죽은 자들의 뼈가 무덤 속에서 튀기 시작하지.

배가 고파서가 아니라, 목이 말라서 이렇게 게걸스레 먹는 거야. 나 자신도 끊임없이 불이 나서, 식힐 수 있는 것을 찾고 있어. 더 나은 게 없어서 개울물, 풀 이슬, 수액, 짐승의 피를 마셨어. 그런데 아무 효과가 없어. 눈물, 유황, 황산염, 포도주와 용암을 마셔도 소용이 없어. 나는 여전히 목이 말라. 나는 불이고, 불을 마시지. 불이 나를 아프게 해도 불에 끌려……. 이것 봐라! 또 욕구가 생기네. 너의 골수를 삼키고 네 심장을 빨아들여야 겠어. 숨을 들이쉬기만 하면 심장이 저절로 나올 거야. 내게는 위에 하나 아래 하나 두 개의 이가 있어. 그게 심장을 얼마나 잘 옥죄는지 넌 느끼게 될 거야……. 심장을 말이야…….

바실리코스가 아가리를 열고 크게 숨을 들이쉬자, 거센 맞바람처럼 먼지와 곤충, 동물들이 끌려온다. 앙투안느의 옷이 깃발처럼 바람에 나부끼고, 빨려 들어가지 않으려 발로 안간힘을 쓴다.

각다귀들이 윙윙거리고, 뱀들이 쉭쉭거리고, 맹수들이 짖어 대고, 커다란 반딧불이들이 바닥에서 반짝인다. 턱뼈가 움직이는 소리, 비늘이 부딪히는 소리, 코들이 훌쩍이는 소리가 들려온다.

마르티코라스[111]

붉은빛에 누런 기가 조금 섞인 사자의 몸에 인간의 얼굴을 하고 있

---

110 *basilikos*는 그리스어로 〈작은 왕〉이라는 뜻. 머리에 왕관 모양의 선명한 얼룩이 있는 뱀이다(폴리니우스, 『자연의 역사』 제8권 제33장 참조).

다. 빗살 모양의 이가 세 줄로 나 있고, 전갈의 꼬리에 눈은 청록색이다.

나는 인간들 뒤를 쫓아다니지. 그들의 허리를 잡고, 골이 튀어나올 때까지 머리를 바위에 치고, 나 혼자, 편안하게, 내가 사는 구덩이 안에서 처진 입술을 핥으며 시체 위에 길게 누워 골을 먹어.

그들은 플루트와 트럼펫 소리를 들으며, 그것이 요란한 취주악을 연주하며 멀리서 지나가는 한 무리의 전사들인 줄로 알았던 거야. 그래서 전사들을 보려고 다가왔지. 손톱으로 그들을 찢어 내고, 꼬리로 숨통을 막고, 이빨로 씹어 삼키지. 내 발톱은 나사송곳 모양으로 나 있고 발톱이 살점에 남아 있어. 그렇지만 발톱이 발끝에서 다시 나오지. 내 이빨은 톱날 모양으로 갈려 있어 돌을 깨고, 나무를 자르고, 대리석도 뚫어. 올리고, 내리고, 돌리고, 뻗을 수 있는 내 꼬리에는 뾰족한 침이 달려 있어 오른쪽, 왼쪽, 앞으로, 뒤로 쏠 수 있지. 그 침들은 방패도 뚫고, 벽을 관통하고, 방울뱀의 이빨처럼 독이 들어 있고, 쇠물닭[112]보다 빠르지.

마르티코라스가 손톱을 펼치고, 이를 갈고, 꼬리에 달린 가시들을 로켓탄처럼 줄지어 쏜다.

앙투안느는 말없이, 꼼짝도 않고, 여러 개의 다른 목소리를 듣고 이 얼굴들 모두를 응시한다.

카토블레파스[113]

황소의 몸에 머리는 멧돼지로, 머리가 어찌나 무거운지 바닥에 닿아

---

111 기원전 4세기 그리스 역사가 크테시아스가 쓴 인도의 지리지에 등장하는 괴물로, 매우 빨리 달리며 인육을 광적으로 좋아하고, 목소리는 플루트나 트럼펫 소리와 비슷하다고 한다(플리니우스, 『자연의 역사』 제8권 제30장 참조).

112 *phalarique*는 프랑스어에는 없는 말로 아리스토텔레스가 『동물사』(제8권 제3장)에서 말하는 *phalaris*를 가리키는 것으로 보인다.

움직이지 못한다. 얇고 속 빈 창자처럼 물렁물렁한 목이 어깨에 머리를 묶어 놓는다. 뻣뻣한 잿빛 머리털이 얼굴을 덮고 있다. 콧잔등을 모래에 묻은 채, 배를 바닥에 깔고 누워 있다. 조잡한 퇴화 기관으로 보이는 그의 발끝만이 간신히 보인다.

원하는 자 나를 움직이게 해봐! 나는 꼼짝도 하지 않아. 늘 이렇게 있지. 등짝 위로는 태양의 찌는 열기를 그리고 배 아래로는 땅의 후끈한 열기를 느끼면서. 머리가 얼마나 무거운지 들어 올릴 수가 없고, 목 끝으로 돌릴 뿐이야. 반쯤 열린 턱뼈로 내 입김에 젖은 독풀을 뜯어. 그래서 내 주위에 흐릿한 반원이 생기지. 나는 정말 천천히 먹기 때문에 한쪽을 뜯어 먹는 동안 다른 쪽 풀이 다시 돋을 정도의 시간이 있지. 그런데 한번은, 내 발을 핥다가 나도 모르게 발을 먹어 버렸지. 아무도 내 눈을 보지 못했어. 내 눈을 본 자들은 죽어 버렸지. 눈꺼풀을 들어 올리면, 앙투안느, 내 무거운 눈꺼풀을 말이야, 그리고 내 눈동자를 언뜻 보기만 한다면, 그것이 비록 번개가 스치는 찰나일지라도, 너는 즉시 죽으리라!

앙투안느

오호! 오호! 이자 좀 봐!

목소리가 나오지 않는다.

어쩔 건데?

긴 침묵.

내가 만일 보고 싶어지면, 이 눈을!…… 지금은 아니고, 아니고……. 그래도 그러고 싶어지면? 1분 동안의 생각, 한순간의 유혹, 머리카락 하나의 두께! 오호! 오호! 안 돼, 안 돼, 안 돼!…… 그렇지만…… 유혹이 내게 오니까, 그런 것 같지? 아! 그러고 싶

---

113 *catoblepas*는 〈위에서 아래로〉라는 뜻의 그리스어 *kata*와 〈바라보다〉를 의미하는 *blepo*를 합성한 단어 *katablepo*에서 유래했다.

어. 그리고 그가 막…… 오!…… 뭐야?…… 이게 뭐지? 커다란 물결이 몰려오는 소리가 들려. 소금기 머금은 바람이 이마의 땀을 말리네. 조가비 위를 걷는 것 같아.

그는 갈고리 모양의 집게발을 가진 게들, 가시가 달린 성게들, 초록빛 돌고래들, 아가미를 열고 눈을 굴리며 수염으로 나아가는 이빨 달린 물고기들, 조개관자에서 소리가 나도록 벌어지는 거대한 굴들, 검은 먹물을 뿜어내는 오징어들, 분수구멍으로 숨을 내쉬는 고래와 동물들, 굵은 밧줄처럼 풀리는 숫양의 뿔 모양 조개, 그리고 청록색 털로 뒤덮인 네발짐승들이 머리 위로 축축한 해초를 흔들면서 천천히 몸을 좌우로 움직여 그에게 다가오는 걸 본다. 여기저기 푸르스름한 인광(燐光)이 지느러미 주름 사이, 팔딱이는 아가미 주위, 곤두선 등지느러미 위에서 튀어나오고, 둥근 조가비 탑을 동그랗게 둘러싸고, 바다표범의 수염에 매달려 있고, 또 타는 듯한 에메랄드의 굵은 선들이 교차하며 바닥에 늘어져 있다.

바다짐승들

여기까지 오려고 산을 탔더니 숨이 차네. 길을 갈 때 먼지가 우리 비늘을 더럽혔고, 우리는 헐떡이는 개들처럼 혀를 내밀었지. 그렇지만 물가로 돌아가면 곧 물에 다시 뛰어들 거야! 우리는 널 데려갈 거야, 앙투안느. 너를 찾아 여행을 한 거야. 오! 넌 좋을 거야. 거기, 해초의 침대 위에서, 떡갈나무보다 큰 바닷말이 있는 푸른 숲을 다니면서 말이야. 우리는 달라. 우리는 깊은 물결의 규칙적인 움직임에 흔들리는 바닷말 가지 사이로 지나지. 하지만 그건 전혀 다른 잎사귀들이고, 다른 풀밭이며, 다른 산들이지. 우리의 습한 거처에는 산호의 작은 기둥, 자개 벽이 있고, 보다 맑은 시냇물은 고래들이 와서 눕는 자갈밭을 따라 영롱한 진주들을 데려가지. 너는 우리가 머무는 이 광대한 물 속을 몰라. 뱃사람들의 수심 측량기도 우리에게까지 내려오지는 못했어. 대양의 층마다 다양한 종족들이 살고 있어. 폭풍우를 맞으며 사는 종족에게는, 육지에서 부는 미풍에 잔물결이 이는 표면 위로, 구르는 긴 거품이 필요하지. 차가운 물결의 투명함 가운데서 헤엄치는 이들은 그곳에서 꼼짝 않고 서 있지. 좀 더 깊이 바다 바닥의 모래에 가슴을 부비는 이들은 물러가는 조수의 물을 관(管)으로 빨아들이거나, 어깨에 바다 샘의 무게를 지고 있지. 오려낸 태양 같이 완전히 동그란 식물들이 잠든 짐승들 위에 그늘을 드리우지. 동물들의 사지가 자라면 돌들도 커지고, 푸르스름한 연체동물이 쪽빛의 바다처럼 꼼짝 않는 자기 몸을 꿈틀거리지. 우리는 소금기 어린 고독 속에, 끔찍한 우리 삶의 임무를 평화롭게 수행하면서, 자유로이 살고 있지. 해안의 자갈만이 우리의 나이를 알아. 우리가 이동을 하며 위로 올라가면, 대륙의 모습이 바뀐 걸 보게 되지. 우리에겐 물이 심하게 요동치는 소리가 들려올 뿐이지. 그리고 우리는 우리를 위해 바람을 막아 주는 둥근 지붕 위로, 검은 별들이 침묵 속으로 미끄러지듯, 배의 용골(龍骨)이 지나가는 걸 응시하지.

앙투안느

  망연자실하여.

  많기도 하군! 다양하기도 해! 대단한 형태들이야! 바다에도 있고, 땅에도 있고, 공중에도 있구나!…… 다 볼 수도 없어……. 다다르고, 빙빙 돌고, 쌓이고, 서로 같기도 하고, 다르기도 하고, 작은 것, 큰 것, 끔찍한 것, 듣기 좋은 것도 있어. 그들의 시선엔 깊이가 있어. 내 영혼이 그곳을 돌아. 그들은 영혼 같아. 이 모든 기관이 무엇에 쓰이는 거지? 어떻게 살지? 모두 왜 존재하지? 참 이상한 일이야! 이상한 일이야!

  앙투안느 성인이 동물들을 응시할수록 동물들이 부풀고, 키가 커지고, 수가 늘어나고, 형태가 더욱더 무시무시하고 기괴한 것들이 나온다. 반은 수사슴에 반은 숫염소인 트라겔라푸스, 고래고래 소리를 지르다 자기 배를 터지게 한 핏빛의 팔만트, 자기 냄새로 나무들을 죽이는 커다란 족제비 파스티나카, 디스트에서 온 길이가 5천 미터가 넘는 세나기온, 혀로 새끼들을 핥으며 살갗을 벗겨 내는 머리가 셋인 세나드, 앞은 사자에 뒤는 개미로 남성 생식기가 거꾸로 달린 미르메콜레오, 모세를 위협했던 3천 미터짜리 뱀 아크사르, 유방이 푸른색을 뚝뚝 떨어뜨리는 개 케푸스, 갈기 대신 여자의 머리 타래를 가지고 있고 콧구멍이 파란 암말 포에파가, 관능적인 흥분 상태에서 죽게 만드는 침을 가진 포르퓌루스, 접촉으로 얼을 빼는 프레스테로스, 바다 한가운데의 섬에 사는 뿔난 산토끼 미라그. 그리고 서로 다른 것들이 구분할 수 없이 온통 뒤섞여 번개처럼 스치면서 마른 잎처럼 실려 간다. 경이로운 해부학적 구조의 요란한 돌풍이 몰려온다. 오리의 다리를 한 북아메리카 악어의 머리들, 살무사 머리를 한 말의 목덜미들, 곰처럼 털이 수북이 난 개구리들, 뱀 꼬리를 가진 올빼미들, 호랑이 머리의 돼지들, 당나귀 엉덩이를 한 염소들, 모기처럼 팔딱이는 날개 달린 복부들, 하마만큼 큰 카멜레온들, 네 다리의 병아리들, 하나는 눈물을 흘리고 하나는 음매 하며 우는 머리 두 개의 송아지들, 배꼽을 잡고 팽이처럼 왈츠를 추는 네 개의 태아들, 숫양의 뿔을 한 낙타들, 노루 발을 한 뱀장어들, 인간의 손을 씹고 있는 붉은 고양이들, 묵주처럼 줄지어 있는 벌의 무리들, 노란 잔디 뭉치처럼 굴러가는 곡식좀나방 떼, 몸에 얼굴 대신 활짝 핀 흰 수련을 가진 여자들, 흰색 관절을 톱니바퀴처럼 움직이는 거대한 해골들, 가슴에서 나와 분리되고 서로 교차하는 살의 가지들, 분홍색 작은 혹으로 뒤덮인 알로에들, 반점이 난 자기 껍질을 끌고 가는 괄태충(括胎蟲)들,[114] 팔로 달라붙고 관으로 공기를 마시고 막을 수축시키고 팽창된 구멍을 열고 부풀고 커지고 앞으로 나아가는 눈이 달린

---

114 불어의 *limace*는 복족류(腹足類)에 속하는 연체동물로서, 약 6센티미터가량의 몸은 미끈거리며 암수한몸으로 달팽이처럼 생겼으나 껍데기는 없다. 플로베르는 자기 집을 가진 달팽이*limaçon*와 혼돈하고 있다.

폴립들.

  그리고 지나간 것들이 다시 오고, 아직 오지 않았던 것들이 도착하며, 하늘에서 떨어지고, 땅에서 솟고, 바위에서 굴러 떨어진다. 키노케팔로스들이 짖기 시작하고, 스키아포데스들은 눕고, 블렘네스들은 일하고, 피그마이오스들은 논쟁하고, 아스토미들은 흐느껴 울고, 유니코르니스는 힝힝거리고, 마르티코라스는 울부짖고, 그리폰은 발로 차고, 바실리코스는 쉭쉭 소리를 내고, 포이닉스는 날아오르고, 사뒤자그는 흥얼거리고, 카토블레파스는 한숨을 쉬고, 키마이라 소리 지르고, 스핑크스는 으르렁거린다. 바다짐승들이 지느러미를 꿈틀거리고, 파충류들이 독을 내뿜고, 두꺼비가 폴짝 뛰고, 각다귀들이 윙윙거리기 시작한다. 이빨을 갈고, 날개가 진동하고, 가슴이 부풀고, 발톱이 자라고, 살이 출렁인다. 새끼를 낳는 것들도 있고, 교미하는 것들도 있고, 혹은 한입에 서로를 삼키기도 한다.

  쌓이고, 조이고, 너무 많아 숨이 막히고, 접촉하며 수가 늘어나는 것들이 서로서로의 위를 기어오른다. 피라미드 모양의 산처럼 겹쳐지고, 다양한 몸들이 움직이고 있는 큰 더미의 각 부분은 고유의 운동으로 움직이고, 복잡한 전체는 조화롭게 흔들리고, 소리를 내고, 우박이 고랑을 그리며 떨어지는 무거운 대기 사이로 빛난다. 눈, 비, 벼락이 떨어지고, 모래의 회오리, 바람의 소용돌이, 연기의 구름이 지나가고, 어슴푸레한 달빛, 태양의 햇살, 푸르스름한 석양이 동시에 비추고 있다.

앙투안느

  피가 어찌나 빨리 도는지 혈관이 터질 것 같고, 머리는 조각조각 폭발하고, 내 영혼이 흘러넘쳐. 어디론가 가고, 떠나고, 도망치고 싶어!

  나도 동물이야. 생명이 내 뱃속에서 우글거려. 그리고 강물이 그렇듯 내 안에서 요동치는 것을 느껴. 공중을 날고, 물속을 헤엄치고, 숲을 달리고 싶어. 오! 힘세고 강한 팔다리를, 찢을 수 없는 가죽 아래 이 강건한 존재들을 가질 수 있다면 얼마나 행복할까! 고래 배 속은 따뜻할 것 같고, 그 넓은 공간에서는 좀 더 편안하게 숨 쉴 수 있을 것 같아.

워워 짖고, 음메음메 울고, 우으으 울부짖고 싶어. 왜 내겐 지느러미나 빨판이 없는 거지? 동굴에서 살고, 연기를 후후 내뿜고, 기다란 코를 몸에 달고 싶고, 몸을 뒤틀고 이리저리 나누고, 모든 것에 스며들고, 냄새와 함께 발산되고, 식물처럼 뻗어 나가고, 소리처럼 울리고, 대낮처럼 빛나고, 온갖 형태로 나를 만들고, 모든 원자 속으로 들어가고, 물질 속을 걸어 다니고, 물질이 무얼 생각하는지 알 수 있도록 나 또한 물질이 되고 싶어.

갑자기.

악마

앙투안느 성인의 뒤에 나타나서 히죽히죽 웃는다.

너는 그걸 알게 될 거야. 내가 그걸 알게 해줄게!

양쪽으로 중대죄들의 그림자가 다시 나타나 맹렬하게 달려든다.

악마가 다가와 머리를 숙이고 앙투안느 성인 위로 뛰어내리면서, 자신의 두 뿔에 앙투안느의 허리를 걸고 소리를 지르며 올라간다.

돼지

뒷발로 일어서서 공중으로 사라지는 앙투안느 성인을 바라보며.

오! 왜 내겐 날개가 없지? 클라조메나이[115]의 돼지처럼!

---

115 소아시아의 수무르네만(오늘날의 터키 도시 이즈미르)의 작은 반도에 건립되었던 이오니아의 옛 도시로, 오늘날의 부를라*vourla*.

3

하늘에서.

앙투안느

악마의 뿔에 걸린 채.
내가 어디로 가고 있는 거야?

악마

좀 더 높은 곳.

앙투안느

큰 소리로.
그만!

악마

좀 더 높이! 좀 더 높이!

앙투안느

머리가 어지러워. 겁도 나고, 떨어질 것 같아.

악마

내 뿔을 꽉 잡고 위를 쳐다봐.

앙투안느

나도 모르게 시선이 납으로 된 추처럼 아래로 내려가. 그리곤 밑에서 나를 잡아당겨. 한 폭의 커다란 그림처럼 들판이 일어나는 게 보여.

악마

잘 잡아!

앙투안느

저 아래 숲의 가장자리가 사라지고, 언덕들이 낮아지네. 탁탁 튕긴 잉크 얼룩 같은 도시들이 보이고, 늘어지고 가늘어진 곤충의 다리처럼 보이는 길도 있어. 바다는 더 이상 출렁이지 않고 온통 납작해져 땅처럼 단단해 보여. 출렁이며 움직이는 건 육지야. 눈 덮인 산봉우리들이 무리를 이루는 양 떼처럼 촘촘해지네. 봉우리들이 깡충깡충 뛰네! 춤도 추고! 공기가 내 가슴을 누르고, 숨이 막혀! 큰바람이 얼굴을 때려.

그들은 계속 올라간다.

그런데 심연이 넓어지고 있어. 나를 삼키려 해.

악마

힘내! 나를 놓지 마!

앙투안느

아! 녹아내리는 게 느껴져. 내 생의 전부가 입술로 올라 와. 그리고 그것을 단 한 번의 한숨으로 내뱉지 않으려고 오열을 참고 있어.

악마

조금만 참아. 곧 괜찮아질 거야.

앙투안느

나는 넋이 나간 채 차갑고 광대한 공간 속을 표류하고 있어. 경련이 어렴풋하게라도 흔들지 않는다면 죽은 줄 알 거야. 칠현금의 황동 줄이 끊어지듯 신경이 일시에 끊어지고, 나의 전 존재가 내게서 떨어져 나가. 조각조각 날카롭게 부딪히고 느리게 떨고 있어. 하늘이 칠흑 같아. 오! 구름들은 벌써 저 멀리 있어……. 내가 어디로 가고 있지? 대체 어디로? 대체 어디로?

악마가 미친 듯이 하늘로 계속 올라간다. 앙투안느는 순간 의식을 잃고 악마의 뿔 사이에 앉아 있다. 그가 떨어지지 않도록 악마는 두 팔을 둘러 그를 잡고, 큰 날갯짓으로 공기를 민다.

앙투안느

더 이상 못 견디겠어. 더 이상 아무것도 보이지 않아. 모두가 사라지고 희미해져, 오!

그는 반쯤 의식을 잃는다.

도처에 깊은 어둠이야! 큰 기류가 날 밀고 있을 뿐이야……. 밀고 있을 뿐이야!…… 그만! 그만!

악마

잠깐만 참아. 고통은 곧 끝날 거야. 우리는 중간 지역을 지났어. 다른 공기가 와 닿는 것이 느껴지지 않니? 그리고 여기 모든 별들도 늘 보던 것보다 훨씬 더 크게 보이지.

앙투안느

다시 눈을 뜨며.

이럴 수가! 정말이네. 그런데 어떻게 된 거지?

악마

벌써 기분도 나아지고, 숨 쉬기도 더 편하지, 그렇지?

앙투안느

그래! 그래! 대단한 광채야! 별들이 눈처럼 떨고 있어. 마치 나를 쳐다보는 것 같아. 하늘은 포근하고, 에테르[1]의 고요가 진정되고 있는 내 가슴에 스며들어.

악마

올라가며.

너는 다시 내려가고 싶지 않을 거야. 잘 봐. 멀리까지 바라봐. 더 이상 땅이 없어! 바다도 없어!

앙투안느

오! 정말 아름다워! 얼마나 넓은지! 참 멀리도 보이는구나!

악마

조금 전 너의 시야는 언덕에 멈추었고, 또 너의 생각은, 너의 시야처럼, 좁은 동그라미 안에서만 움직이고 있었지. 생각이 그 안에서 맴돌다 방향을 잃고 끝내는, 자기 집 위에 주저앉은 낙

---

1 고대인들은 대기권 위로 에테르라고 하는 밝은 대기와 같은 물질이 흐른다고 믿었다. 헤시오도스의 『신통기(神統記)』에 따르면, 에테르는 그리스 제1세대 신들의 계보에 속한다. 카오스(혼돈)에서 에레보스(태초의 암흑)와 어두운 밤의 신 닉스가 나왔고, 이들 사이에서 에테르(밝음)와 헤메라(낮)가 나왔다.

타처럼, 더 이상 앞으로 나가지 못하고 기진하여 쓰러지곤 했지. 그러나 넌 이제 높은 곳에 있고, 피조물이 생존할 수 있는 대기권을 이미 넘어왔어. 그건 내가 뛰어오르며 너의 샌들 바닥에 붙어 있는 마지막 모래알까지 털어 버렸기 때문이지. 시작할 때의 엄청난 두려움, 높은 곳에서의 현기증, 땅으로 널 잡아당기는 몸의 중력, 이 모두가 사라져 버렸어. 기쁨에 벅차고, 평온하고, 무한한 너는 파란 하늘을 자유로이 다니고 있어.

앙투안느

위로 올라갈수록 더 가벼워져. 눈을 크게 뜰수록 더 멀리 보이고 지각할 수 있는 공간은 더욱 더 넓어져.

악마

지각할 수 있는 공간이 그렇게 방대할 거라곤 미처 생각하지 못했지, 그렇지? 그러나 이미 무아지경에서, 너는 절대적이고 찬연한 모습으로 홀연 네게 나타난 말씀을 이따금씩 어렴풋이 본 적이 있지. 교리, 신앙 그 너머로, 말씀에 다다르기 위한 수단[2]을 뛰어넘어서. 그런데 아래에서 올려다보면, 구름에 가려 어둡게 보이는 이 하늘처럼, 네가 섬기는 신은 언제나 자신의 대부분을 그늘에 감추어 두었지. 그것은 너의 감성에 말씀을 일치시키려고 그토록 많은 덕성으로 말씀을 장식하며 무한을 너의 본성에 맞추었기 때문이야. 한편 너의 영혼은 구원의 문제에 골몰하여, 자신을 이데아[3]에 연결시키던 가느다란 줄을 차츰차츰 잊어 갔지. 그리고 격하된 신과 은총을 잃은 인간은 서

---

2 고행 등의 수련과 기도 생활.
3 그리스어 *idea*에서 온 말로 〈외양〉, 〈형상〉 등을 의미하며, 그리스 철학에서는 〈감지되는 것들의 감지되지 않는 영원한 본질〉 혹은 〈존재하는 그것, 그 자체로 간주되는 것〉이다.

로서로 멀어지게 되었지. 달이 너의 눈에 은 접시로 보여도, 그 달이 측량할 수 없는 먼 거리에 있다고 너는 믿었지. 한편 그 달이 더 작으면서도 더 가까이 있다고 느꼈고, 창백한 달빛을 그윽이 바라보며, 너는 보다 큰 별과 보다 높은 절대를 꿈꾸곤 했어. 진주조개를 따러 가는 어부들을 본 적이 있니? 몸놀림을 거북하게 하는 긴 옷을 걸친 채로는 깊은 바다에 내려가지 못했을 거야. 단 하나의 근육이라도 둔해질까 봐 그들은 어머니가 걸어 준 양철 부적까지 모든 걸 바닷가 모래 위에 두고 갔지. 네가 아직도 오두막 문에 서 있었다면, 발로 땅을 딛고 있었다면, 또 지상의 식량으로 살고 있었다면, 지금 보고 있는 이 장관, 네 심장을 자유로이 부풀게 하는 이 광활함의 충만을 누리지 못했겠지.

그들은 계속 올라가고, 하늘은 점점 더 빛난다.

앙투안느

아! 참 아름다운 혜성들이구나! 가운데는 비었으면서 불이 붙은 꼬리는 돌고래의 꼬리처럼 굽었어. 혜성들이 지나가고, 돌고…… 눈송이처럼, 별들이 소리 없이 떨어져.

악마

저기 더 멀리, 이름을 가진 별들 너머로, 태양들을 끊임없이 만들어 내는 빛나는 물질이 보이지?

앙투안느

그래, 보여. 그곳으로부터 아주 작은 조각들이 떨어져 나와 돌기 시작해. 오! 내 눈동자는 빛으로 가득하고, 모든 게 빛이고, 나는 광채 속을 걷고 있어.

악마

그 안에서 뒹굴자, 풀 위에서 뒹구는 망아지들처럼. 사방으로 퍼져나가고, 흘러 들어가서, 너를 펼쳐 봐. 죽은 아이의 몸에 엘리야가 자기 몸을 포개었던 것[4]처럼, 만물 속에 감추어져 있는 숨결을 들이마셔.

앙투안느

원들이 넓어지는 게 보여. 천구(天球)들이 그르렁대는 소리가 들려.

악마

셀 수도 없고 끝도 없이, 계속 솟구치며, 섬광으로 끊임없이 이어지며, 영혼들이 큰 영혼으로부터 흘러나오는 거야. 큰 영혼에서 나온 영혼들은, 그들에게 주어진 범위 안에서, 그들을 밀어내기도 하고 막아내기도 하는 그 무엇과 더불어 큰 영혼 주위를 돌며 올라가지. 이렇게 영혼들은 이탈하지 않고 영원히 궤도를 그려. 어둠 속에 있는 부분을 막 비추려 하는 것들도 있고, 자신이 나온 곳으로 다시 올라가는 것들도 있고, 자기 자리에서 반짝이고 있는 것들도 있어. 그들은 빛나고, 숨고, 이어가며, 무한 속에서 자리를 바꾸지만, 절대 소멸하지 않아.

운석이 지나간다.

---

4 기원전 9세기 길르앗의 티스베에 사는 사람인 예언자 엘리야가 사렙다의 과부집에 머무는 동안 뜻밖에 죽은 과부의 아들을 살린 기적을 말한다. 〈그는 아이 위에 세 번 엎드려 몸과 몸을 맞추고 나서 야훼께 기도하였다.《오, 야훼 나의 하느님, 이 아이의 몸에 다시 생명의 호흡이 돌아오게 해주십시오.》〉(『구약』 「열왕기 상」 제17장 제21절)

앙투안느

겁에 질려 소리를 지른다.

아! 불덩이가 내 위로 떨어지겠어! 이게 뭐지?

악마

쿠노수라[5]의 머리에서 떨어져 나온 조각이야.

앙투안느

왜 떨어져 나왔지? 어디로 가는 거야?

악마

자신을 잡아당기는 힘으로부터 벗어날 수 있을 만큼 충분히 강하다면, 운석은 멈추게 되고, 고유한 운동을 시작하게 되고, 그리고 새로운 체계의 중심이 되는 거야. 공간에 퍼져 있던 유사한 부분들이 모두 그에게로 모여들었다가 훗날 세계들을 형성하기 위해 해체되지.

앙투안느

행성들은 떨어져 나오는데 영혼들은 왜 그럴 수 없지?

악마

과연 그럴까?

앙투안느

그럴 수 없어. 내 영혼이 하느님 곁을 떠나지 않고 있는 것을 늘 느끼니까.

---

5 Cynosure는 〈개〉를 뜻하는 그리스어 *kunos*와 〈꼬리〉를 뜻하는 *oura*를 합성한 말로, 〈개의 꼬리〉를 닮은 작은곰자리를 가리킨다.

악마

아! 조금 전에 지나간 불타는 운석처럼, 만일 영혼이, 극도의 노력으로 자신을 붙잡고 있는 것으로부터 벗어나, 인력의 영향을 받지 않은 채 자신의 운동을 계속하다가, 이 질주의 과정에서 점점 불타오르게 되면, 그 영혼은 새로운 질서의 원리, 새로운 세계의 핵이 될 수 있어.

그들은 올라가고, 악마가 말을 잇는다.

넓게 퍼진 기다란 자국을 이루고 있는 금빛의 먼지는 우주에서 마침내 기화하는 오래된 별들이야. 네가 보고 있는 원자는 어떤 태양의 일부분이었어.

앙투안느

그렇다면 태양들이 차차 줄어들면서 없어지는 거야?

악마

태양들은 소진(消盡)되지만, 그 내부에 있는 빛은 아냐. 실체는 남아 있고, 각각의 부분들은 새로운 통일체가 되기 위해 통일체로부터 떨어져 나오는 거야. 그들을 집합시켰던 형태가 다른 곳으로 옮겨 가는 거야. 인간의 시체가 해체될 때, 하나의 인격체를 이루었던 일순의 모음이 해체되는 바로 그 순간, 그것을 구성하고 있던 모든 요소들은 그들이 처음 태어난 곳으로 자유로이 다시 돌아가는 거야. 그때, 싸늘해지기 시작한 시체 안에서 세계들이 만들어지고, 종족들이 서둘러 태어나지. 인간의 배 속을 바다처럼 여기는 무리도 있고, 나무 사이로 뛰듯 살가죽에 난 털 사이로 뛰는 무리가 있지. 그들에게 대혼란의 순간은, 분해되지 않은 육신이 아직은 온전한 내장 속에 막 깨어날 배아(胚芽)를 감추고 있는 바로 그 순간이야. 그러나 곧 질서가 만들어지고 부패가 심하면 심할수록 조화(調和)는 더욱더 잘 이루어지지. 영혼도 자신을 속박하던 통일체에서 해방되어, 다른 물질에 침투하기 위해 퍼져 나가지. 갈대들의 속살거리는 소리에서 인간의 목소리를 엿들은 적이 없었나? 개들이 울부짖으며 죽은 네 벗에 대해 말하는 건 아닐까? 저녁 바람에 네가 전율하는 까닭은, 그 바람이 물결치는 애무와 사랑하는 이의 머리에서 맡을 수 있는 감정의 향기를 실어 오기 때문이지. 일정한 수의 색깔, 소리, 형태, 이데아만이 실체의 내부를 끊임없이 지나며 실체의 존재 방식을 다양하게 하고, 다른 모습으로 영원한 것을 나타내 보이지. 존재에 의해 무수히 실재하는 것들이 살 듯, 존재도 무수히 실재하는 것들에 의해 사는 거야.

신의 뿌리는 인간 영혼의 깊은 곳에 있어. 절대가 나오는 곳이 바로 거기지.

앙투안느

영혼이 그렇게 큰 것인지 조금도 생각지 못했어!

악마

하늘이 그렇게 크다는 생각도 못 했겠지! 한편 너는 머리를 들고, 하늘의 높이를 헤아리는 데 평생을 보내고 있었어. 그런데, 막 손을 씻고, 햇빛 아래 마노(瑪瑙)판처럼 희끄무레해지는 손톱을 물끄러미 보며, 네 손가락 끝에 있는 이 물질이 무엇인가를 이해했을까? 또 팔을 움직이며, 팔이 어떻게 움직이는지 알았을까? 또 발이 앞으로 나아갈 때, 왜 나아가는지를 알았을까? 네가 먹이는 돼지가 눈 똥 위를 맴도는 풍뎅이들과 함께 배설물이 땡볕 아래에서 뿌옇게 부서지는 것을 보는 것 또한, 신에 대한 생각이 너를 골몰하게 했듯이 널 깊은 생각에 빠뜨렸지. 네 것인 너의 몸도 잘 알지 못해 너로부터 정말 멀리 있었지. 생각을 하게 하는 너의 영혼도, 네가 얼마나 모르고 있었던지

매분마다 탐사할 곳이 발견되었지. 너의 영혼을 네가 온전히 알기 위해서 영혼이 하는 모든 사고, 상상, 성찰, 있음직한 고통을 미리 알아야 했지. 그런데 누가 밤에 꿀 꿈들을 저녁에 미리 말할 수 있고, 지금의 생을 살며 죽음 뒤에 무엇이 있을지를 알 수 있나? 무한대로 작은 것도 무한대로 큰 것만큼이나 파악하기 어렵지. 별이 태어나는 것을 볼 수 없듯 풀이 자라나는 것도 볼 수 없어. 인간의 지성 너머에서는 큰 것도 작은 것도 없고, 한계가 없는 것은 측량되지 않으며, 영원은 지속성을 갖지 않고 신은 부분으로 분류되지 않기 때문이지.

 감지되지 않는 매우 작은 물질이 너의 시선을 멈추게 하고, 그것이 창조물 전부만큼이나 방대한 넓이를 일시에 너에게 드러내 보일 수 있는 것은, 이들을 공통의 생명으로 이어 주고 또 이들을 서로 유사하게 하는, 파악할 수 없는 무한이 이들 각각에게 있기 때문이야. 따라서 두 개의 무한, 두 개의 신, 두 개의 통일체는 없는 거야. 그가 있고, 그리고 그게 전부야.

앙투안느

뭐라고? 전부라고?[6] 그렇다면 신은 도처에 있겠네! 그런데, 어떻게 도처에 있을 수 있지? 그렇다면 신은 생각하는 이들의 추상 속에 있고, 느끼는 이들의 정념 안에 있으며, 행동하는 이

---

6 악마의 논지에 따르면 신은 오로지 〈그것〉 혹은 〈그〉로 지칭할 수 있는 〈그 무엇〉이다. 〈그가 있고, 그리고 그게 전부야 *il y a lui, et puis c'est tout*〉라고 한 그의 말에서 〈*lui*〉는 신을 지칭한다. 앙투안느는 악마의 말을 잘 이해하지 못하고 대명사 〈*lui*〉를 기독교의 인격신으로 이해하고 있을 뿐 아니라 중성 대명사 〈*ce*〉를 〈*lui*〉로 받아들이고 〈그가 전부야 *ce est tout*〉라는 식으로 이해하고 있다는 인상을 가지게 한다. 그러나 플로베르는 이런 방식으로 자신의 범신론적 우주관을 슬며시 삽입시켜 앙투안느의 의식에 잠재해 있는 것이 범신론임을 보여 주고 있거나, 앙투안느를 자기의 꼭두각시 인형으로 만들고 있거나, 앙투안느의 이해력 혹은 언어 소통의 한계를 보여 주고자 한 것으로 보인다.

들의 행위 안에 있겠군. 그러면 시선 속에서 우리를 바라보는 것도, 소리 속에서 울려 퍼지고 색깔 속에 빛나고 빛 속에서 반짝이는 것도 신인가? 어둠 속에 검은 것이, 태양의 붉은 것이 신인가? 이 모든 것에 그가 관여한다는 말이지? 그가 모든 것이라는 말이지? 내가 결코 들어갈 수 없던 나의 이 부분[7]이, 바로 그였단 말이지? 그것[8]이 너무 어마어마하고, 불분명하고, 무겁게 보여, 그것이 그분이 아닌가 하고 생각하고는 있었지! 그분이 공기처럼 나를 감싸고, 그분 안에서 걸으며, 당신을 사랑하도록 자신의 어떤 것을 내게 주고 있음을 진정 느끼고 있었어. 그런데…… 오! 올라가자……. 그래…… 더 높이! 더 높이! 좀 더! 먼 곳까지…… 정말 끝까지!

그들은 올라가고, 하늘은 차츰 넓어지고, 별들이 어찌나 많은지 서로 닿아 있다. 그것은 새하얀 빛으로 온통 빛나는 둥근 지붕이다.

악마

자주, 아무것도 아닌 것, 한 방울의 물, 조가비 하나, 머리카락 한 올에도 너는 멈추고, 꼼짝하지 않고, 시선을 고정한 채 마음을 열었지.

네가 꿰뚫어 보고 있는 대상에게로 기울수록, 그가 네 안에 발을 들여놓는 것 같았고, 이어 관계가 생겼지. 너희는 서로를 껴안았고, 수많은 정교한 접촉을 통해 서로에게 닿았지. 그러고는, 너무 바라보아서, 더 이상 아무것도 네게 보이지 않았어. 귀 기울여도 들려오는 것은 없었고, 너의 정신도 자신을 깨어 있게 하는 개별성의 개념을 잃어버리기에 이르렀지. 황홀한 전

---

7 생각을 만들어 내는, 존재의 비밀이 담긴 부분 즉 머리를 지칭하는 것인 듯하다.

8 자신을 움직이는 지칭할 수 없는 어떤 힘, 이미 무의식 그 너머에 있는 그 어떤 것을 〈cela(그것)〉로 지칭하고 있다.

율이 일면서 네 영혼 안으로 거대한 조화가 흘러드는 것 같았고, 절정의 순간에, 아직 계시되지 않은 일체에 대한 형언할 수 없는 이해를 경험했지. 너와 대상 사이의 간격은, 두 심연의 가장자리가 좁혀지듯 사라져 버렸다. 둘 모두를 담고 있는 무한으로 그 차이가 사라져 버린 거지. 너희는 같은 깊이로 서로에게 빠져 들었으며, 미묘한 흐름이 너에게서 물질에게로 넘어갔지. 그때, 올라오는 수액처럼, 요소들의 생명이 네 안에서 천천히 퍼져 나갔지. 한 계단만 오르면, 네가 자연이 되거나, 아니면 자연이 네가 되었을 거야.

앙투안느

그건 사실이야, 자주 나보다 드넓은 어떤 것이 내 존재에 섞이는 걸 느꼈어. 초원의 푸르름 속으로 차츰 퍼져 나가고, 흐르는 강을 바라보면서 강물을 따라갔어. 내 영혼이 어찌나 흩어지고, 모두의 안에 들어가고, 퍼졌는지, 영혼이 어디에 있는지 더 이상 알 수가 없었어.

악마

셀 수 없이 많은 하늘의 불들이 보이지? 별자리를 가진 별들, 떠도는 행성들, 떨어지는 별똥별들, 멀리 있는 별들, 하루만 사는 별들, 이 모두가 각기 돌고, 빛나지. 하지만 그것은 같은 운동, 같은 빛이고, 하나의 원리 속에 분리되어 있으며 형태와 지속성은 달라도 그들을 구성하고 있는 실체는 같은 거야.

동일한 인간의 피가 그의 발을 따뜻하게 하고 이마의 정맥을 부풀게 하지. 신의 숨결이 이 세계들과 또 그것들의 변화무쌍한 우연들 한가운데를 돌고 있지. 핏방울들은 각각 동일한 전체의 부분으로서 같기도 해. 만일 그렇지 않다면, 이 모든 것은 있을 수 없지. 이 부분들은 서로를 찾고, 빠르게 돌고, 잡아당기고,

만나고, 침투하는데, 그것은 더 작은 부분들로 이루어지고, 또 다른 것들로 만들어지고, 이렇게 계속되지. 네가 그것들을 나눌 수 있는 만큼 네 사고가 그것들을 유추할 수 있지. 이 부분들은 그들이 공유하는 본질에 따라 결합하면서 전체를 완성하지. 이들 각각은 무한의 결정체로 그 자체로서 물질의 모든 부분의 전형이지. 한 개의 다이아몬드가 만들어지려면, 자연의 힘들이 일시에 일을 해야만 하지. 네 발 아래서 소리를 지르는 모래알도 이미 끝난 수천 번의 창조가 만들어 낸 복합적 산물이야. 지금 네게 문득 떠오른 생각은, 연속, 점층적 상승, 변형과 재생을 거쳐 지금의 그 단계로 네게 이른 거야. 인간들이 존재한 이래로 개개의 인간이 생각했던 무엇인가가 거기에 기여했고, 모든 것이 서로 연결되어 있고, 서로 끼어들어 있고, 서로 혼합되고, 서로 섞여 혼동되지. 정신이 물질을 길들여 자신의 차원에까지 끌어올리고, 추상으로 물질을 소멸시키기도 하지. 물질이 정신을 장악하고 그 내부로 들어가, 자신의 무게로 숨을 조이고 자신의 영역에 깊이 빠져들게 해.

생명 없이 살아 있는 것들, 동물처럼 보이지만 스스로 움직이지 못하는 것들, 식물적인 영혼들, 꿈꾸는 조각상들과 생각하는 풍경들이 있지 않은가? 이들은 모두 끝없이 이어지는 사슬, 근원을 알 수 없고 결론은 감추어진, 두 끝을 이을 적당한 때를 알지 못해 그럭저럭 중간만을 포착한 거대한 삼단논법이지.

신비로운 리듬이 움직이는 원자들을 춤추게 하지. 이들은 서로를 부둥켜안고, 서로를 떠나고, 또 각기 한 부분으로, 지속적인 진동 속에서 다시 시작하지. 육체들은 탄생, 삶, 죽음을 거치면서 그들이 나왔던 먼지 통일체로의 귀향만을 추구하지만, 영혼은 끝없는 확장을 하며 자신이 태어난 곳인 신에게로 되돌아가기만을 갈망하지.

앙투안느

오! 그래서 나는 그렇게 자주, 내가 죽기라도 한 것이길 바라고 또 내가 다른 세상에서 산 것은 아닐까 하고 생각했었나?

악마

그러나 물질이 이쪽에 있고, 정신이 저쪽에 있는 건 아니야. 만일 그렇다면 물질의 무한, 정신의 무한이 있어야 하지. 두 개의 무한은, 둘이기 때문에, 한계가 있게 되고, 따라서 더 이상 무한은 없게 되지. 그러니 무한은 하나밖에 없어야 하고, 무한은 자신과만 동등하므로, 아니 더 정확히 자신과 동등한 상대가 없으므로, 결국 그 안에 있는 부분들은 그들 간에 동등한 것이지. 사실 대지와 관련해서만 높은 것과 낮은 것, 낮과 밤이 있을 뿐이야. 또 피조물에게만 삶과 죽음이 있는 거지. 유한에만 한계가 있고, 정신에만 차이가 있어. 원자는 서로 비교하여 더 큰 것이 없지. 원자가 전혀 없거나 아니면 모두가 원자야. 너의 영혼이 다른 영혼보다 더 영혼일 거라고 믿어? 그렇다면 그건 영혼, 즉 네 안에 있는 무한이 더 이상 아니지! 따라서 모든 영혼은 영혼으로서 같은 거야. 실체가 양태를 품고 있고 사물이 신 안에 있는데, 전체의 부분들 속에서 육체와 영혼, 물질과 정신, 추함과 아름다움, 선과 악으로서 대비되는 이 차이는 결국 무엇이지?

악마는 맹렬한 날갯짓으로 올라가고, 날개는 계속 넓어지고, 악마는 커지며, 뿔이 뻗어 나간다.

앙투안느

우리가 매우 빠르게 가고 있구나! 나는 휘둘리고, 높은 곳으로 빨려 가고 있어. 멈출 수도 없이 똑바로 올라가……. 이것 봐!…… 그런데…… 또 바뀌네. 이제는 별들이 내 밑에서 보여……. 빛은 기력을 잃었어……. 공허인가?

악마

웃으며.

아! 아! 우주를 감고 있는 아홉 개의 원형도도, 북회귀선의 게자리와 남회귀선의 염소자리 문들도, 높다란 벽에 그려져 있는 황도 십이궁도, 에제키엘의 바퀴[9]도, 각 단계마다 천사가 있는 야곱의 사다리[10]도 모두 보이지 않아서 놀랐지?

앙투안느

질겁하며.

이럴 수가! 아무것도 없다고?

악마

아니지, 아무것도 없는 것은 없어. 공허는 자신을 거북하게 하는 모든 속성으로부터 벗어난 본래적 존재야. 순수 이데아가 형식에 의해 좀 더 명확해질까? 실체를 어떤 것 속에 가두어 둘 수 있다고 생각해?

그들은 계속 올라간다.

앙투안느

내 눈으로는 다 보지 못하겠어. 햇빛 아래 빙하처럼 내 정신은 용해되고 갈라지며 빠직거려. 계속 올라가야 하나? 도대체 목적이 뭐지?

---

9 칼데아인들의 땅 크바르 강가에 살던 에제키엘 사제가 환시 속에 본 네 얼굴과 그들의 정신을 담은 바퀴에 관한 언급이다(『구약』「에제키엘」제1장 제4~20절 참조).

10 『구약』「창세기」제28장 제12~13절 참조.

악마

네 안에 있지! 네가 원인을 거슬러 올라가고, 아무리 먼 곳으로부터 기원을 이끌어 낸다고 해도, 언제나 첫 번째 원인, 유일한 원리, 존재하기 때문에 존재하는 창조되지 않은 하나의 신에 도달할 수밖에 없어. 그러나 창조물을 설명하려고 창조물로부터 신을 분리하면서 신을 더욱 잘 설명할 수는 없어. 조금 전, 신 없이 피조물이 이해되지 않았듯이, 피조물 없는 신도 불가해한 것이지.

칠현금의 멜로디는 진동하는 공기도, 줄의 울림도, 음계의 소리도 아니지. 멜로디는 이 모든 것의 결과이고 동시에 이 모든 것의 원인이야. 그러니 자! 멜로디를 실현시키는 데 기여한 모든 것으로부터 칠현금의 멜로디를 분리하지 않듯, 세계로부터 신을, 무한으로부터 유한을, 실체로부터 속성을 분리하지 말아야 해. 그 멜로디가 누군가에 의해 연주되었다는 것을 안다고 해도, 그가 어떻게 연주하는지를 알아야 하고, 이렇게 질문은 계속 이어지지.

멜로디는 자신 안에 있는 질서에 의해 만들어지지. 따라서 멜로디는 자유롭지 않아. 신은 자신에 의해 존재하고, 그 조건 밖에서는 존재할 수 없으므로, 신은 자유롭지 않아.

앙투안느

자유롭지 않다고? 전지전능한 분이? 어떻게 그럴 수가. 그분은 주인이잖아?

악마

에에! 그가 주인이라면, 더 이상 주인이 아닐 수 있을까? 그가 멈추어 쉬고, 완전히 사라질 수 있을까? 다른 것이 신이게 할 수 있을까? 아니 다른 것이 될 수 있을까?

앙투안느

그러나…… 그렇지만…… 그럼에도 불구하고…… 그분은 악을 벌하고 선을 상 주지.

악마

그건 질서에 따른 것이지, 신 자신의 의지에 의한 것은 아니야. 이 질서에 따라 그가 존재하고, 이 질서가 그를 구성하기 때문이야. 사건들은 단지 있다는 연유로, 그것의 귀결이라 부르는 또 다른 사건들을 발생시키지. 이러이러한 행위가 그로부터 두 번째 행위를 만들고, 세 번째, 백 번째를 만들고, 단 한 번의 행위도 멈추거나 이탈할 수 없이 이어지지. 불타고 있는 나무는 연속적으로 불꽃에서 숯, 재가 되지. 우유는 크림, 치즈, 벌레로 바뀌지. 네가 삼킨 어린 양고기는 너의 피, 살, 체액이 되었다가 그 어린 양이 뜯어 먹던 초원을 기름지게 할 것이고, 또 그 양은 자신을 살찌우던 풀에 다시 갉아 먹힐 거야. 악을 행하는 인간은 그것에 대한 벌을 받지. 예전에 받은 벌 때문에 후일 상을 받게 될지 누가 알아? 그의 죄가 벌을 초래하고, 이 벌이 이어 다른 상태를 만들고, 이 상태가 또 다른 귀결을 부르지. 네가 신이 악을 벌해야만 한다고 생각할 자유가 있는 것만큼, 신도 악을 벌하지 않을 자유가 있어. 네 영혼이 생각을 하므로 너의 영혼은 신을 포함하고 있지. 네 영혼은 어떻게 생각할 수 있지? 그것은 신에 의해서야. 그런데 무한은 자신의 내부가 아닌 다른 곳에 있을 수 없어. 따라서 신은 살아 있는 것 안에 살고, 사유 속에서 자기 자신을 생각하지. 네가 있는 한, 그는 네 안에 있어. 네가 그를 이해하는 순간, 그가 네 안에 있지. 그가 너이고, 네가 그이며, 그렇게 하나만이 있을 뿐이지.

앙투안느

하나만 있어! 하나만 있어! 그러니까 나는 거기에서 나왔고, 신의 일부를 이루는 거지, 내가! 이 가슴은 무한한 사랑으로 그를 위해 부풀어. 그 안에 있으면서, 부풀고, 그리고 몸을 돌리고 있는 것이 바로 그란 말이지! 내 육신도, 내 정신도 더 이상 없어. 내 몸은 모든 물질의 질료로 되어 있고, 내 정신은 모든 정신의 본질이 되고, 내 영혼은 전체의 영혼이야! 불멸, 지각 공간, 무한, 내가 이 모든 것을 가지고 있어. 내가 그 모든 것들이야! 나는 내가 실체임을 느껴! 나는 사유야!

악마가 멈추고, 날개를 펼친 채, 움직이지 않고 공중에 떠 있다. 그의 가슴의 헐떡거림이 앙투안느 성인을 불규칙하게 흔들다 차츰 가라앉는다. 그가 손을 놓자, 앙투안느는 혼자 서 있다.

앙투안느

이젠 더 이상 무섭지 않아. 정말이야, 나는 이해하고, 보고, 충만함 속에서 숨 쉬고 있어……. 참으로 평온해!

악마의 몸은, 본래의 크기를 잃으면서, 빛이 침투하여 환하게 빛난다. 그의 거대한 눈이 하늘처럼 온통 파란색이 되고, 날개는 사라지고, 더욱 희미해진 그의 얼굴은 넋을 빼앗을 만큼 아름답게 된다. 옆으로 고개를 돌리고, 위에서 그에게로 몸을 기울이고 있는 앙투안느 성인을 바라본다.

악마

만물이 움직이는 것은 이 무한 속에서이고, 보편성은 이데아 안에 포함되어 있지. 조금 전, 네가 천구들의 음악을 들었을 때, 별들이 돈 게 아니라, 조화가 네 안에서 일어난 것이고, 너는 그것을 들었다고 믿은 거야. 심연의 깊이에 네가 놀랐을 때도, 너의 지성이 지각의 공간 안에서 거리를 인정하고 또 측량할 수 없는 것에 대해 단계를 설정했고, 그 지성의 착각으로부터 심연을 만든 것은 너였어. 너는 광채 안에서 즐겁게 팽창했지. 그때 그 광채를 본 것은 너야. 그것이 있다고 누가 네게 말할 수 있지?

악마의 시선이 깊고 어둡게 파여 들어가며, 넓어지고, 퍼져 나가고 바다의 소용돌이처럼 깔때기 모양으로 돈다. 움직이지 않고, 입을 벌린 채, 넋이 나간 앙투안느가 악마에게 점점 다가가고, 이제 그의 뿔가지를 딛고 한 계단 한 계단 내려오기 시작한다.

악마

빠르고 낮은 목소리로 계속한다.

그것이 있다고 누가 말했지? 너의 인식 외에 다른 인식을 가질 수 있어? 진리에 이르기 위해, 참인 것에 대한 너의 이데아 외에 무엇을 가질 수 있어? 너의 눈을 너의 눈 말고 다른 것으로 볼 수 있을까? 만일 그 눈이 착각을 한다면? 모든 것이 너의 영혼에 의해 부여되는데, 이 영혼이 거짓이라면, 부여된 것에 대한 확실성은 있는 건가? 너는 무엇이 될까? 너는 어떻게 될까? 인간은, 수면 같은 삶 속에서, 감각이 무뎌진 신처럼, 자신이 꿈을 꾸고 있고 조금 후면 꿈에서 깨어날 거라고 막연하게 느끼지. 그런데 잠에서 영영 깨어나지 않는다면? 이 모든 것이 끝없는 조롱거리일 뿐이라면? 무(無)만이 있는 것이라면? 아하! 너는 무(無)가 있다고 생각할 수 없지? 부조리한 것이 오히려 참이라고 누가 말할 수 있지? 또 참인 것이 있기나 하다고 누가 말할 수 있지? 아무것도 증명할 수 없어. 설령 모든 것을 증명할 수 있다 해도, 그것은 우리의 세계 내에서만 존재하고 그것을 식별할 수 있는 지성 속에서만 가능하지. 그런데 우리의 세계가 있지 않다면? 우리의 정신이 존재하지 않는다면? 아! 아! 아!

앙투안느

공중에 매달려, 악마와 마주 보고 악마의 이마에 자기의 이마를 댄다.

그런데 너는 있잖아, 넌, 어쨌거나! 나는 너를 느껴. 오! 너는 아름다워!

악마가 아가리를 크게 벌린다.

그래, 내가 갈게! 내가 갈게!

악마가 두 팔을 내밀어 그를 포옹하고, 앙투안느도 그를 향해 팔을 내민다. 이 몸짓을 하다 그의 손이 자신의 긴 옷을 스치면서 묵주에 부딪힌다. 외마디 비명을 지르고 그는 땅에 떨어진다.

앙투안느는 자신의 움막 앞에 돌아와 등을 땅에 붙인 채 누워 있고, 팔짱을 낀 채로 있다. 허물어진 성당의 잔해 위에 돼지가 다리를 크게 벌리고, 눈은 허공을 응시하고, 털이 곤두서고, 꼬리가 뻣뻣해져 서 있다.

온통 어둡고, 바람 한 점, 들려오는 소리 하나 없다.

어둠 한가운데서 돼지의 두 눈동자가 빛나고, 앙투안느 성인의 신음 소리가 들린다. 그러나 차츰 제정신으로 돌아와, 자기 주위의 땅을 더듬어 보고, 눈을 반쯤 뜨고, 고개를 좌우로 돌려 어깨 너머 주변을 놀라운 듯 유심히 본다.

이게 어떻게 된 거지? 내가 어디에 있었던 거야? 그런데…… 아!

피로감이 다시 그를 엄습하자 그는 옴짝달싹 못 하고 다시 늘어진다.

오오! 머리에 납이 들어 있는 것 같아, 어찌나 무거운지 머리를 움직일 수도 없어. 땅에 붙은 것처럼 느껴져.

그는 하품을 하고, 기지개를 켜고, 한숨을 내쉰다.

아! 누워 있으니 참 편하구나!…… 자리를 좀 바꿔야겠어. 돌에 걸려 아픈걸.

팔꿈치를 딛고 자리를 바꿔 보려 애쓰지만 다시 쓰러진다.

정말 노곤하구나! 누가 지금 나를 죽인다 해도 살려 달라고 외칠 힘도 없어……. 아!…… 속이 아파. 배고파. 뭔가를 먹고 싶어……. 아! 어떡하지. 그럴 순 없어. 할 수 없지!

그는 마침내 오른쪽으로 돌고, 눈을 뜬 채 얼이 빠진 모습으로 성당의 잔해를 바라보고 있다. 그의 시선이 돼지와 마주친다.

이런! 돼지군! 아직도 저기 있네, 녀석이! 죽은 줄 알았는데……. 왜 그런 생각을 했지? 나도 모르겠어……. 아! 그런데 정말 피곤해! 내가 뭘 한 거지? 아!

왼쪽으로 뒤척인다.

심장이 뛰지 않아. 못 느끼겠어. 나는 자갈 같아. 아무리 생각해 봐도 소용이 없어. 가장자리에 가시덤불이 있고 바닥에 커다란 검은 자국이 있는 버려진 텅 빈 샘 같아.

도대체 아무 기억도 없어. 여기서 꼼짝하지 않을 셈인가? 영혼이 대체 무엇이지? 내게도 그것이 있나?…… 이렇든 저렇든, 그게 나랑 무슨 상관이 있지?…… 보자, 맞아, 내게도 있지……. 아!

다시 뒤척이며.

그렇지만 늘 이렇게 살아오지는 않았는데……. 예전엔……. 기억을 해내야 해……. 한번 일어나 보자, 자자! 허리에 힘을 주고! 아이고!

그는 자리에서 벌떡 일어나, 손으로 얼굴을 훔치고, 머리를 무릎 위로 떨구고, 팔로 다리를 감싸 안고 생각에 잠긴 채로 있다.

내가 어디서 왔지? 어디로 가고 있지? 어디에 있었지? 왜 여기 있지? 손이 왜 이렇게 처져 있고 무릎은 왜 이렇게 힘이 빠진 거지? 쉴 새 없이 흔들리는 포플러 잎처럼 나는 안에서 떨고 있어. 내가 애써 찾고, 노력하고, 헛되이 애쓴다고 해도, 아닌 게 아니라 나는 그렇게 할 수도 없으니까! 힘에 부치니까! 이 모든 걸 전혀 이해하지 못하겠어, 난!

앙투안느가 울기 시작한다.

차라리 자는 게 낫겠어……. 그런데 잠이 안 와……. 그럼 어때! 다시 눕자!

돼지

여기서 도마뱀처럼 한곳을 쳐다보고 있어도, 순무나 석류가 자라게 할 순 없어. 이렇게 쳐다보고 있으려니 눈꺼풀이 뻑뻑해. 한잠 자자.

앙투안느는 다시 드러누워 졸고 있고, 돼지도 잠이 들어 코를 골고, 그의 살진 배가 오르락내리락하는 게 보인다. 앙투안느는 잠이 들어 몸을 움직이고 돌아눕는다. 한편 바위에 손짓으로 누군가를 부르는 듯한 악마의 그림자가 드리운다. 음욕이 몸을 구부리고, 치마 앞쪽을 입에 물고, 미소를 머금은 채, 발꿈치를 들고 앞으로 걸어가고 있다. 팔은 드러나 있고, 촉촉이 젖은 장미 꽃봉오리 화관을 머리에 쓰고 있다. 몸을 바닥에 숙이고, 앙투안느에게 다가가 발바닥을 긁기 시작한다. 돼지가 깨어난다.

돼지

세상에 이것보다 더 언짢은 건 없어. 이런 식으로 깨는 건 불쾌해! 아! 엉덩이가 튀어 나온 암돼지 하나가 곁에 있다면 정말 좋으련만! 고걸 품을 수 있다면!…… 오! 오! 이럴 수가! 등이 당기네. 꼬리부터 목덜미까지 등뼈를 따라 골수가 크랭크로 잡아당겨지는 쇠줄 같아.

앙투안느

팔꿈치를 딛고 일어서다가 음욕을 알아본다.

아! 또 너로구나! 널 전혀 생각하지 않고 있었어. 그러니 가. 날 좀 내버려둬. 꺼져!

음욕이 그의 옷 밑으로 손을 집어넣는다.

돼지

정말 쉬고 싶어. 이거 신경 쓰이네……. 방법을 알 수만 있다면…….

앙투안느

안 돼, 날 내버려 둬. 그만해. 가 버려!

음욕이 계속 간질이려고 한다.

가라니까. 제발 가! 네가 무섭지 않아. 나도 이제 널 쫓아낼 방법을 알아.

음욕의 얼굴에 세게 발길질을 한다.

이것 봐라, 이것 봐. 더 맞을래? 갈 거야 말 거야? 어? 어? 진정 좀 할래? 꺼져. 더 이상 보고 싶지 않아……. 가!

마침내 음욕이 사라진다.

됐어! 드디어 갔구나! 이제 좀 낫겠지.

몇 분이 지나고.

좀 보자! 이상하네! 그녀를 쫓아내고 나면 무척 기쁘리라고 생각했는데, 그게 아니네! 좀 전에 그녀를 때리면서 그녀의 얼굴에 발이 닿았을 때 기분이 좋았던 것은 왜지?

가만, 자리를 바꿔 보자. 의자에 가서 앉아야겠군.

그는 다시 일어서서 움막 앞에 있는 긴 의자 쪽으로 천천히 다가가, 풀썩 주저앉으며 팔짱을 끼고, 고개를 떨어뜨려 바닥을 응시한다.

뭘 하지?…… 기도를 하면 어떨까?…… 기도라면 벌써 실컷 했어! 일을 할까? 앞이 안 보이는걸. 게다가 불을 다시 켜야 하고. 그래서 또 뭘 얻겠나? 늘 바구니뿐인걸! 참, 대단한 일이야! 다른 걸 하자! 재미로 구멍을 파면 어떨까? 바로 막아 버리지 뭐. 집의 돌을 하나하나 뜯어내면 어떨까?…… 아! 심심해! 심심해! 무언가 하고 싶은데 뭘 해야 할지 모르겠어. 어딘가 가고 싶은데, 그곳이 어딘지 모르겠어. 난 내가 원하는 게 뭔지 몰라. 뭘 생각하는지도 모르겠어. 하고픈 걸 갈망하려는 의지조차 없어.

평생을 이렇게 보냈다니! 검무(劍舞) 추는 것도 본 적이 없다니! 한심해! 이런 생각이 왜 든 거지? 그게 뭘 말하다 그랬지?

그가 벌떡 일어나 움막에서 성당 쪽으로 난 길을 빠른 걸음으로 쉼 없이 오가고 있다. 조금씩 속도를 늦추다가 뒷짐을 지고 천천히 걷기를 계속한다.

성지 순례를 한 번도 가지 않아서 그런가……. 그런데 어디로 가지? 갈 곳은 너무 많고, 또 모두가 좋으니 말이야. 그토록 멀리 다녀온 사람들이 순례를 다녀왔다고 해서 더 나아진 것처럼 보이지는 않았어. 검게 탄 그들의 얼굴과 어깨에 메고 온 조개 껍질이 부러웠지. 피가 흐르는 발을 내게 보여 줬을 뿐, 내 물음에 대답도 하지 않았어. 그냥 많이 걸었다는 말만 했지.

오! 성스러운 돌에 머리를 기대면 내 영혼이 좀 상쾌해질 것 같아. 은을 입힌 성잔 보관함 사이에서 타고 있는 초, 금으로 된 성자들의 유물함에 담겨 입맞춤을 기다리는 순교자의 뼈를 원해. 둥근 천장이 성수반에 잔잔하게 비치는 커다란 교회의 홀이 내게 필요해.

돼지

어깨까지 올라오는 똥 더미 짚을 배 아래에다 결국 한 번도 깔아 보지 못할 거야! 더러운 물이 담긴 함지박에서 절벅거리며 코를 즐겁게 닦을 수는 없을 거야! 닭장에서, 외양간의 오줌이 흘러내리는 곳 옆에서, 어린 송아지들의 묽은 똥 위에 몸을 쭉 펴고 누울 수도 없어!

앙투안느

쳇! 행복이 다 무슨 소용이지? 그건 나도 알아. 꿈꾸는 것 안에 있지 않지. 벽을 겨냥해 당겨진 화살처럼, 욕망은 늘 빠져나갔다가 되돌아오며 영혼을 스쳐 가지. 고통받으려고 오랫동안 단식을 했고, 순결하려고 고행을 했고, 사랑하려고 눈물도 많이 흘렸어. 그런데 내 몸은 아무것도 느끼지 못했고, 마음은 순결하지 않았으며, 사랑은 오지 않았어! 사랑은 끝내 오지 않았어! 나는 늘 메말라 있었고 애정 없이 살았어. 모든 신앙 수행을 왜 해야 하는지 모르지만…… 습관이 들어서였을 거고…… 그렇게 해야 하고……. 그러나 사실 난 하느님을 사랑하지 않아……. 그랬어. 그것이 무엇인지도 몰라. 그것에 대한 개념을 가져 보지도 못했고 그리고 끝내는…….

그가 하품을 한다.

하아!

차츰차츰, 검은 하늘이 판암(板岩) 색을 띠다가 환해지지 않은 채 흰색으로 바뀌기 시작한다. 바람이 인다. 돼지의 등에 난 뻣뻣한 털이 눕는다.

이 서글픔! 이 비참함! 나를 짓누르는 이 거대한 권태에서 벗어날 수 있을까?

예전에 물에 빠져 죽은 이의 시체를 본 적이 있지. 파도가 시체를 굴리면서 모공을 모두 씻어 내렸어. 멀리 모래 위에서 광택 잃은 살가죽이 빛나고 있었어. 내 마음은 그 시체보다 더 파리했지. 내 마음도 그처럼, 누구 하나 거들떠보지 않은 채, 자신을 부패시키는 심연 속에서 수많은 날들을 자신을 씻으며 보냈고, 커다란 날개를 단 절망이 새끼 독수리처럼 그 위로 덮쳤지. 그리고 지금은 모래 위에서 분해되고 있어!

아! 밤이 춥군.

그가 옷깃을 여민다.

젖은 수의가 영혼을 누르는 게 느껴져. 죽음이 뱃속 깊이 들어차 있어.

의자에 다시 앉아 뻣뻣하게 굳은 몸을 웅크리고, 팔짱을 끼고, 눈은 반쯤 감겨 있다. 몸을 뒤로 젖히고 반복해서 목덜미를 벽에 부딪친다. 그가 숫자를 센다.

하나 둘 셋 넷 다섯 하나 둘 하나 둘.

앙투안느가 멈추고, 돼지는 일어나 다른 곳으로 누우러 간다.

내가 왜 밤을 지새우지? 내가 지금 하고 있는 것을 하는 건 왜지? 지금의 나는 왜 나이지? 다른 것일 수도 있었어. 내가 만일 다른 사람으로 태어났다면, 다른 삶을 살았을 거고, 지금 내 삶은 전혀 몰랐을 거고, 내가 가지지 못한 그 삶도 역시 모르는 거지. 예를 들어 내가 나무라면 열매를 맺을 거고, 무성한 나뭇가지에는 새들이 있을 거고, 나는 초록색이겠지. 맞아, 내가 사람이듯 나무, 조약돌, 돼지, 혹은 다른 그 무엇일 수도 있었어. 그런데 돼지는 왜 내가 아니지? 왜 나는 돼지가 아니지? 우리가 어떻게 해서 여기 같이 있는 거지? 사람, 땅, 계절, 산, 평원이 어떻게 있는 거지? 왜 무엇인가가 있지? 태어나고, 죽고, 기뻐하고, 슬퍼하고, 자기 부인 곁에 누워 있는 남정네들, 식탁에 앉은 이들, 온갖 직종에서 일하고, 매우 바쁘고, 진지한 표정을 짓는 걸 생각하면!…… 정말 바보 같은 짓이야! 바보 같은 짓이야!

돼지

가면 갈수록 내가 먹는 여물에 신물이 나고 다른 걸 먹을 수 없어 화가 나.

앙투안느

나는 어떻고! 고행, 기도, 말총 옷, 바구니, 움막, 돼지, 묵주나 굴리는 내가 더 한심하고 바보 아냐? 이런 걸로 무엇을 얻지? 무엇에 쓸모가 있지? 아무튼 내겐 아냐! 아! 권태로워! 고통스러워! 나는 내가 혐오스러워, 두들겨 패고 싶어. 그럴 수만 있다면, 질식시키고 싶어. 난 얼마나 딱한 얼간이인가! 군인들처럼 욕을 퍼붓고 싶어. 바닥에 뒹굴고 손톱으로 얼굴을 쥐어뜯으면서 크게 소리 지르고 싶어. 씹어 물고 싶어!…… 그런데 손에 집어 산산조각 낼 것이 내겐 영영 없단 말인가? 이 모든 걸 너무 오래 참아 왔어……. 그러니 나가! 그러니 나가! 머리카락들아, 내 머리 타래에서 풀려 날아가 버려! 살가죽도 함께 벗겨져 버려! 그 다음엔 머리, 그리고 심장도 떨어져 나가 버려!

그는 머리를 쥐어뜯고, 발을 구르고, 몸을 후려치고, 오열하고, 우물우물 중얼거린다.

돼지

참을 수 없을 만큼 따분해. 차라리 넓적다리가 훈제되어 푸줏간 갈고리에 걸린 것을 보고 싶어.

돼지는 몸을 뻗어 배를 깔고 엎드리고, 코를 모래에 박은 채 미동도 하지 않고, 다리를 귀 위에 올려놓고 턱째로 침을 흘리면서 낮게 신음한다.

앙투안느 성인은 빙빙 돌고, 비틀거리고, 기진맥진해서 숨을 헐떡이며 움막 입구에 쓰러진다. 이마에 땀이 흐르고, 이가 부딪히고, 경련이 사지를 뒤흔든다. 그는 숨을 몰아쉬며 쉰 목소리를 낸다. 돼지는 꿀꿀거린다. 악마가 구석에서 웃는다.

지평선 저 아래에서 푸르스름한 석양이 올라오며 회색 하늘에 불규칙한 구멍을 내고 있고, 안개가 내린다.

죽음이 나타난다.

커다란 수의는 그녀의 노란 해골 꼭대기에 매듭지어 묶여 있고, 발뒤꿈치까지 내려와 빼대의 앞부분과 눈이 없는 얼굴을 드러낸다. 앞으로 나온 턱뼈가 반짝거리고, 뼈는 걸을 때마다 삐거덕 소리를 낸다. 왼쪽 겨드랑이에 끼고 있던 새로 짠 관을 바닥에 던지고, 오른쪽 팔로 끝이 바닥에 끌리는 마부의 채찍을 끼고 있다.

그녀가 검은 말을 타고 나타난다. 말은 크고, 마르고, 등이 움푹 들어가고, 배가 불룩 나오고, 털이 여기저기 뽑혀 있고, 발굽은 너무 낡아 끝이 초승달처럼 휘었다. 지푸라기와 낙엽, 먼지로 뒤범벅인 갈기는 무릎까지 내려와 있고, 바람이 불자 힝힝거리며 코끼리 코만큼 넙죽한 코를 들어 올린다.

    죽음은 어깨에 메고 있던 낫을 말의 어깨뼈 사이에 걸고, 말은 성당의 잔해 속에 풀을 뜯으러 가서 돌멩이를 깨뜨리고 그 위를 미끄러지기도 하며 걷는다.

    죽음이 앞으로 나오자 돼지가 숨으러 달려 나간다.

    죽음이 앙투안느 성인에게 다가와 꼼짝없이 팔을 늘어뜨리고 손목을 모으고 그를 빤히 본다. 목의 힘줄을 움직여 고개를 숙이면서 죽음이 입을 씰룩이고 미소를 짓는다. 앙투안느가 전율한다.

죽음

두렵니?
    앙투안느는 아무 말 않고 그녀를 쳐다보기 시작한다.

지금 춥다면, 더 이상은 춥지 않을 거야. 지금 배가 고프다면, 더 이상은 고프지 않을 거야. 지금 슬프다면, 더 이상은 슬프지 않을 거야.
    그녀가 한 걸음을 떼고, 부드러운 목소리로 말을 잇는다.

뭐라고 좀 해봐. 응? 응? 다시는 잠에서 깨어나지 않고 자는 것 같을 거야.

앙투안느

기계적으로 반복하며.
정말로 절대 깨어나지 않는다고?

죽음

그럼! 꿈도 꾸지 않아! 너는 아무 생각도 하지 않을 거고, 아무것도 느끼지 않을 거고, 아무것도 아니게 되지.
    그녀는 오른쪽 쇄골 위로 턱을 기울이고, 눈동자가 없는 그녀의 눈구멍에서 검은 줄기가 솟구친다. 그녀는 왼손의 엄지와 검지로 수의 끝을 잡고는 팔을 쭉 펴서 그것을 들어 올리고 옆으로 활짝 펼친다.

앙투안느

오! 예쁘게 보일 필요 없어. 너에 대해 너무나 깊이 생각했고, 너를 오래전부터 꿈꾸어 왔기에 난 널 알아.

죽음

아무도 날 몰라.

앙투안느

그럼 왜 온 거지?

죽음

너를 데리러.

앙투안느

나를 데리러 왔다고?…… 지금이 그때인가?

죽음

그래, 지금이 그때야. 언제나 그때이지.

좀 더 가까이 다가가며, 그녀는 앙투안느가 일어나는 것을 도우려는 듯 그에게 손을 내민다. 쪼그리고 있던 그는 벽 쪽으로 몸을 웅크리고 그녀를 깊이 바라본다.

금방 끝날 거야. 가자!

앙투안느

혼잣말로.

맞아! 못 할 것도 없잖아?

죽음

손을 쥐.

앙투안느가 망설인다.

손을……. 아니 손가락만……. 아니 손톱만이라도.

앙투안느가 겨드랑이에서 손을 빼 죽음에게 천천히 내민다. 갑자기 뒤로 물러서며.

앙투안느

그런데…… 네가 정말 죽음이야? 네 얼굴이 거짓이라면? 설마 존재를 바꾸기만 하는 거라면? 만일 거기서 또 다른 육체를 갖게 되고, 또 다른 영혼을 갖거나, 아니면 내 영혼을 그대로 갖는 거라면? 내가 뭘 알겠어? 오! 안 돼, 너는 무(無)야, 그렇지? 절대 무(無) 말이야. 틀림없이 아무것도 없는 거지? 모든 게 검지, 응? 그게 다지?

죽음

그래, 그게 다야. 끝이고 바닥이야. 내 망토의 천이 아무리 낡았어도, 빛이 통과하진 않지. 망토를 네 머리에 덮고 안으로 못을 박을게.

그녀가 그에게 관을 보여 준다.

그렇게 하면 백만 년 그리고 영원히 이어지는 미래에 살게 되는 사람의 눈에 너는 이미 죽은 거야. 이 관의 목재가 낡고 이 수의가 썩게 되었을 때는, 예전의 네게서 남은 보잘것없는 흔적조차 사라진지 이미 오래된 후겠지.

나는 위로하는 자, 잠들게 하는 자야. 진종일 실컷 뛰어다닌 어린아이에게 하듯, 나는 인류를 요람에 눕히고 불을 끄지. 나는 절망하는 자, 피곤한 자, 권태로운 자들의 눈물을 그치게 했고, 피로를 풀어 주었고, 하품하는 입을 닫아 주었고, 그들의 공허를 채워 주었지. 후회하던 자들에겐 더 이상 후회할 일이 없고, 기다리던 자들에겐 더 이상 초초할 일이 없어. 무감각하고, 기진맥진하고, 중심을 잃고, 어제 내린 이슬보다 더 말라 있고, 모래 위에 난 타조의 발자국보다 더 지워져 있고, 사라진 메아리보다 더 없는…….

앙투안느

오! 너의 입김이 얼굴에 닿으면 영혼을 쓰러뜨리는 무(無)의 냄새가 나.

죽음

가자! 내겐 소리 없는 입맞춤, 끝없는 애무, 너무 물렁해서 느낄 수도 없는 침대가 있어. 도취의 순간도 영원하지. 가자! 나는 말이 없고, 나는 온화하고, 나는 태양 아래 그리고 태양들과 여러 세상을 살았던 것들을 불편함 없이 모두 편하게 내 안에 가지고 있어. 여행자들이 흘러 들어오는 만큼 식탁도 늘어나니까. 그곳에서 너는 나이도, 기억도, 과거도, 미래도 없이, 가장 젊은 젊은이들만큼 젊고, 가장 늙은 늙은이들만큼 늙고, 가장 힘센 자들만큼 강력하고, 가장 아름다운 이들만큼 아름다울 거야. 가자! 가자! 나는 평화, 요지부동의 공허, 마지막 인식이야.

앙투안느

소스라쳐 놀라며.
뭐! 인식이라고?

죽음

내 너머에 아무것도 없다면, 나를 소유하면서 마지막 귀결점에 도달하지 않겠니? 만일 그 반대로, 무덤 저쪽에서 빛나는 태양이나 무엇이 있다면, 그리고 사람들이 말하듯, 내가 영원의 문턱일 뿐이라면, 그걸 누리기 위해서 나를 취해야 하고, 거기에 들어가기 위해 나를 건너야 하지. 아무것도 없건 무엇이 있건, 무(無)를 원하면, 내게 와! 완벽한 행복을 원하면, 내게 와! 암흑 혹은 빛, 소멸 혹은 무아지경, 이것은 미지의 것이고, 더 이상 살아 있는 게 아냐. 그러니 이것이 더 나은 거야. 자자, 떠나자. 손을 내게 줘. 어두운 내 왕국을 향해 전속력으로 달려가자.

앙투안느는 일어나면서 죽음에게 두 손을 내민다. 그때 갑자기 죽음 뒤로 음욕이 나타나고, 죽음의 어깨 위로 머리를 내밀면서 그녀의 얼굴을 보이고 눈을 깜박인다.

음욕

왜 죽으려 하지, 앙투안느?

죽음

뭐야! 넌 아직도 살고 싶니?

앙투안느가 다시 앉고 뻣뻣하게 굳은 채로, 얼굴을 찌푸리는 죽음과 미소 짓는 음욕을 번갈아 쳐다본다.

음욕

말을 잇는다.
넌 그걸 알지도 못해. 네가 버리려는 이 삶을 말이야.

죽음

알고말고! 넌 실컷 살았고, 이젠 지긋지긋하지.

음욕

아냐, 넌 삶의 도취를 느끼게 해주는 다양한 열매를 하나하나 맛보지 않았어. 오! 앙투안느, 열매를 눌러 한껏 즙을 짜던 손이 지치고, 살 만큼의 세월을 살고 나서, 이제 말라 버린 기쁨을 떠나야 할 때에도 그들은 안간힘을 다해 매달려 있지.

죽음

쳇! 지상의 열매는 다 똑같지. 맛나게 씹지만, 첫 입에 거부감이 입술로 올라와.

음욕

자기 머리에 있던 장미 관을 들어 앙투안느 성인의 코밑에 갖다 댄다.

내 아름다운 장미를 봐! 물푸레나무 둥치를 감고 올라간 들장미 울타리에서 꺾었어. 이슬이 가지에다 진주 방울을 걸고, 종달새가 지저귀고, 아침나절의 미풍이 초록 잎 내음을 흩뿌려. 세상은 아름다워! 아름다워! 풀이 가득한 목장에 망아지들이 즐겁게 뛰어다니고, 종마(種馬)들이 힝힝 말 울음을 내고, 음매 음매 외치는 황소들이 무거운 걸음으로 걸어 다녀. 너보다 키가 크고 바다를 향기롭게 하는 해변에 난 꽃들이 있어. 산꼭대기를 떨게 하는 떡갈나무 숲, 태양 아래 향이 모락모락 올라오는 고장들, 넓은 강과 큰 바다들이 있지. 강에서는 낚시를 하고, 바다에선 배를 타지. 추수철엔 과일 송이들이 잔뜩 부풀어 있고, 무화과 열매의 껍질에서 끈적끈적한 방울들이 스며 나와. 피가 끓고, 수액이 흐르고, 거품이 이는 염소젖이 단지에 떨어지며 울리고, 덤불에서 파리가 붕붕거리지. 여름밤에는, 파도에 불의 거품이 일고, 하늘에는 여왕의 드레스처럼 금박이 뿌려져 있지. 커다란 칡에 매달려 그네를 타본 적 있니? 에메랄드 광산에 내려가 봤어? 땀이 맺힌 이마에 상큼한 향유를 비벼 보았니? 백조 가죽 위에서 잠든 적이 있었니? 아! 차라리 이걸 음미해 봐. 이삭의 작은 알갱이마다 밀가루를 담고 있는 밀처럼, 하루하루 행복을 담고 있는 이 멋진 삶을 말이야! 산들바람을 마셔. 레몬 나무 아래 가서 앉아 봐. 이끼 위에 누워. 샘에 몸을 담가 봐. 포도주를 마셔. 고기를 먹어. 여자들과 사랑을 나눠. 너만의 커다란 갈망을 가지고 자연을 가슴에 품어. 그리고 자연에 흠뻑 빠진 채 그 넓은 가슴 위를 굴러 봐.

앙투안느

곰곰이 생각하며.
내가 산다면!

죽음

안 돼! 안 돼! 삶은 나쁜 거야. 세상은 추해. 창조 한가운데 혼자 버려진 걸 못 느끼니? 그 누구도 네 걱정을 하지 않아. 너도 알지? 날고 있는 까마귀도, 자라는 식물도, 작은 별도 그래. 네 마음이 우울한데 하늘은 푸르게 변하고, 안개가 네 슬픔을 더 짙게 하고, 네가 큰 소리로 울고 있을 때 네 목소리에 화답하는 건 개구리의 개굴개굴 소리지. 매일 아침 깨어나야 하고, 먹고, 마시고, 가고, 오고, 한결같이 일련의 행위를 반복해야만 하잖아? 삶은 이런 것으로 이루어져 있고, 바로 이런 것일 뿐 다른 게 아냐. 이런 보잘것없는 느낌들이 하나하나 덧붙여지는 거고, 존재의 여로는 이런 비참함으로 끊임없이 짜이는 천일 뿐이지.

앙투안느

그건 그래. 차라리 죽는 게 낫겠어!

음욕

죽겠다니! 자신에게 이렇게 말하기를 좋아하는 가여운 미치광이로군.〈오! 나는 알아. 난 지쳤어. 모든 걸 경험했어. 그러니 나는 현인이야!〉그러고는 너의 오만을 살찌우기 위해 슬픔을 뜯어먹으러 사방으로 가지. 한번 말해 봐! 바르르 떨며 옷을 벗고 네 눈동자를 바라보며 소리 내어 웃는 창녀를 네 무릎에 이따금 앉혀 보았지? 피부에서 시든 제비꽃 향내가 나고, 허리는 종려나무처럼 유연하고, 네 위로 손길이 스칠 때 욕망의 홍수를 일으키며 흐르는 감흥을 그녀는 가졌지. 그녀를 와락 잡고서 물결처럼 움푹 파이는 침대에 그녀를 쓰러뜨렸지? 그녀는 두 팔로 너를 끌어안았고, 그녀의 근육이 떨고 있고, 그녀의 무릎이 맞부딪히고, 젖가슴이 단단해지는 걸 넌 느끼고 있었지. 그녀의 머리가 뒤로 젖혀지고, 그녀의 몸이 느슨해지고, 만족한 포즈를 취하고, 텅 빈 눈동자 위로 그녀의 눈꺼풀이 밤나방의 날개처럼 떨고 있었지……. 너희 둘만 있어 좋았지? 서로 살을 만지며 낮은 목소리로 히죽히죽 웃었잖아? 야릇한 감사의 마음이 들면서 너는 눈시울을 적셨고, 놀란 너의 마음이 그녀의 머리카락에 감기고, 그녀의 아름다운 벗은 몸 위로 머리카락이 흐트러지며 네 마음도 흩어져 나갔지? 너는 멋지게 잘했고 또 좋았어. 그랬지! 거기에 삶의 묘미가 있지. 그 나머지는 모두 거짓이야!

앙투안느

거짓일 뿐이라고?

죽음

거짓이라면, 차라리 내가 아닌 것들이 거짓이야. 모두가 밖에서 잠시 맴돌다 이내 나에게 되돌아오고, 모이고, 빨려들지. 그러니 나는, 단언하건대, 끝들의 끝이고, 목적들의 목적이고, 행위들의 종결점이야.

앙투안느

어쨌든, 만일 그게 사실이라면!

음욕

 분홍색 드레스가 통통한 그녀의 어깨 너머까지 파였고, 머리는 달콤한 꽃향기가 풍기는 크림을 발라 윤이 나. 머리띠 아래 이마는, 구름 사이에 걸린 달처럼 파리해. 너는 그녀의 젖가슴에 손을 넣고, 커다란 머리빗을 만지작거리고, 그녀는 너를 위해 발부터 시작해서 알몸이 될 거야. 그녀의 옷이 위로 올라가고 그녀의 몸이 눕는 걸 넌 보게 될 거야.

죽음

 사람들이 관 밑으로 막대기를 지르고 출발해. 그 뒤를 따라가면서, 관이 좌우로 흔들리고 대형 보트처럼 앞뒤로 흔들리는 게 보이지. 죽은 자는 그 안에서 흔들리는 대로 자신을 맡기고, 그를 짊어진 이들은 땀을 흘리고, 그들의 이마에서 흘러내리는 땀방울이 궤 위로 떨어지지. 딱한 양반들! 다음엔 사람들이 그대들을 거기에 넣고, 그대들을 지고 가리라. 후일 그대들도 지금처럼 질질 끌려가리라. 밀은 파랗고, 배나무엔 꽃이 피었으며, 암탉들이 안마당에서 구구구구 노래하지. 날은 화창하고, 수확은 좋으리라. 구덩이가 준비됐고, 그들은 길쭉한 삽에 기대서서 기다리지. 구멍의 가장자리 흙이 부스러지고 귀퉁이로 흘러내리지. 사람들이 도착하고, 밧줄로 그대들을 내리고, 삽에 담긴 흙이 바닥으로 떨어지고, 아무것도 없었던 것처럼 되지.

음욕

 죽음의 팔 아래로 잽싸게 지나 앙투안느 성인 앞에 버티고 앉는다. 앙투안느는 고개를 흔들며 음욕을 바라보고, 그녀가 말한다.

그런데, 너도 모르게, 너의 아주 깊은 곳으로부터, 무언가가 네 의지와 상관없이 맹렬하게 치고 올라오지. 인간의 마음은 삶을 위해 만들어졌고, 갈 수 있는 한 가장 먼 곳까지 갈 수 있는 삶이 누릴 온갖 경험을 열망하지. 그가 회상할 수 있는 추억, 그가 몸을 던지는 희망, 그가 누리는 소유, 이런 것들 외에 앞으로 나가고 또 편하게 운신할 수 있게 더욱 드넓은 전망을 가진 다른 세상이 필요하지 않을까? 예술가는, 그러므로, 대리석 채석장에서 인간들을 만들어 내고, 다른 이들은 사라진 종족에 대한 연구를 하거나 혹은 태어날 민중의 행복을 꿈꾸지.

죽음

음욕을 옆으로 밀어내고 그녀의 자리를 차지한다.

에이! 그게 다 무슨 상관이야! 사람들의 무리, 꿈, 희망, 추억, 상상 세계와 현실 세계, 그 모두가 같은 구멍에 빠지는데. 밀가루를 반죽하여 화덕에 빵을 굽는 이처럼, 노동하는 인류는 내 입에 음식을 넣으려고 일할 뿐이고, 나는 계속해서 잔뜩 먹지. 해변 위로 밀려와 차례로 사그라지는 파도처럼, 세기들이 움직이지 않는 내 발치에 차례차례 도착하는 것도 다 나를 위해서지. 나를 위해 궁전이 지어지고, 무덤이 만들어지고, 군대들이 정렬되고, 피륙이 짜이고, 청동이 녹여지고, 책이 쓰여지지. 궁전들은 강에 잠기고, 무덤은 송장과 함께 썩고, 나는 서 있는 인간들을 바다에 눕히고, 옷감의 씨실과 날실은 느슨해지고, 청동상은 산산조각 나리라. 그리고 대가들의 걸작도 끝내는 짓이겨진 매미의 목소리, 마른 개울물에 난 이끼, 사라진 구름이 되리라. 또 돈을 모으는 것도, 깃털 장식을 더 올리는 것도, 계획을 세우는 것도, 맹세를 하는 것도, 법을 만드는 것도 다 나를 위해서지. 나를 위해서 제국을 세우고, 집을 짓고 아내를 얻으려 하지. 왜냐하면 나는 민족들과 세입자들, 아이들을 삼켜 버리니까.

사랑의 영원함이니, 애정의 변함없음이니, 우정의 지속이니 하는 또 다른 감정들이 어찌나 빨리 생겨나고 밀려나고 또 소멸하는지, 그것들을 눈으로 헤아릴 틈도 없음을 네게 말해야 할까? 무(無)에 대한 열병이 인간을 움직이게 하는 거야. 그들은 서두르고, 업적을 쌓아 올리지. 그래서 어느 쪽으로 몸을 돌려도, 수많은 면의 거울에 비치듯 도처에서 내 얼굴만 보여.

그래도 인간의 마음은 죽은 자들의 이야기를 공동묘지만큼은 하지 못하지. 그들이 지금 누워 있는 자리는 어디인지, 그리고 무엇이 남아 있는지. 거기에는 대단한 정열과 평범한 사랑, 순수한 이마의 열정, 침묵하는 비열함, 요란한 기쁨, 아주 오만하게 박차를 온 세상에 울리던 증오가 뒤죽박죽 쌓여 있지. 이제 끝났어. 이제 지나갔어. 그 위에 다른 것들을 놓지. 그리고 대지는 자신이 잊힌 것들을 얼마나 품고 있는지 알지 못해.

공동묘지도 마음처럼 꽉 차서 부풀고, 부풀면서 무덤의 돌이틀을 터뜨려 밖으로 넘쳐날 때까지 삼키지. 잔디 위에 누런 뼈들이 뒹굴고, 주위에서 썩은 시체의 냄새가 솔솔 풍기지.

음욕

다시 돌아와, 죽음의 어깨 위로 자기 얼굴을 보이고, 애정 어린 눈으로 앙투안느를 바라본다.

그건 숨이 막혀서야. 너의 가여운 마음이 말이야! 공기를 좀 주렴. 병자들에게처럼, 숲의 넉넉한 향기와 마음을 회생시킬 녹색 식물들이 필요한 거야.

인색의 탐욕에 사로잡힌 사람처럼, 네가 누릴 수 있었던 것들 모두를 구덩이에 묻어 두는 건 왜지? 가진 것 하나 없이 비참한 너지만 시간 가는 걸 잊게 해줄 쾌락과 너를 행복하게 해줄 기쁨, 생의 온갖 희열을 누릴 수도 있었을 텐데. 남편은 귀가할 때

먼발치에서 자기 집을 보며 창자가 꿈틀거리는 걸 느끼지. 모락모락 김이 나는 국, 놀고 있는 자식들, 자신을 기다리는 귀여운 아내를 생각하면서 말이야. 그런데 넌, 입술 위의 키스도, 그 누구의 호감도, 선술집에서 만난 친구와의 짧은 심정 토로도, 아무것도 가져 보지 못했어. 그런 걸 보면 넌 심성이 좋지 않은 거야. 만일 네가 좋은 사람이라면, 사랑하고 싶을 거야. 그래도 넌 개를 쓰다듬으면서 수없이 애정 어린 눈물을 흘렸고, 이 땅의 구석구석에 흩어져 있어도 너의 친구가 될 수 있었던 모든 이들을 생각하며 고독에 잠겨 슬퍼하고, 곧 빗방울이 뚝뚝 듣기 시작하면 식물들을 생각하며 기뻐하지.

기억나니? 네가 어릴 적, 저녁 무렵 어머니께서는, 너를 당신의 무릎에 올려놓고, 벽에 걸려 있는 자비로우신 하느님의 초상 쪽으로 몸을 돌리며 기도를 올리게 하곤 했지. 그는 흰 수염을 하고 구름 위로 팔꿈치를 괴고 있는 키가 큰 노인이었지. 그녀가 네게 기도문을 들려주면 너는 따라했지. 창문 꼭대기로 지는 해가 들면서 타일 위로 길고 가느다란 줄을 드리웠지. 바로 그때가 당나귀들이 방앗간에서 나오는 시간이었지. 주인을 밖에서 기다리며 담벼락 밑에 난 풀을 뜯어 먹기 시작하고, 이따금씩 간격을 두고 목에 달린 방울을 흔들곤 했지. 길 위, 저 멀리서, 금빛 먼지들이 빙빙 돌고 있었지…… 여행자들이 지나가고 있었고, 네가 기도를 멈추면, 어머니는 너를 꾸중하고, 그리고 너는 늘 그렇게 다시 기도를 시작했지.

이때 지친 음욕이 죽음의 어깨에 기대면서 팔로 그녀의 목을 감고, 다른 손으로 뒷짐을 지고, 장미 화관은 귀까지 내려와 있다. 음욕이 몸을 기울이자, 그녀의 드레스 윗부분이 살짝 벌어지고, 죽음의 해골에 부딪히면서 윤기 흐르는 드레스에 보푸라기가 일고, 옷자락이 풀리면서 진주알들이 수의 주름 사이로 떨어져 내린다. 죽음이 고개를 돌리고 음욕을 삐딱하게 쳐다본다.

앙투안느 성인 뒤에서 몸을 구부리고 말없이 꼼짝하지 않던 악마가 앙투안느의 움막에 들어간다. 머리가 천장에 닿아 움막 안을 꽉 채운 그는 웃음을 참으려는 듯 입술을 오므리고, 볼을 부풀리고 등을 구부려 몸을 내밀고 있다.

음욕과 죽음이 포즈를 바꿔 갑자기 나란히 걷기 시작하는데, 시편을 빠르고도 기계적으로 읊조리는 성가대원들처럼 왔다 갔다 하기를 계속한다. 죽음은 팔짱을 끼고, 음욕은 두 팔을 축 늘어뜨린다.

죽음

데리고 갈 사람이 많기도 해라! 많기도 해라!

음욕

내가 소유한 이들이 얼마나 많은지! 얼마나 많은지! 난 피조물들을 흔들어 대지. 내 숨결 안에서 그들은 모래 바람처럼 빙빙 돌지.

죽음

그들이 계속 뒤를 이어 나와. 그리고 서로 자리를 물려줘. 오자마자 곧 사라지는군. 좋은 아침, 좋은 저녁, 영원히 안녕! 그들이 벌써 떠나고 없네!

음욕

태양이 지구를 따뜻하게 덥히기 시작한 이후 지금까지, 서로 나눈 키스, 부푼 가슴, 지붕 위에서 구구구 하는 비둘기 울음소리, 파도의 떨림, 교미는 또 얼마나 많은지 누가 말할 수 있을까!

죽음

사랑을 받던 그 여인들, 남편에게 예쁘게 보이려고 금 고리로 치장하던 여인들, 수를 놓던 장밋빛 볼의 처녀들, 그리고 달빛 아래 가마를 타고 샘물 가까이 가던 여왕들은 모두 지금 어디 있지? 그녀들에겐 양탄자, 부채, 노예, 벽 뒤에서 연주되는 사랑의 노래가 있었지. 석류를 통째로 깨무는 반짝이는 이, 또 주위를 향기롭게 하는 헐렁한 옷도 있었지. 그렇게 잘 달리고, 그렇게 크게 웃고, 검은 수염에 강렬한 눈빛을 가진 젊고 힘센 사내들은 어디 있지? 윤이 나는 그들의 방패, 앞발로 땅을 걷어차는 그들의 말, 떨기나무 한가운데서 뛰어오르는 날렵한 그들의 사냥개들은 어디 있지? 그들의 향연을 비추는 횃불을 태우던 송진은 무엇이 되었지?

오! 그 남자들, 그 여자들, 그 아이들과 그 노인들이 얼마나 많이 지나갔던가! 넓은 사막에는, 이제, 붉은 자고새들의 먹이가 없고, 큰 도시들은 묻혀 있지. 전차들이 굴러가고, 광장에서는 사람들이 외치고 있었어. 나는 신전들 위에 앉아 있었고, 신전들이 무너졌지! 나는 지나가면서 어깨로 오벨리스크를 뒤엎었어. 겁에 질린 수많은 세대들을 채찍으로 치며 내 앞에서 몰아냈지. 염소들을 쫓듯!

친구들이 둘씩 모여 자주 나에 대해 얘기했지. 둘이서만 벽난로 곁에 앉아 재를 뒤집으며 나중에 무엇이 될지를 서로에게 물었지. 그러나 이미 떠난 이는 예전 그들의 말이 틀렸는지 아닌지를 말해 주러 되돌아오지 않았고, 그리고 무(無)가 되어 서로 만나게 될 때, 그들을 이루고 있던 그 무엇도 서로 알아보지 못하리라. 마치 지금 그들이 바라보고 있는 타오르는 나무 조각들이 후일 서로 알아볼 수 없게 되듯이.

음욕

상관없어! 나는 그들의 무덤 위에 국화를 자라게 했지. 그리고 내 씨앗으로 만물이 영원히 꽃필 수 있게 하고, 죽음, 너의 머리 위로, 주검들의 내장에서 빨아올린 즙으로 자란 과실들을 주렁주렁 달고 있는 나뭇가지들을 늘어뜨리지.

눈동자 안에서 반짝이는 것이 나의 불꽃이고, 나뭇잎들이 중얼거리는 것이 나의 이름이며, 하늘로부터 저녁의 나른함 속으로 달려 내려오는 것이 나의 숨결이지. 호박(琥珀) 목걸이가 어디에 쓰이지? 시선의 목적이 뭐지? 늘 속삭이는 말, 사람들이 얼굴을 붉히고 아무 말 없이 탐닉하는 그것!

두 여자는 점점 소리를 크게 지르며 더욱 빨리 걷는다.

죽음

히죽히죽 웃으며.

그들은 내가 존재하지 않는다고 믿고 싶어 해. 무(無)로부터 자신들을 지키기 위해 갖은 이유를 끌어 모으지. 〈물질에 대해서는, 그렇다고 쳐! 그러나 영혼은? 오! 아니지! 영혼이 소멸하지 않는다는 걸 증명하자. 자자, 한번 살펴보자!《영혼이 소멸한다는 생각은 우리 마음에 들지 않으므로, 그런 일은 있을 수 없는 것이다》라는 원칙에서 출발하자. 그러니 죽음이 올 테면 오라지, 죽음이 온들, 우리의 가장 훌륭한 부분에는 미칠 수 없을 테니. 우리는 더 이상 죽음을 두려워하지 않아. 그렇다 해도 귀중한 우리의 인격을 다듬고, 위험을 경계하고, 허브차를 마시자. 그건 해롭지 않을 테니까.〉

사람들은 문을 닫고 집에 들어앉아 이렇게 혼잣말을 하지. 〈맞아, 틀림없이 죽음이 올 거야. 그렇지만 나중에…… 아주 오랜 후에, 오! 지금부터 정말 오랜 후에. 내겐 할 일이 너무나 많아! 그렇긴 해도 정확한 때를 알고 싶어. 사실 속으론 불안하거든. 말도 안 돼! 더 이상 생각하지 말자. 그렇게 하는 게 나아.〉 하! 하! 하!

죽음이 허리를 잡고 웃는다.

음욕

 그들은 이렇게 말하지. 〈음욕, 아! 그거 별거 아냐! 세상에는 보다 고결한 쾌락이 있지 않은가? 음욕은 약한 이들만을 지배하지. 나를 공격할 순 없어. 내겐 많은 원칙이 있으니 말이야! 내 딸도 안 되지. 그 앤 젊디젊은걸! 내 아들도 안 돼. 내가 그 앨 얼마나 잘 키웠는데! 그래도 조심을 하자. 성별을 가르고, 치부를 덮고, 책에서 불온한 부분을 삭제하고, 음탕한 표현을 피하고, 위험에 노출된 사회를 위해 규칙을 만들자.〉 하! 하! 하!
 음욕이 마구 웃는다.

죽음

 왕이 왕좌에 앉아 있고, 옆방에서 대기하고 있는 시종들, 창문 밖에서 열병하고 있는 군대, 조금 더 멀리 항구에 닻을 내리고 있는 그의 배가 보여. 왕에게 무슨 일이 있는 거지? 망토 속에서 그가 몸을 떨어. 〈어디가 불편하신 듯합니다, 오 전하!〉 〈그렇구나, 배가 매우 아프구나.〉 그의 얼굴이 어찌나 창백한지! 어찌나 창백한지! 갑자기 얼굴빛이 새파래지고, 계단에서 구르고, 정신을 잃기 시작하지. 〈빨리 관장을! 골절에 댈 부목을! 아무거라도 가져와!〉 마술사라는 마술사는 다 데려오고, 어린아이의 피를 마시게 하고, 모두 모여 쾌유를 비는 기도를 해보라지! 그런데 나는 신하들이 모두 있는 데서 그를 팔로 안아 데려가지.
 술집에서 저녁을 먹으며 익살스러운 건달들이 고함을 치지. 〈마시자. 즐기자. 외설, 앳된 여자 그리고 좋은 포도주를 노래하자.〉 사람들이 고기 찜을 즐겁게 먹고, 술병들을 비우고, 후렴구를 반복해서 노래하지. 한 번의 발길질로 나는 일시에 두 문을 활짝 열고, 놀란 술꾼들은 접시에 머리를 박지.
 대주교님은 나를 보고 전혀 웃지 않지. 자기 교구의 영혼들은 잊어버리고, 이제부터는 자신의 건강만을 위해 기도하지. 〈친구여, 보라색 법의, 소용돌이 모양으로 굽은 주교 지팡이, 삼각형의 금 모자는 거기 두고 가야 하네.〉〈대성당에서 설교하고, 암노새 위에 올라 부유한 수도원을 방문하기를 즐겼었는데! 그리고 공의회에서는 위엄 있는 얼굴을 하곤 했는데!〉〈이제 그대는 그 누구에게도 설교하지 않고, 그 누구도 보러가지 않고, 얼굴도 없게 되리라.〉〈하지만?〉〈이제 됐어!〉 그러고는 그도 죽었지.

병사는 나를 전혀 생각하지 않지. 그는 약탈을 계획하고 텐트 아래 자면서 피로 흥건한 도시들을 꿈꾸지. 그는 죽이고, 학살하고, 즐기지. 칼의 손잡이 때문에 손바닥에 물집이 생겼지. 살육에 들뜬 그는 찬물 한 잔을 마시고는 늑막염으로 죽지.

〈어이! 창가에서 바질[11]에 물을 주는 아름다운 여인이여, 나도 다른 사람들처럼 그대의 침대에 누워 가늘고 긴 내 긴 팔로 당신의 허리를 안으러 갈까 하네.〉 그녀가 내게 말하지. 〈오! 그들이 떠나면 연인들의 시간이지요. 캐스터네츠에 맞춰 춤을 추고, 저녁엔 뱃놀이를 하고, 그렇게 해서 하루 종일 내 테이블 위에 금화가 굴러 다녀요.〉〈침대로! 더 빨리! 너를 빨리 안고 싶어. 너는 나와 춤을 추고 나와 산책을 할 거야.〉〈제발! 제발!〉〈나는 너의 분홍색 손톱을 검게 만들고, 너의 아름다운 몸 위로 더 이상 너의 몸을 자극하지 않는 그 어떤 것이 내달리게 할 거야. 하얀 분 대신에 매우 무거운 흙을 네 머리 타래에 부을 거야.〉〈그게 나를 건드려! 차가워! 나를 눌러!〉〈안됐지만, 나랑 상관없어.〉

사무용 책상에 머리를 숙이고, 성미 고약한 도매상인이 물건

---

[11] 지중해 지방이나 특히 프랑스 남부 지방의 요리에 사용되는 향기 나는 풀로, 야채수프, 토마토 샐러드, 스파게티, 파스타에 넣는다. 신선한 잎을 바로 따서 음식에 넣을 수 있게 화분에 심어 창가에 둔 것이다.

들을 생각하고 있지. 그는 만족하는 법이 없고 더욱더 부자가 되고 싶어 하지. 내가 그의 계산대 앞에 도달하는 건 파산보다도 더 괴로운 일이지.

작업대에 올라가 프레스코풍의 인물화를 벽에 그리고 있는 순진한 화가의 뒤로 나는 살금살금 다가가지. 그는 눈을 반쯤 감고서, 색조를 짙게 하고 선들을 고안하고 이리저리 궁리를 하지. 후일 솜씨가 뛰어난 화가로 인정받을 걸 생각하며 스스로 위안을 삼고 기운을 내지. 미래의 세대들이 지금 그가 그려내는 인물들을 보며 몽상에 빠지리라[12]고 생각하지. 그는 자신이 무한한 동시에 강하다고 느끼며 그런 생각들로 인해 깊이 전율하지. 그러고는 쾅! 그는 사다리 위에서 발을 옮기려다 물감 통, 붓 등과 함께 바닥으로 곤두박질치고, 그 훌륭한 머리통을 깨지. 이젠 그곳으로부터 아무것도 나오지 않으리라.

철책 너머로, 사업을 접고 은퇴한 남자가 자기 집의 작은 정원에서 산책하는 게 보이지. 이 사내는 삶의 별의별 폭풍우를 다 거치고 나서 이제는 쉬고 있지. 산책로를 기어가는 달팽이를 나막신으로 짓이기고 밤을 편안하게 지내는 행복하기 그지없는 쾌활한 사람이지. 〈내년에는 한쪽을 증축하고, 화단을 좀 더 넓히고, 아들을 결혼시켜야겠어.〉 〈내년엔, 이 양반아, 그대의 집은 다른 사람 것이 되고, 그대 위에서 꽃이 나오고, 그대의 아들은 혼자서 직업을 찾고 결혼하게 될 거야.〉

잘 성장하고 있는 소년이 있어. 그는 어린 양같이 부드럽지. 그는 틀림없이 훌륭한 시민이 되거나 아니면 적어도 대단한 자본가가 될 거야. 상당한 경력을 쌓게 하고, 이름도 나게 하고, 그가 사는 고장에서 존경도 받게 하자고! 원하는 직업도 찾았고, 명성도 얻었고, 멋진 무덤으로 그를 덮어 주면 석공에게도

---

12 동사 *s'éperdre*(깊이 몰입하다)는 플로베르가 만들어 낸 단어이다. 흔히 예술가의 허영은 자신의 작품에 깊이 몰입하여 열광하는 이들을 상상한다.

크게 존경받겠지.

 새 신부, 커다란 베일과 흰색 구두를 신은 그녀의 모습이 매혹적이야! 초대받은 손님들은 모두 행복해하고, 새 신랑은 목에 힘을 주고 뽐내지. 그들은 많은 것을 약속하고 꿈같은 얘기를 하지. 꽃들은 상큼하고, 침대 시트는 걷혀 있고, 감동의 순간이 다가오지. 곧 레이스 장식을 구길 시간이야. 아름다운 신부의 옷끈을 누가 풀어 올까? 그건 나야! 〈가, 고약한 것!〉 완전히 겁에 질려 그녀가 소리치지. 〈가버려, 가버려, 네가 무서워! 가족의 사랑을 받고, 내가 신랑을 몹시 사랑하고 있고, 그래서 내가 살아야만 한다는 게 보이지 않니?〉 〈그런 것에 신경 쓸 것 없어. 바이올린이 노래하고, 아무도 모르고, 눈치채지 못할 거야.〉 〈오! 안 돼! 아직은 안 돼! 오늘 내가 죽으면 어머니는 어떡하지?〉 〈너의 어머니, 그녀도 너를 따를 거야.〉 〈오빠는 어떡해?〉 〈곧 마음을 가라앉히겠지. 걱정 마.〉 〈그토록 가까웠던 내 동무들은? 또 저기에 있는 내 친구들은? 아직 키스도 하지 못한 정말 미남인 나의 남편은?〉 〈너를 잃은 슬픔을 위로하려고 다른 여인들이 그를 안아 주겠지. 네 동무들도 자기들의 결혼을 위한 혼수를 준비할 거고, 결혼식에 참석한 이들은 내일 다른 결혼식에 갈 거야.〉

 〈버버! 버버!〉 요람에 누워 커튼 사이에 나타난 내 얼굴을 보고 어린 아기가 이렇게 소리를 내지. 엄마를 부르고, 이불 속으로 몸을 웅크려 보고, 소리 내어 울지. 〈오! 오! 뭐지? 나를 데려갈 거야?〉 〈그래, 꼬마야, 너의 할아버지를 내가 데려갔던 것처럼 말이야.〉 〈오! 오! 오! 난 아직 어린데!〉 〈새장의 창살 안에서 숨 막혀 죽은 너의 새보다는 아니지.〉 〈난 아무에게도 나쁜 짓을 하지 않았는데!〉 〈오늘 아침 깨진 네 인형도 유순했지.〉 〈오! 오! 오! 내 눈은 파랗고, 살은 분홍색이고, 좋은 냄새가 나고, 온갖 귀여운 말을 하기 시작했는데. 오! 오! 오! 제발, 수놓

은 원피스를 일요일에 입고 싶어. 잔디 위에서 놀고 싶고, 크림도 먹고 싶어. 오! 오!〉

아기의 이마를 건드리면, 아기는 진정되고 어머니가 다가오지. 〈잘도 자네, 예쁜 우리 아기! 몹쓸 파리들아, 저리 가!〉 그녀는 손수건으로 파리를 쫓지. 〈깨질 않네, 이상해라!〉 엄마가 아기를 만져 보지. 그런데 싸늘해. 〈어떻게 된 거지? 오! 이럴 수가! 말도 안 돼. 조금 전에도 웃고 있었는데!〉 그건 사실이야. 가능한 일이지. 〈내 아가! 내 아가! 하필이면 왜 내 아기지? 맙소사! 누구 잘못이지? 유모? 의사? 불? 물? 맞바람?〉 그녀가 소리를 지르고, 절망하고, 경련하지. 아기 아빠가 일터에서 돌아와 크게 놀라지. 하인들이 동요하고, 이웃집에서 쑥덕거리지. 하! 하! 하!

죽음이 웃는다.

일이 이렇게 돌아가는 거야. 하! 하! 하!

죽음이 어찌나 크게 웃는지 수의가 어깨에서 미끄러진다.

음욕

어찌나 요동치는지 장미꽃이 이마 위에서 흩날린다.

하! 하! 다른 일도 일어나지.

붉은 법복을 입은 검사는 간통을 찬찬히 궁리하고, 깊이 숙고하던 학자가 돌연 사창가로 뛰어가고, 뱃사람이 갑판에 앉아 두 발로 자위를 하며 수를 세다가 배를 때리는 파도 한가운데서 황홀경에 빠지지. 사제는 제단에서 예수 그리스도의 성배에 포도주를 부으며 문득 음욕에 사로잡혀 몸을 떨고, 고해하러 오는 여자를 덥지도 춥지도 않은 미사실로 부르지. 이집트의 시체 방부 처리사는 천장이 낮은 방들 문에 빗장을 걸고 아름다운 여인들의 시체 위로 표범처럼 달려들지. 죽음, 넌 한밤중 쥐 죽은 듯 고요한 도시에서 꼭꼭 닫힌 문들을 보면서. 요란한 키스, 격렬하게 뒤엉키는 사지, 어둠 속 잠자리에서 풍겨 나오는 땀 냄새를 맡았겠지? 남편들은 보닛을 쓰고 숨을 헐떡이며 교미를 하지. 처녀는 들떠 꿈에서 깨어나고, 아들놈은 도둑처럼 집을 빠져나가고, 마부는 하녀를 잡고, 암캐는 사거리에서 짖고 있는 수컷을 자기 거처로 부르지. 이마를 베일로 가린 점잖은 중년 부인, 목발에 의지한 노인들, 장발의 청소년들, 궁전에 있는 왕자들, 사막을 지나는 여행자들, 방앗간에 간 노예들, 극장에 있는 고급 창녀들, 그 모두가 내 것이고, 나에 의해 살고, 나를 생각해. 어린 시절의 호기심에서부터 늙은이들의 추잡한 짓거리까지, 풀숲을 스치기만 해도 가슴 뛰는 사랑에 빠진 이부터 쾌락을 얻기 위해 사지를 잡아 묶고 가시로 찔러야만 하는 자에 이르기까지, 나는 실존의 운명이고, 그들이 뿌리치건 받아들이건 삼라만상을 소유해. 내게 저항할 수 있겠어? 나를 피할 수 있겠어? 누가 나를 이기지? 어쨌든 너만 있는 게 아냐!

음욕이 앙투안느 성인에게로 돌진한다. 그녀를 멈추게 하려고 죽음이 그녀의 옷을 잡자, 엉덩이께부터 발목까지 치마가 찢어진다.

죽음

죽음이 뼈를 바드득거린다.

누가 널 막아? 한번 시도해 봐! 오렴. 나는 휴식, 평화, 무(無), 절대야.

음욕

나에게 오렴. 나는 진리, 환희, 영원한 운동, 생명 그 자체야.

죽음과 음욕이 앙투안느 옆에서 그를 살짝 스치며 밀어 본다. 음욕은 치마를 들어 올려서 눈보다 흰 몸을 바람에 드러내 보이고, 머리를 뒤로 젖히며 화환의 장미들이 날리게 한다. 한편 죽음은 텅 빈 갈비뼈를 두드리고, 커다란 수의를 팔꿈치로 젖히자 수의가 뒤에서 펄럭인다.

앙투안느

둘을 쳐다보며, 뒷걸음질을 치고 두 팔을 들고 창백해져 몸을 휘청인다.

그런데 둘 다 거짓을 말하는 거라면? 만일, 죽음이여, 너 뒤에 다른 고통이 있다면? 또, 음욕이여, 너의 환희 속에 더 음울한 무(無)가 있고, 더 큰 절망을 보게 된다면?

사경을 헤매는 자들의 얼굴에서 불멸의 미소를 본 적이 있고 또 살아 있는 이들의 입술에서 수없이 많은 슬픔을 보았기에, 너희들 가운데 누가 더 슬픈지 누가 더 나은지를 모르겠어.

낮은 목소리로 덧붙인다.

안 돼!…… 안 돼!……

악마

허리를 구부리고 아첨하는 미소를 지으며 음욕과 죽음이 앙투안느 주위를 둥글게 돈다. 그는 꼼짝도 않고 서서, 눈을 감고 귀를 막고 있다. 죽음과 음욕이 고개를 떨어뜨린다. 악마가 입술을 깨물다 갑자기 이마를 치고, 앙투안느 성인에게로 뛰어가 그를 무대 안쪽으로 데리고 가서 외친다.

야아! 저걸 봐!

그러자 바로 왁자지껄한 소리가 들려오고, 지평선 위로 연기처럼 손에 잡히지 않는 불분명한 형태들, 돌들, 짐승 가죽들, 금속 파편들, 나뭇조각들이 지나가고, 잎이 무성한 커다란 나무 한 그루가 뿌리로 걷고 있다. 금줄이 울퉁불퉁한 머리통을 감고 있고, 염주, 조가비와 메달이 가지에 늘어져 있다. 이마가 움푹 들어간 종족들이 무릎으로 걸으며 앙투안느에게 키스를 보낸다.

죽음이 팔을 들어 채찍을 내리치자 거대한 끈이 펼쳐지면서 지평선에 닿을 듯하고, 채찍을 맞은 나무가 사라진다. 붉은색, 검은색, 흰색, 초록색, 보라색 우상들과 나무, 은, 구리, 돌, 대리석, 밀짚과 진흙, 판암과 물고기 비늘로 된 우상들이 미끄러지듯 가는 수레 위로 지나간다. 무수히 많은 이들이 빽빽하게 붙은 채 하나같이 발작적으로 머리를 흔들며 소리 없이 줄지어 간다. 커다란 눈, 두툼한 코, 무릎까지 내려오는 얼굴을 하고, 배에는 깃발을 꽂고, 팔은 바닥에 질질 끌리고 있다. 어깨에 고문 기구를 메고 있는 것들이 있고, 자신의 키를 넘는 어마어마한 남근을 두 팔로 안고 있는 것들도 있다. 제물로 오른 고기를 입에 비벼 즙이 수염을 타고 흘러내린다. 그들에게서 제물의 기름이 배어 나오고, 반쯤 벌어진 입에서 향(香)이 뭉글뭉글 피어오른다.

이들은 말을 하려는 듯 더듬는다.

바! 바! 바! 바흐!

죽음

우상들에게 채찍을 내리친다.

다른 데 가서 말해!

우상들이 사라진다.

앙투안느

무슨 뜻이지?

악마

기다려 봐!

이때 대홍수 이전의 다섯 우상[13]이 동시에 나타난다. 여자 얼굴을 한 사와, 사자 머리의 야귀트, 말 대가리의 요크, 독수리 머리를 한 나스르, 남자 얼굴의 와와드, 이들은 바닷물로 흥건히 젖어 있고, 옹기를 쓰고 있으며, 머리에는 머리카락처럼 해초들이 돋아나 있다. 죽음이 철썩 소리를 내며 채찍을 내리치자, 광풍에 쓰러지는 버팀목처럼 우상들

---

13 아랍 전설에 의하면, 이 다섯 우상들은 유대교의 구약 시대 족장이었던 노아와 동시대에 속한다고 한다.

이 쓰러진다.

이어 온통 석류석으로 뒤덮인 세란디브[14]의 우상이 지나간다. 눈동자에 제비집이 들어 있다. 그 다음에는 4백 척의 키에 온통 철로 되어 자석벽에 걸려 있는 수메나트[15]의 우상이다. 키가 어찌나 큰지 뒤로 젖혀지며 삐거덕거리고 저절로 부서진다. 그 다음으로 금 잎새 아래에서 멍청하게 미소 짓는 흑인 우상이 지나간다. 왼발로 서서 춤추는 자태를 취하고 붉은 열매 목걸이를 걸고 있으며, 속이 빈 대나무로 계속 같은 음을 내고 있다. 이어 마름모꼴의 자개 상감을 한 박트리아[16]의 파란색 우상이 지나간다.

죽음

채찍을 내리치며.

더 빨리! 더 빨리!

다음은 초록색 마노로 된 남자 상인 타타르[17]의 우상으로, 깃털 없는 일곱 개의 화살을 은으로 된 손에 쥐고 있다.

죽음

채찍을 내리치며.

자자 가라! 자자 가!

1년 날 수인 360명의 아랍인의 우상들이 키가 커졌다 작아졌다 한다.

죽음

채찍을 내리치며.

통과해! 통과!

14 인도 남동쪽에 위치한 실론 섬(오늘날의 스리랑카)의 페르시아식 이름.
15 인도 북서쪽에 위치한 데칸 지역.
16 페르시아 동쪽(오늘날의 아프가니스탄 북쪽)에 위치한 지방.
17 몽골족의 후예인 터키계 민족.

이어 가부좌를 틀고, 머리를 빡빡 밀고, 손가락을 쳐들고 있고, 노란색 가죽을 걸친 갠지스 강의 자식인 우상들이 지나간다. 죽음이 내리치는 채찍에 찢어지고, 팔다리의 솜뭉치가 사방으로 흩어진다. 흰 갈기의 예순세 마리 말들이 매여 있는 기다란 금 고삐들을 손에 쥐고 흔들며, 사파이어 술이 달린 진주 지붕 아래 수정 왕좌에 앉아 있는 갠지스 강은 그의 신들이 타고 있는 상아 수레를 끌며 도착한다. 황소 머리에 숫양의 뿔이 달렸고, 엷은 빛깔의 옷엔 피파라스 꽃이 여기저기 흩뿌려져 있다. 수레 지붕의 술이 서로 부딪히고, 말들의 갈기가 떨리고, 두 개의 바퀴가 지탱하고 있는 거대한 수레가 이쪽저쪽으로 기우뚱거린다. 수레는 꽉 차 있다. 신들이 서로 꽉 끼어 있어 움직일 수가 없다. 그들은 여러 개의 머리, 여러 개의 팔을 가지고 있고, 모두 후광으로 빛나며, 추상으로 굳어진 신들이다. 뱀들은 신들의 몸통을 감고, 엉덩이 사이를 지나, 어깨 위로 올라와서, 몸을 곧추세우고 이어 그들 위로 몸을 기울여 반원 모양의 천장을 만든다. 신들이 암소, 호랑이, 앵무새, 영양들 위에, 그리고 3층의 옥좌에 앉아 있다. 허리띠 위로 배는 삐져나오고, 그들의 코끼리 코는 향로처럼 흔들리고, 눈은 별처럼 반짝이고, 이는 검처럼 빛난다.

그들은 손에 불의 바퀴를 빙글빙글 돌리고 있고, 가슴에는 삼각형을 달고 있고, 죽은 자들의 머리를 목에 두르고, 파란 종려나무를 어깨에 지고 있다. 그들은 하프를 켜고, 찬가를 부르고, 꽃 내음을 맡는다. 그들의 코에서 식물이 나오고, 머리에서 물이 솟구친다.

삼중관을 쓴 여신들은, 창조의 막연한 형상을 얼굴 위로 비추는 투명한 베일에 감긴 채 자신의 발가락을 빨며, 울고 있는 신들에게, 세계처럼 둥근 젖을 먹인다.

촛대에 꽂힌 커다란 양초처럼, 음문에 남근이 똑바로 서 있다.[18]

18 수련 한가운데 놓인 여성의 상징인 삼각형 모양의 요니Yoni와 생식의 상징인 링감Liṅgam 혹은 시바 링가Siva-Liṅga를 가리킨다. 플로베르는 〈신들의 에피소드〉를 위한 기초 문헌으로 프레데릭 크로이처의 방대한 저술 『고대 종교』

죽음이 채찍을 내리치자, 갠지스 강이 고삐를 놓고, 신들이 창백해지고, 수레가 구르고, 신들이 몸을 떨고 소리치고 서로에게 매달리고 자신들의 팔을 물어뜯고, 왕 홀이 부서지고, 수련이 시들고, 여신[19]이 자신의 앞치마에 담고 있던 세 개의 알을 바닥에 던져 깨뜨린다.

여러 개의 머리를 가지고 있던 신들은 검으로 자신의 머리를 단번에 자르고, 뱀을 감고 있던 신들은 뱀들에 목이 졸리고, 술을 마시던 신들은 그들이 지니던 부적, 향로, 심벌즈와 함께 잔을 어깨 너머로 던진다. 그들은 울며, 앉아 있던 카펫으로 얼굴을 가린다.

앙투안느

왜들 그러지? 왜지?

갠지스 강의 신들

강변이 넓은 갠지스 강이여, 우리를 풀포기같이 끌고 어디를 가는 거지? 우리는 벌써 일곱 개의 산을 넘었고, 일곱 개의 대양을 건넜어. 코끼리가 오금을 못 편 채 온몸을 떨고, 거북이는 손발을 집어넣었으며, 뱀은 아가리에 물고 있던 꼬리를 놓쳤지.

우리 앞에 소멸의 검은 심연이 열리고 있어. 윤회, 환생, 열광과 승리, 이제 이 모든 것이 끝난 것인가? 신들의 강이여, 그대의 원천으로 되돌아가라! 태양이 머무는 곳 너머, 달을 지나, 우유의 바다를 넘어, 류트 소리를 들으며, 우리들이 만들어낸 아내들의 품에 안겨, 영생의 도취에 계속 빠져 있고 싶어.

그런데 넓디넓은 강변을 가진 갠지스 강이여, 하염없이 흐르

를 원용하고 있으며, 특히 힌두교의 신들에 관해서는 제1편 「인도의 종교」와 관련 도판을 참고하여 신들의 형상을 합성하고 있다.

19 여기서 암시되고 있는 여신 파라삭티 바바니Parasacti-Bhavānī는 힌두교의 삼신일체 트리무르티Trimūrti를 구성하는 창조신 브라흐마Brahmâ, 유지 신 비슈누Viṣṇu, 파괴 신 시바Siva 혹은 마하데바Mahadeva의 어머니이다.

고 있구려.

어떤 신[20]

온몸에 눈들이 박혀 있으며, 코가 세 개인 코끼리 위에 앉은 채 네 마리의 칠면조가 서 있는 나무 아래에 있다.

수없이 말을 제물로 바쳐 내게서 나의 제국을 빼앗으려 한 자가 누구인가? 나의 쌍둥이 석양들이여, 당나귀 위에 올라 잰걸음으로 가던 그대들은 지금 어디에 있는가? 불이여, 붉은 뿔을 가진 푸른 숫양에 올라앉아 황소처럼 포효하던 그대는 지금 어디에 있는가? 붉게 상기된 이마를 한 새벽이여, 무릎 위로 치마를 들어 올리고 앞으로 나아가는 무희처럼, 밤의 어두운 구름을 그대에게서 거두어 내며, 하늘에 나타나던 그대는 대체 어디에 있는가?

나는 저 위에서 빛나며, 살육을 비추고, 곡식이 자라게 하고, 창백함을 지웠지. 이제는 모두 끝난 것인가? 숨 가쁜 큰 영혼은 너무 달려온 영양처럼 숨을 거두고 있구나.

어떤 여신[21]

검은 눈동자를 가지고 있고, 은으로 된 공 위에 서서, 빛나는 화관을 쓰고, 동물들이 그려진 파란 숄을 두르고 있다. 다이아몬드 목걸이가

---

20 여기서 암시되고 있는 신 인드라Indra는 에테르, 천공과 보이는 하늘Swargas의 신이며 선한 신들의 왕으로, 비와 벼락을 마음대로 조정한다. 그는 우주의 물을 모두 들이키고 산 위에 똬리를 튼 뱀 아히를 죽였고, 큰 벼락을 내려 아히의 배를 찢어 물을 해방시키고 생명을 싹트게 하였으며 새벽이 오게 했다. 그는 세상에 풍부한 비를 보내 곡식과 과실이 잘 자라도록 하였다. 또한 북쪽 메루Meru산에 매우 훌륭한 궁전과 정원이 있는 아름다운 천상의 도시를 건설한 설계자로, 아내 인드라니Indrānī와 그곳에 머물렀다.
21 여기서 암시되고 있는 마야Māyā는 모든 사물의 최초의 질료인 우유의 바다의 어머니, 사랑과 세계의 어머니이며 존재의 창조력이다.

목을 세 번 감고 양쪽 손목을 지나 양 발뒤꿈치에 매어져 있다. 금테가 둘러진 젖으로부터 우유가 솟구친다.

풀밭에서 풀밭으로, 천구에서 천구로, 하늘에서 하늘로, 나는 뛰었고, 나는 도망쳤어. 그녀가 거의 다 왔어, 괴물들을 유혹하는 거짓 아름다움[22]이. 그래도 나는 영혼의 풍요로움, 봄의 수액, 수련의 빛깔, 익은 벼이삭, 따스한 물결, 암소들의 주둥이 안에 머물고[23] 또 이슬 안에 몸을 담근 채 길게 미소 짓는 여신이지.

축사에서 올라오는 김이 서린 냄새가 어찌나 짙은지 내 램프들의 불빛이 약해졌고, 물에 잠긴 논에서 벼의 밑동이 썩었지.

아! 나는 꽃을 너무 많이 꺾었어! 머리가 핑 돌아!

그녀가 비틀거리고, 솔이 날아간다.

앙투안느

놀라며.

저런!

어떤 신[24]

온통 파랗고, 멧돼지 머리에, 귀고리를 하고 있고, 네 개의 손에 각각 수련, 소라 고동, 둥근 고리와 왕 홀을 쥐고 있다.

---

22 거짓 아름다움 *la fausse beauté*은, 거인들을 아름다움으로 홀려 그들에게서 신들의 양식을 빼앗기 위해 비슈누가 만든 모히니 마야Mohīnī-Māyā이다.

23 암소들의 입 안에서 살았다는 비슈누의 아내 락슈미Lakṣmī의 이야기이다. 그녀는 영혼과 대지의 풍요로움의 상징이다.

24 유지하고 수복하는 신 비슈누이다. 그의 이름에서 어근인 *viṣ*는 〈충만하다〉를 의미하며, 그는 일체의 것에 충만해 있는 존재로 여겨진다. 그의 힘은 아바타라*avatara*, 곧 〈하강〉(현신)으로 불리는 온갖 형태로 이 세상에 현현해 왔으며, 세상이 어떤 사악한 힘에 물들어 긴급하게 이를 바로잡지 않으면 안 될 때 나타났다. 플로베르는 비슈누의 중요한 아바타라들의 이야기를 원용하고 있다. 비

나는 조그만 물고기[25]였지만, 자랐지. 나를 담을 만큼 널찍한 항아리가 없었고, 나는 바다를 온통 채웠지. 깊은 곳까지 들어가 물에 잠긴 산을 떠오르게 했고, 내 거북이[26] 등으로 세계를 짊어졌지. 멧돼지[27]의 송곳니로 거인의 배를 갈랐고, 두 번째 거인의 피를 마시려고 사자[28]가 되었으며, 세 번째 거인의 왕위를 차지하려고 난쟁이[29]가 되었어. 그리고 갑자기 거대해져서 세 걸음만에 우주를 측량했지. 그게 다가 아냐! 나는 브라만이었고, 새로운 해안들을 만들었어. 이어 나는 전사[30]였고, 농부[31]였

슈누는 검푸른 피부색을 하고 있으며 그의 아름다운 눈의 광채는 수련에 비유된다. 네 개의 팔에 수련, 산카Śa'nkha(일종의 고동 혹은 쇠 고동으로 물의 풍요를 상징), 차크라(원반 무기의 일종으로 영원의 이미지), 곤봉(왕 홀)을 들고 있다.

25 비슈누의 첫 번째 화신 맛스야아바타라Matsyāvatara는 대홍수 때 마누를 구했다. 그때 살아난 마누와 기도 끝에 얻은 아내와의 결합에서 인류의 조상들이 태어났다. 어느 날 마누는 물속에서 살려 달라고 애걸하는 작은 물고기를 발견하고 물고기를 물병에 넣어 두었고, 금세 자라 물통에 넣었다가 이어 호수에, 마지막에 바다에 내보냈는데, 그때 물고기는 홍수를 예고했고 마누에게 배를 만들도록 했으며, 그가 표류하고 있을 때, 물고기가 돌아와 그 배를 끌고 긴 여행을 한 끝에 절반쯤 물에 잠긴 히말라야 산맥의 꼭대기에 닿았다고 한다.

26 비슈누의 두 번째 화신 쿠르마아바타라Kūrmāvatara로, 남몰래 원초의 바다를 휘젓는 일을 도왔다.

27 거인 히라니야악샤Hiraṇyākṣa를 무찌르기 위해 멧돼지로 현신한 비슈누의 세 번째 아바타라인 바라하아바타라Varāhāvatara. 그는 악마 거인에 의해 물밑바닥으로 끌려간 대지를 끌어올려 생명체들이 살도록 했다.

28 거인 히라니아카시푸Hiraṇyakaśipu를 무찌르기 위해 〈사자 인간〉으로 변한 네 번째 비슈누 나라신하아바타라Narasiṁhāvatara.

29 거인 발리Bali로부터 삼계(하늘, 공중, 땅)를 되찾기 위해 난쟁이 브라만으로 변한 다섯 번째 비슈누 바마나아바타라Vāmanāvatara. 권력 찬탈자인 악마 거인이 강가에서 희생의식의 공양에 참여하고 있을 때, 난쟁이 브라만이 다가가서 그의 걸음으로 세 걸음이 되는 아주 작은 땅을 자신에게 달라는 청을 했다. 난쟁이는 갑자기 우주적인 거인으로 부풀어 올랐고, 두 번째 걸음에는 우주를 가로질렀으며, 세 번째 걸음에는 발을 악마의 머리 위에 올려놓고 그를 굴복시켰다고 한다.

어. 쟁기 받침으로 1천 개의 팔을 가진 괴물을 죽였지. 나는 많은 일들을, 어려운 일들을, 놀라운 일들을 했고, 수없이 많은 삶을 살았으며, 창조가 끝없이 이어지는 걸 보았어. 창조는 지나가고, 난 남아 있었지. 그리고 모든 강물을 수용하면서도 커지지 않는 대양처럼, 나는 세기들을 빨아들이고 있었어.

언젠가 나[32]는 되돌아와야 하리라. 하얀 준마 위에 올라앉아, 혜성의 꼬리가 될 검을 차고서. 나는 행위를 벌하리라. 존재들을 몰살시키리라. 그리고 땅은, 내 발 밑에서 갈라지며, 밟으면 부서지는 석송(石松)[33]의 홀씨 껍질처럼 먼지가 되어 흩어지리라.

대체 무슨 일이지? 시간이 되었나? 내 주위의 모든 것이 흔들려! 내가 어디에 있는 거지? 나는 무얼 하는 자이지? 뱀의 머리를 취해야 할까?

그에게서 뱀의 머리가 솟아난다.

아! 파도를 치던 물고기 꼬리가 더 좋겠다!

그에게서 물고기 꼬리가 생겨난다.

은자의 얼굴을 가지면 어떨까?

은자의 모습으로 바뀐다.

이건 아냐! 내게 필요한 건 말갈기가 아닐까?

30 신들과 인간에게 폭정을 하던 태양 종족의 왕들과 전사 계급 크샤트리야 Kṣatriyas를 벌하기 위해 도끼를 든 브라만으로 변한 여섯 번째 비슈누 파라수라마 Paraśurāma.

31 비슈누의 현신 발라 라마 Bala-Rāma 혹은 발라바드라 Balabhadra.

32 그는 비슈누의 열 번째 현신으로, 불의 바람을 가지고 미래에서 올 파괴자 칼키 아바타라 Kalki-avatara이며, 비슈누와 파괴 신 시바의 결합체이다. 그러나 수련 속에 모아 담겨진 사물의 씨앗들이 새로운 세계, 순수의 시대를 열리게 하지만 이렇게 다양한 형체들 속에서도 실체는 남아 있게 된다.

33 리코포디움 Lycopodium은 석송과에 딸린 늘푸른여러해살이 양치식물. 줄기는 가늘고 길며 땅 위를 덩굴처럼 뻗고, 여름에 약 10센티미터의 축(軸)이 나와 가지 끝에 몇 개의 자낭 이삭이 생기며, 여린 황색 홀씨는 석송자(石松子)라고 한다.

갈기와 말발굽이 생긴다.

말 울음을 내자! 발을 들어 올리자! 오! 사자!

사자가 된다.

오! 내 송곳니!

송곳니가 입 밖으로 나온다.

나의 모든 형상들이 일시에 빙빙 돌고, 나타나고, 사라져. 내 존재의 내면이 바닥에서 꼭대기까지 뒤집혔어. 삼켰던 나의 모든 존재들을 한꺼번에 토해 내려는 듯해. 세대들이 다다르고, 열에 들뜬 것처럼 나는 몸을 떨어. 예전에 나는, 움직이지 않는 바다 한가운데, 넓은 수련 잎사귀 위에 무심하게 누워, 광채를 발하는 원판을 귀에 걸고, 발치에 나의 부인을 앉혀 두고, 내 배꼽에서 푸른 줄기가 올라오는 것을 미소를 머금은 채 깊이 바라보고 있었지. 거기서 새로운 신이 피어나게 되어 있지.[34]

앙투안느

이게 다 무얼 의미하지?

악마

들어 봐. 다른 이들도 있어.

다른 신[35]

다른 이들보다 크고, 찬란하며, 눈부신 옷을 입고, 날개를 활짝 편 백조 위에 앉아 있고, 수염 난 똑같은 네 개의 얼굴에, 손에는 세계들

---

34 아내 락슈미와 함께 수련의 침대 위에 누워 있는 비슈누 나라야나Viṣṇu Nārāyaṇa와 자신의 배꼽으로부터 브라흐마Brahmâ가 태어나기를 기다리는 비슈누 바타파트라스타Viṣṇu-Vatapatrastha.

35 창조신 브라흐마. 자신의 아들 시바 혹은 바이라바Bhairava에 의해 다섯 번째 머리가 잘린 그는 신성한 불과 존재들의 목걸이를 쥐고 있으며 얼굴은 붉은색이다. 그는 창조설에 얽힌 전승과 관련이 있다. 태초의 본질, 스스로 존재하

이 걸려 있는 목걸이를 들고 있다.

나는 땅이야! 나는 물이야! 나는 불이야! 나는 공기야! 나는 에테르, 지성, 의식, 창조, 분해, 원인, 결과야. 태양의 빛, 책들 속에 담긴 기원, 바다의 깊이, 하늘의 광대함, 강자의 힘, 순수한 자의 순수, 성인의 성스러움!

가쁜 숨을 돌리려고 멈춘다.

좋고, 매우 좋고, 매우 높고, 제물, 향료, 제사장이며 희생물, 받는 자, 주는 자, 보호자, 북돋우는 자, 창조자!

숨을 한번 내쉰다.

유익한 비, 쇠똥, 목걸이 줄, 진주알들, 은신처, 친구, 사물들이 있어야 할 자리, 마르지 않는, 영원한, 늘 새로 나오는 씨앗! 양막에서 나오는 태아처럼 황금 알에서 마침내 나온 나는…….

말을 다 끝내지 못하고 사라진다.

검은 신[36]

이마에 눈이 하나 박혀 있고, 목에 활짝 핀 수련이 걸려 있다. 발바

는 실체 브라흐만Brāhman은 우주의 물을 창조하여 그 속에 종자 하나를 넣어 두었고, 그 씨앗은 황금의 알 히라니아가르바Hiraṇyagarbha가 되었고, 브라흐만은 그 속에서 우주의 창조자인 브라흐마로 태어났다. 최초의 생물은 푸루샤puruṣa, 우주적 인간이었고 그것은 브라흐마의 이름이다. 다른 전승에 의하면, 브라흐마는 비슈누의 배꼽에서 피어난 수련에서 나왔다고 한다. 플로베르는 위의 두 가지 전승을 함께 수용하고 있다.

36 비슈누의 여덟 번째 아바타라 크리슈나Kṛiṣṇa. 〈검은색〉을 의미하는 크리슈나의 이마에 박힌 눈은 모든 사물을 꿰뚫어보는 태양의 신성한 표식이다. 그는 명상에 잠겨 있거나 제자들과 대화하는 모습으로 그려지는데, 이는 그가 〈으뜸 인간〉임을 나타낸다. 유년기를 목동들 곁에서 보낸 그는 손가락으로 산을 들어 올리거나 칼리야kāliya 뱀의 머리 위에서 춤을 추기도 했으며, 성장하여 삼촌인 캉사Kaṅsa를 무찔러 부모를 구해내기도 했다. 어느 날 그의 식탐을 꾸짖는 유모 야소다Yaśodā에게 입을 열어 보이며 입 안에 가득한 우주를 보여 준 일화를 플로베르가 인용하고 있다(크로이처, 『고대 종교』「인도의 종교」205~211면).

닥에는 삼각형 모양이 있다. 그는 슬픈 모습을 한 채, 손으로 머리를 감싸 쥐고 운다.

어떻게 하지? 무얼 하지? 꿈을 꾸어도 소용이 없어. 형상들로 형상들을 만들어 내는 것은 존재를 만들어 내는 게 아냐. 탑자리의 바닥을 끊임없이 파지 않을 까닭이 없고, 망루의 계단을 계속 쌓아 올리지 않을 까닭도 없지.[37] 그러니 이 모든 게 헛된 거야. 내가 고통스러워한 모든 것, 내 죽음의 고통들, 내 삶이 한 일들이! 그렇게 많이 흘린 땀도! 수많은 싸움도! 수많은 승리도!

유모여! 예전에 내 열린 입 속에서 가지런한 치아처럼 눈부시게 빛나는 우주의 형상들을 마주하곤 두려워 떨던 그대여, 그대는 지금 내 잇몸이 소리 없이 위아래로 움직이며 씹고 있는 것이 허공임을 알지 못하노라.

수도승[38]이 숲속에서 하늘을 바라보며 온 마음을 다하여 기도하고 있어. 그는 자신의 오장육부를 돌고 있는 미세한 에테르를, 위장의 역동적인 열기를, 유체의 습기를, 사지의 흙을, 심장의 달을 바라보지. 사물을 깊이 바라보면서, 코로 깊은 숨을 쉬어. 그는 조금도 움직이지 않고 말도 없어. 그는 참으로 정결해. 믿음이 깊은 이 고행자가 가시 목걸이를 걸고 네 귀퉁이에 놓인 숯불 가운데 앉아서 어찌나 요지부동인지, 가지가 무성한 나무 같은 그의 머리에 새들이 둥지를 틀러 왔지.

그는 정말 강해! 그는 세상에서 벗어나고, 자기 자신으로부터

---

37 땅을 파도 끝에 닿을 수 없고 하늘로 계단을 올려도 역시 끝에 이를 수 없듯이, 이미 있는 형상으로 다른 것을 만들어 내도 새로운 것은 만들 수 없으며 어떤 결과도 얻을 수 없으므로, 결국 〈행위의 무용론〉으로 다시 돌아오게 된다.

38 사물의 본질을 간파하여 고뇌라는 의식으로부터 해방된 사람인 붓다의 길을 가는 석가모니 Śākyamuni, 즉 〈석가족의 수행자〉로 알려진 가우타마 싯다르타가 내면적 체험의 수행을 정진하는 모습을 암시한다. 붓다 Buddha는 비슈누의 아홉 번째 아바타라로 마야의 아들이다.

벗어나, 연기처럼 빠져나오지. 그는 상승해. 그러면서 가파른 절벽을 무릎과 손톱과 이로 기어오르는 아이처럼, 한 단계 한 단계 완성을 이루지. 그가 어찌나 깊이 명상하는지 그의 사고는 그가 원하는 곳으로 그를 데려가고, 어디에 있건 볼 수 있고, 모든 소리를 들으며, 모든 형상을 취할 수 있지……. 그런데…… 그가 아무것도 토해 내지 않는다면……. 이 모든 형상을 모두 벗어버리려 한다면?…… 이렇게 고행을 하다 보면, 그가 마침내…….

몹시 놀란 표정으로.

오!

그리고 수레는 낡은 마차처럼 삐걱거리며 사라진다.

악마

반복한다.

그들은 죽었어!

앙투안느

우울하게.

그들은 신이었는데! 그것들을 숭배했는데! 어떻게 이런 일이? 사라졌네! 아무것도 없어!

흰 모피로 뒤덮인 다른 신들이 오고 있다. 그들은 머리를 천으로 온통 감싼 채 걸으며, 손을 입김으로 녹이고 코는 퍼렇게 얼어 있다.

북방의 신들[39]

태양이 우리 앞에서 도망치며 마치 겁에 질린 듯 뛰다 실을 잦는 노파의 피곤한 눈이 감기듯 사라지네.

---

39 고대 게르만 민족과 스칸디나비아 지방의 신화와 영웅, 그리고 격언을 노래하는 35편의 시를 담은 『에다』에 나오는 신들.

우리는 추위. 곰 가죽 옷이 그 위에 쌓인 눈으로 무거워지고, 계속 젖어 붉게 물든 가죽 신발의 구멍 사이로 발끝이 나와.

예전엔 넓은 홀 안에 있었지. 크게 네 토막 낸 고기와 손잡이를 세공한 칼들이 가득한 기다란 테이블들 가까이에서는 전나무들이 활활 타고 있었지.

안은 따뜻했지. 우리는 맥주를 마시고, 옛 전투 이야기를 하고 있었지. 둘러앉아 뿔잔에 둘러진 금테들을 부딪치고, 우리들이 지르는 소리는 둥근 천장으로 던져진 청동 망치처럼 위로 올라갔지.[40]

넓은 천장은 창대들로 엮여 있었지. 우리의 머리맡에 걸려 있던 검이 밤에 우리를 비췄고, 우리의 방패는 벽 위에서 아래까지 펼쳐져 있었어.

우리는 거인들이 동을 두드려서 만든 접시에 놓인 고래 간을 먹었고, 바위로 공놀이를 했고, 잡혀 온 마법사들이 돌로 된 하프에 기대어 울며 노래하는 걸 듣고 있었지. 그러고는 아침에야 침소로 돌아왔는데, 그 순간 창문이 열리며 후끈한 열기가 가득한 홀 안으로 미풍이 밀려들어 왔어. 그러나 어느 날 떠나야만 했지. 오열이 터졌고, 조수가 한껏 높아졌을 때의 바다처럼, 가슴이 터질 것만 같았지.

우리는 떠났고, 화강암 산들이 바다에서부터 삐걱거렸고, 늑대는 줄을 끊고 화살처럼 달려 나갔지.[41]

---

40 신들의 싸움으로 신들이 멸망하기 전, 용사들이 전사의 신 오딘Odin 〈게르만 스칸디나비아 신화에 나오는 전쟁과 마술과 영감과 죽은 자들의 신〉의 궁궐에서 배불리 먹고 평화롭게 지내던 시절의 이야기(『에다』「그림니르의 노래」 제40~41절).

41 전사들의 종족 아스 신들, 부족장들, 경작자들의 종족 바니르 신들 사이에 있었던 첫 번째 전쟁을 암시한다. 〈세계가 멸망하고 아스 신들은 몰락하리라. 그리과 동굴 앞에서 가룸이 울부짖으니 족쇄가 풀렸도다. 프레키가 달려 나간다.〉(『에다』「예언녀의 계시」제39절)

작은 까마귀가 무언가를 쪼고 있는 광야에서, 우리는 풀밭 속에 파묻혀 있는 요정의 사과들을 발견했지. 신들이 노쇠했다고 느꼈을 때 먹던 그 사과들을. 사과는 썩어 검었고 비에 문드러졌지. 깊은 숲속, 영원한 너도밤나무[42] 곁에서, 이파리를 씹으며 한결같이 나무를 돌고 있는, 흰 반점이 있는 사슴 네 마리를 보았어. 나무껍질은 뜯겨 있었고[43] 실컷 먹은 짐승들은 발을 구르며 선 채로 새김질하고 있었지. 하얀 얼음들이 실려 오는 해변가에서, 우리는 시체들의 손톱으로 만든 커다란 배를 만났어. 배는 비어 있었지. 그때 땅속 깊숙한 곳, 죽음의 방들[44]에 사는 검은 수탉이 울었어.

우리는 걷고 또 걸어 지쳐 있고, 눈꺼풀을 따갑게 하는 눈을 맞으며 얼음판 위에서 비틀거려. 또 달을 삼키려고 달려가는 늑대의 울부짖는 소리[45]가 우리 뒤에서 들려오고, 바다표범이 놀란 눈을 크게 뜨고서 우리가 지나가는 걸 보고 있어. 까마귀가 우리의 귀에서 피를 빨아먹으려 어깨 위로 덮쳐 오지.

우리에겐 전투 중에 숨을 돌릴 만한 풀밭이 더 이상 없어. 머리가 없는 몸통들로부터, 기울어진 독에서 흐르는 포도주처럼 피가 흐르고 있었지. 피가 붉은 반점을 그리며 눈을 파들어 갔고 또 북풍으로 얼어 버린 우리의 얼굴을 덥혀 주었지. 독수리는 정혼한 사내처럼 취해 갔고, 낮은 산들이 울부짖고, 땅이 흔들리고 있었지. 이물을 금으로 두른 커다란 배는 더 이상 우리

---

42 『에다』에서 말하고 있는 세계수(世界樹) 이그드라실(물푸레나무)을 가리킨다.

43 〈세계수 이그드라실은 인간들이 아는 것보다 괴로움이 훨씬 많으니, 사슴들이 위에서 뜯어 옆구리가 텅 비었고 니드호그는 아래에서 갉아먹는구나.〉(『에다』「그림니르의 노래」 제35절)

44 저승의 궁궐.

45 태양을 삼키고 달을 물어 버린 늑대 펜리르Fenrir가 전사 오딘을 죽여 신들의 종말을 실현하는 장면을 암시한다.

에게 없어. 대양의 돌풍 한가운데서 울부짖고 있는 숨은 정령들을 우리가 찾고 있을 때, 그 길고 푸른 배[46]의 뱃머리로 만년설의 산들을 베어 내곤 했지. 우리에겐 뾰족한 얼음 신도 없어. 우린 그 신을 신고 온 하늘을 껴안고 함께 돌면서 극지방을 돌아다녔지.

북방 신들이 지나간다.

누군가가 눈을 감은 채 느린 걸음으로 오고 있는 게 보인다. 넉넉한 천에 싸여 있다. 늙은 모습에 곱슬곱슬한 상아색 수염이 복부에까지 내려와 있다.

미트라[47] 모자를 쓴 그의 머리 위에 그와 꼭 닮은 작은 얼굴이 떠 있고 그 얼굴의 아랫부분은 두터운 깃털에 파묻혀 있다.

노인이 눈을 뜨고, 작은 얼굴이 날개를 펼친다. 그는 마치 꿈에서 깨어나는 듯 자기 주위를 쭉 둘러본다.

조로아스터[48]

고맙구나, 오르무즈드! 고맙다! 순결한 자들의 왕, 네 덕이다!
마침내, 1만 2천 년[49]이 되었구나. 바로 그날이야, 대망의 날! 시작의 날!

---

46 이발트의 아들들이 만들었던 최고의 선박 스키드블라드니르. 바다를 항해하며 행상하는 스칸디나비아의 바이킹들이 타고 다니던 배. 플로베르는 매우 몽상적인 자신의 기질이 바이킹 혈통에서 비롯된 것이라 믿었다. 북방 신들의 언술을 빌려 작가는, 북극지방의 자연에 영감을 받아 생겨났으며 당시 유럽의 로망주의자들이 추구했던 숭고미와 이 작품에 깔려 있는 우울과 반항 그리고 광란의 정조를 잘 조화시키고 있다.

47 고대 페르시아 신화에 나오는 구세주이며, 미트라 모자는 페르시아인들이 쓰는 터번 스타일 모자.

48 기원전 177~1400년경에 살았던 이란의 예언자 자라투스트라. 그는 하늘에 올라 신성한 불과 생명의 말씀 아베스타Zendavesta를 받아 지혜의 신 아후라 마즈다Ahura Mazda(혹은 오르무즈드Ormuzd)의 예언자가 되었다고 주장했다.

머리를 들어 작은 얼굴을 그윽하게 바라본다.

늘 거기 있구나, 넌. 내 곁에서 주의 깊게 날 지켜보며 에메랄드 눈동자의 멋진 빛줄기를 내 지성에 떨어뜨려 주곤 했던 불멸의 페르베르.[50] 넌 커질 거야, 그렇지? 높이 힘차게 날아오를 거지? 빛 안에서 너를 활짝 펼치고 그러면 우리는 함께 말씀의 깊은 곳에 몸을 담그게 될 거야.

앙투안느가 가려는 몸짓을 한다. 악마가 그를 잡는다. 조로아스터는 계속한다.

어떻게 된 거지?…… 그가 꼼짝 않는 거야?…… 그렇지만…….

귀를 기울이며 바라본다.

아닌데. 검은 물이 떨어지는 소리가 나질 않아. 지평선 끝에, 영혼들이 지나갈 다리[51]가 놓이는 게 보이질 않아. 되살아난 몸들이 무덤에서 일어날 기색이 조금도 없군.

이곳저곳을 찾아다닌다. 세 아들을 부르며.

카이오모르스![52] 메스키아! 메스키아네![53]

49 영원 혹은 영원한 자 제르바네 아케레네Zervane Akerene는 빛과 선의 신 오르무즈드와 어둠과 악의 신 아리만Ahriman을 창조하고 12000년을 똑같이 네 등분하여 그들로 하여금 다스리게 했다. 첫 번째 시기는 오르무즈드의 통치 시기이고, 두 번째 시기는 아리만이 나타나기 시작하는 시기이며, 세 번째 시기는 현재로 선과 악이 투쟁하는 시기이고, 마지막 시기는 도래할 시기로 세계의 종말과 선의 승리가 일어나는 시기이다.

50 오르무즈드의 정수로 만들어진 페르베르Ferver는 개별 존재의 원형, 모델, 관념으로서 모든 존재에게 하나씩 부여되고 이들은 이상 세계를 형성한다. 하늘에 떠 있으면서, 자신을 원형으로 하여 만들어진 존재를 지키고, 그의 기도를 오르무즈드에게로 가져가고, 그가 아리만과의 투쟁을 계속하여 완성의 길을 가도록 돕는다.

51 죽은 후 영혼이 심판을 받기 위해 가야 하는 커다란 다리 친바드Tchinevad는 이승과 저승을 가른다. 오르무즈드의 심판에 따라 생전에 선행을 행한 영혼은 다리 너머로 인도되고, 그렇지 않은 영혼은 이쪽에 남아 속죄를 해야 한다.

52 미트라 신화에서 말하는 최초의 인간. 추분에 미트라가 황소 위에서 쉬고 있을 때, 아리만이 나타날 것을 알고 오르무즈드는 황소 안에 존재들의 씨를 넣

침묵.
나의 세 아들이 오지 않았단 말이야?

죽음

어느 아들들?

조로아스터

우선 첫째 아들은 열흘 낮과 열흘 밤 동안 태양을 멈추게 하고 두 번째 시기의 인간들이 계율을 지키게 하도록 예정되어 있지.

죽음

오지 않았어.

조로아스터

그렇다면 둘째 아들이, 4세기 후에 스무 날의 낮과 밤 동안 태양을 멈추게 하고, 세 번째 시기의 인간들이 계율을 지키게 하도록 예정되어 있어.

죽음

그도 오지 않았어.

조로아스터

그러면 세 번째 아들, 그는 세기말에 30일 동안 낮과 밤으로

어두었다. 아리만 일당과의 싸움에서 진 황소는 하늘을 보며 죽었고, 그의 왼쪽 옆구리에서는 그의 영혼이 나와 하늘로 올라갔으며, 그의 오른쪽 옆구리에서는 최초의 인간 카이오모르스가 나왔다.
53 메스키아, 메스키아네는 오르무즈드의 딸 사판도마드Sapandomad에게서 태어난 최초의 인간들.

태양을 멈추고 남은 인간들을 계율로써 개종시키기로 되어 있어.

죽음

오지 않았어!

조로아스터

생각에 잠겨.
그러면 그들이 어디 있지?

악마

어디에도 없어.

조로아스터

악마의 목소리를 듣고, 조로아스터는 몸을 홱 돌린다.
아! 너로군, 아리만?

악마

태연하게.
그래, 나야. 나는 산에서 흘러내릴 용암물에 아직 불태워지지 않았고, 너의 책을 암송하지도 않았으며, 나의 제국에 너의 교리를 따르라고 명하지도 않았어. 가을의 질풍이 너의 불 위로 지나갔어. 조로아스터여, 모자가 벗겨진 너의 승려들이 재 위에 침을 뱉으며 맨발을 덥히고 있어.

죽음이 페르베르에게까지 크게 채찍을 휘두르자, 페르베르는 다친 메추리처럼 짧고 작은 소리를 지르며 날개를 한껏 뻗고 도망친다. 그가 떠나는 모습을 조로아스터가 바라본다.

조로아스터

그가 도망가!

악마

그래, 그가 가고 있어. 그것도 영원히. 그는 돌아오지 않을 거야. 미트라[54]는 죽었어.

조로아스터

머리를 숙인 채, 천천히 걸으며 알아듣기 힘든 빠른 어조로 말한다.

그렇지만 그것은 아름다웠지! 나는 신을 두 부분으로 분명하게 나눴지. 한쪽에 선, 다른 쪽에 악. 그리고 각각의 원칙을 가지고, 창조, 직책들, 궁정을 주었지. 정령들에게 등급을 부여했고, 그들에게 이름을 주었지. 일곱의 주요 정령[55]이 있고, 스물여덟의 종속 정령[56]이 있으며, 또 다른 제국에도 마찬가지 수의 정령을 주었어. 그리고 영원한 것과 그것으로부터 처음 태어난 말씀 외에도 수호천사[57]는 끝없이 있어.

악마

그만 됐어! 가!

조로아스터

나는 삶을 성스럽고 적절한 직급의 틀에 넣었지. 왕, 사제들, 전사들, 장인들, 모두가 차례차례 포개져 있지. 머리는 하늘의

---

54 빛(오르므즈드)과 어두움(아리만)의 상반되는 경향을 중재하고 화해시키는 사랑의 신.
55 불멸의 영혼들로, 이들 가운데 으뜸이 오르므즈드이다.
56 오르므즈드가 창조한 정령들은 정결한 이들을 지키며, 여성과 남성이 있다.
57 개인의 원형인 페르베르.

모습을 반영하지. 이 모든 게 황도 십이궁처럼 돌아갔어. 나는 경작하는 법, 망자를 매장하는 법, 온갖 기도문, 정화하는 방식을 가르쳤고, 부정한 짐승들은 죽여야 한다는 것, 과실수를 심을 것, 개를 경배할 것, 절대로 거짓말하지 말 것을 가르쳤어.

악마

이제 그만해! 너의 동굴로 돌아가.

조로아스터

나는 불을 다섯 등급으로, 물을 일곱 종류로, 동물을 아흔두 종으로 나누었지. 나는 부적을 창안했으며, 타마린드 나무의 열매 콩을 세었으며, 황금으로 된 받침 접시들의 모양을 고안했지.

죽음

됐어! 지나가! 지나가!

조로아스터

허리띠를 매면서 악의 파멸을 기도해야 하고, 두 손을 들어 올리면서 선의 영광스러운 증대를 간구해야 하지. 사방에 기도문이 널려 있었지. 기상할 때의 기도, 취침을 위한 기도, 식사 기도, 잠이 오지 않을 때 하는 기도, 여행을 떠나기 전에 하는 기도, 아내에게 다가가며 하는 기도.

죽음이 조로아스터의 등에 대고 입김을 내불자, 돛처럼 부푼 옷이 그를 앞으로 밀어낸다. 그는 계속한다.

미간에서 시작해서 머리 뒤, 오른쪽 귀, 왼쪽 귀, 오른쪽 어깨, 왼쪽 어깨, 그리고 오른쪽 겨드랑이, 그리고 왼쪽 겨드랑이, 그리고 오른쪽 젖가슴, 왼쪽 젖가슴, 오른쪽 엉덩이, 왼쪽 엉덩이. 남자는 뒤를 먼저, 그러고 나서 앞을 닦아라. 여자는 앞을 먼저, 그러고 나서 뒤를 닦아라. 이어 오른쪽 넓적다리, 왼쪽 넓적다리, 오른쪽 무릎, 오른쪽 다리, 왼쪽 다리, 오른쪽 발등, 왼쪽 발등, 머리카락과 두 손가락 사이, 순서대로 천천히 절도 있게 행하라.[58] 이런 것은 아리만의 마음에 들지 않았지. 고슴도치를 보면 기뻐해야 해.

소 울음이 들려온다. 조로아스터는 여전히 빠르게 중얼거리며 가고 있다.

신도는 인간들의 모든 죄, 그리고 자신이 이미 범한 죄와 범하게 될 죄를 고백하라. 오르무즈드에게 간청하는 기도로 시작해서 조로아스터의 사명,[59] 즉 나의 사명을 인정하는 기도로 끝내도록 하라.

여자 애가 달거리를 할 땐, 따로 금속 그릇에 먹게 하라. 계율에 맞게 불을 끄는 방식은 손바람으로 끄는 것이다. 망자가 입던 옷은 세 번 헹구어라. 스물세 개의 석류나무 가지를 왼팔로 들어야 한다.

의미를 알 수 없이 빠르게 되뇌는 말 속에 조로아스터의 목소리는 사라지고, 소 울음소리가 가까워지며, 아피스가 오는 게 보인다.

앙투안느

어떻게 된 거야? 소잖아!

꼬리의 털이 두 갈래로 나 있고, 이마엔 흰 삼각형이 있고, 등에 독수리 표시가 있는 검은 소가 보인다. 붉은 안장은 찢어져 있고, 왼쪽 뒷다리는 절뚝거리고, 울음소리를 낸다.

---

58 몸을 정결하게 하는 종교 의식에 대한 플로베르의 상상이다. 파르시들(이슬람교도의 박해로 인도에 피신한 조로아스터교도들)에게 몸을 청결하게 유지하는 것은 종교적인 의무였다.
59 오르무즈드의 예언자로서의 사명.

아피스[60]

달빛이 내리는 갈대밭에서 이시스가 온통 눈물에 젖어 탄식하는 소리가 들려. 이집트 검은 땅에 흩어진 남편의 시신 조각을 지치지도 않고 찾아다녀.[61]

그녀가 그를 부르지만 그는 오지 않고, 그녀는 욕망으로 헐떡이고 울며 단풍나무 남근에 여윈 가슴을 누르고 있지만, 그것은 그들의 슬픈 사랑의 부실한 열매 아르포크라테스만을 수태시키리라. 그녀 주위에서 개의 머리를 한 아누비스[62]가 짖으며 자기 아버지를 찾아 냄새를 맡으면서 모래밭을 달리고 있

---

60 수소로 현현한 이집트의 신. 그는 태양과 나일 강 그리고 풍요의 신으로서 오시리스를 상징하며, 동시에 달, 잉태한 땅, 현상계로서 이시스를 상징한다. 검은 이마에 흰 삼각형이 있고, 오른쪽 뺨에 반달 문양이 있고, 혀 밑에 풍뎅이 형태의 혹이 있는 수소가 발견되면 데려와 넉 달간 오른쪽으로 문이 난 건물에서 돌보다가 다시 헬리오폴리스 신전에서 40일간 사제들이 보살핀다. 그 이후 프타Phtha 신전으로 옮겨져 이집트의 숭배를 받았다.

61 이집트의 이시스와 오시리스 신화. 남매이며 부부인 그들의 이야기는 오시리스의 친형제 티폰의 질투로 시작된다. 티폰에 의해 살해된 오시리스는 상자에 담겨 물에 던져졌고, 이시스는 비블로스 연안에서 발견된 시체를 거두어 그들의 첫째 아들 호루스가 있는 도시 부토에 매장했다. 티폰은 그의 시신을 찾아내 열네 조각을 내어 도처에 뿌렸다. 이시스는 이에 탄식하며 흩어진 시신 조각을 수습하였으나 물에 던져진 열네 번째 조각인 오시리스의 남근을 되찾지 못하였다. 그의 남근은 단풍나무로 다시 만들어졌다. 이후 오시리스와 이시스는 고통과 눈물의 아이, 팔다리도 없고, 다리를 저는 미숙아 아르포크라테스를 얻게 된다. 이 신화는 이집트의 기후 조건과 별의 운행, 농작물의 경작 관계를 보여준다. 1년 중 오시리스가 티폰에 의해 두 번 죽음을 당하는 시기는 건기에 해당하며, 오시리스의 티폰에 대한 복수전의 승리는 나일 강의 범람을 상징한다. 아르포크라테스는 동지 때의 태양을 상징한다. 이시스는 이집트 그 자체이며 대지이고, 오시리스는 나일 강이며 태양이고, 티폰은 뜨거운 바람인 것이다.

62 티폰의 아내였던 네프티스Nephthys와 오시리스 사이에 태어난 아들로, 이 사실은 뒤늦게 알려졌다. 아누비스는 개자리별(시리우스성Sothis)의 정령으로, 하지 때 이 별이 뜨는 것을 사제들이 관찰하여 그해의 나일 강 수위를 예견했다고 한다.

지. 그는 목이 말라 혀를 내민 채 헐떡이고, 여신은 쓰러지며 자신의 얼굴 위로 베일을 내리지. 나는 리비아에서 도망가는 스핑크스를 보았지. 그는 자칼처럼 뛰더군. 티폰은 불꽃처럼 짙은 붉은색이 되어, 울부짖으며 이시스의 가슴 위를 구르고 있어. 신성한 악어들의 주둥이에 걸려 있던 고리들이 호수 바닥으로 가라앉았지. 배 위에 서 있던 매의 머리를 한 신들의 어깨는 새똥으로 하얗게 되었지. 그리고 파란 하늘이 혼자서, 텅 빈 신전들의 그림이 그려진 아치 아래로 지나가고 있지.

난 어디로 가야 하지? 오아시스의 마지막 풀까지 뜯어 먹었고, 혀 밑에 간직하고 있던 풍뎅이도 씹어 버렸어. 캄비세스[63]가 나에게 낸 상처로 나는 점점 고통스러워. 그리고 물가를 간신히 걸으며 부바스터스에서 오는 이들을 기다리고 있어.

종려나무 뗏목을 타고, 도시 입구에서 소리 지르며, 플루트 소리에 치마를 걷어 올리는 여자들이 지나가는 걸 누가 보지 않았을까?

앉아 있는 거인상들이 늘어선 긴 대로에서, 밤이면 몸을 씻기 위해 일어나고, 발에는 비블로스[64]신을 신은 나의 사제들이 보이지 않는군. 그들은 내 잠자리의 짚을 뒤집었어. 그들은 장엄한 기도문을 느린 곡조로 노래하며 내 털에 빗질을 했어. 성소의 모자이크 위로 조용히 떨어지는 내 묽은 똥을 황금 삽으로 모았지.

앙투안느

웃으며.

아! 아! 말도 안 되는 이야기를 하는군!

---

[63] 페르시아의 왕 캄비세스는 멤피스에 있는 프타 신전에서 프타 신과 일곱 별들의 형상을 보았다(크로이처, 『고대 종교』 「이집트의 종교」 520~521면).

[64] 파피루스의 그리스어 *byblos*.

악마

들어 봐. 그래도 신이 한탄하고 있는 거야!

아피스

내 주위에는 늘 불이 켜져 있었지. 나른한 미풍이 불어오는 밤이면, 오시리스는 잠든 누이의 진흙 침대 위에서 사랑의 한숨을 짓고, 나는 향기로운 기름이 담긴 반암 항아리 속에서 잠든 사제들의 얼굴을 비추는 아마포의 가늘고 긴 심지가 탁탁 소리를 내며 타들어 가는 것을 바라보았지.

오래전 왕의 딸들이, 죽고 나면 내 모습을 본떠 만든 궤에다 자신들의 시신을 넣어 달라고 했지만, 내가 어디로 사라지는가는 아무도 알 수 없었지.

세라피스[65] 신의 신전은 나의 미라를 받을 때에만 열렸어. 그런데 한 줄기의 태양이 새끼를 가져본 적 없는 암소를 수태시켜 태어난 나를 보고, 송가를 부르며 목초지로 나를 찾으러 왔고, 그러고는 달이 네 번 바뀔 때까지 머리를 동쪽으로 두게 하고 나를 먹여 길렀지.[66]

헬리오폴리스에서 멤피스까지 나를 이끌고 가는 행진이 있었어. 그때는 온 마을들이 홍수가 터지듯 즐거워하며 모두가 이 소식을 나누었지. 모두들 집 앞에서 부정한 짐승인 돼지를 제물로 바쳤고, 밀밭에서 캐스터네츠가 울렸고, 막 떠난 배 위

---

65 프톨레마이오스 왕조 시대의 이집트 신으로 오시리스와 아피스를 합한 이름(Ouser-Apis) 세라피스Serapis는 죽어 신성을 부여받은 아피스를 가리킨다. 그는 병을 고치는 의술의 신이며 동시에 저승 세계의 신이고 구원자이다. 멤피스에 그의 이름을 본뜬 세라피움 신전이 있었다.

66 이집트인들은 인간이 죽으면 그 영혼이 동물 속으로 들어간다는 민간 신앙에 따라, 티폰에 의해 오시리스가 죽었을 때 그의 영혼이 소*Apis*에게 들어갔다고 믿었다. 오시리스의 영혼은 새로운 아피스의 몸으로 이어지면서 영원히 죽지 않은 것이다. 미라를 만든 이집트인들의 풍습은 여기에서 유래한다.

에서 시타르[67]가 삑삑거렸고, 사막에서, 물가에서, 들판에서, 산에서, 온 이집트에서 달려온 이들이 프타 신전에 있는 나의 주위에 엎드려 절을 했지. 나는 오시리스였고, 세라피스였고, 아누비스였고, 신이었어. 나는 현현한 데미우르고스, 육화한 영혼, 스스로를 드러낸 평온하고 아름다우며 거대한 총체였어!

아피스는 코를 벌름거리며 몇 발자국을 뗀다.

그런데 지독한 냄새로군! 소매 없는 옷을 입은 남자들이 강가에서 쇠칼로 나무껍질을 긁어내고 있는 게 보이는군.

죽음

그래, 그렇지. 그러니 체념하렴, 아름다운 에파포스![68] 그들이 너의 가죽을 벗기고, 너를 먹고, 너의 가죽을 무두질해서, 그것으로 구두를 만들어 신을 거야. 넌 쇠꼬치에 끼워지고 갈비뼈를 따라 뼈와 함께 저며질 거야. 또 사람들이 네 오금의 마른 힘줄로 노예가 된 너의 자손들을 후려쳐 밭고랑으로 내몰 거야.

절뚝거리고 울음소리를 내며 아피스가 사라진다.

앙투안느

악마를 바라보며.

이게 무슨 뜻이지?

악마는 대답이 없다. 장식 띠에 그려진 인물들처럼 세 쌍의 신들이 간격 없이 줄지어 나타난다. 우라노스와 대지, 사투르누스와 레이아, 유피테르와 유노가 그들이다.

앙투안느

뭐야? 또 있어?

67 고대 그리스의 현악기로 기타의 일종.
68 그리스 신화에 나오는 제우스와 이오의 아들로 신성한 황소 아피스와 동격.

악마

그래, 계속이야.

우라노스

별들의 관을 쓰고 새벽이 오듯 파리해지는 우라노스는 대지의 손을 잡고 그녀를 질질 끌며 자기 아래로 핏방울을 떨어뜨린다.[69]

도망가자! 사라져야 해. 사람들이 더 이상 별을 숭배하지도 않고, 달이 이지러져도 원숭이들이 아프지 않아.

고대의 여행자는 대지 위를 걷다가 한밤중에 갑자기 멈추어 서곤 했지. 그때 그는 새로운 종교에 전율하며, 두 팔을 하릴없이 내게로 들어 올리고, 자신의 생각보다 크고, 제 갈망의 한계보다 멀리 있는 이 빛의 세계를 바라보았지. 작은 별들이 창공에서 빛나는 걸 찬찬히 바라보며, 별들이 자신을 사랑한다고 믿었지. 또 파도가 치는 곳에 처음 이르러 바다로 떨어지는 하늘을 보며 외마디 소리를 질렀어. 그런데 그 무언가가 별들의 운행과 인간들의 운명을 잇던 끈을 끊었지. 사투르누스가 나의 팔다리를 잘랐고, 둥근 태양 위에서 신의 얼굴은 더 이상 보이지 않아.

대지

우라노스를 따라가며.

내겐, 내겐 신비로운 숲들, 엄청나게 큰 대양들, 오를 수 없는 산들이 있었지. 검은 물속에는 위험한 짐승들이 살고 있었고,

---

69 〈하늘〉의 의인화인 우라노스는 〈대지〉의 의인화인 가이아와의 사이에 여섯 명의 티타네스와 티타니데스, 세 명의 키클롭스(눈이 하나인 거인)와 세 명의 헤카톤케이레스(100개의 팔과 50개의 머리를 가진 거인들)를 낳았다. 우라노스는 자식들을 모두 대지 깊이 가두었고 이들을 풀어 주기 위해 대지는 아들 사투르누스로 하여금 낫으로 우라노스의 고환을 자르게 했다.

늪 위를 감도는 김이 서린 내음은 어두운 베일처럼 내 얼굴 위로 흔들렸지. 나는 식물로 덮여 있었고, 나의 화산들이 요동칠 땐 간질을 앓는 이처럼 몸을 떨었지. 밤 동안 넓적한 버섯이 참나무 둥치에서 솟아났어. 황금빛 이끼 위에서 기다란 뱀들이 몸을 둘둘 만 채 햇빛을 쪼이며 잠들어 있었고, 높다란 풀 위로 그윽한 냄새가 지나갔지. 나는 넘치는 활력으로 위력적이고, 향기에 취해 있고, 빛깔로 눈부시고, 거대해! 아! 나는 아름다웠어, 카오스[70]의 침소에서 머리가 헝클어진 채로 나왔을 때는! 그의 포옹의 흔적이 내게 남아 있던 그때는!

허약하고 벌거벗은 인간은 내 심연의 소리에, 동물들의 울음소리에, 달이 이지러지는 모습에 창백해졌지. 그는 내 꽃 위로 구르고, 붉은 열매를 실컷 따 먹기 위해 내 잔가지를 타고 오르고, 언덕의 사면에서 철광석이 반짝이는 것과 시냇물을 따라 다이아몬드가 흘러가는 것을 보았지. 나는 놀라움으로 그를 에워싸고, 일로 지치게 하고, 쾌락으로 그를 괴롭혔지. 자연이며 신이고, 법칙이며 목적인 나는 그에게 무한이었으며, 그의 올림포스 산은 내 산들의 크기를 절대 넘지 못했지.

그는 성장했어. 그대가 예전에 키클롭스[71]들을 만들었듯, 내가 내 아들들을 허리에 가두었듯, 우라노스여, 이제는 자기의 꿈들을 넣어 두려고 그가 내 돌들에 꿈을 새기고 있어.

사투르누스[72]

어두운 표정. 상반신은 벗었고, 외투로 얼굴을 반쯤 가리고 있다. 오른손에 둥근 하프를 쥐고 있다.

---

[70] 천지 창조 이전, 세계의 원소들에 질서가 부여되기 전의 광활한 심연, 공허를 의인화한 것이다.
[71] 우라노스의 자식들로 첫 세대의 거인족에 속하며 힘이 세고 손재주가 좋았다.

예전엔, 시절이 좋았지. 인간의 시선은 소들의 눈빛처럼 평화로웠고, 호쾌하게 웃었으며 무거운 잠으로 코를 골았어. 두루미가 돌아왔을 때, 흙벽에 얹힌 나뭇가지 지붕 아래에서, 모아 두었던 낙엽이 탁탁 튀면서 타는 불에 돼지가 김을 내며 구워지고 있었지. 검댕이 묻어나는 화덕에 걸린 솥에서 접시꽃과 수선화가 가득 차 끓고 있어. 아무 생각 없이 아이는 엄마 곁에서 크고 있었지. 길도 없고 욕망도 없이 고립된 가족들이 외딴 시골에서 평화롭게 살고, 경작인은 바다가 있다는 것을, 어부는 평원이 있다는 것을, 제사 올리는 자는 다른 종교가 있다는 것을 모르고 있었지.

가시 돋친 엉겅퀴 꽃이 피고 울음이 듣기 좋은 매미가 노란 밀 밭에서 날개를 펴는 계절이 오면, 다락에서 과자 모양의 치즈를 꺼내고, 검은 빛깔이 도는 포도주를 마시고, 물푸레나무 아래에 앉곤 했지. 시리우스 별이 덥힌 심장들은 소매 없는 암염소 털 옷 아래서 더욱더 빠르게 뛰었어. 나무 오두막들 입구에서는 숫염소 냄새가 진동했고, 시골 처녀는 덤불 곁을 지나며 곁눈질을 했지.

상실의 시절은 돌아오지 않으리라. 본능에 따라 행동하고, 땅의 세계에 온전하게 결합된 인간의 삶은 해시계 위에 드리운 그림자처럼 돌며 고정점을 벗어나는 법이 결코 없었지!

내가 우라노스의 자리를 빼앗았는데, 유피테르는 왜 온 거지?

레이아

그건 내가 그대를 속였기 때문이지. 게걸스럽게 먹는 신을!

그대는 나의 멋진 아이들, 넵투무스, 플루톤, 베스타, 케레스,

---

72 사투르누스(크로노스의 로마식 이름)는 어머니 가이아가 건네준 낫으로 아버지 우라노스의 고환을 자르고 그의 자리를 차지했다. 세상의 주인이 된 후 그는 누이인 레이아와 결혼했다.

유노를 잉태시키고는, 그 애들이 태어나는 족족 삼켜 버렸어. 애들이 아름다웠으니 더욱 식욕이 당겼겠지. 후일 그 애들이 군림하리라는 걸 알고 아무것도 남지 않도록 즉시 먹어 버린 거지.

나는, 다만 끝없이 이어지는 파괴를 위해 생명을 만들어 내는 슬픔에 갈가리 찢겨서, 그대의 식욕을 어떻게 속일 수 있을지 은밀히 생각했지. 아! 강보에 싸인 돌을 그대가 삼키는 걸 보며 슬픔 속에서 나는 웃었지. 그때 닥틸로이들이 두드려 대는 방패 소리 속에서,[73] 갈대밭에 숨겨진 아기 신은 이미 암양의 젖을 힘센 손가락으로 누르고 있었지. 그런데도 그대는 아무것도 알아차리지 못했어! 그대는 모든 것을 먹었지!

죽음이 채찍질을 한다.

사투르누스

외투를 걸치며.

아! 에레보스[74]로 돌아갑시다, 나의 늙은 아내여! 노예를 향유하던 시대는 끝났소. 누구도 내 양털 끈을 더 이상은 풀지 않을 것이오![75]

---

73 레이아는 여섯 번째 아기 유피테르가 태어나자 사투르누스가 삼키기 전에 아기를 크레테 섬으로 피신시킨다. 아기 울음소리가 너무 커서 아기를 돌보는 섬나라 왕 멜리세우스의 딸들은 아기를 이다 산 동굴로 데려가 암양의 젖을 먹였는데, 사투르누스가 울음소리를 들을까 두려워 크레테 섬의 정령들인 닥틸로이(〈손가락들〉이란 뜻, 복수형 닥틸로스)들로 하여금 동굴 밖에서 방패를 두드리게 했다고 한다.

74 그리스 신화에서 〈어둠〉의 신으로 죽음이 살고 있는, 깊이를 헤아릴 수 없는 심연, 하계의 암흑을 가리킨다. 의인화된 에레보스는 카오스(심연)의 아들이며 닉스(밤)와는 남매지간이다.

75 자식에게 왕위를 빼앗기리라는 신탁이 두려워 아내 레이아가 자식을 나을 때마다 삼켜 버린 아버지 사투르누스를 제우스와 그의 형제들이 공격하여 묶어 둔 이야기를 암시한다. 제우스는 아버지의 권능을 얻고자 지혜의 여신이 준 물약을 그에게 먹게 하여 아버지가 삼킨 자식들을 모두 토하게 했으며, 그는 가

올림포스의 유피테르[76]

 빈 잔을 손에 든 채 걷고 있다. 몸이 완전히 굳은 그의 독수리가 앞에서 걷는다. 날개 안쪽이 해충에 쏠린 것처럼 붉고, 자기 몸에서 떨어지고 있는 깃털을 주둥이로 모은다. 유피테르는 잔 바닥을 조심스럽게 들여다본다.

 더는 없어! 한 방울도 없어! 모두 비웠어!

 그는 잔을 엄지손톱 위로 기울여 남은 게 있나 본다. 긴 한숨을 내쉬고 말을 잇는다.

 암브로시아[77]가 없으면 신들은 소멸되는 것이고, 이젠 내가 현인처럼 죽을 차례야.

 신들, 왕들, 인간들의 아버지인 나는 에테르와 지성 그리고 제국을 통치했었지. 내가 눈썹을 찌푸리면 하늘이 떨었으며, 나는 벼락을 던졌어. 나는 비를 내리게도 했지.

 신들이 모인 가운데, 금 왕좌 위, 올림포스 정상에 앉아, 한쪽 눈만 뜨고 만물을 감시하면서 바라보았지. 죽어야 하는 존재들이 쾌락과 고통으로 인해 길거나 짧게 느끼는, 그러나 똑같은 키를 가진 시간의 여신들이 규칙적인 발걸음으로 지나가는 것을, 행성들이 일으키는 바람에 동그랗게 말린 머리카락을 휘날리며 마차를 모는 아폴론의 빛나는 모습을, 팔꿈치를 괴고 물항아리를 들이붓는 강의 신들을, 망치로 쇠를 두드리는 불카누스를, 밀을 베는 케레스를, 은박을 두른 파란 망토로 온갖 소리가 울리는 대지를 감싸고 있는 소란스러운 포세이돈을.

이아의 조언에 따라 아버지가 가두어 놓았던 키클롭스들과 헤카톤케이레스를 풀어 주었다. 키클롭스들은 제우스에게 자신들이 만든 천둥과 벼락을, 포세이돈에게는 땅과 바다를 뒤흔들 수 있는 삼지창을, 하데스에게는 그것을 쓴 자가 보이지 않는 투구를 주었다.

 76 유피테르(제우스의 로마식 이름)는 신들의 두 번째 세대에 속하며, 그리스 신화의 최고의 신이다.
 77 올림포스 신들의 양식.

작은 골짜기로부터 구름이 올라오면서 제물의 기름진 향기를 내게까지 가져왔지. 송가와 함께 월계수 잎 사이로 연기가 스며 오르고, 제사장의 가슴은 리듬에 부풀어 헬라스 민족의 고요한 하모니를 장엄하게 내뱉었지. 뜨거운 태양이 내 신전의 흰 조각 위에서 빛났고, 둥근 기둥들의 숲인 그곳에는 올림포스의 미풍처럼 숭고한 숨결이 돌고 있었지.

흩어져 있던 부족들이 나를 중심으로 하나의 민족을 이루었고,[78] 왕족들은 모두가 나를 그들의 선조로 믿었으며, 가장들은 모두 자기 가정의 유피테르였지. 어느 물가에서건 나를 발견했고, 온갖 이름으로 나를 숭배했어. 풍뎅이에서 벼락을 들고 다니는 자[79]까지, 나는 수많은 형상을 거쳤고, 사랑도 많이 했지. 황소, 백조, 황금의 비,[80] 독수리의 모습으로 자연을 찾았고, 내가 스며들면서 자연은 신과 같이 되었지. 내가 신이기를 그만두지 않고도!

페이디아스[81]여, 그대가 나를 얼마나 아름답게 창조했는지, 나를 보지 못하고 죽은 자들이 스스로 저주를 받았다고 믿을 정도였네. 그대는 나를 만들려고, 섬세하고 귀한 물질들을 취

---

78 페르시아와의 전쟁 시기부터 흩어져 있던 부족들이 작은 국가들이 통일된 하나의 국가를 열망하게 되어 신성한 헬라스 민족이라고 스스로 명명하고 유피테르를 국가 신으로 모셨다.
79 이 명칭은 유피테르가 비와 천둥 벼락의 신으로서 검을 쥐고 있는 것에서 유래했다.
80 지하 청동의 방에 갇힌 다나에의 사랑을 얻기 위해 유피테르는 황금빛 빗방울로 변하여 지붕의 틈새로 스며들어 갔고 그녀와의 사이에서 페르세우스를 얻었다.
81 아테네의 조각가이며 건축가이며 화가(B.C. 490?~B.C. 430). 올림피아의 유피테르 신전에 있는 거대한 유피테르 좌상은 금과 상아로 조각되었으며, 〈세계 7대 불가사의〉 가운데 하나로 꼽힌다. 플로베르는 이 조각상에서 신의 경지에 도달한 인간의 아름다움을 읽었고 이 유피테르 상을 모델로 신을 묘사하고 있다(크로이처, 『고대 종교』 「그리스의 주요신들」 제7편 572~578면 참조).

했지. 금, 삼나무, 상아, 흑단, 보석들을. 자연의 요소들이 전체의 장려함 속에서 사라지듯 아름다움 속에서 소멸하는 보물들을.[82] 나는 가슴으로 생명을 호흡하고, 손에는 승리를 쥐고, 눈에는 사고를 담고, 머리의 양옆으로는 이상 세계에서 자유로이 자라는 식물처럼 머리카락을 늘어뜨렸지. 나는 또 얼마나 큰지 머리가 지붕의 들보를 스칠 정도였어. 오! 카르미데스[83]의 아들이여, 인류는 더 높이 오를 수는 없지 않은가, 그렇지 않은가? 그대는 파나이노스[84]의 파란 담장 안에 인류 최고의 노고를 영원히 가두어 두었고, 이제 인류에게로 내려와야 할 것은 바로 신들이라네.

창백한 신들이 이 권태로운 민족들의 고통을 만족시키러 오는 것이 보여. 누더기를 입고 오열하는 그들은 열악한 지방에서 오는 게 분명해. 난, 그들과 달라. 차가운 하늘 아래 미개한 언어를 쓰며 조각상도 없는 신전에서 살도록 태어나지는 않았지. 발을 고대의 땅에 묶어, 여길 떠나지 않고 여기서 말라 죽겠노라. 카이우스 황제가 나를 가지고 싶어 했을 때도 나는 꼼짝하지 않았으며, 건축가들이 나를 옮기려고 애쓸 때 동상의 받침대 안에서 터져 나오는 웃음소리를 들었노라.[85]

그러나 나의 전부가 타르타로스[86]로 내려가지는 않으리라. 나

82 만든 형상이 자연에 실재하는 형상과 같이 자연스럽다는 뜻.
83 아테네의 철학자. 페르시아 전쟁 때 아테네의 포구가 된 피레아스를 통치하던 집정관으로 그의 이름으로 된 플라톤의 대화편이 있다.
84 고대 아테네의 화가로 조각가 페이디아스의 동생 또는 조카로 알려져 있다. 페이디아스를 도와 올림피아의 유피테르(제우스) 신상 제작에 참여했으며 신상을 둘러싼 주변 장벽에 그림을 그렸는데 그중 한 벽이 파란색이었다.
85 그리스 예술에 대한 자부심을 보여 주는 에피소드이다. 페이디아스가 제작한 조각상을 다른 곳으로 옮기려 하자 조각상 안에서 호탕한 비웃음이 들려왔다는 전설이 전해진다.
86 하데스(하계)보다 아래에 있으며 세상에서 가장 깊은 곳으로, 신들이 자기의 원수들을 가두어 두던 곳이기도 하다.

의 그 무엇인가가 지상에 남으리라. 자신에게 이데아가 스며들어 질서를 이해하게 된 자들은 위대한 것을 사랑하지. 그들이 어느 신의 후예이든, 그들은 언제나 유피테르의 아들일 것이니라.

유노[87]

머리에는 왕관을 쓰고, 끝이 휜 황금 편상화를 신고, 은 별들이 뿌려진 베일을 쓰고, 한 손에는 석류나무를, 다른 손에는 뻐꾸기가 얹힌 왕홀을 쥐고 있다. 그녀는 유피테르를 잡으려는 듯 그의 옷을 잡아당기며 가까이서 그를 따르고 있다.

어디를 가는 거야? 나를 또 떠나는구나! 누가 당신을 부르지? 멈춰 서, 유피테르!

고개를 돌리고 아내를 피하다니, 대체 무슨 일이지? 신들의 아버지시여, 도도네의 참나무 숲[88]에서 까마귀처럼 깍깍 울고 있는 당신의 검은 비둘기들을 난 보았어.

그가 가고 있어! 그가 나를 피해! 또 다른 사랑에 빠진 거야? 이런 식으로 무분별하게 기력을 잃다니! 죽음을 피할 수 없는 자들이 매일 아침 자신의 베개 위에 떨어진 유피테르의 머리카락을 발견하며 교만으로 우쭐댄다는 것도 모르는 한심한 이여!

한때, 우리의 삶은 잔잔했지, 우리의 불화와 사랑에 꼭 필요한 균형 속에서. 다양하고 멋진 우리의 삶은, 대양과 같이 움직였으며, 한편으로는 평원이 있어 움직이지 않는 대지처럼 확고 부동한 상태를 유지했지. 오! 돌아오라, 사투르누스의 아들이여! 나는 늘 당신을 사랑했고, 사랑하리라. 이다 산 위에서 함께

---

87 그리스의 헤라와 동일시되는 유노는 올림포스 여신들 중 가장 높은 여신으로 유피테르의 아내이다.

88 그리스 북서쪽 발칸 반도 지역 이피로스의 고대 도시 도도네(Dodone, 혹은 Dodona)는 제우스와 디오네의 성지로서 델포이 이전의 신탁 장소였다. 이 신성한 숲에 있는 참나무의 가지가 흔들리는 소리와 비상하는 비둘기의 모습에서 신관들이 신탁을 읽었다고 한다.

잠들리라. 또 구름으로 가리고, 홍조를 띠고 밝게 빛나는 대기 한가운데서, 하얀 두 팔로 내 당신의 목을 감고, 당신 아래에서 미소를 짓고, 당신의 곱슬곱슬한 수염을 손가락으로 만지리라. 내 당신의 마음을 즐겁게 하리라, 신들의 아버지시여! 내겐 갈색 머리도, 커다란 눈도, 황금 반장화도 이젠 없는 거야? 매년 카나투스 샘에서 내 처녀성을 다시 만드는 게 다 당신을 위해서가 아니던가? 이젠 내가 아름답지 않아? 그가 날 늙었다고 생각하는 거야?

그녀는 생각에 잠긴 채 멀어진다.

맞아, 언젠가부터 그가 날 소홀히 대하고 밤엔 잠꼬대를 해. 내게 속한 제국을 누군가에게 넘기려는 속셈인가? 오! 복수하고 말 거야!

말도 안 돼! 아무 소리도 들리지 않아! 나는 올림포스를 이리저리 뛰어다녀. 모두가 잠들었거나, 아니면 사라진 거야. 불러도 대답이 없어. 메아리도 죽어 버렸어!

내가 침대 머리맡에서 엄마들을 돌보지 않는다면 어찌 되겠어? 약혼녀를 맞기 위해 신랑 집 문턱에 기름은 누가 바르지? 사려 깊은 주부가 자기 치마 속에 가지고 가는 무화과 가지를 무엇에 쓰겠어?[89]

그녀가 외친다.

그래, 그렇군! 내 초상화 발치에서 별모양 꽃[90]으로 만든 화관이 무덤의 그것처럼 시들어. 마이나스[91]가 손으로 내 베일을 조각조각 찢어 놓은 거야. 아르고스의 1백 마리 소들은 그들의

---

[89] 유노는 결혼의 수호신으로 모든 가정에서 숭배되었고 특히 결혼한 여인을 보살폈다. 그녀는 남편 유피테르의 바람기에 끊임없이 분노했고 그가 사랑한 여인들을 끊임없이 벌준 것으로 유명하다.

[90] 과꽃. 플로베르는 아스테리온asterion이라는 단어를 써서 꽃이 별모양임을 강조하였다.

[91] 박코스(디오니소스의 별칭) 신을 따르는 님프.

꽃 장식을 잃어버렸고, 포구에서 경매하는 여자처럼, 배은망덕한 내 여사제는 튀긴 생선을 잔뜩 먹고 있어. 수치심의 미덕이여! 뺨에 분칠을 한 기녀가 내 제단에 손을 대고 있어!

미네르바[92]

스핑크스가 앉아 있는 커다란 투구를 쓰고, 황금 비늘이 덮인 방패를 들고, 발등까지 내려오는 소매 없는 긴 옷을 입고 있다. 현기증이 나는 사람처럼 오른손을 이마에 대고 창에 기대어 걷고 있다.

어떻게 된 거지? 팔라스인 내가, 유피테르의 딸인 내가, 그의 오른쪽에서 살던 내가, 그렇게 강한 내가 비틀거리다니! 나는 춤 한 번 춘 적이 없고, 사랑을 하지도 않았으며, 술을 마신 적도 없고, 늘 현명하고, 강하고, 그리고 신중했어. 무사 여신들이 노래할 때, 박코스가 취할 때, 베누스가 모든 신들과 사랑에 빠질 때도, 부지런한 조절자인 나는 홀로 내 일을 하고 있었고, 법률을 구상하고, 승리를 준비하고, 선박들의 모양을 구상하고, 식물과 나라들과 영혼들을 연구하고 있었지. 여기저기를 다녔어. 영웅들이 지치면 그들을 회생시키러 갔지. 구름이 걷히면, 나는 선 채로 손에 창을 쥐고 미소를 지으며 나타났지. 키마이라에 대항해서 벨레로폰테스[93]를 보호한 것도, 페르세우스[94]가 싸우던 곳이면 어디서나 그를 지켜 준 것도, 오디세우스

---

92 제우스와 메티스의 딸 미네르바(아테나의 로마식 이름)는 아테네의 수호신으로 전쟁과 기예(技藝), 이성(理性)의 신이다.

93 벨레로폰테스는 리키아의 왕 이오바테스의 명에 따라 불을 내뿜으며 온 나라를 황폐화시키고 가축들을 삼키는 키마이라를 날개 달린 말 페가소스를 타고 하늘에 올라가 죽였다.

94 아르고스의 용사 페르세우스는 제우스가 황금 빗방울로 변하여 지붕 틈새로 스며들어 다나에와 사랑을 나눈 끝에 출생했다. 이 불행한 출생으로 바다에 던져진 모자는 표류 끝에 세리포스 섬에서 구조되었다. 후일 섬을 다스리는 폭군 폴리텍테스는 다나에에게 욕정을 품었고, 아들은 헤르메스가 님프에게서

의 여정을 지킨 것도 모두 나였어. 나는 예지력, 힘, 순결, 거역할 수 없는 빛, 위대한 제우스 자신의 에너지였지.

생각을 흐리는 이 바람이 어느 해안에서 불어오는 거지? 마녀가 어디에 내 몸을 집어넣었던 거지? 메데이아가 만든 즙[95]인가? 아니면 음탕한 키르케[96]의 향수인가? 나는 극도의 불안에 사로잡힌 걸 느껴. 그리고 열에 들뜬 것처럼 몸이 오슬오슬해.

집정관이 카피톨리움[97] 오른쪽 암벽에 자꾸 청동 못을 박으면, 내 신전 벽까지 흔들리지 않을까?[98] 흐르는 시간 속에 내가 테게아[99]에 보관하던 칼리돈의 멧돼지[100] 털이 한 올 한 올 떨어져 나간 것인가? 아! 비열한 플루토스[101]가 금을 뜯어내려고 델포이에 있는 나의 종려나무에 까마귀들을 풀었지.

빌려다 준 날개 달린 샌들을 신고 공중에 올라 미네르바(아테나) 여신이 메두사 위로 쳐든 잘 닦은 청동 방패를 거울 삼아 메두사의 머리를 자른 후 왕에게 가져가 자신의 어머니를 구했다.

95 콜키스의 공주 메데이아는 헤카테 여신의 여사제로 약초를 잘 다루는 마녀였다. 금양 모피를 찾아 자기 나라에 온 이아손을 돕다가 그와 함께 테살리아로 온 그녀는 시아버지의 회춘을 위해 약초즙을 만들었고, 후일 남편이 맞은 새 왕비 크레우사에게 풀독이 밴 옷을 입게 하여 타 죽게 하였다.

96 『오딧세이아』에 나오는 마녀로, 오늘날 이탈리아의 키르케오 반도에 이른 오디세우스 정찰대에게 마실 것을 주어 이들이 동물로 변하게 했다.

97 유피테르, 유노, 미네르바 신전이 있는 로마의 일곱 언덕 가운데 하나.

98 고대 로마에서는 해마다, 또 전염병과 사회 혼란이 야기되었을 때, 집정관이 카피톨리움 언덕의 유피테르 신전 오른쪽 벽(미네르바 신전이 바로 옆에 위치)에 못을 박는 의식이 있었다고 한다(크로이처,『고대 종교』「그리스와 로마의 신들」제6편 818면).

99 아르카디아(지금의 펠로폰네소스) 남동쪽에 있는 고대 그리스 도시.

100 그리스 중부 아이톨리아 지방의 고대 도시 칼리돈을 휩쓸던 괴물 멧돼지 사냥을 암시한다.

101 부의 화신 플루토스는 데메테르와 페르세포네의 행렬에서 젊은이 혹은 풍요의 뿔을 단 어린아이의 모습으로 등장했다.

마르스[102]

매우 창백한 모습으로.

무서워. 왜 그런지도 몰라. 떨려. 나는 잘 보이지 않는 움푹 패인 곳, 맹수들의 구덩이에 숨어 있어. 더 잘 뛰려고 갑옷을 벗었고, 정강이받이도 풀었어. 검은 던져 버렸고, 창도 버렸어.

그가 자기 손을 쳐다본다.

손이 이렇게 흰 걸 보니 더 이상 피는 없는 거야? 예전에 내 핏줄은 단단한 근육 위에 뻗은 밧줄처럼 불거져 있고, 검으로 그것을 베면 내 위로 분노의 강물이 흘러넘치는 걸 느꼈지. 이제 내 목소리는 약해. 투구 안에서 머리칼이 서게 만드는 무시무시한 외침도 더 이상 없어! 아! 청동 나팔을 불 때 내 볼은 얼마나 부풀었던가! 엉덩이로 말들의 넓은 엉덩짝을 누르면서 말발굽으로 싸움터에서 목을 마르게 하는 먼지를 얼마나 휘젓고 다녔던가! 붉은 깃털 장식이 휘면서 즐거운 태양 아래에서 빛나고, 왕들은 고개를 높이 쳐들고 두 진영 밖으로 전진하고, 그때 두 무리의 군대는 그들을 보려고 말없이 커다란 원을 만들었지.

나는 나의 유모 테로를 생각하고, 나의 아내 벨로나를 생각하고, 방패를 두드리면서 장중한 춤사위로 춤을 추는 나의 사제들 살리이[103]를 생각해. 그리고 지금 난, 디오메데스[104]에게서

---

102 그리스의 아레스와 동일시되는 마르스는 유피테르와 유노의 아들로, 살육과 유혈을 즐기는 전쟁의 신이다.

103 saliens는 해마다 3월 19일과 10월 19일에 전쟁의 신 마르스에게 제사를 올리던 고대 로마의 제관들로서 열두 명으로 구성되었다. 여러 색깔의 수를 놓은 긴 옷에 투구 비슷한 뾰족한 모자를 썼으며 얼굴을 베일로 가린 모습을 하였다. 창과 둥근 방패를 들고 별들의 운행을 모방하는 장중하며 빠른 춤을 추고, 전쟁에 나아갈 계절임을 일깨우는 노래를 부르며 도시를 행진했다고 한다. 이 제관들의 명칭은 전쟁무를 창안한 살리우스Salius에서 유래했다.

104 아이톨리아의 용사로, 트로이아 전쟁에 참가했다. 그는 아테나의 도움을 받아 아레스를 공격하고 아프로디테에게 상처를 입혔다고 한다. 후일 트로이아 전쟁을 끝내고 집으로 돌아왔을 때 그의 아내 아이기알레이아가 그를 배

상처를 입던 날 유피테르에게 고통을 호소하러 올림포스에 올라갔던 젊은 날의 그 저녁보다 더 슬픈걸.

그의 방패 위로 죽음이 크게 채찍질을 하고, 그는 피하려고 방패를 머리 위에 얹고 외친다.

살려 줘! 살려 줘! 날 구해 줘!

죽음

웃으면서.

그래, 가. 다들 서둘러! 좀 더 빨리! 계속해! 신들이 모두들 수다스럽군.

케레스[105]

바퀴의 축이 백조의 두 날개로 되어 있어 혼자 나아가는 수레에 앉아 있다. 수레가 멈춰 서고, 여신이 손에 들고 있던 횃불이 꺼진다.

멈춰 서! 넵투누스가 더 이상 나를 쫓지 않고 내 딸을 더 이상 찾을 수 없으며 온 세상을 다 돌아보았으니 더는 나아가지 마라! 이게 다 무슨 소용이야? 멈춰!

그녀는 아래쪽에서 금으로 된 손수건을 꺼내어 눈가를 닦는다.

이제 인간들은 내게 싫증이 났어. 밀도 고랑에서 저 혼자 자

신하여 함정을 파놓은 것은, 디오메데스에게서 상처를 입은 아프로디테의 복수였다고 한다.

105 모성적인 대지의 여신 케레스(데메테르의 로마식 이름) 신화는 밀이 자라던 그리스 전역에 퍼져 있었다. 아테네에서 출발하여 아테네 북동쪽에 위치한 엘레시우스 평원에 이르는 엘레시우스 비의(秘儀)는 9월 21일부터 5일간(혹은 1주일)에 걸쳐 진행되며 아테네 여인들이 참가한다. 이 비의는 데메테르 여신이 하데스에게 납치된 자신의 딸 페르세포네를 찾아가는 과정을 재현했다. 페르세포네가 밀의 파종 시기인 가을부터 남편 하데스와 지내고, 봄에 싹이 트면 하늘로 올라가 어머니 데메테르(케레스)와 지낸다는 신화의 내용은 파종과 수확의 리듬을 형상화한다.

라지.

슬프도다! 슬프도다! 추수철에 돋은 푸른 싹 위를 마음껏 뛰놀던 빛나는 페르세포네를 더는 볼 수 없으리라. 그 애가 플루토[106]에게로 내려갔으니. 그에게서 벗어나지 못하리라.

아테네 남정네의 여인들이여, 머리에 황금 매미를 달고 곶에서 불어오는 바람에 베일을 날리며, 신비 의식 때 입는 낡은 치마에 아이들을 감싸고, 야생 광대나물 위에 눕고,[107] 또 향수의 촉촉한 냄새를 흩어 버리게 마늘을 먹고,[108] 가을 저녁에 신성한 문을 거쳐 나와 바구니를 끄는 수레 뒤에서 줄지어 머리를 숙이고 맨발로 걷던 그대들은 케피소스 강[109]의 다리 위에서 그대들을 기다리는 사람들의 음탕한 농을 더 이상 듣지 않으리라!

넵투누스[110]

엘리스[111]에서처럼 세 벌의 긴 옷을 겹겹이 껴입고 거북해한다. 걷

---

106 사투르누스(크로노스)와 키벨레(레이아)의 아들인 플루토(하데스)는 죽은 자들의 신으로 지하 세계인 타르타로스를 관장한다.

107 비의에 참가하는 아테네의 여인들은 준비 과정으로 9일 동안 남편과의 성관계를 피하고, 이어 슬픔의 표시로 땅에 주저앉는 동방의 관습에 따라 성적 욕구를 감퇴시키는 효험을 가진 몇 가지 종류의 풀 위에 앉았다고 한다. 일종의 서향 나무인 크네오룸 *cnéorum*, 일종의 여린 버들이라 불리는 아그누스 *agnus* 등이 그것이다.

108 향수 냄새가 진동하는 아티카 여인들은 비의 축제 기간 동안 성욕을 스스로 가라앉히기 위해 마늘을 먹었다고 한다(크로이저, 『고대 종교』「케레스와 페르세포네, 비의」제8편 728~729면).

109 그리스 포키스 지역의 분지로 흘러 들어가는 하천과 아테네 서쪽을 지나 사로니코스 만으로 흘러 나가는 하천의 이름.

110 사투르누스와 키벨레의 아들 넵투누스(포세이돈의 로마식 이름)는 바다를 지배할 뿐 아니라 폭풍을 일으키고 삼지창으로 연안의 암벽들을 뒤흔들며 샘을 솟구치게 하는 능력을 가졌다.

111 그리스 남부 펠로폰네소스 반도의 북서쪽에 있던 고대 그리스의 도시 국가.

는 걸음마다 넘어질 뻔하고 삼지창에 기대어 걷는다.

이게 뭐야? 지금 나를 조롱하는 건가? 움직일 수도, 물가에 누울 수도, 들판에서 뛸 수도 없어.

사람들이 나를 항구에 가두었고, 돌 제방으로 내 허리를 조이고, 내 가여운 돌고래들은 마지막 남은 놈까지 깊은 물속에서 썩었어.

예전에 나는 들판을 휩쓸었고, 대지를 떨게 했어. 나는 울부짖는 자, 수장시키는 자였으며, 내게 바쳐지는 모든 제물에는 행운을 불러오는 자였지. 바닥을 알 수 없는 깊이 때문에 나는 두려운 자였어. 지평선 위에 깔린 안개 속에 나는 보아서는 안 될 먼 나라들을 보았고, 독사로 된 관을 쓴 괴물들이 날카로운 암초 위에서 밤낮으로 짖어댔지. 바위들은 게의 다리처럼 안으로 굽어 있고, 또 거품을 가득 문 심연이 함선들을 집어삼키고 있었어. 해협을 지날 수가 없었어. 섬을 지날 때 난파될 위험이 있었지.

선장은 파도에 숨을 죽였고, 공포에 질린 배를 심연 속으로 몰아넣는 검은 물결을 넓은 물갈퀴의 노들이 힘겹게 가르고 있었지. 활대가 소리를 지르고, 방향을 잃은 돛이 북풍에 빙빙 돌고 있었어. 그건 우박과 번개였어! 그건 아이올로스[112]와 온갖 바람이었어! 그건 밧줄 사이에서 쉭쉭대는 끔찍한 죽음이었어!

죽음

너를 위해 죽음이 쉭쉭 소리를 내는 거야.

넵투누스

의장을 푼 갤리선을 모래밭으로 끌어올리고, 늙은 아버지를

---

112 『오딧세이아』에서 아이올리아 섬에 사는 아이올로스는 바람의 지배자로서 신들을 대신하여 바람을 다스린다.

다시 보고, 항해에 쓴 키를 집 화덕 위에 걸어 말릴 수 있는 자는 행복하였느니라!

푸른 머리를 한 네레이스들,[113] 은방울처럼 맑은 목소리를 가진 세이렌들,[114] 소라고둥을 불고 있는 긴 수염의 트리톤들,[115] 비늘을 가진 종족들, 궁전들, 동굴들, 수많은 조가비가 내게 있었어. 나뭇잎으로 장식한 크리스털 은신처, 아이들을 등에 태운 파란 물고기들, 그리고 키가 높은 풀밭 위에 세운 궁전이 내게 있었었느니라!

죽음

지나가! 지나가!

헤르쿨레스[116]

몸이 땀으로 흥건히 젖어 있다. 헤르쿨레스는 몽둥이를 땅에 놓고, 주둥이가 어깨 위로 축 내려온 네메아의 사자[117] 가죽으로 얼굴을 훔

---

113 네레우스와 도리스의 딸들이자 오케아노스의 손녀들인 네레이스들은 바다의 정령들로, 그 수가 보통 50명 정도라 하는데 때로는 1백 명이라고도 한다. 한결같이 아름다운 그녀들은 바다 속 깊은 곳에 있는 아버지의 궁전에서 실을 자아 베를 짜고 노래를 부르며 시간을 보낸다.

114 반은 여성이고 반은 새인 바다의 마녀들로, 아켈로오스가 헤라클레스에게 상처를 입었을 때 흘린 피에서 태어났다고 한다. 리라를 타고 노래를 부르며 아름다운 3중창 혹은 4중창으로 피리를 불어 인근을 지나는 뱃사람을 유인해, 그 배가 암초에 부서지게 하거나 경솔한 뱃사람들을 잡아먹었다고 한다. 전통적으로 세이렌들의 섬은 이탈리아 남부 연안, 소렌토 반도에 있었다고 전해진다.

115 바다의 나팔수.

116 로마인들이 헤르쿨레스라고 불렀던 헤라클레스는 그리스 신화에서 가장 힘이 센 영웅이다. 지혜롭기보다는 감정이 강했던 그는 광증적 발작을 일으키고 과오를 저지르기도 했으며, 이에 속죄하고 자신을 정화하기 위해 수많은 과업을 행했다.

117 헤라클레스가 이룬 12대업 가운데 첫 번째 대업으로, 네메아 골짜기에 사는 불사신인 사자를 몽둥이로 계속 때려 목을 졸라 죽인 다음 그 껍질을 벗겨

친다.

아!

숨이 어찌나 가쁜지 한동안 아무 말도 하지 못한다.

내가 해낸 거지, 내가?

만족한 눈길로 주위를 둘러본다.

대단한 싸움이었어! 나를 따를 자가 없을걸. 게다가 더 이상 할 게 없지 않을까? 세상에 나오기도 전에 내 몸은 웬만한 사내보다 더 무거웠지. 어머니께선 나를 당신 배 안에 넣고 있기가 힘들 지경이셨어. 어머니께서 말씀하시길, 내가 배에서 나오는 데 7일 밤낮이 걸렸다고 해. 그랬을 거야. 나를 잉태시킨 건 유피테르였으니까!

그가 웃자, 죽음도 웃는다. 앙투안느 성인은 전율하면서 죽음 쪽으로 몸을 돌린다.

계속한다.

내가 열두 가지 과업[118]을 완수했다고들 하더군! 나는 1백 개의 과업을 완수했어. 1천 개의 과업을 완수했어. 아니 내가 그걸 다 어찌 알겠나?

내가 이룬 역사는 유노가 보낸 두 마리의 거대한 뱀을 뱀장어 잡듯이 숨통을 끊은 것이었지.[119] 그놈들이 똬리를 어찌나 세게 틀었던지 내 요람의 다리가 다 부서졌어. 크레테 섬의 황소

옷으로 걸쳤으며 그 머리를 투구처럼 쓰고 다녔다고 한다.
118 유노(헤라)는 유피테르(제우스)가 헤라클레스의 생부라는 것을 확인하고 헤라클레스를 광기에 사로잡히게 하여 친자식들을 죽이게 만들었다. 헤라클레스는 델포이에 가서 아폴론에게 신탁을 구했고, 아폴론은 12년간 사촌 에우리토스에게 봉사하라는 명을 내렸다. 속죄의 12가지 과업은 주로 이 세상을 괴물들로부터 구하는 일이다.
119 태어난 지 여덟 달 된 헤라클레스가 남편 유피테르의 자식인지를 시험하기 위해 유노 여신은 거대한 뱀을 보냈고, 아이는 양손으로 뱀을 죽여 스스로가 신의 아들임을 확인했다.

를 길들였고, 에리만토스 산에서 멧돼지를 죽였고, 스팀팔로스 호수의 새들을 화살로 꿰뚫었고, 양팔로 네메아 사자의 숨통을 끊었으며, 디오데메스를 제압해서 그가 돌 여물통에 인간의 살점을 넣어 주며 손수 사육하던 말들에게 그를 먹이로 던져 주었지.[120] 히드라의 머리들을 잘라 냈고, 테오도무스와 라키니우스를 죽였고, 테바이의 왕 리코스를 죽였으며, 코스[121]의 왕 에우리피데스, 피사[122]의 왕 넬레우스, 오이칼리아의 왕 에우리토스를 죽였지. 또 아켈로스의 뿔을 잘랐어, 그는 거대한 강이었지! 부시리스[123]를 죽게 만들었고, 안타이오스[124]의 숨통을 끊었고, 세 개의 몸을 가진 게리오네우스,[125] 불을 내뿜는 불카누스의 아들 카쿠스를 죽였어. 나는 켄타우로스들을 길들였고, 아마존들을 무찔렀고[126] 사로잡은 케르코페스들[127]을 막대에

120 트라키아의 왕 디오메데스가 인육을 먹여 사육하던 네 마리의 암말에게 헤라클레스가 그 주인을 먹이로 주자 말들이 고분해져 끌려왔다고 한다.

121 소아시아 남동쪽 에게 해에 위치한 그리스 군도 가운데 하나로 터키 해안에 인접해 있다. 포도주, 도자기, 붉은 천으로 유명하다.

122 그리스 펠로폰네소스의 북동 지역.

123 그리스 전설에 따르면 포세이돈의 아들 부시리스는 오시리스가 세상 원정을 떠날 때 왕권을 넘겨받고 이집트를 다스렸다고 한다. 잇단 흉작에서 벗어나기 위해 키프로스에서 온 예언자 프라시오스의 증언대로 매년 이방인 한 명을 제우스에게 바치게 했던 이 잔혹한 왕은, 이집트를 지나던 헤라클레스를 잡아 제단에 바쳤으나 헤라클레스의 손에 죽음을 당했다.

124 포세이돈과 가이아의 아들로, 리비아(지금의 모로코)에 살면서 여행자들을 죽여 그 시신으로 포세이돈 신전을 장식했으며, 어머니인 대지를 밟고 있는 동안은 죽지 못했다. 황금 사과를 찾아 리비아를 지나던 헤라클레스는 그의 몸을 들어 올리고 목을 졸라서 죽였다.

125 세 개의 머리에 몸통 역시 셋으로, 에리테이아 섬에서 소 떼를 지키던 거인이었다. 헤라클레스는 에우리토스의 명령에 따라 소 떼를 몰러 갔다가 게리오네우스를 죽이게 되었다.

126 에우리토스의 딸 아드메테의 요구로 아마조네스족의 여왕 히폴리테의 허리띠를 얻으러 간 헤라클레스는 허리띠를 무사히 얻었으나 아마존의 모습으로 변장하고 나타난 유노(헤라)와 다툼이 생겼고 이 때문에 배신을 당한 것으로

거꾸로 매달아 어깨에 짊어지고 왔지.

그는 곰곰이 생각한다.

그게 단가? 오! 아니지. 프로메테우스를 공격하던 독수리를 떨어뜨렸고, 다이아몬드 사슬로 케르베로스[128]를 묶어 놨고, 아우게이아스[129]의 외양간을 쳐냈어. 쉽지 않았지! 또 칼페와 아빌라[130] 사이의 산들을 갈라놨지. 손으로 산꼭대기만 집어서 말이야. 마치 도끼에 파인 장작을 두 조각으로 벌리는 사람처럼.

아! 잊은 게 있어! 아드메토스의 아내 알케스티스를 찾으러 지옥에 갔었지.[131] 헤스페리데스[132]의 황금 사과를 빼앗아 왔지.

여겨 히폴리테를 죽였다.

127 실로스와 트리발로스 두 형제를 가리키며, 이 쌍둥이 난장이들은 목숨까지 노리는 힘이 센 도둑으로, 헤라클레스가 리디아의 여왕 옴팔레의 노예로 있던 시절에 그녀를 위해 이들을 사로잡았다.

128 죽음의 세계를 지키고 살아 있는 자들이 그곳에 들어오지 못하게 막는 괴물 중의 하나인 개 케르베로스를 하계로부터 지상으로 끌어 오는 과업을 말한다. 헤라클레스는 엘레시우스 비의를 통해 입문한 후 하계로 내려갔다고 한다.

129 펠로폰네소스에 있는 엘리스의 왕 아우게이아스는 그가 소유하고 있는 수많은 가축들의 배설물을 방치해 두어 토지를 망치고 있었고 에우리테우스는 헤라클레스에게 이 외양간을 치울 것을 명령했다. 헤라클레스는 외양간의 벽에 틈을 내어 알페이오스 강물과 페네이오스 강물이 흘러들게 하여 단 하루 만에 이 일을 해냈다.

130 칼페는 소아시아 북동 지역의 흑해(폰토스 에우케이노스)와 지금의 마르마라 해인 프로폰티스로 둘러싸인 비투니아(오늘날의 터키)의 항구이며, 아빌라는 헬레니즘 시대(기원전 5~6세기)의 시리아 남부인 코일레 수리아의 도시로 지금의 네비 아벨Nebi Abel.

131 테살리아에 있는 페라이의 왕 아드메토스는 이올코스의 왕 펠리아스의 딸인 알케스티스에 반하여 사자와 멧돼지가 함께 끄는 전차를 타는 시험에 통과하고 결혼했으나, 결혼하는 날 아르테미스 여신에게 제사 바치는 것을 잊어 여신의 노여움을 샀다. 그녀의 명대로 후일 아드메토스가 죽게 되었을 때, 그를 대신하여 죽은 그의 아내를 헤라클레스가 하계로 내려가 데려온 이야기이다.

132 석양의 님프들인 아이글레, 에리테이아, 헤스페라레투사를 말하며, 유피테르와 유노의 결혼식 때 대지의 여신 가이아에게서 선물로 받은 황금 사과를 지켰다.

한번은 아틀라스의 노고를 덜어 주려고 하늘을 머리에 인 적도 있어.

나는 여행을 했어. 인도에 갔었지. 허기가 지면 팔을 들어 잎새가 달린 종려나무 가지들을 입까지 끌어내렸지. 에우케이노스 폰토스[133]를 한 바퀴 돌았고, 갈리아[134]를 주파했고, 가데스[135]까지 갔고, 스키티아[136]를 구경했고, 목마른 사막을 건넜어.

나 혼자 수많은 군대의 몫을 해냈지! 배의 갑판이 움푹 꺼졌어. 내가 어찌나 무거웠던지!

사방에서 괴물들을 전멸시키고 못된 자들을 벌주었지. 나는 벌거벗고 혼자서 갔어. 속박된 나라는 해방시켰어. 빈 고장엔 사람들이 살도록 했지. 하룻밤에 테스피오스의 딸 쉰 명을 임신시켰고, 인도인들의 왕국을 떠날 땐 아홉 살 난 내 딸 판달라를 나이가 차게 했어. 그건 함께 침소에 들어, 갠지스 건너에 있는 모든 왕국의 아버지가 될, 무적의 아들을 세상에 낳게 하려는 거였지.

그런데 해가 거듭할수록 내 힘은 세졌어. 놀다가 벗들을 죽이게 됐고, 앉다가 의자를 부쉈으며, 주랑을 지나다가 신전을 허물었으며, 또 살이 딱딱해지고, 털도 무성해졌어. 내 안에서 끊임없이 분노가 일었고, 술통의 마개를 튀어 오르게 하는 가을 녘의 포도주처럼 부글부글 소리를 내며, 분노는 나의 덕성을 넘어, 계속 앞으로 나를 돌진케 했어.

난 갑자기 소리를 지르고, 달리고, 뒹굴고, 나무뿌리를 뽑아내고, 강물을 휘저었어. 골이 해골 안에서 튀어 오르는 게 느껴

---

[133] 오늘날의 흑해인 에우크시네로 안개가 심해 항해가 극히 어려운 지역이다.
[134] 오늘날의 프랑스, 벨기에, 스위스, 라인 강에 걸친 지역. 켈트족이 점령하고 있던 알프스 산맥 너머의 영역을 지칭한다.
[135] 지금의 카디스(스페인 남부 안달루시아 지방의 도시).
[136] 이란의 유목민인 스키타이족이 사는 흑해 북쪽의 광활한 목초지.

지고, 거품이 입가에서 쉭쉭거리고, 위장이 아팠고 누군가를 부르며 혼자서 몸을 뒤틀었지.

내가 가진 힘이 나를 숨 막히게 해. 피 때문에 갑갑하고, 나는 너무 커. 미지근한 물로 목욕을 하고 냉수를 마시고 싶어. 방석 위에 앉고 싶고, 낮에 자고 여인네들이 춤추는 걸 보고 싶어. 내게 수염을 만들고 손톱을 다듬게 하고 싶어. 옴팔레 여왕[137]의 발치에서 아무것도 하지 않으며 머물고 싶어. 그녀는 나의 사자 가죽 위에 눕고, 난, 나는 그녀의 긴치마를 입은 채 토리에 실을 감고, 털실의 색을 섞고, 계집아이처럼 새하얀 손을 가지게 될 거야. 우리는 궁전의 문을 닫고 편안하게 살 거야……. 나른함이 느껴져……. 몸에 긴장이 풀리고……. 그러니 내게 좀 줘……. 내게 줘…….

죽음

지나가! 지나가!

위로부터 아래까지 횃불로 장식된 검은색의 커다란 상여가 작은 바퀴를 굴려 도착한다. 상여의 닫집에는 은박의 별들이 수놓아져 있고, 네 귀퉁이에 포도나무와 포도송이가 휘감겨 있는 솔로몬 궁전 스타일의 흑단 기둥이 받쳐져 있다. 닫집 아래로는 진홍색의 넓은 천이 덮인 잘 꾸며진 안치 대가 있고, 머리맡에는 피라미드 모양으로 된 선반이 층층이 있고, 그 위에 놓인 색깔이 칠해진 단지들 안에서 온갖 종류의 향들이 타고 있다. 안치 대 위로 수염이 없으며 긴 금발 머리를 하고 시체처럼 반듯이 누워 있는 밀랍으로 된 남자[138]의 모습이 보인다. 안

---

137 에우리토스의 아들 이피토스를 죽이고 광기에 사로잡힌 헤라클레스는 노예로 팔려 3년 동안 주인을 섬기라는 아폴론의 신탁을 받고, 리디아의 여왕 옴팔레의 노예로 3년을 지냈다.

138 아도니스를 가리킨다. 아도니스는 시리아의 왕 테이아스와 그의 딸 스미르나와의 근친상간 관계에서 태어났으며, 1년 중 8개월을 봄과 사랑의 여신 아프로디테와 지내고 4개월을 땅속에서 페르세포네와 살았다고 한다. 아도니

치 대를 따라 은 세공한 바구니들과 타원형의 흰 대리석 항아리들이 번갈아 놓여 있다. 바구니 안에는 상추들이[139] 그리고 항아리 속에는 분홍색 크림이 들어 있다.

허리띠를 매지 않은 채 맨발로 걷고 있는 여인들이 불안한 모습으로 상여를 따른다. 온통 산발한 머리 타래[140]가 어깨 위로 내려뜨려져 온몸을 타고 흔들린다. 왼손은 질질 끌리는 치맛자락을 잡아 가슴에 붙이고 있고 오른손은 커다란 꽃묶음 혹은 기름이 가득 찬 작은 유리병을 들고 있다.

그녀들은 나지막이 흐느끼며 상여로 다가가 서로에게 말한다.

여인들

아름다워! 아름다워! 그는 아름다워! 깨어나! 충분히 잤어! 그러니 머리를 들어 봐! 일어서! 일어서!

스의 고장 비블로스(오늘날 레바논의 베이루트 북쪽)에서 그리고 이집트의 알렉산드리아에서 4월 혹은 6월에 시작되던 아도니스제(祭)는 기쁨의 축제와 고통의 축제 두 시기로 나뉘는데 이것은 식물 생장의 신비를 상징하는 것이며, 아도니스는 완숙기에 이른 지상의 열매를 상징한다. 아도니스를 〈소녀 소년〉의 양성적 존재로 본 것 또한 그가 지상에 있는 시기와 땅속에 있는 시기를 양성성으로 표현한 것이다. 남성이 지배적이었던 그는 아폴론에게는 여성이었고 아프로디테에게는 남성이었다.

139 아도니스를 기리는 기쁨의 시기에 축제에 참가한 여인들은 토기나 은 세공 바구니에 미리 흙을 채우고 상추, 밀, 회향(茴香) 등의 씨를 뿌리고 일주일 만에 싹이 돋아 나오게 했는데, 이 〈아도니스의 정원〉이라고 불리는 항아리에서 급히 돋아나온 잎새는 곧 시들어 버렸다. 이렇게 쾌락의 덧없음을 상징하는 식물들 가운데 상추는 특별히 아도니스에게 바쳐진 채소였다(크로이처, 『고대 종교』 「서아시아의 종교」 제4권 49~50면).

140 비블로스에서 열리는 아도니스제에 참가하는 여인들은 머리를 자르고 정절을 표하는 제물을 바치고 남편과의 잠자리를 멀리했으며, 알렉산드리아에서는 슬픔을 표하기 위해 머리를 풀어 헤치고 하늘하늘한 상복을 입고 허리띠를 두르지 않았다고 한다.

여인들이 바닥에 앉는다.[141]

아! 그는 죽었어! 다시 눈을 뜨지 않을 거야! 엉덩이에 손을 얹고 발을 허공에 들어 올린 그는 왼쪽 발뒤꿈치로 더 이상 돌지 않으리. 울자! 비탄에 잠기자! 모두 한꺼번에 소리를 지르자!

여인들이 소리를 내지른다. 침묵. 횃불의 심지가 탁탁 튀는 소리가 들리고 바람에 날리는 불씨들이 밀랍 시체 위로 떨어지며 뺨을 녹인다.

여인들이 일어나 안치 대 가까이로 좀 더 다가간다.

어떤 식으로 해야 하지? 왜 그가 저러고 있지? 이제 우리가 뭘 해야 해? 그를 간질이자! 그의 손을 쳐보자……. 거기…… 거기…… 우리가 들고 있는 꽃의 향기를 맡아 봐! 그대의 정원에서 꺾은 수선화와 아네모네야. 다시 살아나 봐. 꼼짝 않는 넌 우릴 무섭게 해!

여인들이 그에게 손을 댄다.

오! 벌써 굳었어!

그는 온통 차갑고, 눈가로 눈이 흘러내리고, 무릎은 뒤틀리고, 또 얼굴을 덮고 있던 채색된 밀랍이 진홍색 천에 녹아들었어.

말 좀 해봐! 우리는 네 것이야! 네게 필요한 게 뭐지? 포도주를 마시고 싶니? 우리들의 침대 안에 눕고 싶은 거야? 우리가 프라이팬에 튀겨 만든 꿀떡이 먹고 싶니? 너를 더 즐겁게 하게 작은 새 모양으로 만들어 줄까?

그의 배를 만지자. 심장에 입 맞추자. 그렇게 하면 사랑이 깨어날 거야! 느껴 봐! 자자! 반지를 끼고 있는 우리들의 손가락이 너의 몸 위로 움직이고 있는 게 느껴지니? 그리고 너의 입술을 갈망하는 우리의 입술이, 또 너의 넓적다리를 쓸어내리는 우

---

141 아도니스제 때 이스라엘의 여인들은 페니키아 여인들을 본떠 죄인의 표시로 집 앞에 앉아 북쪽에 있는 한 곳(페니키아의 아도니스인 탐무즈 신의 죽음과 부활을 상징)에 눈을 고정시키고 통곡하며 밤을 지새웠다고 한다(『구약』「에제키엘」제8장 제14절 참조).

리들의 머리카락이 느껴지니? 정신을 잃고 우리의 기도를 듣지 못하는 신이여!

얼굴을 팔로 가리는 앙투안느에게서 악마는 거칠게 팔을 잡아당기고 그를 더욱 가까이 밀어붙인다.

아! 그의 수족이, 우리가 그를 주물러도, 우리 손안에서 꿈쩍도 않는 걸 봐! 그는 더 이상 살아 있지 않아! 마른풀을 태우는 냄새에도 재채기하지 않고 좋은 냄새가 나도 사랑의 한숨을 짓지 않아. 그는 죽은 거야! 그는 죽었어!

여인들은 손톱으로 자신의 얼굴을 할퀴고 옷을 찢고 머리카락을 자른다. 그녀들은 그것들을 침대 위에 차례차례 놓는다. 뒤죽박죽 쌓인 머리카락 더미는 이제 형체 없는 덩어리일 뿐인 밀랍 모형 위를 기어오르는 금색과 검은색의 뱀들 같다.

앙투안느

주의 깊게 보며.

여자들이 뭘 하고 있지? 그런데 왜 저러지?

악마

저건 아도니스를 애도하는 투로스의 여자들이야.

죽음에게.

가서 네 일을 해! 기운이 없어 보이는군.

앙투안느에게.

넌, 잘 보렴.

죽음

채찍을 휘두르며.

솔직히 이제 팔이 아파!

앙투안느

오! 숨이 막혀!

아도니스의 상여가 사라진다. 캐스터네츠와 심벌즈 소리가 들려오고 그 위로 나팔 소리와 들뜬 고함 소리, 손뼉 소리, 다가오는 발소리들이 함께 윙윙 울린다. 야릇한 긴 옷을 입은 남자들, 한 떼의 시골 사람들이 그 뒤를 따르고 있는데, 남자들은 깃털과 나뭇잎 장식을 달고, 꼬리에 리본을 매고, 갈기는 땋고, 발굽엔 칠을 하고, 이마에 금판과 귀에 조가비를 달고 있는 당나귀 한 마리를 끌고 있다. 당나귀 양 옆구리에 갈대 바구니가 걸려 있고 줄이 달린 덮개가 덮인 사각의 커다란 상자가 당나귀 등에서 흔들거린다.

첫 번째 바구니는 사람들이 바치는 제물로 차츰 채워진다. 달걀, 사냥한 짐승, 포도, 말랑한 치즈, 귀가 보이는 산토끼, 털이 뽑힌 닭과 오리, 많은 양의 배, 온갖 종류의 동전이 그것이고, 두 번째 바구니에는 장미와 백합의 꽃잎만 들어 있어 당나귀를 끌고 가는 자들이 걸어가면서 자기들 앞으로 꽃잎을 뿌린다.

그들은 파마 머리에, 뺨에는 분을 칠했고, 귀고리를 달고, 커다란 망토를 입고 있다. 머리 위에 얹힌 올리브 가지로 만든 관은 얼굴이 새겨진 메달과 이보다 조그만 다른 두 메달이 양쪽에 붙어 이마 한가운데 고정되어 있고, 사내들은 더 넓은 세 번째 메달을 가슴에 걸고 있다. 송곳과 칼집에 넣지 않은 단검을 허리띠에 차고 있다. 그들은 노란색 끈으로 묶은 반장화를 신고 걸으며 회양목 손잡이에 양의 잔뼈들이 달린 세 가닥의 가죽 채찍을 손에 들고 있다.

상자의 초록색 덮개를 벗기고 상자를 싸고 있던 털실로 짠 커버가 드러나자, 군중들이 물러서고 당나귀가 멈춰 섰다. 그때 남자들 가운데 하나가 자기 옷을 접어 올린 채 오른쪽 왼쪽으로 몸을 흔들고, 클로탈론[142]

---

142 고대 그리스 예식에서 춤을 반주하던 타악기로, 청동이나 토기 혹은 나무로 된 원추형의 두 조각을 경첩으로 연결하여 만들었으며 매우 특이한 소리를 냈다. 특히 키벨레의 신관들이 즐겨 쓰던 악기이며 캐스터네츠와 유사하다.

을 두드리면서 사방 주위를 돌기 시작한다. 또 다른 남자가 상자 앞에 무릎을 꿇은 채 긴 북을 치고, 패거리 가운데 가장 나이든 자[143]가 콧소리를 시작한다.

아르키 갈루스[144]

마음 좋은 여신,[145] 산들 중의 산 이다 산[146]이 여기 계시네. 시리아의 대모일세! 오라, 열성적인 이들이여! 여신은 두 마리의 사자 가운데 앉아 계시고, 탑관(塔冠)을 머리에 쓰고 있으며, 그분을 보는 모든 이들에게 좋은 걸 주시니라.

우리는 태양이 이글거릴 때나, 겨울비가 내릴 때나, 천둥치는 비바람 속에서나, 날씨가 좋은 날이나 궂은 날이나 들판으로 여신을 모시고 다닌다네.[147] 여신께서는 해안의 무거운 모래에 발이 빠지고, 산간 협로를 기어오르고, 잔디밭에서 미끄러지고, 개울을 건넌다네. 흔히 잠자리가 없어 우리는 한데에서 자고, 제대로 된 밥상 앞에 매일 앉지도 못한다네. 숲에는 도적들이 살고 있고, 동굴에선 무서운 짐승들이 무시무시하게 울부짖고, 지나갈 수 없는 길도 있고 도처에 절벽이 있다네. 그대들은 그분을 보고 있네! 여신께서 여기 계시네!

143 키벨레의 대사제 아르키 갈루스Archi-Galle.

144 키벨레를 받드는 제사를 공식적으로 행하는 대사제. 프리기아의 강에서 이름이 유래한 갈루스Gallus는 여신의 사제를 가리키며, 이후 키벨레를 받들며 거세한 이들 모두를 지칭한다. 원문에서는 화자가 누락됨.

145 프리기아의 산간 지방에서 발생한 산신 숭배교에서 〈산들의 자비로운 어머니〉로 불리던 여신 키벨레를 말한다. 신들의 어머니 혹은 위대한 어머니로 일컬어지며 자연의 생장력을 의인화한 것이다.

146 트로이아 평원에 이웃해 있는 소아시아 지역 미시아에 있는 산맥으로, 트로이아 왕족의 미소년이었던 가니메데스에게 반한 제우스가 그를 납치한 곳이다.

147 그리스도 문명권에서 추수철에 십자가나 성모상 혹은 예수상을 가지고 들판에 나가 풍요를 기원했던 기도 행렬과 유사하다.

털 보자기가 치워지고, 색색의 작은 조약돌이 박힌 종려나무 상자가 보인다.

삼나무보다 더 큰 그분은 파란 에테르 안에서 날고 있네. 바람보다 광대해서 대지를 에워싼다네. 세상의 한가운데 그분의 심장이 있고, 그곳에는 뜨거운 샘물이 끓어오르고, 금속이 무르익고, 뿌리가 생명을 길어 올리네. 그분의 숨결은 표범의 코로, 식물의 잎사귀로, 몸에 나는 땀으로 새어 나오며 보랏빛 안개가 낀 해질 녘에 깊은 골짜기로 떠다닌다네. 그분이 흘리는 은빛 눈물은 풀밭을 적시고, 그분의 미소는 빛이며, 달을 희게 만드는 것도 그분의 가슴에서 나오는 젖이라네. 그분은 샘을 흐르게 하고, 수염이 자라게 하고, 숲에서 혼자 자라며 움직이는 소나무의 껍질이 우지끈 소리를 내게 한다네. 그분께 무어라도 드리시게. 인색한 자는 정말 싫어하신다네!

상자의 문이 양쪽으로 활짝 열리자 그 안에는 분홍색 비단 지붕 아래 키벨레의 자그마한 모형이 보인다. 번쩍이는 금속 조각이 달린 옷을 입어 눈이 부시게 반짝이는 그녀는 포도주 색 돌 수레 안에 있고, 짧고 곱슬곱슬한 털에 다리를 들고 있는 두 마리 사자가 이것을 끌고 있다. 농부들이 그녀를 보러 몰려들고, 춤추는 남자는 계속 돌고 있고, 긴 북을 치는 사내는 더욱 세게 두드리고, 아르키 갈루스는 계속해서 말한다.

그분의 신전[148]은 대홍수의 물살이 마지막으로 떨어져 내린 심연 위에 세워져 있다네. 그곳에는 금으로 된 문들, 금이 입혀진 천장, 금장식의 화장널, 금 조각상들이 있네. 아폴론[149]이 있

---

148 프리기아에 있는 고대 도시 히에라폴리스의 대홍수 때 물이 지나간 깊은 구렁 위에 세워진 신전을 암시한다. 이 사건을 기념하기 위해 1년에 두 번 바닷물을 신전으로 길어와 작은 입구를 통해 신전을 청소했다고 한다(크로이처, 『고대 종교』 「서아시아의 종교」 36면).
149 그리스 신화에서의 태양신으로 제우스와 레이다의 아들이며, 궁술, 의술, 예술을 주관하는 이성의 신이다.

고, 메르쿠리우스,[150] 에일레이티이아,[151] 아틀라스,[152] 헬레네, 헤카베,[153] 파리스,[154] 아킬레우스[155]와 알렉산드로스 대왕도 그곳에 있다네. 길들여진 곰들, 독수리들, 말들과 비둘기들이 신전의 울타리 안에서 은 파이프를 따라 지붕까지 뿜어져 나오는 물줄기를 맞고 축축이 젖은 포석 위를 함께 거닌다네. 불타고 있는 그분의 커다란 나무에 살아 있는 암양들, 온갖 종류의 항아리들, 웃옷들과 작은 상자들을 걸어 놓는다네. 신전 입구 위에서 흰색 황소들을 밀어 떨어뜨리고, 야자를 따러 종려나무 둥치에 오르듯 밧줄을 드리우고 기어오르는 120개 팔뚝 길이의 남근을 곧추세우는 것도 그분을 위해서라네. 칠일 밤낮으로

---

150 메르쿠리우스(헤르메스)는 상인들과 여행자들을 보호하는 신으로, 지팡이와 챙이 넓은 모자, 날개 달린 샌들을 신고 있으며 상업적 이윤의 상징인 주머니를 차고 있다.

151 에일레이티이아는 출산을 주관하는 여신으로, 제우스의 아이들을 잉태하여 헤라의 질투를 받던 레토를 도와 아르테미스와 아폴론의 출생을 도왔다. 그녀는 에로스의 모친으로, 크로노스보다 더 오래된 운명의 여신과 동일시되기도 하고 또 〈실을 잘 잣는 여신〉이라는 별칭을 가지고 있다.

152 이아페토스가 오케아니스인 클리메네에게서 낳은 거인으로, 올림포스 신들 이전 세대에 속하는 아틀라스는 신들과 거인족의 전쟁에 참여했고, 제우스로부터 하늘의 궁륭을 어깨에 지는 벌을 받았다.

153 트로이아의 왕 프리아모스의 두 번째 아내로, 그와의 사이에서 열아홉 명의 아이를 낳았다. 『일리아스』와 고대 비극에서 그녀는 트로이아 전쟁으로 자식들을 잃어 고통스러워하는 어머니의 상징으로 그려지고 있다.

154 프리아모스와 헤카베의 아들 파리스는 헬레네의 사랑을 얻어 주는 조건으로 불화의 여신 에리스가 던진 황금 사과를 아프로디테에게 주었다. 파리스가 메넬라오스의 아내 헬레네와 야반도주한 일로 트로이아 전쟁이 일어났다.

155 테살리아의 프티아 시를 다스리던 펠레우스의 아들 아킬레우스는 트로이아 전쟁에서 자신의 치명적 약점인 발뒤꿈치에 화살을 맞고 죽었다. 호메로스가 그린 아킬레우스는 빛나는 눈매에 금발이며 목소리가 우렁찬 청년으로, 두려움을 몰랐으며 심성이 격렬하여 스토아 철학자들의 눈에는 정념의 노예가 된 난폭한 인간의 전형으로 비쳤으나 알렉산드로스 대왕은 그를 전범으로 삼았다고 전한다.

잠자지 않고 그곳에 서 있어야 한다네.

그들은 채찍을 들고 박자에 맞춰 자신들의 등을 호되게 후려친다.

북을 쳐라! 심벌즈의 낭랑한 소리를 울려라! 구멍이 넓은 플루트를 힘껏 불어라!

그분은 아라비아의 향과 사막에 가서 찾아온 검정 후추를 좋아하시니라. 그분은 편도 나무의 꽃, 석류와 파란 무화과, 상아 팔찌, 붉은 입술과 관능적인 눈길을 좋아하시니라. 긴 소 울음소리도 필요하시고, 횃불이 휘황찬란한 도시에서는 시끌벅적한 대향연도 필요하시니라. 그분은 달콤한 수액을, 짭짤한 눈물을, 끈적끈적한 정액을 좋아하시니라! 피를! 당신을 위해서! 당신을 위해서! 산들의 모후시여!

그들은 자신의 검으로 팔을 자해하고,[156] 등에서는 빈 상자처럼 울리는 소리가 나고, 가슴이 그르렁거리는 소리를 내고, 눈을 굴리다 감고, 음란한 미소가 창백한 얼굴에 스쳐 지나고, 음악이 한층 높아지고, 제물이 바구니 안으로 떨어지고, 사람들 무리가 점점 커진다.

여자 옷을 입은 사내들과 남자 옷을 입은 여인들이 웃음인지 오열

---

[156] 키벨레의 축제는 절정에 달하면서 피로 점철된다. 플로베르가 원용하고 있는 크로이처의 『고대 종교』 텍스트에 따르면, 참가자들은 〈서로서로〉 상처를 냈다. 키벨레의 축제는 봄의 축제로 남성 신 아티스와 연계되고, 아티스를 상실한 시기와 그를 되찾은 시기 두 부분으로 구성된다. 매해 3월 21일에 시작되며, 첫째 날은 통곡의 날로 잘라낸 소나무의 한가운데에 키벨레의 여신상을 걸고 여신의 사원으로 옮겨 간다. 둘째 날엔 묵직하고 깊은 소리를 내는 뿔 나팔을 부는데, 이 소리는 음습함과 희망의 감정을 동시에 갖게 한다. 아티스를 되찾는 셋째 날엔 오랫동안 인내해 온 영혼이 〈저 너머〉로 가는 기쁨을 구가한다. 북, 심벌즈, 피리, 작은 나팔 소리에 맞춰 무장한 신관들의 신들린 춤이 시작되고, 신관들은 산발한 채 손에 소나무 횃불을 들고 산과 계곡을 뛰어다니며 고함을 지르고, 격렬한 환희는 결국 서로의 팔과 다리에 상처를 내는 피의 축제로 이어진다. 이때 신관들은 스스로 거세하거나 상징적인 남근 모형을 끌고 행진하기도 했는데, 이때 거세 행위는 겨울이면 사그라지는 자연의 생산력을 상징한다. 여신의 행렬에 신관들이 여장을 하고 나타나는 행위는 뒤바뀐 성을 통해 인간의 한계 저 너머로 가려는 것을 의미한다(『고대 종교』 「서아시아의 종교」 제4편 59~62, 86~87면).

인지 알 수 없는 소리를 크게 내지르며 꼬리를 물고 뒤따른다. 투명하고 긴 노란 옷은 아랫배 위에서 피로 엉겨 붙어 있고, 또 얇은 천 사이로 허연 넓적다리를 따라 핏줄기가 흘러내리는 것이 보인다. 여자들은 막 목욕을 하고 나온 듯 머리가 젖어 있고, 사내들의 가슴에는 털이 없다. 저 멀리서 입맞춤 소리, 소곤대는 소리, 미지근한 물이 차가운 만(灣)을 지날 때의 미풍처럼 공중에서 흔들리는 힘없는 합창대의 목소리, 한숨 소리와 상아 플루트 소리가 어우러진다.

비바람이 몰아쳐 여러 색깔을 띤 호수보다 더 영롱하게 너울거리며 밀려가고, 리라 줄처럼 한 끝에서 다른 한 끝으로 진동하는 이 무리 위로, 넓적다리 사이에 음경 대신 열매가 달린 편도 나무[157]를 지닌 새로운 신이 훌쩍 돋아난다. 그러자 여자들이 이를 딱딱 부딪치며 피투성이 사내들에게로 달려가고, 목걸이의 다이아몬드 알이 가슴을 파고들어 가고, 얼굴을 가리던 베일이 꽃과 함께 떨어지고, 북의 가죽이 손가락 아래에서 찢겨져 나간다. 나무들 아래서 이루어지고 있는 영성적 매춘이 보인다. 처녀들이 냉소하며, 장미꽃 장식이 둘러진 흰 대리석 기둥 아래, 바닥에 널브러져 있는 금 술잔들 가운데, 잔디 위로 길게 눕는다. 살들이 그림보다 윤이 나고, 활짝 핀 꽃들은 불꽃과도 같이 눈부시고, 향이 빙글빙글 돌고, 강철이 울리고, 거세된 신관들이 그들의 현란한 흰색 제복으로 여자들을 감싸 안는다.

이 모든 게 저 멀리 아주 안쪽 깊숙이, 땅에 닿을 듯 돌며 끌려가는 낙엽의 긴 꼬리처럼 선회하며 이루어지고 있다.

앙투안느는 헐떡이며 창백해지고 넋이 나간 채 꼼짝 않고 바라본다.

157 편도 나무는 파우사니아스가 전하는 아그디스티스의 전설에서 유래한다. 제우스가 꿈속에서 흘린 정액을 통해 양성적 존재 아그디스티스가 태어났고, 보기에 흉하여 다른 신들이 그에게서 남성을 제거했다. 잘린 그의 남근에서 편도 나무가 자라났고, 하신(河神) 상가리오스의 딸이 나무 열매 하나를 가슴에 품어 아티스를 잉태했다. 여성만을 가지고 있던 아그디스티스는 아름다운 남자 아티스를 사랑했으나, 페시누스의 공주와 결혼해야 했던 아티스는 아그디스티스를 보자 광증에 사로잡혀 스스로를 거세했다고 한다.

악마가 이제 더 이상 그를 받쳐 주지 않아도 그는 홀로 서 있다. 줄줄이 지나가는 신들을 보며 하품을 하거나 미소를 짓던 음욕이 발돋움을 해보이고, 죽음은 태평하게 채찍 끝의 매듭을 손보고 있다.

지평선이 가볍게 흔들리고, 큰 바람결에 흔들리는 밀밭처럼 모두가 일시에 몸을 구부린다. 한 무리가 지나면 다른 패거리들이 몰려온다. 조금 전처럼 오른쪽에서 왼쪽으로뿐 아니라, 밀물과도 같이 끝없이 밀려와 새로 채워진다.

그것은 셀 수도 없을 만큼 많이, 끝없이 이어지는 신들로, 모두 한꺼번에 어찌나 고함을 치는지 그들이 하는 말을 알아들을 수 없고, 어찌나 서로 꽉 끼어 있는지 분간할 수도 없고, 순식간에 나타났다가 떠나 버려 한순간에 태어나고 죽는 듯하다. 구르며 형태가 만들어지는 빛나는 물질의 연속적 발산물인 그것들은 조형적인 진동으로 나타나 손가락으로 만질 수 있을 것만 같다.

악마는 이 모든 것이 즐거운 듯, 소리 없이 탐욕스러운 눈으로 이들을 바라본다.

앙투안느

발을 구르며, 손으로 이마를 짚는다.

이들이 어디서 오는 거지? 왜지? 그건?…… 그들이 지나가고 있어……. 내가 어찌 할 틈도 없이……. 이자는 누구지?…… 이자는?

악마

저기 네가 보고 있는 자는 프리기아의 아티스[158]야. 손으로

---

158 아티스는 프리기아의 여신 키벨레의 배우자였다. 아티스는 양성적 존재인 아그디스티스의 사랑으로 실성하여 디오니소스 축제 때 스스로를 거세했으며, 이를 지켜보던 이들도 그를 따라 거세하였는데, 이 신화는 키벨레 숭배에서 실제로 있던 일을 전설화한 것이다.

붉게 물든 고환 받침 띠를 잡고 미쳐 뛰어가는 거지. 돌도끼를 뒤로 던지고 잃어버린 남성을 생각하며 울려고 숲으로 가는 거야. 저기 해변에서 비늘로 덮인 물고기 엉덩이를 질질 끌고 있는 건 바빌로니아의 데르케토[159]지. 어둠 속에서 야생 고양이의 눈 같은 초록빛 눈을 굴리는 건 브리모[160]야. 이마에 일각(一角) 돌고래[161]의 뿔을 달고 있는 건 늙은 오아네스[162]야. 비치는 베일에 덮여 잠든 듯한 건 에일레이티이아야. 입으로 불꽃을 내뿜고 배는 사람으로 꽉 찬 분노한 몰록[163]이 불타는 숲처럼 울부짖고 있어.

죽음

웃으며 연신 신들을 쫓아낸다.

아! 아! 아! 잘 보려무나. 자기 불덩이 아래가 어찌나 뜨거운지 그는 자신을 용해시키고 있어.

---

[159] 여인의 얼굴에 물고기 꼬리를 가진, 시리아인들이 숭배하던 풍요의 여신 데르케토는 페니키아의 아스타르테와 동일하다.

[160] 어린아이를 돌보는 보모 신 헤카테의 별칭이다. 〈힘〉을 나타내는 그리스어의 접두사 브리*bri*라는 발음에서 분만의 고통이나 죽음의 위협, 밤과 달의 스산함을 느낄 수 있다.

[161] 북극 바다에 사는 고래로 수컷은 왼쪽 앞니가 3미터까지 자라기도 한다.

[162] 수메르 동쪽 바빌론에 사는 칼데아인이 숭배하던 물고기 형상의 신. 물고기 꼬리에서 인간의 두 발이 나오는 괴물 같은 존재로, 그는 매일 아침 홍해와 인도양 북서쪽 아라비아 반도에 면한 에루트라이아 해에서 나와 바빌론 민족에게 법과 예술과 과학(특히 점성술), 신들의 역사를 가르쳤다고 한다.

[163] 바알처럼 아르메니아를 비롯한 서아시아에 퍼져 있던 도시의 수호신 혹은 풍요의 신을 총칭한다. 그는 송아지 머리를 하고 있으며 이마 위에 별이 빛나고 있는 태양신이었다. 광신적인 민족들은 이 신에게 아이들을 제물로 바쳤으며, 제사 행렬 때 남근을 들고 가고, 밤이 새도록 광란의 축제를 벌여 죽음의 신을 달래었다.

악마

엘라이아의 소시폴리스[164]가 저기 있구나! 파란티움의 카타로스들[165]도 있어! 연인들을 급습하기 위해 그렇게도 아름다운 그물을 만들던 대장장이들의 수호신, 불카누스[166]야! 비를 피하는 챙 넓은 모자에 여행용 샌들을 신은 마음씨 고운 메르쿠리우스도 있어!

죽음

메르쿠리우스에게 채찍을 치며.

여행을 가! 떠나!

악마

허리에 개 혁대를 두르고 있는 것은, 마녀들의 주술에 들려 이마에 병색이 도는 달이 거무스름한 구름 위로 뒹굴 때, 밤바람이 획획 부는 사거리에서 짖어 대는 세 개의 얼굴을 가진 헤카테[167]야.

---

164 도시들을 지키는 신들로, 여기서는 그리스에 있던 이탈리아 도시 엘라이아 시의 수호신을 가리킨다. 출산을 주관하는 여신 에일레이티이아의 신전에서 숭배를 받았다.

165 그리스어 *Katharos*는 순결한 자들이라는 뜻이며 고대 그리스 산악 지방인 아르카디아의 도시 팔란티움의 수호신들.

166 불카누스(헤파이스토스의 로마식 이름)는 불의 지배자이며 무엇이라도 만들어 내는 발명가로, 아내인 아프로디테가 전쟁의 신 마르스와 동침할 것을 알고 눈에 보이지 않는 특이한 그물을 만들어 그들을 옥죄었다는 일화가 있다.

167 지하의 여신 헤카테는 본래 제사의 여신이었다. 아티카에서는 모든 집 앞에 헤카테의 제단이 있고, 매달 30일에 사거리에 달걀이나 어린 강아지를 제물로 내놓아 가난한 자들이 이 제사 음식을 먹었다고 한다. 알카메네스가 조각한 세 얼굴의 헤카테는 각각 별이 총총한 하늘과 황량한 바다와 대지의 세 가지 세계에 대한 그녀의 권능을 암시한다.

죽음

아! 아! 아!

악마

해를 쬐며 이가 들끓는 머리를 긁고 있는 게으름뱅이 위르시다 옆에, 스파르타의 사내애들 위로 채찍질을 하게 하는 피에 굶주린 오르티아[168]가 보이지? 또 갓 태어난 젖먹이 돼지를 제물로 받는 포티니아데스[169] 여신들을 봐!

돼지

한쪽 구석에서.

소름 끼쳐! 끔찍해!

악마

미르라 기름을 바른 검고 위대한 디아나[170]가 앞으로 나가고 있어. 팔꿈치를 몸에 붙이고, 두 손을 벌리고, 두 발은 붙인 채, 어깨에 사자들[171]을 얹고, 배에 사슴들[172]을 앉히고, 옆구리에 벌들을 붙이고, 국화 목걸이를 걸고, 그리폰들이 새겨진 원반[173]을 머리 뒤에 하고, 세 줄의 뾰족한 유방들이 농익은 포도송이

168 스파르타인들이 숭배하는 아르테미스의 별칭.
169 포티니아스(복수형 *potiniades*)는 짐승들의 여주인이며 자연과 풍요의 여신으로 크레테의 산꼭대기에서 그녀를 위한 제사가 올려졌으며 후에 아르테미스와 동일시되었다.
170 아르테미스 혹은 소아시아 옛 도시 에페소스(지금의 터키)의 디아나. 몸체의 검은색은 흑단(黑檀) 우상에서 연유한다.
171 네 마리의 사자는 여신의 최고 권능을 상징한다.
172 네 마리의 사슴으로, 초승달에서 시작하는 달의 변모 과정을 나타낸다.
173 달을 상징하는 후광으로, 그리폰들은 독수리 부리에 힘센 날개와 사자의 몸을 한 전설적인 새들이다. 아폴론의 보물과 디오니소스의 포도주 잔을 지켰다고 한다.

처럼 매달려서 서로 부딪히며 요란한 소리를 내고 있지. 마지막 한 방울이라도 짜내려고 젖가슴들을 누르는 그녀의 슬퍼하는 모습을 봐. 더 이상 아무것도 흐르지 않으리라! 그녀의 몸을 조이는 낡은 띠가 살갗을 가렵게 하지.

죽음

웃어 대며.
아! 아! 아!

악마

여기 파트라이 사람들이 숭배하는 라프리아[174]가 있고, 오르코메네스[175]의 힘니스, 크라티스 산의 푸르론 여신, 새의 엉덩이를 한 스팀팔로스의 여신, 큰 바다의 딸 유리노메,[176] 그리고 다른 온갖 디아나들, 출산의 디아나,[177] 사냥꾼 디아나,[178] 몸을 보살피는 디아나,[179] 빛의 디아나[180] 그리고 항구를 보호하는

---

174 아르테미스.
175 베오티아의 옛 도시.
176 아르카디아의 아르테미스 유리노메는 몸이 물고기인 디아나로, 고대 뱀신의 아내이며 대양(大洋)과 물의 풍요로움을 상징하는 테티스의 딸로 티탄족보다 더 오래전에 세상을 다스렸다.
177 언제나 맑은 하늘 아래 사는, 출산을 주관하는 여신 에일레이티아로, 로마인들이 로키아라고 부르는 디아나이다.
178 루브르 박물관에 소장되어 있는 그녀의 모습은 도리아식 짧은 옷에 크레테 스타일의 샌들을 신고, 오른손으로 어깨에 있는 활집에서 화살을 꺼내려 하고, 왼손으로 어린 사슴의 뿔을 잡고, 뒤를 돌아보며 재빨리 가고 있는 상황으로 그려져 있다.
179 소테리아 디아나. 머리를 뒤로 묶어 올리고 화려한 귀고리를 달고 활통과 리라를 들고 있다.
180 황소를 제물로 받았던 까닭에 타우로폴로스라고도 불리는 빛의 디아나 Diane Lucifer는, 긴 옷을 입고 어깨에 화살통을 메고 이마에 초승달이 그려져 있으며 두 손에 햇불을 들고 두 마리의 황소가 끄는 마차를 타고 물에서 나오는 모습으로 그려진다.

바다가재를 머리에 두른 디아나가 있군.

앙투안느

그래도 이들을 다 숭배했어!

악마

계속한다.

이건, 웅변술의 신 아이우스 로쿠엔스[181]로 예전에 커다란 존경을 받았지. 이마에 희끄무레한 딱지를 지니고 있는 건 로비고[182]로 피부병의 여신이지. 그녀 바로 옆에, 불안으로부터 해방시켜 주는 안게로나가 있고, 과부들에게 매우 편리한 올리스부스[183]를 창안해 낸 음탕한 페르피카[184]가 있군.

저기 태양의 아들 아이스쿨라피우스[185]가 흰 노새에 이끌려 나오고 있어. 마차 가장자리에 팔꿈치를 대고 왼손으로 턱을 괴고는 진지하게 생각을 하고 있는 모습이로군.

죽음

자신부터 살려 내 봐, 죽지 않는 이여!

181 갈리아인들의 도착을 로마인들에게 알린 신.
182 곡물이 깜부깃병에 들지 않도록 기원하는 신.
183 olisbus는 사전에 없는 말로 올리브 나무를 가리키는 그리스어 oliba, 혹은 식용할 수 있는 채소나 풀을 가리키는 olus와 연관되는 말일 것으로 추측할 수 있다.
184 생식의 여신.
185 아폴론의 아들로 의술의 신. 그는 죽은 자를 부활시키는 방법도 발견하였으며, 의술을 익히는 학교가 있던 펠로폰네소스의 에피다우로스에서 숭배를 받았다. 지금은 학교와 병원 터만 남아 있는 에피다우로스에 유일하게 노천극장만이 거의 온전하게 보존되어 있으며, 이 극장의 완벽한 음향에서 그리스인들의 과학적 완성도를 읽을 수 있다. 이곳에서는 관광객들을 위해 여름에만 그리스 비극을 올리고 있다.

악마

 엄청나게 많지, 응? 대단한 무리야! 바글바글하군. 주인과 노예들, 젊은이들, 노인들, 사공들, 푸줏간 주인들, 빵 만드는 사람들, 도둑들, 똥오줌 푸는 사람들, 매음굴과 서커스, 온갖 욕구를 위한, 또 나날을 위한 신들이 있지. 산책길에서 아이들이 길을 잃지 않도록 보살피는 신, 열을 주는 신, 창백하게 하는 신, 무서움을 주는 신이 저기 있군. 저들은 태아를 만드는 신, 태아를 움직이게 하는 신, 태아를 나오게 하는 신들이지. 요리를 관장하는 신, 문의 경첩이 삐걱거리게 하는 신, 해변으로 파도를 밀고 다시 돌아 나가게 하는 신이야.

 입 가운데가 갈라진 파우누스들[186]이 발굽으로 나무의 이끼를 쳐대기도 하면서, 짐승 떼 한가운데서 손뼉을 치고 있는 목동들의 늙은 신 판[187]을 따라다녀. 음흉하게 웃고 있는 그들은 털복숭이야. 울퉁불퉁한 그들의 이마에는 봄 철 보리수에 돋은 싹들처럼 분홍색 여드름이 온통 덮여 있어. 쉰 목소리를 내는 프리아포스[188]가 마지막 발기를 하며 허리에 힘을 주고, 테루미누스 신[189]과 에포나 여신,[190] 아카 로렌티아[191]도, 안나 페레나[192]도 저기 있어.

---

186 그리스의 판에 해당하는 목신. 꿈속에서 예언을 하기도 한다.
187 아르카디아 지방에서 목동과 가축 그리고 목초지를 보호하는 신. 흔히 반인반수(半人半獸)로 묘사된다. 얼굴이 쭈글쭈글하고, 이마에는 두 개의 뿔이 나 있고, 전신이 털로 덮였으며, 염소의 다리에, 발엔 갈라진 굽이 붙어 있다. 그는 디오니소스 행렬에서 플루트를 불며 농부들을 겁주는 사티로스들과 비슷한 모습으로 나타난다.
188 아시아의 도시 람프사코스의 신으로 강력한 생식력을 상징하며, 흔히 디오니소스와 아프로디테의 아들로 통한다. 그가 아프로디테와 아도니스 사이에 기형으로 태어났다는 전설도 있다. 그는 발기한 남근을 가진 인물로 묘사되며, 특히 과수원을 지키는 임무를 부여받았다.
189 국경선을 지키는 수호신.
190 당나귀와 말을 지키는 여신.

앙투안느

멋진 소리군! 이렇게 노래하는 게 누구지?

앙투안느는 귀 기울여 듣는다.

정말 매혹적이야! 이 감미로움! 황금 줄 위에서, 가벼운 운율의 음들이 생동감 있게 뛰고 있는 것 같아. 톡톡 튀고, 나지막이 깔리고, 종알종알거려! 또 무언가가…… 이어지다 멈추는 느린 게 있어.

아폴론이 나타난다.

악마

정말 아름답지 않아?

아폴론

알몸으로 월계관을 쓰고, 짧은 망토를 왼팔에 얹고, 가죽끈으로 목에 건 거대한 키타라를 연주하면서.

나는 칠현금 반주에 맞춰 노래를 하지.

그가 기침을 한다.

흠! 흠!…… 나는 칠현금에 맞춰 노래해……. 흠!…… 우주의 질서를!…… 에 험! 에 험! 에! 에!…… 물질과 사물을 리듬의 법칙에 따라…….

줄감개 하나가 부서지고, 줄이 끊기면서 신의 얼굴을 내리친다. 그가 다른 줄감개를 조이지만 그것 역시 끊어지고, 세 번째 것에 손을 대보지만 줄이 너무 느슨해 분명하지 않은 소리를 낼 뿐이다. 계속 틀린다. 줄감개를 이리저리 조인다. 모두 끊어지고, 툭툭 부서져 나가고, 서로 엉켜 버린다.

191 로마의 전설적인 창건자 로물루스와 레무스 형제의 유모, 혹은 로마의 조상신들의 어머니.
192 신년(新年)을 의인화한 로마인들의 여신.

죽음

 너는 더 이상 버틸 수 없어! 너무 오랫동안 알몸으로 지냈고, 온 그리스를 걸어 다녔고, 야외에서 너무 큰 소리로 노래해서 가슴이 아프고, 피를 토하고, 이제 곧 죽게 될 거야! 너도 한때는 그랬지. 노래하는 자, 정화하는 자, 기초를 세우는 자였어. 안 그런가? 이제 더 이상 세울 기초도 없고, 노래할 게 없어. 도시들은 세워졌고, 민족들은 늙었으며, 도망간 피티아[193]는 지금 어디 있는지 몰라.

 기름을 몸에 바른 건장한 장사들, 경기장을 달리는 잘생긴 청년들, 상아 마차에 서서 소리를 치는 마차 경주꾼들, 협죽도 숲에서 대화를 나누는 철학자들……[194]

 죽음이 아폴론을 내리친다.

 그들을 따라가. 이제 가! 결코 사라져서는 안 될 조형 세계의 아름다운 신이여!

 너의 키타라 줄이 강파른 너의 빗장뼈에 닳아 버렸고, 너의 신전에는 없는 세 번째 파르카[195]가 달려왔다. 반장화를 벗고 너의 망토 위에 누우렴. 모르고 있구나, 가여운 신, 메타폰툼[196]에서 너를 위해 노래하던 광대 파르살리아의 온몸이 조각조각 찢겨진 것을! 그녀가 쓰고 있는 황금관을 훔치려고 얼마나 많은 사람들이 달려들었던지!

---

193 아폴론의 여사제. 무아지경에 빠진 피티아가 삼각대에 앉아 알아들을 수 없는 신탁을 말하는 것을 신전 사제들이 해석하여 전했다.

194 아폴론은 델포이에 신탁(神託)을 세우고 피톤이라 불리는 거대한 뱀 혹은 용을 화살로 죽였는데, 델포이에서는 피톤의 원한을 달래기 위해 8년에 한 번씩 성대한 축제인 피티아 경기가 열렸다.

195 죽음을 주관하는 운명의 여신. 실을 잣고 감고 자르는 운명의 여신들 파르카이(그리스 신화의 모이라이인 클로토, 라케시스, 아트로포스)는 세 자매로 각각 출생, 결혼, 죽음을 주관했다.

196 이탈리아 타란토 만에 있는 항구 도시.

아폴론은 키타라를 등에 걸치고 사라진다.

표범들이 끄는 마차를 타고 박코스가 나타난다. 도금양을 머리에 장식하고 미소를 지으며 수정 거울 속의 자신을 바라본다.

그의 주위에서, 붉은 털옷을 입은 실레노이들,[197] 염소 가죽으로 몸을 감싼 사티로스들,[198] 새끼 사슴의 모피를 어깨에 걸친 마이나스들이 웃고, 노래하고, 마시고, 춤추고, 플루트를 불고, 납작하고 긴 북들을 땅에 던져 굴리며 친다.

박케들[199]이 머리를 풀어 헤치고, 검은 가면을 손에 쥐고, 음악에 맞춰 그녀들의 이마에 달린 굵은 포도송이들을 좌우로 흔들고 있다. 그녀들은 자신들의 목에 걸린 마른 무화과 목걸이를 흰 이로 게걸스럽게 먹고, 바라를 부딪치고, 티르소스[200]로 자신을 치고, 나비 애벌레의 배처럼 보드라운 털이 난 눈썹 밑으로 야성적인 시선을 주위에 던진다.

사티로스들이 박케들을 껴안고 함께 춤을 춘다. 두툼한 그들의 콧방울이 쾌락으로 벌름거리고, 또 그들의 손은 높은 곳에서 항아리로 부어 흘러내리는 붉은 포도주를 웃고 있는 마이나스의 얼굴에 덕지덕지 바른다.

코러스

에보헤! 박코스![201] 에보헤!

---

197 판 혹은 헤르메스의 아들 실레노스는 대단한 지혜를 소유한 자로 프리기아에서 디오니소스를 교육하였으며, 납작한 코에 배불뚝이 그리고 늘 술에 취해 당나귀에 걸터앉은 질탕한 노인의 모습으로 디오니소스(박코스) 행렬에 나타난다. 실레노이는 늙은 사티로스를 총칭하는 말이다.
198 자연의 마신들로 상체는 인간이고 하체는 말이거나 염소이며 말총처럼 길고 풍부한 꼬리에 항상 발기한 초인적 크기의 남근을 가지고 있으며, 들판에서 춤을 추거나 디오니소스와 술을 마신다.
199 디오니소스를 따르는 신들린 여자들인 마이나스들이다.
200 마이나스들이 들고 다니는 지팡이. 끝에는 솔방울이 달리고 담쟁이와 포도넝쿨이 감겨 있다.

받침목을 쓰러뜨려라! 농익은 포도 가지를 바닥에 늘어뜨려라! 포도를 압착기에 넣고 발로 밟아라!

황금 어깨 끈을 달고, 태양처럼 즐겁게 벌판으로 나아가는 매혹적인 신이여! 그대의 거울에 자신을 비추어 보고, 바닥이 드러나지 않는 칸타로스 술잔에다 천천히 마시게. 에보헤! 박코스! 에보헤!

배가 두툼한 실레노이가 당나귀를 타고 그대를 따르네. 머리가 벗어진 노인의 무게에 짐승의 허리가 휘네. 헤파이스토스[202]도 당나귀 위에서 균형을 잡지 못했지. 그대가 그를 올림포스로 데려가는 길에서 말이야. 길에는 별들이 깔려 있고, 멜테는 피리 대롱을 입에 물고 앞서 가며 새끼 염소처럼 폴짝폴짝 뛰었지.

그대는 강하다네, 세멜레[203]의 아들이여! 그대는 인도와 트라케, 리디아를 정복했네. 광란하는 미말론[204]이 산중에서 고래고래 소리를 지르니 군대라는 군대는 모두 도망쳤네. 그대의 심벌즈가 밤중에 잠들어 있는 백성들을 깨웠네. 그대의 얼굴을 보려고 모두들 달려 나왔네. 더운 바람은 술렁거리는 숲을 지나고, 땀은 향처럼 몸 위로 흐르고, 박케들의 눈이 나뭇잎 사이에서 반

---

201 박코스는 포도 재배와 포도주를 창안한 주신(酒神)이며, 실성하여 이집트와 시리아를 떠돌다 키벨레 비의에 입문하였고, 자신을 숭배하는 예식을 도처에다 창설한 후 승천한 신비적 광기의 신이다.

202 불의 신 헤파이스토스(불카누스)는 제우스와 헤라의 아들로 태어나면서 다리를 절었다. 이를 수치스럽게 여긴 헤라는 그를 올림포스 꼭대기에서 던져 버렸고, 이렇게 자신을 버린 어머니의 비정에 복수하기 위해 앉기만 하면 옥죄어 스스로 풀 수 없는 의자를 만들어 그녀에게 보냈다. 그 의자에 앉은 헤라를 위해 신들은 그를 올림포스로 불러들여야 했다. 헤파이스토스의 신임을 받고 있던 디오니소스가 그를 찾아가 취하게 한 후 그를 설득했고, 헤파이스토스는 당나귀를 타고 올림포스로 돌아가 헤라를 풀어 주었다.

203 테바이 전승에 따르면 카드모스와 하르모니아의 딸로, 제우스와의 사이에서 디오니소스를 낳았다.

204 마케도니아 박케(신들린 여자)의 이름.

짝였네.

에보헤! 박코스! 에보헤!

연극과 포도주의 아버지시여! 옛 신들은 격정적인 디티람보스[205]의 멋진 소란에 귀를 막았다네. 새로운 리듬에 변화무쌍한 형태로 말하면 그대를 따를 자 없지! 굴렁쇠, 팽이, 주사위, 오렌지, 그리고 곡식을 까부르며 공기를 흔드는 키, 또 양 우리에서 묻은 게 아직도 끈적거리는 양털 역시 그대의 고안품이네! 그대에겐 포도를 따는 이들의 웃음이 있고, 땅 밑에서 솟아나는 미지의 샘들이 있고, 횃불 밝힌 잔치가 있고, 또 파란 포도알을 먹으러 포도밭으로 슬며시 들어오는 여우가 있네.

그대는 무시무시하네. 그대는 아르고스의 여인들을 성나게 했고, 테바이와 티레니아 해[206]에게 벌을 내렸네. 키타이론[207]에서 그대의 질탕한 주연[208]의 와자하는 소리가 울리고, 이 계곡에서 저 계곡으로 퍼져 나가고, 그대의 환희는 민족에서 민족으로 이어지네. 그대는 노예를 해방시키네! 그대는 신성하네! 그대는 신이네! 에보헤!

죽음이 길게 채찍을 내리치자 모두 사라진다.

무사 여신들[209]

검은 망토를 입고 고개를 숙인 채 앞으로 나온다.

---

205 디오니소스를 찬양하는 노래로서 매우 빠르며 단축 시구를 사용하여 리듬 효과가 강하고 격정적이다. 가면을 쓴 코러스가 코러스 대장의 지휘 아래 이 노래에 맞춰 춤을 추었다.
206 지중해 서쪽 코르시카, 사르데냐, 시실리아 사이의 바다.
207 보이티아의 산맥.
208 디오니소스를 기리는 축제 박카날리아의 특징은 질탕한 술잔치 〈오르기아orgies〉, 즉 황음무도(荒淫無道)한 술 마시기이다.
209 기억의 여신 므네모시네와 제우스의 아홉 밤에 걸친 사랑으로 탄생한 여신들로, 예술과 학예를 주재했으며 고전 시대 이후 아홉 명으로 그 수가 일정

우리는 슬퍼. 남자들의 사랑이 죽어 상복을 입고 있지. 노화가 왔어. 그러니 지금이 죽어야 할 때인가?

죽음

그래, 맞아!

무사 여신들

우리는 아름다웠지.

죽음

무사 여신들을 채찍으로 내리치며.
지나가! 사라져! 이놈의 신들은 수다스럽기만 하군!

무사 여신들

죽음을 바라보며 그녀에게 말한다.

죽음이여! 우리가 신세 한탄을 하게 내버려두오, 그 누구도 우리를 걱정하지 않으니. 예전에 우리는 끌로 묘비를 새기고 대전투를 불멸로 만들면서 그대를 찬양했지.

더는 존재하지 않는 무엇이 젊은 종족들의 하늘에서 고동치고 있었지. 그들의 자태는 점잖고, 가슴은 다부지게 각졌으며, 말에는 그들이 입고 있는 옷처럼 아래로 곧게 떨어지는 금 술 장식이 달려 있었지.

우리들은 아이를 맡아 몸매를 만들어 주었지. 어머니들의 눈길을 받으며 남자들은 아름답게 변모해 갔고, 맨몸으로 운동하던 사내들은 시인이나 운동선수, 웅변가가 되었지.

해졌다. 칼리오페는 서사시, 클리오는 역사, 테르프시코라는 가벼운 시와 춤, 멜포메네는 비극, 탈리아는 희극, 폴림니아는 무언극, 에우테르페는 피리, 에라토는 서정적 합창, 우라니아는 천문학을 맡았다.

호박색 베일을 쓴 이멘[210]이 가족들을 모아 놓으면, 진지한 사랑이 희망으로 가득 찬 축가를 노래했지. 사제는 제단 위에서 춤을 추고, 전투에 참가한 전사들이 긴 연설을 하고 알렉산드로스는 호메로스에게 머리를 얹고 잠이 들었지.

현자들은 역사를 쓰기 전에 여행을 하고, 밤엔 청동 테이블에서 일하며, 그들 저서를 무사 여신들에게 바쳤지.

철학 수업, 어릿광대들의 무언극과 공화국의 헌법, 신들의 천지개벽설, 조각상들, 가구들, 마구 장식과 머리 매무새, 도처에 삶을 격상시키는 비할 데 없는 예술이 있었지. 다시는 볼 수 없을 여인들이 있었지. 대리석 산들이 조각가를 기다렸지.

넓은 극장들과 벌거벗은 채 춤추는 그들이 그립구나, 탈리아여! 이마가 튀어나온 여신이여, 희극과 기하학의 어머니여! 헤르쿨레스의 몽둥이는 어찌되었고, 곶 끝에서 일던 이오니아의 파도와 같이 군중 위로 부서지던 너의 웃음은 어디로 간 거지? 너도 진지한 코러스를 잃은 것이냐, 멜포메네여? 양쪽 코러스가 더 이상 노래로 화답하지 않는구나. 황금 반장화와 길게 끌리는 망토여 이제 안녕! 비극의 공포를 잠시 멈추는[211] 코러스의 송가여 안녕! 살갗에 소름을 돋게 하던 간결한 시구여 이제는 모두 안녕! 가녀리고 우아한 테르프시코라, 세이렌들 어머니여! 너 역시, 오케스트라의 지휘자가 쇠로 된 구두 바닥으로 박자를 맞추고 있을 때, 몽상에 잠긴 사람들이 리듬을 타는 너의 발 추임새를 보며 별들의 왈츠에 비교했던 것을 이제 기억하지 못하는구나! 누가 우리를 생각이나 하겠어, 우라노스의 딸들을?[212] 위대한 영감의 시대는 모두 지나갔어. 이제는 검투사, 꼽추, 익살꾼, 난쟁이와 곡예사의 시대지. 부정 탄 클리오는 정

---

210 결혼의 신.
211 비극에서 주인공들의 대사 사이에 삽입되는 코러스의 노래 부분을 말한다.

치에 봉사했고, 잔치의 무사 여신들은 흔해 빠진 음식으로 살찌고, 사람들은 글을 다듬지 않고 책을 썼지. 자잘한 삶들에게는 좁고 허술한 건물이, 활동적인 삶에는 짧고 끼는 옷이 필요했지. 상스러운 자들이 시를 노래하고 싶어 했어. 상인, 군인, 창녀와 해방된 노예는 일해서 번 돈을 예술품에다 지불했지! 또 예술가의 작업실은 온갖 매춘을 하는 정신의 매음굴처럼 밀려드는 이들의 식욕을 충족시키고 그들의 필요에 맞추고 그들을 얼마간 즐겁게 해주려고 그 문을 열었지!

고대의 예술이여! 대지 깊숙한 곳에서 수액을 빨아올리고 그대의 피라미드 꼭대기를 파란 하늘에 흔들며 한결같이 싱싱한 잎을 가진 그대의 껍질은 거칠고, 가지는 많으며, 그늘은 거대했지. 그대는 붉은 과일들을 강한 자들이 따게 하여 선택된 민족들의 갈증을 풀어 주었지! 풍뎅이들이 구름 떼처럼 몰려와 그대의 잎에 달려들어, 그대를 조각조각 자르고, 톱질하여 나무판으로 만들고, 가루로 만들고, 이제 남은 푸른 잎을 당나귀들이 뜯고 있구나!

무사 여신들이 지나가고 무대는 빈 채로 있다.

죽음

악마 쪽으로 몸을 돌리며.
이게 다지, 그렇지?

악마

베누스는 어떻게 하고?

212 다른 속설에 의하면, 밤의 자식이며 하늘의 신인 우라노스와 땅의 여신 가이아의 딸들이라고도 한다. 플로베르는 제우스와 므네모시네의 딸들이라는 계보 대신 이 속설의 계보에서 파악한 듯하다.

음욕

아! 맞아! 베누스가 있지.
그녀를 부른다.
베누스! 베누스!

베누스

알몸으로 누군가에게 쫓기듯 이쪽저쪽을 살펴보며 나타난다.
누가 날 부르지?
음욕을 알아보고는 질겁해서 소리 지른다.

그만! 제발! 날 내버려 둬! 넌 내 몸을 무기력하게 했고, 너의 입맞춤이 나의 아름다운 빛깔을 바래게 했어!

음욕

하! 말도 안 돼!

베누스

나는 자유로웠고 순수했어. 나는 우라누스 혈통의 자식이었지. 내가 대양 위를 지날 때면, 파도들이 내 연분홍 발뒤꿈치에 닿으면서 쾌락으로 몸을 떨었지. 내가 풀밭 위를 걸으면, 꽃들이 즉시 피었고, 꽃씨가 자라기 시작하고, 꽃봉오리가 열리고, 꽃향기가 퍼져 나갔지. 누구도 잡을 수 없이 물을 헤치고 다니는 나는 파란 에테르 속에서 헤엄쳤지. 그 안에서 제피로스[213]들이 서로 가지려고 다투는, 수천의 빛깔이 아롱거리는 나의 허리띠가 올림포스에서 떨어진 무지개처럼 둥글고 현란하게 빛났지. 나는 아름다움이었어! 나는 형태 그 자체였어! 나를 보곤

---

213 그리스 신화에서 서풍(봄바람)의 신. 꽃피는 모든 것을 지배하는 님프 플로라(오비디우스는 본래 그리스 님프 클로리스를 플로라라고 추정)와 결합했다.

신들이 사랑에 빠져버렸고, 나는 여전히 움직이지 않는 세계 위에서 끊임없이 진동하고 있었고, 또 촉촉한 어떤 물질은 내 시선 아래 마르면서 혼자 윤곽을 잡아 굳어져 갔지. 나는 도기를 만드는 이처럼 물질을 돌리고, 조각가처럼 새기고, 화가처럼 색을 칠했지. 나는 좀 더 우렁차게 울리고, 조가비와 고독과 태양이 더 많이 있는 해변을 만들었지. 사는 방식에 따른 자태, 선의 조화, 또 장려한 해부 구조의 비밀스러운 리듬, 이런 것들을 느릿느릿 꿈꾸었지. 예술가는 작업 중에 번민하며, 청년은 욕망의 한가운데서, 노인은 지난날에 잠겨, 여행자는 일정을 꿈꾸며, 어머니들은 출산의 고통 속에서 나를 불렀지. 그건 너야. 그건 바로 너야, 필요여, 정결하지 못한 향락이여, 나를 상스러운 정념 속으로 끌고 다니며 욕보인 것은!

죽음

지나가라! 지나가! 아름다운 베누스여! 내 팔에 안겨 자신을 정화시키렴!

손으로 머리를 감싼 채 울며 그녀는 사라지고, 죽음은 그녀의 엉덩이에 채찍을 호되게 내리쳐 쫓아낸다. 베누스가 사라진 반대쪽으로부터 흐느끼는 소리가 들려온다.

그것은 쿠피도로, 얼굴엔 진홍색 화장을 하고, 눈곱이 눈꺼풀에 끼었고, 숨이 차 가슴을 헐떡이고, 매우 마르고, 병약하고, 추한 모습이다. 헐거워진 띠가 얼굴 위로 미끄러져 내려와 목에 거는 고리처럼 목에 둘러져 있다. 주먹으로 눈을 비비며 큰 소리로 운다.

음욕과 악마 그리고 죽음이 웃음을 터뜨린다.

음욕

추하기도 해라!

악마

불결한 모습이 토할 지경이로군, 정말!

죽음

벌써 거지반은 죽었어!

쿠피도[214]

흐느끼며.

그게 내 잘못이야? 오호! 오호! 오호! 나는 잘생기고, 예쁘고, 귀여웠고, 예전엔 모두들 나를 쓰다듬어 주었는데……. 에! 오호!

그는 다시 울기 시작한다.

악마

깐죽거리며.

네 횃불은 어디 있지? 활을 당겨 봐! 미소를 지어 봐!

쿠피도

횃불은 꺼졌고, 화살은 잃어버렸어. 발이 아파. 머리가 아파. 가슴이 뻐근해……. 오호! 오호! 오호! 정원에는 나뭇가지 요람이 있었는데…….

죽음

진정하렴, 귀여운 것. 고통은 곧 지나가고 눈이 다시 감길 거야.

---

214 사랑의 신으로, 그리스 신화의 에로스에 해당한다. 날개 달린 어린아이의 모습으로 묘사되며, 그는 자신의 변덕에 따라 다른 이에게 횃불로 마음을 불사르거나 화살을 쏘아 사랑 혹은 증오를 낳게 하여 마음의 상처를 입히기도 한다.

쿠피도

내 눈! 오! 가여운 내 눈! 눈을 어찌나 감고 있었던지, 눈이 아파. 그리고 빛을 보려고 하기만 하면 태양이 내 눈을 아프게 해. 아! 예전엔 띠 아래에서 미소를 머금었었지. 손가락을 입에 대고 곱슬곱슬한 머리를 하고, 받침대 위에서 매혹적인 자태로 서 있었지. 장미, 아크로스티키스,[215] 풍자시로 나를 장식했지. 올림포스에서 나는 신들의 속성을 가지고 놀았으며, 삶의 마력이고, 마음들의 주인이며, 아름다운 여인들의 정복자이고, 영혼들을 지배하는 자이며, 시인들의 영원한 근심거리였지. 나는 아폴론의 리라, 헤르쿨레스의 몽둥이, 유피테르의 왕 홀까지도 가지고 놀았어. 그들이 내 주위로 모여들어 내 변덕을 진정시키려고 온갖 선물을 했어. 미네르바만이 나를 좋아하지 않았지. 나를 보고 소리를 내지르던 그녀의 커다란 올빼미가 지금도 생각나.

아아! 슬퍼! 나는 하늘에서 추방되었어. 나의 프시케는 지금 어디 있지? 나는 추위 떨고, 배고픔과 피로와 슬픔으로 죽을 것 같아. 아무도 더 이상 날 원하지 않아. 마음들이 모두 플루토스[216]에게 가 있어. 내가 문을 두드리면, 마음들은 귀먹은 체하고, 성을 내며 나를 쫓아내고, 예술가는 자기 연장을, 여자들은 덕성을, 사상가들은 자존심을 내 머리에다 던지지. 어떤 이들은 휘파람을 불고, 어떤 이들은 웃고 있어. 비참해! 예전엔 일을 잠시 멈추고 나를 마주 바라보고 나서 다시 일을 계속하는 이들이 있었어.

죽음

그랬지! 이제 가! 분노로 죽으렴! 좀 더 빨리 떠나. 네 이름만

---

[215] *acrostiche*는 시의 각 행을 시작하는 글자를 아래로 읽으면 저자 혹은 시를 헌정받는 이의 이름이 되거나 주제어 혹은 제목이 되는 시 형식.
[216] 부(富)의 신으로, 젊은이 혹은 풍요의 뿔을 단 어린아이의 모습.

들어도 인류는 하품을 하거든. 너는 애정의 시럽으로 그들의 이를 시큰거리게 했고, 너의 한숨으로 그들이 정신을 못 차리게 했으며, 애교와 감정과 행복으로 그들을 지치게 했어.

죽음이 쿠피도의 허리춤에 자국이 나도록 채찍을 내리치자, 쿠피도가 소리를 지르고는 음욕의 치마폭에 숨으러 뛰어간다.

음욕

쿠피도의 얼굴에 연속적으로 따귀를 날리며 그를 멀리 밀쳐 낸다.

안 돼! 넌 안 돼! 넌 방탕이 아니잖아! 네가 내게 무슨 소용이 있겠니?

악마

죽음에게 외친다.

그럼 네가 그를 거두렴! 한꺼번에! 다른 것들과 함께!

죽음

숨을 내쉬며.

아! 마침내!

라르 신들[217]

옴에 걸린 늙은 원숭이처럼 털이 다 빠진 개가죽을 뒤집어쓰고 있다.

죽음

개의 가죽을 걸치다니 볼썽사납군!

죽음이 라르 신들을 후려친다.

모두들 지나가! 지나가!

---

217 화덕 가까이 *lararium*에 모셔진 로마의 가신(家神)들.

지붕은 무너졌고, 그대들 어깨 위로 비가 내렸지. 그대들은 묵은 장작처럼 썩었고 해방된 노예의 쇠사슬,[218] 어린아이의 금으로 된 공,[219] 새 신부의 동전[220] 등을 영원히 잃어버렸지. 복종하는 하인들은 없어! 부모를 공경하는 자식들도, 강력한 아버지들도, 바치는 술도, 길쭉한 주발도 이제 없어! 집에 조신하게 앉아서, 포도주를 마시지 않고 정숙한 손가락으로 남편의 긴 옷을 짜며, 조용히 사는 점잖은 부인들도 없어! 주인은 신앙을 잃어버렸고, 조상들은 잊혔으며, 귀뚜라미만이 홀로 잃어버린 가신(家神)들의 추억을 슬퍼하며 울고 있지.

채찍을 더 빠르게 내리친다.

그러니 이제 그대들이 죽을 차례야! 더 이상 생각할 것도 없어! 다른 이들과 함께 사라져.

아무것도 없다. 모두 지나갔다. 악마는 누가 더 오는지 살피고, 죽음은 수의 자락으로 이마를 훔치고, 앙투안느는 꼼짝하지 않고 지평선을 뚫어져라 바라보며 헤벌린 입에 두 팔을 들어 올리고 목을 빳빳이 한 채 서 있다. 푸르스름하고 아주 가벼운 비눗방울 같은 난쟁이 신이 공중에서 굴러 다가온다.

크레피투스[221]

맑고 부드러운 목소리로.

---

218 노예들과 포로들이 해방되면 그들을 묶고 있던 사슬을 선물했다.
219 15세의 청소년기에 든 사내아이들은 라르 신들에게 작은 금상자를 바쳤다. 가신들은 금합(金盒)을 목에 걸고 있다.
220 민며느리로 들어가는 처녀는 자신의 집 가신에게 바치는 동전을 화덕 위에 던지고, 또 새 신랑이 들어올 수 있게 가까운 사거리에다 두 번째 동전을 두었다고 한다.
221 일종의 방귀신으로 분뇨 등을 언급하는 원색적 익살을 즐기던 플로베르의 창안이다. Crépitus는 라틴어 *crepitus*에서 따온 말로 〈둔탁한 소리, 따닥따닥 소리, 탁탁 튀는 소리 혹은 울려 퍼지는 소리〉를 뜻한다. 플로베르의 유년시절

나도 예전엔 숭배를 받았지. 모두들 내게 술을 바쳤고, 나는 신이었어!

나는 그리스인에게는 행복의 전조였지만, 독실한 로마인은 주먹을 꽉 쥐며 나를 저주했고, 누에콩을 먹지 않는 이집트의 신관들은[222] 내 목소리에 몸을 떨고 내 냄새에 얼굴이 하얘졌지.

깎지 않은 수염 위로 군대에서 마시는 식초 같은 포도주가 흘러내릴 때, 도토리와 파와 날양파를 맛나게 먹을 때, 숫염소를 조각내어 썬은 냄새가 나는 버터에 부글부글 끓이고 있을 때, 목자들은 모닥불 둘레에 모여 앉아 옆 사람 눈치 보지 않고 그 누구도 체면 따위는 신경쓰지 않았지. 단단한 음식은 방귀 소리를 울리며 소화를 시켰지. 예전에는 사내들이 해가 쨍쨍 내리쬐는 데서 느긋하게 용변을 보고는 무화과나무의 넓은 잎으로 밑을 닦았지.

당연한 존재인 나는, 처녀들의 고통인 메나,[223] 카르나,[224] 젖먹이는 유모의 혈관이 푸르스름하게 부푼 가슴을 보호하는 온화한 모습의 루미나[225] 등 생활에 필요한 모든 것과 함께 반발 없이 받아들여졌었지.

친구이며 문헌학자인 프레데릭 보드리Frédéric Baudry는 존재하지 않는 신 대신 우스꽝스럽고 불결해 보이는 신을 추천했다.

222 그리스 역사가 헤로도토스에 따르면, 이집트인들은 누에콩을 부정한 식물로 여겨 씨를 뿌리지도 않았으며, 신관들은 날로든 익혀서든 먹거나 보려 하지 않았다(『역사』 제2편 제37절). 피타고라스학파 철학자들도 이 터부를 지켰다고 한다. 누에콩fève은 굵은 강남콩과 같은 것으로, 모든 이집트인들이 아침 식사로 먹는 국민 식단임에도 불구하고 이를 금기시한 것은 이 콩이 장에 가스를 차게 했기 때문인 것 같다.

223 매달 여인들의 월경을 정화하고 부인병으로부터 여인들을 보호하는 여신.

224 산사나무 꽃을 사용하여 악귀들로부터 어린이를 보호하고 육체의 보존을 살피는 여신으로, 여기서는 내장을 관장하는 여신을 뜻한다.

225 수유를 관장하는 여신으로, 무화과나무 아래서 로물루스와 레무스 형제에게 젖을 먹이는 모습으로 숭배되었다.

나는 쾌활했지. 당연히 사람들을 웃게 했으며, 갑자기 당도해서는 천둥소리처럼 터지고, 연이어 폭포가 되고, 파열되고, 구르고, 부딪히며 계속 흘러갔지. 목소리의 메아리가 내 음악에 답했고, 나로 인해 팽창하면서 인간은 자신의 몸에 있는 온갖 구멍으로 즐거움을 뿜어냈어. 내게 바쳐지는 축제들, 자부심으로 가득한 멋진 날들이 내게 있었지. 맘 좋은 아리스토파네스는 무대 위에서 나[226]를 걷게 해주었고, 클라우디우스 드루수스 황제께서는 당신의 식탁에 나를 앉게 했지. 원로원 의원의 멋진 휘장을 걸친 귀족들 사이에서 나는 위엄 있게 돌아다녔고, 금단지들이 내 밑에서 울렸으며, 곰치, 송로(松露) 버섯과 파테[227]로 꽉 찬 황제의 장이 격렬한 소리를 내며 가스를 배출할 때, 노예들은 몸을 떨었고 주의 깊은 이들은 카이사르께서 저녁을 다 드셨다는 것을 알았지.[228]

그런데 지금은 모든 게 변했지. 나 때문에 사람들이 얼굴을 붉히고, 가능한 나를 감추려 하지. 나는 천민들이 사는 곳으로 유배를 왔으며, 거기다가 이제는 상류 사회도 나를 거부해.

---

226 아테네 출신의 그리스 희극 작가 아리스토파네스(B.C. 450~B.C. 386)는 『구름』에서 소크라테스에게 변론술을 배우러 온 시골 신사 스트레프시아데스를 등장시켰다. 구름은 판단, 대화법, 이성을 주는 철학자들의 여신이며, 소크라테스는 이 구름을 움직이는 하늘의 소용돌이와 천둥소리를 장운동에 비유하여 설명한다. 목이 꽉 차도록 소스를 먹고 배가 아프면서 소리로 느껴지는 증상을 소크라테스가 지적하자, 스트레프시아데스는 크레퓌투스의 묘사와 같이 증상을 설명한다. 〈천둥 같은데, 그놈의 소스가 끔찍한 소리를 내지요. 파팍스, 파팍스, 이렇게 부드럽게 시작해서는 점점 강렬해져 파라파팍스로 되지요. 그리고 제가…… 하면, 그건 천둥입니다. 파라파팍스, 여신들 같지요.〉(『구름』, Hilaire Van Daele의 프랑스어판, 388~391행 참조)

227 다진 살코기를 기름기와 함께 도기 단지에 넣고 오븐에 익혔다가 차게 먹는 기름진 요리.

228 세네카의 신랄한 정치 풍자 글인 「신성한 클라우디우스를 호박으로 만들기」의 내용을 상기시키는 대목이다.

이렇게 말하고 나서 크레피투스는 방귀를 연속적으로 내뿜으며 멀어진다.

침묵.

천둥이 한 번 터지자, 죽음은 채찍을 떨어뜨리고, 악마는 한 발짝 물러서고, 앙투안느는 얼굴을 땅에 묻고 바닥으로 쓰러지고, 또 음욕은 부들부들 떤다.

목소리

나는 만군의 신[229]이었노라! 주였노라! 주 하느님이었노라!

나는 사자의 아가리처럼 무시무시했으며, 급류처럼 강력했고, 산처럼 높았느니라. 나는 붉은 구름 속에서 격노한 얼굴로 나타났노라.

나는 후손을 얻으려고 여자를 찾아 외국으로 떠나는 족장들을 인도했느니라. 단봉낙타들의 걸음걸이를 조절해 주고, 노란 종려나무가 그림자를 드리우는 빗물받이 우물곁에서 그들이 만나도록 기회[230]를 만들었노라.

은으로 된 수도꼭지에서 물이 쏟아지듯 하늘에서 비가 쏟아졌고,[231] 발로 바다를 갈랐으며, 손으로 삼나무들을 부딪치게 했노라. 나는 계곡에 아브라함의 천막을 쳤으며,[232] 도망가려는

---

229 이스라엘인들의 신. 혹은 하늘의 군대의 신인 야훼. 그는 〈나는 곧 나다〉, 〈나를 너희에게 보내신 이는 너희 선조들의 하느님 야훼시다. 아브라함의 하느님, 이사악의 하느님, 야곱의 하느님이시다〉라고 모세에게 자신을 드러냈다(『구약』 「출애굽기」 제3장 제14~15절 참조).

230 아브라함은 아들 이사악의 아내를 가나안족이 아닌 자신의 친족에서 얻기 위해 자신의 늙은 종을 우물가로 보내 레베카를 데려온다(『구약』 「창세기」 제24장 참조).

231 노아의 홍수를 말함(「창세기」 제7장 제11~12절 참조).

232 야훼의 지시에 따라 아브람이 칼데아의 무르를 떠나 가나안 땅에 간 것을 말한다(「창세기」 제12장 제1~9절 참조). 야훼는 아브라함(많은 민족의 아버지)이라는 새 이름을 그에게 주고, 남의 나라에서 4백 년 동안 종살이의 학대를

내 백성을 광야로 몰아 사막을 건너게 했노라. 소돔, 고모라 그리고 사부라를 불태운 것이 나니라. 대홍수로 세상을 삼켰던 것도 나이니라. 홍해에다 왕들의 아들들과 전차들, 전차 몰이꾼들과 함께 파라오의 군대를 익사시킨 것[233]도 나니라. 질투심 많은 신인 나는 다른 신들, 다른 민족들, 다른 도시들을 전멸시켰으며, 내 백성들도 가차 없이 벌했노라. 불결한 자들을 밟아 버렸고, 교만한 자들의 뼈를 부쉈으며, 나의 비탄은 오른쪽에서 왼쪽으로 옥수수 밭에 풀린 낙타처럼 치달았노라.

이스라엘을 해방시키기 위해, 나는 나의 선민들을 뽑았느니라. 불꽃 날개를 가진 천사들이 덤불 속에서 그들에게 말을 했고,[234] 목자들은 지팡이를 던져 버리고 전쟁터로 나갔느니라. 대담한 여인네들은, 미르라 기름, 계피, 감송(甘松) 향을 바르고, 너울거리는 옷에 높은 굽의 신을 신고, 적장들을 찾아가 그들의 머리를 베었느니라. 그때, 내 영광은 심벌즈보다 더 크게 울려 퍼졌느니라. 강렬하게 내리치는 벼락처럼 나의 분노는 산을 쩌렁쩌렁 울렸고, 지나가던 바람이 예언자들을 휩쓸어 갔노라.

그들은 옷도 입지 않은 채, 물길로 움푹 패었다가 이제는 말라 버린 계곡에서 구르고, 말하고 있는 바다의 목소리를 들으려 엎드리고 있다가, 갑자기 벌떡 일어서서 내 이름을 외치기 시작했느니라.

땀에 범벅이 된 그들은 왕의 편전에 이르러, 온통 먼지로 뒤덮인 자신들의 외투를 나무 바닥 위로 내던지고, 나의 보복을 상기시키며 바빌론과 노예 신분의 모욕에 관해 말했느니라.

받은 후 돌아오게 하겠다고 예언한다(「창세기」 제15장 제12~16절 참조).
233 이집트인들은 홍해에 난 길을 건너 이집트를 탈출하는 이스라엘인들을 뒤쫓았지만 홍해에 삼켜졌다고 전해진다(「구약」「출애굽기」 제14장 제15~31절 참조).
234 〈야훼의 천사가 떨기 가운데서 이는 불꽃으로 그에게 나타났다.〉(「출애굽기」 제3장 제2절).

사자들은 그들 앞에서 양순했고, 불가마[235] 속의 불은 그들의 몸에서 멀어졌으며, 그래서 마술사들이 분노하여 울부짖으며 칼로 자해를 했노라.

나는 석판 위에 나의 계율을 새겼노라. 계율은 단단한 매듭으로 나의 백성을 옥죄었고, 여행자의 허리를 받쳐 주는 가죽띠 같았느니라. 그들은 내 민족이었고, 나는 그들의 신이었으며, 땅은 내 것이었고, 인간이, 그들의 생각이, 그들의 업적이, 그들의 농기구들이, 그리고 그들의 후손들이 모두 내 것이었느니라.

나의 법궤[236]는 붉은 천과 불 켜진 촛대 뒤 삼중으로 된 성소 안에 놓여 있었느니라. 나를 시중드는 수많은 사제들이 향로를 흔들었노라. 그들은 번제물 재를 장막에서 거두고, 금 전등을 윤내고 성막(聖幕)[237]의 밧줄을 당겼노라. 천장은 삼나무 들보로 받쳐져 있고, 대사제는 자줏빛이 도는 청색 제복을 입은 가슴 위에 대칭으로 가지런히 놓인 보석을 달고 있었노라.

불행이로다! 불행이로다! 지성소(至聖所)[238]가 열렸느니! 계

---

235 바빌론의 왕 네부카드네자르에게 점령당한 후 끌려간 이스라엘인 가운데 유다의 자손 다니엘, 하난야, 미사엘, 아자르야가 왕의 금상(金像)에 절하기를 거부하면서 불가마에 던져졌고, 다니엘은 후일 다리우스 왕 때 같은 이유로 사자 굴에 던져졌다(『구약』「다니엘」 제3장 제19~23절과 제6장 참조).

236 야훼가 모세에게 성소 건립을 위해 만들도록 한 아카시아나무 궤(「출애굽기」 제25장 제10절 참조). 이후 그곳에 율법(모세가 시나이 산에서 신을 통해 계시받았다는 창세기, 출애굽기, 레위기, 민수기, 신명기의 『구약』 5경) 두루마리를 보관하였다. 이것은 예루살렘을 향한 벽, 즉 서쪽 디아스포라(이스라엘 외역에 사는 유대인 공동체)에서는 동쪽 벽에 둔다. 율법 두루마리는 봉독할 때만 꺼낸다(계약의 궤에 관해서는 「시편」 131 참조).

237 야훼가 모세에게 만들게 한 이동식 신전. 〈내가 살 성막은 피륙 열 폭을 들여 만들어라. 그 천은 가늘게 꼰 모시실과 자줏빛 양털과 붉은빛 양털과 진홍빛 양털로 무늬를 놓아 짠 것이라야 한다.〉(「출애굽기」 제26장 제1절)

238 가장 신성한 곳으로 계율의 궤가 놓인 곳을 의미한다.

율은 조각조각 깨졌고, 궤는 분실되었으며, 그뿐만 아니라 죽은 풍뎅이 껍질처럼 말라붙은 예루살렘은 먼지가 되어 사라졌구나. 휘장은 돌연 위에서 아래로 찢겼으며,[239] 촛대의 불은[240] 꺼졌으며, 사제들은 창백해졌고 나의 제단에 피운 향이 벽 틈새로 새어 나가 사방으로 흩어졌구나. 이스라엘의 무덤들에 레바논의 독수리가 알을 낳으러 오고, 나의 신전은 이제 파괴되었으며, 나의 백성은 산산이 흩어졌구나.

사람들은 사제들이 입고 있던 옷의 끈으로 사제들의 목을 졸랐고, 강한 자들을 검으로 찔러 죽였고, 여자들은 잡아갔으며, 성스러운 기물[241]들을 모두 녹였구나.

나사렛의 신이 유다 지방으로 지나간 것이로다!

가을에 부는 회오리바람처럼 그가 내 시종들을 데려갔으며, 국가들은 그의 편이고, 모두들 그의 무덤을 숭배하고, 그를 위해 순교한 자들을 불러 간청하고, 그의 사도들에게는 교회와 그의 모친과 그의 가족과 친구들이 있구나! 그런데 난, 나는 신전 하나 없도다! 내 이름이 새겨진 돌 한 조각 없구나! 나만을 위한 기도 하나 없구나. 갈대 사이로 흐르는 진흙탕의 요르단 강도 나보다 더 외롭고 버려지지는 않았지!

목소리

멀어지며.

나는 만군의 신이었노라! 주! 주 하느님!

---

239 십자가에 못 박힌 예수가 숨을 거두기 바로 전, 낮 12시쯤부터 오후 3시까지 해가 어두워지며 성전의 휘장이 두 갈래로 찢어졌다. 그때 예수는 〈아버지, 제 영혼을 아버지 손에 맡깁니다〉라고 외치고 숨을 거두었다(『신약』「루가의 복음서」제23장 제44~46절 참조).

240 야훼가 모세에게 만들도록 지시한 등잔대에서 유래한 금 촛대는 일곱 개의 초를 꽂을 수 있는 것으로서, 성전의 제의 비품인 메노라menorah를 말한다.

241 성배, 성합 등 금이나 은 등으로 된, 성소에 놓은 기물들.

그러고는 깊은 침묵이 만들어지고, 모든 게 정지된 상태이며, 지평선이 차츰차츰 꺼지면서, 원래 크기로 돌아온다. 죽음이 하품을 한다. 앙투안느는 무대의 전면에서, 얼굴을 땅에 묻고 팔을 옆으로 꼭 붙인 채 시체처럼 굳은 모습으로 바닥에 누워 있다. 이따금씩 다만, 숨죽이는 오열로 온몸이 흔들리는 듯하다. 음욕은 오두막에 등을 기대고 오른쪽 무릎 위로 왼쪽 다리를 올려놓고서 자기 치맛자락의 실을 천천히 푸는 장난을 하고 있는데, 비단 실오라기들이 바람에 날려 돼지 쪽으로 날아가 돼지 털에 걸리고, 눈에도 떨어지고, 콧속으로도 들어간다. 죽음의 말은 풀 뜯기를 멈추고, 커다란 두 콧구멍을 들어 공기를 들이마신다.

악마

이윽고 앙투안느 성인에게로 다가와서, 갈퀴 발의 발톱을 쭉 펴서 앙투안느의 옆구리를 건드리며 무시무시한 목소리로 외친다.
그들은 지나갔어!
앙투안느는 꼼짝도 않는다.

악마

혼잣말로.
죽었나?

죽음

앙투안느 주위를 돌면서 그를 유심히 살펴본다.
어떻게 된 거야, 건드리지도 않았는데!

음욕

앙투안느에게 음욕이 다가와, 바닥까지 몸을 굽히고, 하얀 손가락으로 그의 눈꺼풀을 연다.

그는 나를 사랑하지 않았어!

앙투안느 성인이 팔꿈치로 짚어 몸을 반쯤 일으키고, 아무 말 없이 하염없는 눈물만 흘린다.

악마

느릿느릿 말한다.

그들은 지나갔어, 앙투안느!

앙투안느

아무 대답도 않고, 넓어진 동공으로 악마를 뚫어져라 바라보는데, 발작적인 딸꾹질로 가슴이 낮게 헐떡인다.

그래…… 그래…… 그랬지!

논리

갑자기 나타나서.

그렇지!…… 그러니까 그들이…….

앙투안느는 극도의 불안으로 헐떡인다.

논리가 말을 잇는다.

…… 그들이 모두 지나가 버렸으니, 너의 하느님도…….

앙투안느

벌떡 일어나면서 조약돌을 하나 집어 온 힘을 다해 논리에게 던진다.

가! 더 이상 여기 있지 마! 그만! 따지는 것도, 생각도 그만할 거야. 넌 저주야. 나를 내버려둬. 멀리 가. 멀리 가 버려. 널 더 이상 볼 수 없게!

무릎을 꿇고 손을 모으고 매우 빠르게 중얼거리기 시작한다.

긍휼히 여기소서, 하느님! 제가 진 죄를 용서해 주소서! 저를 사랑해 주소서!

악마

발을 구르며.
그들은 무너졌어. 너의 하느님도 무너질 거야.
죽음과 음욕을 가리키며.
그녀들만이 남으리라.

교만

나타나며.
그럼 나는?

악마

그렇지, 너도 남지!

인색

그럼 나는 어떻고?

악마

그래, 너도 남아!

다른 모든 죄들

갑자기 나타나서.
그럼 나는? 그럼 나는? 나는?

악마

그렇고말고, 너희들 모두, 너희들만이 남지!

앙투안느

여전히 기도를 하며.

예수님! 온화하신 예수님! 떨고 있는 당신의 종을 보호해 주소서. 저는 약하고 이렇게 작기만 하나이다.

악마
난, 나는 강해! 나만이 있고, 모든 것이 내 것이고, 너는 내 것이야!

앙투안느
여전히 기도한다.
당신의 도움 없이는 어떤 도움도 없으며, 당신의 은총이 정결한 자들을 만들고, 당신의 사랑이 착한 자들을 만드나이다. 긍휼히 여기소서! 불쌍히 여기소서! 불쌍히 여기소서!

악마
목소리를 높이며.
연민 따윈 없어! 너와 같은 죄인에게 긍휼함은 내려지지 않아!

앙투안느
후광을 지니고 천국에 계신 선한 성인들이여, 저를 위해 빌어주소서. 부탁드립니다, 성 동정녀와 선하신 하느님께 말씀 좀 해주십시오!
앙투안느가 자기 가슴을 친다.
긍휼히 여기소서! 긍휼히 여기소서!

악마
너는 무너졌어. 돌이킬 수 없이 파멸한 거야. 모두 끝난 거야. 하느님께서는 죄가 덜 무거운 자들도 벌하셨지. 그러니 더 이상 기도도 하지 마. 그렇지만 네가 내게 기도를 바친다면, 내가 사라져 주지.

앙투안느

 자애의 아버지시여, 저는 당신 안에서 희망하고, 당신 안에서 믿나이다. 주의 이름으로 찬미받으소서! 주께서 행하신 일로 찬미받으시고 비록 당신의 분노가 제 머리 위로 떨어질지라도 그것으로 찬미받으소서! 그것이 제게 합당하나이다. 부디 용서해 주소서! 제 마음에서 교만함을 그리고 제 정신에서 반항심을 뿌리째 뽑아내 주소서. 저의 눈이 유혹에 빠지고, 저의 발이 비틀거리고, 저의 신앙심이 무너지는 걸 피할 수 없다면, 아! 차라리 벽을 더듬는 눈먼 이나, 배로 기어가는 몸이 마비된 이나, 먹는 의미를 알지 못하는 가여운 바보가 되겠나이다. 온 힘을 다해 저의 오만함을 버리고 자신을 진흙보다 더 낮게, 개미들보다 더 낮게, 지렁이들보다 더 낮게 낮추겠나이다. 당신만이 높으시나이다! 당신이 어디 계신지 알려 하지 않고, 오로지 당신을 사랑하려 애쓰겠나이다!

 저는 살기를 바라지 않으며, 죽기를 갈망하지 않으며, 다만 당신의 맘에 들지 않을까 두렵나이다. 당신께서 원하신다면 저를 살게 하시고, 원하시는 때에 저를 부르소서. 저는 당신의 종입니다. 저의 입이 합당한 말을 할 수 있게 해주시고, 제 마음에 회한이 깃들게 해주시고, 저의 열정이 지속되게 하여 주소서. 성 동정녀시여! 예수님이시여! 성령이시여! 긍휼히 여기소서! 긍휼히 여기소서!

 당신의 이름을 매일 밤과 낮으로 부르겠나이다. 제 손으로 당신의 이름을 바위에 새기고, 제 발로 먼지 위에 당신의 이름을 쓰겠나이다. 일하면서도 기도하고, 자면서도 여전히 기도하겠나이다……. 오! 하느님! 하느님! 하느님! 하느님!

 광활한 그 무엇이, 무한하고 부드럽고 강렬한 그 무엇이 당신에게로 저를 데려가기 위해 제 영혼 안에서 날개를 폅니다. 그리고 지금은 제 머리가 좀 편안해졌습니다. 지옥이 물러가는 것 같으며…… 당신께서는 관용의 미소를 제게 보내십니다.

밤이 서서히 사라지면서 아침이 오고, 한줄기 햇빛이 구름 사이로 떨어진다.

돼지

몸을 일으키고, 귀를 흔들어 대고, 기지개를 켠다.

아! 마침내 날이 샜군! 다행이다! 난 밤이 싫어. 햇빛이 얼마나 좋은지! 따뜻하게 덥혀 주지. 아! 해가 좋아! 해가 좋아!

앙투안느

기도를 하면서.

당신은 원죄의 저주로부터 저를 구속(救贖)하시었나이다. 선하신 예수님, 얼마나 큰 고통을 인내하셨을까요! 그게 다 저희를 위해서였지요. 저를 위해서 말입니다! 그런데 전 무얼 할 수 있나요, 저는?

악마

아무것도 할 수 없어!

앙투안느

제가 뭘 할 수 있나이까? 하느님의 아들이신 하느님이시며, 성부와 같은 하느님이시며, 성령과 같이 하느님이시므로, 모두 하나십니다.

악마

나는 여럿이지, 나의 이름은 군단(群團)[242]이야.

앙투안느

파괴할 수 없는 삼위일체입니다!

악마

그것은 무너지리라!

앙투안느

주여! 주여! 당신께선 하늘과 땅, 바다, 별, 새, 민족들과 큰 숲을 만드셨나이다.

악마

이제 그만하지! 그는 지나갔어, 그는! 이젠 그 누구도 그에 관해 말하지 않아. 너도 잘 알고 있어.

앙투안느

당신께서 당신 아드님을 보내셨으며[243]······.

악마

그에게 맞설 자가 오리라![244]

---

242 예수가 티베리아스 호수 건너편 게라사인들의 지방에 머물 때, 밤낮으로 무덤과 산에서 소리를 지르고 돌로 제 몸을 치는 귀신 들린 자를 만나 더러운 영을 내쫓으며 그의 이름을 묻자, 그는 〈군대라고 합니다. 수효가 많아서 그렇습니다〉라고 대답하며, 자신들을 그들 가까이 있는 돼지들 속으로 들어가게 해 달라는 청을 한다(『신약』「마르코의 복음서」 제5장 참조).

243 이사야 예언자의 말대로 세례자 요한이 광야에 나타나 성령의 세례를 주었고, 그 무렵 갈릴리 나사렛의 예수도 세례를 받았다. 그때 하늘이 갈라지며 성령이 비둘기처럼 예수에게로 내려왔고, 하늘에서 〈너는 내 사랑하는 아들, 내 마음에 드는 아들이다〉라는 소리가 들려왔다 (「마르코의 복음서」 제1장 제11절 참조).

앙투안느

…… 그분께서 하늘의 말씀을 만천하에 세우셨으며…….

악마

또 다른 이가 온다니까! 더욱 강력한 존재! 그러니 내 말을 들어 봐. 그는 파괴할 거야…….

앙투안느

…… 또한 당신의 교회를 건립하시고 그 문들은…….

악마

그가 교회의 문들을 쳐내리라, 그가! 문을 부수고 너의 하느님 얼굴에다 문짝을 던지리라!

악마가 앙투안느 성인의 뒤에 딱 버티고 서서 그의 귀에 대고 외친다. 그의 입에서 나오는 입김이 어찌나 강렬한지 앙투안느 성인의 몸이 갈대처럼 아래로 눕는데, 넘어지며 손목으로 지탱하기도 하고, 다시 일어서기도 하며, 악마가 말하는 중에도 기도를 계속한다.

그는 바빌론에서 태어날 거야. 단[245] 부족 출신에 그 역시 동

---

244 그는 세계의 종말과 최후의 심판에 앞서 오는 가짜 메시아이다. 사탄의 작용으로 나타나게 될 그는 〈대항하는 자〉이며 〈무법자〉로, 신보다 자신을 드높이며 신으로 자처하는 〈적(敵)그리스도〉이다(『신약』, 「데살로니카인들에게 보낸 둘째 편지」 제2장 제4절). 예수는 하느님과 자신을 동등하게 여기는 것에 못마땅해하는 유대인들에게 이렇게 말한다. 〈나는 사람에게서 찬양을 받으려 하지 않는다. 너희에게 하느님을 사랑하는 마음이 없다는 것을 잘 알고 있다. 내가 내 아버지의 이름으로 왔지만 너희는 나를 받아들이지 않는다. 그러나 아마 딴 사람이 자기 이름을 내세우고 온다면 너희는 그를 맞아들일 것이다.〉(『신약』, 「요한의 복음서」 제5장 제41~43절)

245 팔레스타인의 도시명인 단은 구약 시대 단 부족의 거주 지역이었다. 단은 야곱이 아기를 가질 수 없었던 아내 라헬의 몸종 빌하에게서 얻은 아들이다(『구약』, 「창세기」 제30장 제6절). 그 후 라헬은 야훼의 도움으로 늘그막에 임신

정녀에게서 태어날 것이며, 주에게 바쳐진 동정녀는 그녀의 아버지와 육체관계를 갖으리라. 나는 성령처럼[246] 그의 어머니 배 속으로 슬며시 들어갈 것이며, 내 입김으로 그녀의 배는 불러올 것이고 그를 생장시킬 거야. 그가 태어나는 날, 올리브 나무산[247]의 나무들이 갑자기 불타오를 것이며, 때문에 유피테르 행성이 깊숙이 전율하리라.[248] 유대인들 속에서 그는 할례를 받을 것이고, 예루살렘으로 돌아와 솔로몬의 성전을 재건[249]하리라. 그는 먼저 총독들, 왕자들, 왕들, 스키티아의 위대한 여왕과 함께 타프로바네[250]의 황제를 개종시키고, 세 명의 교황을 차례차례 개종시키리라. 그는 길이 있는 모든 곳에 자신의 전령들을, 모든 나라에 자신의 예언자들을, 모든 도시에 자신의 병사들을 보내리라. 그의 말과 권능이 바다에서 바다까지, 동방에서 서방까지, 북쪽에서 북쪽까지 지배하리라.

그는 아름다우리라. 여인들이 그로 인해 광란하리라. 그는 입을 열게 하고, 그의 말을 듣도록 모두의 귀를 기울이게 하리라.

하여 아들 요셉을 얻었다. 요셉은 형제들의 시기 때문에 이집트에 팔려 갔으며, 후일 그곳에서 파라오의 재상이 되어 온 이집트의 땅이 파라오의 것이 되게 하고 그의 백성들을 종으로 만들었다 (『창세기』 제47장 제13~21절 참조).

246 성령으로 인해 동정녀 마리아에게 잉태되어 태어난 예수처럼 그와 대적할 자도 동정녀에게서 잉태되어 태어나리라는 예언자 이사야의 말을 악마가 구현한 것이다. 악마가 세상에 보내는 그 존재도 구세주와 같이 경이로운 출생을 거치고 이적을 행하리라는 예언이 이어진다.

247 예루살렘 동쪽에 있는 산으로, 예수가 체포되기 전날 밤 제자들과 함께 기도하던 곳으로 겟세마니라 부른다.

248 〈전율하다*tressaillir*〉라는 이 동사는 동정녀 마리아가 성령의 힘으로 예수를 잉태한 후 세례자 요한을 잉태한 엘리사벳을 찾아갔을 때, 동정녀 마리아의 목소리를 듣고 엘리사벳의 태 중 아기가 즐거워 뛰어 놀았던 때의 느낌을 말한다(『신약』「루가의 복음서」 제1장 제44절 참조).

249 기원전 586년 바빌론의 왕 네부카드네자르는 예루살렘과 솔로몬의 성전을 파괴하였다.

250 인도양에 있는 실론 섬(지금의 스리랑카).

그는 군중들을 잔뜩 먹일 것[251]이며, 그들은 위장부터 입까지 차게 먹고는 문간에 쓰러져 잠들리라. 그는 음탕한 자의 음욕을, 인색의 탐욕을, 눈의 갈망을, 열망하는 위장을 만족시켜 주리라. 그는 강자들을 끌어올리고, 비천한 자들을 낮추리라. 신도들을 검으로 베고, 몽둥이로 때려눕히고, 절구 공이로 빻고, 벌레가 들끓는 닭장을 태우듯 모든 교회를 불태우리라.

그가 이렇게 하는 동안, 벌판에 있는 자들은 산으로 피할 것이며, 지붕 위에 있는 자는 마당으로 내려올 틈도 없으리라. 그의 노예들이 부리는 수노새들은 월계수 잠자리 위에서 쉬며 예수 그리스도의 구유 안에 담긴 가난한 자들의 밀가루를 먹으리라. 그는 골고다 언덕 위에 검투사들을 상주시키고, 또 성스러운 무덤 자리에다, 코걸이를 하고 끔찍한 저주의 말을 외쳐 대는 흑인 여자들의 매음굴을 열리라.

그는 수많은 이적을 행하고, 바다 위를 걷고, 하늘을 날며, 물고기가 잠수하듯 깊은 땅 속으로 들어가리라. 그는 폭풍우를 일으키고, 파도를 가라앉히고, 죽은 나무들이 꽃을 피우게 하고, 푸른 나무들을 말려 죽이고, 다이아몬드가 그의 샌들 위로 쉼 없이 흘러내리게 하고, 냄새를 맡으면 황홀경에 빠져 죽을 것 같은 그런 향기를 숨결에서 풍겨 나오게 하리라. 그의 손이 닿는 곳에서는 핏방울이 흘러내리고, 그는 이렇게 대답하리라. 내가 메시아니라!

앙투안느

기도하면서.

---

251 예수가 갈릴리 티베리아스 호수 건너편에서 자신의 말을 듣기 위해 모인 5천 명의 군중을 빵과 물고기로 배불리 먹게 해준 것과 같이 사탄이 보낸 무법자도 이와 같은 이적과 표징을 보여 주리라는 주장이다. 그러나 이러한 주장과는 달리 적그리스도를 따르는 군중들은 식탐이 과도하여 움직일 수도 없다.

성령의 비둘기여, 저의 얼굴 위로 천상의 상쾌한 바람이 일게 해주십시오! 저는 울고 싶습니다. 제 눈이 강물이 되었으면 합니다. 더욱더 고통스러워하고 싶고, 모든 고통을 모으고 싶습니다. 그리고 그대 성령의 마음에 들고자 순결을 갈망합니다. 당신의 포근함 아래서 바람을 막아 주고 당신의 날개 위에 저를 실어 가십시오! 저는 간절히 원하나이다. 더욱더 사랑하기 위해서, 저의 마음이 더 컸으면 합니다. 그런데 제 마음은 당신의 사랑에 비해 너무 작기만 합니다, 신의 아들이시여! 당신의 아침 이슬이 초목 위로 내릴 때, 몸을 숙이는 가여운 꽃은 어찌하여 광활한 바다만큼 충만치 못한 걸까요? 아! 꽃이 당신의 자애로 가득하기를 바랍니다. 당신께서 꽃을 데려가시든, 폭풍우에 꽃잎을 떨어뜨려 버리시든, 저는 한결같이 당신을 섬기고 찬미하고 몸을 굽혀 경배하겠나이다.

악마

그는 수정 궁궐을 소유할 것이며, 온 나라에서 마술사들을 오게 할 것이며, 모든 언어를 말하고 모든 글자를 알리라. 박사들이 그의 오류를 밝히려 모여들 것이며, 그들은 논쟁에서 지리라. 그는 해가 빛나는 것을 의심하게[252] 할 논거를 알고 있을 것이며, 그러면 모두가 미친 것 같으리라. 서로에게 말하리라. 어떻게 된 거지? 어떻게 된 거지?

그가 2년하고도 183일 동안의 지상 포교를 마친 후, 그의 신도들이 신앙을 버리게 하거나 순교로써 박해하고, 성지들을 파괴하고, 모든 지하 감옥을 열고, 사제들을 모두 목 조르고, 군중들을 장악하고 난 후, 왕국들, 군대들, 개종자들, 보물들을 손아귀에 넣고 난 후, 하늘이 예언자 엘리야[253]와 에녹[254]을 함께

---

252 해가 검다는 것을 증명한다는 뜻.

보내리라. 그는 엘리야를 죽이리라. 그는 에녹을 죽이리라. 그들의 살가죽을 무두질하게 해서 자신의 왕좌에 깔개로 쓰리라. 그들의 해골을 창의 날로 긁어내어 분갑이나 향로로 사용하리라.

앙투안느

제 주위에서 분노로 이를 가는 마왕의 목소리가 들려옵니다. 그러나 당신의 힘으로, 전능하신 하느님이시여, 그의 격렬한 분노에도 꿋꿋하게 지탱하겠나이다! 유혹에 들었을 때 숨 막히는 공포 속에서도 당신에게 바치는 찬가를 노래하고 고행에 전념하겠나이다. 마치 바다에 던져진 사내에게 되돌아오라는 신호를 보내고 그가 배 위로 다시 올라올 수 있게 안간힘을 쓰듯이 말입니다. 저를 거두어 주소서! 긍휼히 여기소서! 긍휼히 여기소서!

악마

그건 새로운 범죄이고 또 다른 세계의 쾌락이리라. 그때 태양보다 넓은 암흑의 꽃으로 악의 꿈이 피어나리라. 거기에서는 교만의 열광이 어찌나 씁쓸하고 오랫동안 지속되는지, 음욕의 환희가 얼마나 격렬한지, 허무의 악취가 넋을 잃게 하여 천사들이 자신의 날개를 뽑으리라. 성인은 자신이 지킨 덕성을 후회하고, 순교자는 자기가 겪은 고문을 저주하고, 낙원에 뽑혀 간 이들은 예수 그리스도의 옥좌 주위에서 분노의 야유를 퍼붓게 되리라. 누구도 그의 하늘에 가지 않으리라. 홍수가 난 나일 강처럼, 지옥이 세계로 뻗어 나가고 선(善)이라는 것은 지구상에서 사

---

253 『구약』의 예언자 엘리야는 카르멜 산에서 바알 예언자 450명을 잡아 처형했다(「열왕기 상」 제18장 제20~40절 참조). 마귀를 쫓고 이적을 행하는 예수를 돌아온 메시아 엘리야로 보기도 했다(『신약』 「마르코의 복음서」 제6장 제15절 참조).

254 에녹은 구약 시대의 족장으로 카인의 아들이다.

라지리라.

악마가 발을 동동 구른다.

넌 내 것이야! 넌 내 것이야! 그러니 그걸 말해! 솔직히 고백해! 말해! 말해!

앙투안느는 기도를 계속하고, 악마는 입술을 깨물고, 중대죄들은 둥글게 모여 있으며, 날이 밝는다. 중대죄들의 얼굴은 창백하고 땀이 흥건하다. 머리를 숙이고 있던 교만은 망토에 머리를 파묻는다. 분노는 꼼짝도 않고 있고, 질투는 눈을 감고 있으며, 악마의 딸들이 모두 망연자실하고 있다. 한편 악마가 자신의 커다란 날개를 펼치고, 돌팔매질을 하듯 날개를 빠르게 돌리며 대죄들의 입술을 스치자, 그들이 빠르고 신경질적으로 움직이기 시작한다. 대죄들이 매우 무질서하게 은자 곁으로 달려가고, 모두 일시에 끔찍한 소리를 질러 대면서 각기 다른 목소리로 온 힘을 다해 은자를 불러 댄다.

음욕

앙투안느!

교만

앙투안느!

분노

앙투안느!

질투

앙투안느!

식탐

앙투안느!

인색

앙투안느!

나태

앙투안느!

은자는 계속 기도하고, 그의 입술은 빠르게 움직이고, 눈은 하늘을 향해 있고, 얼굴엔 미소가 번진다.

악마

다시 하늘에 올라가고 싶니? 우린 더 높이 갈 거야. 너는 더 이상 추락하지 않을 거야……. 만일 네가 떨어지지만 않았더라면, 넌…….

앙투안느

사랑의 소용돌이 속에서, 기도는 급류처럼, 환희에 찬 내 마음을 싣고 가는구나. 단어들이 내 혀 위로 빠르게 내달아 그것을 말할 틈도 없어. 이건 하느님이야! 하느님! 단 한 번의 외침에 내 삶보다도 긴 송가를 담고 싶구나. 눈물 속에 나의 영혼을 녹이고 싶어, 은총의 태양이 내 영혼을 빨아올릴 수 있게, 당신에게로, 전능하신 이여!

대죄들이 하나씩 무대를 떠난다.

앙투안느

계속한다.

긍휼히 여기소서! 긍휼히 여기소서! 마리아, 고뇌의 어머니시여! 불쌍한 은자가 한 일을 인자하신 눈으로 보아 주소서. 비록 이 몸이 죄인이긴 합니다! 그가 저지른 죄와 잘못만을 보지 마시고 당신에게로 향한 그의 열망을 보소서. 제가 잘못 행동하였습니다! 저를 불쌍히 여기소서! 반드시, 성당을 다시 세우겠습니다. 돌에 입 맞추겠습니다. 돌 하나에 1백 번의 기도문을 외우겠습니다……

죽음

악마에게 낮은 목소리로.
쳐야 하나?

악마

안 돼! 안 돼! 아! 그가 죄를 지은 상태에 있기만 하다면, 널 그에게로 나가게 하련만!
죽음이 말 위에 다시 올라타고, 대죄들은 떠났다. 돼지는 느긋하게 이쪽저쪽을 왔다 갔다 한다.

죽음

악마에게.
아무렴 어때?

악마

그는 지옥에 가지 않을 거야. 두고 봐!…… 오! 나는 다시 올 거야……. 시간이 됐어. 이젠 떠나야 해.

앙투안느

고개를 돌려 떠나는 악마의 발뒤꿈치를 언뜻 보고는 한숨을 내쉬며 두 팔을 들어 올린 채 외친다.
감사하나이다! 감사하나이다, 하느님. 저를 그로부터 해방시켜주셨나이다!

악마

격하게 몸을 돌려 앙투안느의 오른팔을 잡고.

아직은 아니지!

앙투안느는 서둘러 왼팔로 십자가를 그리고 기도를 다시 시작한다.

악마

손을 놓는다.

아듀! 지옥이 널 두고 간다. 흠! 사실 악마에게 무슨 상관이야? 그게 어디에 있는지 알기나 해? 진짜 지옥이?

앙투안느의 심장을 가리키며.

여기! 너의 늑골 아래서 그걸 뽑아내지 않는 한, 넌 지옥과 함께 있는 거야. 네 가슴속에 죄들이 있고, 너의 머릿속에 고뇌가 있으며, 너의 본성이 저주인 거야. 거친 가시 옷을 조이렴. 채찍질로 몸에 상처를 내봐. 배고파 죽을 지경으로 단식해. 너를 낮춰 봐. 너를 억제해. 가장 순수한 말을 찾아봐. 가장 낮은 자세로 꿇어 엎드려 절해. 너는 바로 그 순간 상처 난 너의 살 속으로 지고의 쾌락이 빗살처럼 지나가는 것을 느끼리라. 빈 너의 위장이 언제나 잔치를 부르고, 또 네 입술 위 기도의 말은 세속의 사랑의 말과 음욕의 탄성으로 바뀌리라. 너의 선행에 대한 만족이 교만으로 네 마음을 부풀리리라. 이어지는 날들의 피로감이, 사막의 전갈이 그렇듯, 쉭쉭거리며 네게 질투를 불어넣으리라. 고행의 머리맡에 앉아 너는 떨칠 수 없는 무력감과 끝없는 나태에 시달리리라. 세상사에 대한 음란한 욕망이 일순간 너를 떠나도, 더욱 혼란스러운 정신의 갈망이 나타나 더 큰 사랑을 원하고 사랑을 그토록 작게 만든 신을 저주하리라. 너는 이마로 제단의 돌을 찧고, 네가 품고 있던 구리 십자가에 입 맞추어도 네 마음의 불꽃은 그것을 뚫지 못하리라. 너는 움막에 들어가 뾰족한 칼을 찾게 되리라……. 나는 다시 올 거야…….

나는 다시 올 거야…….

앙투안느

당신 뜻대로 하소서! 주여! 저는 당신의 아들이며 종이나이다.

악마

멀어지며.
그의 아들이라! 하! 하! 하!

앙투안느

저를 도와주소서! 저를 구해 주소서! 저를 사랑해 주소서!

악마

하! 하! 하!

앙투안느

당신을 사랑할 수 있게 해주소서!

악마

하! 하! 하!

앙투안느

오! 예수님! 오! 예수님!

악마

하! 하! 하!

앙투안느

좀 더 큰 믿음을 제게 주소서!

악마

하! 하! 하!

앙투안느

긍휼히 여기소서! 긍휼히 여기소서!

악마

하! 하! 하!

앙투안느

오! 예수님! 오! 예수님!

악마

하! 하! 하!

악마의 웃음이 그의 멀어짐 속에서 반복된다.
앙투안느는 기도를 계속한다.

『성 앙투안느의 유혹』은 여기서 끝난다.
1849년 9월 12일,
오후 3시 20분,
볕이 좋고 바람 부는 날.
1848년 5월 24일 수요일,
3시 15분에 시작했다.

작품 해설

초판『성 앙투안느의 유혹』, 논리와 반(反)논리의 수사학

1. 성 안토니우스 일화와 플로베르

알렉산드리아의 주교 아타나시우스Athanasius(293?~373)가 357년 그리스어로 서술한『안토니우스의 생애』는 그리스도교 수도승에 관한 최초의 이야기이다. 250년 이집트 북부 케만에서 태어나 356년 홍해 가까이에 위치한 콜짐 산 은둔지에서 생을 마감한 안토니우스Antonius(251?~356?)는, 그리스도의 뒤를 따르기 위해 모든 것을 버리고 사막 깊숙이 은둔하여 치열한 자기와의 싸움으로 유혹에 맞서고 이적을 이룬 신화적인 인물이다. 그는 은둔하는 수도 생활에 전념하면서도 아타나시우스와 함께, 초기 교회 형성기에 이단으로 지목된 아리우스Arius(250?~336?)와 예수의 신성을 거부하는 그의 추종자들을 척결하는 일에 참여하기도 하였다. 이집트 밖에서 거주하는 수도사들에게 구도자의 모범을 제시하기 위해 쓰인『안토니우스의 생애』는 곧 라틴어로 번역되었고, 이후 전설적인 수도자의 삶을 주제로 한 예술이 꽃을 피우게 된다. 13세기 이탈리아의 야코포 다 바라체Jacopo da Varazze가 기술한 성인전『황금전설*Legenda Aurea*』에 의하면, 안토니우스 성인은 귀와 입과 눈을 다스린 후에는 무엇보다 마음을 다스릴 것을 강조하였다고 한다. 15세기에 쓰인 것으로 추정되는 성 안토니우스에 관한 성사극은 3,965행의 고대 불어 운문에 라틴어 지문으로 되어 있다. 가톨릭교회가 규정한 일곱 개의 중대죄들이 유혹을 주도하고, 등장인물이 여든 명에 달하는 거대한 작품이다. 부활절 무렵 화창한 봄날에 상연되었던 이 성사극은 유혹의 시련으로 점철된 성자의 일생을 매우 익살스럽게 연출하는 소극(笑劇)의 성격을 띠고 있으며, 도시와 시골의 장터에서 공연하는 인형극의 모태가 되었다. 18세기에는 발레-무언극과 일종의 뮤지컬 버라이어티, 그림자 놀이 등의 공연을 통해 성인의 유혹 이야기가 전승되었다. 1982년 알랭 르쿠앵Alain Recoing의 연출로 어린이들을 위한 인형극이 파리 샤이오 극장에서 올랐으며, 로제 데포세Roger Défossez는 18세기 그림자놀이를 각색하여 위세트 극장에서 올린 바 있다.

3세기에서 4세기, 그리스 철학과 인도, 페르시아, 이집트 종교와 새로이 부상하는 그리스도교가 공존하던 도시 알렉산드리아 문화권에서 살았던 안토니우스가 유혹의 표상으로서 세계 신화의 반열에 오르게 된 것은 플랑드르 회화 덕분이다. 이 주제와 관련하여 15세기의 히에로니무스 보슈, 16세기의 피터르 브뤼헐, 17세기의 자크 칼로가 그린 그림들은 수많은 모작(模作)과 함께 마드리드와 리스본, 빈과 브뤼셀 그리고 베네치아 등 온 서유럽의 박물관에 걸려 있다. 그림은 현실과 꿈의 경계가 불분명한 환상적 이미지들로 가득하고, 기괴하고 수수께끼 같은 형상들은 영혼과 육체, 시대의 금기와 개인의 무의식 세계가 충돌하는 현장을 시각적으로 연출하고 있다.

플랑드르 화풍의 그림들과 전통적인 인형극 등에서 영감을 받은 플로베르는 극 형식의 소설 『성 앙투안느의 유혹』을 통해 심리학적, 철학적, 심미적 색채가 더해진 현대적인 해석을 시도

하고 있다. 플로베르의 텍스트는 오딜롱 르동, 폴 세잔 등 현대 화가들의 상상력을 자극했으며, 현대 연극으로 무대에도 올려졌다. 장-루이 바로Jean-Louis Barrault가 주연한 댄서 모리스 베자르Maurice Béjart의 육체적 리듬이 돋보인 연출(1966년), 무의식의 시각화를 시도한 〈불의 극단Théâtre de Feu〉의 장 마뉘엘 플로렌사Jean Manuel Florensa의 연출(1982~1983년), 그리고 아비뇽 연극 페스티벌에서 텍스트를 낭독하며 플로베르의 글쓰기 습관 가운데 하나인 〈괼루아르*gueuloir*〉 즉 〈흥에 취해 소리 내어 읽기〉를 돋보이게 한 장마리 빌레지에Jean-Marie Villégier의 목소리 일인극(1987년)은, 사막에 고립되어 자기 환상을 직시해야 했던 고행자의 이야기를 새롭게 해석하고 있다.

귀스타브 플로베르는 1874년에 출판한 이른바 『성 앙투안느의 유혹』 결정판 외에 생전에 출판하지 않았던 1849년과 1856년 두 판본의 자필 원고를 더 남겼다. 그는 541면에 이르는 제1고를 완성한 후 『마담 보바리』를 썼고, 플랑드르 소설이 끝나자 바로 1849년 텍스트를 193면으로 다듬은 제2고를 4개월의 작업 끝에 1856년에 완성했다. 이어 카르타고를 배경으로 하는 역사소설 『살람보』와 현대소설 『감정 교육』을 끝낸 후, 완전히 다른 구상에 따라 1869년 6월에 시작하여 1872년 6월에 제3고를 완성했다. 방대한 분량의 작품을 일부 수정하는 데 그치지 않고 이처럼 작품 전체를 다시 쓰는 경우는 매우 이례적이다. 플로베르가 안토니우스 성인의 이야기를 손에서 놓지 못하고 평생에 걸쳐 작품의 완성도를 추구한 것은 스스로 글쓰기의 실패라고 여겼던 초판본의 가독성을 높이기 위해서였을 것이다.

1849년 9월 12일, 제1고를 마침내 끝낸 플로베르는 자신의 〈처녀작〉을 평가해 줄 친구들을 크루아세 서재로 불렀다. 막심 뒤 캉은 그리스도교 성인을 빙자한 인간의 〈심리 연구〉를, 루이 부이예는 떠오르는 초대 교회와 몰락하는 로마 제국의 〈시대 연구〉를 기대했다. 4일간 매일, 정오에서 오후 4시 그리고 저녁 8시에서 자정까지, 서른두 시간의 낭독 끝에 친구들이 내린 결론은 〈원고를 불에 던져 버리고 더 이상 언급하지 말 것〉이었다. 1년 6개월간의 준비 작업과 1년 4개월에 걸친 노고의 결과가 무너져 내리는 순간이었다. 그 순간에 대한 뒤 캉의 회고는 매우 의미심장한 평가가 아닐 수 없다.

오직 문장들, 즉 아름답고 잘 구성되었으며 조화롭고 반복이 빈번하며 거대한 이미지와 예기치 않은 은유로 점철된 문장들, 순서를 바꾸어도 전체가 바뀌지 않는 문장들뿐이었다. 이 긴 신비극에 극적 진행은 없고, 여러 인물들이 연기하는 단 하나의 장면만이 끝없이 이어졌다. 자신의 기질 깊은 곳에 뿌리를 둔 서정적 정열에 사로잡혀 그는 발을 땅에서 떼었다. (……) 우리는 이해하지 못했으며, 그가 어디에 이르려는지 짐작할 수 없었고, 실제로 그는 어디에도 이르지 않았다. 3년간의 노고가 속절없이 무너져 내렸다. 작품은 연기처럼 사라지고 있었고, 부이예와 나는 망연자실했다. (……) 우리는 플로베르에게 말했다. 〈주제가 막연한 데다 주제를 다룬 방식 때문에 작품이 더더욱 막연해졌어. (……) 확장의 방식을 취했기 때문에 하나의 주제가 다른 주제에 흡수되며 이렇게 계속되기에 출발점을 잊게 된 거야. 물방울 하나가 도랑으로 들어가고, 도랑이 강으로, 강이 호수로, 호수가 바다로, 바다가 대홍수가 되는 거야. 자네는 물에 빠졌고, 인물들도 물에 빠뜨리고, 사건도 빠뜨리고, 독자도 빠뜨리고, 종내는 작품이 물에 빠지고 만 거야.〉(『문학 회상기』)

예기하지 못했던 평에, 플로베르는 주제에 몰두한 나머지 전체를 분명하게 보지 못했을 가능성을 시인하긴 했으나, 초판을 퇴고한 직후 뒤 캉과 떠난 동방 여행 중에도 그 비평에 대한 의혹의 끈을 놓지 않았다. 〈『성 앙투안느의 유혹』이 작품으로서 좋은가 나쁜가? 나와 그들 중 누가 잘못 봤을까?〉(1850년 1월 5일 마담 플로베르에게 보낸 편지). 그러나 여행에서 돌아온 그는 앙투안느의 인물 창조에 실패했음을 자신의 뮤즈에게 고백한다.

> 이건 실패한 작품이오. 그대는 진주들이라고 말하지만, 목걸이를 만드는 것은 진주알이 아니라 줄이라오. 『성 앙투안느의 유혹』에서, 내 자신이 앙투안느 성인이었고, 나는 그를 잊었던 거요. (……) 이 책을 고칠 방법이 있다면 정말 기쁘겠소. 거기에 너무나 많은 것을, 너무나 많은 시간과 많은 애정을 쏟아부었기 때문이오. 결국 곰삭지 않았던 것이오. 자료 부분 즉 역사 부분을 충분히 준비한 후 시나리오가 되었다고 상상하고 쓰기를 시작했던 거였소. 모든 건 플랜에 달려 있소. 이 글은 그것이 없었던 거요. 관념의 긴밀한 연역이 실제의 연결과 반드시 일치하지 않을 수 있소. 너무나 많은 드라마적 구축물 때문에 극적인 감흥이 결여된 것이오.(1852년 1월 31일 루이즈 콜레에게 보낸 편지)

2. 여덟 번째 죄, 〈논리〉

어두움이 내리는 황혼에 막이 오르고 어두움이 가시는 또 다른 황혼인 새벽에 막이 내리는, 『성 앙투안느의 유혹』에 등장하는 인물들은 두 카테고리로 확연히 분류된다. 첫째는 극의 도입부에서 종결까지 조명을 통해 모습을 드러내거나 조명에 빗겨

나 있거나 항시 무대 앞 혹은 옆에서 서성이는 인물들로, 앙투안느, 악마, 일곱 가지 중대죄들과 여덟 번째 죄 〈논리〉가 이들이다. 다른 부류는, 그리스도교 이단자들, 신덕들과 과학, 환시 속의 일련의 인물들, 스핑크스와 키마이라가 이끄는 환상적인 동물의 무리, 음욕과 쌍을 이루는 죽음, 인류가 만들어 낸 모든 신들로, 이들은 극적 전개에 따라 그룹을 이루어 차례로 무대에 등장하여 성인에게 말을 건네고 그를 유혹하고 무대에서 차례차례 사라질 뿐, 결코 서로 만나는 일이 없다. 이들은 플로베르가 〈자료 부분 즉 역사 부분〉이라고 지칭한 에피소드들을 구성하는 인물들이다. 등장인물들을 이렇게 확연하게 다른 두 카테고리로 나눈 분류 체계는 관념의 연역에 어떤 역할을 하도록 구상된 것은 아닌가? 뒤 캉이 언급하였던 〈확장의 방식〉이 플로베르가 말한 〈연역〉의 과정이며, 작품을 극적으로 이끌어 가기 위한 플랜이 아닐까? 그리스도교 전통의 교리를 수용한 성사극이 이미 무대 위에 세웠던 교만·음욕·질투·식탐·나태·분노·인색의 일곱 행동대원 외에, 지적 탐구의 한 방법을 상징하는 〈논리〉라는 우의적인 인물을 창안한 플로베르의 인물 설정은 독창적이다. 1849년 텍스트를 구상하는 제1시나리오(프랑스 국립 도서관 수고과 불어권 장서 23671번 87면 앞)에서 〈철학〉으로 명명되었다가 〈논리〉로 이름이 바뀌어 등장하는 이 우의적 인물은 모든 유혹의 중심에 있다. 앙투안느 의식의 뿌리를 구성하는 일곱 가지 죄들이 각각 은자를 유혹할 때, 〈논리〉의 근거 제시와 설득 없이는 유혹이 성립되지 않는다. 〈교만〉이 다른 여섯 죄를 압도하고, 종국에 〈논리〉가 앙투안느의 유일한 토론자가 되는, 등장인물들의 이 계급적 구조에 대한 이해가 필요하다. 〈논리〉는 언어 조작자로서의 본래의 〈논리학자〉의 모습뿐 아니라 자기 철학의 입장을 대변하며, 형이상학을 논하는 〈철학자〉이자, 최종적으로는 악마 자신과 동일시되는 〈유혹자〉로 변신해 간다. 플로베르가 창안한 성자의 유혹 또는 시련의 이야기는 〈논리〉라는 우의적 존재의 창안과 깊은 관련이 있으며, 이 〈논리〉는 연극적 진행의 기재일 뿐만 아니라 작품 전체를 사유의 장으로 확장시켜 나가기 위한 이 작품의 철학이기도 하다. 1849년 초판본의 인물 〈논리〉의 사고 과정을 통해, 작가가 탐구하려던 문제의 존재론적 질문 방식과 이 〈논리〉의 역할이 어떻게 연루되는지를 살피고 플랜의 은밀한 주제를 살핌으로써, 이 판본이 갖는 플로베르 미학의 독창성을 발견할 수 있을 것이다.

3. 공허(空虛)의 뿌리

드라마는 앙투안느의 독백으로 시작된다. 앙투안느는 산 위에서부터 저 아래 지평선으로 기우는 해를 보며 일감을 손에서 내려놓고 저녁 기도를 준비한다. 이어 피로감이 일고, 그의 독백에서 반복되는 일상의 권태가 묻어난다.

> 내일도 해는 다시 뜰 것이고, 또 지평선 뒤로 넘어가고, 늘 그렇게 뜨고 지겠지! 한결같이!
> 난, 잠에서 깨어나고 기도를 하고, 이 바구니들을 완성시키겠지. 그리고 매달 양치기들에게 이 바구니를 주는 대가로 빵을 받아먹겠지. 이 항아리에 담긴 물을 마실 테고. 그리고 기도하고, 단식하고, 다시 기도를 하고, 늘 그렇게 하겠지! 한결같이! (본문 10면)

기도하는 일이 쉽거나 즐겁지 않다. 규칙적인 생활 리듬을 깨고 싶은 욕구도 일어난다. 고행을 위해 입고 있는 말총 옷이 무겁다. 사는 게 왜 이 모양인가? 사막에 들어온 후의 수도 생활을 되돌아본다. 강렬한 유혹으로 점철된 날들이었다. 현기증으로 넘어져 어딘가를 표류하곤 했다. 자신을 유혹하던 무서운 유령 같은 존재들로 피가 얼어붙지 않았던가? 고행은 피로 점철되었다. 가시 위를 뒹굴고 쇠갈고리가 달린 채찍으로 피가 흐를 때까지 몸을 후려쳤다. 맷돌이 배속에서 돌듯 단식은 고통스러웠다. 그러나 언제부턴가 무기력함에 사로잡혀 움직일 수 없게 되었고, 자신의 눈 아래서 내달리는 환상을 보게 되었다. 어떤 생각들이 〈성난 코끼리처럼 거칠게, 말 울음소리를 내며 아래로 달렸는데〉, 달아나는 생각들을 붙잡으려고 용기를 내어 매달리기도 해보지만, 매번 그것들이 어찌나 빨리 휘도는지, 기진맥진하여 자신이 어디에 있는지도 알지 못한 상태로 정신이 돌아오곤 했다. 어쩔 도리가 없는 무기력감과 공허감에 빠진 상태에서 그는 자기 생각이 형상화하는 것을 이렇게 보곤 했다. 언젠가 〈일을 하라〉는 목소리를 들었고, 이 고통스러운 상태에서 벗어나기 위해, 〈살아남기 위해〉, 미친 듯이 〈이 보잘것없는 일〉을 하기 시작했다. 이곳에서도, 예전엔, 신으로 충만했던 경험을 했다. 신의 존재감을 추구하는 앙투안느는 자신 위로 내리는 〈천상의 비를 맞으며 이루 말할 수 없는 환희를 느껴 본 적이 있었다〉. 그러나 그는 여전히 공허감을 떨치지 못하고 있다. 신에 이르기 위해 필요하다고 그가 판단하고 취한 고행의 모든 방법은 물리적인 것이며 영적인 경험이 될 수 없었다. 인간을 자기 현실에 위치시키는 노동과 인간을 신에게 잇는 기도로 수행의 규칙을 세우고 지켜 나가는 수도 생활에서도 일종의 공허와 절망만이 있을 뿐이다. 존재론적인 공허, 무력한 우울 그리고 그를 이 상태로 몰아넣는 환상 작용에 대한 해명 역시 필요하다.

바로 이 설명을 위한 분석 과정에서, 이제 자아는 〈유혹하는〉

앙투안느와 〈유혹을 견디는〉 앙투안느로 나뉜다. 앙투안느의 의식은 〈목소리〉로 시작하여 차츰 일곱 가지 중대죄와 〈논리〉로 분화한다. 구세주의 모친에게 드리는 기도는 매우 형식적인 말뿐이며, 전통적인 동정녀 마리아의 이미지는 감각적인 모습으로 바뀌어 가고 끝내는 그림에서 튀어나와 움직이는 여인이 된다. 절대를 향한 길을 가기 위해 앙투안느 스스로 버렸다고 믿고 있던 억압된 욕망들이 고개를 든다. 〈질투〉는 가족을, 〈음욕〉은 사랑을, 〈인색〉은 재산을, 〈식탐〉은 맛난 것을, 〈분노〉는 살의(殺意)를, 〈나태〉는 조용한 삶을, 〈교만〉은 과학적 소양을 상기시킨다. 그들 각각의 담론에 타당한 근거를 〈논리〉가 덧붙인다. 질투에게는 하느님이 자식을 갖지 말라 말한 것이 어디에 기록되었는가를 묻고, 음욕을 위해서는 육체의 순결만으로 구원이 가능한가를 질문하고, 적선과 자선의 폐단으로 인색에게 정당성을 부여하며, 하느님을 위한 전쟁들을 어떻게 설명할 수 있는지를 물어 분노를 정당화한다. 마침내 〈논리〉가 결론을 내린다. 만일 그가 관상 생활을 하기 위해 사막에 오지 않고 도시에 머물렀다면, 그것도 〈나름대로 행복하고, 풍요롭고, 건전하고 평화롭게 사는 방식〉이었을 것이라고. 그러나 앙투안느의 유혹은 일상생활을 소진하려는 욕망에 있지 않다. 그의 의식 더 깊은 곳에서 꿈틀거리는 그 무엇은 무엇인가. 공허의 뿌리를 찾아가는 이 특별한 임무가 〈논리〉에게 주어지고, 그만이 남아 앙투안느와 대화를 시작한다.

이제 앙투안느는 〈논리〉의 요구에 따라 자신의 모습을 들여다보고 그 상태를 기술한다. 신은 말씀이 없고, 그는 어둠 속에서 잠들지 못하고 깨어 있으며, 자신을 달구고 간지럽히고 삼켜 버리는 그 어떤 것에 시달리고 있다. 영혼은 세속에 대한 생각의 그림자일 뿐이며, 몸이 부끄럽고 순수하지 않아 마음이 몹시 아프다. 가장 고통스러운 것은, 빈 마음의 허기이다.

빈 마음의 허기, 그것은 절대를 상실한 존재의 공허이다. 이보다 비참한 인간이 있을까? 돌이켜 보면, 지난 세월은 〈쇠사슬에 묶인 죄수들처럼, 같은 얼굴에, 같은 옷을 입고, 같은 슬픔에 빠진 날들이 줄지어 지나간〉 시간들이다. 신이 시험한 지 30년이 되었다. 지금 그는 〈비틀거리고, 표류하고, 길을 잃고, 매 맞은 바보처럼 울고, 마차에서 떨어져 나간 바퀴처럼 되는 대로 돌고 있다〉. 그는 신이 자신에게 명령할 것을 요구한다. 여기 남아야 하는지, 여기를 떠나야 하는지를. 이때 앙투안느가 호소하는 메마름과 어두움 속에 유배된 고통은 신의 침묵 한가운데서 모든 신비주의자들이 겪는, 출구 없이 이어지는 그 메마른 밤의 고통이다. 절대에 허기진 정신은 지금 묻고 있는 것이다. 신에게 이르기 위해 스스로 행하고 있는 이 고행이 의미 있는 것인지, 신에게 이를 수 있는지, 신이 누구인지, 무엇보다 신이 존재하는지를. 열정의 티끌 하나 남아 있지 않은 자신의 텅 빈 마음 깊은 곳에서 벌레 한 마리가 꿈틀거리며 존재론적 사유를 하고 있다.

4. 〈논리〉의 철학: 논리와 반논리

마차에서 떨어져 나가 멋대로 돌고 있는 바퀴처럼 중심을 잃은 앙투안느는 침묵하는 신에 대한 〈회의Doute〉의 밤을 보낸다. 〈논리〉는 단번에 그리스도교도들의 믿음 안에 회의가 있다는 결론을 내린다. 하느님을 섬기는 자들도 모두 그처럼 〈영원이 무엇인지 모르고, 하느님이 누구인지 스스로 물으며 절망에 빠진다〉. 게다가 고행은 더더욱 의미가 없다. 앙투안느는 이의를 제기한다. 그러나 은총은 고행을 통해서 얻어지는 것이 아닌가? 〈논리〉는 존재론적 방식으로 논증을 시작한다.

앙투안느 세상이 우리의 시선을 받을 만한가?

논리 피조물인 네가 창조를 저주하다니. 네가 창조를 알기나 해? 창조가 뭔지를 아냐고? 세상의 한가운데서 궤도를 따라 돌고 있고, 별들 속에서 빛나며, 너의 심장 속에서 뛰고 있는 신의 정신을.

앙투안느 그렇다면 고행은 아무 소용이 없다는 거야?

논리 행위의 결과에 대해선 신경 쓰지 마. 행위가 뭐 중요해? 조각품은 자기를 만든 구상 개념을 자기 안에 지니고 있지 않나? 관념은 물질이 되면서 자신의 본질을 상실했을까? 정신은 각각의 원자들 속에 조금도 내재되어 있지 않은 걸까?

앙투안느 그렇지만 나는 신이 아닌걸!

논리 신이 되고 싶었지?

앙투안느 언젠가는 신을 알고 싶었어.

논리 우주의 왕이 네 고행에 그토록 마음을 쓰고 네 눈물이 얼마나 되는지 보려고 하늘 가장자리 바깥쪽으로 몸이라도 기울일 거라고 생각해? 네가 켜 놓은 램프에 밤나방이 부딪히고 날개를 태우면서, 고통을 느낄 거라고 생각해? 그런데 너 역시, 눈을 부시게 하는 찬연한 빛 가장자리에 죽으러 오지…… (본문 59~60면)

앙투안느가 가슴에 품고 있는 질문이 언어로 표현되었다. 인간이 신일 수 있는가? 앙투안느는 신을 알고 싶은 것이 아니라, 〈논리〉의 말대로 신이 되고 싶은 것으로 보인다. 앙투안느의 무의식을 끌어내어 의식과 대립시키는 역할을 맡은 〈논리〉의 철학적 입장이 이를 반증한다. 〈논리〉에 따르면 창조는 신의 정신의 산물이다. 세계의 중심에서 궤도를 따라 도는 정신, 만물 속에 있는 정신으로 신은 정의된다. 우주의 자기 운동 법칙과 원자론으로 세계 창조를 설명한 고대 그리스의 자연 철학의 입장과 만물 안에 내재한 신의 존재를 설명하는 범신론의 논리가 우의적 인물인 〈논리〉의 철학과 종교적 입장이다. 앙투안느의 토론자는 앙투안느의 신앙인 그리스도교의 창조론과 상반된 자연 철학적 우주생성론으로 무장한 철학자임을 스스로 공표한 것이다. 그의 주장대로 내재론(內在論)에 따르면, 신은 자신 안에 있고, 따라서 단식이나 채찍 고행은 잘못된 수행 방식이 아닌가. 게다가 언제나 목적과 필요에 따르는 행동은 고유한 가치를 지닐 수 없다. 종려나무 잎으로 만든 옷을 입고 발뒤꿈치에 가죽끈으로 가시를 묶고 다니는 사라브주의자들Sarabaïtes의 예를 보라. 〈은신처인 동굴에서 나와 피를 뒤집어쓴 모습으로 사람들 앞에 나타나서는, 돈을 긁어모으고 다시 그들 소굴로 돌아가서 함께 사는 여자들의 허리를 잡고 통로에서 노래를 부른다. 이런 식으로 그들은 수많은 이들을 개종시킨다.〉 또한 무릎 꿇고 팔을 들어 올리는 종교 예절에도 절대적 가치는 없음을 지적한다. 앙투안느가 이의를 제기한다. 그것은 계율이므로 받아들여야 한다. 〈논리〉는 초기 교회에서 있었던 그리스도교와 유대교의 갈등을 예로 들며, 유대인들의 〈계율Loi〉에 맞서 〈은총Grâce〉이 도래했으며, 형식에 집착하는 율법주의자들이 세운 신전을 파괴한 예수의 입장을 지지한다. 사마리아의 저주는 끝났으며 바빌론도 슬픔을 딛고 다시 일어났으므로, 이스라엘에 갇혀 있던 영혼이 〈자신의 창〉을 열고 〈남과 북에, 석양과 새벽에 날아오르기를〉 희망하는 〈논리〉의 말에, 앙투안느는 맹목적이고 단순한 믿음으로부터의 해방감을 맛본다. 그는 여전히 자신의 논리 안에 머무는 것일 뿐이다. 반면 〈논리〉는 충실한 자기 철학에 근거하여 그리스도교 신앙의 핵심적 신비인 삼위일체 문제에 접근한다.

    삼위일체설은 〈성부와 성자와 성령의 이름으로〉 세례를 행하고(「마태오의 복음서」 제28장 제19절), 〈주 예수 그리스도의 은총과 하느님의 사랑과 성령께서 이루어 주시는 친교를 모두 누리기를 빕니다〉(「고린토인들에게 보낸 둘째 편지」 제13장 제13절)라고 성찬 전례에서 하던 말에 그 기원을 두고 있다. 삼위는 세 신들이 아니라 한 하느님이며 세 위격은 그 근원이 가진 관계들로서 구분된다. 이상이 삼위일체에 근거를 둔 앙투안느의 신앙이다. 그런데 그리스도가 인간이라면, 인간이 만들어진 창조 이전에 어떻게 성자가 있을 수 있나? 〈논리〉에 따르면, 성자의 선재성은 잘못된 전제이며 논리적 모순이다.

〈논리〉는 앙투안느 신앙의 논리를 수용하여 그 전제를 근거로 역으로 추론한다. 성자가 인간으로 살기 이전에 이미 〈존재했으니〉 죽은 뒤 부활할 〈필요가 없었으며〉, 그의 인간 영혼은 신의 영혼에 다시 묶여 신이기도 인간이기도 〈하므로〉 신에 덧붙여진 살점이며, 그가 성부와 성령과 〈하나이므로〉 삼위 모두가 〈살덩이이다〉. 결국 물질만이 있을 뿐, 앙투안느 신앙의 최고 대상인 정신의 삼위는 없다는 결론에 이른다. 〈논리〉는 앙투안느의 유심론(唯心論)에서 출발하여 자신의 물리적 유물론(唯物論)에 근거한 논리적 추론을 거치면서 앙투안느가 지닌 믿음의 논리적 모순을 조롱한다. 〈논리〉의 추론은 말장난이 아닌가. 이때 성당 옆에 모습을 드러내는 중대죄들 사이로 〈더 작고 많은 그림자들이 드문드문, 살며시 끼어든다〉. 이 그림자들은 〈논리〉와의 대화 끝에 나타날 이단자들의 그룹들로, 그들도 〈논리〉의 추론 결과와 같은 해석을 내려 그리스도교 초대 교회로부터 이단으로 단죄되었음을 역사는 전한다. 그러나 앙투안느는 삼위의 물질성을 강하게 부정하고 삼위가 정신임을 주장한다. 예수의 신성과 인성의 진위 문제로 토론이 넘어간다.

그리스도 교회는 〈말씀이 사람이 되셨다〉는 「요한의 복음서」 (제1장 제14절)에 따라, 하느님(성부)의 아들(성자)이 인간의 구원을 완성하고자 인간 본성을 취한 것을 강생(降生, *incarnation*)

이라고 부른다. 그런데 정신이 인간처럼 태어나고 고통을 느끼고 죽을 수 있을까? 예수가 정신이라면 몸을 가질 수 없고, 그가 참으로 인간으로 태어났다면 신이 아니다. 이 모순을 어떻게 이해할 수 있는가?

논리 그 말도 맞아. 예수는 신이고 신은 정신이지. 그런데 예수는 태어나고, 먹고, 걷고, 잠자고, 괴로워하고, 죽었고, 그런데도 그는 정신이었다는 거지! 정신이 어디에서든 태어날 수 있는 것인가? 고통을 느낄 수 있나? 먹기도 하고? 잠도 자고? 죽을 수도 있단 말인가? 그런데 정신이 죽었다는 거지! 그렇다면 예수는 출생도 죽음도 경험하지 못했어, 그게 아니면 그는 정신이 아니었어.

앙투안느 그의 안에 있는 인간이 괴로워한 것이지.

논리 그의 안에 있던 신이 그렇게 한 것은 아니지. 그건 확실해! 사람은 고통을 느끼지, 그건 그래, 그런데 신은! …… 그걸 생각할 때, 그가 사람일 뿐이었다면, 인간으로서의 고통을 몸소 겪다니 퍽 대단한 거지! 만약 그가 신이었다면, 고통을 정말로 겪지는 않은 거야.

앙투안느 그렇고말고, 그는 신이었지.

논리 그렇다면 그는 고통을 못 느꼈어! 고통스러운 척한 거지. 에테르를 통과하는 태양처럼 인간의 삶을 통과하고는 잠시 인간의 모습 속에 자신을 숨긴 거야! 그는 마리아에게서 나오지 않았으면서도, 태어난 것처럼 보인 거야. 사람들이 그를 십자가에 못 박았을 때, 그들이 괴롭히고 있는 자신의 몸을 위에서 내려다보고 있었던 거지. 사흘 후, 자기 무덤의 돌을 걷어치우고 나오려 할 때, 그는 빠져나오는 연기 같았어, 어렴풋한 유령 같은 것 말이지. 도마는 의심이 났고, 그의 못 자국을 만져 보고 싶어 했어. 하지만 상처를 만들어 보이는 것이 그에게는 어렵지 않았어. 그는 이미 몸을 만들어 보였거든. 그의 몸이 너의 몸처럼 진짜였다면, 사람들이 들을 수 없을 만큼, 소리보다 섬세하게 벽을 통과해서, 빛보다 빠르게 공간 이동을 할 수 있었을까? 따라서 그게 육체가 아니었다면, 그리고 인간이 아니었다면…… 예수는 분명 그리스도였겠지, 안 그래? 그리스도, 그가 곧 멜기세덱이고 셈이고 테오도투스이고 베스파시아누스라는 걸 넌 결코 믿지 않지?

앙투안느 그렇고말고, 예수는 그리스도야.

논리 그리스도가 예수라……. 하지만, 존재하지 않는 것은 없는 것이고, 존재하려면 몸이 있어야 하는데, 그는 몸이 없었으니 존재한 적도 없었던 것이고, 그가 없었으니 그리스도도 없었던 것이고, 그리스도는 만들어 낸 거야. (본문 66~68면)

그리스도교의 논리를 인정하자! 그렇다면, 〈예수가 삼위 중의 성자이고 신이므로 신은 정신이니 예수는 정신이다〉라는 삼단 논법에 모순은 없는가. 그가 정신이라는 전제에 대한 결론은 둘 가운데 하나이다. 즉 그가 출생과 죽음을 경험한 것이 아니거나, 반대로 그가 생과 사를 경험한 것이라면 정신이 아니다. 〈논리〉의 이런 추론에 앙투안느는 신성 안에 있는 인성이 고통을 겪은 것이라고 주장하는데, 이에 〈논리〉는 그가 인간으로서 모두가 마땅히 겪는 죽음의 고통을 겪은 게 〈퍽 대단하군 *beau mérite*〉이라는 반어법을 사용하여 앙투안느의 전제를 조롱한다. 한편 앙투안느의 논리대로 그가 신이었다면 그는 고통을 절대 겪지 않았다는 논리적 결론에 이른다. 그렇다면 그는 탄생하며 자신의 몸을 만들어 보였으며 *simuler*, 십자가에 못 박혀 난 상처도 만들어 보인 것일 뿐이다. 구약 시대의 살렘의 왕이었던 멜기세덱이나 제9대 로마 황제 베스파시아누스가 그리스도가 아니지? 하는 반어법을 구사하며 〈예수는 그리스도〉라는 긍정을 유도한 후, 〈논리〉는 그리스도가 몸을 가진 적이 없으므로 존재한 적도 없고 따라서 그리스도는 만들어 낸 것일 뿐이라는 결론을 얻어 낸다. 〈논리〉의 대비적 논리 *une logique d'opposition*에 따른 추론은, 예수의 신성을 지지하는 앙투안느의 논리를 전제로 하고, 이 가정으로부터 출발하여 예수의 강생의 비현실성을 증명하며 예수의 신성을 부정하기에 이른다. 이제 〈논리〉는 존재론적인 물음으로부터 선과 악의 가치론적인 물음으로 토론을 진행시킨다.

앙투안느의 말대로, 악이 좋지 않은 것이라면 그것은 누구에게 좋지 않은 것이며, 악이라는 것이 신이 금지한 것이라면 앙투안느가 믿고 있는 신이 명령한 살인, 간음, 우상 숭배, 절도, 반역은 무엇인가. 앙투안느는 선과 악의 문제에 관해 유대교와 그리스도교 역사에서 자신의 주장과는 모순되는 상황들을 조목조목 나열하는 〈논리〉를 반박하지 못한다. 신에 의해 선과 악이 정해져 있다고 주장하는 가치 결정론의 모순에 반하여 절대적 가치가 부질없음을 주장하는 가치 상대주의적 입장이 힘을 얻는다. 게다가 선과 악이 존재하기나 하는가. 모든 것이 상대적인데 이런 질문이 무슨 소용인가. 현자도 예언자도 답을 찾지 못했다. 뿌리 깊은 허무주의가 고개를 들고 말한다. 무엇이든 비교할 잣대가 우리에게 없으므로 각각 모두가 똑같은 가치를 지닌다. 〈전능하신 분 발치에서는 잡초도 삼나무도 키가 같은 거야〉라고 앞서 〈논리〉가 말하지 않았던가. 그런데 신의 뜻에 따라 악이 생긴 것은 아닌가? 악마는 존재하는가?

앙투안느 악은 악마 안에 있는 거야.
논리 누가 악마를 만들었지?
앙투안느 신께서.

논리 악마가 신에 의해 만들어졌고 모든 창조가 신의 말씀에서 나온 것이라면, 말씀이 있기 전에 말씀은 신 안에 있었고, 또 악마가 태어나기 전에, 그도 역시 거기 있었어, 악마는 말이야, 자기 지옥과 함께 있었던 거지!

앙투안느 그도 신의 말씀에서 나왔어.

논리 세계 창조도 신의 말씀에서 나왔지. 자연 신앙을 가진 이들처럼 생각하는 거야? 창조가 고유의 법칙과 자기 존재의 힘만으로 가능하다고 넌 생각해?

앙투안느 오! 아니야, 신의 의지에 따라 인간들이 생각하고 식물이 자라는 거야.

논리 악이 생겨난 것은 신의 의지에 의한 게 아닐까? 악은 사탄이 만들고, 사탄은 신의 종이며 그의 아들이고, 그는 마치 대천사 가브리엘 같지. 사탄은 지옥에서 죄인들을 벌하고, 이 아래 세상에서는 신도들에게 유혹의 미끼를 던지지. 따라서 악마는 필요하고, 그는 꼭 있어야만 해……. 몸을 가지고 있을까, 악마는?

앙투안느 (깊이 생각하며) 악마에게 몸이 있다면?

논리 만일 그에게 육체가 있다면, 정신인 신이 동시에 여기저기 있을 수 있는 것처럼, 동시에 여기저기 있을 수는 없어. 그런데 그가 정신이라면 그는 신이고, 좀 더 정확히 말해 신의 한 부분이라고 본다면 전체에서 한 부분을 떼어 낸다는 것은 전체를 파괴하는 거잖아? 따라서, 신에게서 그 자신의 일부를 없애는 것은 신을 부정하는 게 되지. 너는 신을 부정하지 않고, 악마는 신에 포함되어 있으며…… 너는 신을 경배하니…… 악마도 경배해! (본문 72~73면)

악마도 정신이고 신이다. 혹은 악마성이 있을 뿐, 악마의 설정은 부조리하다. 이것이 〈논리〉가 추론하여 얻은 결론이다.

작품 해설 **497**

그리스도교의 창조설 논리를 인정한다면, 악마도 창조 이전에 있었던 것이고, 따라서 악은 본래적인 것이다. 〈논리〉는 무한히 이어지는 자연의 생성과 변화로 우주와 세계를 이해하는 입장을 그리스도교 창조설에 반어법으로 대비시키면서 앙투안느의 입장을 다시 확인시키고, 앙투안느의 논리에 대해 자신의 논리 즉 반대 논리를 대비시키며 논리적으로 논증하는 방식으로 악마 혹은 물질을 신과 동일자로 인정하거나 그에 가깝게 접근하는 쾌거를 이룬다.

〈논리〉의 논증적 토대에는 유물론적 자연 철학과 이신론(理神論), 범신론의 사상과 믿음이 있다. 앙투안느의 초월적인 유일신의 논리에 반대 논리를 다각도로 충돌시키는 〈논리〉의 추론 방식은 논증적 수사학을 통하여 명제들을 분석하고 증명해 나가는 수사학적 논증 방식이다. 앙투안느의 논리를 전제로 출발하여 〈논리〉 자신의 철학적 입장으로 추론한다. 종교인 한쪽 발과 철학인 다른 발이 차례로 땅을 딛으면서 앞으로 진행하는 사유 방식이다. 앙투안느와 앙투안느의 또 다른 자아인 〈논리〉의 토론이 이 시점에 이르렀을 때, 지금까지 목소리였던 이데아 〈논리〉는 형상을 취한다. 이 사유 방식은 곧이어 등장하게 될 이단자들의 생각 속에서 활동하며 역사 속으로 들어갈 것이기 때문이다. 그는 검은 난쟁이로 양가죽 옷을 걸치고, 발과 손에 끔찍한 갈퀴 발톱과 손톱을 하고 있다. 앙투안느에게 신과 함께 악마를 경배하라고 말하며 그는, 〈구르고 있는 공 위에 서서, 한쪽 발로 섰다가 천천히 다른 발로 바꾼다〉. 이제 그리스도교 신에 대한 다양한 해석이 무한히 시도될 것이다. 그들은 그리스도교의 초기 교회가 이단이라 불렀던 그룹들이며, 그들은 〈빛을 무한하게 만드는 갈라진 빛살이 되어〉 그리스도교의 말씀의 총체를 드러나게 할 것이다.

5. 논리와 반논리의 변증법

〈세상이 우리의 시선을 받을 만한가?〉라는 질문으로 회의의 밤은 시작되었고, 〈논리〉는 지금까지 그리스도교의 교리의 모순을 파헤쳤으며, 〈논리〉의 또 다른 얼굴, 현대적 분석과학을 상징하는 〈과학〉은 존재하는 것들의 근원을 증거하러 나타나는 현재태(顯在態)를 직시하지 않는 그리스도교를 〈부정, 억압, 증오〉로 정의하며 공격한다. 이 시점에서, 〈논리〉는 지금까지의 비관적인 태도를 버리고 갑자기 낙관적인 태도로 돌아서서 혹은 〈발을 다른 발로 바꾸고〉 말한다. 〈마음의 메마름이 자만으로부터 정신을 지키고 (……) 하느님을 더 이상 사랑하고 있지 않은 것 같은 순간에 더욱더 사랑하고 있는 건지도 모르니까.〉 그리고 앙투안느 자신이 〈신의 은총이 머무는 신전〉이므로, 신전주의에 빠지지 말고 성당에서 나올 것을 그는 제안한다. 틀과 경계로부터 나오면 참 그리스도교, 참 신비주의를 알게 되리라. 신의 장엄함을 뿜어내는 자연에 취하고 무한한 욕망을 펼치고 사랑에 불을 지펴 참 신비주의를 경험하리라. 〈교만〉의 부추김에 따라 앙투안느는 성당을 나온다. 생각으로 고통스러웠던 머리는 쾌적한 공기로 상쾌하다. 〈걸을 수 있게 잘 만들어진 이 발, 쥐고 펴지는 이 손, 볼 수 있는 이 눈, 그리고 이 머리. 수많은 생각으로 가득 찬 이 둥근 머리.〉 이 세상은 경이롭기에 우리의 시선을 받을 만하다. 전반부에서는 몸을 부정적 가치로 평가하는 이원적 유심론 입장과 이를 공격하는 유물론적 입장이 갈등하였다. 이제 극의 후반부에서 〈논리〉는 몸을 긍정적으로 수용하는 일원적 유물론 세계로의 여행에 앙투안느를 초대한다. 이 세계에서는 논리적 갈등이 없다. 앙투안느는 자기 앞으로 내달리는 일련의 환영을 직관하며 자신의 참모습을 직시하고, 언어에 갇혀 움직일 수 없는 사유인 스핑크스와 사유를 해방시킬 상상력인 키마이라의 결합에서 탄생하는 고대 세계의 시적 과학의 산물인 환상 동물들에게서, 자기 형상 안에 내재한 이데아 즉 자기원인과 자기 법칙을 관조한다. 보지 못하는 자들 블렘네스Blemmyes들을 보라. 그들에겐 머리가 없어 얼굴의 막연한 자국이 가슴에 어렴풋이 새겨져 있을 뿐이며, 눈은 없고 넓은 어깨를 가지고 있어, 근면하고 도덕적이다.

식물과 동물과 광물들이 뒤섞이고 경이로운 해부학적 구조의 돌풍이 불어온다. 그들은 새끼를 낳고 교미하고 서로 삼키고 서로의 위로 기어오르며 피라미드를 이루고, 〈다양한 몸들이 움직이고 있는 큰 더미의 각 부분은 고유의 운동으로 움직이고, 복잡한 전체는 조화롭게 흔들리고, 소리를 내고, 우박이 고랑을 그리며 떨어지는 무거운 대기 사이로 빛난다〉. 이 환영은 동시에 카오스이며 코스모스이다. 앙투안느는 물질계에 들어가 자신이 동물이 된 것을 느낀다. 모든 것에 스며들어 온갖 형태가 되고, 모든 원자 속으로 들어가 물질 속을 걸어다니고, 물질이 무엇을 생각하는지 알기 위해 스스로 물질이 되고픈 시적 열망에 사로잡힌다. 모든 존재*l'Etre*, 존재로 육화하고자 하는*s'incarner* 사랑의 불꽃을 동력으로 그는 악마의 두 뿔에 매달려 근원을 향해 우주로 비상한다.

유심론과 유물론의 상반된 두 논리가 만나는 뿌리, 일자(一者) 즉 신을 찾아가는 변증법적 논증은 개별자인 〈논리〉보다 총체적 개념 논리의 우화적 얼굴인 악마의 몫이다. 앙투안느는 자신이 경험한 우주적인 시적 욕망에 대한 이해를 목표로 악마와 함께 무한의 세계로 떠난다. 물질과 정신의 통일체인 영혼에 관한 변증법적 사유는 무한*l'Infini*의 형이상학적 개념의 토대 위에서 진행된다. 영혼은, 물질의 요소들의 해체와 침투 과정과 같은 방식으로, 물질에 침투하여 형상을 취하며 실체화한다. 〈일정한 수의 색깔, 소리, 형태, 이데아만이 실체의 내부를 끊임없이 지나며 실체의 존재 방식을 다양하게 하고, 다른 모습으로 영원한 것을 나타내 보인다.〉 무엇이라고 정의할 수 없으므로, 악마가 〈영원한 어떤 것*l'éternelle chose*〉으로 지칭한 실체는 인격신이 아니며, 하나에서 무한으로 퍼지는 범신론적 신이다. 모든 것에는, 〈이들을 공통의 생명으로 이어 주고 또 이들을 유사하게 하는, 파악할 수 없는 무한이 이들 각각에게 있기 때문에〉, 작은 물질에서 모든 것을 일시에 볼 수 있다.

악마는 〈그가 있고, 그리고 그게 전부야*il y a lui, et puis c'est tout*〉라는 말로, 신은 하나의 무한이며 〈그*lui*〉만이 있을 뿐이고 더 이상 할 말은 없다는 결론에 이른다. 그러나 앙투안느는 자기의 인격신 논리에 갇혀 〈그*lui*〉를 중성대명사 〈그것*ce*〉으로 받아 〈그것이 모든 것이다*ce est tout*〉로 이해한다. 언어의 소통에 간극이 생겼다. 악마의 무한한 자연의 통일체 논리와 앙투안느의 인격신 논리가 대비되며 신앙 논쟁은 지속된다. 그러나 앙투안느가 겪은 초자연적 경험, 생물학적 메커니즘을 넘어서는, 나의 무의식 너머에 있는, 이름 지을 수 있는 그 무엇*cela*에 의해 움직였던 내적 경험이, 그리스도교의 논리에서보다 범신론적 논증에서, 그 기원에 관한 답을 얻은 것은 아닌가. 극의 전반부에서 나타났던 두 개의 논리가 충돌하며 조롱하는 양상과는 다르게 확장된 신비주의의 해석이 시도된 것은 아닌가. 앙투안느는 곧 자신보다 드넓은 어떤 것이 자신의 존재에 섞이는 것을 느낀 적이 있었고 〈영혼이 어찌나 흩어지고, 모두의 안에 들어가고, 퍼졌는지, 영혼이 어디에 있는지 더 이상 알 수가 없었다〉. 한 영혼에서 다른 영혼으로 옮겨 간 듯한 경험은 어떻게 이해할 수 있나? 그것은 무한의 결정체인 몸과 영혼이 〈끝없이 이어지는 사슬〉을 이루는, 수없는 단계에 걸친 생성과 해체의 변화 과정의 산물이기 때문이다. 유일신의 창조 원리와는 다시 어긋나지만, 앙투안느는 이 시점에서 또다시 다른 생성 체계의 해석으로 자신의 윤회 경험을 이해하게 된다.

    그런데 존재하는 것들은 왜 존재하나? 존재하는 것은 존재하기 때문에 존재하는 것이며, 존재하는 목적은 자기 안에 있다. 자기가 동시에 원인이며 결과이다. 결국 무한의 세계는 자기 안에 있는 질서에 의해 만들어지고, 그 조건 밖에서는 존재할 수 없으므로, 신은 자유롭지 않다. 결국 자기 이데아의 질서에 따른 것 외에 다른 것일 수 없는 인간도 자유롭지 않다. 앙투안느는 반문한다. 그런데 전지전능한 초월신은 악을 벌하고 선을 상 주지 않는가? 그러나 상과 벌은 질서에 의한 것이지 신의 의지가 아니다. 신이 인간을 벌하고 상 주리라는 것은 인간의 논리이며, 신은 맹목적인 힘일 뿐이다. 그렇다면 신은 어떻게 알 수 있나? 신은 무엇인가?

    무한의 결정체인 나의 사유 속에서 신은 자신을 생각하므로, 내 안에 있는 그를 이해하는 순간 신과 나는 하나가 된다. 악마의 신은 신앙하는 신이 아니라, 철학적으로 사유하고 철학적으로 해석하는 이해의 신이므로, 철학의 신이다. 따라서 초월적 존재로 실재하는 것이 아니라, 인간의 사유의 산물이며 관념의 산물이다. 자아가 인식하는 신의 존재감, 종교적 심성 *le sentiment religieux*이다. 무한의 형이상학 논리는 자기 논증 과정을 거쳐 이렇게 마지막 결론을 내렸다. 한편 앙투안느는 여전히 인격신의 논리 체계에 머물며 무한 존재론의 반대 논리와 대립하며 평행선을 긋고 있다. 그러나 그는 범신론적 체계 해석에서 그가 경험했던 신의 존재감에 대한 해답을 얻는다. 〈한 계단만 오르면, 네가 자연이 되거나, 아니면 자연이 네가 되었을 거야〉라고 조금 전 악마가 말했을 때, 그것은 주체와 객체로서 신과 인간, 혹은 인간과 자연의 경계가 허물어지는 경험을 암시하는 것이었고, 각각 다른 입장에서 출발한 악마와 앙투안느는 각각 일자와의 경험을 통해 비상의 자기 목적지에 도달했다. 이제 모든 의문은 소진되었다. 그러나 악마에게는 마지막 인식론적 〈의혹〉이 남아 있다.

우리가 아는 것이 얼마만큼 확실한가? 조금 전 내가 본 것이 내 안에서 본 것이라면? 나의 영혼이 모든 것을 객관화함에 있어 만일 이 영혼이 거짓이라면? 부조리한 것, 논리적이지 않은 것이 오히려 참이 아니라고 누가 말할 수 있나? 참은 어떤 근거에서 참이라고 말할 수 있나? 내가 무엇을 볼 때 타인도 그것을 같은 것으로 보는가? 내가 지시하는 그것이 실재에 상응하는가? 결국 모든 게 꿈이라면? 모든 것이 인간의 상상에서 나온 것이라면? 우리의 세계가 없다면? 우리의 정신이 존재하지 않는다면? 꿈과 현실, 실재성, 정신과 실재의 관계, 보는 방식의 논리적 일관성의 존재 여부 등, 플로베르는 실존의 뿌리에서 실재를 의심한다. 그러나 앙투안느의 신앙 논리는 악마의 무한 불가지론을 수용하지 않는다. 자신의 의혹을 모두 해소한 앙투안느는 악마의 무한론에 온전하게 매혹되어 그에게로 흡수될 순간에 이르렀다. 앙투안느 앞에 나타난 악마의 눈의 환상은, 물리학으로 자연을 설명할 수 없는 암흑의 세계, 무한으로 흡수하는 블랙홀의 이미지이다.

악마가 팔을 내밀어 앙투안느를 포옹하고 앙투안느도 악마를 향해 팔을 내미는 순간, 앙투안느의 손이 묵주에 닿으면서 땅으로 추락한다. 자기 현실로 돌아오면서, 일원론과 이원론을 동시에 부정하고 수용하는 논리와 반논리의 2차 연역 과정은 이렇게 마무리된다.

6. 사유의 현기증

현실로의 추락은 이상을 향한 비상의 끝이다. 어스름 해가

질 무렵 앙투안느를 엄습하던 극도의 불안감은 어스름 해가 뜰 무렵인 지금 견고한 우울로 바뀌었다. 날개 위에 앉아 훨훨 날던 가벼움은 그가 잠시 털어 버렸던 무게를 실존적으로 느끼게 한다. 그의 몸 상태는, 허물어진 성당의 잔해 위에 〈다리를 크게 벌리고, 눈은 허공을 응시하고, 털이 곤두서고, 꼬리가 빳빳하게 서 있고〉, 〈꼬리부터 목덜미까지 등뼈를 따라 골수가 크랭크로 잡아당겨지는 쇠줄 같은〉 돼지의 그것이며, 그의 심리 상태는 머리에는 납이 들어 있고 심장이 멈춘 듯 자갈처럼 딱딱해서 〈가장자리에 가시덤불이 있고 바닥에 커다란 검은 자국이 있는 버려진 텅 빈 샘 같다〉. 그는 자리를 바꿔 보고 심심해서 구멍을 팠다가 다시 메울까 생각해 보지만, 갈망하려는 의지조차 상실한 채 절망의 무기력증에 함몰되고 거대한 권태에 짓눌려 하나하나 해체되고 있는 자신을 바라본다. 지금 그가 느끼는 허무와 우울은 드라마의 시작에서 그가 느끼고 있던 그것에 비할 수 없이 깊고 크다.

그는 늘 메마름 속에 있었고, 사랑은 오지 않았으며, 습관적으로 수행해 왔음을 떠올린다. 그는 하느님을 사랑하지 않으며 그것이 무엇인지도 그것에 대한 개념을 가져 보지도 못했다고 생각한다. 왜 무언가가 있는 것인가. 태어나고 죽고 기뻐하고 슬퍼하고 사랑하고 먹고 일하고 진지한 얼굴을 하고…… 이걸 생각하면 이 모두 바보 같은 짓이 아닌가. 권태롭고 고통스럽고 자신이 혐오스럽고 자신을 질식시키고 싶다. 앙투안느는 발을 구르고, 몸을 후려치고, 오열하고, 우물우물 중얼거리고, 빙빙 돌고, 비틀거리고, 기진맥진하여 숨을 헐떡이며 쓰러지고, 땀이 흐르고, 이가 부딪히고, 경련으로 사지가 뒤흔들리고, 숨을 몰아쉬며 쉰 목소리를 낸다. 우울증의 발작 상태에서 죽음이 다가온다. 지평선 아래에서 푸르스름한 석양이 올라오고 안개가 흐른다.

그러나 이곳 삶 너머에서 또 다른 육체를 갖거나 또 다른 영혼을 갖거나 지금의 영혼을 그대로 갖게 된다면, 죽음은 끝이 아닐 것이다. 앙투안느에게 이런 의혹이 생긴다. 창조 한가운데 혼자 버려져 일련의 행위를 한결같이 반복하는 것, 삶은 바로 이런 것일 뿐이니, 무(無)와 소멸과 무아지경, 휴식과 평화와 절대를 갈망하므로, 마지막 인식으로서 죽음을 취해야 하지 않을까. 죽음의 시선은 모든 것을 빨아들이는 검은 구멍, 블랙홀[1]이다. 여기에서 음욕이 나타나 죽음에 맞선다. 자신도 모르게, 자신의 깊은 곳으로부터, 무언가 자신의 의지와 상관없이 맹렬하게 치고 올라오는 그것에 대해 저항하거나 피하거나 이길 수 있는 것은 없다. 음욕은 실존의 운명이고 〈진리, 환희, 영원한 운동, 생명 그 자체〉이다. 두 개의 다른 논리가 충돌하며 앙투안느를 잡아당긴다. 음욕과 죽음은 무한히 반복되는 생성과 소멸의 알레고리이며, 하나의 무한의 두 얼굴일 뿐이다. 악마는 앙투안느를 논리적으로 설득하기 위해, 종교의 역사가 증거하는 생성과 소멸의 리듬, 무한히 형태를 바꾸면서 사라지지 않는 〈그것〉의 규칙적인 움직임을 펼쳐 보인다. 앙투안느 앞으로, 원시 시대부터 인도, 페르시아, 이집트, 그리스 로마, 소아시아, 이스라엘의 구약 시대까지 인류가 숭배한 신들이 줄지어 지나간다. 인간이 사유를 통해 창조한 역사 속의 신들은 앙투안느를 통해 신의 피할 수 없는 운명을 귀납적 논증 방식으로 몸소 증명한다. 연속적으로 이어진 시련 끝에 앙투안느는 〈진실, 시간의 전부, 절대〉를 보았으며[2] 사유의 원형적 순환의 상승 운동

---

1 〈눈동자가 없는 그녀의 눈구멍에서 검은 줄기가 솟구친다. 그녀는 왼손의 엄지와 검지로 수의 끝을 잡고는 팔을 쭉 펴서 그것을 들어 올리고 옆으로 활짝 편다.〉 (본문 358~359면)

2 플로베르는 1852년 5월 『마담 보바리』 1부를 집필하면서 형이상학적 소설 「나선(螺旋, La Spirale)」을 구상한다. 꿈과 현실을 넘나들다 종국에는 광인 수용소에서 자살하는 예술가인 주인공의 최후의 목표는 절대를 보는 것이다. (본문 544~545면)

은 정점에 도달한다. 앙투안느와 그를 창조한 플로베르, 그들을 바라보는 관객은 우주 한가운데 함께 서 있다. 드라마는 우주가 된다.

앙투안느는 아무 말 없이 눈물만 흘리며 발작적인 딸꾹질로 가슴이 낮게 헐떡이고 확장된 동공으로 악마를 뚫어지게 바라볼 뿐이다. 그러나 무자비하고, 냉소적이며, 단호하게, 흔들고 파괴시키고, 피안의 열망을 모두 무력화시켰던 〈논리〉의 전제와 결론이 마지막 말은 아니다. 이데아들이 남듯이 절대를 향한 갈망도 남을 것이다. 앙투안느의 기도는 내일도 모레도 계속될 것이므로.

무한 개념의 과학과 범신론적 시각으로 무장한 철학적 논리와 초월적 신앙의 갈등은 드라마의 시작에서 끝까지 하나하나 이어지는 극적 운동에 연속성을 부여하는 동력이며 〈논리〉와 논리적 사고는 동력 장치이다. 갈등을 구성하는 논리와 반논리의 논증적 수사학은 다양한 각도에서 두 논리를 대비시켜 나간다. 비관주의와 낙관주의, 우울과 이상, 죽음과 음욕, 관념과 형태, 유심론과 유물론, 초월론과 내재론이 작품 속에서 대립한다. 그러나 하나의 논리와 다른 논리의 대비 양상은 공격적 태도로부터 자기 입장에 머물며 동시에 상대의 입장을 이해하는 태도로 발전된다. 그것은 이 책이 인간 본성에 대한 진실을 추구하고, 특정한 종교 즉 그리스도교를 공격하려는 것이 아니라 종교와 철학과 예술의 관계의 모색을 목표로 하고 있기 때문이다. 그리스도교 교의를 대전제로 출발하여 논증 형식으로 그들의 부조리함을 드러낸 것은, 이 작품이 플로베르 자신이 속한 사회의 억압 기재에 대한 성찰이기 때문이다. 또한 이 작품은 이원론과 일원론의 갈등을 극복할 수 있는 시학의 모험이기도 하다. 사유를 통해 〈극도의 노력으로〉 자신의 운동을 계속하며 자기 원인적 존재 단계까지 도달하여 〈새로운 질서의 원리,

새로운 세계의 핵〉으로 완성된 초판본 『성 앙투안느의 유혹』
은, 자기 안에 자기 원인과 결과를 담은 〈아무것에도 관하지 않
는 책, 외부와 연결되지 않고 문체의 내적 힘으로만 서 있어 마
치 떠받치지 않고도 공중에 서 있는 책, 주제가 없거나 혹 그게
가능하다면 주제가 거의 보이지 않는 책〉(1852년 1월 16일 루
이즈 콜레에게 보낸 편지)이라는 플로베르 자신의 미학을 실험
하는 방법론의 책이기 때문이다. 그가 완성도를 높이려고 수정
하거나 전면 개작한 다른 두 개의 판본은 〈소용돌이, 무한히 감
아 도는 나선(螺旋)〉의 개념[3] 위에서 피어난 악의 꽃이나 하늘
을 찌르는 사유의 탑은 이미 아니며, 1849년 텍스트만이 온전
히 완성된 유일한 책이다. 플로베르는 초판본의 실패 요인이 인
물 앙투안느의 객관화 실패라고 진단하였다. 작가와 자기 인물
과의 이러한 관계는 1845년에 탈고한 초판 『감정 교육』의 주인
공인 극작가 쥘이 세운 방법, 즉 세계와 자신을 이해하는 방식
으로 모든 것이 그에게로 들어와 그를 통해 나가는 범신론적
자연주의 예술관과 무관하지 않다. 또한 1844년 1월 신경 교란
이 동반된 뇌출혈로 쓰러진 후 자신의 병(간질)의 원인을 찾으
려고 했던 그의 노력과도 무관하지 않다. 그는 자신처럼 어떤
힘에 휘둘리는 자, 고통으로 아파하는 자, 편들지 않는 사랑으
로 고독한 자들을 역사에서 찾아내어, 그들을 직접 인형으로
빚어가며 무대에 올리면서 자신과 그들의 고통을 그들로 하여
금 말하게 한 것이 아닐까. 인형을 움직이는 손은 감추어져 있
고 인형들과 줄만이 보이는 전통적 인형극의 틀을 버리고 보다

---

[3] 플로베르는 1850년 9월 2일 루이 부이에에게 보낸 편지에서, 자신의 철학
세계에 지대한 영향을 주었던 친구 알프레드 르 푸아트뱅이 쓴 철학 소설 『벨리
알의 산책 Une promenade de Bélial』을 언급하며, 영혼의 윤회를 탐구하는 이 소
설의 개념을 〈소용돌이, 무한히 감아 도는 나선〉으로 정의했다. 스피노자 철학
에 심취해 있던 알프레드와의 교감 속에서 구상되었던 1849년 『성 앙투안느의
유혹』 역시 『벨리알의 산책』과 같은 형이상학적 개념의 철학 소설이다.

현대적인 해석의 시도로서, 인형들 곁에 머물면서 만든 자로서 만들어진 자와 즉물적 관계를 설정하는 것은 아닌가. 인간 예수의 고통을 생각하며, 믿음, 사랑, 희망의 신덕들을 향해 던지는 악마의 대사에서 우리는 우리의 운명 앞에서 침묵하는 신에 대한 반항과 실존의 고통을 느낀다. 악마 인형은 그것을 말하면서, 그를 아프게 하는 무엇으로부터 벗어나고 있으며 치유되고 있다. 그리고 플로베르는 우리를 향해 말하고 있다.

 너희는 어디 있었지? 골고다 언덕에서 삭풍에 십자가가 흔들리고 극도의 고통 속에 죽어 가며 그리스도가 마지막 숨을 헐떡일 때 말이야. 대답해 보시지. 사람들이 위에서 아래로 찢어 내린 낡은 옷처럼 그의 영혼이 갈라져, 납빛의 이마를 내리덮는 피범벅된 머리카락과 함께 바람에 나부끼고 있었지. 그는, 까마귀들이 자기 주위를 돌며 날개로 검은 원들을 그리면서 깍깍 울어 대는 소리를 듣고 있었고, 그리고 자기 발 아래에서 눈물에 젖은 여자들이 오열하는 소리를 듣고 있었어. 이제 더 이상 기쁨에 찬 감미롭고 온화한 만찬은 없고, 그의 목소리를 들으려고 언덕에 늘어서서 감동에 몸을 떠는 군중도 없으며, 그를 따르는 제자들과 함께 밭고랑 가를 걸을 때 손을 들어 올리며 나아가곤 했던 넓은 들판도 없어. 자신을 묶고 있는 못에서 사지를 풀고, 귀를 찌르는 가시관을 벗고 싶었지만, 아픈 머리를 어깨 위로 떨어뜨린 채, 자신의 과업이 완성되고 죽음이 다가오는 것을 느끼고 있었어. (본문 261면)

극이 끝나고 악마의 웃음소리가 사라지며 무대가 비워진다. 고요 속에 사막의 잔상이 나타나고 낙타 등에 올라앉아 시바의 여왕 행렬과 함께 뜨거운 모래 위를 가고 있는 플로베르의 모습이 보인다. 그는 어쩌면 키벨레Cybèle의 사제가 되어 여신을 수레에 싣고 방울을 흔들고 목청 높여 노래를 부르며 산촌 마을을 유랑하고 있을 지도 모른다. 아니면 1846년 초판을 구상할 때처럼 책상 앞에 앉아 자기 몽상이 만든 인형들의 몸놀림을 주시하며 그들이 하는 말에 귀 기울이고 있는지도 모른다.

지금 내 안에 살고 있는 자는 이미 죽은 자를 바라보고 있소. 나는 두 개의 확연히 다른 삶을 경험했소. 외부에서 일어난 사건들은 끝나 버린 첫 번째 삶과 시작하는 두 번째 삶의 표상이었소. 이 모든 게 자동적으로 이루어졌소. 활동적이고 정열적이며 감동에 사로잡히고 상반된 갑작스러운 감정 변화와 다양한 감각으로 충만한 삶은 스물두 살에 끝났소. 이 무렵, 난 갑작스럽게 성장했고 무언가 다른 게 내게 왔소. 내면적으로 세계와 나를 확연하게 둘로 나누었소. 한편은 외부적 요소로, 그것을 다양하고 여러 색깔에 조화롭고 무한하게 만들어 스펙터클만을 추구하는 것이오. 다른 한편은 내적인 요소로, 그것을 한곳으로 보다 밀도 있게 집중시켜 지성의 열려진 창을 통해 정신의 가장 순수한 빛이 충분히 발산되어 그 안으로 스며들게 하는 것이오. 이게 무슨 말인지 잘 이해되지 않을 거요. 지금 내가 한 말을 전개시키기 위해 한 권의 책이 필요할 것 같구려.(1846년 8월 31일 루이즈 콜레에게 보낸 편지)

이 〈한 권의 책〉이 바로 초판 『성 앙투안느의 유혹』이었다. 여기서 〈논리〉는 자신이 배우이면서 동시에 스펙터클을 위한 인물들의 등퇴장을 결정하는 무대 위의 연출가이다. 이렇게 스펙터클을 바라보는 작가는 자기 안에 내재한 세계 정신의 기원을 찾아가도록 〈논리〉에게 자기 외면화의 도구 역할을 부여하면서 개별자 이성의 힘으로 세계 이성을 파악하는 거대한 역사를 도모한 것이다.

김용은

옮긴이의 말
『성 앙투안느의 유혹』, 만남과 선택

 나는 오랫동안, 소년 귀스타브가 생-로맹 장터에서 보았던 『성 앙투안느의 유혹』 인형극이 어떤 것이었을까를 상상하곤 했다. 1982년 마침내 파리 샤이오 극장에서 현대판(폴 엘루아Paul Eloi의 대본) 연출을 보게 되었다. 일곱 개의 장면으로 전개되는 극은 브뤼헐의 「사육제와 사순절의 싸움」을 연상하게 하는 사육제로 시작되고, 허수아비의 노래로 이어진다. 〈하늘과 지옥은 하나. 죽음이 오리니 모든 게 허사. 그러니 내일이 오기까지 춤을 추자. 신께서 당신의 백성을 알아보시리라.〉 삶을 향유하겠다는 누이를 도시에 남겨 둔 채 앙투안느는 사막으로 떠나고, 그의 고행은 시작된다. 사막, 종소리, 바람, 무덤, 나병 환자와 미라, 광란의 바다와 배, 거울, 말을 탄 검은 기사들, 루시퍼와의 비상. 계속되는 상징적인 환영들과의 모험 속에서, 앙투안느는 자신의 몸뚱이와 함께 이 모든 게 사막의 모래 속에 지워질 것임을 알고 또 절망한다. 이어 그 절망 속에서 그리스도가 나타난다. 그러나 결말에서 정작 그토록 갈망하던 신의 모습을 그는 알아보지 못한다! 신의 손이 나타나 광기에 사로잡힌 앙투안느와 돼지를 하늘로 들어 올리고, 마침내 신은 그들의 순교적인 삶을 인정하고 축성한다. 악의 유혹에서 비로소 신의 존재를 느낄 수 있고, 광기는 죄의 사함을 받으며, 환각에 시달리는 과정이 곧 신에 이르는 과정임을 은자는 굳게 믿고 있었던 것이다! 고통이 만들어 낸 환영에 관한 이 이야기를 과연 인형극을 보러 온 이 아이들이 이해할 수 있었을까? 어떻게, 이렇게 어린 관객들에게 이렇게 무거운 이야기를 이렇게 가볍게 할 수 있을까? 나는 유년 시절 성 앙투안느에 관한 전통 인형극을 보았을 어린 귀스타브의 눈을 생각했다. 그리고 그 어린 귀스타브의 눈에서부터 자라나 25년을 끊임없이 그의 펜을 사로잡고 있던 이 이야기와 그와의 연관성에 대해 생각했다. 즉 무의식과 의식이 다듬어지지 않은 혼돈 상태로 그대로 녹아 있는, 인간 플로베르의 내면을 가장 극명하게 보여 주는 초판 『성 앙투안느의 유혹』을 생각했다. 이 글을 쓰기 전 자크 칼로의 판화를 보고 〈괴기스러운 아름다움이 나의 씁쓸한 어릿광대 기질〉과 잘 맞는다며 좋아했던 그를 생각했다. 플로베르는 자기 시대의 패러다임인 역사 의식을 담아 여기에 자기만의 희곡소설을 썼으리라. 이 초판을 옮기며 나는 그의 문학 세계의 청년기에 쓴 그의 의식을 떠올리며 이렇게 되뇌어 본다. 〈나는 세계에 속해 있고, 세계에 참여하고, 세계에 기여한다. 나는 진행 중인 진화의 마지막 순간이고, 내 안에 모든 것이 있다.〉

『성 앙투안느의 유혹』(1874년판)을 읽었을 때 경험한 이해하기 어려운 불쾌한 감정과 심연에 마주쳤던 느낌은 지금도 생생하다. 이러한 느낌이 어디에서 연유하는가를 이해하는 과정에서 각기 다른 시기에 쓰인 세 개의 판본에 주목하게 되었다. 초판 1849년 텍스트는 1874년 제3판과 동일한 인물들의 등장에도 불구하고 완전히 다른 작품으로 느껴졌고, 이 초판 텍스트에서도 불쾌감과 심연에 빠진 느낌은 여전했다. 『성 앙투안느의 유혹』의 자필 원고들을 직접 보고 싶은 마음에 수고를 읽어 보기로 했다. 작가가 남긴 다양한 성격의 자필 원고들을 살피는 과정에서 초판을 쓰기 전에 시도했던 플랜들 중에서 그 전체를 제시하는 다섯 개의 플랜(특정 에피소드나 장면을 구상하는 부분 플랜이 아니라 시작에서 종결부까지 전개하는 플랜)을 재구성해 보았다. 각각의 다섯 플랜을 완성된 초판과 비교해 보고 마지막으로 다섯 가지의 플랜들의 점층적 생성 과정을 따라가는 작업을 시도했다. 이렇게 작품의 생성 단계를 추적하는 과정에서 작가의 거대한 야심을 엿보게 되었다. 그것은 현실과 꿈, 과거와 미래, 그 모든 경계를 넘나드는 시뮬레이션 작업에 의해 재건된 우주를 통해 자아의 기원을 찾는 여정이었다. 또한 역설적으로 세계를 자아에 완전히 이입시키는 범신론의 종교와 철학을 수용한 미학적 실험이었다. 플로베르는 이 작품에서 육체와 정신, 무의식과 의식의 관계를 다각도로 검토하며 자신의 청소년기를 마감하고 있다. 특히 초판은, 다른 자연관 속에 성장했으며 같은 방식으로 사춘기를 경험하지 않은 동양인인 역자에게 매우 공격적으로 느껴졌다. 또한 역자가 느꼈던 어떤 심연의 느낌은 작가가 작품에서 시험하고 있는 시선의 거울 효과 때문이었다. 이 작품은 방법론의 책이었으며, 분열된 자아의 언어를 분해하고 종합하는 다양한 수사학과 변증법의 시도였다.

1844년 이후 작가에게 있어 이러한 글쓰기는 자신에게 찾아온 간질 혹은 히스테리의 원인과 치유 방법을 찾는 끝없는 탐색이었다. 죽음에 대한 분노, 일상의 거대한 권태, 자연과의 깊은 교감, 자유의지와는 무관한 환각의 경험들, 고독 속에서 온 생명을 끌어안기, 청소년기의 정체성을 찾기 위한 의지, 순정한 시적 감성 등을 담고 있는 초판에 나는 결국 매료되고 말았다. 1874년의 텍스트는 부처를 예수에 맞서게 하는 연출 등으로 매우 공격적 성향을 띠고 있으며, 플로베르 말년의 〈해체 미학〉의 정수를 담고 있고, 초판에 비해 비교적 구성도 탄탄하다고 할 수 있다. 한편 판타지에 익숙한 현대 독자라 할지라도 초판은 너무나 많은 것을 담고 있다. 그럼에도 불구하고, 역자에게는 깨어 있는 꿈과 무의식의 꿈을 단계별로 해석해 가는 과정을 읽을 수 있는 초판이 더욱 흥미롭게 보였으며, 이리하여 다양한 현상을 아우르는 신비주의적 분위기에서 탄생한 비의(秘儀)인 첫 판본을 독자에게 소개하게 되었다.

프랑스의 연극 무대에는 늘 1849년 초판과 1874년 결정판이 합성된 텍스트의 대본이 올려져 왔다. 그런데 역자가 아는 한 초판 『성 앙투안느의 유혹』은 다른 언어로 번역된 적이 없다. 초판이 프랑스 밖에서 알려지지 않은 근본적인 이유는, 원고에 문제가 있기 때문이다. 플로베르는 이 초판 원고 위에 직접 수정을 가하여 제2판인 1856년판을 완성했다. 같은 시기에 플로베르는 『예술가 L'Artiste』지에 게재하기 위해 1849년 초판 원고 위에 연필로 부분적인 수정 작업을 했다. 이렇게 초판 원고는 당시의 다양한 방식의 삭제와 수정을 담고 있다. 그러나 삭제 시기를 단정하기 어렵고, 1849년에 퇴고한 텍스트를 찾는 작업이 불가능할 뿐 아니라, 1856년에 삭제된 부분을 읽고 복원할 수 없는 부분이 상당량이기 때문에, 수정이 가해진 1849년 원고를 플로베르 자신이 정리해서 쓴 1856년 자필 원고와 비교하면서 초판을 복원하는 일은 거의 불가능하다.

1908년 루이 베르트랑 Louis Bertrand이 2월 15일에서 4월 1일까지 4회에 걸쳐 『파리 평론 La Revue de Paris』에 초판으로 처음 소개한 텍스트는 1856년의 원고였다. 1910년 코나르 출판사는 결정고의 부록으로 초판과 1856년판을 『플로베르 전집』에 포함시켜 그 존재를 세상에 알렸다. 코나르판은 삭제된 부분의 상당량을 복원하는 데 성공하였다. 1973년 클럽 드 로네트 옴므 Club de l'Honnête Homme 출판사는 각각 1849년과 1856년 텍스트를 『플로베르 전집』에 포함시키고 원고에 삭제 기호와 부가 기호를 넣은 상태의 텍스트를 독자에게 선보임으로써 한층 더 새로워진 판본을 제시한다. 그러나 하나의 기호로 삭제 양상의 다양성을 구분할 수 없을 뿐 아니라 표기에도 일관성이 없어, 1849년 텍스트를 복원하는 실제적인 성과는 얻지 못했다. 역자는 마이크로 필름 해독기를 사용하여 텍스트를 복원하여 프랑스어 원전 비평판을 시도하였으나, 전광 화면 위의 작업에 따른 시력의 약화로 원문에 보다 접근한 텍스트 만들기를 포기할 수밖에 없었다. 본 번역은 텍스트로 클럽 드 로네트 옴므 판을 택하였다. 그러나 이 판본이 삭제와 첨가 기호를 충실하게 표기하지 않았기 때문에 번역문에서는 이를 생략했다. 기호를 생략한 또 다른 이유는, 1849년 부이예와 뒤 캉에게 플로베르가 낭독했던 원고 분량과 낭독 소요 시간을 볼 때, 그 원고에는 삭제와 가필 수정이 거의 없었을 것으로 추측되기 때문이다.

플로베르는 올림포스 신들을 로마화하였으며 때론 그리스식으로 명명하기도 하였다. 본문에서는 플로베르의 표기를 존중하였고, 각주(역자)에서는 그리스식과 로마식 표기를 혼용하였다. 연보는 『성 앙투안느의 유혹』의 여러 판본을 중심으로 구성하였다. 유년기와 사춘기 그리고 초판 『성 앙투안느의 유혹』을 완성한 시기까지를 플로베르 문학 세계의 청년기로 보았다. 이로써 로망티슴 미학의 기초 위에 세워진 제1판과 사실주의 논쟁 시기에 나온 제2판, 그리고 자연주의 미학의 실험 시기에 완성된 제3판을 관통하는 플로베르 미학의 일관성과 변모 과정을 읽고자 했다. 따라서 다른 대작들에 대한 자료는 상대적으로 미흡할 것이다.

긴 시간, 인간 플로베르와 예술가 플로베르에 관해 이야기를 나누어 온 역자의 친구 마들렌느 베르통Madeleine Berthon의 우정이 버팀목이었다. 곤혹스러운 장면들에 대한 질문에 의연하게 답을 주신 피에르 아브릴Pierre Avril 수사님의 넓으신 아량 또한 큰 힘이 되었다. 통합주의 노선의 플로베르 철학에 대한 우문에 늘 현답을 주시던 이광래 선생님, 난해한 번역의 어수선함을 정리하며 인내심을 보여 준 제자 지은경에게도 감사의 마음을 전한다. 우리 독자들에게는 쉽게 읽히지 않을 작품의 출판을 맡아 준 열린책들에게 이 마음 표현할 길이 없다. 이제는 고인이 되신 장 브뤼노Jean Bruneau 선생님께 삼가 이 번역을 바친다.

김용은

귀스타브 플로베르 연보

1821년 출생 12월 12일 새벽 4시, 루앙 시립 병원에서 출생. 부친 아실-클레오파스 플로베르Achille-Cléophas Flaubert가 서른일곱, 모친 안-쥐스틴-카롤린 플뢰리오Anne-Justine-Caroline Fleuriot가 스물여덟이 되던 해였다. 부친이 수석 외과의가 된 1819년에 플로베르 가족은 병원 부속 건물에 살림집을 얻었고, 귀스타브는 그곳에서 21년을 살았다.

> 내 나이 예닐곱이었소. 실성한 이들에 관한 내 추억은 얼마나 이상한지! 시립 병원 해부학 강의실은 우리 집 정원 쪽으로 나 있었소. 수도 없이, 누이동생과 함께, 철망을 타고 올라가 포도나무에 매달려, 늘어놓은 시체들을 신기한 듯 바라보았소! 해가 그 위를 비추고 있었소. 우리 위를 날다 꽃에도 갔던 그 파리들이 시체 위로 달려들고, 되돌아와서 붕붕거리는 거였소! (……) 아버지께서 해부하다 머리를 들고 우리에게 가라고 말씀하시던 모습이 지금도 생생하구려. 지금은 또 다른 시체가 되었소, 그도 역시(1853년 7월 7일 루이즈 콜레에게 보낸 편지).

귀스타브의 부친은 근면한 실용주의자로 완고한 인물이었다. 모친은 일찍이 부모를 여의고 옹플뢰르 수녀원 학교에서 교육을 받은 후 그녀를 딸처럼 여기는 루앙 시립 병원 수석 외과의 로모니에의 가정에서 자랐다. 그녀는 차갑고 불안한 성격의 소유자로 평생 신경 쇠약에 시달렸다. 귀스타브의 부모는 당대의 식견 있는 부르주아들처럼 이신론(理神論)을 존중했으므로 종교적인 원칙에 따라 자녀들을 교육하지는 않았다. 귀스타브는 자신에게서, 아버지의 고향 샹파뉴 지방보다는 어머니의 고향 노르망디 사람의 — 스칸디나비아로부터 바다를 따라 내려와 노르망디에 정착한 바이킹의 후손 — 외모와 기질을 보았다.

> 나는 야만인이오. 나는 야만인의 근육질, 선병질적인 나른함, 초록빛 눈과 큰 키를 가졌소. 그러나 또한 그들의 열정, 고집, 조급증도 가지고 있다오. 우리 노르망디 사람들의 피에는 미량의 능금주가 흐르고 있소. 시큼해지면서 끓어오르는 이 술은 때때로 병마개도 펑 하고 튀어 나가게 한다오(1852년 7월 3일 루이즈 콜레에게 보낸 편지).

그는 자신에게 〈수도승의 피가 흐르고 있다는 것〉을 확신했으며, 또한 자신이 전생에 방랑하는 떠돌이 예술가였다고 상상했다.

> 그곳(그리스) 여기저기에서 살았소, 틀림없이, 전생에 말이오. — 로마 제국 시절에는 유랑 극단 단장이었을 거요. 배우로 쓸 여자들을 사러 시실리 섬에 가는 그런 괴상한 사람들과 같은, 선생이자 떠돌이이고 예술가인 그런 사람 말이오(1852년 9월 4일 루이즈 콜레에게 보낸 편지).

폴 르 푸아트뱅Paul Le Poittevin이 귀스타브의 대부가 되었다. 루앙에서 큰 제사 공장을 경영했던 그는 귀스타브의 절친한 친구 알프레드 르 푸아트뱅Alfred Le Poittevin의 아버지였으며 귀스타브의 부친 아실 플로베르가 알프레드의 대부이기도 했다. 퐁 레베크에서 출생한 귀스타브의 모친과 튀랭 출신인 알프레드의 모친 빅투아르 튀랭은 옹플뢰르 기숙학교에서 함께 성장했으며, 1812년 결혼 후 루앙에서 다시 만나 우정으로 두 가문을 이었다. 이후 알프레드는 연극 동무이자 지적 스승이며 영원한 연인으로 남았다. 그는 귀스타브가 〈친구로서 사랑한 유일한 사람〉이었다.

1824년 3세 7월 15일, 누이동생 카롤린Caroline 출생. 귀스타브의 놀이 친구이자 연극 동무가 되었다. 그는 누구보다 누이를 사랑했으며 〈나의 다정한 쥐〉라고 불렀다. 여덟 살 위였던 형 아실Achille은 의학을 공부하여 후일 루앙 시립 병원의 외과 의사가 되었다.

1825년 4세 유모이며 하녀인 쥘리Julie가 플로베르 집안에 들어왔다. 그녀는 이후 반세기 동안 플로베르 가족과 함께 살며 그들을 돌봤다.『마담 보바리*Madame Bovary*』의 카트린 르루,「순박한 마음Un cœur simple」의 펠리시테 등은 쥘리에게 헌정된 인물들이다. 그녀는 모성애로 귀스타브를 지켰고, 1880년 귀스타브가 죽고 3년 뒤 사망했다.

1829년 8세 에르네스트 슈발리에Ernest Chevalier와의 우정이 시작됐다. 슈발리에 가족은 배우와 관객으로 연극에 참여하기 위해 노르망디의 빌리에-장-벡생으로부터 오곤 했다.

> 조만간 꼭 와. 연극 포스터 등등 준비가 끝났어. 너 외에도, 아메데 에드몽드 슈발리에 부인, 엄마, 하인 둘, 그리고 아버지 제자들이 올지 몰라. 네가 아직 모르는 네 편을 올릴 건데 너도 곧 익숙해질 거야. 1등석, 2등석, 3등석, 모든 표를 준비했고 안락의자도 있어. 천장에 무대 장치를 했어. 막으로 쓸 천도 준비했고 배우는 열에서 열둘 정도야. 힘내고 겁먹지 마. 르롱이 보초를 서고 그의 누이가 엑스트라를 할 거야(1832년 4월 22일경 에르네스트 슈발리에에게 보낸 편지).

에르네스트는 후일 법관이 됐다.

1831년 10세 자신이 쓴 정치 연설문과 희극 대본을 에르네스트에게 읽었다. 이제 막 글자를 익힌 귀스타브는 에르네스트에게 함께 글을 쓰고 서로 바꿔 읽자는 제안했다.「초등학생의 작품 세 쪽 혹은 귀스타브 플로베르의 작품선Trois pages d'un cahier d'écolier ou Œuvres choisies de Gustave F***」에 포함된「코르네유 찬미론Eloge de Corneille」과「대단한 변비증에 관한 멋진 해설La belle explication de la fameuse constipation」이 남아 있다.

1832년 11세 2월, 루앙 왕립 학교(지금의 코르네유 중등학교)에 8학년(초등학교 5학년)으로 입학하여 연극과 글쓰기, 독서 등을 통해 왕성한 지적 활동했다. 에르네스트의 조부 미뇨 슈발리에가 읽어 준 『돈키호테』에서 영감을 받아 작품들을 구상하고 이 기사 소설을 메모하며 읽었다.

> 읽기를 배우기도 전에 외우고 있던 『돈키호테』에서 내 핏줄에 흐르고 있는 모든 것들을 발견하오(1852년 6월 19일 루이즈 콜레에게 보낸 편지).

1833년 12세   신문을 읽고 정치를 풍자했다.

> 루이-필립이 자기 식솔과 함께 코르네유가 태어나는 것을 본 도시에 왔어. 사람들이 얼마나 어리석은지, 민중은 어찌 그리도 편협한지……. 왕이란 자를 보러 달려가고, 잔치에 3만 프랑 지불을 가결하고, 3천5백 프랑이나 주고 파리에서 음악인들을 데려오고, 누구를 위해 이 고생인가? 왕이란 자를 위해서야!(9월 11일 에르네스트 슈발리에에게 보낸 편지)

1834년 13세   트루빌의 도빌 별장에서 바캉스를 보냈다. 이 시기에 귀스타브는 무거운 실존의 권태감에 시달렸다.

> 쓰고 있는 15세기 프랑스 여왕(이자보 드 바비에르Isabeau de Bavière — 옮긴이)이 내 머릿속에 없었다면 사는 게 지긋지긋해서 이미 오래전에 총알 한 방으로 삶이라 부르는 이 우습기 짝이 없는 장난으로부터 벗어났을 거야(8월 29일 에르네스트 슈발리에에게 보낸 편지).

1835년 14세   에르네스트와 함께 직접 글을 쓰고「연구하는 저녁Les soirées d'étude」, 일명 「예술과 진보Art et progrès」를 발간했다. 이 신문의 2호(창간호는 분실됨)에는 아틀라스 산으로 올라가 세상을 내려다보던 화자가 사탄을 만나 그의 인도를 받으며 유럽을 조망하는, 에드가 키네Edgar Quinet의 『아스베뤼스Ahasvérus』(1833) 스타일의「지옥 여행 Voyage en enfer」 외에 최근 연극계 소식을 전하는「연극란Théâtres」 등이 실려 있다. 모든 선생들이 자신의 신문을 읽었다고 장담했지만 학교 당국에 의해 발간이 중지되었다. 열정적인 구르고-뒤가종Gourgaud-Dugazon 선생의 지도하에 「작문과 말하기 1835~1836Narrations et discours 1835~1836」 제목으로 작성한 과제물 등이 남아 있다. 5학년(중학교 2학년) 때 평생의 친구 루이 부이예Louis Bouilhet를 만났다.

1836년 15세   스물여섯 살의 〈모리스 부인〉, 엘리자 푸코Elisa Foucault를 만났다. 둘의 만남은 귀스타브가 트루빌 해변에서 여름 방학을 보내던 중 이루어졌으며, 그녀는 당시 음악 잡지 편집장인 모리스 슐레징거 Maurice Schlesinger와 사귀고 있었다. 이후로 그녀는 귀스타브의 모든 자전적 작품에 등장하게 되며, 특히 1845년과 1869년의 『감정 교육L'éducation *sentimentale*』에서 불멸의 여인으로 그려진다. 귀스타브는 이 신화적인 만남의 충격에 대해 이렇게 회상한다.

> 난 정말로 단 한 번 완전한 사랑을 했소. 그대에게 이미 말했듯. 그때 내 나이 갓 열다섯이었고, 열여덟이 되던 해까지 열병을 앓았소. 몇 년 후 그 여인을 다시 봤을 땐 바로 알아보지도 못했소. ― 지금도 이따금 정말 드물게 그녀를 만나는데, 허물어진 자기 성으로 되돌아온 망명자처럼 놀라운 눈으로 그녀를 바라본다오(1846년 10월 8일 루이즈 콜레에게 보낸 편지).

이 느낌은 프레데릭과 마담 아르누가 마지막으로 만나는 장면에 고스란히 담겨 있다. 1872년 황혼의 귀스타브에게 그녀는 누구인가.

> 나의 다정한 친구, 나의 다정한 애정, 당신의 글을 읽을 때면 마음이 흔들리지 않을 수 없습니다! 역시, 오늘 아침에도, 급하게 당신의 편지를 열었습니다. 여기 온다는 소식일 거라 기대했습니다. (……) 저의 집에 당신을 맞이하여 어머니 침실에서 잠들게 하고 싶습니다. (……) 저는 이제 늙은이입니다. 미래에 대한 꿈이 없습니다. 그러나 예전의 날들은 황금빛 연기 속에 잠겨 있습니다. ― 빛나는 배경 위로 나의 소중한 유령들이 팔을 내밀지요. 그런데 거기서 가장 장려하게 부각되는 얼굴은, 바로 당신의 것입니다! ― 그렇습니다, 당신의 얼굴. 오 가여운 트루빌!(1872년 10월 5일 엘리자 슐레징거에게 보낸 편지).

그녀는 결국 1888년 정신 병원에서 생을 마감했다.

10여 편의 콩트를 썼다. 「맛볼 만한 향기 혹은 거리의 곡예사들Un parfum à sentir ou les baladins」(4월), 「10세기 노르망디 연대기Chronique normande du Xe siècle」(5월), 죽음에 관한 이야기 「모두의 여자La femme du monde」(6월), 「스페인 왕, 사려 깊은 필립의 비밀Un secret de Philippe le Prudent, roi d'Espagne」(미완성)과 두 형제 간의 경쟁을 다룬 이야기 「피렌체의 페스트La Peste à Florence」(9월), 「장서벽(癖)Bibliomanie」(11월), 산 채로 매장된 시골 의사 이야기 「분노와 무력Rage et impuissance」(12월)을 썼다.

1837년 16세   영혼을 가지고 있지 않다고 믿는 연금술사 아르튀르와 그를 유혹하는 사탄의 이야기 「지옥의 꿈Rêve d'enfer」(3월), 간통을 저지르고 자살한 여인의 이야기 「정념과 미덕Passion et Vertu」(11월~12월), 종의 교배를 통해 인간과 원숭이의 모습을 동시에 지니고 태어난 예술가의 초상 「아무리 원한다 해도Quidquid volueris」(9월~10월) 등을 썼다. 이 해에 쓴 콩트들에서 그가 미래에 쓰게 될 대작들의 원형을 엿볼 수 있다. 아르튀르, 마차, 잘리오, 그리고 마노엘로[미완성의 철학 콩트 「철의 손La Main de fer」(2월)] 등의 주인공들은 뜨거운 열정을 품었으나 사회에 속하지 못하고 권태와 고독과 절망으로 고통스러워한다. 여기 아래 세상은 그들의 고향이 아닌 〈괴물〉들이 있는 곳이 된다. 특히 날개 달린 아르튀르는 친구 알프레드가 귀스타브에게 헌정한 그의 자작시 「가여운 바닷새Un pauvre oiseau de mer」에서 노래한 귀스타브의 모습이기도 하다.

I.
가여운 바닷새 한 마리, 폭풍우에 쫓겨,
어느 창가 앞에 쉬러 왔지;
하인이 그를 알아보고, 기꺼이
주인에게 바쳐 그를 길들이려 했지.
그가 날지 못하게 날개를 잘랐지.
대양이 없어, 새는 회복하지 못했어;
그를 잡았던 잔인한 손들을 피해
가까운 바위 위로 죽으러 갔지.

II.
나는 어디에선가 청년, 시인을 알았지,
사람들이 그를 다른 이와 같이 만들려 애썼던;
보통 높이 아래로 머리를 숙이려 애쓰면서
신성한 뮤즈에게 자신을 바칠 수는 없었지.
그는 말하곤 했지: 난 끝내 죽을 거야. — 누구도 믿지 않았지.
침울한 얼굴에 흐르는 눈물을 훔쳤지.
모두들 그를 이겼다 믿고 있었지! 그러나 짧았지, 승리는
그가 예견하고 있던 죽음이 그의 고통을 끊어 버렸으니.

루앙의 문예지 『벌새*Le colibri*』에 「장서벽」(2월 12일)과 「자연사 강의, 사무원 류(類)Une leçon d'histoire naturelle, genre commis」(3월 30일)가 실리다.

귀스타브, 알프레드, 에르네스트, 카롤린 등은 〈가르송*Garçon*〉(가르강튀아, 프뤼돔 스타일의 프랑스 부르주아의 전형)이라는 인물을 주인공으로 하는 풍자극을 공동으로 창작하고 여러 차례 무대에 올렸다. 이 풍자극에 관한 구체적인 자료는 남아 있지 않으나, 귀스타브는 이 해에 에르네스트에게 보내는 편지에서 처음으로 가르송에 대해 언급했다.

> 현장(사창가 — 옮긴이)에서 발각된 선생님의 얼굴빛을 생각하면, 글을 다듬다가도 나는 소리를 지르고, 큰소리로 웃고, 마시고, 아아아아아아 노래하고, 가르송의 웃음을 터뜨리고, 탁자를 두드리고, 머리를 쥐어뜯고, 바닥에 뒹굴어. 이렇게 하는 게 얼마나 좋은지. 하! 하! 이런 것이 익살이고, 엉덩짝이고, 똥이야(3월 24일 에르네스트 슈발리에에게 보낸 편지).

1838년 17세 라블레와 바이런을 읽었다. 귀스타브에게 그들은 〈인류에게 해를 끼치고 또 그 면전에다 웃음을 날리기 위해 글을 쓰는 유일한 이들〉이었다.

두 편의 자전적 이야기, 내면을 표현하지 못하는 고통을 토로한 「단말마의 고통, 회의적 상념들Agonies, pensées sceptiques」(4월)과 「어느 광인의 회상록Les mémoires d'un fou」(12월)을 알프레드에게 헌정했다. 그 외에 드라마 「루이 11세Loys XI」(3월)와 「라블레 연구Etude sur Rabelais」(12월), 죽음에 관한 일련의 글 「망자들의 춤La danse des morts」(5월), 「취한 자와 죽은 자Ivre et mort」(6월)를 썼다. 10월, 수사학 학년(고등학교 3학년)으로 들어가면서 기숙사를 나왔다. 12월, 비정상적인 무기력증을 느끼기 시작. 신비극 『스마르*Smar*』를 쓰기 시작했다.

1839년 18세 4월, 『스마르』를 완성. 그는 이 작품을 통해 육체의 욕망과 영혼의 깨달음이라는 영원한 의문을 제기했다. 이 〈잡탕 요리*un salmigondis*〉는 귀스타브 자신과 독자 모두에게 〈놀랍고, 어마어마하고, 부조리하고, 이해하기 어려운 그 무엇〉이었으며, 사탄과 대결하는 그로테스크한 신 유크Yuk는 귀스타브 풍자극의 등장 인물 가르송의 한 전형이기도 하다.

「기예와 상업Les arts et le commerce」(1월), 「로마와 황제들Rome et les Césars」(8월), 「마튀랭 박사의 장례식Les funérailles du docteur Mathurin」(8월)을 썼다. 이 시기에 사드에 관한 글을 읽고 그의 작품을 구하려 애쓰기도 했다.

또한 본격적으로 진로에 대해 고민을 시작하여 〈배우〉의 길과 법조인의 길 사이에서 갈등하나 〈쓸모 있는 인간〉이 되기 위해 법과에 진학하기로 결정했다.

> 진로 선택을 망설이고 있다고 생각하지 마. 어떤 직업도 선택하지 않겠다고 확고하게 결정했거든. (……) 쓰는 건? 출판도 않고 상연도 하지 않을 거야. (……) 그래도 내가 세상에 나가서 무언가 한다면, 그건 사상가이거나 풍속을 교란시키는 자가 될 거야(2월 24일 에르네스트 슈발리에에게 보낸 편지).

10월에 철학 학년(고등학교 졸업반)으로 들어갔다. 말레 선생을 대신해 들어온 브종 선생의 수업 시간에 소란을 피워 받게 된 벌을 거부한 이유로 수업을 듣지 못하고 집에서 혼자 대학 입학 자격 시험을 준비했다. 같은 달 에르네스트에게 쓴 편지에서 자신의 두통에 대해 호소하고 이어 11월 6일에 쓴 편지에서 〈나의 심각한 병〉을 언급했다.

1840년 ¹⁹세 8월 3일, 대학 입학 자격 시험을 통과. 시험에 합격한 상으로 8월 22일부터 11월 1일까지 부친의 친구인 쥘 클로케Jules Cloquet 교수와 그의 일행(교수의 누이와 스테파니 신부)을 따라 피레네 지방과 코르시카를 여행했다. 돌아오는 길에 마르세유에 있는 이국적 취향의 다르스 호텔에서 욀라리 푸코 드 랑그라드Eulalie Foucaud de Langlade와 열정적 사랑을 나누었다. 당시 다르스 호텔을 경영하던 서른다섯 살의 욀라리는 페루 리마 출신의 정열적인 여인이었다. 귀스타브와 그녀는 천장이 낮고 붉은 포석이 깔린 호텔 방에서 15분간 열정적으로 서로의 육체를 탐닉했다. 모친의 하녀에게 동정을 준 이후 첫 관계였다. 이후 귀스타브는 마르세유를 지날 때마다 그곳을 찾았고, 마지막으로 소설 『살람보Salammbô』를 쓰기 위해 튀니지를 둘러보러 가던 길에 들렀을 땐 호텔은 없어지고 1층엔 장난감 가게, 2층엔 이발소가 들어서 있었다. 그가 사랑을 나누던 방의 벽지만 남아 있었다(공쿠르 형제, 『일기』, 1860년 2월 20일).

여행 중에 시작한 여행기 「피레네-코르시카Pyrénées-Corse」를 끝냈다. 이 여행기를 통해 그는 지중해에 대한 각별한 애정을 드러내는데, 지중해의 장중함과 부드러움은 그리스를, 광대함과 육감적인 면은 동방L'orient을 연상시켜 그로 하여금 동방을 꿈꾸게 하는 매개체가 되었다.

> 오! 겨울날 루앙에서 또 여름날 남프랑스의 하늘 아래서 달을 바라보며 바빌론을, 니누바를, 페르세폴리스를, 팔미라를, 알렉산드로스 대왕의 야영지를, 카라반의 이동을, 암낙타의 방울 소리를, 사막의 거대한 침묵을, 붉게 물든 텅 빈 지평선을 얼마나 자주 생각했던가. 시, 빛, 광활하고 이름 없는 것들에 실컷 취하게 모든 나의 꿈이 시작되는 그곳에 가지 않으려나? (「피레네-코르시카」 1840년 8월~10월)

1840년 2월 28일부터 1841년 2월 21일까지 「1840~1841년 비망록Cahier intime」을 썼다.

> 신비주의자이고 싶다. 천국을 믿고, 향의 물결에 잠기고, 십자가 밑에서 자신을 지우고, 비둘기 날개 밑으로 숨는 건 대단히 감미로울 것이다. 첫 영성체에는 무언가 순진무구한 것이 있다. 눈물을 흘려도 누구도 비웃지 않는다. 향기를 내뿜는 꽃으로 뒤덮인 제단은 아름답고, 성인들의 삶은 아름답다. 한때 순교자로 죽기를 원했다. 또 어떤 신, 선한 신, 예수의 아버지이며 아들을 통해 자신의 은총과 정신을 보내 주는 신이 있다면, 나는 그를 받아들이고 무릎을 꿇을 것이다. 단식하는 이들이 허기를 맘껏 맛보고 결핍을 즐기는 걸 이해한다. 그것은 그 어느 것보다 섬세한 관능주의이며, 마음의 쾌락이며 전율이며 천복이다 (「비망록」).

> 나는 유물론자도 유심론자도 아니다. 내가 만일 무엇일 수 있다면, 유물론자인 동시에 유심론자일 것이다(「비망록」).

> 나는 자신이 정직한 사람임을 깊이 느낀다, 즉 헌신적이고, 큰 희생도 할 수 있으며, 진정으로 사랑할 수도 있고, 천박한 꾀와 속임수를 진정으로 증오할 수도 있다. 작고 좁은 것은 모두 나를 아프게 한다(「비망록」).

> 오늘 큰 여행에 대한 생각이 그 어느 때보다 간절했다. 한결같이 동방이 날 부른다. 나는 그곳에서 살기 위해 태어났다(「비망록」).

「마드무아젤 라셸Mademoiselle Rachel」을 썼다(6월). 이 작품에서 귀스타브는 라셸(본명 엘리자베트 펠릭스)을 그리스의 조각상으로, 자신을 인정받지 못한 천재 예술가로 그리고 있다.

1841년 20세 병역 면제를 받았다. 어느덧 건강한 청년이 되다.

> 나는 이제 거인 같고, 위풍당당한 모습이 되었어. 소, 스핑크스, 해오라기, 코끼리, 고래, 거대하고, 퉁퉁하고 무거운 것, 뭐 그런 거야(7월 7일 에르네스트 슈발리에게 보낸 편지).

알프레드가 폐병에 걸렸다. 11월, 파리 대학 법학부에 등록했다. 이후 2년간 금욕했다.

1842년 21세 본격적으로 법학 공부를 시작했다. 그러나 귀스타브는 글쓰기에 대한 미련이 여전히 있었다. 루앙 왕립 학교 시절 작문을 가르쳤던 구르고-뒤가종 선생에게 보낸 편지에서 그는 이러한 자신의 심정을 털어놓았다.

> 결국 저는 법학을 공부하게 되었습니다. (……) 그러나 요즈음 여전히 그리스어와 라틴어 공부를 하고 있고 앞으로도 계속할 겁니다. 이 아름다운 언어들의 향기를 좋아합니다. (……) 그런데 매분마다, 무엇을 적다가도 연필을 놓게 하고, 읽고 있는 책에서 눈을 돌리게 하는 것은 나의 오래된 사랑, 집념인 글쓰기입니다! (……) 이제 결정을 해야 할 시점에 이르렀습니다. (……) 그런데 저의 태생이 세상에 나가 일을 해 돈을 버는 평범한 일을 하도록 되어 있는 것 같지 않습니다. 매일매일 시인들에게 더욱더 경탄하고 있고, 예전에는 보지 못했던 많은 것을 그들에게서 발견합니다(1월 22일 구르고-뒤가종 선생에게 보낸 편지).

나아가 자신의 작가적 역량을 확인하기 위한 구체적인 작업을 시도했다.

> 세 가지 소설, 다른 방식으로 써야 하는 아주 다른 장르의 콩트 세 편을 구상 중입니다. 제게 재능이 있는지 없는지를 확인하기에는 충분할 것 같습니다(1월 22일 구르고-뒤가종 선생에게 보낸 편지).

세 가지 소설은, 환시를 통해 진로를 선택하는 볼테르 풍의 동방 콩트 「이슬람 수도승의 일곱 아들Les sept fils du derviche」(시놉시스에 그침),

소화집(笑話集, Le sottisier) 형태로 쓰인 『부바르와 페퀴셰*Bouvard et Pécuchet*』(1874~1880년 미완성 소설), 청소년기의 방황을 소재로 쓴 「11월Novembre」(1840~1842년)이다.

그는 법학 공부가 견디기 어려워지면 〈가르송〉을 창작하거나 몽테뉴를 읽었다. 알프레드와 다른 친구들, 슐레징기 부부를 만나고 조각가 프라디에의 작업실에 드나들기도 했다. 12월에 법학과 첫 시험을 통과했다.

1843년 22세 2월, 각기 다른 사랑과 글쓰기를 시도하는 두 청년의 이야기 『감정 교육』(1845년판)을 쓰기 시작했다.

3월, 법대생 막심 뒤 캉Maxime Du Camp을 만나 친구가 됐다. 그는 후일 『문학 회상기*Souvenirs littéraires*』(1882년)를 통해 귀스타브의 창작 활동을 증언했다.

8월, 2학년 시험을 통과하지 못했다. 조각가 프라디에의 아틀리에에서 소년기의 우상이었던 시인 빅토르 위고를 만났다.

> 그를 가까이서 깊은 시선으로 바라보았어. 마치 많은 돈과 귀한 다이아몬드가 들어 있는 작은 상자를 보듯 놀란 마음으로 그를 바라보았지. (……) 누구보다도 내 가슴을 뛰게 한 사람이 바로 거기 있었던 거야(12월 3일 카롤린에게 보낸 편지).

1844년 23세 1월 1일, 처음으로 신경 발작을 일으켰다. 첫 발작을 일으킬 당시 귀스타브는 형 아실과 도빌 별장을 지을 장소를 보고 오는 길이었다. 얼마 안 있어 일어난 두 번째 발작은 1월 15일, 형 아실과 파리에서 귀향하던 중 퐁 레베크의 포르트-루즈 사거리에서 발생했다. 이날 귀스타브는 자신이 몰던 마차에서 떨어졌으며 세 번의 사혈(瀉血) 끝에 의식을 회복했다.

> 머리에 피가 몰렸고, 신경 교란을 동반한 경미한 뇌출혈로 쓰러지고 말았어. (……) 지금 내 상태는 최악이야, 아무것도 아닌 자극에도 온 신경이 바이올린 줄처럼 전율하고, 무릎과 어깨와 복부가 나뭇잎처럼 바르르 떨려(2월 1일 에르네스트 슈발리에에게 보낸 편지).

연이은 두 번의 발작 이후 귀스타브는 담배와 술을 억제하고 쥐오줌풀과 기나나무 껍질차를 마시고 바다 공기를 쏘이는 등 안정을 취했다. 그의 병은 뇌일혈이나 히스테리성 신경증(사르트르의 견해)이라기보다는, 임상의들의 소견에 따라 언어 장애와 시각 장애를 동반하며 경련을 일으키는 〈왼쪽 대뇌의 후두-측부의 손상에 따른 간질〉(신경생리학 분야의 가스토Gastaut박사의 진단) 쪽으로 무게가 실리고 있다.

> 호텔 방에서 그가 발작을 일으키다. 나는 극도의 공포에 사로잡히다. 아무도 부르지 말라고 그가 간청하다. 그는 애를 쓰고, 헐떡이고, 입으로 거품이 일고, 경련한다. 그의 손톱이 깊이 파고 들어간 내 팔이 멍들다. 10분가량 지난 후 그가 정신을 차리다. 그리고 구토(「루이즈 콜레의 메모」 1852년 8월 15일).

귀스타브는 반복되는 자신의 발작을 〈갑자기 불길의 급류에 실려 가는 것같이 느껴지는〉 순간으로 묘사했다.

> 사람들이 서른 발자국 떨어진 곳에서 내 배 위로 온 내장이 불끈불끈 튀는 걸 바라보며 낮은 소리로 말하는 게 들려오는 그 와중에, 나는 단일 초 동안 나의 뇌 안에서 수백만 가지의 생각, 이미지, 온갖 종류의 조합이 마치 불꽃놀이 때 피어오르는 불꽃같이 일시에 터져 나오는 걸 느꼈소(1852년 7월 6일 루이즈 콜레에게 보낸 편지).

자신의 현실이 고통스러웠지만 한편으론 법학 공부를 포기하고 원하는 것을 할 수 있게 해준 자신의 병을 긍정적으로 받아들였다.

> 불행하지 않기 위한 유일한 방법은 예술 안에 널 가두고 그 나머지는 아무것도 아니라고 생각하는 거야(1845년 5월 13일 알프레드 르 푸아트뱅에게 보낸 편지).

> 내가 더 이상 웃지도 슬퍼하지도 않는다는 걸 알았어. 성숙한 거지. 넌 내 평정심이 부럽다고 말하지. 좀 놀랍기는 해. 아프고 신경이 곤두서서 하루에도 수천 번 끔찍한 불안에 시달리고, 여자도 일상생활도 아래 세계의 소란도 없이, 팔소매를 걷어붙이고 이마에 땀을 흘려 가며, 밖에 비가 오는지 바람이 부는지 우박이 내리치는지 천둥이 치는지 걱정하지 않고 작업대 위로 연장을 내리치며 일하는 선량한 노동자처럼 천천히 내 일을 계속해. 예전엔 이렇지 않았어. 변화는 자연스럽게 왔지. 내 의지도 있었어. 이 의지가 계속되길 바라. 의지가 약해질까 봐 무엇

보다 걱정돼, 무기력증이 몰려와 무서워질 때가 있거든. 어쨌든 한 가지 매우 중요한 걸 이해한 것 같은데, 행복은, 우리 같은 인종에게는, 이데아 안에 있지 다른 데 있는 게 아니라는 거야. 너의 천성을 헤아리고, 그리고 그것과 조화를 이루도록 해(1845년 9월 16일 알프레드 르 푸아트뱅에게 보낸 편지).

아들의 법학 공부 포기를 받아들인 플로베르 박사는 25년간 소유하던 데빌 별장을 매각했고, 루앙 외곽 센 강이 앞으로 흐르는 크루아세Croisset 저택을 구입하여 수리한 후 6월에 입주했다. 이렇게 사회와 거리를 둔 삶이 시작되면서 귀스타브는 문학 수업에 몰두할 수 있게 되었다. 그는 볼테르의 〈크리스탈처럼 순수〉하면서도 근육질의 남성적인 문체를 닮고 싶어 했다. 『캉디드』를 이미 스무 번은 읽었다고 고백하였으며 『풍습에 대한 시론』과 『철학 사전』도 이 시기에 읽은 것으로 보인다.

1845년 24세 초판 『감정 교육』을 1월 7일 밤에 탈고. 소설 속 극작가 쥘이 부르주아 앙리보다 중요한 인물이 되어(26~27장) 구두 한 켤레를 들고 동방으로 떠나듯, 귀스타브도 소시민의 삶을 털어 내고 예술가의 길로 접어들었다. 귀스타브의 발병 시기와 맞물려 예술가로서 비약적인 발전을 한 쥘은 〈정신을 육화, 물질을 정신화〉하고, 세계를 끌어안으면서 동시에 자아 해석을 모색하는 범신론적 시인으로 거듭났다.
3월, 여동생 카롤린이 귀스타브의 친구 에밀 아마르Emile Hamard와 결혼하여 파리에 신혼 살림을 차렸다. 4월에서 6월에 걸쳐 프랑스 남부, 이탈리아, 스위스로 이어지는 카롤린의 신혼 여행에 온 가족이 동반하였다. 귀스타브는 이 여행 중에 제노바의 발비궁에서 피터르 브뤼헐 2세의 그림 「성 앙투안느의 유혹」을 보고 크게 매료되었다.

그림 중앙과 양 옆 언덕으로 살아 있으면서 산(山)의 모습을 한 악마의 기형적 두 머리. 왼쪽 아래로는 세 여인에 둘러싸여 애무를 피하려고 고개를 돌리는 앙투안느 성인. 그녀들은 흰 피부의 알몸에 미소를 띤 채 팔로 그를 감싸려 하고 있다. 관객의 위치에서 마주 본 그림의 맨 아래에는 식탐이 있다. 그녀는 허리까지 벗었고, 말랐으며, 붉은색과 초록색 장식을 머리에 얹었고, 슬픈 표정을 짓고 있으며, 두루미처럼 길게 늘어진 흰 목을 하고 있다. 거기에다 불거진 빗장뼈를 한 식탐이 빛깔이 고운 음식이 담긴 그릇을 앙투안느에게 내밀고 있다.
술통 속의 말을 탄 남자, 짐승들의 배에서 나오는 머리들, 팔을 매달고 땅에서 팔짝거리는 개구리들, 기형의 말을 타고 악마들에 둘러싸인 붉은 코의 남자, 공중을 선회하는 날개 달린 용, 이들은 모두 같은 높이에 나란히 있다. 각각의 세부가 모나지 않고 서로서로 어울린 가운데, 꼬물거리고, 우글거리며 때로는 성난 듯 그로테스크하게 히죽거리고 있다. 처음엔 온통 뒤죽박죽인 것 같지만 좀 더 살펴보면, 대부분은 기괴하고, 몇몇은 익살스럽고, 또 다른 모습을 한 것들도 있다. 이 그림은 그곳의 다른 모든 그림들을 지워 버렸고, 내가 본 다른 그림들은 지금 기억도 나지 않는다(「이탈리아 여행기Voyage en Italie」 1845년 4월~5월).

브뤼헐의 「성 앙투안느의 유혹」을 보면서, 그림을 연극 「성 앙투안느의 유혹」으로 만들어 보고 싶다는 생각이 들었어. 그래도 나보다는 건장한 사람이어야 할 것 같아(5월 13일 밀라노로부터 알프레드 르 푸아트뱅에게 보낸 편지).

〈붉은색과 초록색의 대비〉로 청년 귀스타브를 사로잡은 이 그림은 현재 발비 궁의 갤러리에 소장되어 있지 않으며 그 소재를 알 수 없다.
7월, 다시 크루아세로 돌아와 볼테르 연극을 연구했다. 그가 섭렵한 작품은 스물두 편의 비극, 아홉 편의 희극, 여섯 편의 오페라 혹은 코미디-발레, 한 편의 서정 비극(그 외에 셰익스피어의 「율리우스 케사르」 번역에 관한 짧은 주석)으로, 장면마다 대사를 인용하고 이어 자기 생각을 적었는데, 분량은 총 457(앞면과 뒷면)면에 이른다. 〈볼테르 연극〉이라는 제목 아래 묶여 있는 이 원고는 현재 제네바의 볼테르 연구소Institut Voltaire에 소장되어 있다. 이 지루한 분석 작업은 곧 이어 쓰게 될 신비극 『성 앙투안느의 유혹』의 구성과 인물들의 심리 묘사에 큰 영향을 끼쳤다. 콩트 「이슬람 수도승의 일곱 아들」을 계속 구상했다. 3월, 알프레드 르 푸아트뱅은 고된 시련을 단계적으로 겪으며 형이상학적으로 사유하는 철학 소설 『벨리알의 산책Une promenade de Bélial』 전반부를 썼다.

1846년 25세 상실의 해. 정신적 지주였던 부친이 다리에 생긴 급성 결체(結締) 조직염 수술 후 1월에, 그리고 누이동생 카롤린이 딸 카롤린 아마르를 1월에 출산한 후 얼마 되지 않은 3월에, 산욕열로 세상을 떴다. 이후 귀스타브는 모친과 함께 겨울을 루앙(크로슨-오르-빌 25번지)에서 나고, 나머지 시기는 크루아세에서 살았다. 그는 누이동생에게 한 것과 같이 조카를 교육하고, 동생 카롤린이 죽은 후 미쳐 버린 그녀의 남편 에밀 아마르를 대신하여 평생 아버지의 역할을 다했다. 조카 카롤린(목재 수입상 에르네스트 코망빌Ernest Commanville과 첫 결혼, 1890년 첫 남편이 죽고 10년 후 정신과 의사 플랭클린 그루Franklin Grout와 재혼, 1931년 앙티브에서 사망)은 귀스타브가 작고한 후 그의 원고와 장서를 물려받았다. 1883년부터 삼촌의 『서한집Correspondance』을 출판하고, 1914년 보관하고 있던 원고를 여러 도서관에 기증했다.

5월, 부이예와 마임극 「후궁(後宮)에 간 피에로Pierrot au sérail」를 공동 창작했다. 부이예, 뒤 캉과 패러디 비극 「우두(牛痘)의 발견La découverte de la vaccine」을 썼다. 목에 배농관(排膿管)을 꽂은 흉한 몰골과 고통스러워하는 자신의 모습을 유일하게 보여 주던 친구에게 그는 물었다(분신과도 같은 친구 알프레드는 7월에 루이즈 모파상Louise Maupassant과 결혼).

> 자신 있는가? 오 위대한 사람이여, 차츰차츰 부르주아가 되지 않을 자신 말이야. 예술에 기대하는 나의 모든 희망 안에서 너와 나는 하나였지. 내가 괴로운 것은 바로 이 때문이야(5월 31일 알프레드 르 푸아트뱅에게 보낸 편지).

6월, 조각가 프라디에(작고한 부친과 여동생의 흉상을 의뢰함)의 아틀리에에서 처음 만난 시인 루이즈 콜레Louise Colet와 연애를 시작. 예술에 대한 사랑에 막 불을 지피기 시작한 귀스타브는 〈알프레드〉 대신 그의 〈뮤즈〉에게 내밀한 편지를 보냈다. 그러나 화산처럼 온통 사랑으로 불타오르는 연인에게조차 크루아세는 금지 구역이었다. 그들은 파리도 루앙도 아닌, 망트에서 사랑을 나눴다. 크루아세에 스스로를 가두고 홀로 살아가기로 작정한 〈은자(隱者)〉는 그의 뮤즈에게 실존의 회의와 불안을 토로했다.

> 어떤 보상의 기대 속에 공부하고 싶지 않소. 정말 우스운 것은, 예술에 전념하면서, 다른 것에 그랬듯이 그것에도 신념이 없다는 거요. 내 신

앙의 기조는 어떤 믿음도 갖지 않는 것이기 때문이오. 나 자신에 대한 믿음도 없소. 나는 내가 바보인지 영적인 인간인지, 좋은 사람인지 고약한 사람인지, 인색한지 헤픈지 모르겠소. 세상 사람들처럼 나도 그 사이에서 표류하오. 내게서 그런 점을 보는 것이 내 장점이고 그것을 솔직히 말하는 것이 내 단점이 아니겠소? (10월 23일 루이즈 콜레에게 보낸 편지).

하루에 여덟 시간에서 열 시간씩 쓰기와 읽기에 몰두하며 불교와 힌두교를 공부했다. 〈긴 호흡의 공부와 맹렬한 작업〉에 목말랐던 그는 인도의 드라마 『샤쿤탈라』와 아우구스티누스의 저서들을 읽었으며 그 외의 종교 서적들도 몰입하여 읽었다. 베르길리우스가 쓴 『아이네이스의 여정』을 읽고, 동방의 종교와 철학에 대한 적극적인 관심과 의문을 품었다. 그러나 동방 콩트 「이슬람 수도승의 일곱 아들」을 포기하고 앙투안느 성인을 주제로 한 연극을 구상하기 시작한 것으로 추정된다.

그를 매료시켰던 브뤼헐 2세의 「성 앙투안느의 유혹」과 같은 주제를 다룬 자크 칼로 Jaques Callot의 에칭 판화(「성 앙투안느의 유혹」 1635년 낭시 Nancy 판)를 구입했다.

오늘 나는 아무것도 하지 않았소. — 한 줄도 쓰지 않고 한 줄도 읽지 않았소. 내가 한 일이라곤, 「성 앙투안느의 유혹」을 싼 포장을 뜯고 그림을 벽에 건 것이오. 이 작품을 정말 좋아하오. 오래전부터 가지고 싶었던 것이오. 서글픔이 밴 그로테스크함에 상상을 초월할 만큼 끌리오. 이 그림에서 풍기는 괴기스러운 아름다움이 나의 쓸쓸한 어릿광대 기질의 내밀한 요구에 잘 부합하는 것 같소. 그건 나를 웃게 하지 않고 오랫동안 몽상에 잠기게 한다오. 나뿐만 아니라 모두들 이런 성향을 가지고 있기에 내가 나 자신을 분석하기 좋아하는 것이오. 이런 공부가 재미있소. 내가 충분히 진중한 사람임에도 불구하고 내 언동을 심각하게 생각하지 않는 것은 나 자신이 매우 우스꽝스럽기 때문인데, 그것은 연극적 희극성이 아니라 인간의 삶 자체에 내재해 있으며 극히 단순한 행위나 혹은 지극히 평범한 몸짓에서 나오는 우스꽝스러움 때문이오. 수염을 깎으며 웃지 않은 적이 없었소. 그 행위가 어찌나 한심한지. 이 모두는 말로 표현하기 어렵고, 느껴야 하는 것이오. 아름다운 사랑과 시의 송가처럼 단 하나로 되어 있는 그대는 이런 것을 느끼지 않을 것이오. 그런데 나는 상감 세공된 아라베스크 장식과 같아서, 상아·금·철로 된 부분들이 있소. 색칠한 종이도 있소. 다이아몬드도 있고 양철로 된 것도 있소(8월 21일 루이즈 콜레에게 보낸 편지).

1847년 26세 5월부터 7월까지 막심 뒤 캉과 함께 브르타뉴 지방을 여행했다. 『성 앙투안느의 유혹』의 〈시인과 광대들〉처럼, 바람을 맞고, 햇볕에 몸을 덥히고, 비에 흠뻑 젖고, 땀에 절은 채 들판과 밭고랑 사이로 걷다가 지치면 떡갈나무 아래에 누워 흘러가는 구름을 바라보았다. 작은 마을 퐁-라베의 성당에서 브르타뉴 사람들의 고단한 삶을 목격했다.

척박한 기후로 위축되고, 가난으로 무뎌진 인간이 자기 마음의 관능성을 여기로 가져와 마리아의 발치에, 천상의 여인의 시선 아래 가져다 놓고, 자신을 흥분시키며 성적 쾌락을 누리고 가실 줄 모르는 사랑을 하고 싶은 갈증을 여기에서 만족시킨다. 비가 새고, 긴 의자와 등받이 의자가 중앙 홀에 없어도, 반들거리도록 닳고, 갓 꺾은 꽃과 불 켜진 촛불로 예쁘게 치장한 동정녀의 작은 성당을 발견할 수 있다. 거기에 브르타뉴의 온갖 종교적 애정이 응집되어 있음이다. 거기에 그들의 나약함, 그들의 정열, 그들의 보물이 있다. 들판에 꽃이 없어도 교회 안에는 꽃이 있다. 모두가 가난해도 동정녀는 부자이다. 늘 아름다운 그녀는 모두에게 미소를 보내고, 아픈 영혼들은 꺼지지 않는 화덕 곁으로 가듯 그녀의 무릎에서 온기를 얻으려 한다. 마리아 신앙에 대한 이 지방 사람들의 격한 열정에 모두들 의아해한다. 그러나 이 신앙이 그들에게 주는 모든 환희와 쾌락, 거기에서 그들이 얻어 내는 기쁨을 누가 아는가? 금욕주의는 보다 높은 쾌락주의이고, 단식은 정교한 식탐이 아닌가? 종교는 그 자체로 거의 육체적인 느낌을 포용한다. 기도는 기도만의 방탕함을, 고행은 고행만의 극도의 흥분을 가지고 있다(『들로 모래펄로 Par les champs et par les grèves』 제7장).

9월, 크루아세에서 뒤 캉과 함께 달포간 「브르타뉴」(후에 귀스타브의 제안으로 제목이 『들로 모래펄로』로 바뀌어 출간됨)를 집필했다. 총 12장으로 구성되어 있는 이 여행기(홀수 장을 귀스타브가, 짝수 장을 막심이 씀)는 자유로이 여행하며 느낀 것을 기록한 자료들을 충실히 묘사해 놓은 글로, 귀스타브는 이 여행기를 자신의 첫 〈작품〉으로 인정하였다.

브르타뉴 여행기의 퇴고 작업으로『성 앙투안느의 유혹』의 집필이 다음 해로 미루어지나, 준비 작업은 서서히 무르익었다. 2월 바이런의『카인』을 시작으로 테오크리토스의 시, 루크레티우스, 아우구스티누스,『성서』를 읽었다. 8월 스페인 아빌라의 테레사, 슈트라우스의『예수의 생애』, 아리스토파네스 희극을 그리스어로 읽었다. 10월 라브뤼예르의『성격론』(「마음편」), 11월『돈키호테』의 새 번역본(Damas-Hinard 번역)에 열광했다. 편지에서 독서와 자료 메모하기만을 언급하고 있는 이 시기에, 신비극의 시나리오를 단계적으로 시도했을 가능성이 높다. 작품의 틀을 만들고, 이른바 〈역사적 에피소드〉 부분을 준비하기 위해 엄청난 양의 독서를 하며 겨울을 보냈다. 9월 막심 뒤 캉과 함께 라 뇌빌-샹-두아젤로 알프레드 르 푸아트뱅을 보러갔다. 그곳에서 알프레드는『벨리알의 산책』을 쓰고 있었다.

12월 25일, 뒤 캉, 부이예와 함께 루앙 근교에서 열린 혁신파 연회에 참석. 정치 연회에서 연설자들은 루이 필립의 정치에 염증을 느끼고 있는 대중에게 보통 선거를 역설하고 민중 시인 베랑제를 칭송했다. 박수 치며 광란하는 민중의 어리석음을 보며 〈오장육부가 꽁꽁 얼어서〉 돌아왔다.

1848년 27세 루이 필립 왕정의 몰락을 초래하는 2월 혁명 현장을 함께 지켜보기 위해 2월 23일, 부이예와 파리에 있는 뒤 캉을 보러 갔다. 새로운 정부가 예술에 긍정적인가를 가늠하려 애썼다. 튈르리 궁전의 약탈과 거리의 시위 장면을 1869년『감정 교육』제3부 제1장에서 상세히 묘사했다. 4월 3일, 알프레드 르 푸아트뱅이 폐병으로 숨을 거두었다. 장례를 끝내고 돌아와 먼저 간 동무를 간절하게 그리워했다.

> 알프레드가 월요일 자정에 죽었어. 어제 그를 묻고 돌아왔어. 이틀 밤(마지막 밤은 꼬박)을 그의 곁에서 지내고, 시신을 수의로 감싸고 마지막 작별의 입맞춤을 하고 관이 내려가는 걸 지켜봤어. (……) 그의 곁을 지키며 크로이처의『고대 종교』를 읽고 있었어. 창문은 열려 있었고, 밤은 아름다웠으며, 수탉의 홰치는 소리가 들려오고 불꽃 주위로 밤나방이 날고 있었어. 이 모든 걸 결코 잊지 않으리라. 그의 얼굴 표정을, 밤샘 첫날 밤, 숲을 지나 내게까지 들려왔다가 멀어져 가던 사냥 나팔 소리를. (……) 동이 트면서, 4시에, 나와 당직자는 일을 시작했어. 내가 그를 들어 몸을 돌려 천을 감았어. 차갑게 굳은 그의 사지의

느낌이 진종일 손끝에 남아 있었어. 시신은 심하게 부패해서 천이 젖어 있었어. ─ 그래서 두 겹으로 감았지. 그는 천에 꽉 조인 이집트의 미라 같았고 나는 그를 위해 커다란 기쁨과 자유를 느꼈어. 안개가 하얗게 피어오르고, 숲이 차츰 보이기 시작했어. 막 생겨나는 흰빛 속에서 두 개의 횃불이 빛나고, 두세 마리 새가 노래하고, 나는 그의 『벨리알의 산책』의 한 구절을 낭송했어. 〈그는 가리라, 기쁨에 찬 새, 소나무 속에서 막 태어나는 태양을 맞으러……〉, 아니 이 말을 읊조리는 그의 목소리를 들었고 진종일 그의 목소리에 감미롭게 사로잡혀 지냈어. (……) 부이예와 함께 루앙으로 돌아왔어. 비가 세차게 내렸지. (……) 지난 밤 내내, 아니 하루 진종일 잠을 잤어. 게다가 야릇한 꿈을 꾸었는데 잊어버릴까 봐 적어 두었어. 이상이 화요일부터 내게 있었던 일이야. 그간 놀라운 심상과 말로 옮길 수조차 없는 생각들로 눈이 부신 경험을 했어. 합창대의 음악이 들리고 향내가 물씬 나면서 많은 것들이 생각났어. 알프레드는 아무것도 할 수 없게 되는 순간에도 밤 1시까지 침대에 누워 스피노자를 읽었지. 임종할 무렵, 창문이 열려 있어 방으로 햇살이 들어오자, 그가 말했어. 〈창문을 닫아 줘. 너무 아름다워. 너무 아름다워.〉 (……) 너를 빨리 만나고 싶다. 네게 이해할 수 없는 것들에 대해 얘기하고 싶으니까(4월 7일 막심 뒤 캉에게 보낸 편지).

깊은 상실의 시기에 많은 것들을 경험했고 그것은 신비로운 체험이었다. 두 해 전, 여동생 카롤린이 죽던 날 밤에도 귀스타브는 영접을 체험했다.

누이가 죽어 그녀 곁에서 밤샘을 했소. 침대 옆에서 흰 부케를 쥐고 웨딩 드레스를 입고 누워 있는 누이를 보고 있었소. ─ 그때 몽테뉴를 읽고 있다가 시신에로 눈길이 갔소. 처남은 잠이 들어 헐떡이고 신부는 코를 골고 있었소. 순간 이들을 바라보며, 형태는 지나가고 이데아만 남는다고 생각했고, 마침 읽고 있던 글귀에 열광하며 전율했소(1847년 1월 21일 루이즈 콜레에게 보낸 편지).

친구의 시신 곁에서 밤을 새우던 그날에는 크로이처의 『고대 종교』를 읽고 있었다. 번거로운 일로부터 빨리 벗어나 〈메모 자료를 다시 읽고 작품을 시작하고 싶다〉는 말로 상실의 슬픔을 덮었다.
5월 4일, 『성 앙투안느의 유혹』을 마침내 쓰기 시작했다. 『성 앙투안느의 유혹』에서 작품을 여는 제사(題詞), 〈마귀님들, 날 좀 내버려 둬요! 마귀님들, 날 좀 내버려 둬요!〉는 무대 뒤 인형을 움직이는 이와 객석의 어린이들이 함께 외치던 인형극의 후렴구였다. 귀스타브는 이 구절을 1849년에 완성한 『성 앙투안느의 유혹』에 인용하여, 이 작품이 인형극에 그 기원을 두고 있음을 암시했다. 또 귀스타브의 이 신비극에는 스피노자 등의 자연 철학 경향이 새롭게 도입됐다. 그리스도교 교회가 단죄하는 일곱 가지의 큰 죄, 교만·음욕·식탐·분노·질투·인색·나태에 여덟 번째 죄 〈철학〉(바로 〈논리〉로 수정됨)을 덧붙인 것이 그 단서이다. 귀스타브는 〈성 앙투안느의 유혹〉을 그림으로 만나기 전부터 일찍이 루앙의 생-로맹 장터에서 올려진 인형극 「성 앙투안느의 유혹」을 보며 유년기를 보냈다. 어린 등장인물 과학을 인형극으로 유혹하며 독려하는 악마의 대사 안에 그 추억이 담겨 있다.

> 네가 열심히만 일하면, 공작 날개로 만든 멋진 털 장식과 양철 나팔을 주마, 또 인형극도 보게 해줄게. 좋은 자리도 잡고. 내 말 듣고 있니? 첫째 줄, 알겠니? 칸델라 등 바로 옆, 인물들과 휘장 뒤에서 인형을 움직이는 이들의 손가락을 잘 볼 수 있게 말이야. (본문 240면)

귀스타브는 집필을 시작한 지 6개월 만인 8월 말경에 초고를 일단 끝낼 것으로 예상하였다. 그러나 6월, 장티푸스를 앓고 난 후 실성한 에밀 아마르가 외가에서 성장하고 있던 자신의 딸 카롤린을 데려갈 목적으로 루앙에 왔고, 결국 카롤린을 사이에 둔 실랑이가 법적 소송으로 이어져 글쓰기를 중단할 수밖에 없었다.

8월 25일, 루이즈 콜레에게 단 세 줄의 편지 〈선물에 감사. 아름다운 그대의 시에 감사. 추억에 감사〉를 보내고 그녀와 절연했다. 간질 발작으로 인하여 자기 방어적인 생활을 유지하고 있었던 데다 신비극의 집필 준비 작업에 몰입한 상황에서, 옆집으로 이사와 함께 살겠다는 그녀의 제안이 그로 하여금 결별을 결심하게 한 결정적 동기가 된 것으로 보인다. 이 시기에 그는 편지 쓰기를 극도로 자제하였는데, 집필 진행 과정을 짐작하기가 어려운 것은 바로 이 때문이다. 10월, 본격적으로 작품 집필에 몰두했다.

1849년 28세 5월 초, 꿈에 그리던 동방 여행을 뒤 캉과 함께 10월에 떠나기로 결정했다. 지중해 지역의 뜨거운 기후가 귀스타브의 신경증에 좋다며 클로케 박사와 형 아실이 모친을 설득한 결과였다. 큰 여행을 앞두고 신비극을 완성하기 위해 남은 작업으로 애를 태웠다.

8월 초, 로마의 라르 신들에 이어 등장하는 방귀의 신 〈크레피투스〉를 창안한 후, 교부들의 문헌에서 그 역사적 근거를 찾으려고 헛되이 애썼다(문헌학자인 친구 프레데릭 보드리에게 8월 9일 보낸 편지에서 자문을 구함).

9월, 『성 앙투안느의 유혹』 제1고를 1년 6개월 만에 탈고했다.[1] 귀스타브는 자신의 〈처녀작〉 원고를 읽고 평을 해줄 두 친구를 크루아세로 불렀다. 뒤 캉은 성인을 빙자한 인간의 〈심리 연구〉를, 부이예는 떠오르는 초대 교회와 몰락하는 로마 제국의 〈시대 연구〉를 기대했고, 그들이 32시간(매일 정오에서 오후 4시 그리고 저녁 8시에서 자정까지) 동안 541면(20.5센티미터×32.5센티미터 크기의 영국산 투명 무늬 종이, 깎아 쓰는 깃털펜, 검은색 잉크를 사용. 페이지마다 왼쪽으로 6센티미터 가량 여백을 두어 수정 면으로 사용했고, 앞면에만 썼고, 오른쪽 부분은 평균 35행으로 지면을 채웠다)에 이르는 원고 낭독을 듣고 내린 결론은 〈원고를 불에 던져 버리고 더 이상 말하지 말자〉였다. 그러나 〈부당하게〉는 아니지만 〈가볍게〉 평가된 것은 아닌가 여전히 자문했다. 후일 『살람보』(1859년)를 집필할 때, 『살람보』 이전에 쓴 두 작품이 〈심리-의학 연구〉에 관한 것이었으며, 1849년 『성 앙투안느의 유혹』이 그 시작이고, 카르타고 소설 역시 같은 선상에 있음을 밝혔다.

> 저는 요즘, 10년 전 『성 앙투안느』를 쓸 때 저를 그토록 매료시켰던 심리-의학 연구로 잠시 되돌아왔습니다. 『살람보』에서는 히스테리와 정신병 문제를 다루고 있습니다(1859년 2월 18일 마리 소피 르와이에 드 샹트피에게 보낸 편지).

10월 29일, 뒤 캉, 코르시카 출신의 충직한 하인 사세티Sassetti와 함께 동방 여행을 떠났다. 17개월 동안 이집트·시리아·페르시아 등을 여행하는 일정이었다. 11월 4일, 문교 통상부의 임무를 공식적으로 위임받고 마르세유에서 출발해 말타, 알렉산드리아를 거쳐 11월 26일 카이로에 도착

---

[1] 작가로서 플로베르의 이름이 세상에 알려진 것은 『마담 보바리』를 출간한 1857년 이후이지만, 나는 『성 앙투안느의 유혹』(1849년)을 그의 완성된 첫 작품으로 본다 — 옮긴이.

하여 다음 해 2월 6일까지 머물렀다. 자신이 새롭게 창조한 앙투안느 성인의 땅에서, 그는 자신을 사로잡았던 동방이 한결같이 지니고 있는 고대 세계와 자신의 신비극에 점철된 시적 상상력의 정조를 다시금 눈으로 확인했다.

석양에, 스핑크스와 온통 분홍색인 세 개의 피라미드는 빛에 잠겨 있는 듯 보입니다. 이 늙은 괴물이 무섭게 미동도 않은 채 우리를 쳐다봅니다. 이 야릇한 표정을 결코 잊지 못할 겁니다(카이로에서 1849년 12월 14일 마담 플로베르에게 보낸 편지).

하산(현지에서 채용한 두 번째 통역관 — 옮긴이)을 데리고 콥트인들의 대주교와 담소를 나누려고 갔습니다. 네모난 마당으로 들어갔는데 (……) 긴 의자 한구석에 늙은 군인이 있고, (……) 조금 떨어진 곳에 검은 옷차림에 좀 더 젊고 흰 수염을 한 학자 셋이 있었습니다. 통역관이 이렇게 말했습니다. 〈프랑스인 나리로, 견문을 넓히기 위해 세상을 여행하는 중이시고, 우리의 종교에 관해 말씀을 나누려고 이곳에 오셨다고 합니다〉. 이것이 여기서 말하는 스타일입니다! (……) 대주교는 대단히 융숭하게 저를 맞았습니다. 커피를 내오고 저는 바로 삼위일체, 동정녀, 복음서, 성찬식에 관해 질문했습니다. 『성 앙투안느의 유혹』에서 쓴 현학적인 내용들이 물밀듯이 떠올랐습니다. 정말 멋졌어요. 머리 위로 파란 하늘, 나무들, 펼쳐 놓은 책들, 내게 대답할 말을 수염 뒤로 곰곰 생각하고 있는 노인 영감, 그의 곁에서 저는 책상다리를 하고 연필을 요란하게 움직이며 메모를 하고, 그때 하산은 꼼짝 않고 서서 활기찬 목소리로 통역을 하고, 현학자 셋은 나지막한 의자에 앉아서 고개를 끄덕이며 동의를 하거나 이따금씩 몇 마디 덧붙였습니다. 바로 거기에 오래된 동방, 종교들과 넓은 옷의 고장이 있었습니다(1850년 1월 5일 마담 플로베르에게 보낸 편지).

피라미드의 돌은 가로세로 8피트나 돼. 그런데 그 위로 올라가다 중간쯤에 다다르면서 이것이 거대해지는 거야. 꼭대기에 가면 완전히 얼이 빠져. 둘째 날, 말을 타고 두 번째 피라미드 뒤를 가까이 지나며 사막의 석양 속으로 달려가고 있었는데, 피라미드가 절벽 같아서 내 위로 떨어져 나를 뭉갤 것만 같아 어깨를 움츠리고 말았어. 그 꼭대기는 다른 유적의 꼭대기처럼 매와 독수리 똥으로 하얗게 되어 있었고, 그 모습에서 『성 앙투안느의 유혹』의 한 구절이 떠올랐어. 〈매의 머리를 한 신들의 어깨는 새똥으로 하얗게 되었지…….〉 맥스가 이어 낭송했어. 〈리비아 쪽에서 도망가는 스핑크스를 나는 보았지. 그는 자칼처럼 뛰었지.〉(1850년 1월 15일 루이 부이예에게 보낸 편지)

성경이 이곳에서는 요즘 풍습의 그림입니다. 몇 년 전에도 소를 죽인 자를 사형에 처했다는 것을 아시는지요? 모든 게 아피스의 시대 그대로입니다(1850년 1월 15일 클로케 교수에게 보낸 편지).

내가 예전에 노래했던 투아나의 아폴로니오스가 내려갔던 트로포니오스 동굴을 봤어(1851년 10월 10일 루이 부이예에게 보낸 편지).

우리는 세 개의 다리, 케피소스 강의 세 지류를 계속해서 지났다. 알덴호벤에 따르면, 본류는 좀 더 오른쪽이며 정원 관개로 양이 줄었다. 신비 의식에 가는 여인네들에게 욕을 해대던 아테네의 남정네들이 있던 그 유명한 다리는 어디 있는가? 내 기억이 틀리지 않다면, 그 옆에 협죽도 숲이 있고, 그 안에 사람들이 숨었다. 그런데 길을 가면서 협죽도는 한 그루도 보지 못하지 않았나?(『동방 여행기 Voyage en Orient』 「그리스편」)

1850년 [29세] 3월 4일, 석양을 받으며 나일 강을 타고 올라가면서 플로베르는 빛깔과 리듬의 조응을 경험했다. 진한 남색의 산들, 검은색의 종려나무들과 붉은 하늘 아래로 나일 강은 강철의 호수처럼 느껴지고, 배 안에서 플루트 연주와 춤을 보며 룩소르를 지나 테바이에 이르렀을 때, 〈경건한 행복감〉이 자신의 깊은 곳에서 올라오는 것을 느꼈다. 그리고 누비아의 여인에게서 관능적인 동방과 조우했다. 에스네의 누비아인 거리에 사는 쿠르티잔 쿠쉬욱-하넴Kuchiuk-Hanem의 집에서 네 시간 반 동안 벗은 채 계속 되는 매우 강렬한 춤, 고대 그리스 항아리에서 본 적이 있던 일명 〈벌꿀춤〉을 보고, 그녀 곁에서 밤을 지내며 격렬하고 따뜻한 사랑을 나눴다. 이 춤의 관능성은 후일 『살람보』에서 살람보의 제식(祭式)의 춤과 「에로디아스」에서 살로메가 헤로데-안티파스에게서 예언자 야오카난의 목을 얻어 내기 위해 추는 춤에서 되살아나게 된다.

플루트와 한 쌍의 캐스터네츠 리듬에 맞추어 한 발 한 발 내딛었다. 둥글게 구부린 두 팔로 계속 도망가는 누군가를 부르고 있었다. 나비보다 가볍게, 호기심에 찬 프시케처럼, 떠도는 영혼처럼, 그를 따라다니다 이제 막 날아오르는 듯했다.

캐스터네츠는 멈추고 징그라(페니키아 플루트 — 옮긴이)의 음산한 소리가 이어졌다. 희망에 이어 번민이 온 것이다. 그녀의 자태는 한숨을 표현하고 있고, 온몸이 우수를 띠고 있어 어느 신을 애도하는 것인지, 신의 애무에 취해 나른해하는지 알 수가 없었다. 눈꺼풀을 반쯤 감고, 허리를 비틀고, 넘실거리는 물결처럼 배를 흔들고, 두 젖가슴을 떨고, 얼굴은 미동도 않고, 발놀림은 여전히 멈추지 않았다. (……)

이어, 진정을 갈망하는 사랑의 격정이었다. 그녀는 인도의 여사제들처럼, 폭포가 있는 누비아의 여인들처럼, 리디아의 박코스 여사제들처럼 춤을 추었다. 온 각도로 몸을 꺾어 비바람에 흔들리는 한 송이 꽃과 같았다. 귀에 달린 채 반짝이는 보석이 튀어 오르고, 등에 걸친 천이 아롱거렸다. 그녀의 팔에서, 발에서, 옷에서, 남자들을 달아오르게 하는 보이지 않는 불꽃들이 뿜어져 나왔다. 하프 소리가 울리고 모두들 박수로 응답했다. 무릎을 굽히지 않은 채 다리를 벌리면서 몸을 얼마나 유연하게 구부렸는지 턱이 바닥에 닿았다. 금욕에 익숙한 유목민들, 방탕한 짓의 달인들인 로마 병사들, 인색한 세리들, 논쟁으로 거칠어진 늙은 사제들, 모두, 코를 벌렁거리며, 음욕으로 피가 끓어오르고 있었다(「에로디아스 *Hérodias*」).

플로베르는 처녀작 『성 앙투안느의 유혹』의 실패에서 비롯한 충격과 창작에 대한 자신감 상실로 여행의 첫 4개월간을 앓고 난 후, 빛깔과 사막을 가로지르는 낙타의 고장에 머물며, 사춘기의 불안과 권태로부터 차츰차츰 해방되고 감성이 살아나는 것을 느꼈다.

7월, 베이루트에서 매독균에 감염. 레바논의 그리스도교 여인에게서인지 터키의 이슬람 여인에게서인지 자문했다. 금전적 이유로 페르시아 일정을 포기. 콘스탄티노플에서 친구 슈발리에의 결혼 소식을 들었다.

> 그는 근무지(그르노블 — 옮긴이)에서 사회주의 이론에 포탄을 펑펑 날리고 있을 게 뻔해요. 조직, 기초, 키, 물에 대해 말하고 있을 겁니다. 검사 대리로서 그는 보수주의자이며, 결혼으로 오쟁이진 남편이 될 겁

니다(12월 15일 마담 플로베르에게 보낸 편지).

8월, 시대 연구를 위해 예루살렘에 체류 중 콩트의 『실증 철학 시론』을 읽었으며, 여행을 끝내고 돌아와서 공상적 사회주의자들의 저서를 읽고 매우 노골적이며 우스꽝스러운 연극 작품을 쓸 계획을 세웠다. 다마스커스에 머물면서 작고한 친구 알프레드 르 푸아트뱅의 『벨리알의 산책』 원고를 손에 넣고 싶어 했다. 필사본을 보관하던 친구의 모친이 5월 26일 사망한 후, 부인 루이즈 드 모파상이 귀중히 여기지 않는 원고의 분실을 우려한 것이다. 자신의 『성 앙투안느의 유혹』과 쌍둥이 관계인 이 철학 소설의 바탕을 이루는 개념을 〈소용돌이, 무한히 휘감아 올라가는 나선(螺旋)〉이라고 정의했다(9월 2일 부이예에게 보낸 편지).

9월, 동시대의 상용어를 알파벳순으로 정리하는 『통상 관념 사전*Dictionnaire des idées reçues*』을 구상. 이 사전의 어휘들은 후일 집필하게 될 『부바르와 페퀴셰』(1880년) 제2권에 실리게 되며, 그 내용에는 플로베르의 의학적, 자연사적 지식들이 적극 반영되어 있다.

11월, 콘스탄티노플에 체류하며, 구상 중인 세 개의 주제를 부이예에게 보내는 편지에서 밝혔다. 첫째 주제는 에게 해 로도스 섬의 격리 수용소에서 구상한 「동 쥐앙의 하룻밤Une nuit de Don Juan」(시놉시스에 그침), 둘째 주제는 신과 교접하려는 여자의 이야기인 「안누비스Anubis」(『살람보』), 셋째 주제는 자그마한 시골 마을, 채마밭이 있는 고향집 부모 곁에서 신비주의에 사로잡혀 처녀로 살다 죽는 젊은 여자의 이야기인 〈플랑드르 소설〉(『마담 보바리』)이었다. 세 개의 주제가 모두 관능적인 사랑과 신비주의적 사랑의 관계를 다루고 있어, 플로베르는 그 유사성에 대해 고민하였다. 그러나 그것이 무엇이든 조만간 〈만들어 내야 한다〉는 생각과 〈자기 궤도의 중심에 서야 한다〉는 강렬한 욕구를 동시에 느끼고 있었다.

1851년 30세 펠로폰네소스, 브린디지, 나폴리, 로마, 피렌체를 거쳐 6월에 크루아세로 돌아왔다. 파란 눈에 얄팍하고 예리한 시선의 미남 청년은 여행을 하는 동안 살이 찌고 머리숱이 듬성듬성한 모습의 남자가 되어 귀향했다.

6월, 『마담 보바리』의 플롯을 짜기 시작. 6월에 자신을 만나러 온 루이즈 콜레와 9월이 되어서야 화해했다. 그는 콜레에게 보낸 7월 26일자 편지에서 〈지나치게 격정적이지 않을 때〉만 그녀와 함께 있는 게 좋다고 고백했다. 그에겐 무엇보다도 새로 시작하는 작품을 함께 만들어 갈 뮤즈가 필요했다. 플로베르가 그녀에게 쓴 백여 통의 주옥 같은 편지는 소설의 집필 과정과 예술가의 미학 형성 과정을 보여 주는 또 다른 작품으로 손색이 없다.

9월, 모친과 함께 런던 만국 박람회를 보러 갔다. 인도와 중국 등의 극동 아시아관에 흥미를 느껴 편종과 거문고 등의 악기를 데생했다. 9월 19일, 『마담 보바리』의 집필을 시작. 플로베르는 그동안 심혈을 기울인 형이상학적 신비극을 포기하고, 현실적 주제를 다룬 풍속 소설을 제안한 부이예와 뒤 캉의 조언에 따라 선택한 〈합리적인 책〉을 쓰기 시작했다. 이것이 바로 〈플랑드르 소설〉, 모더니즘의 전형인 『마담 보바리』인 것이다.

> 어제 저녁 소설을 시작했소. 문체의 난제들에 봉착한 것을 이제 느끼기 시작하오. 그리 단순하지가 않구려. 폴 드 코크나 샤토브리앙을 표방하는 발자크 류로 전락하지 않을까 두렵소(9월 20일 루이즈 콜레에게 보낸 편지).

> 나는 고심하고, 긁어 대오. 소설의 출발이 순조롭지 않구려. 문체라는 종기를 앓고 있고 문장은 하릴없이 가렵소. (……) 창문을 활짝 열고, 강물 위로 해가 내리쬐는 가운데, 고요함을 만끽하며 오늘 하루를 보냈소. 한 페이지를 썼고 세 페이지를 개략적으로 준비했소. 보름 안에 첫 고랑을 갈 수 있기를 바라고 있소. 내가 몸 담그고 있는 색깔이 얼마나 새로운지 이에 놀라 눈만 크게 뜰 뿐이라오(10월 23일 루이즈 콜레에게 보낸 편지).

> 나는, 모두들 생각하듯, 몽상가만은 아니오. 코를 대고 사물의 모공까지 들여다보는 근시들처럼 볼 줄도 안다오. 내 안에는, 문학적으로 말해, 선명하게 다른 두 사람이 있소. 한 사내는 큰소리로 읊기, 서정성, 독수리의 큰 비상, 문장의 울림과 관념의 높이에 사로잡혀 있소. 또 다른 사내는 최대한 뒤져보고 파헤쳐 보고, 작은 일을 큰 일 만큼이나 확연히 두드러지게 보여 주기를 즐기고, 그가 만든 것들을 물질적으로 느낄 수 있게 하고 싶어 하오. 첫 번째 사내는 웃기를 좋아하고 동물적 탐닉을 즐기오. 『감정 교육』(1845년판 — 옮긴이)은, 나도 모르게, 내

정신의 두 경향을 융합하려는 노력이었던 것 같소. (……) 이 노력은 실패했소. (……) 내게 아름답게 보이는 것, 내가 만들고 싶은 것은, 아무것에도 관하지 않은 책, 외부와 연결되지 않고 문체의 내적 힘으로 서 있어 마치 떠받치지 않고도 공중에 서 있는 책, 주제가 없거나 혹 그게 가능하다면 주제가 거의 보이지 않는 책이오. 가장 아름다운 작품들은 질료가 가장 적은 것이오. 표현이 사고에 접근하면 할수록 말은 더욱 밀착되어 사라지고, 아름답소. 예술의 미래는 이런 방향에 있을 것이라 믿소(1852년 1월 16일 루이즈 콜레에게 보낸 편지).

지금 나는 완전히 다른 세계, 지극히 단조로운 세부를 관찰하는 세계에 있소. — 영혼에 핀 곰팡이의 실들 위에 시선을 고정시키고 있다오. 『성 앙투안느의 유혹』의 신화와 신학의 타오르는 불길과는 먼 것이오. 주제가 다를 뿐만 아니라 매우 다른 방식으로 쓰고 있소. 이번 책에는 단 하나의 움직임도, 저자의 단 하나의 생각도 없기를 나는 원하오. — 관념 면에서는 『성 앙투안느의 유혹』보다는 높지 않지만, (……) 그렇지 않은 듯 보이면서도 좀 더 팽팽하고 희귀한 작품이 될 것 같소(1852년 2월 8일 루이즈 콜레에게 보낸 편지).

10월 1일, 막심 뒤 캉, 아르센 우세Arsène Houssaye, 루이 드 코르므넹Louis de Cormenin, 테오필 고티에Théophile Gautier가 참여한 문예지 『파리 평론Revue de Paris』 창간호가 나왔다. 고티에와 뒤 캉은 그들의 잡지에 『성 앙투안느의 유혹』 1849년 텍스트의 일부분을 게재할 것을 제안하나 정작 플로베르는 망설였다.

지난 일요일, 우리는(부이예와 플로베르 — 옮긴이) 『성 앙투안느의 유혹』의 몇몇 부분을 읽었어. 아폴로니오스, 몇몇 신들, 2부의 후반부, 즉 쿠르티잔, 다말, 네부카드네자르, 스핑크스와 키마이라 그리고 동물들 전체를 말이야. 부분들을 출간하는 건 정말 어려울 것 같은데, 생각해 봐 줘. 정말 아름다운 부분들이지만, 하지만, 하지만, 하지만, 그것만으로는 충분하지가 않아. (……) 합리적인 책을 만들려고 노력하면서도 서정주의, 흥에 겨워 크게 읽기, 또 문득 떠오르는 철학적이고 환상적인 엉뚱함을 포기하는 게 잘못된 것이 아닐까 하는 생각이 들기도 해. 누가 알아? 언젠가 나만의 작품을 만들어 낼지 말이야(10월 21일 막심 뒤 캉에게 보낸 편지).

플로베르에게 헌정된 부이예의 『멜라에니스 *Melaenis*』가 『파리 평론』지에 게재됐다. 12월 2일, 파리 쿠데타 현장에서 음울한 시대가 시작됨을 슬퍼했다. 4년의 임기가 끝난 후 재선이 금지된 공화국의 대통령 루이 나폴레옹은 쿠데타를 통해 제정(帝政)을 세우고자 했다. 이에 경제적 진보를 명목 삼아 자유를 탄압할 것을 우려하여 위고를 비롯한 예술가와 지식인들은 항거를 결심했다. 그리스어 공부를 계속하며 아이스퀼로스의 『아가멤논』을 읽고, 셰익스피어를 영어로 읽었다.

1852년 ³¹세 4월 말, 『마담 보바리』 제1부 제8장 무도회 에피소드를 쓰기 시작, 7월에 제1부를 끝냈다.
5월, 〈형이상학적이고 환상적이며 색조가 튀는 대소설〉 「나선 La Spirale」을 구상. 꿈과 현실을 넘나들다 광인수용소에 수용되고 결국 자살에 이르는 예술가의 이야기이다. 그는 인공 낙원을 꿈꾸며 엠마가 쫓고 있는 것, 억제된 꿈의 포로인 앙투안느가 던지던 화두, 형상과 관념의 문제를 보다 체계적으로 던지고 있다.

> 환각 상태에 이르는 준비는 서서히 이루어져야 한다. 그는 동방을 여행했고, 머리는 이미 보았거나 생각한 이미지들로 가득하다. 그는 화가였다. 파리로 돌아오면서 그림을 포기한다. 하시시를 상습적으로 복용한다. 그러나 마약을 끊고, 하시시를 담은 상자 냄새만 맡아도 환각 상태에 빠진다. 이어, 이 냄새조차 맡지 않으려고 노력한다. ─ 꿈에 들어가는 준비를 반복하는 과정에서 꿈들이 규칙적으로 온다. ─ 갑작스럽게, 가장 좋은 순간에 꿈이 잘린다. ─ 차츰차츰, 정상 생활 한가운데서도 꿈이 계속된다. ─ 또 최면 상태가 지속되면서 고통에 무감각해진다. 이상적인 삶에 빠지는 성향의 소유자이며 이러한 삶이 모든 것을 보상한다면, 어떻게 정상적으로 행동하고 타인에게 주의하는 사람이 될 수 있을까? ─ 그는 극도로 예민한 감수성의 소유자이므로, 깊은 이해력은 좋은 것이고, 쓸모가 있다. 악을 행하면 꿈은 오지 않는다. 좋은 행위로 마음이 충분히 진정되는 것을 알게 되었다. 그것은 사혈(瀉血)이나 장(腸) 청소와 같다. ─ 이어 낙원이 서서히 온다. 절정을 얻기 위해서는 이것으로 충분하다. 이렇게 꿈은 삶에 실질

적이고 긍정적인 영향을 행사한다. ― 또 삶도 꿈에 상상력으로 영향력을 행사한다.

비참한 상황이 점진적으로 도래한다. 그는 재산도 잃고, 배신당하고, 중상모략에 시달리고, 사랑도 잃는다.

시도한 모든 계획이 실패로 돌아간다. 감옥에 끌려가고 ― 인정받지 못하고, ― 결국 광인 수용소에 갇힌다. (……)

나선(螺旋) ― 연속적으로 이어지는 시련

결론은 이렇다. 행복은 미치광이(모두들 이렇게 부르는)가 되는 것, 달리 말해 진실, 시간의 전부, 절대를 보는 것에 있다.

그는 과거와 미래를 현재로 바라본다. 신들과 대화를 나누고 전형들을 본다.

광인 수용소에 수용되고 ―거기에서도 변화는 보이지 않는다― 목소리가 매우 커 각기 다른 직업을 대표하는 광인들 각각에게 말을 건네며 사회에 대한 진실을 떠들어 댄다. 왕이라고 믿는 자는 왕처럼 생각하고, 음악가라고 믿는 자 역시 실제 음악가와 같다.

따라서 그는 진실 속에 있고, 여기서 얻은 교훈은 행복이란 상상 작용 속에 있다는 것이다.

여기에 이르기까지는 긴 시간이 필요했다 ― 많은 시련과 수양을 거쳐야 했다(「나선」).

6월, 뒤 캉과의 우정에 찬기가 서렸다. 〈쓰고, 다시 베껴 쓰고, 수정하고, 다듬은〉 원고를 부이예에게 읽어 주고 그의 조언을 참고해 가며 느리게 작업하는 그에게 속도를 내라는 뒤 캉(당시『파리 평론』의 편집장)의 조언 때문이었다.

> 서두르다, 바로 지금이다, 적절한 때이다, 자리 잡기, 자리를 확보하다, 또 법 외에, 이런 말들이 내겐 의미가 없어. (……) 도달하라고? ― 어디에? (……) 알려지는 것은 나의 주된 관심사가 아냐. (……) 난 날 만족시키는 게 더 좋아. 성공은 결과일 뿐이지 목표는 아니라고 봐. (……) 충분히 익지도 않은 문장을 일순 서두르기보다는 개처럼 죽는 게 나아(6월 26일 막심 뒤 캉에게 보낸 편지).

12월, 발자크의『루이 랑베르 *Louis Lambert*』(1832년)를 읽었다. 명철한 사고력과 신비주의적 성향을 지닌 주인공이 죽은 친구 알프레드의 생전의 모습과 흡사할 뿐 아니라 이 작품의 플롯 또한 자신이 구상 중인 소설 「나선」의 플롯, 〈반복하여 깊이 사고한 끝에 환영들을 보고 그 속에 친구의 유령이 나타나 (이상적이고 절대적인) 결론을 내는 이야기〉와 동일한 데 매우 놀랐다. 〈모든 행위를 자신의 생각 속으로 옮겨 가는 이 사람〉(루이 랑베르)에게 있어 〈생각하는 것, 그것은 보는 것이다〉. 투시력의 보유자인 그에게서 플로베르는 자신의 모습을 봤다.

1853년 32세 3월, 루이 부이예의 『멜라에니스』와 자신의 『통상 관념 사전』, 미래 문학을 지향하는 시비평 「프랑스의 시정사(詩情史)」에 부칠 서문들의 구상을 계속했다.

4월, 『마담 보바리』 제2부 제6장 부르니지엥 신부와 엠마의 〈애매하고 무거운〉 대화 에피소드를 썼다. 1월에 레지옹 도뇌르 훈장을 받은 막심 뒤 캉이 『사후의 책, 한 자살자의 회상록 *Le livre posthume, mémoires d'un suicidé*』(『파리 평론』에 1852년 12월부터 1853년 3월에 실렸던 글)을 출간했다.

7월, 1851년 루이 나폴레옹 쿠데타 이후 체제에 반기를 들고 영국에 망명 중인 위고 시인에게 〈편지 걱정하지 말고 통신원을 잘 이용〉하라는 편지를 썼다. 플로베르는 청년기의 우상이었던 위고 시인의 배달부 역할을 하며 그를 도왔다. 플로베르가 편지에서 〈악어〉라고 지칭하는 시인이 런던에 살고 있는 플로베르의 죽은 누이동생의 가정교사에게 편지를 보내면, 그녀는 편지들을 새 봉투에 넣어 플로베르 주소로 보내고, 플로베르는 이것을 받아 파리의 루이즈 콜레에게 우송하고, 그곳으로부터 프랑스에 거주하는 위고의 친구들에게 편지가 발송되는 시스템이었다. 프랑스에 거주하는 지인들의 편지 역시 그 반대 방향으로 같은 통로를 거쳐 시인에게 전해졌다. 루이즈 콜레의 시(〈아크로폴리스 Acropole〉, 〈처녀 농군 La paysanne〉, 〈하녀 La servante〉)를 비평하고 퇴고 과정에 참여했다.

7월 15일, 농사 공진회 에피소드 구상을 끝냈다. 「루앙 신문 Journal de Rouen」 7월 22일자에 실린 시장의 연설문과 전날 자신이 쓴 도지사의 공진회 연설문이 글자 하나 틀리지 않고 동일한 데 놀라 상상력에 기초한 문학이 과학인 것을 확인한다. 『사후의 책, 한 자살자의 회상록』(『파리 평론』에 1852년 12월부터 1853년 3월에 실렸던 글)을 출간했다.

창안하는 모든 게 참이오, 확신하리다. 시는 기하학만큼이나 정밀한 것이오. 귀납법은 연역법에 비길 만하고, 또 어느 단계에 이르면 영혼에 관한 한 더 이상의 오류는 없소. 나의 가여운 보바리는, 틀림없이, 프랑스의 스무 개 도시에서, 이 시각에, 고통받으며 울고 있을 것이오(8월 14일 루이즈 콜레에게 보낸 편지).

뒤 캉은 10월 1일부터 『파리 평론』에 플로베르와 함께 했던 동방 여행기 「나일 강Le Nil」(1854년 12월 1일까지)을 연재하기 시작했다.

11월, 시작한 지 5개월 만에 농사 공진회 에피소드를 끝냈다. 부이예가 가장 아름다운 에피소드로 꼽은 이 장면은 사람들의 대화, 동물의 울음소리, 사랑의 탄식, 행정 관리의 거창한 말 등 세상의 모든 소리가 동시에 뒤섞여 울리는 오케스트라의 연주와도 같다.

1854년 33세 4월, 소설 제2부 제11장 이폴리트의 다리 수술 에피소드를 준비. 발의 해부학과 안짱다리의 다양한 병리학 이론을 공부했고, 외과의사인 형 아실에게 임상에 대해 조언을 청했다.

같은 시기, 4월 루이즈 콜레와 결별이 시작됐다. 가정을 원하는 뮤즈의 사랑이 버겁고, 그녀가 쓰고 있는 〈내 딸에게A ma fille〉라는 시에서 확연하게 드러난 두 예술가의 미학적 견해의 차이를 견디기 어려웠던 것으로 보인다.

> 그대를 멋진 양성의 존재로 만들려 애써 왔소(그런데 이제 보니 실패한 것 같구려). 복부까지 (내려오면서) 그대가 남성이기를 원하오. 그대는 암컷적인 요소로 나를 거북하게 하고, 자극하고 또 심연으로 밀어 넣고 있소(4월 12일 루이즈 콜레에게 보낸 편지).

> 내게도 인간적인 마음이 있소. 나의 아이를 원치 않는 것은 내가 지나치게 부성적일까 봐 두려운 거요. 내게 조카가 있는데, 단순히 작은 지식을 가르치는 게 아니라는 걸 증명하려고 충분히 (실질적으로) 그 아이를 돌보고 있소. 문체에 이런 것을 이용하기보다는 살갗이 벗겨진 채 죽는 게 나을 거요(4월 22일 루이즈 콜레에게 보낸 편지).

소설 속의 무정한 남자 로돌프가 엠마를 냉정하게 버리는 바로 그 시점(제2부 제13장)에서 작가 플로베르가 뮤즈를 버리게 된 것은 우연일까.

플로베르는 배우 베아트릭스 페르손Béatrix Person과 사랑을 막 시작한 터였다. 이 새로운 사랑은 〈사랑하는 화산(火山)〉이라 부르던 루이즈 콜레와의 사랑과는 달리 자유로운 관계일 뿐이었다. 8월 복용 중인 약에 들어 있는 수은 탓으로 짐작되는 혀의 염증 때문에 심한 통증에 시달렸다. 8월, 일간지 「프레스La Presse」에 연재되기 시작한 샹플뢰리Champfleury의 연재소설 『몰랭샤르의 부르주아들Les bourgeois de Molinchart』을 읽고 주제와 인물들의 성격이 집필 중인 자신의 소설과 매우 유사한 점을 걱정하며 『마담 보바리』를 이 시점에서 출판할 수 없음을 안타까워했다. 그러나 문체에서만큼은 자신감을 보였다. 샹플뢰리의 이 소설은 발자크의 『외제니 그랑데』와 견줄 만한 작품이 될 수 없음을 예감했다.

1855년 34세 『마담 보바리』의 제3부를 쉬지 않고 집필. 5월, 엠마의 노르망디의 고도(古都) 루앙에의 입성 장면(제5장)을 썼다. 8월, 소송 및 차압 장면(제6장) 준비로 파리의 공증인 프레데릭 포바르에게 어음에 관한 자료를 요청했다. 9월, 눈먼 걸인 에피소드(제7장)에 필요한 연주 창과 눈병에 관한 의학 지식을 부이예에게 요청했다. 11월, 파리의 탕플 대로 42번지에서 다음 해 4월까지 지내며 작품을 썼다.
뮤즈에게 결별의 편지를 보냈다. 3월 6일 플로베르에게서 온 마지막 편지 여백에 그녀는 〈1855년 3월 5일 보러 갔음 — 비겁하고, 겁쟁이이고, 천해〉라고 적어 분한 마음을 토로했다.

1856년 35세 3월 말, 4년 6개월 만에 『마담 보바리』를 탈고. 4월 초부터 필경사 뒤부아의 오독(誤讀)을 바로잡기 위해 필경한 원고(루앙 시립 도서관, mss g 222)를 교정했다. 5월 31일, 『파리 평론』에 게재할 원고(30면을 줄임)를 뒤 캉에게 보냈다. 뒤 캉은 7월 14일자 편지에서 편집장 로랑-피샤Laurent-Pichat의 의견에 따라 텍스트의 부분 삭제를 권고했다. 〈완성도가 떨어지는 요소들을 너무 많이 담고 있는 작품〉에 가독성을 부여하기 위한 필수 조건임을 강조했다. 『파리 평론』지는 10월 1일부터 12월 15일까지 6회에 걸쳐 『마담 보바리』를 연재했다. 12월 1일분의 원고에서 소설 제3부 제1장 (마차 안에서 엠마와 레옹이 밀회하는 부분)이 완전히 삭제되었다. 이 사전 검열은 잡지사의 루이 윌바크Louis Ulbach의 제안으로 결정되었으며, 뒤 캉이 잡지사의 편집 방침에 적절하지 않은 부분을 삭제했음을 주에 밝히는 방식으로 처리됐다. 잡지사 측의 가위질로 작품의 전체가 아닌 파편들이 게재된 것을 공개적으로 항의하는 플로베르의 글이 12월 15일자에 실리는 한편, 종교계를 의식한 잡지사 측은 밤새 망자 곁을 지키던 신부와 약사가 새벽에 먹고 마시며 잡담하는 장면(제9장)을 또다시 삭제했다. 이렇게 조심스럽게 이루어진 잡지사 측의 사전 검열에도 불구하고 잡지사와 플로베르는 12월 말 〈미풍양속과 종교에 위해(危害)를 가했다는〉 혐의로 고발되어 예심판사 앞에 섰다. 한편, 그는 인간 본성에 대한 작가의 깊은 이해에 감동한 한 여성 독자로부터 자신도 마담 보바리과 같은 슬픔, 권태, 불행을 겪었다고 고백하는 편지(12월 18일)를 받았다. 앙제에 사는 소설가 르루아예 드 샹트피Marie-Sophie Leroyer de Chantepie와의 깊은 문학적 교류는 이렇게 시작됐다. 『마담 보바리』를 탈고한 후 플로베르는 『성 앙투안느의 유혹』 1849년 텍스트의 가독성을 높이고자 특히 2부, 〈환시들Visions〉 에피소드에서 장면들의 연결점(장면이 바뀔 때마다 삽입된 앙투안느의 독백)을 찾아내 꿈꾸듯 쓰인 장면들을 이어 주는 수정 작업에 착수했다. 동시에, 「자비의 성자 쥘리앵의 전설La légende de saint Julien l'Hospitalier」을 쓰기 위해 자료 수집에 들어갔다. 10월까지 『성 앙투안느의 유혹』 제2판본과 「자비의 성자 쥘리앵의 전설」을 완성하고 여기에 『마담 보바리』를 더해 각각 현대, 중세, 고대를 다룬 세 개의 작품을 1857년에 출판할 수 있으리라는 포부를 6월 1일자 편지에서 부이예에게 밝힌다. 달포간의 자료 수집 후 성자전을 포기하고(1875년 9월에 쓰게 됨), 신비극의 수정에 심혈을 기울였다. 제1부 원고가 160면에서 74면으로 줄었으며, 2부 〈환시들〉 에피소드의 수정 작업으로 빈약하기는 하나 연결점을 찾았다고 믿었다. 그러나 7월과 8월에는 개작의 결과에 매우 비관적인 생각을 하게 되었다.

이리저리 애써도 소용이 없을 것 같아. 작품이 아름답다기보다는 여전히 야릇하기만 할 것 같아. 문체의 반죽이 물렁물렁해. 전체적 구성에 관해 말하자면, 통일성을 부여하려고 내 가여운 골을 비비고는 있어. 그런데 결과는……(7월 28일 루이 부이예에게 보낸 편지).

네가 뭐라고 하든, 이젠 『성 앙투안느의 유혹』에서 무언가를 이해할 수 있을 거야. — 적어도 내 의도는 볼 수 있겠지. 플롯에 난 구멍들을 메우고, 똥 묻은 문장들을 닦아 내고, 솔기가 풀린 긴 구두처럼 가운데가 벌어져 물렁물렁한 긴 문장들에 바닥을 다시 까는 걸 도와줘(8월 31일 루이 부이예에게 보낸 편지).

주간 문예 신문 『예술가』는 12월부터 『성 앙투안느의 유혹』에서 발췌한 다음의 네 장면을 게재했다. 시바의 여왕(12월 21일), 기녀와 람피토(12월 28일), 투아나의 아폴로니오스(1857년 1월 11일), 환상동물들(2월 1일). 기획에 포함된 신(神)들의 에피소드는 스캔들을 염려하여 게재하지 않았다. 플로베르 자신도 신비극이 출판된다면 중죄 재판소에 회부될 가능성이 높으며 자신이 미치광이 취급을 당하리라고 예상하였다. 한편 12월 7일부로 『예술가』의 편집장이 된 고티에는, 마치 자신의 미학적 관점을 대변하듯 메타포로 점철된 플로베르의 작품을 자기 시대의 부르주아들에게 던지는 도전장으로 내놓았다. 잡지에 실린 발췌 텍스트를 읽고 작품의 진가를 알아챈 것은 다름 아닌 시인 보들레르였다.

작품 전체를 관통하고 있는 이 고뇌, 심층에서 움직이며 반항을 멈추지 않는 힘, 그리고 환히 빛나고 있는 불분명한 광맥 — 영국인들이 〈아래로 흐르는 것〉이라고 부르는 —, 고독이 부른 온갖 마귀들의 한가운데로 안내하는 그 광맥에 독자들은 무엇보다 주의를 기울여야 한다.

귀스타브 플로베르가 『마담 보바리』에서는 의도적으로 숨겼지만, 『성 앙투안느의 유혹』에서는 마음껏 표출한 뛰어난 서정성과 조소(嘲笑)의 능력을 간파하고 작가의 은밀한 공간인 이 작품이 시인과 철학자들에게는 가장 흥미로운 작품임을 증명하기란 누구에게나 쉬운 일일 것이다(보들레르, 「귀스타브 플로베르의 『마담 보바리』」, 『예술가』, 1857년 10월 18일).

1857년 ³⁶세 1월 29일, 『마담 보바리』 소송 사건의 재판이 제6 법정에서 열렸다. 검사 피나르Pinard는 자신의 논고(論告)에서 작품 전체에 걸쳐 나타나는 사실주의적 회화 묘사 기법, 관능적 색채, 여주인공의 선정적 아름다움, 신성한 종교에 세속의 쾌락을 섞는 방식 등이 미풍양속을 해치고 종교를 모독하는 요소들임을 주장했다. 기소가 된 부분은 『파리 평론』 12월 1일자에 게재된 텍스트 중 73, 77, 78면(제3부 제6장: 레옹과의 밀회)과 12월 15일자 텍스트의 271~273면(제3부 제8장: 엠마의 임종)으로, 검사는 〈시골 여자의 간통 사건〉이 보다 적절한 소설 제목임을 주장했다. 플로베르 집안의 오랜 친구인 변호사 세나르Sénard는 네 시간에 걸쳐 계속된 변론에서 문제가 된 구절들의 분석을 통해 소설의 도덕성과 유용성을 변호했다. 2월 7일, 무죄 판결을 받았다.

4월 18일, 미셸 레비가 출간한 『마담 보바리』가 문단에 소개되면서 이후 프랑스 〈현대 소설〉의 대명사가 되었다(공쿠르 형제, 『일기』, 1860년 2월 5일).

1857년 부활절 무렵에 출간할 예정이었던 『성 앙투안느의 유혹』 개정판은 다음 해 겨울로 출판 계획이 미루어졌다. 그의 소설이 예기치 못한 소송 사건에 휘말리면서 유물론적 철학의 기초 위에 쓰인 또 다른 희곡소설도 소송 사건에 연루될 것이 예상되었고, 결국 1856년 『성 앙투안느의 유혹』은 끝내 출간되지 못하였다. 대신 『파리 평론』은 1908년 2월 1일에서 4월 1일까지 이 판본을 소개하고 텍스트를 게재했다.

7월, 보들레르가 보내온 『악의 꽃』에 열광했다. 특히 〈내 나이 천인지 기억이 없네〉로 시작하는 〈우울Spleen〉에 각별히 애정을 느꼈다.

9월 1일, 3월부터 자료 수집을 하며 준비하던 소설 『카르타고*Carthage*』를 쓰기 시작. 11월 17일 「프레스」의 편집장 샤를-에드몽 쇼제키Charles-Edmond Chojecki에게 쓴 편지에서 그의 일간지에 게재를 약속했던 소설의 제목은 〈살람보, 카르타고 소설Salammbô, roman carthaginois〉이라고 밝히고 이 〈불가능한 작품〉을 포기할 가능성을 말했다.

1858년 37세 파리에 체류하며 매일 열 시간씩 작업했다. 연극은 보고 싶지 않고 일요일엔 마땅히 할 일이 없었던 플로베르는 고티에를 중심으로 아글라에 사바티에Agla Sabatier(일명 la Présidente) 부인이 자신의 집에서 여는 일요일 식사 모임에 정기적으로 나가 공쿠르 형제, 생트뵈브, 보들레르, 고티에, 르낭, 페이도 등과 교류했다.

4월 16일부터 6월 6일까지 소설 첫 장의 색조를 잘 잡았는지를 현장에서 확인하기 위해 알제리와 카르타고를 여행했다.

> 소설 생각은 전혀 하지 않고 있어. 이 지역을 꼼꼼하게 볼 뿐이야. 그리고 엄청 즐기고 있어. 음탕한 짓은 전혀 하지 않았어! 반면 이젠 카르타고를 낮과 밤의 시간별로 속속들이 알아. (……) 지난주에는 우티카를 둘러보았고 카르타고에서는 3일간 혼자 지냈어. 오늘 저녁, 노새를 타고 카라반과 함께 빈자르트(튀니지의 항구 도시 — 옮긴이)로

떠날 거야(5월 8일 루이 부이예에게 보낸 편지).

6월 초, 크루아세로 돌아와 연필로 쓴 카르타고 여행기(『여행 수첩』 10)를 잉크로 다시 쓰면서 일주일간 부이예와 자료를 검토한 결과, 소설을 완전히 다시 쓰기로 결정했다. 10월 중순까지 제1장과 제2장을 쓰고 12월 중순에 제3장을 쓰기 시작했다. 튀니지 여행 중에 만난 생푸아Saint-Foix 백작에게 뱀들을 교육하는 방식과 병을 낫게 하는 방법(제10장), 도끼 모양의 협곡(제14장)에 대한 자료를 서면으로 요청했다(12월 26일).

1859년 38세 히스테리와 정신병에 관한 연구를 시도하고 있는 소설 『살람보』는 점점 핏빛으로 물들어 갔다. 〈코끼리들의 싸움이 한창이고 내가 사람들을 파리 죽이듯 죽이고 있다는 걸 믿어 줘. 피가 콸콸 흐르게 하지.〉(9월 말 에르네스트 페이도에게 보낸 편지) 5월 중순, 제4장 수정 작업과 동시에 제5장(타니트)을 시작했다. 8월에서 11월에 걸쳐 제6장(아농)을 쓰고, 11월 말 제7장(아밀카르 바르카)을 시작했다.

9월 중순, 고된 집필에 이어진 부이예와의 공동 작업 후 이틀간 신경 시스템에 문제가 있었음을 에르네스트 페이도에게 알렸다. 위고 시인의 신작 『여러 세기의 전설La légende des siècles』을 읽고 열광했다.

11월, 루이즈 콜레의 소설 『그 남자Lui』가 출간된다. 연인 뮈세와 플로베르를 모델로 한 이 소설에서 〈냉혹하고 인색하고 우울한 얼간이〉 시골 작가로 그려진 자신의 모습을 보고 〈옆구리가 터지게 웃었다〉고 페이도에게 고백했다. 그녀는 자신과 플로베르를 주인공으로 한 소설 『병사 이야기Une histoire de soldat』를 「세계 신보Moniteur universel」(1856년)에 연재하면서 일방적으로 결별 선언을 한 연인에게 이미 복수한 바 있었다.

1860년 39세 4월, 고대 동방의 상업을 이해하는 데 큰 어려움을 겪고 반년에 걸친 작업 끝에 제7장(아밀카르 바르카)을 끝냈다.

6월, 보들레르가 보낸 신작 『인공 낙원Les paradis artificiels』을 읽었다. 악령(惡靈)을 지나치게 강조한 점과 하시시와 아편, 무절제를 비난한 것을 아쉬워했다(6월 18일 혹은 25일 보들레르에게 보낸 편지). 보들레르는 「11월」과 『성 앙투안느의 유혹』의 전문(全文)을 읽고 싶어 했다.

7월 말, 제8장(마카르의 전투)을 끝냈다. 공쿠르 형제에게 보낸 편지(7월 3일)에서 『살람보』의 목표는 고고학이 아니라 진실에 가까운 소설임을 토로했다. 작가 아멜리 보스케에게 잡지에 실렸던『성 앙투안느의 유혹』의 발췌 텍스트를 보냈다.

9월 중순, 모친과 함께 이틀간 에트레타와 훼캉을 여행했다. 열여덟 살 이후로 방문한 적이 없는 르 푸아트뱅 부인 집에서 하룻밤을 지내며 알프레드가 나타날 것 같은 묘한 불안감을 느꼈다.

10월 21일, 제9장〈싸움터에서〉을 끝냈다. 12월, 제10장〈뱀〉을 쓰면서 제11장의 살람보와 마토의 육체적 결합 장면을 준비했다. 성교는 〈음탕하고 정결하고 신비롭고 사실적이어야 한다〉(10월 21일 에르네스트 페이도에게 보낸 편지).

1861년 40세 7월 중순, 제12장〈송수교送水橋〉을 끝냈다. 11월, 5개월 만에 제13장〈몰로크〉을 끝냈고, 12월에 제14장〈라 아쉬의 좁은 길〉을 마무리했다.

제13장을 끝낸 후 파리의 거처에 공쿠르 형제를 초대하여 소설을 낭독했다. 〈프로그램: (1) 4시 정각에 소리지르기 시작하네. — 3시경에 오게. (2) 7시, 동방식 만찬. 메뉴는 인육(人肉), 부르주아의 골과 코뿔소 버터에 튀긴 암호랑이의 클리토리스. (3) 커피 후, 청중이 지쳐 떨어질 때까지 페니키아식 낭독. 프로그램이 마음에 드는지?〉(5월 초 공쿠르 형제에게) 새벽 2시까지 계속된 낭독을 들은 두 청중은 사라져 버린 고대 문명의 빛깔을 되살리고 싶었던 플로베르의 목표가 산만한 구성과 문체의 실패로 실현 불가능하다고 느꼈다(공쿠르 형제,『일기』, 1861년 5월 6일).

1862년 41세 1월부터 요정극『마음의 성 Le château des cœurs』을 구상하며 고증학자 알프레드 보드리 Alfred Baudry에게 관련 자료를 요청했다. 4월, 제15장〈마토〉을 끝냈다. 〈지난 일요일 아침 7시에 소설『살람보』를 끝냈습니다. (……) 저녁마다 신열(身熱)이 들고 펜대를 잡을 힘조차 없습니다. 종결부가 몹시 무겁고 또 힘겨웠습니다〉(4월 24일 르루아예 드 샹트피에게).

11월 24일,『살람보』의 출간(미셸 레비) 직후 독자들의 반응은 혹평과 호평으로 엇갈렸다. 생트뵈브는 〈우선, 난해하고…… 그리고, 이건 비극 작품이로군. 저급한 고전이야. 전투니 흑사병이니 기근(饑饉)이니 하는 것은 문학강의 시간에나 다루어야지〉라고 공쿠르 형제에게 고백한 후(『일기』, 1862년 12월 1일), 소설에 이의를 제기하는 기사를 세 번에 걸쳐 썼다. 자신의 소설에서 드러난 실수를 모두 인정한 후 플로베르는 〈그럼에도 불구하고 제가 카르타고의 환상을 만들어 낸 것은 아닙니다. 카르타고에 관한 자료는 엄연히 존재합니다〉(12월 23일 생트뵈브에게 보낸 편지)라고 항변했다. 한편 고티에는 12월 22일자 「세계 신보」에서 〈이것은 역사서가 아니며, 이것은 소설이 아니며, 이것은 서사시이다!〉라며 극찬했다. 플로베르의 신작 소설을 『일리아드』와 비교하는 르루아예 드 상트피는, 소설이 너무 끔찍해서, 소설을 읽을 당시 몸이 아프고 히스테릭한 상태에서 미치지는 않을까 걱정할 지경이었음을 고백했다. 또한 그녀는 이 소설을 둘러싸고 큰 논쟁이 일어날 것을 예견하였으며 플로베르 역시 그러하였다.

> 그래, 모두들 내게 욕을 해댈 거야. 두고 봐. 『살람보』는, 첫째로 부르주아들, 즉 모두를 지루하게 할 것이고, 둘째로 예민한 사람들의 신경과 심장을 흥분시킬 것이고, 셋째로 고고학자들을 화나게 할 것이며, 넷째로 부인들에게는 이해할 수 없는 것으로 보일 것이고, 마지막으로 나를 남색가로, 식인종으로 몰게 할 거야(1861년 8월 17일 에르네스트 페이도에게 보낸 편지).

1863년 42세 1월 27일자 「프레스」에 실린 조르주 상드의 『살람보』에 대한 우호적인 평론 기사와 1월 28일에 플로베르에게 쓴 상드의 편지가 두 예술가의 결속을 이었다. 프랑스 중부 베리 지방의 노앙에 칩거하며 소설을 쓰던 상드는 〈친애하는 동지〉로 시작하는 이 편지에서, 1862년 12월 31일 『현대 평론*Revue contemporaine*』에 실린 기욤 프뢰네르Guillaume Frœhner의 고고학적 비평과 플로베르의 해명에 대한 그의 답변(1863년 1월 27일 「국민 여론L'Opinion nationale」)을 읽고, 『살람보』에 쏟아진 혹평들은 부당할 뿐 아니라 작품이 충분히 이해되지 못하였다고 썼다. 그리고 자신이 쓴 기사에서 제14장의 라 아쉬의 좁은 길 에피소드에는 사실성이 결여되어 있다고 지적한 것에 대해 사과했다.

1월 21일, 마틸드 공주(나폴레옹 3세의 사촌)의 만찬에 처음으로 초대받았다. 지난 1861년에는 그녀의 생-그라시앵 성관에 초대되어 집필 중이던 『살람보』의 일부를 낭독했다. 2월, 1862년 말부터 생트뵈브가 시작한 문인들의 저녁 식사 모임(오늘날의 마제 거리rue Mazet에 위치한 식당 마니Magny)에서 만난 투르게네프가 『부자(父子)』와 『러시아 일상의 새로운 풍경들」의 프랑스어 번역판을 보내왔다. 이때부터 〈기품과 시정〉이 있는 모스크바 소설가와 문학 동지의 연을 맺게 됐다.

카르타고 소설에 이어 1830년, 1840년과 1848년, 제2 제정, 작가가 살고 있는 시대를 망라하는, 〈바다를 물병에 담을 수 있는〉 소설(『감정 교육』)을 구상중임을 공쿠르 형제에게 밝혔다(『일기』, 2월 11일). 동시에 「두 문지기Les deux cloportes」이야기(미래의 소설 『부바르와 페퀴셰』)를 구상하던 4월, 뼈마디에 생긴 부스럼에 고름이 심하게 차면서 일을 손에서 놓게 됐다. 여름 동안 요정극 『마음의 성』을 썼다. 부이예는 플랜을, 플로베르는 본문 집필과 수정 작업을, 오스모이Osmoy는 시구와 작은 아리아들을 쓰는 공동 창작이었다. 『마음의 성』은, 난쟁이 땅귀신들에게 영혼을 팔아 넘기고 물질과 성, 명예만을 탐하게 된 인간을 구원하기 위해 요정들이 찾아낸 순수한 주인공 폴과 잔느가 인간의 영혼을 되찾는 이야기였다. 이 풍자극은 매우 환상적인 영화기법에 의존하고 있어 공연을 위해서는 막대한 비용이 필요했다. 11월, 탈고 직후 플로베르는 파리 샤틀레 극장에서 공연하고자 시도했으나 무산되었다. 이후 10년간 다섯 차례에 걸친 시도 끝에 결국 1874년 무대 공연을 포기하고 책으로 출간하기로 결심했다(1880년 1월 24일부터 5월 8일까지 「현대 생활La vie moderne」에 연재).

1864년 43세 4월 조카 카롤린의 결혼.

5월 10일 부이예와 함께 『감정 교육』의 구상 작업을 끝냈다. 플로베르의 「수첩Carnet 19」 35면에 기록된 최초의 시나리오에 따르면 소설의 잠정적 제목은 〈마담 모로Madame Moreau〉이며 남편과 아내, 연인들의 사랑이 서서히 식어 가며 모두가 마침내 죽음에 이른다는 이야기이다. 여름 동안 시대 연구를 위해 생-시몽, 르루, 푸리에, 프루동 등의 혁신적인 사회주의자들의 저작을 읽었다. 플로베르는 공상적 사회주의에서 〈자유에 대한 증오, 프랑스 혁명과 철학에 대한 증오〉, 즉 폭정과 반(反)자연과 영혼의 죽음을 간파했다. 8월, 믈렝에서 몽트로까지 직접 배를 타고 학교를 돌아보며 소설 속의 유년기와 소년기를 준비했다.

9월 1일, 『감정 교육』을 쓰기 시작. 플로베르는 〈한 청년의 이야기〉라는 부제를 붙여 이 작품이 자기 세대의 일대기, 보다 정확히 사랑과 열정에 관한 동시대인들의 정신사임을 암시했다(10월 6일 르루아예 드 샹트피에게 보낸 편지).

11월, 프랑스 북부 피카르디 지방 콩피엔느에 위치한 황제의 궁정에서 열리는 연회에 초대받았다. 『마담 보바리』와 『살람보』로 유명 인사가 된 그는 사교계에서도 대단한 성공을 거두었다고 자신하였으며, 귀부인들은 술에 취한 듯 붉은 그의 혈색과 깊고 탐색하는 듯한 눈매에 주목하였다(스테파니 드 타처 드 라 파즈리, 『튈르리 궁 체류기』).

1865년 44세 『감정 교육』 제1부(1840년 9월~1845년 12월에 걸친 이야기)를 썼다. 2월에서 5월까지 제4장(1841년 라탱 구역의 소요 사태, 〈산업 공예〉 첫 방문, 친구 데로리에의 파리 도착)을, 6월에서 7월에 제5장(알람브라 댄스홀 파티, 생-클루에서 아르누 부인의 생일 잔치, 프레데릭의 법과 최종 시험 통과와 데로리에의 박사 논문 심사, 노장에서의 바캉스, 로크 영감의 딸 루이즈와 만남)을, 11월에 제6장(모로 집안의 파산, 귀향하여 법률사무소 서기로 근무, 작고한 삼촌으로부터 2만 7천 프랑의 유산 상속)을 완성했다.

1월부터 5월 중순까지 플로베르는 파리에 체류하며 레스토랑 마니에서 열리는 월요일 모임을 통해 파리의 문인들과 교류했다. 그리고 파리 체류비와 빚을 갚기 위해 공증인 포바르를 통해 7천 프랑을 모친에게 요구했다. 2월 나폴레옹 황제가 여는 팔레 루아얄 무도회에 부이예와 함께 초대됐다.

플로베르는 이해 여름 보름간 여행했다. 런던에서 줄리엣 허버트Juliet Herbert(1853년부터 조카의 가정교사이며 1856년부터 플로베르의 연인)를 만났고 이어 바덴바덴으로 뒤 캉을 보러 갔다. 플로베르와 마담 플로베르 모자의 건강이 악화되어 플로베르는 심한 류머티즘와 신경통을, 일흔두 살의 모친은 온몸에 퍼진 대상포진을 앓았다.

1866년 45세 소설 제2부(1845년 12월~1848년 2월 23일에 걸친 이야기)를 썼다. 2월, 도기 공장을 직접 돌아봤다. 3월, 생트뵈브에게 1840년대 신(新)가톨릭운동에 관한 자문을 구했다.

5월 『살람보』의 오페라 대본 초안(총 5막으로 1막: 용병들의 향연, 2막: 살람보의 침실, 3막: 마토의 천막, 4막: 용병들의 패배와 기아사(飢餓死), 5막: 살람보의 혼례)을 고티에에게 보내어 각본을 준비하게 했다. 조르주 상드와 각별한 우정 관계가 시작됐다. 5월 조르주 상드는 『양(兩)세계

평론Revue des Deux mondes』에 연재될(7월 1일부터 8월 15일) 자신의 소설『마지막 사랑』을 플로베르에게 헌정해도 좋을지를 물었다.
7월 중순, 줄리엣 허버트를 만나기 위해 런던을 방문하고 보름간 머물렀다. 8월 15일, 마틸드 공주의 노력으로 명예 십자 훈장 수여자로 지명됐다. 플로베르 자신의 소설 속 주인공이 무도회를 드나들듯 여름에는 파리(rue de Berri)에서, 겨울에는 파리에서 30킬로미터 떨어진 생그라시앵 성관에서 마틸드 공주와 만났다.
상드는 8월 28~30일, 크루아세를 직접 방문하여『성 앙투안느의 유혹』 낭독(1856년 텍스트)을 듣고 저택에서 플로베르와 함께 정겨운 시간을 보냈다. 그녀는 플로베르를 〈방탕한 사람〉이라고 소개했던 생트뵈브의 평과 달리, 〈서재의 정적 속에서〉 홀로 일하는 예술가인 플로베르를 〈아주 특이하고, 신비롭고, 부드러운 사람〉이라고 평하였으며 노앙으로 돌아간 뒤에는 75권에 달하는 자신의 전집을 보내오기도 했다.

> 저의 유일한 동반자는, 비가 쏟아지거나 바람이 불지 않으면, 지붕 밑 방, 제 머리 위에서 온통 소란을 피우는 한 떼의 쥐들뿐입니다. — 밤은 잉크처럼 검고, 사막에서의 고요 같은 침묵이 저를 감쌉니다. — 이런 환경에서는 감수성이 과대하게 흥분하지요. 아무것도 아닌 것에도 심장이 뜁니다. 저와 같이 히스테릭한 사람에게 있을 수 있는 일이지요. 남성들도 여성처럼 히스테리 환자일 수 있으며 제가 바로 한 예입니다.『살람보』를 쓸 때, 이 주제에 관한 한 〈최고의 저자들〉을 읽었고 제게서 모든 증세를 확인했던 겁니다. 가슴을 치고 올라오는 공 같은 것, 후두부에 난 고름이 잡힌 부스럼 등은 지금도 겪고 있습니다 (1867년 1월 12일 조르주 상드에게 보낸 편지).

9월, 제2장(프레데릭의 파리 정착과 집들이)을 한창 썼다.
10월 29일, 오데옹 극장에서 부이예의『앙부아즈의 음모La conjuration d'Amboise』가 성공적으로 초연됐다.
11월 3~10일, 플로베르와 함께 파리에서 기차를 타고 크루아세를 다시 방문한 상드는『마음의 성』(1863년)과 집필 중인『감정 교육』을 함께 읽으며 지냈다. 신문(「판도라La Pandore」의 1846~1847년 자료) 경영에 관한 자료와 저택에 관한 최근 신문 자료(「파리 생활La Vie parisienne」)를 수집했다.

평소 환영을 자주 보았던 것으로 알려진 플로베르는 병적 환시와 최면 상태의 환시, 그리고 시적 환영의 차이를 물어 온 텐느 이폴리트Hippolyte Taine에게 12월 1일자 편지에서 〈소년기에 연극을 할 때면 늘 관객들이 모두 해골과 뼈대만 있는 모습으로 보였다〉고 고백했다.

1867년 46세 소설 제2부를 계속 집필. 주식(1847년 여름의 시세), 경마, 여성 클럽에 관한 자료를 수집. 크레이(프랑스 북부 피카르디 지방의 도시)의 자기 공장을 세 번째 방문했을 때는 〈빗속에서 두 시간이나 자료를 메모〉했다. 3월 17일, 이집트를 여행 중인 친구 뒤플랑에게 『아렐-베이 *Harel-Bey*』(1849년 뒤 캉과 동방 여행 중이던 시기에 구상하기 시작한 현대 동방 소설)를 쓸 때 필요한 자료를 부탁했다. 4월, 1848년 혁명에 관한 독서에 몰두했다. 5월 3일 부이예가 루앙 시립도서관 관장으로 임명됐다. 6월, 제2부 제3장을 끝내고 4장을 준비했다. 소설의 구성이 탄탄하지 못하다고 여겨 글쓰기에 대한 자신감을 갖지 못했다. 6월 10일, 〈으뜸가는 프랑스 명물 중 하나로 꼽혀〉, 파리 만국박람회에 초대된 유럽의 군주들을 위해 튈르리 궁에서 열린 대연회에 초대됐다. 이곳에서 만난 러시아의 황제(알렉산더 2세)는 플로베르에게 매우 상스러운 인물로 기억됐다. 더불어 구상 중인 제2 제정기에 관한 소설 『나폴레옹 3세 치하 시기*Sous Napoléon III*』의 자료로 쓰기 위해 다양한 시각에서 연회의 모습을 관찰했다. 이때 파리에서 서른여섯 시간을 머물며 경마장 조키-클럽, 카페 앙글레(1847년 당시 메뉴를 얻기 위해), 공증인 포바르 등을 방문했다.
6월 중 동유럽 집시 43명이 루앙에 캠프를 친 사건으로 루앙에 거주하는 부르주아들이 이에 대해 반발하고 나서자 플로베르는 유랑민들의 편에 서서 그들을 옹호했다.

> 이러한 증오심은 뭔가 깊고 복잡합니다. 질서 편에 서 있는 사람들 모두에게서 볼 수 있는 그런 것입니다. 그것은 베두인(아프리카 북부 사막에 사는 유목민들 — 옮긴이), 이단자(그리스도교 교회의 교의를 따르지 않는 신자들 — 옮긴이), 철학자, 은둔자, 시인을 향한 증오입니다. 이 증오심에는 두려움이 있습니다. 그러한 증오심이 늘 소수의 편인 저를 화나게 합니다(6월 12일 조르주 상드에게 보낸 편지).

1868년 47세 소설 집필을 위해 현장을 답사하고 1848년 사회주의 운동에 관한 자료를 찾아 읽었다. 크루프 성 후두염을 앓고 있는 어린이들을 보기 위해 생트-위제니 병원을 일주일 동안 방문하고 퐁텐블로를 두 차례 여행했다. 파리 체류 기간 동안(1월 29일에서 5월 19일) 온갖 핑계를 만들어 황제의 음악회 및 무도회를 비롯한 모든 초대를 거절하며 소설에 전념했다. 지나치게 정치적으로 변질된 마니 식사 모임에도 완전히 발을 끊었다. 소설 제3부(1848년 2월 24일~1851년 12월 쿠데타, 1867년 3월, 1869년 11월)를 썼다. 제3부 제1장을 7개월(3월에서 10월) 만에 끝냈다. 1848년 2월과 6월의 정치적 충돌 이후 부르주아 애국자들의 부당성 및 정치적 행보를 있는 그대로 묘사하여 시대의 진실을 폭로하는 한편 치밀한 해부와 분석을 통해 그들에게 복수했다(⟪속속들이 파헤치는 것이 복수의 한 방법입니다*Disséquer est une vengeance*⟫(1867년 12월 18일 조르주 상드에게 보낸 편지). 11월, 제4장을 끝냈다. 12월 11일, 집필 중인 플로베르의 소설 『감정 교육』이 루이-필립 치하에서 귀족 원장을 역임한 파스키에 백작의 일대기를 그리는 이야기로 「피가로 Le Figaro」에 예고되면서 명예 훼손에 대한 법적 소송에 휘말릴 뻔한 해프닝이 일어났다.

1869년 48세 5월 16일: ⟨일요일 아침, 5시 4분 전. 끝냈어! 친구! — 정말이야, 내 책을 끝냈어! (……) 어제 아침 8시부터 책상 앞에 앉아 있어. — 머리가 터질 것 같아. 아무렴 어때! 가슴이 좀 편해진걸⟩(쥘 뒤플랑에게 보낸 편지).
5월 10일, 『감정 교육』의 일부분 낭독을 듣고 플로베르 대신 조르주 상드가 출판인 미셸 레비와 2만 프랑에 판권 흥정을 하게 됐다. 5월 22일, 마틸드 공주의 거듭된 청을 거절하지 못하고 소설의 제1부 제1~3장을 낭독했다. 이에 열광한 청중들이 전문 낭독을 요청했다. 5월 말, 공원이 내려다보이는 새 거처를 계약했다(10월에 뮈릴로 가 4번지로 이사).
6월, 『성 앙투안느의 유혹』의 마지막 판본을 쓰기 위한 구상과 독서에 착수했다. 피와 오물에 더럽혀진 깃발들, 상징들, 부르주아들에 관해 말하지 않아도 된다는 것만으로도 즐거워하며 ⟨오랜 첫사랑 *ma vieille toquade*⟩에 몰입했다. 7월 18일, 심기증(心氣症)(나중에 단백뇨(蛋白尿)로 병명이 밝혀짐)을 앓고 있던 부이예가 『감정 교육』의 제3부 마지막 두 장을 읽지 못하고 끝내 눈을 감았다. 부이예는 ⟨철학자로서 당당하게 그리고 성직

자의 입회 없이〉 임종하였으며, 플로베르는 자신의 삶과 문학에 있어 영원한 〈조언자이자 안내자〉였던 그를 잃은 상실감으로 인해 몹시 괴로워했다.

> 부이예의 죽음으로 내 삶이 송두리째 흔들렸다. 말을 할 사람이 내겐 아무도 없다! 힘들다!(1870년 7월1일 조카 카롤린에게 보낸 편지).

10월, 부이예에 이어 생트뵈브가 죽다. 생트뵈브는 얼마 남지 않은 로망주의 그룹의 생존자들(메두사의 뗏목에 함께 탄 예술가들) 중 하나였기에 그의 상실감은 더욱 컸다.

> 지금 출판 중인 이 소설(『감정 교육』 — 옮긴이)은 특별히 그(생트뵈브)를 위해 썼습니다. 작가란 늘 누군가를 염두에 두고 작품을 쓰는 법입니다. 이제 글을 써서 뭐하나요! 누구를 위해 예술을 하지요? 누구와 속 깊은 얘기를 할 수 있겠는지요? (……) 온 세상이 상스러운 자들로만 가득한 것처럼 보이는걸요! 음울한 슬픔이 저를 사로잡는군요(10월 16일 잔느 드 투르베에게 보낸 편지).

11월 17일, 『감정 교육』 출간. 모든 정치 성향을 풍자한 이 소설에 대한 평은 매우 부정적이었으나 정작 책은 날개가 돋친 듯 팔렸다. 작가인 플로베르는 사드 후작이나 프뤼돔(앙리 모니에의 소설 속 인물. 무지하고 고루하며 거드름을 피우는, 자신이 시대를 잘 이해한다고 자부하는 19세기의 부르주아의 전형적 인물)으로 비유되고 특히 루앙 부르주아들의 분노를 한 몸에 받았다.

12월 17일, 친구 오스무아와 6주간 공동으로 수정 작업을 한 끝에 요정극 『마음의 성』을 새로이 완성했지만 무대에는 올리지 못했다. 12월 23일 노앙의 조르주 상드를 처음으로 방문하여 그곳에서 성탄절을 보냈다. 여장을 한 채 스페인 민속춤을 추고, 모리스 상드가 올린 인형극 〈트레파니-레-메쉬의 후보자〉 등을 관람했다. 플로베르는 상드와 함께 『마음의 성』을 낭독하며 어린아이처럼 즐겁게 놀고 28일 파리로 돌아왔다.

1870년 49세 연초부터 5월 6일까지, 파리에 머물면서 부이예 추모 사업을 추진하는 한편 매일 왕립도서관과 학사원 도서관에 출입하며 『성 앙투안느의 유혹』 집필을 준비했다. 6월 20일, 두 달의 작업 끝에 부이예의 유고 시집 『마지막 노래 Dernières chansons』(1872년에 출간) 서문을 완성했다. 〈말하듯 써야 한다〉는 시대의 조류에 맞선 부이예의 시학은 플로베르 자신의 미학과도 일치하는 것이었다. 긴 준비 작업을 끝내고, 7월 9일, 『성 앙투안느의 유혹』을 마침내 쓰기 시작했다. 1849년과 1856년에 이미 완성했던 원고를 새롭게 쓰며 특히 마지막 판본의 시대 배경을 강조했다.

> 오래된 나의 첫사랑을 다시 찾았습니다. 예전에 언급한 적이 있었지요. 바로 『성 앙투안느의 유혹』입니다. 4세기 알렉산드리아 헬레니즘 문명 세계를 드라마 스타일로 꾸민 박람회입니다. 이 시기보다 더 기묘한 시기는 없을 것입니다(7월 8일 르루아예 드 샹트피에게 보낸 편지).

오스무아와 함께 부이예의 유작 『나약한 성 Le sexe faible』을 손보기 시작했다. 그러나 프러시아와 전쟁이 시작되면서 모든 창작 활동을 중단하게 되었다. 12월 4일, 루앙이 점령된 후 독일군들이 크루아세 저택을 사용하게 되자 『성 앙투안느의 유혹』 관련 자료와 원고를 땅에 묻고 루앙으로 피신했다.
1년 내내 정신적 육체적 고통에 시달렸다. 독감, 습진, 고름 잡힌 부스럼, 위경련, 두통, 우울증, 등등. 부이예에 이어 누구보다 플로베르에게 헌신적이었던 친구 쥘 뒤플랑도 3월에 그를 떠났고, 6월에는 마니 문학 서클의 쥘 드 공쿠르가 눈을 감았으며, 이어 닥친 전쟁도 그에 한몫을 했다.

> 내 안에서 흐르고 있는 인디언의 피가 나를 후려치고 싶은 엄청난 욕구를 불러일으킵니다. 그렇습니다! 〈살육의 갈증〉 말입니다(9월 7일 클로디우스 포프렝에게 보낸 편지).

그러나 〈자신보다 더 정확하게 그의 생각을 읽어 내던 내조자〉이며, 작품을 구상하고 완성하기까지 창작의 전 과정을 함께 하던 부이예를 상실하면서 글쓰기의 열기를 되찾지 못한 데 더 근원적인 원인이 있었다.

1871년 50세 4월, 프러시아 병사들이 떠난 후 크루아세로 돌아갔다. 땅에 묻어 둔 자료를 꺼내어 『성 앙투안느의 유혹』 제4장(그리스도교 이단자들)을 썼다. 6월부터 불교와 조로아스터교에 관한 자료를 수집해 가며 쓰기 시작한 제5장 신화 부분을 반년 만인 11월 중순에 힘겹게 끝냈다.

작품의 부제로 〈광기의 극치〉를 생각했다(9월 6일 조르주 상드에게 보낸 편지).

10월 9일부터 18일까지 부이예 추모 사업과 유작 처리 문제로 파리에 체류했다. 11월 15일에 다시 파리로 돌아가 부이예의 희극 『마드무아젤 아이세 Mademoiselle Aïssé』를 무대에 올리기 위해 원고 읽기부터 배우 선택과 소품 제작까지 전 과정에 관여했다(1872년 1월 6일 오데옹 극장에서 첫 공연). 유고 시집 『마지막 노래』에 들어갈 서문을 완전히 새로 쓰고 부이예의 시들을 정리했다(1972년 1월 20일 미셸 레비가 출간하였으나 3월에 인세 지불을 거절한 사건으로 그와 결별). 부이예의 흉상을 분수대 위에 세우는 안건이 12월 8일 루앙 시의회에서 부결됐다. 그 이유는 그의 출생지가 루앙이 아니라는 점(1822년 루앙 북쪽의 카니-바르빌에서 태어나 1869년 루앙에서 사망), 시 예산의 부족, 시인으로서 문학적 재능의 불충분함 등이었다(1882년 5월 8일 시립도서관 분수대 위에 시인의 흉상이 세워짐).

1872년 51세 3월 25일까지 파리에 머물면서 『성 앙투안느의 유혹』의 제6장(형이상학적 비상)과 제7장(환상 동물)을 쓰기 위해 준비했다. 칸트의 『순수 이성 비판』, 스피노자의 『에티카』, 헤겔, 중세의 동물 우화집 등을 읽고 실존하는 괴물들을 보기 위해 자연사박물관을 방문했다.

4월 6일, 평생토록 그 누구보다 사랑했던 모친이 눈을 감으면서 자신의 몸 일부가 떨어져 나가는 고통을 느꼈다.

> 빈 식탁에 나 자신과 마주하고 하는 식사는 괴롭구나. 오늘 저녁, 처음으로, 눈물을 흘리지 않고 후식을 먹었단다(5월 5일 조카 카롤린에게 보낸 편지).

플로베르의 생계가 달리 보장될 때까지 그곳에 머무는 조건으로 크루아세 저택은 조카 카롤린 코망빌에게 상속됐다. 4월 말, 상실감 속에 어렵게 글쓰기 작업을 재개했다.

7월 1일, 결정본 『성 앙투안느의 유혹』을 끝냈다. 그는 1845년 제노바에서 동명의 그림 한 점을 보고 나서 쓰고 독서하고 다시 쓰기를 그치지 않았다. 그의 〈평생의 작품〉을 정서한 필경사들에게 『성 앙투안느의 유혹』은 〈감당할 수 없는〉 것이었다(9월 14일 조카 카롤린에게 보낸 편지). 플로베르 자신도 『성 앙투안느의 유혹』이 낭독을 듣는 사람의 신경을 자극할 뿐만 아니라 낭독하는 데 여섯 시간 정도가 소요되는 〈무거운〉 작품임을 인정했다(12월 12일 에드마 로제 데 주네트에게 보낸 편지). 그럼에도 불구하고 작고한 친구 알프레드에게 헌정할 이 작품을 대신 그의 누이인 로르에게 들려주고 싶어 했다.

> 지금 출간 중인, 나의 첫 작품의 서두에 너의 오빠 이름을 넣으려 해. 그건 『성 앙투안느의 유혹』을 〈알프레드 르 푸아트뱅〉에게 헌정하려고 늘 생각해 왔기 때문이야. 친구가 죽기 6개월 전에 이 책에 관해 말했었지. 25년간 여러 번에 걸쳐 썼던 이 작품을 마침내 끝낸 거야! 친구가 이 세상에 없으니, 나의 귀중한 로르, 이제 네 것이 된 원고를 네게 읽어 주고 싶구나(1873년 10월 30일 로르 드 모파상에게 보낸 편지).

그러나 장르의 모호함을 인지한 플로베르는 작품을 무대에 올리려는 시도는 하지 않았다.

> 그는(작가로서의 플로베르 — 옮긴이) 『성 앙투안느의 유혹』을 자신이 가장 아끼는 작품이라고 선언합니다. 『성 앙투안느의 유혹』이 희곡도 아니고, 소설도 아닌 때문이지요. 어떤 장르를 부여해야 할지 모르겠습니다(1873년 9월 5일 잔느 드 르완느에게 보낸 편지).

오랜 짐이었던 『성 앙투안느의 유혹』을 탈고한 후 신경 과민을 다스리기 위해 조카 카롤린과 함께 피레네 산맥의 스페인 국경 지역에 위치한 온천 휴양지 바네르-드-뤼숑으로 떠나 한 달을 머물렀다.

> 여행 감성이 되돌아왔구려! 스페인 국경에 있었소. 부르주아들이 없는 곳, 거짓이 없는 곳, 현대의 아귀다툼이 없는 곳에 있다는 걸 느꼈소. — 걸어서 마드리드까지 걸어갈 수 있을 것만 같았소(7월 27일 레오니 브렌느에게 보낸 편지).

그곳에 머물면서 부이예의 희극 『나약한 성』을 개작했고, 새로이 시작할 소설 『부바르와 페퀴셰』의 플랜을 짰다. 기이한 이 소설은 〈필경하는 두 사내의 이야기, 소극(笑劇) 형태의 비평적 백과사전〉으로, 그를 숨막히게 하는 동시대인들에 대한 혐오감을 강하게 드러내는, 〈분노를 뿜어낼〉 하나의 도구로서 구상되었다. 그것은 천문학적인 양의 독서를 전제로 하는 매우 힘들고 두려운 시도가 될 것이었다. 8월 중순부터 독서 대장정이 시작됐다. 새 소설 쓰기에 앞서 그를 도와주게 될 에드몽 라포르트Edmond Laporte와 그가 선물한 진회색의 그레이하운드 개 쥘리오를 얻은 반면, 10월 23일 로망주의 예술가들의 중심에 있던 고티에를 잃고 시대의 화석이 된 느낌에 빠졌다.

1873년 52세 현대 소설을 위한 독서와 자료 정리 작업을 계속(지난 1년간 194권을 정독하고 메모). 주인공들이 섭렵하는 다양한 분야의 지식이 현실에서 어떻게 작용하는지를 구상하기 위해 모리스 상드에게 농업 분야에 관한 조언을 구했다. 8월에서 9월 초에는 브리와 보스 지방을 답사해 발로 뛰며 쓰는 문학을 표방했다.

5월 중순, 보드빌 극장 연출가 카르발로Carvalho로부터 무대 상연을 허락받은 후, 부이예가 남긴 희극 『나약한 성』을 다시 쓰기 시작하여 한 달 만에 끝냈고, 그 여세를 몰아 제5막의 정치 희극 『후보자Le candidat』를 구상했다. 모든 정치적 파벌들이 함께 진흙탕 속에서 구르게 될 이 풍자극을 9월에서 11월에 걸쳐 집필했다. 파벌 정치에 대한 비판과 회의 속에서도 중도 좌파가 프랑스의 이상적인 정치 성향이라고 판단했다(9월 5일 잔느 드 르완느에게 보낸 편지).

5월과 6월, 『성 앙투안느의 유혹』의 세 장면에 수정을 가하면서(마지막 장면에서 세 개의 신덕(神德)을 태양 속에 나타나는 예수의 모습으로 바꿈, 알렉산드리아에서의 학살 강도를 높임, 환상 동물의 상징성을 더 부각시킴) 작품의 집필을 완전히 종결했다. 12월 13일, 샤르팡티에게 좋은 조건으로 판권을 넘겼다. 고등법원 판사 엘로 Hello가 쓴 『성 앙투안느Saint Antoine』(1873년)를 읽었다. 자신의 희곡소설과 동명인 이 책은 도피네 지방의 도시 비엔느를 순례지로 공식화하고 부르봉 가의 마지막 자손인 샹보르를 왕(앙리 5세)으로 추대하자는 정치적 의도를 노골적으로 드러내고 있어, 그에겐 씁쓸한 인상으로 남았다.

연초에 앓은 독감과 우울증에 대한 처방으로 포타슘(신경안정제)을 복용하는 한편, 과로로 인한 현기증과 가슴답답증을 치유하기 위해 황산염 목욕과 장시간 산책 요법을 시도했다.

1874년 53세 2월, 『성 앙투안느의 유혹』 러시아어 번역이 무산되었다. 황제는 종교에 위해를 가한다는 이유로 번역본뿐만 아니라 프랑스어판

판매까지 금지하였다. 3월 11일, 무대에 오른 『후보자』는 4회 공연을 끝으로 막을 내리게 됐다. 이 연극의 실패는 보수주의자들 편에서 공화주의자들을 공격한 것도 아니고 파리 자치 정부주의자들 편에서 정통 왕조파에게 욕설을 날린 것도 아닌 것에 대한 결과였다.

3월 31일, 결정본 『성 앙투안느의 유혹』이 출간됐다. 3주 만에 1쇄 2천 부가 팔려 나갔지만, 매우 부정적이며 공격적인 비평을 감수해야 했다. 플로베르는 이 작품이 엘리트 독자들로부터 폭넓은 이해와 지지를 얻을 것으로 기대하였으나 현실은 달랐다. 그러던 중 4월 5일, 위고 시인으로부터 한 통의 〈아름다운〉 편지를 받았다.

> 마법사인 철학자, 바로 그대가 그렇소. 그대의 책은 숲처럼 가득 차 있고 나는 그 숲의 어두움과 밝음을 사랑하오. 드높은 사유와 웅장한 산문, 바로 내가 좋아하는 그것들을 그대의 책에서 발견하오. 지금 그대의 글을 읽고 있으며 후일 다시 읽으리다.

앙투안느가 살던 시기의 알렉산드리아가 헬레니즘 시대임에도 불구하고 올림포스 신들을 로마화한 것을 옥의 티로 지적한 텐느는, 『성 앙투안느의 유혹』에서 플로베르가 시험하고 있는 환각의 문제를 가장 잘 포착하였다.

> 선생의 작품을 단숨에 읽었으며 지금 다시 읽고 있습니다. 내용이 재미있고, 다양하고, 요정극처럼 눈이 부십니다. (……) 생리학과 심리학적인 면에서 잘 짜여 있습니다. 환각이 시작되기 전의 증상과 환각의 메커니즘을 잘 이해하고 계신 것으로 보입니다. 두 단계가 잘 연결되었군요. (……) 이 작품의 근원적인 어려움은 다음의 두 가지 관점을 융합시키는 데 있습니다. 첫째로, 기원후 330년 한 고행자가 겪은 환각 상태가 조리 없이 급격히 움직이는 현상들과, 등장인물에 합당한 넋이 나간 상태와 정신착란의 흔적이 담긴 실제의 환각을 만드는 것. 둘째로, 시스템으로 뒤범벅이 된 형이상학적 신비주의적 대향연의 정경을 묘사하는 것. 선생께서는 대부분 성공했습니다(4월 1일 이폴리트 텐느로부터 받은 편지).

6월 중순에 노르망디 남쪽 지방을 둘러본 후 〈캉과 팔레즈 사이, 오른과 오즈 계곡에 낀 밋밋한 분지〉를 부바르와 페퀴셰가 정착할 곳으로 정했다. 6월 말, 그를 〈히스테릭한 여자〉라고 부르는 아르디 박사의 권유에 따라 스위스 중부 산악 지대에 위치한 리지로 요양을 떠나 20일간 체류했다. 고지대의 맑은 공기와 기후가 피를 하체로 끌어내리고 신경의 흥분 상태를 진정시킬 수 있다는 학설에 따른 요법이었다.

8월 1일, 마침내 『부바르와 페퀴셰』의 첫 문장을 쓰고 조카 카롤린에게 첫 구절 〈33도의 열기로 부르동 대로는 완전히 텅 비어 있다〉를 편지로 적어 보냈다. 스트라스부르에서 『성 앙투안느의 유혹』 독일어판 번역이 출간됐다.

9월, 작고한 모친을 그녀 생전에 돌보았으며 지금은 눈이 거의 안 보이게 된 쥘리가 그의 곁으로 돌아왔다. 졸라의 소설 『플라상의 승리 *La conquête de Plassans*』를 읽으며 소설이 시도하고 있는 히스테리 연구에 열광하고 그곳에서 〈심오한 해체의 과학〉을 발견했다. 플라상은 루공-마카르 가문의 요람으로 졸라가 1843~1858년 시기에 체류한 엑스-앙-프로방스를 모델로 한 가상의 도시이다.

10월 중순, 『부바르와 페퀴셰』의 서론을 끝내고 제2장(농업과 원예)을 준비했다. 온갖 과학 분야로의 표류를 주제로 한 이 소설이 스스로가 요구하는 다양한 어법의 구사에 성공한다면 그것은 〈예술의 극치〉가 될 것임이 분명했다.

11월에 파리에 상경하여 『나약한 성』의 공연 가능성을 찾으려 애썼다.

1875년 54세 조카 에르네스트 코망빌의 파산을 막기 위해 봄과 여름 동안의 5개월을 소진했다. 겨울을 지내던 파리의 임대 아파트를 포기하고 유일한 자산인 도빌의 농장을 매각하고 친구 라포르트의 도움을 받아 간신히 파산을 막았지만, 무일푼이 된 플로베르는 글쓰는 일 외에 직업을 찾아야 할 처지에 놓여 국립도서관 사서 자리를 알아보기도 했다. 평생 누려 왔던 평정심과 안정된 환경을 상실한 그는 극도의 신경 쇠약에서 비롯된 우울증, 류머티즘 등을 완화시킬 목적으로 9월 16일 브르타뉴 지방의 대서양변에 위치한 도시 콩카르노로 떠났다. 이곳에 도착하여 박물학자 조르주 푸셰Georges Pouchet 곁에서 한 달 반을 지내며 해수욕 요법을 시도했다. 제3장(의학)을 쓰다 손을 놓아 버린 『부바르와 페퀴셰』는 감당할 수 없는 소설이 되어 이를 포기하기로 결심했다. 그는 호텔의 작은 방에 앉아 빗소리를 들으며 〈단지 무언가를 하기 위해, 아직도 제대로 된 글을 쓸 수 있는지 가늠하기 위해〉, 1846년 이후 마음속에 담아 두었던 「자비의 성자 쥘리앵의 전설」의 플롯을 짰다. 11월 파리로 돌아와 포부르-생-오노레 240번지, 조카 내외 곁에서 겨울을 나며 「성 쥘리앵」을 집필했다. 플로베르는 그곳에서 셰익스피어를 읽고, 일요일엔 투르게네프, 졸라, 도데, 공쿠르 등을 초대하여 이야기를 나누고 우정을 나누었다. 그러나 자연주의 미학이라는 미명 아래 지나친 기교주의에 빠진 그들의 작품 세계를 지적하며, 자신은 무엇보다 〈아름다움을 만들어 내는 장인〉임을 말했다. 〈잘 쓰기 위해 잘 사고하려고 노력합니다. 잘 쓰는 게 제 목표인 것을 감추지 않겠습니다〉(12월 말 조르주 상드에게 보낸 편지).

1876년 55세 『세 이야기 *Trois contes*』로 한 해를 보냈다. 2월 18일, 「자비의 성자 쥘리앵의 전설」 탈고. 8월 16일, 「순박한 마음」 탈고. 연말까지 「에로디아스」 전반부 완성. 자신에게 헌정된 작품이었던 펠리시테의 이야기를 끝내 읽지 못하고 조르주 상드는 6월 8일 눈을 감았다. 작품 속에서 마님과 하녀의 마음이 고통의 깊이로 하나가 되었을 때 흘리는 눈물에서, 플로베르는 물질 분배의 평등을 추구하던 상드에게 감성적 평등 사상으로 화답했다.

> 두 사람은 서로에게 시선을 얹은 채 있었고, 눈에는 눈물이 가득 고였다. 마침내 주인이 자신의 팔을 열었고, 하녀는 그녀의 품에 몸을 던졌다. 두 사람은 깊게 포옹했다. 주인과 하녀를 동등하게 하는 입맞춤으로 동병상련의 아픔을 나눈 것이다(「순박한 마음」).

두 필경사의 이야기 『부바르와 페퀴셰』를 쉽사리 손에 잡지 못했다. 한편 이 소설이 자신의 마지막 작품이 될 것임을 예견했다(2월 18일 상드에게 보낸 편지).
기적의 불가능함, 자기 희생의 필요, 도덕의 개입 없이 효율적으로 운동하는 자연, 과학의 미래 등에 대한 철학적 사고로 가톨릭교도와 실증주의자들을 불편하게 만든 에르네스트 르낭Ernest Renan의 『철학적 대화와 단장 *Dialogues et fragments philosophiques*』에 열광했다. 시를 쓰는 모파상에게 문학 비평을 권하며 그를 「국가La Nation」지에 천거했다.

1877년 56세 2월 1일, 겨울 동안 잠도 자지 않고 작업한 끝에 「에로디아스」를 탈고했다. 「순박한 마음」과 「에로디아스」는 「세계 신보」(4월 11일부터)에, 「성 쥘리앵」은 「공익(公益)Le Bien public」(4월16일)에 연재되었고, 세 편의 중편소설집 『세 이야기』 단행본(샤르팡티에)이 4월 24일 출간되었다.

3월부터 『부바르와 페퀴셰』에 필요한 독서를 시작했고 6월에 글쓰기를 재개했다. 작품이 차츰차츰 궤도에 오른다는 확신을 가지게 됐다. 9월, 제3장(의학, 자연 철학, 지질학)과 제4장(고고학)을 쓰기 위해 라포르트와 함께 노르망디 남쪽을 답사했다. 독서와 답사와 집필 사이에, 지난 1851년 뒤 캉과 여행하며 이미 마음에 두었던 주제이기도 한 고대 소설 「테르모필라이의 전투La bataille des Thermopyles」(그리스 반도의 프티오티아에 있는 협로 테르모필라이에서 기원전 480년 페르시아의 왕 그제르세스와 그리스 스파르타의 왕 레오니다스 사이에 있었던 피비린내 나는 전투)를 쓰고 싶어 했다. 9월에 샤르팡티에로부터 『세 이야기』의 5쇄와 『성 앙투안느의 유혹』의 4쇄 출판(12월 24일 출간)을 제안받았다.

1878년 57세 소설의 제4장에서 제8장에 걸친 역사, 문학, 정치, 연애, 철학 분야에 관한 독서, 답사, 플랜 세우기, 글쓰기로 한 해를 보냈다. 5월 말경까지 파리에서 생활하며 분주한 도시 생활에 〈보도블록 위로 퍼져 나가는 물같이〉 흘러가듯 피곤을 느낀 후, 라르 신들(집을 지키는 조상 신들)이 있는 〈물가의 집〉 크루아세로 돌아와 글쓰기에 몰입했다. 황달과 우울증에 시달리던 그는 소설의 마지막 제3장에 필요한 자료 수집 작업의 방대함과 글쓰기의 중압감을 말년기의 연인 레오니 브렌느Léonie Braine에게 토로했다.

> 폴리카르프(플로베르의 별명 중 하나 — 옮긴이)는 지금 형이상학과 철학에 푹 빠져 있다오 — 그런데 쓰기 전에 할 일이 어마어마하오. 이 머리가 버티지 못한다면 샤랑통(파리 남쪽 벵센느 근방의 정신병원 — 옮긴이)으로 날 들어가게 할 만하리다. 사실은, 그게 내 (은밀한) 목표라오. 독자를 대경실색하게 해서 미칠 지경으로 만드는 것 말이오. 독자들이 내 책을 읽지 않을 것이므로 내 목표는 물거품이 될 것이 자명하오. 그들은 소설을 읽기 시작하면서 바로 잠들 것이니 말이오(12월30일 레오니 브렌느에게 보낸 편지).

1879년 58세 창작에만 몰두할 수 없게 하는 경제적 문제로 굴욕적인 새

해를 맞았다. 조카 코망빌의 제재소와 땅 매각을 애타게 기다리는 동안 텐느, 공쿠르, 아당Juliette Adam 등 파리의 지인들이 와병 중인 마자린 도서관 관장 사지Sasy의 후임으로 그를 천거하려 한 사건이 발생했다. 이러한 노력은 무산되었으나 플로베르는 자신의 거처가 공공연하게 거론된 것으로 인해 자존심에 큰 상처를 입고 〈붉은 눈물〉을 흘렸다(2월 22일 조카 카롤린에게 보낸 편지). 게다가 1월 25일 빙판 위에 넘어지면서 입은 종아리뼈의 골절상으로 6주 진단을 받고 크루아세에 발이 묶여 매년 반복하던 겨울과 봄 동안의 파리 체류를 포기할 수밖에 없었다. 이후 불면증, 몸 전체의 심한 피부 가려움증, 독감, 오른쪽 무릎의 류머티즘, 발이 붓는 증상에 시달리게 됐다.

60만 프랑에 매각될 것으로 예상했던 목재소가 20만 프랑에 매각되어 그의 표현대로 〈굶어죽기 일보 직전〉인 비참한 지경에 처하게 됐다. 이러한 사정으로 인해 5월경 그동안 지인들이 은밀하게 추진해 오던 마자린 도서관 명예 부관장직을 수락하기에 이르렀다. 3천 프랑의 연금에 주택 제공은 없으나 출근하지 않아도 되는 조건이었다. 그러나 조카의 재무 상태가 점점 악화되면서 그는 여전히 빚 독촉에 시달렸고, 조카의 또 다른 채무자로서 온갖 궂은일을 하며 창작을 돕던 라포르트와도 결별하는 불행한 상황에 처하게 됐다.

다리 골절과 먹고사는 문제에 시달리면서 글쓰기를 지속했다. 8월, 석 달 보름에 걸친 독서 끝에 제8장(체육학부터 허무주의까지의 철학)을 끝냈고 12월, 제9장(종교)을 쓰기 시작했다. 『부바르와 페퀴셰』의 부제로 〈과학의 방법론 결여〉를 생각했다.

> 과학이 윤리에 몸을 굽힐 수 있는가? 우리의 욕구로 절대자를 가늠할 수 있나? — 진화냐 기적이냐, 둘 중 하나를 우리는 선택할 수밖에 없다(11월 13일 막심 뒤 캉에게 보낸 편지).

5월 초, 죽음을 1년 앞두고 루이즈 콜레와 줄리엣 허버트가 쓴 것으로 추정되는 편지들을 모파상과 함께 여덟 시간에 걸쳐 정리하고 불태웠다. 지난 1877년 2월 뒤 캉과의 합의 하에 상당한 분량을 1차로 태워 없앤 바 있다(플로베르는 내밀한 추억이 담긴 열아홉 통의 편지를 자료로 보관했다). 크루아세에 머물면서 이른바 졸라를 중심으로 자연주의를 표방한 문인들이 보내오는 작품에 꼼꼼한 분석과 의견을 담은 편지로 화답했다.

그러나 그들을 같은 문인으로서 인정하면서도 그들의 노선에는 동의하지 않았다. 자연을 이해하는 방식에서 보다 더 과학적인 접근에 성공했다고 주장하는 일련의 자연주의자들에게, 시대와 개인별로 보는 방식의 차이가 있을 뿐 하나의 참 진리는 없으며, 미학적 방법을 통해 고도의 지적 차원에 이른다면 이상을 정당화할 수 있다고 주장하였다. 실험적 자연주의 미학의 창안자로 지칭되기를 거부하며 자신은 해묵은 로망주의자임을 선언했다.

> 제가 1차 자료, 책, 정보, 여행 등을 어느 정도로 섬세하게 준비하는지는 그 누구도 모릅니다. 그런데, 이 모든 것이 제게는 매우 부차적이며 덜 중요한 것입니다. 물질적인 진리(이렇게 부르는 것)는 보다 높이 비상하기 위한 발판에 불과할 뿐입니다. 『살람보』에서 카르타고를 있는 그대로 만들어 내고, 『성 앙투안느의 유혹』에서 헬레니즘이 풍미한 알렉산드리아 문명을 정확히 그려 냈다고 제가 스스로 믿을 만큼 바보라고 생각하는지요? 그건 아니지요! 그러나 오늘날, 우리가 그런 것들에게 가지는 이상l'idéal을 표현했다고는 확신합니다(1880년 2월 2일 레옹 에닉에게 보낸 편지).

7월, 죽은 고티에와 그의 사위 카튈 망데스가 1862년부터 기획하던 오페라 『살람보』의 극본을 카미유 뒤 로클Camille Du Locle이 쓰기로 결정했다(에르네스트 레이에Ernest Reyer가 작곡한 5막의 오페라는 1890년 2월 10일 브뤼셀의 화폐 대극장에서, 1890년 11월 루앙에서, 이어 1892년 5월 파리의 오페라 극장에서 공연되었다). 『살람보』(르메르 출판사)와 『감정 교육』(샤르팡티에 출판사) 텍스트에서 불필요한 접속사를 대폭 삭제 수정한 새 판본이 10월과 11월에 출간됐다.

1880년 59세 『부바르와 페퀴셰』 제9장 초고를 1월 9일 끝내고 마지막 장(교육 혹은 박애주의)을 준비. 교육 프로그램과 방법의 전형적인 요소들을 통해 보여 주게 될 마지막 장의 결론은 매우 비관적인 것이었다.

> 인위적인 교육은 그것이 어떤 것이든 큰 의미가 없다는 것, 그리고 자연(순리를 가리킴 — 옮긴이)이 모든 것 아니 거의 전부를 만든다는 것을 이 장에서 보여 주고 싶네(1월 21일 모파상에게 보낸 편지).

2월 1일부터 제10장을 쓰기 시작했다. 대부분 인용으로 구성될 소설의 제2부(두 필경사가 진리의 추구를 포기한 채 그들이 독서한 텍스트와 필경한 텍스트를 모은 것으로, 「소화집(笑話集)」 혹은 「부바르와 페퀴셰 제2권Le second volume de Bouvard et Pécuchet」으로 소설의 제11장에 포함시키려 했던 부분)에 필요한 독서 노트 및 자료 정리, 그리고 제2부에 포함될 『통상 관념 사전』(제11장, 「멋진 생각 목록Catalogue des idées chic」에 포함시키려 했던 부분)을 정서하기 위해 에두아르 가쇼 Edouard Gachot가 비서로서 일을 맡게 됐다. 소설의 결론이 될 제12장을 마무리하기 위해 극심한 피곤 속에서도 작업을 계속했다.

한편 오랜 기간 공연과 출판을 시도해 왔던 요정극 『마음의 성』이 1월 24일부터 5월 8일까지 16회에 걸쳐 「현대 생활」에 연재된다. 2월, 「비계 덩어리」의 교정쇄를 읽었다. 독창적인 구성, 인물의 관찰과 뛰어난 심리 묘사, 더할 나위 없는 문체에 경탄하며 시를 써 오던 모파상을 자신의 제자로서 그리고 소설가 모파상으로서 인정했다. 3월, 사업 자금을 확보한 조카 코망빌이 루앙에 제재소를 세우게 되면서 4년간에 걸친 인욕과 울혈의 시기로부터 벗어나기 시작했다. 4월 27일, 「루앙의 중편 소설가Le nouvelliste de Rouen」의 편집장 라피에르의 가족은 〈동굴에 틀어박힌 덩치 큰 곰〉처럼 고독 속에서 작업하는 그를 일상의 삶으로 나오게 하기 위해 폴리카르프 성인 축일에 파티를 준비하여 플로베르를 감동켰다. 플로베르가 평생 써 온 작품들이 파티의 메뉴에 올랐다.

> 보바리식 보들보들들한 수프, 마토 소스가 곁들여진 연어, 오메 닭, 감정 교육 안심, 성 앙투안느 훈제 돼지 엉덩이살, 순박한 마음 샐러드, 아밀카르 강낭콩, 살람보 아이스크림, (오물을 삼킨 이들) 치즈, 후식, 커피, 성 쥘리앵(전설) 포도주, 샴페인 등등(루앙 시립 도서관, 「목록」, 91면).

5월 8일, 파리 출발을 하루 앞두고 뇌일혈로 사망했다. 인류의 모든 지식 체계를 검토하려는 야망의 철학 소설 『부바르와 페퀴셰』는 제1부의 마지막 장면과 제10장이 쓰이지지 못한 채, 결국 미완성의 원고로 남게 됐다. 플로베르는 미래를 예견하는 강연 장면에서 부바르와 페퀴셰라는 두 인물을 통해 유물론과 유심론, 낙관론과 비관론 등, 인간 사유의 두 입장을 존중하는 관용적 입장을 밝힐 생각이었다. 그러나 그가 채 쓰지 못한 제2부의 종결부는 매우 비관적인 내용이 될 것이었다. 더 이상의 판단과 실천을 포기하고 오로지 지식을 베껴 적기만 하는 두 필경사의 운명은 샤비뇰의 이웃들과 도지사의 손에 달려 있었다. 〈그들을 광인 수용소에 넣어야 한다.〉 이것이 깨어 있는 광기에 사로잡혔던 작가 자신과 자신의 소설 속 주인공들의 마지막 운명이었다. 그러나 숲 깊은 곳에 숨어 자기만을 위해 날카롭게 외치는 〈작은 개개비 새〉였던 귀스타브 플로베르는, 〈산책로를 기어가는 달팽이를 나막신으로 짓이긴 것만으로도 밤을 편히 지낼 수 없는 인간〉이었다. 그는 오로지 예술을 통해 세상과 교감하는 시인의 마음으로 고된 창작 작업에 자신을 평생 헌신했다.

예술가는 모든 것을 들어 올려야 하오. 그는 펌프와 같아서, 사물의 가장 깊은 곳, 깊은 층에까지 내려가는 커다란 파이프를 자신 안에 가지고 있는 것이오. 땅에 묻혀 평평한 것, 그리고 우리가 눈으로 보지 못하는 것을 빨아들여, 그것을 백일하에 거대한 다발로 솟구치게 하는 것이오(1853년 6월 25일 루이즈 콜레에게 보낸 편지).

열린책들 세계문학 110 성 앙투안느의 유혹

옮긴이 김용은 1954년에 태어났다. 고려대학교 불어불문학과를 졸업하고 동 대학원에서 석사 학위를 받은 후 프랑스 리용2대학교에서 플로베르 연구로 박사 학위를 받았다. 현재 강원대학교 불어불문학과 교수로 재직 중이다. 논문으로 「댄디 엠마 보바리」(2005) 등이 있고, 저서로는 『『성 앙투안느의 유혹』(1849), 생성과 구조 La tentation de saint Antoine, genèse et structure (version de 1849)』(1990)가 있으며, 역서로는 『잭 몽골리』(2000) 등이 있다.

지은이 귀스타브 플로베르 **옮긴이** 김용은 **발행인** 홍지웅·홍예빈
발행처 주식회사 열린책들 **주소** 경기도 파주시 문발로 253 파주출판도시
전화 031-955-4000 **팩스** 031-955-4004 **홈페이지** www.openbooks.co.kr
Copyright (C) 김용은, 2010, Printed in Korea.
ISBN 978-89-329-1110-6 04860 **ISBN** 978-89-329-1499-2 (세트)
발행일 2010년 4월 25일 세계문학판 1쇄 2020년 12월 15일 세계문학판 3쇄

이 도서의 국립중앙도서관 출판예정도서목록(CIP)은 서지정보유통지원시스템 홈페이지(http://seoji.nl.go.kr)와 국가자료공동목록시스템(http://www.nl.go.kr/kolisnet)에서 이용하실 수 있습니다.(CIP제어번호:CIP2010001267)

열린책들 세계문학
Open Books World Literature

001 **죄와 벌** 표도르 도스또예프스끼 장편소설 | 홍대화 옮김 | 전2권 | 각 408, 512면
003 **최초의 인간** 알베르 카뮈 장편소설 | 김화영 옮김 | 392면
004 **소설** 제임스 미치너 장편소설 | 윤희기 옮김 | 전2권 | 각 280, 368면
006 **개를 데리고 다니는 부인** 안똔 체호프 소설선집 | 오종우 옮김 | 368면
007 **우주 만화** 이탈로 칼비노 단편집 | 김운찬 옮김 | 416면
008 **댈러웨이 부인** 버지니아 울프 장편소설 | 최애리 옮김 | 296면
009 **어머니** 막심 고리끼 장편소설 | 최윤락 옮김 | 544면
010 **변신** 프란츠 카프카 중단편집 | 홍성광 옮김 | 464면
011 **전도서에 바치는 장미** 로저 젤라즈니 중단편집 | 김상훈 옮김 | 432면
012 **대위의 딸** 알렉산드르 뿌쉬낀 장편소설 | 석영중 옮김 | 240면
013 **바다의 침묵** 베르코르 소설선집 | 이상해 옮김 | 256면
014 **원수들, 사랑 이야기** 아이작 싱어 장편소설 | 김진준 옮김 | 320면
015 **백치** 표도르 도스또예프스끼 장편소설 | 김근식 옮김 | 전2권 | 각 504, 528면
017 **1984년** 조지 오웰 장편소설 | 박경서 옮김 | 392면
019 **이상한 나라의 앨리스** 루이스 캐럴 환상동화 | 머빈 피크 그림 | 최용준 옮김 | 336면
020 **베네치아에서의 죽음** 토마스 만 중단편집 | 홍성광 옮김 | 432면
021 **그리스인 조르바** 니코스 카잔차키스 장편소설 | 이윤기 옮김 | 488면
022 **벚꽃 동산** 안똔 체호프 희곡선집 | 오종우 옮김 | 336면
023 **연애 소설 읽는 노인** 루이스 세풀베다 장편소설 | 정창 옮김 | 192면
024 **젊은 사자들** 어윈 쇼 장편소설 | 정영문 옮김 | 전2권 | 각 416, 408면
026 **젊은 베르테르의 슬픔** 요한 볼프강 폰 괴테 장편소설 | 김인순 옮김 | 240면
027 **시라노** 에드몽 로스탕 희곡 | 이상해 옮김 | 256면
028 **전망 좋은 방** E. M. 포스터 장편소설 | 고정아 옮김 | 352면
029 **까라마조프 씨네 형제들** 표도르 도스또예프스끼 장편소설 | 이대우 옮김 | 전3권 | 각 496, 496, 460면
032 **프랑스 중위의 여자** 존 파울즈 장편소설 | 김석희 옮김 | 전2권 | 각 344면
034 **소립자** 미셸 우엘벡 장편소설 | 이세욱 옮김 | 448면
035 **영혼의 자서전** 니코스 카잔차키스 자서전 | 안정효 옮김 | 전2권 | 각 352, 408면
037 **우리들** 예브게니 자먀찐 장편소설 | 석영중 옮김 | 320면

038 **뉴욕 3부작** 폴 오스터 장편소설 | 황보석 옮김 | 480면

039 **닥터 지바고** 보리스 빠스쩨르나끄 장편소설 | 박형규 옮김 | 전2권 | 각 400, 512면

041 **고리오 영감** 오노레 드 발자크 장편소설 | 임희근 옮김 | 456면

042 **뿌리** 알렉스 헤일리 장편소설 | 안정효 옮김 | 전2권 | 각 400, 448면

044 **백년보다 긴 하루** 친기즈 아이뜨마또프 장편소설 | 황보석 옮김 | 560면

045 **최후의 세계** 크리스토프 란스마이어 장편소설 | 장희권 옮김 | 264면

046 **추운 나라에서 돌아온 스파이** 존 르카레 장편소설 | 김석희 옮김 | 368면

047 **산도칸 – 몸프라쳄의 호랑이** 에밀리오 살가리 장편소설 | 유향란 옮김 | 428면

048 **기적의 시대** 보리슬라프 페키치 장편소설 | 이윤기 옮김 | 560면

049 **그리고 죽음** 짐 크레이스 장편소설 | 김석희 옮김 | 224면

050 **세설** 다니자키 준이치로 장편소설 | 송태욱 옮김 | 전2권 | 각 480면

052 **세상이 끝날 때까지 아직 10억 년** 스뜨루가츠끼 형제 장편소설 | 석영중 옮김 | 224면

053 **동물 농장** 조지 오웰 장편소설 | 박경서 옮김 | 208면

054 **캉디드 혹은 낙관주의** 볼테르 장편소설 | 이봉지 옮김 | 232면

055 **도적 떼** 프리드리히 폰 실러 희곡 | 김인순 옮김 | 264면

056 **플로베르의 앵무새** 줄리언 반스 장편소설 | 신재실 옮김 | 320면

057 **악령** 표도르 도스또예프스끼 장편소설 | 박혜경 옮김 | 전3권 | 각 328, 408, 528면

060 **의심스러운 싸움** 존 스타인벡 장편소설 | 윤희기 옮김 | 340면

061 **몽유병자들** 헤르만 브로흐 장편소설 | 김경연 옮김 | 전2권 | 각 568, 544면

063 **몰타의 매** 대실 해밋 장편소설 | 고정아 옮김 | 304면

064 **마야꼬프스끼 선집** 블라지미르 마야꼬프스끼 선집 | 석영중 옮김 | 384면

065 **드라큘라** 브램 스토커 장편소설 | 이세욱 옮김 | 전2권 | 각 340, 344면

067 **서부 전선 이상 없다** 에리히 마리아 레마르크 장편소설 | 홍성광 옮김 | 336면

068 **적과 흑** 스탕달 장편소설 | 임미경 옮김 | 전2권 | 각 432, 368면

070 **지상에서 영원으로** 제임스 존스 장편소설 | 이종인 옮김 | 전3권 | 각 396, 380, 496면

073 **파우스트** 요한 볼프강 폰 괴테 희곡 | 김인순 옮김 | 568면

074 **쾌걸 조로** 존스턴 매컬리 장편소설 | 김훈 옮김 | 316면

075 **거장과 마르가리따** 미하일 불가꼬프 장편소설 | 홍대화 옮김 | 전2권 | 각 364, 328면

077 **순수의 시대** 이디스 워튼 장편소설 | 고정아 옮김 | 448면

078 **검의 대가** 아르투로 페레스 레베르테 장편소설 | 김수진 옮김 | 384면

079 **예브게니 오네긴** 알렉산드르 뿌쉬낀 운문소설 | 석영중 옮김 | 328면

080 **장미의 이름** 움베르토 에코 장편소설 | 이윤기 옮김 | 전2권 | 각 440, 448면

082 **향수** 파트리크 쥐스킨트 장편소설 | 강명순 옮김 | 384면
083 **여자를 안다는 것** 아모스 오즈 장편소설 | 최창모 옮김 | 280면
084 **나는 고양이로소이다** 나쓰메 소세키 장편소설 | 김난주 옮김 | 544면
085 **웃는 남자** 빅토르 위고 장편소설 | 이형식 옮김 | 전2권 | 각 472, 496면
087 **아웃 오브 아프리카** 카렌 블릭센 장편소설 | 민승남 옮김 | 480면
088 **무엇을 할 것인가** 니꼴라이 체르니셰프스끼 장편소설 | 서정록 옮김 | 전2권 | 각 360, 404면
090 **도나 플로르와 그녀의 두 남편** 조르지 아마두 장편소설 | 오숙은 옮김 | 전2권 | 각 408, 308면
092 **미사고의 숲** 로버트 홀드스톡 장편소설 | 김상훈 옮김 | 424면
093 **신곡** 단테 알리기에리 장편서사시 | 김운찬 옮김 | 전3권 | 각 292, 296, 328면
096 **교수** 샬럿 브론테 장편소설 | 배미영 옮김 | 368면
097 **노름꾼** 표도르 도스또예프스끼 장편소설 | 이재필 옮김 | 320면
098 **하워즈 엔드** E. M. 포스터 장편소설 | 고정아 옮김 | 512면
099 **최후의 유혹** 니코스 카잔차키스 장편소설 | 안정효 옮김 | 전2권 | 각 408면
101 **키리냐가** 마이크 레스닉 장편소설 | 최용준 옮김 | 464면
102 **바스커빌가의 개** 아서 코넌 도일 장편소설 | 조영학 옮김 | 264면
103 **버마 시절** 조지 오웰 장편소설 | 박경서 옮김 | 408면
104 **10 1/2장으로 쓴 세계 역사** 줄리언 반스 장편소설 | 신재실 옮김 | 464면
105 **죽음의 집의 기록** 표도르 도스또예프스끼 장편소설 | 이덕형 옮김 | 528면
106 **소유** 앤토니어 수전 바이어트 장편소설 | 윤희기 옮김 | 전2권 | 각 440, 488면
108 **미성년** 표도르 도스또예프스끼 장편소설 | 이상룡 옮김 | 전2권 | 각 512, 544면
110 **성 앙투안느의 유혹** 귀스타브 플로베르 희곡소설 | 김용은 옮김 | 584면
111 **밤으로의 긴 여로** 유진 오닐 희곡 | 강유나 옮김 | 240면
112 **마법사** 존 파울즈 장편소설 | 정영문 옮김 | 전2권 | 각 512, 552면
114 **스쩨빤치꼬보 마을 사람들** 표도르 도스또예프스끼 장편소설 | 변현태 옮김 | 416면
115 **플랑드르 거장의 그림** 아르투로 페레스 레베르테 장편소설 | 정창 옮김 | 512면
116 **분신** 표도르 도스또예프스끼 장편소설 | 석영중 옮김 | 288면
117 **가난한 사람들** 표도르 도스또예프스끼 장편소설 | 석영중 옮김 | 256면
118 **인형의 집** 헨리크 입센 희곡 | 김창화 옮김 | 272면
119 **영원한 남편** 표도르 도스또예프스끼 장편소설 | 정명자 외 옮김 | 448면
120 **알코올** 기욤 아폴리네르 시집 | 황현산 옮김 | 352면
121 **지하로부터의 수기** 표도르 도스또예프스끼 장편소설 | 계동준 옮김 | 256면
122 **어느 작가의 오후** 페터 한트케 중편소설 | 홍성광 옮김 | 160면

123 **아저씨의 꿈** 표도르 도스또예프스끼 장편소설 | 박종소 옮김 | 312면

124 **네또츠까 네즈바노바** 표도르 도스또예프스끼 장편소설 | 박재만 옮김 | 316면

125 **곤두박질** 마이클 프레인 장편소설 | 최용준 옮김 | 528면

126 **백야 외** 표도르 도스또예프스끼 소설선집 | 석영중 외 옮김 | 408면

127 **살라미나의 병사들** 하비에르 세르카스 장편소설 | 김창민 옮김 | 304면

128 **뻬쩨르부르그 연대기 외** 표도르 도스또예프스끼 소설선집 | 이항재 옮김 | 296면

129 **상처받은 사람들** 표도르 도스또예프스끼 장편소설 | 윤우섭 옮김 | 전2권, 각 296, 392면

131 **악어 외** 표도르 도스또예프스끼 소설선집 | 박혜경 외 옮김 | 312면

132 **허클베리 핀의 모험** 마크 트웨인 장편소설 | 윤교찬 옮김 | 416면

133 **부활** 레프 똘스또이 장편소설 | 이대우 옮김 | 전2권, 각 308, 416면

135 **보물섬** 로버트 루이스 스티븐슨 장편소설 | 머빈 피크 그림 | 최용준 옮김 | 360면

136 **천일야화** 앙투안 갈랑 엮음 | 임호경 옮김 | 전6권 | 각 336, 328, 372, 392, 344, 320면

142 **아버지와 아들** 이반 뚜르게네프 장편소설 | 이상원 옮김 | 328면

143 **오만과 편견** 제인 오스틴 장편소설 | 원유경 옮김 | 480면

144 **천로 역정** 존 버니언 우화소설 | 이동일 옮김 | 432면

145 **대주교에게 죽음이 오다** 윌라 캐더 장편소설 | 윤명옥 옮김 | 352면

146 **권력과 영광** 그레이엄 그린 장편소설 | 김연수 옮김 | 384면

147 **80일간의 세계 일주** 쥘 베른 장편소설 | 고정아 옮김 | 352면

148 **바람과 함께 사라지다** 마거릿 미첼 장편소설 | 안정효 옮김 | 전3권 | 각 616, 640, 640면

151 **기탄잘리** 라빈드라나트 타고르 시집 | 장경렬 옮김 | 224면

152 **도리언 그레이의 초상** 오스카 와일드 장편소설 | 윤희기 옮김 | 384면

153 **레우코와의 대화** 체사레 파베세 희곡소설 | 김운찬 옮김 | 280면

154 **햄릿** 윌리엄 셰익스피어 희곡 | 박우수 옮김 | 256면

155 **맥베스** 윌리엄 셰익스피어 희곡 | 권오숙 옮김 | 176면

156 **아들과 연인** 데이비드 허버트 로런스 장편소설 | 최희섭 옮김 | 전2권, 각 464, 432면

158 **그리고 아무 말도 하지 않았다** 하인리히 뵐 장편소설 | 홍성광 옮김 | 272면

159 **미덕의 불운** 싸드 장편소설 | 이형식 옮김 | 248면

160 **프랑켄슈타인** 메리 W. 셸리 장편소설 | 오숙은 옮김 | 320면

161 **위대한 개츠비** 프랜시스 스콧 피츠제럴드 장편소설 | 한애경 옮김 | 280면

162 **아Q정전** 루쉰 중단편집 | 김태성 옮김 | 320면

163 **로빈슨 크루소** 대니얼 디포 장편소설 | 류경희 옮김 | 456면

164 **타임머신** 허버트 조지 웰스 소설선집 | 김석희 옮김 | 304면

165 **제인 에어**　샬럿 브론테 장편소설 | 이미선 옮김 | 전2권 | 각 392, 384면
167 **풀잎**　월트 휘트먼 시집 | 허현숙 옮김 | 280면
168 **표류자들의 집**　기예르모 로살레스 장편소설 | 최유정 옮김 | 216면
169 **배빗**　싱클레어 루이스 장편소설 | 이종인 옮김 | 520면
170 **이토록 긴 편지**　마리아마 바 장편소설 | 백선희 옮김 | 192면
171 **느릅나무 아래 욕망**　유진 오닐 희곡 | 손동호 옮김 | 168면
172 **이방인**　알베르 카뮈 장편소설 | 김예령 옮김 | 208면
173 **미라마르**　나기브 마푸즈 장편소설 | 허진 옮김 | 288면
174 **지킬 박사와 하이드 씨**　로버트 루이스 스티븐슨 소설선집 | 조영학 옮김 | 320면
175 **루진**　이반 뚜르게네프 장편소설 | 이항재 옮김 | 264면
176 **피그말리온**　조지 버나드 쇼 희곡 | 김소임 옮김 | 256면
177 **목로주점**　에밀 졸라 장편소설 | 유기환 옮김 | 전2권 | 각 336면
179 **엠마**　제인 오스틴 장편소설 | 이미애 옮김 | 전2권 | 각 336, 360면
181 **비숍 살인 사건**　S. S. 밴 다인 장편소설 | 최인자 옮김 | 464면
182 **우신예찬**　에라스무스 풍자문 | 김남우 옮김 | 296면
183 **하자르 사전**　밀로라드 파비치 장편소설 | 신현철 옮김 | 488면
184 **테스**　토머스 하디 장편소설 | 김문숙 옮김 | 전2권 | 각 392, 336면
186 **투명 인간**　허버트 조지 웰스 장편소설 | 김석희 옮김 | 288면
187 **93년**　빅토르 위고 장편소설 | 이형식 옮김 | 전2권 | 각 288, 360면
189 **젊은 예술가의 초상**　제임스 조이스 장편소설 | 성은애 옮김 | 384면
190 **소네트집**　윌리엄 셰익스피어 연작시집 | 박우수 옮김 | 200면
191 **메뚜기의 날**　너새니얼 웨스트 장편소설 | 김진준 옮김 | 280면
192 **나사의 회전**　헨리 제임스 중편소설 | 이승은 옮김 | 256면
193 **오셀로**　윌리엄 셰익스피어 희곡 | 권오숙 옮김 | 216면
194 **소송**　프란츠 카프카 장편소설 | 김재혁 옮김 | 376면
195 **나의 안토니아**　윌라 캐더 장편소설 | 전경자 옮김 | 368면
196 **자성록**　마르쿠스 아우렐리우스 명상록 | 박민수 옮김 | 240면
197 **오레스테이아**　아이스킬로스 비극 | 두행숙 옮김 | 336면
198 **노인과 바다**　어니스트 헤밍웨이 소설선집 | 이종인 옮김 | 320면
199 **무기여 잘 있거라**　어니스트 헤밍웨이 장편소설 | 이종인 옮김 | 464면
200 **서푼짜리 오페라**　베르톨트 브레히트 희곡선집 | 이은희 옮김 | 320면
201 **리어 왕**　윌리엄 셰익스피어 희곡 | 박우수 옮김 | 224면

202 **주홍 글자** 너대니얼 호손 장편소설 | 곽영미 옮김 | 360면

203 **모히칸족의 최후** 제임스 페니모어 쿠퍼 장편소설 | 이나경 옮김 | 512면

204 **곤충 극장** 카렐 차페크 희곡선집 | 김선형 옮김 | 360면

205 **누구를 위하여 종은 울리나** 어니스트 헤밍웨이 장편소설 | 이종인 옮김 | 전2권 | 각 416, 400면

207 **타르튀프** 몰리에르 희곡선집 | 신은영 옮김 | 416면

208 **유토피아** 토머스 모어 소설 | 전경자 옮김 | 288면

209 **인간과 초인** 조지 버나드 쇼 희곡 | 이후지 옮김 | 320면

210 **페드르와 이폴리트** 장 라신 희곡 | 신정아 옮김 | 200면

211 **말테의 수기** 라이너 마리아 릴케 장편소설 | 안문영 옮김 | 320면

212 **등대로** 버지니아 울프 장편소설 | 최애리 옮김 | 328면

213 **개의 심장** 미하일 불가꼬프 중편소설집 | 정연호 옮김 | 352면

214 **모비 딕** 허먼 멜빌 장편소설 | 강수정 옮김 | 전2권 | 각 464, 488면

216 **더블린 사람들** 제임스 조이스 단편소설집 | 이강훈 옮김 | 336면

217 **마의 산** 토마스 만 장편소설 | 윤순식 옮김 | 전3권 | 각 496, 488, 512면

220 **비극의 탄생** 프리드리히 니체 | 김남우 옮김 | 320면

221 **위대한 유산** 찰스 디킨스 장편소설 | 류경희 옮김 | 전2권 | 각 432, 448면

223 **사람은 무엇으로 사는가** 레프 똘스또이 소설선집 | 윤새라 옮김 | 464면

224 **자살 클럽** 로버트 루이스 스티븐슨 소설선집 | 임종기 옮김 | 272면

225 **채털리 부인의 연인** 데이비드 허버트 로런스 장편소설 | 이미선 옮김 | 전2권 | 각 336, 328면

227 **데미안** 헤르만 헤세 장편소설 | 김인순 옮김 | 264면

228 **두이노의 비가** 라이너 마리아 릴케 시 선집 | 손재준 옮김 | 504면

229 **페스트** 알베르 카뮈 장편소설 | 최윤주 옮김 | 432면

230 **여인의 초상** 헨리 제임스 장편소설 | 정상준 옮김 | 전2권 | 각 520, 544면

232 **성** 프란츠 카프카 장편소설 | 이재황 옮김 | 560면

233 **차라투스트라는 이렇게 말했다** 프리드리히 니체 산문시 | 김인순 옮김 | 464면

234 **노래의 책** 하인리히 하이네 시집 | 이재영 옮김 | 384면

235 **변신 이야기** 오비디우스 서사시 | 이종인 옮김 | 632면

236 **안나 까레니나** 레프 똘스또이 장편소설 | 이명현 옮김 | 전2권 | 각 800, 736면

238 **이반 일리치의 죽음 · 광인의 수기** 레프 똘스또이 중단편집 | 석영중 · 정지원 옮김 | 232면

239 **수레바퀴 아래서** 헤르만 헤세 장편소설 | 강명순 옮김 | 272면

240 **피터 팬** J. M. 배리 장편소설 | 최용준 옮김 | 272면

241 **정글 북** 러디어드 키플링 중단편집 | 오숙은 옮김 | 272면

242 **한여름 밤의 꿈** 윌리엄 셰익스피어 희곡 | 박우수 옮김 | 160면
243 **좁은 문** 앙드레 지드 장편소설 | 김화영 옮김 | 264면
244 **모리스** E. M. 포스터 장편소설 | 고정아 옮김 | 408면
245 **브라운 신부의 순진** 길버트 키스 체스터턴 단편집 | 이상원 옮김 | 336면
246 **각성** 케이트 쇼팽 장편소설 | 한애경 옮김 | 272면
247 **뷔히너 전집** 게오르크 뷔히너 지음 | 박종대 옮김 | 400면
248 **디미트리오스의 가면** 에릭 앰블러 장편소설 | 최용준 옮김 | 424면
249 **베르가모의 페스트 외** 옌스 페테르 야콥센 중단편 전집 | 박종대 옮김 | 208면
250 **폭풍우** 윌리엄 셰익스피어 희곡 | 박우수 옮김 | 176면
251 **어센든, 영국 정보부 요원** 서머싯 몸 연작 소설집 | 이민아 옮김 | 416면
252 **기나긴 이별** 레이먼드 챈들러 장편소설 | 김진준 옮김 | 600면
253 **인도로 가는 길** E. M. 포스터 장편소설 | 민승남 옮김 | 552면
254 **올랜도** 버지니아 울프 장편소설 | 이미애 옮김 | 376면
255 **시지프 신화** 알베르 카뮈 지음 | 박언주 옮김 | 264면
256 **조지 오웰 산문선** 조지 오웰 지음 | 허진 옮김 | 424면
257 **로미오와 줄리엣** 윌리엄 셰익스피어 희곡 | 도해자 옮김 | 200면
258 **수용소군도** 알렉산드르 솔제니찐 기록문학 | 김학수 옮김 | 전6권 | 각 460면 내외
264 **스웨덴 기사** 레오 페루츠 장편소설 | 강명순 옮김 | 336면

각 권 8,800~15,800원